本書出版得到國家古籍整理出版專項經費資助

賀鑄詞集校注

上

〔宋〕賀鑄 著

鍾振振 校注

上海古籍出版社

圖書在版編目(CIP)數據

賀鑄詞集校注 /（宋）賀鑄著;鍾振振校注. —上海：上海古籍出版社，2024.5（2024.8 重印）
（中國古典文學叢書）
ISBN 978-7-5325-8010-1

Ⅰ.①賀… Ⅱ.①賀… ②鍾… Ⅲ.①宋詞—注釋 Ⅳ.①I222.844

中國版本圖書館 CIP 數據核字(2016)第 043574 號

中國古典文學叢書
賀鑄詞集校注
（全二册）
［宋］賀鑄 著
鍾振振 校注
上海古籍出版社出版發行
（上海市閔行區號景路 159 弄 1-5 號 A 座 5F 郵政編碼 201101）
(1) 網址：www.guji.com.cn
(2) E-mail：guji1@guji.com.cn
(3) 易文網網址：www.ewen.co
江蘇金壇古籍印刷廠印刷
開本 850×1168 1/32 印張 18.75 插頁 11 字數 403,000
2024 年 5 月第 1 版 2024 年 8 月第 2 次印刷
印數：1,801—2,900
ISBN 978-7-5325-8010-1
I·3030 平裝定價：78.00 元

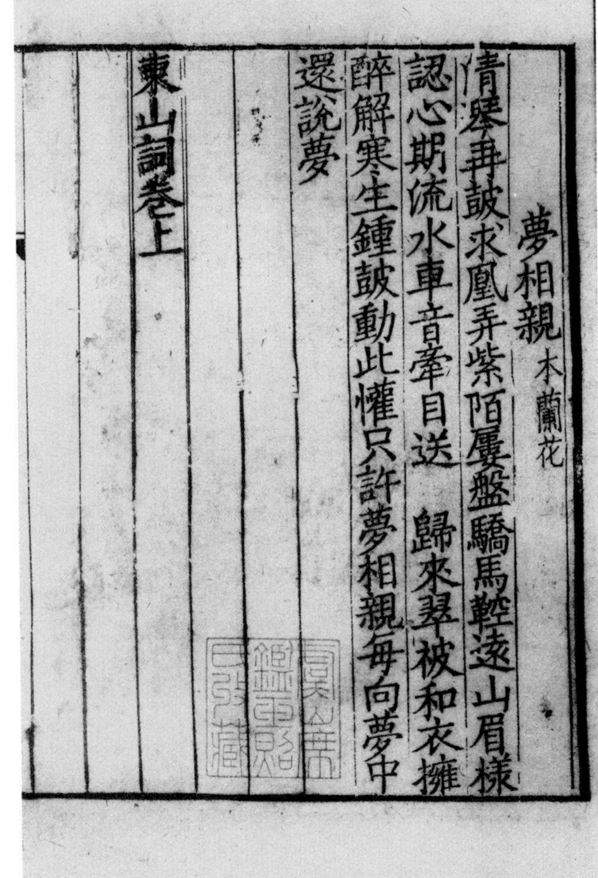

夢相親 木蘭花

清琴再鼓求凰弄紫陌屢盤驕馬鞚遠山眉樣認心期流水車音牽目送 歸來翠被和衣擁醉解寒生鍾鼓動此懽只許夢相親每向夢中還說夢

東山詞卷上

宋刻本《東山詞》書影一

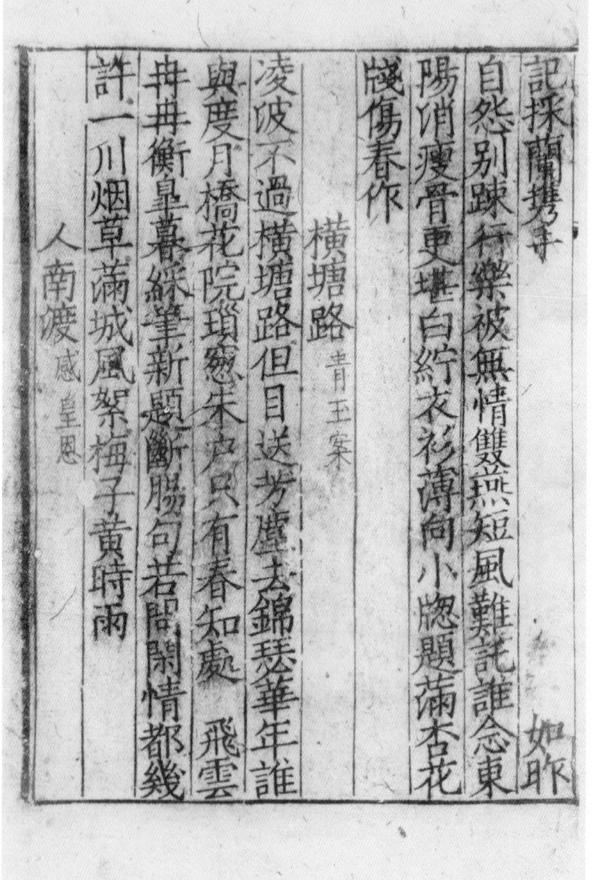

記採蘭攜手　　如昨
自怨別蹤行樂被無情雙燕短風難託誰念東
陽消瘦骨更堪白紵衣衫薄向小牕題滿杏花
牋傷春作
　　橫塘路　青玉案
凌波不過橫塘路但目送芳塵去錦瑟華年誰
與度月橋花院瑣窻朱戶只有春知處　飛雲
冉冉蘅皋暮綵筆新題斷腸句若問閑情都幾
許一川烟草滿城風絮梅子黃時雨
　人南渡　感皇恩

宋刻本《東山詞》書影二

再版説明

筆者校注本宋賀鑄東山詞，一九八九年十二月由上海古籍出版社出版，迄今已三十多年了。因印數僅兩千册，故發行不久，即告售罄。多年來，不斷有讀者詢問何時再版，出版社也希望能予修訂重版。但由於筆者教學、科研任務繁重，潮湧山積，不暇應接，故修訂工作時斷時續，曠日持久，至今這一稿尚未可言是筆者所滿意的定本。原擬更花一定時間精細打磨，而出版計劃已多次推遲，不便再拖，只好先這樣付印了，尚祈廣大熱心的讀者見諒。

這部賀鑄詞集是由三個不同系統、不同名目的文本，亦即近世陶湘涉園景宋本東山詞卷上（宋本原爲二卷，卷下已佚），清鮑廷博知不足齋鈔本賀方回詞二卷，以及先師唐圭璋先生全宋詞賀鑄詞輯佚部分（筆者有少量訂補，可忽略不計），拼集而成。原本因被收入宋詞别集叢刊，出版社按叢刊體例，以東山詞定名出版。嚴格依照古籍整理的規範，這個書名不能如實反映文本的原生態，故此次修訂重版，改作賀鑄詞集校注，庶幾名實相副。特此説明。

在本書修訂重版的過程中，出版社的諸多編輯傾情付出，謹向他們表示由衷的謝意。

鍾振振

二〇二四年三月二十五日

前言

北宋著名詞人賀鑄（一〇五二——一一二五），字方回，號慶湖遺老，衛州共城（今河南輝縣）人，出身於没落貴族家庭。

賀家五世擔任武職，方回本人的形相和性情亦頗威武豪放。他「儀觀甚偉，如羽人劍客」〔一〕，「貌奇醜，色青黑而有英氣」〔二〕，爲人「豪爽精悍」〔三〕，「少時俠氣蓋一座，馳馬走狗，飲酒如長鯨」〔四〕。其仕宦生涯，也從武弁開始。然而，他並不純粹是一介赳赳武夫，「始七齡」即學詩〔五〕，後來更「書無所不讀」〔六〕，暇時「俯首北窗下，作牛毛小楷，雌黄不去手，反如寒苦一書生」〔七〕，終至「老於文學，泛觀古今，詞章議論，迥出流輩」〔八〕，因而得到李清臣、蘇軾等的推薦，改入文階。

他既才兼文武，又有着較出色的宦績，「在筦庫，常手自會計，其於窒罅漏逆姦欺無遺察；治戎器，堅利爲諸路第一；爲巡檢，日夜行所部，歲裁一再過家，盗不得發；攝臨城令，三日決滯獄數百，邑人駭歎；監兩郡，狡吏不得措其私」〔九〕。但由於秉性剛直，「遇貴勢不肯爲從諛」〔一〇〕，「雖貴要權傾一時，小不中意，極口詆無遺詞」〔一一〕，故爾一生屈居下僚，止做到泗州、太平州通判，「用不極其才以老」〔一二〕。晚年退居吴下，閉門讀書校勘，卒於常州，享年七十四歲。

他是封建時代一位正直的士大夫，具有愛國主義思想，面對當時西夏奴隸主政權的軍事侵略，力主抗戰，反對妥協。他比較同情勞動人民的疾苦，夏季酷暑，自己病肺瘖喉，卻還記掛「農夫信無罪，觸熱正驅蝗」〔一三〕；他看不慣地主政權的横徵暴斂，曾代被災的農民呼籲：「少緩麥租期，庶將秋稼補。輸入太倉中，蕃肥任黄鼠！」〔一四〕並譏諷那些不懂稼穡、但知盤剥的封建官吏：「駕犁豈知耕？布穀不入田。大農坐官府，百吏飽窮年。」〔一五〕他的筆鋒甚且直指昏黠的封建官僚機構：「鼠目獐頭登要地，雞鳴狗盜策奇功！」〔一六〕他不是新黨，没有參加王安石變法運動，但當元祐更化、舊黨復辟，新黨中的投機份子紛紛倒戈詆譭已經逝世的王安石時，他卻毅然作詩悼念這位「中國十一世紀時的改革家」〔一七〕，至有「長望西州淚滿巾」之句〔一八〕，表現出磊落的政治品質。

他名列宋史文苑傳，一生藏書萬卷，手自校勘，既精且勤，對於民族文化遺産的保存和董理，厥功甚偉；更工於詩詞，撰有慶湖遺老詩集、東山寓聲樂府，以自己的辛勤創作，爲祖國的文學寶庫增添了瑰麗的光彩。

賀鑄的詩固然當世即播在人口，「雖坡谷亦深嘉屢歎」〔一九〕，但唐音恢宏，後難爲繼，有宋一代的戛戛獨造實在於詞，他主要是以詞而彪炳文壇的。其辭世之日，留下詞作凡五百餘篇，經過八百多年的星移物换，今尚存二百八十六闋（含殘篇斷句），數量之夥，僅次於蘇軾而居北宋之亞。

賀詞題材頗爲廣泛，思想内容也較充實。

其壓卷之作，非六州歌頭莫屬。詞中追憶少時的豪俠，一吐當前西夏入侵，民族多難，身爲甲士，却因妥協派當朝而無路請纓的滿腔忠憤，聲情激越，曲調悲涼，千載下猶生氣凜凜。靖康之前能與南宋抗手的愛國詞作，實僅此與蘇軾江城子密州出獵二篇而已。

行路難、將進酒是習用的樂府古題，漢魏以還作者甚衆，李白四首最爲傳誦。而賀鑄竟能轉用詞體出新，抒寫自己懷才不遇、藉酒澆愁的精神痛苦，表示自己憤世嫉俗、誓與齷齪官場分袂的決心，這在詞林中也算得上别開生面。

擣練子組詞繼承了唐詩及燉煌民間詞的優良傳統，借擣衣寄遠傾訴思婦征夫的哀怨，從側面暴露封建兵役制度給人民帶來的苦難，頗得風人之旨，也是宋詞中不可多得的好作品。

北宋積貧積弱，國勢遠遜漢唐，而統治階級却宴安鴆毒，殊不以六朝爲鑒，臺城游一篇蓋爲此而發。它拈出陳後主故事，寄寓國亡於奢的深刻歷史教訓；結拍更引小杜泊秦淮詩針砭世局，用心與王介甫桂枝香詞正同。藝術上亦與王作工力悉敵，在宋代金陵懷古詞中，可共周邦彦西河詞鼎足而三。

芳心苦是一首詠物詞，通篇詠荷，却於花的形態不着點墨，而專力渲染她不與春芳争妍以取媚東君的高潔品質，及其無人賞識、自開自落的不幸遭遇。騷情雅意，寄興無端，儼然有作者之精神與人格在，是學屈子橘頌而得其神髓者。

陌上郎一詞，替封建時代的婦女控訴那些喜新厭舊的男子，要求他們以小兒女爲念，在婦女和兒童問題上表現出人道主義精神，亦有一定的社會意義。

還有哀感頑豔的半死桐，與東坡江城子乙卯正月二十日夜記夢堪稱宋代悼亡詞中的雙璧。蘇詞迷離恍忽，蕩氣迴腸，藝術境界差勝；而賀詞末云「空牀卧聽南窗雨，誰復挑燈夜補衣」，見出夫妻感情建築在同甘共苦的基礎上，思想格調較高。梅須遜雪三分白，雪却輸梅一段香！

佳作尚有許多，未能偏舉。當然，受詞壇積習和社會風氣的影響，他也寫過一些宴飲冶游之作乃至頌聖的諛詞，凡此則不足爲訓。

賀鑄既以貴族血統而顛躓潦倒，武弁出身而博學好文，又面目醜陋而心地善良，性格豪放而情思綿邈，這坎坷的身世、複雜的個性，決定了他詞作題材的不拘一隅，也決定了他詞作藝術風格的五彩斑斕。張耒譽爲「盛麗如游金、張之堂，而妖冶如攬嬙、施之祛，幽潔如屈、宋，悲壯如蘇、李」[二〇]，可謂知言。

賀詞在具體的藝術表現手法上也頗多獨到之處。

他精通音律，擅長以密集回環的韻位、抑揚錯綜的韻聲來突出作品的節奏感和音樂美。如感皇恩、下水船、金鳳鉤、尉遲盃、六幺令諸調之添叶多韻，六州、水調二歌頭、更漏子令、減蘭諸調之平仄通叶，皆是其例。尤其六州歌頭，三十九句押三十四韻，聲該陰陽平上去，句短韻密，急管繁絃，真如天風雷雨飄然而至，海瀑江濤倏忽以起。龍榆生先生謂賀氏「在東坡、美成間特能自開户牖，有兩派之長而無其短」〔二一〕，這如果是指賀詞能兼顧豪放與協律兩端，雖作壯詞亦不隳音樂聲韻之道的話，我們應該承認，他的話是有一定道理的。

善於融化前人成句如自己出，是賀詞又一大特色。將進酒、行路難可爲代表。二篇四十四句中，用前人語竟達二十二句之多，分別取材於詩經、楚辭、兩漢書、文選、陶集、唐詩；時代由春秋戰國、漢魏六朝而盛中晚唐；文體兼詩賦、尺牘、傳記、謡諺；書類括經、史、集；方法或正用，或反用，或整用，或嵌用，或化用，或添字，或減字，或换字：信手拈來，融會貫通，真有鬼斧神工之妙。雖多用別人之言語而處處傳達自己之心聲，雜糅歷代諸家各類典籍不同文體而渾然不可鐫，無真實性情，廣博學識，奇傑才華，安能辦此？趙聞禮評曰：「是亦集句之義，然其間語意聯屬，飄飄然有豪縱高舉之氣。酒酣耳熱，浩歌數過，亦一快也！」〔二二〕拳拳服膺，溢於言表，算得上賀氏知音。

張炎於賀鑄獨許其「善鍊字面」〔二三〕，殊不知他更善鍊意，王灼謂「語意精新，用心甚苦」是也〔二四〕。僅舉其寫「愁」一例，看他翻出多少花樣！在他筆下，愁有長度，可以引伸〔二五〕；有面積，會得蔓延〔二六〕；有體積，堪入斗量〔二七〕；有重量，好付船載〔二八〕；有顏色，能榖抹在紙上〔二九〕。一種抽象的情感，竟被詞人寫得觸目可見、垂手可捫，怎不令人擊節？至如横塘路連設三喻，以「一川煙草，滿城風絮，梅子黄時雨」比愁之多且久，愈發妙不可階，無怪一時歎服，人稱「賀梅子」，連黄庭堅也説「解道江南斷腸句，祗今惟有賀方回」了〔三〇〕。

平心而論，詞人在藝術上總不能盡善盡美。他有些作品辭采過於穠麗，俳句過多，顯得雕琢、凝滯；有些典故用得太濫，頗嫌重複。但這畢竟是大醇小疵，不影響他的主要成就。

在宋詞發展史上，賀鑄是個值得重視的人物。

自晚唐以迄北宋，詞壇向來是婉約派的一統天下，雖有蘇軾舉起豪放大旗，無奈積重難返，就連他的得意門生秦觀也不肯贏糧景從。在這種情况下，賀鑄以其創作實踐爲東坡羽翼，就非常難能可貴。儘管其豪放詞數量還嫌單薄，但質量之高，對南宋豪放派的啟迪則不容低估。蘇軾之「放」，多屬曠放，其愛國詞壯而不悲，真正具備辛派悲壯氣質的愛國詞，實肇源於賀鑄六州歌頭。由方回此詞，經岳飛滿江紅、張元幹賀新郎、張孝祥六州歌頭而到達辛棄疾，兩宋愛國詞的嬗遞之迹，大略可見。至若李綱之曾次韻其六幺令金陵懷古，辛詞一枝花醉中戲作「千丈擎天手，萬卷懸河口」句之從其「縛虎手，懸河口」句出，岳珂祝英臺近北固亭「歷歷數，西州更點」句之用其天門謠成句，則更明白地透露出南宋豪放派學習賀鑄的消息。夏敬觀曰：「細讀東山詞，知其爲稼軒所師也。世但知蘇辛爲一派，不知方回，亦不知稼軒。」〔三一〕這話是很有見地的。

再就婉約系統而言。婉約派自温韋始，辭采就有穠密、疏淡之分。西蜀多宗庭筠，南唐稍近端己。北宋衍波南唐，柳永、張先、晏殊、歐陽修、秦觀諸家皆傾向於清麗疏朗，晏幾道、周邦彦則界乎温韋之間，惟賀鑄婉約之作筆端驅使温、李（商隱）、濃墨重彩，獨步飛卿後塵。至南宋格律派兩大家，姜夔清峭，吴文英麗密，雙峰對峙，二水分流，仍是温韋並轡格局的延伸。「他日四明工琢句，瓣香應自慶湖來」〔三二〕，在穠密一派由温飛卿向吴夢窗的演進過程中，賀鑄顯然是不可或缺的中間環節。

對於詞調的繁衍，賀氏也有不少貢獻。集中薄倖、海月謡、怨三三、醉春風、石州引、小梅花、平韻天香及憶秦娥、仄韻吴音子等十數調，皆前人所無；獻金盃、望湘人、兀令諸調，詞譜注明宋人祗此一首；蕙清風、定情曲、攤破木蘭花等甚爲詞譜失收。其中多數當是他的自度曲或新翻譜。

賀鑄憑藉自己的創作成績，在詞苑赢得了很高的聲譽，當世即與晏幾道、秦觀、周邦彦齊名。宋釋惠洪贊其「吐語皆蟬蜕塵埃之表」〔三三〕，王灼言「世間有離騷，惟賀方回……時時得之」〔三四〕。清陳廷焯則曰：「方回筆墨之妙，真乃一片化工，離騷耶？七發耶？樂府耶？杜詩耶？吾烏乎測其所至。」〔三五〕況周頤亦謂東山詞「極厚」，「信能得其神似，進而窺蘇辛堂奥何難矣」〔三六〕。近人吴梅先生仍稱其「得力於風雅而出之以變化，故能具綺羅之麗而復得山澤之清」〔三七〕。雖不無褒獎過當之處，而賀詞之膾炙人口，於此猶可略見一斑。

最後交代一下本書的整理情況。

今存賀詞版本，其源大致有二。一爲殘宋刊本東山詞，僅存卷上一〇九首。一爲清鮑廷博知不足齋鈔本賀方回詞，凡二卷一四四首，與前本複者八首。其餘各本皆從此二源出，或加輯佚若干而已。由於宋本頗有蠹缺，鮑鈔本亦多訛錯，故後出各本每見改動。其中彊邨叢書本晚出較善，至輯佚則全宋詞最號完備精審。因此，本編前三卷即以彊邨叢書本爲底本，第四卷「補遺」改用全宋詞本（删去誤收斷句一，補入筆者新發現之斷句二、殘篇一），而依宋本統一名曰東山詞。

本書的校勘工作，除用上述兩種祖本覆按外〔三八〕，又參校以亦園刊本東山詞、八千卷樓藏眠雲精舍鈔王迪本東山寓聲樂府、丹鉛精舍影鈔本賀方回詞、四印齋刊本東山寓聲樂府、藝風堂鈔本東山寓聲樂府等善本、通行本。若干篇目的校理，還利用了自宋迄清的二十幾部古籍。就中宋金人著作居多，包括别集（如姑溪居士文集）、選本（如樂府雅詞等）、詩話（如苕溪漁隱叢話等）、詞話（如碧雞漫志）、方志（如咸淳毗陵志）、類書（如全芳備祖等）、筆記（如侯鯖録等）都十數種，凡筆者所曾寓目，略無遺棄。明、清兩代，則僅選用了永樂大典、花草粹編、詞律、詞綜、歷代詩餘、詞譜等較有參考價值的幾種。明以前典籍所見異文，其所據版本或在上述二祖本之外，足資比勘。清以下各本異文，多屬傳寫之譌或臆改祖本〔三九〕，此類校記中即徑言曰「不足據」。至各本不辭及失律處，則直陳其誤。

附録種種，東山詞殘目存目、版本考及年譜簡編等爲筆者自撰，其餘均係輯録。傳記資料凡出宋元人著述者，以其時代距詞人爲近，故詳加採録；明清典籍所載，僅擇其可補宋元之遺者，因襲文字概從減省。

導師唐圭璋先生以年過八旬之高齡，精心指導筆者編撰此書，並親爲題簽；上海古籍出版社編輯同志認真審閱，提出了一些寶貴意見。謹表謝忱。

本編吸收了夏承燾先生、李維新同志的若干研究成果〔四〇〕，又承葛渭君先生迻録其所藏夏敬觀先生手批賀鑄詞見貺，北京圖書館的同志幫助製作了宋刊本東山詞的書影，在此一併致意。

筆者學植淺薄，才力貧弱，災梨禍棗，不能無愧。疏漏和失誤之處，敬祈讀者方家教正。

鍾振振

一九八一年初稿
一九八五年定稿
於南京師範大學

注：

〔一〕宋程俱賀方回詩集序。

〔二〕宋陸游老學庵筆記卷八。

〔三〕〔六〕〔九〕〔一〇〕〔一二〕程俱宋故朝奉郎賀公墓志銘。

〔四〕賀方回詩集序。

〔五〕慶湖遺老詩集自序。

〔七〕賀方回詩集序。

〔八〕宋龔明之中吴紀聞卷三引李清臣語。

〔一一〕宋葉夢得賀鑄傳。

〔一三〕慶湖遺老詩集卷二病暑。

〔一四〕慶湖遺老詩集卷二喜雨。

〔一五〕慶湖遺老詩集卷八和錢德循古意二首其一。

〔一六〕慶湖遺老詩集卷七題任氏傳德集。

〔一七〕列寧修改工人政黨的土地綱領。

〔一八〕慶湖遺老詩集卷六寓泊金陵尋王荆公陳迹。

〔一九〕宋劉克莊跋徐總管詩卷。

〔二〇〕賀方回樂府序。

〔二一〕論賀方回詞質胡適之先生。

〔二二〕陽春白雪外集。

〔二三〕詞源卷下字面。

〔二四〕碧雞漫志卷二。

〔二五〕河傳（華堂重〔宴〕）：「江上暮潮，隱隱山横南岸。奈離愁、分不斷。」

〔二六〕怨三三（玉津春水如藍）：「愁隨芳草，緑遍江南。」

〔二七〕減字木蘭花（多情多病）：「萬斛閑愁量有賸。」

〔二八〕菩薩蠻：「綵舟載得離愁動。」又點絳脣（見面無多）：「小小蘭舟，盪槳東風快。和愁載。」又南柯子別恨：「斗酒纔供淚，扁舟只載愁。」

〔二九〕九回腸：「小華箋，付與西飛去，印一雙愁黛，再三歸字，□九回腸。」

〔三〇〕寄方回詩。

〔三一〕手批東山詞。

〔三二〕清周之琦十六家詞録。

〔三三〕宋魏慶之詩人玉屑卷二一引冷齋夜話。

〔三四〕碧雞漫志卷二。

〔三五〕雲韶集卷首詞壇叢話。

〔三六〕歷代詞人考略卷十四。

〔三七〕詞學通論第七章概論二兩宋。

〔三八〕陶湘涉園景宋本東山詞具有與宋本同等的校勘價值。

〔三九〕惟亦園本源出汲古閣未刻本，宋本蠹缺處，亦園本間有不缺者，或毛氏録存副本時，宋本尚不如今時殘缺之甚。此等處似有所據。

〔四〇〕可參見夏承燾先生唐宋詞人年譜賀方回年譜、李維新同志讀夏承燾先生賀方回年譜札記十一則（載鄭州大學學報一九八三年第三期）。

目録

卷二　賀方回詞一

卷三　賀方回詞二

卷四　補遺

卷一　東山詞上

天寧樂〔一〕　銅人捧露盤引

斗儲祥〔二〕，虹流祉〔三〕，兆黄虞〔四〕。未□□、□聖真符〔五〕。千齡叶應、九河清〔六〕，神物出龜圖〔七〕。□□□□，□盛時，朝野歡娱〔八〕。　靡不覆，旋穹□；□□□，□坤輿〔九〕。致萬國、一變華胥〔一〇〕。霞觴□□〔一一〕，□□□、□□□宸趨〔一二〕。五雲長在〔一三〕、望子□〔一四〕，□□□□。

【校】

〔未□□〕景宋本作「未□□」，亦園本、知不足齋本、四印齋本並同。八千卷樓本、藝風堂本作「禾□□」，誤。　〔坤輿〕景宋本缺「坤」字。　〔霞觴〕景宋本缺「觴」字。

【箋注】

〔一〕本篇當作於徽宗建中靖國元年辛巳（一一〇一）十月。時徽宗二十初度，首慶天寧節，方回自蘇州赴京與此祝壽盛典。説詳拙撰賀鑄建中靖國元年蹤迹考索（載文學遺産增刊第十六輯）。天寧，宋史徽宗紀：「徽宗……元豐五年（一〇八二）十月丁巳，生於宮中。」元符三年（一一〇〇）正月「即皇帝位」。「夏四月……丁未，以帝生日爲天寧節。」「建中靖國元年……冬十月……丁酉，天寧節，羣臣及遼使初上壽於垂拱殿。」宋王明清揮麈録卷一：「徽宗十月十日生，爲天寧節。」又宋周密癸辛雜識後集五月五日生條：「徽宗亦以五月五日生，以俗忌，改作十月十日，爲天寧節。」二説不同，録以備考。

〔二〕斗儲祥　竹書紀年卷上：「黄帝軒轅氏，母曰附寶，見大電繞北斗樞星，光照郊野，感而孕，二十五月而生帝於壽丘。」

〔三〕虹流祉　竹書紀年卷上：「帝舜有虞氏，母曰握登，見大虹，意感而生舜於姚墟。」説文示部：「祉，福也。」

〔四〕黄虞　黄帝、虞舜。漢揚雄劇秦美新：「著黄虞之裔。」

〔五〕□聖真符　春秋緯漢含孳：「天子受符。」漢傅幹王命敍：「然則帝王之起，必有天命瑞應自然之符。」

〔六〕「千齡」句　宋蘇頌賀今上皇帝登極表：「異世同符，千齡協慶。」叶，古「協」字。　九河，書禹貢：「九河既道。」爾雅釋水：「徒駭、太史、馬頰、覆釜、胡蘇、簡、絜、鉤盤、鬲津：九河。」古黄河自孟津而北分爲九道，因名九河。漢京房易傳：「黄河清，天下平。」晉王嘉拾遺記卷一高辛：「黄河千年一清，至聖之君以爲大瑞。」

〔七〕「神物」句　藝文類聚卷九九祥瑞部下龜引龍魚河圖：「堯時，與羣臣賢智到翠嬀之川。大龜負圖來投堯。堯勑臣下寫取，告瑞應，寫畢，龜還水中。」

〔八〕朝野歡娱　晋張協詠史詩：「昔在西京時，朝野多歡娱。」

〔九〕「靡不」四句　疑應作「靡不覆，旋穹蓋；靡不載，轉（或「動」）坤輿」。莊子内篇德充符：「夫天無不覆，地無不載。」淮南子原道：「故以天爲蓋，則無不覆也；以地爲輿，則無不載也。」賀詞似用此。易説卦：「坤爲地……爲大輿。」藝文類聚卷六地部地引春秋元命苞：「地所以右轉者……」又白居易白氏六帖事類集卷一地二右動條引（春秋）元命苞：「天左旋，地右動。」

〔一〇〕華胥　列子黄帝：「黄帝……晝寢而夢，游於華胥氏之國。華胥氏之國在弇州之西、台州之北，不知斯齊國幾千萬里，蓋非舟車足力之所及，神遊而已。其國無師長，自然而已。其民無嗜慾，自然而已。不知樂生，不知惡死，故無夭殤；不知親己，不知疏物，故無愛憎；不知背逆，不知向順，故無利害；都無所愛惜，都無所畏忌。入水不溺，入火不熱。斫撻無傷痛，指擿無痟癢。乘空如履實，寢虚如處牀。雲霧不硋其視，雷霆不亂其聽，美惡不滑其心，山谷不躓其步，神行而已。黄帝既寤，怡然自得，……又二十有八年，天下大治，幾若華胥氏之國。」

〔一一〕霞觴　謂壽酒。王充論衡道虚：「河東項曼斯好道學仙，委家亡去，三年而返，曰：『去時有數仙人將我上天，離月數里而止。居月之旁，其寒凄愴。口饑欲食，輒飲我流霞一杯。每飲一杯，數月不饑。』」拾遺記卷一炎帝神農：「炎帝……時有流雲灑液，是謂霞漿，服之得道，後天而老。」唐李郃賀州思九疑作詩：「夕把流霞觴。」又若以霞爲觴上紋飾，亦通。梁劉孝綽江津寄劉之遴詩：「同舉霞紋杯。」

〔一二〕□宸趨　疑應作「紫宸趨」。宋蔡絛鐵圍山叢談卷二：「國朝故事，天子誕節則宰臣率文武百僚班紫宸殿下，拜舞稱慶。宰相獨登殿，捧觴上天子萬壽。禮畢，賜百官茶湯。罷，於是天子還内。」宋史禮志載徽宗天寧節上壽儀，亦曰：「皇帝赴紫宸殿後閣，受羣臣上壽。」宋袁褧、袁頤楓窗小牘卷上：「汴京故宫……大慶殿北有紫宸殿，視朝之前殿也；西有垂拱殿，常日視朝之所也。」

〔一三〕五雲　五色雲，舊以爲帝王之氣。三國志吴書孫破虜討逆傳裴松之注引吴書：「(孫)堅世仕吴，家於富春，葬於城東。冢上數有光怪，雲氣五色，上屬於天，曼延數里。衆皆往觀視。父老相謂曰：『是非凡氣，孫氏其興矣！』」唐李白侍從宜春苑奉詔賦……聽新鶯百囀歌：「是時君王在鎬京，五雲垂暉耀紫清。」又或以五色雲爲太平之徵。舊題漢劉歆西京雜記卷五載董仲舒曰：「太平之世……雲則五色而爲慶。」

〔一四〕望子□　疑應作「望子孫」。

□□□〔一〕　七娘子

□波飛□□□向〔二〕，□□□、□□□□在會稽樣〔三〕。擁鼻微吟〔四〕，捋鬚遐想〔五〕，□□□□□□上。　會須加數〔六〕□□釀，□□□、□□□□漲。美滿孤帆〔七〕，輕便雙槳，中分□□□□往。　□□□□寄月波□□□「擁鼻微吟，捋鬚遐想」，吾自得□□見招，因採其語賦此詞〔八〕。

【校】

〔七娘子〕原校：「原本三字缺，據目補。」　〔題〕四印齋本題「登月波樓」，注云：「據毛滂和韻補。」

藝風堂本原鈔無題，繆校添「登月波樓」，所據當與四印齋同。按毛詞小序應破讀爲「和賀方回，登月波樓」，蓋方回實未果赴秀州與滂同登斯樓，半塘、藝風殆偶失考。說詳浙江師範學院學報（社會科學版）一九八四年第四期（總第二十二期）拙撰毛滂月波樓詞文探微。〔向、釀、漲、往〕原校：「四字並據毛滂東堂詞和韻補。」四印齋本校語略同。〔「擁鼻」二句〕原校：「原本缺，據注補。」按景宋本止缺「微吟捋鬚遐想」六字。〔加數〕八千卷樓本、藝風堂本作「加教」，誤。〔□□釀〕四印齋本作「爲□釀」，不足據。〔美滿〕知不足齋本作「美蒲」，誤。按唐李肇國史補卷下：「舟船之盛，盡於江西，編蒲爲帆，大者或數十幅。」知不足齋改宋本「滿」字爲「蒲」，或即本此。然「美滿」一辭實本杜牧詩，宋本不誤。

【箋注】

〔一〕本篇當作於徽宗政和五年乙未（一一一五）秋或夏秋之交。按毛滂政和四年（一一一四）始守秀州（東堂集卷一〇雙竹讚序：「政和甲午，臣某蒙恩佩嘉禾章，得治其民。」「嘉禾」即秀州郡額），秋九月重修月波樓成，冬十一月撰月波樓記。五年冬，以文字得罪，罷秀州任，寄居杞縣旅舍（從周少雄毛滂生卒考略說，詳見浙江師院學報一九八四年第四期）。滂寄月波樓記招賀往游，賀賦詞作答，滂原韻奉和，應皆政和五年事，滂詞「秋興」云云可證。蓋前此一年秋，記尚未成；後此一年，滂已不在秀州矣。

〔二〕□波飛□　疑當作「月波飛觀」。宋張堯同嘉禾百詠月波樓篇附考（時代、撰人不詳）：「樓在郡西北城上，宋元祐中知州令狐挺建，政和中毛滂重修，有記。」宋王象之輿地紀勝卷三嘉興府景物下：「月波樓在州之西北城上，下瞰金魚池。元祐甲午，知州令狐挺立。又一甲午，知州毛滂修。」按二書「元祐」均是「皇祐」之譌，毛記曰「樓建於至和之甲午」者是。至和甲午即皇祐六年甲午，是年三月改至和元年。清李衛等雍正浙江通志卷一一五職官五宋下載令狐挺知秀州在仁宗朝，「皇祐」正是仁宗年號。若哲宗元祐間則無甲午歲，且令狐亦不刺秀也。

〔三〕會稽　宋王存等元豐九域志卷五兩浙路：「大都督府、越州會稽郡、鎮東軍節度，治會稽、山陰二縣。」按即今浙江紹興。

〔四〕擁鼻微吟　世説新語雅量「桓公伏甲設饌」條劉孝標注：「宋明帝文章志曰：（謝）安能作洛下書生詠，而少有鼻疾，語音濁。後名流多斆其詠，弗能及，手掩鼻而吟焉。」宋張公庠途中詩：「擁鼻微吟半醉中。」

〔五〕捋鬚遐想　世説新語言語：「王右軍與謝太傅（安）共登冶城，謝悠然遐想，有高世之志。」按以上二句用毛記中語。

〔六〕加數　北魏闕名龍驤將軍營州刺史高貞碑：「生榮死哀，禮有加數。」白居易晝寢詩：「晝刻漸加數。」

〔七〕美滿孤帆　杜牧池州送孟遲先輩詩：「千帆美滿風。」

〔八〕自注　疑全文當作：「秀守毛滂寄月波樓記云：『擁鼻微吟，捋鬚遐想。』吾自得毛君見招，因採其語賦此詞。」雖懸揣之辭，未必字字合榫，而自注文義亦大略可見。

【附録】

宋毛滂月波樓記：甲午秋九月，秀州修月波樓成，假守毛滂置酒其上，因語坐上客曰：望而見月，其大不過盤盂，然無有遠近，容光必照；而秀，澤國也，水濱之人，起居飲食與水波接。此二者，秀人咸得而有之。昔令狐君挺爲此樓以名月波，意將攬取二者于斯樓之上，或者登樓四顧，使能明目洗心，有如月與波，則其治民猶越人之治病，豈不盡見五臟之癥結也。令狐君之名樓，豈有意於此耶？今樓之下池水纔尋丈間，亦聊足浴鷗鷺爾。極目野田，無三數里遠，鄭毅夫題詩其上，乃云「野色更無山隔斷，天光直與水相通」，毅夫之喜誇也如此！故老爲余言：此樓建於至和之甲午，規模甚陋，亦幾圮。今又當甲午，一變而壯麗若此。獨恨登覽者有時而老，而此樓固突兀百尺，與光景蟬連俱在也。滂聞而歎曰：樓雖壯且麗，顧可恃哉！壯當有時而傾撓，麗當有時而漫滅，祇使後人來發悲慨爾。今邦人相與出游而喜甚，徒以有此樓故也。至其人散酒罷，水波月出，余獨擁鼻微吟，捋鬚遐想，蓋意已超然遺塵埃、出雲氣，將不月而明，不波而清，不樓居而高也。吾於此時蓋得佳處，且將以遺來者。異時有登臨而及余所後者，余雖不及見，意其若見余也。政和四年十一月□□日記。録自元徐碩至元嘉禾志卷一七碑碣門。

又七娘子和賀方回登月波樓：月光波影寒相向，借團團、與做長壕（按：此用莊子外篇秋水濠梁觀魚典故，應作「濠」）樣。此老南樓，風流可想，殷勤冰彩隨人上。欲同次道傾家釀，有兵厨、玉盎金波漲。雲外歸鴻，煙中飛槳，五湖秋興心先往。

鴛鴦語〔一〕　七娘子

京江抵海邊吴楚〔二〕，鐵甕城、形勝無今古〔三〕。北固陵高〔四〕，西津横渡〔五〕，幾人攜手分襟處！　淒涼渌水橋南路〔六〕。奈玉壺、難叩鴛鴦語〔七〕。行雨行雲〔八〕，非花非霧〔九〕，爲誰來爲誰還去〔一〇〕？

【校】

〔形勝〕原校：「原本『形』字缺，從毛本。」　〔陵高〕亦園本、八千卷樓本、藝風堂本作「高陵」，歷代詩餘卷三七、四印齋本作「凌高」，均不足據。　〔淥水橋〕八千卷樓本、藝風堂本作「緑水橋」。按景宋本即作「淥」，當以爲正。　〔爲誰還去〕八千卷樓本、藝風堂本作「還爲誰去」，不足據。

【箋注】

〔一〕本篇疑作於哲宗紹聖元年甲戌（一〇九四）九月。按年譜謂此詞「記春景」，故繫於哲宗元祐六年辛未（一〇九一）二月，或以是時方回曾游潤、揚二州，而詞曰「西津橫渡」，曰「分襟」，可見自潤渡江之揚州蹤蹟故爾。然味詞意，「春景」實無憑據。且下闋無限「人面何處」之慨，分明舊地重游之作，而元祐六年係初游。西津分襟云云，指爲感歎當時離別之往事則可，據以論定詞即製於彼時則未必。方回紹聖元年再過潤州，繫詞於此時，或較近是。惟方回此後仍有潤州行蹟，故未可遽斷。

〔二〕「京江」句　京江抵海，宋史彌堅、盧憲嘉定鎮江志卷六地理山川水：「京江水，在城北六里，東注大海，西接上流，此距廣陵。」按即長江下游流經今江蘇鎮江者，因古京口而名。邊吳楚，「邊」，此用若動詞，猶「界」也，唐張祜題丘山寺詩：「地乎邊海處。」京江南爲潤州，北爲揚州，時人習以潤屬吳地，揚屬楚地，宋釋法平北固山詩：「金焦兩山小，吳楚一江分。」

〔三〕鐵甕城　杜牧潤州詩二首其二：「城高鐵甕橫强弩。」自注：「潤州城，孫權築，號爲鐵甕。」宋程大昌演繁露卷一三鐵甕城條：「潤州城古號鐵甕，人但知其取喻以堅而已。然甕形深狹，取以喻城，似爲非類。乾道辛卯，予過潤，蔡子平置燕於江亭。亭據郡治前山絶頂，而顧子城，雉堞縁岡，彎環四合，其中州治諸廨在焉，圓深之形，正如卓甕。予始知喻爲甕者，指子城也。」

〔四〕北固陵高　宋樂史太平寰宇記卷八九江南東道一潤州丹徒縣：「北固山在縣北一里。南徐州記云：城西北有別嶺斜入江，三面臨水，號云北固。」

〔五〕西津横渡　嘉定鎮江志卷二地理津渡丹徒縣：「西津渡，去府治九里，北與瓜洲渡對岸。」

〔六〕淥水橋　輿地紀勝卷七兩浙西路鎮江府景物下：「淥水橋，在府治之西。杜牧詩：『淥水橋邊多酒樓。』」按杜牧詩題潤州二首其一，「淥」一作「緑」。

〔七〕「奈玉壺」句　太平廣記卷二五引續仙傳元柳二公篇（按周楞伽輯注本裴鉶傳奇據宋曾慥類説定此篇爲唐裴鉶作）：唐元和初有元徹、柳實者，於海島遇南溟夫人，贈以玉壺一枚，高尺餘。夫人題詩曰：「來從一葉舟中來，去向百花橋上去。若到人間叩玉壺，鴛鴦自解分明語。」又命侍女送客。二子問使者所謂叩玉壺、鴛鴦自解語者何也，答曰：「有事叩壺，事無不從。」二子歸塗因餒而叩壺，遂有鴛鴦語曰：「當欲飲食，前行自遇耳。」俄而道左有盤饌豐富，食而數日不思他味。文長不具録。按方回雖用此事，而「鴛鴦」實有雙關義，晉崔豹古今注卷中鳥獸：「鴛鴦，水鳥，鳧類也。雌雄未嘗相離，人得其一，則一思而至死，故曰『匹鳥』。」

〔八〕行雨行雲　宋玉高唐賦：「昔者先王嘗游高唐，怠而晝寢，夢見一婦人，曰：『妾巫山之女也，爲高唐之客。聞君游高唐，願薦枕席。』王因幸之。去而辭曰：『妾在巫山之陽，高丘之阻，旦爲朝雲，暮爲行雨，朝朝暮暮，陽臺之下。』」按此詩詞習用之典，賀詞亦屢見，下不具注。唐郎大家宋氏朝雲引詩：「巫山巫峽高何已，行雨行雲一時起。」

〔九〕非花非霧　白居易花非花詩：「花非花，霧非霧。夜半來，天明去。」

〔一〇〕「爲誰」句　唐歐陽瀣詠燕上主司鄭愚詩：「爲誰歸去爲誰來？」」

璧月堂〔一〕　小重山

夢草池南璧月堂〔二〕，緑陰深蔽日，囀鸝黄〔三〕。淡蛾輕鬢似宜妝〔四〕，歌扇小，煙雨畫瀟湘〔五〕。　薄晚具蘭湯〔六〕，雪肌英粉膩，更生香〔七〕。簟紋如水竟檀牀〔八〕，雕枕並〔九〕，得意兩鴛鴦〔一〇〕。

【校】

〔「雕枕」三句〕亦園本作「雕枕□，並得兩鴛鴦」，歷代詩餘卷三五、四印齋本、藝風堂本作「雕文枕，並得兩鴛鴦」，均不足據。

【箋注】

〔一〕璧月堂　未詳。莊子雜篇列禦寇：「以日月爲連璧。」南朝宋何偃月賦：「滿月如璧。」陳書張貴妃傳，載後主時曲詞有「璧月夜夜滿，瓊樹朝朝新」句。堂名似取義於此。

〔二〕夢草池　未詳。梁鍾嶸詩品卷中宋法曹參軍謝惠連條引謝氏家録：「（謝）康樂每對惠連，輒得佳語。後在永嘉西堂，思詩竟日不就。寤寐間，忽見惠連，即成『池塘生春草』。」唐張又新春草池詩：「謝公夢草一差微。」池之名或用此。

〔三〕「緑陰」二句　王維瓜園詩：「黄鸝囀深木。」又積雨輞川莊作詩：「陰陰夏木囀黄鸝。」鸝黄，廣韻上平聲五支離：「説文曰：『離黄，倉庚，鳴則蠶生。』今用『鸝』，爲『鸝黄』。」按即黄鸝。

〔四〕淡蛾輕鬢　温庭筠過華清宫二十二韻詩：「卷衣輕鬢懶，窺鏡淡蛾羞。」淡蛾，張祜集靈臺詩二首其二：「却嫌脂粉污顔色，淡掃蛾眉朝至尊。」

〔五〕「歌扇」二句　謂美人歌扇上畫有瀟湘煙雨圖。宋沈括夢溪筆談卷一七書畫：「度支員外郎宋迪工畫，尤善爲平遠山水，其得意者，有平沙雁落、遠浦帆歸、山市晴嵐、江天暮雪、洞庭秋月、瀟湘夜雨、煙寺晚鐘、漁村落照，謂之『八景』，好事者多傳之。」又，五代名畫有蜀李昇瀟湘煙雨圖，見明張丑清河書畫舫卷五。按湘水源出廣西，於湖南零陵縣西與瀟水合，並稱瀟湘。世傳虞舜南巡，崩於蒼梧。二妃女英、娥皇從征，溺於湘江。其神出入瀟湘之浦，必以飄風暴雨。此神話傳説愈增瀟湘之淒迷色彩，故屢爲畫家所取資。

〔六〕蘭湯　楚辭九歌雲中君：「浴蘭湯兮沐芳。」漢戴德大戴禮記卷二夏小正：「五月五日……蓄蘭爲沐浴也。」

〔七〕「雪肌」二句　雪肌，莊子内篇逍遥游：「藐姑射之山，有神人居焉，肌膚若冰雪，綽約若處子。」英粉膩，更生香，舊題漢伶玄飛燕外傳：「（趙）婕妤浴荳蔻湯，傅露華百英粉。帝嘗私語樊嫕曰：『后雖有異香，不若婕好體自香也。』」此反用之。

〔八〕簟紋如水　蘇軾南歌子有感詞：「簟紋如水玉肌涼。」

〔九〕雕枕　舊題漢郭憲洞冥記卷四：「玄珉雕枕……鏤爲日月雲霄之狀。」此特用爲枕之美稱。

〔一〇〕「得意」句　唐張鷟游仙窟託名崔十娘詩：「得意似鴛鴦。」五代王仁裕開元天寶遺事卷下天寶下被底鴛鴦條：「五月五日，明皇避暑游興慶池，與妃子晝寢於水殿中。宮嬪輩憑欄倚檻，爭看雌雄二鸂鶒戲於水中。帝時擁貴妃於綃帳内，謂宮嬪曰：『爾等愛水中鸂鶒，爭如我被底鴛鴦。』」

【彙評】

夏敬觀批語：是唐人小令，却非温飛卿一家。

羣玉軒〔一〕　小重山

羣玉軒中迹已陳，江南重喜見，廣陵春〔二〕。纖穠合度好腰身〔三〕，歌水調〔四〕，清囀□□□。　團扇掩櫻脣，七雙胡蝶子〔五〕，表□□。□□□復舊東鄰〔六〕，風月夜〔七〕，憐取眼前人〔八〕。

【校】

〔纖穠〕八千卷樓本、藝風堂本作「穠纖」，不足據。　〔「清囀」句〕八千卷樓本、四印齋本、藝風堂本作「清囀似嬌鶯」，不足據。　〔七雙〕八千卷樓本、藝風堂本作「一雙」，不足據。　〔眼前人〕景宋本缺

「人」字，蓋宋本蠹損，後人據文義補足。

【箋注】

〔一〕本篇當作於哲宗元祐三年戊辰（一〇八八）以後。按方回元祐二年十一月自京赴和州管界巡檢任，次年三月過金陵，其江南行迹始此，本篇必不作於此前。羣玉軒，未詳。穆天子傳卷三：「天子北征，東還，乃循黑水。癸巳，至於羣玉之山。」李白清平調詞三首其一：「若非羣玉山頭見，會向瑤臺月下逢。」以「羣玉」名軒，蓋出此。

〔二〕廣陵春　杜牧隋苑詩：「紅霞一抹廣陵春，定子當筵睡臉新。」用喻美人顔色。廣陵，元豐九域志卷五：「淮南路……東路：大都督府揚州廣陵郡，淮南節度，治江都縣。」即今江蘇揚州。

〔三〕「纖穠」句　宋玉神女賦：「穠不短，纖不長。」曹植洛神賦：「穠纖得衷，修短合度。肩若削成，腰如束素。」唐段成式嘲飛卿詩七首其一：「曾見當壚一個人，入時裝束好腰身。」

〔四〕水調　杜牧揚州詩三首其一：「誰家唱水調？」自注：「煬帝鑿汴渠成，自造水調。」

〔五〕胡蝶子　疑與後攤破浣溪沙（錦薦朱絃瑟瑟徽）篇「宛是春風胡蝶舞」云云同屬比況之辭。又唐崔令欽教坊記載曲名表中有胡蝶子。

〔六〕□復舊東鄰　缺字疑作「非」，後陽羨歌篇：「元龍非復少時豪。」亦見「非復」字。東鄰，宋玉登徒子好色賦：「天下之佳人，莫若楚國。楚國之麗者，莫若臣里。臣里之美者，莫若臣東家之子。東家之子，增之一分則太長，減之一分則太短；著粉則太白，施朱則太赤。眉如翠羽，肌如白雪。腰如束素，齒如含貝。嫣然一笑，惑陽城，迷下蔡。然此女登牆闚臣三年，至今未許也。」

〔七〕風月夜　南朝梁蕭綱與劉孝儀令悼劉遵：「良辰美景，清風月夜。」白居易寄題忠州小樓桃花詩：「長憶小樓風月夜。」

〔八〕「憐取」句　元稹鶯鶯傳鶯鶯與張生詩：「還將舊時意，憐取眼前人。」

□□□〔一〕　小重山

隔水桃花□□□，□□□□□，□□□。□妝飛鵲鏡臺前〔二〕，□□□，□□□□□。

□首已依然〔三〕，斷雲疏雨後，更聞蟬〔四〕。□□□葉付漪漣〔五〕，馳寄與，人住玉溪邊〔六〕。

【箋注】

〔一〕本篇當作於徽宗建中靖國元年辛巳（一一〇一）九月前，時客蘇州。按詞意似本地相思懷人之作，曰「人住玉溪邊」，證之後辟寒金篇「六華應臘妝吳苑。……縹緲郢人歌已斷，歸路指、玉溪南館」云云，知必在蘇州。宋李之儀姑溪居士文集前集卷四〇題賀方回詞：「吳女宛轉有餘韻，方回過而悦之，遂將委質焉，其投懷固在所先也。自方回南北，垢面蓬首，不復與世故接，卒歲注望，雖傳記抑揚一意不遷者，不是過也。」所謂「方回南北」，當指其建中靖國元年秋赴京及其後出通判泗州、太平州事，過蘇州而悦吳女，則在此前。顧此段客蘇經歷，年譜失考，説詳拙撰賀鑄建中靖國元年踪蹟考索。

〔二〕「□妝」句　缺字疑當作「梳」。唐劉元淑妾薄命詩「飛鵲鏡前梳妝斷。」飛鵲鏡，太平御覽卷七一七服用部一九鏡引神異經：「昔有夫婦將別，破鏡，人執半以爲信。其妻與人通，鏡化鵲飛至夫前，其夫乃知之。後人因鑄鏡爲鵲安背上，自此始也。」南朝梁吴均和蕭洗馬子顯古意詩六首其三：「願爲飛鵲鏡。」

〔三〕□首　據文意當作「回首」。

〔四〕「斷雲」二句　唐孟賓于獻主司詩：「那堪雨後更聞蟬。」

〔五〕「□□□葉」句　唐范攄雲溪友議卷下題紅怨：「盧渥舍人應舉之歲，偶臨御溝，見一紅葉，命僕搴來。葉上乃有一絶句。置於巾箱，或呈於同志。及宣宗既省宫人，初下詔許從百官司吏，獨不許貢舉人。渥後亦一任范陽，獲其退宫人，覩紅葉而吁怨久之，曰：『當時偶題隨流，不謂郎君收藏巾篋。』驗其書，無不訝焉。詩曰：『水流何太急，深宫盡日閑。慇懃謝紅葉，好去到人間。』」

〔六〕玉溪　或是水名，詳見後二〇頁辟寒金篇注〔七〕。

辨絃聲〔一〕　迎春樂

瓊瓊絶藝真無價〔二〕，指尖纖，態閑暇。幾多方寸關情話〔三〕，都付與、絃聲寫。　三月十三寒食夜〔四〕，映花月、絮風臺榭。明月待歡來〔五〕，久背面、鞦韆下〔六〕。

【校】

〔背面〕八千卷樓本、藝風堂本作「背立」，不足據。

【箋注】

〔一〕辨絃聲　李商隱水天閒話舊事詩：「更辨絃聲覺指纖。」

〔二〕瓊瓊絶藝　宋陳元靚歲時廣記卷一七清明引（宋張君房）麗情集：唐明皇時，樂供奉楊羔以貴妃同姓寵倖，或謂「羔舅」。天寶十三載清明，敕宮娥出遊踏青。狂生崔懷寶佯以避道不及，隱樹下，睹車中一宮娥，流盼於生。羔斥之，生惶駭告罪。羔笑曰：「爾實有心，當爲作狂計。今晚可來。」生晚詣之，羔曰：「能作小詞，方得相見。」生吟曰：「平生無所願，願作樂中箏。得近玉人纖手子，砑羅裙上放嬌聲。便死也爲榮。」羔喜，遣美人相見曰：「美人薛瓊瓊，良家女，選入宮爲箏長。今與崔郎永奉箕帚。」後崔調補荆南司録，中秋賞月，瓊瓊理箏彈，聲韻不常。吏輩異之，遂聞監軍。監軍收崔赴闕。崔狀云：「楊羔所賜。」羔求救於貴妃，上赦之，賜瓊瓊與崔爲妻。文長不具録。按：宋曾慥類説卷二九、朱勝非紺珠集卷一一亦引麗情集此條，皆在歲時廣記前，惟文字稍簡，故從略。

〔三〕方寸　三國志蜀書諸葛亮傳：「（徐）庶辭先主而指其心曰：『本欲與將軍共圖王霸之業者，以此方寸之地也。今已失老母，方寸亂矣。……』」

〔四〕「三月」句　歐陽修越溪春詞：「三月十三寒食日。」梁宗懔荆楚歲時記：「去冬節一百五日，即有疾風甚雨，謂之『寒食』，禁火三日。」舊傳隋杜公瞻注：「據曆合在清明前二日。」

〔五〕「明月」句　慶湖遺老詩集卷八追和亡友杜仲觀古黄生曲三首其二：「後夜待歡來，開門但明月。」歡，唐杜佑通典卷一四五樂五雜歌曲：「江南謂情人爲『歡』。」

〔六〕「久背面」句　李商隱無題詩（八歲偷照鏡）：「十五泣春風，背面鞦韆下。」荆楚歲時記：「又爲打毬、鞦韆之戲。」注：「古今藝術圖云：鞦韆本北方山戎之戲，以習輕趫者。後中國女子學之，乃以綵繩懸木立架，士女炫服坐立其上，推引之，名曰『鞦韆』。」宋胡仔苕溪漁隱叢話後集卷三一山谷下引（宋嚴有翼）藝苑雌黄：「或云齊威公北伐山戎，此戲始傳中國。然考之字書，則曰：鞦韆，繩戲也。今其字從『革』，實未嘗用革。按王延壽作千秋賦，正言此戲，則古人謂之『千秋』。或謂出自漢宫祝壽詞也。後人妄易其字爲『鞦韆』，而語復顛倒耳。」

攀鞍態　迎春樂

逢迎一笑金難買〔一〕，小櫻脣，淺蛾黛〔二〕。玉環風調依然在〔三〕，想花下、攀鞍態。　竚倚碧雲如有待〔四〕，望新月、爲誰雙拜？細語人不聞，微風動、羅裙帶〔五〕。

【校】

〔金難買〕清徐本立詞律拾遺卷二作「春難買」，不足據。　〔羅裙帶〕詞譜卷九迎春樂又一體賀鑄「雲鮮日嫩東風軟」闋後考語引作「雙羅帶」，八千卷樓本作「裙羅帶」，均不足據。

【箋注】

〔一〕一笑金難買　漢崔駰七依：「美人……回顧百萬，一笑千金。」南朝梁王僧孺詠寵姬詩：「再顧連城易，一笑千金買。」此言「難買」，極言伊人之嫣然一笑爲可貴也。

〔二〕黛　漢劉熙釋名卷二釋首飾：「黛，代也。滅眉毛去之，以此畫代其處也。」

〔三〕「玉環」二句　宋樂史楊太真外傳卷上：「楊貴妃，小字玉環。」

〔四〕「竚倚」句　廣韻上聲八語：「竚，久立也。」江淹雜體詩三十首其三十擬休上人怨別：「日暮碧雲合，佳人殊未來。」

〔五〕「望新月」三句　唐李端拜新月詩：「開簾見新月，即便下階拜。細語人不聞，北風吹裙帶。」又隋李德林夏日詩：「微風動羅帶。」宋金盈之醉翁談録卷四京城風俗記八月：「中秋，京師賞月之會，異於他郡。傾城人家子女，不以貧富，自能行至十二三，皆以成人之服服飾之，登樓或於中庭焚香拜月，各有所期：男則願早步蟾宫，高攀仙桂，所以當時賦詞者有『時人莫訝登科早，祇爲常娥愛少年』之句；女則願貌似常娥，貞如皓月。俗傳齊國無鹽女，天下之至醜，因幼年拜月，後以德選入宫，帝未寵幸。上因賞月見之，姿色異常。帝愛幸之，因立爲后。乃知女子拜月有自來矣。」

辟寒金〔一〕　迎春樂

六華應臘妝吴苑〔二〕，小山堂〔三〕，晚張燕〔四〕。賞心不厭杯行緩，待月度、銀河半〔五〕。縹緲郢人歌已斷〔六〕，歸路指、玉溪南館〔七〕。誰似辟寒金〔八〕？□□與、空牀暖。

【校】

〔晚張燕〕八千卷樓本、藝風堂本作「晚粧宴」，「粧」字誤。〔縹緲〕亦園本作「縹縹」，誤。〔郢人歌已斷〕八千卷樓本作「郢歌人已斷」，不足據。〔□□與〕全宋詞據歲時廣記卷四足成「聊借與」。按是書卷四冬辟寒金條：「古樂府云：『誰似辟寒金？聊借與、空牀暖。』」雖未詳作者而語句與賀詞合。

【箋注】

〔一〕本篇疑作於哲宗元符三年庚辰（一一〇〇）十二月，蘇州。味詞意似與吴女有關，且可推知伊人當爲一歌妓。大抵此與前小重山（隔水桃花□□□）篇蓋同期之作而略早，頗疑方回邂逅吴女即始於此。時丁母艱服除，而趙夫人已殁矣。

〔二〕「六華」句　宋韓琦雪詩：「六花來應臘，望歲一開顔。」華，古「花」字。六華，唐徐堅等初學記卷二天部下雪引韓詩外傳：「草木花多五出，雪花獨六出。」　臘，漢應劭風俗通義卷八祀典臘：「謹按禮傳：夏曰『嘉平』，殷曰『清祀』，周曰『大蠟』，漢改爲『臘』。『臘』者，獵也。言田獵取獸以祭祀其先祖也。或曰，『臘』者，接也。新故交接，故大祭以報功也。漢家火行，衰於戌，故臘也。」宋史禮志六：「建隆初，……遂以（十二月）戌日爲臘。」　吴苑，漢書枚乘傳：「修治上林，雜以離宫，積聚玩好，圈守禽獸，不如長洲之苑。」唐顔師古注引漢服虔曰：「吴苑。」又引三國魏孟康曰：「以江水洲爲苑也。」太平寰宇記卷九一江南東道三蘇州長洲縣：「長洲苑在縣西南七十里。」又若以爲蘇州園苑之泛稱，亦可通。　韋應物閶門懷古詩：「獨鳥下高樹，遥知吴苑園。」

〔三〕小山堂　檢蘇州諸方志未得其詳，惟陸龜蒙懷楊台父楊鼎文二秀才詩自注：「崇蘭、小山，郡中二堂。」龜蒙吴郡人，且長期隱居於此，所謂「郡中」，當即吴郡蘇州也。

〔四〕張燕　三國魏張揖廣雅釋詁三：「張，開也。」燕，同「宴」。

〔五〕「賞心」三句　白居易首夏同諸校正游開元觀因宿玩月詩：「置酒西廊下，待月杯行遲。」唐王涯秋思詩：「月渡天河光轉濕。」賞心，謝靈運擬魏太子鄴中集詩序：「天下良辰、美景、賞心、樂事，四者難並。」

〔六〕縹緲郢人　謂歌妓。宋玉對楚王問：「客有歌於郢中者，其始曰下里巴人，國中屬而和者數千人。其爲陽阿薤露，國中屬而和者數百人。其爲陽春白雪，國中屬而和者不過數十人。引商刻羽，雜以流徵，國中屬而和者，不過數人而已。」「郢人」喻善歌者，本此。又晉木華海賦：「羣仙縹緲。」古人況美人爲仙，後遂以「縹緲人」射「仙」，用作美人之代稱。蘇軾游餘杭東西巖詩：「獨攜縹緲人，來上東西山。」方回亦有寄杜仲觀詩：「招呼縹緲人，晚鏡催妝梅。水調唱金縷，雲疊浮玉醅。」（詩集卷二）

〔七〕玉溪南館　檢蘇州諸方志未詳。唐陸廣微吴地記載古館八所，其五曰烏鵲，在州郡南。未知「南館」者即此否。若然，則據宋朱長文吴郡圖經續記卷中橋梁：「烏鵲橋……因館得名。」「玉溪」恐或是烏鵲橋下水也。

〔八〕辟寒金　拾遺記卷七魏：「明帝即位二年……昆明國貢嗽金鳥。……鳥常吐金屑如粟，鑄之可以爲器。……此鳥畏霜雪，乃起小屋處之，名曰辟寒臺。……宫人争以鳥吐之金用飾釵佩，謂之『辟寒金』。故宫人相嘲曰：『不服辟寒金，那得帝王心？』」按宋阮閲詩話總龜前集卷四七引宋李頎古今詩話，言嗽金鳥吐金如粟，宮人争取爲釵鈿，謂之「辟寒金」，以此鳥不畏寒也。其説與拾遺記異。玩方回詞意，乃取後説者也。

爾汝歌〔一〕 商清怨

勞生羈宦未易處〔二〕，賴醉□□□。白眼青天〔三〕，忘形相爾汝〔四〕。□□□□□□□，□□□、送君南浦〔五〕。雪暗滄江，□□□□□。

【校】

〔商清怨〕景宋本目録如此。實應作「清商怨」。亦園本暨以後諸本多已改之。

【箋注】

〔一〕本篇疑作於哲宗紹聖三年丙子（一〇九六）或四年丁丑（一〇九七）冬。按方回一生羈宦之地瀕江者，惟和州、鄂州（江夏）、太平州。詞曰「送君南浦」，雖用江淹成句，然江夏實有其地，繫詞於方回官江夏寶泉監時，或較近是。爾汝歌，世説新語排調：「晉武帝問孫皓：『聞南人好作爾汝歌，頗能爲不？』皓正飲酒，因舉觴勸帝而言曰：『昔與汝爲鄰，今與汝爲臣。上汝一杯酒，令汝壽萬春。』帝悔之。」是江左古歌謡名，方回用爲詞題。

〔二〕「勞生」句　勞生，莊子內篇大宗師：「夫大塊載我以形，勞我以生。」　羈宦，離鄉客宦。世說新語識鑒：「張季鷹（翰）……曰：『人生貴得適意爾，何能羈宦數千里以要名爵！』」未易處，韓非子問田：「夫治天下之柄，齊民萌之度，甚未易處也。」

〔三〕白眼青天　杜甫飲中八仙歌：「宗之蕭灑美少年，舉觴白眼望青天。」

〔四〕「忘形」句　杜甫醉時歌：「忘形到爾汝，痛飲真吾師。」忘形，莊子雜篇讓王：「故養志者忘形。」

〔五〕送君南浦　江淹別賦：「送君南浦，傷如之何！」太平寰宇記卷一一二江南西道一〇鄂州江夏縣：「南浦，在縣南三里。離騷云：『送美人兮南浦。』（按此句實出九歌河伯。）其源出景首山，西入江。春、冬涸竭，秋、夏泛漲。商旅往來，皆於浦停泊。以其在郭之南，故曰南浦。」

□□□〔一〕　商清怨

揚州商女□□□〔二〕。□□□□□。□寄扁舟〔三〕，江南湖北道〔四〕。　津頭龍祠屢□〔五〕。□信指〔六〕、半春前到。笑倚危檣，朝風來色好〔七〕。

【校】

〔□信〕亦園本、知不足齋本、八千卷樓本、四印齋本、藝風堂本作「近信」。　〔危檣〕景宋本、知不足齋本作「危牆」，誤。　〔「朝風」句〕景宋本作「朝來風色好」，文從字順，不應輕改。餘本多遵宋槧。

【箋注】

〔一〕本篇當作於哲宗紹聖三年丙子（一〇九六）春二月上旬。按年譜載方回紹聖二年（一〇九五）九月後離京赴江夏寶泉監任，次年二月尚寓泊臨淮，三月經金陵。詞云「扁舟」，云「江南湖北道」，云「揚州」，云「半春前」，可見是年二月上旬即由臨淮發櫂，沿運河南下，經揚州入江，將溯江西上湖北，時、地、航向無不與年譜合。惟年譜是年引慶湖遺老詩集卷五寓泊臨淮有懷杜修撰自注：「丙子三月賦。」與本篇抵牾。檢南京圖書館藏八千卷樓鈔本詩集二種（皆善本），注語皆作「丙子二月」。意年譜所據賀詩版本有誤，或本身鈔引、排字之訛。要之，當以「二月」爲正，庶幾詩、詞無迕焉。

〔二〕揚州商女　劉禹錫夜聞商人船中箏詩：「揚州布粟商人女。」

〔三〕□寄扁舟　疑缺字當作「身」。本卷想車音篇：「身寄吴雲杳。」亦見「身寄」字。

〔四〕江南湖北道　元豐九域志卷六載江南東路轄江寧府，宣州、歙州、江州、池州、饒州、信州、太平州、南康軍、廣德軍，凡府一、州七、軍二；江南西路轄洪州、虔州、吉州、袁州、撫州、筠州、興國軍、南安軍、臨江軍、建昌軍，凡州六、軍四；荆湖北路轄江陵府，鄂州、安州、鼎州、澧州、峽州、岳州、歸州、辰州、沅州、誠州，凡府一、州十。按方回自揚州溯江之官江夏，途中必經江南東路之江寧府、太平州、池州、江州，江南西路之興國軍，方可達荆湖北路之鄂州（即江夏郡），故以「江南湖北道」爲言。

〔五〕「津頭」句　清尹會一、程夢星等雍正揚州府志卷一四祠祀江都縣：「龍祠，在瓜洲鎮八港屯船塢。祠面金山，土人謂之金山龍王廟。」附明唐順之重修瓜洲龍祠記：「瓜洲據江之衝，則其建祠以祀龍亦宜。祀不知所始。」屢□，缺字爲韻，當作「禱」。説文示部：「禱，告事求福也。」

〔六〕□信　唐李肇國史補卷下：「揚子、錢塘二江者，則乘兩潮發櫂。……常待東北風，謂之『潮信』。」

〔七〕「朝風」句　唐盧照鄰至陳倉曉晴望京邑詩：「今朝風色好。」蘇軾曉至巴河口迎子由詩：「朝來好風色。」風色，文選卷一三賦物色類李善注：「有物有文曰『色』。風雖非正色，然亦有聲。……易曰：『風行水上，渙。』渙然，即有文章也。」

半死桐〔一〕　思越人，亦名鷓鴣天。

重過閶門萬事非〔二〕，同來何事不同歸？梧桐半死清霜後，頭白鴛鴦失伴飛〔三〕。原上草〔四〕，露初晞〔五〕，舊棲新壠兩依依〔六〕。空牀卧聽南窗雨，誰復挑燈夜補衣〔七〕！

【校】

〔重過〕景宋本缺「過」字，然亦園本有之，或有所據。

【箋注】

〔一〕本篇當作於徽宗建中靖國元年辛巳（一一〇一）。按此重過蘇州悼亡之作。方回元符元年（一〇九八）六月後至建中靖國元年九月前曾寓蘇州，其間元符三年庚辰（一一〇〇）十月再道臨淮（見詩集卷五寄題盱眙杜子師東山草堂小序)，約十一二月在淮南見蔡京(宋蔡絛鐵圍山叢談卷四：「元符末，魯公自翰苑謫香火祠，因東下，……擬將卜儀真以居焉，……米元章、賀方回來見。」續資治通鑑卷八六宋紀八六：「(元符)三年……十一月……庚午……詔知江寧府蔡京落職，提舉杭州洞霄宮。」蔡東下淮南，至遲年內可達)。意趙夫人歿於詞人北行前，詞則作於北行之返也。是時方回年五十，與「頭白鴛鴦」語合；上距趙夫人之歿，至近僅可數月，至久亦無踰三年，亦與「新壠」相符。半死桐，梁庾肩吾春日詩：「山橫半死桐。」唐李嶠天官崔侍郎夫人吴氏挽歌：「琴哀半死桐。」枚乘七發：「龍門之桐……其根半死半生。……斫斬以爲琴……飛鳥聞之翕翼而不能去，野獸聞之垂耳而不能行，蚑蟜螻蟻聞之拄喙而不能前，此亦天下之至悲也。」

〔二〕閶門　太平寰宇記卷九一江南東道三蘇州吴縣：「閶闔門，吴城西門也。以天門通閶闔，故名之。」宋朱長文吴郡圖經續記卷下往迹：「閶門，故名閶闔門。」

〔三〕「梧桐」二句　孟郊列女操：「梧桐相待老，鴛鴦會雙死。」劉肅大唐新語卷三公直：「安定公主初降王同皎，後降韋擢，又降崔銑。……及公主薨，同皎子繇……奏請與其父合葬……夏侯銛駁曰：『公主初昔降婚，梧桐半死；逮乎再醮，琴瑟兩亡。則生存之時，已與前夫義絶；殂謝之日，合從後夫禮葬。』」王維汧陽郡太守王公夫人安喜縣君成氏墓志銘：「嗟梧桐兮半死，無雙飛兮鳳凰。」白居易爲薛台悼亡詩：「半死梧桐老病身。」唐黄滔明皇回駕經馬嵬賦：「輦路見梧桐半死，煙空失鸞鳳雙翔。」王建宫中調笑(楊柳楊柳)詞：「鷓鴣夜飛失伴。」

〔四〕原上草　白居易賦得古原草送别詩：「離離原上草。」

〔五〕露初晞　樂府古辭薤露：「薤上露，何易晞！露晞明朝更復落，人死一去何時歸？」

〔六〕「舊棲」句　陶淵明歸田園居詩五首其四（久去山澤游）：「徘徊丘壠間，依依昔人居。」

〔七〕「誰復」句　詩集卷二問内（庚申六月溢陽賦）：「庚伏厭蒸暑，細君弄針縷。烏綈百結裘，茹藘加彌補。勞問『汝何爲，經營特先期？』『婦功乃我職，一日安敢墮？嘗聞古俚語，君子毋見嗤：「瘦女將有行，始求然艾醫。」須衣待僵凍，何異斯人癡？蕉葛此時好，冰霜非所宜。』」蓋神宗元豐三年（一〇八〇）作。

【附録】

宋孫光憲北夢瑣言卷九：江淮間有徐月英，名娼也。其送人詩云：「惆悵人間萬事違，兩人同去一人歸。生憎平望亭前水，忍照鴛鴦相背飛！」

【彙評】

清陳廷焯雲韶集卷三：此詞最有骨，最耐人玩味。　又：方回詞，兒女、英雄兼而有之。　又：結二語清而有骨，亦有味。

又詞則別調集卷一：悲惋於直截處見之，當是悼亡作。

俞陛雲宋詞選釋：此在悼亡詞中情文相生，等於孫楚。「鴛鴦」句與潘安仁詩「如彼翰林鳥，雙飛一朝隻」正同。下闋從「新壠」、「舊棲」見意。「原上草」二句，悲「新壠」也。「空牀」二句，悲「舊棲」也。郭頻伽（麐）詞：「挑燈影裏，還認那人無睡！」宜其撫寒衣而隕涕矣。

翦朝霞〔一〕　思越人　牡丹

雲弄輕陰穀雨乾〔二〕，半垂油幕護殘寒〔三〕。化工著意呈新巧〔四〕，翦刻朝霞飣露盤〔五〕。

輝錦繡，掩芝蘭〔六〕，開元天寶盛長安〔七〕。沈香亭子鉤闌畔，偏得三郎帶笑看〔八〕。

【校】

〔雲弄〕宋陳詠全芳備祖前集卷二花部牡丹樂府祖録作「曾弄」，八千卷樓本作「雲美」，皆誤。〔輕陰〕全芳備祖作「輕煙」。〔半垂〕知不足齋本作「半隨」，不足據。〔油幕〕全芳備祖作「雲幕」。〔著意〕八千卷樓本作「芳意」，誤。〔翦刻〕八千卷樓本、藝風堂本作「刻翦」，不足據。〔開元〕全芳備祖作「開先」，誤。

【箋注】

〔一〕本篇當作於神宗熙寧七年甲寅（一〇七四）之後。按「化工」句用蘇軾和述古冬日牡丹詩。元豐二年（一〇七九）何正臣、舒亶、李定輩興「烏臺詩案」，蘇軾以文字得罪下獄，此詩亦罪證之一。清查慎行東坡先生編年詩據烏臺詩案定軾詩爲熙寧六年（一〇七三）冬十月作，賀詞有「穀雨」字，必不早於次年暮春。

〔二〕「雲弄」句　宋范純仁和獻可丙午二月六日别臺中僚友詩：「雲藏夕照弄清陰。」穀雨乾，唐曹鄴（一作薛能）老圃堂詩：「穀雨乾時手自鋤。」通緯孝經援神契：「清明後十五日，斗指辰，爲穀雨，三月中，言雨生百穀，清浄明潔也。」歐陽修洛陽牡丹記花釋名：「洛花以穀雨爲開候。」

〔三〕「半垂」句　唐范攄雲溪友議卷中錢塘論：「致仕尚書白舍人初到錢塘，令訪牡丹花，獨開元寺僧惠澄近於京師得此花栽……時春景方深，惠澄設油幕以覆其上。」

〔四〕「化工」句　蘇軾和述古冬日牡丹詩四首其一（一朵妖紅翠欲流）：「化工只欲呈新巧，不放閑花得少休。」

〔五〕「翦刻」句　元稹紅芍藥詩：「翦刻彤雲片，開張赤霞裹。」唐莊南傑紅薔薇詩：「九天碎霞明澤國，造化工夫潛翦刻。」裴潾長安牡丹詩：「别有玉盤（一作「盃」）承露冷。」

〔六〕「輝錦繡」二句　唐唐彦謙牡丹詩：「顔色無因饒錦繡，馨香惟解掩蘭蓀。」芝蘭，即芷、蘭，皆香草。荀子宥坐：「且夫芷蘭生於深林，非以無人而不芳。」漢劉向説苑雜言亦有此語，而作「芝蘭」。

〔七〕「開元」句　開元、天寶，唐玄宗年號。長安，唐京城，今陝西西安。

〔八〕「沈香亭子」二句　唐李濬松窗雜録：「開元中，禁中初重木芍藥，即今牡丹也。得四本——紅、紫、淺紅、通白者，上因移植於興慶池東沈香亭前。會花方繁開，上乘月夜召太真妃以步輦從。詔選梨園弟子中尤者，得樂十六色。李龜年以歌擅一時之名，手捧檀板，押衆樂前，欲歌之。上曰：『賞名花，對妃子，焉用舊樂詞爲？』遽命龜年持金花牋宣賜翰林學士李白進清平調詞三篇。白欣承詔旨，猶苦宿酲未解，因援筆賦之。」其三曰：「名花傾國兩相歡，長得君王帶笑看。解釋春風無限恨，沈香亭北倚闌干。」

三郎，舊唐書玄宗紀：「玄宗……諱隆基，睿宗第三子也。」唐劉肅大唐新語卷九諛佞：「睿宗與羣臣呼……玄宗爲『三郎』。」鉤闌，宋趙令畤侯鯖録卷七欄楯條：「殿上臨邊之飾，亦以防人墜墮，今言『鉤欄』是也。」

避少年〔一〕　思越人

誰愛松陵水似天？畫船聽雨奈無眠〔二〕。清風明月休論價〔三〕，賣與愁人直幾錢〔四〕！揮醉筆〔五〕，掃吟箋，一時朋輩飲中仙〔六〕。白頭□□江湖上〔七〕，袖手低回避少年〔八〕。

【校】

〔朋輩〕四印齋本作「朋黨」，不足據。　〔江湖〕原校：「原本『江』字缺，從毛本。」

【箋注】

〔一〕本篇當作於徽宗大觀三年己丑（一一〇九）歸隱蘇州之後。宋葉夢得賀鑄傳：「賀方回……喜劇談天下事，可否不略少假借，雖貴要權傾一時，小不中意，極口詆無遺詞。……退居吴下，浮沈俗間，稍務引遠世故，亦無復軒輊如平日。」詞曰「避少年」，正與此合。

〔二〕「誰愛」二句　松陵，太平寰宇記卷九一江南東道三蘇州吴江縣：「吴江，本名松江，又名松陵，又名笠澤。其江出太湖。」唐雍陶望月懷江上舊游詩：「憶得當時水似天。」按韋莊菩薩蠻（人人盡説江南好）詞：「春水碧於天，畫船聽雨眠。」此反其意。

〔三〕「清風」句　李白襄陽歌：「清風朗月不用一錢買。」

〔四〕「賣與」句　杜牧醉贈薛道封詩：「賣與明君直幾錢！」

〔五〕揮醉筆　宋徐積雪詩十首其八：「一揮醉筆恰盈箋。」

〔六〕「一時」句　宋鄭獬送方元忠詩：「朋輩俱飲豪。」飲中仙，杜甫有飲中八仙歌。

〔七〕「白頭」句　疑缺字當作「遁蹟」，南史隱逸傳上：「若夫陶潛之徒……或遁蹟江湖之上，或藏名巖石之下，斯並嚮時隱淪之徒歟？」

〔八〕「袖手」句　唐唐彥謙和陶淵明貧士詩七首其四：「中年涉事熟，欲學唾面婁。逡巡避少年，赴穢不敢酬。」

【彙評】

宋詞選釋：「清風明月」，本藉銷愁，乃買不費錢，而「愁人」不取，其愁寧可解耶？下闋言人見其於少年場中斂手絶迹，安知當日狂傾阮籍之杯，高詠謫仙之句，亦翩翩濁世之人？蓋「袖手」「避」之者，即其踏莎行詞所謂「元龍非復少時豪」，圖「耳根清浄」耳。

夏敬觀批語：意新。前四句豈非一首晚唐人之絶句？「袖手」句是宋人詩中佳句。

□□□〔一〕　思越人

留落吴門□□□〔二〕，□□□□□□□。扁舟更入毗陵道〔三〕，卻□□□□□□。□□念，付清觴，樵青與我和滄浪〔四〕。浮雲□是無根物〔五〕，南北東西不礙狂〔六〕。

【校】

〔吴門〕八千卷樓本、藝風堂本作「吴江」，不足據。　〔□是〕八千卷樓本、四印齋本、藝風堂本作「本是」，蓋據文義補。似可從。詩集卷四題海陵開元寺棲雲庵：「浮雲本無心。」

【箋注】

〔一〕本篇疑作於哲宗元符元年戊寅（一〇九八）六月後至徽宗建中靖國元年辛巳（一一〇一）九月前。按年譜繫此詞於徽宗大觀三年（一一〇九）後，以爲晚年退隱吴下之作。然方回既自請致仕，卜居蘇、常，恐不當言「留落吴門」。味詞意，其丁母憂去官江夏、首次客吴時之所作歟？趙夫人死葬宜興，方回元符、建中靖國間未必不曾「扁舟更入毗陵道」也。唐劉皂旅次朔方詩：「客舍并州已十霜，歸心日夜憶咸陽。無端更渡桑乾水，却望并州是故鄉。」本篇上闋似即套用劉詩句格，自謂留落吴門稍有時日，而心戀京闕，今且更入毗陵，却望吴門是故鄉矣。景宋本次句末字僅存右下方「勹」三劃，此係韻脚，酷似「陽」字殘筆，摹擬劉詩之蛛絲馬迹，猶未泯也。

〔二〕留落　史記衛將軍驃騎列傳：「然而諸宿將常坐留落不遇。」清王先謙漢書補注霍去病傳注引王念孫曰：「今人言流落，義亦相近也。」　吴門，韓詩外傳：「顔回從孔子登日觀，望吴門焉。」本指春秋時吴國都城之門，後遂用爲蘇州之别名。

〔三〕毗陵　元豐九域志卷五兩浙路：「常州毗陵郡，軍事，治晉陵、武進二縣。」

〔四〕樵青　唐顔真卿浪跡先生玄真子張志和碑銘：「肅宗嘗賜奴、婢各一，玄真配爲夫婦，名夫曰『漁僮』，妻曰『樵青』。人問其故，曰：『漁僮使捧釣收綸，蘆中鼓枻；樵青使蘇蘭薪桂，竹裹煎茶。』」滄浪，孟子離婁上：「有孺子歌曰：『滄浪之水清兮，可以濯我纓；滄浪之水濁兮，可以濯我足。』」

〔五〕「浮雲」句　北齊顔之推顔氏家訓終制篇：「吾今羈旅，身若浮雲。」唐郭震雲詩：「不知身是無根物。」

〔六〕「南北」句　禮記檀弓上載孔子語：「今丘也，東西南北之人也。」北魏孫紹修律令上表：「南北東西，卜居莫定。」唐吴融雲詩：「南北東西似客身。」按：慶湖遺老詩集卷九成安道中懷寄馮惟逸：「人生自是無根物，南北東西任所之。」「浮雲」二句，亦此意也。

千葉蓮〔一〕　思越人

聞你儂嗟我更嗟〔二〕，春霜一夜埽穠華〔三〕。永無清囀欺頭管〔四〕，賴有濃香著臂紗〔五〕！

侵海角〔六〕，抵天涯〔七〕，行雲誰爲不知家？秋風想見西湖上〔八〕，化出白蓮千葉花〔九〕。

【校】

〔抵天涯〕八千卷樓本作「低天涯」，誤。　〔誰爲〕八千卷樓本作「誰會」，不足據。

【箋注】

〔一〕本篇當作於徽宗崇寧五年丙戌（一一〇六）春至大觀二年戊子（一一〇八）三月前。「千葉蓮」拈用蘇州鄉土故實，應即附録李之儀題賀方回詞所謂「三闋」之一，蓋爲哀悼吴女而製者。方回崇寧四年（一一〇五）始判太平州，時李之儀以爲范純仁作遺表得罪，編管當塗，是年冬，故人相遇。詞必作於此後兩三年間太平州任内，與之儀相過從時。

〔二〕你儂　元高德基平江記事：「鄉人自稱曰『吾儂』、『我儂』，稱他人曰『渠儂』、『你儂』，問人曰『誰儂』。夜晚之間閉門之後，有人叩門，主人問曰：『誰儂？』外面答曰：『我儂。』主人不知何人，開門視之，認其人矣，乃曰：『却是你儂！』」

〔三〕穠華　詩召南何彼穠矣：「何彼穠矣，華如桃李。」唐羅隱牡丹花詩：「可憐韓令功成後，辜負穠華過一春。」

〔四〕頭管　唐段成式觱篥格：「觱篥，即今頭管。」宋高承事物紀原卷二樂舞聲歌部：「觱篥……今胡部在管音前，故世亦云『頭管』。」

〔五〕臂紗　晉書胡貴嬪傳：「泰始九年，（晉武）帝多簡良家子女以充内職，自擇其美者，以絳紗繫臂。」

〔六〕侵海角　司馬光送李學士使北詩：「虜牙侵海角。」

〔七〕抵天涯　李商隱無題詩：「聞道閶門萼緑華，昔年相望抵天涯。」

〔八〕西湖　晉張元之吴興山墟名：「西湖，一名吴城湖。昔闔廬築吴城，使百姓輦土，浸而爲湖。闔廬弟夫槩因而創之。」又疑謂洞庭西山小湖，詳下注〔七〕。

〔九〕白蓮千葉花　宋范成大吴郡志卷三四郭外寺：「洞庭西山小湖觀音教院，在吴縣西南一百五十里，即舊小湖院也。相傳唐乾符中，有沈香觀音像泛太湖而來，小湖僧迎得之。有草繞像足，投之小湖，生千葉蓮華，至今有之。」藝文類聚卷七六内典上内典：「支僧載外國事曰：和訶條國……有大山，山有石井，井中生千葉白蓮花。」

【附録】

宋李之儀姑溪居士文集卷四〇題賀方回詞：右賀方回詞。吴女宛轉有餘韻，方回過而悦之，遂將委質焉，其投懷固在所先也。自方回南北，垢面蓬首，不復與世故接，卒歲注望，雖傳記抑揚一意不遷者，不是過也。方回每爲吾語，必悵然恨不即致之。一日莫夜，叩門墜簡，始輒異其來非時，果以是見訃。繼出二闋。予嘗報之曰：「已儲一升許淚，以俟佳作。」於是呻吟不絶韻，幾爲之墮睫。尤物不耐久，不獨今日所歎。予豈木石哉？其與我同者，試一度之。

【彙評】

夏敬觀批語：「你儂」，猶今北京語云「你能」也。末句平仄異。

第一花〔一〕 思越人

豆蔻梢頭莫漫誇，春風十里舊繁華〔二〕。金樓玉蕊皆殊豔〔三〕，別有傾城第一花〔四〕。

青雀舫〔五〕，紫雲車〔六〕，暗期歸路指煙霞〔七〕。無端却似堂前燕，飛入尋常百姓家〔八〕！

【校】

〔莫漫誇〕八千卷樓本作「暮漫誇」，誤。　〔舊繁華〕八千卷樓本、藝風堂本作「家繁華」，誤。　〔却似〕知不足齋本作「却是」，不足據。

【箋注】

〔一〕本篇疑作於哲宗紹聖三年丙子（一〇九六）二月，其時方回自京之江夏，途次揚州。上闋所追叙者，或係元祐六年（一〇九一）二月初游揚州時情事。惟詞人此後仍有揚州行迹，故未可泥定。第一花，喻絶色佳人。宋劉斧青瑣高議前集卷六秦醇温泉記（西蜀張俞遇太真）託名張俞再過驪山留題二絶，其二云：「不防野鹿踰垣入，銜出宮中第一花。」

〔二〕「豆蔻」二句　杜牧贈別詩：「娉娉裊裊十三餘，豆蔻梢頭二月初。春風十里揚州路，捲上珠簾總不如。」此反用之。豆蔻，晉嵇含南方草木狀卷上草類豆蔻花條：「豆蔻花，其苗如蘆；其葉似薑；其花作穗，嫩葉捲之而生。花微紅，穗頭深色。葉漸舒，花漸出。」宋范成大桂海花木志紅荳蔻花條：「紅荳蔻花，叢生，葉瘦如碧蘆，春末發。初開花，先抽一幹，有大籜包之。籜解花見，一穗數十蕊，淡紅，鮮妍如桃、杏花色，過重則下垂如葡萄，又如火齊瓔珞及翦綵鸞鳳之狀。此花無實……每蕊心有兩瓣相並，詩人託興曰『比目』、『連理』云。」

〔三〕金樓玉蕊　南朝梁王金珠歡聞歌：「豔豔金樓女。」宋宋敏求春明退朝録卷中：「揚州后土廟有瓊花一株，或云自唐所植，即李衛公（德裕）所謂『玉蕊花』也。」此喻美人。

〔四〕傾城　漢書外戚傳上李延年歌：「北方有佳人，絕世而獨立。一顧傾人城，再顧傾人國。寧不知傾城與傾國？佳人難再得。」

〔五〕青雀舫　古詩爲焦仲卿妻作：「青雀白鵠舫。」原爲迎娶之舟，此並用其義。

〔六〕紫雲車　舊題班固漢武帝内傳載「王母乘紫雲之輦」，張華博物志卷八史補作「紫雲車」。杜牧贈妓人張好好詩：「聘之碧瑶佩，載以紫雲車。」

〔七〕「暗期」句　鮑照游思賦：「指煙霞而問鄉。」青瑣高議前集卷一〇宋柳師尹王幼玉記載柳富贈幼玉長歌：「他日得郎歸來時，攜手同上煙霞路。」

〔八〕「無端」二句　劉禹錫金陵五題其二烏衣巷詩：「舊時王謝堂前燕，飛入尋常百姓家。」

花想容〔一〕 武陵春

南國佳人推阿秀〔二〕，歌醉幾相逢。雲想衣裳花想容〔三〕，春未抵情濃。 津亭回首青樓遠〔四〕，簾箔更重重。今夜扁舟淚不供〔五〕，猶聽隔江鐘。

【校】

〔阿秀〕八千卷樓本作「河秀」，藝風堂本作「何秀」，均誤。 〔春未〕四印齋本作「春來」，藝風堂本作「春風來」，均誤。

【箋注】

〔一〕本篇當作於哲宗元祐三年戊辰（一〇八八）三月。按詩集卷五題諸葛祺田家壁小序：「地名諸葛亮祺，在烏江北八十里，與江南石頭城相望。戊辰九月賦。」詩中有「坐聽隔江鐘」句。又卷八懷寄清涼和上人二首（戊辰十月歷陽賦）其一：「不見江南客，顧聽江南鐘。」皆謂金陵鐘。方回於同年三月寓泊金陵，旋過江抵達歷陽石磧戍官所，詞曰「今夜扁舟淚不供，猶聽隔江鐘」，應即此時作。

〔二〕「南國」句 楚辭九章橘頌：「受命不遷，生南國兮。」王逸章句：「南國，謂江南也。」曹植雜詩六首其四：「南國有佳人，容華若桃李。」唐王績（一作王勣，一作盧照鄰）辛司法宅觀妓詩：「南國佳人至，北堂羅薦開。」張耒之大堤曲：「南國多佳人。」阿秀，未詳，疑是方回所戀之金陵妓。

〔三〕「雲想」句　李白清平調詞三首其一：「雲想衣裳花想容，春風拂檻露華濃。」

〔四〕青樓遠　杜甫清明詩：「牙檣捩柂青樓遠。」韋莊怨王孫（錦里蠶市）詞：「日斜歸去人難見，青樓遠。」

〔五〕今夜扁舟　唐張若虛春江花月夜詩：「誰家今夜扁舟子？」王安石別鄞女詩：「今夜扁舟來訣汝。」

【彙評】

夏敬觀批語：「淚不供」頗新，却不甚安。

□□□〔一〕　〔古〕擣練子

樓上鼓，轉□□，□□□□□□□。思婦想無腸可斷〔二〕，□□□□□□□。

【校】

〔擣練子〕原校：「原本三字缺，據目補。」按景宋本調名雖缺，猶存一「古」字，全宋詞足成「古擣練子」，是。

〔思婦〕藝風堂本作「思歸」，誤。

【箋注】

〔一〕王重民敦煌曲子詞集卷上敦煌殘卷伯三九一一、三三一九、二八〇九鈔擣練子：「孟姜女，杞梁妻，一去煙（燕）山更不歸。造得寒衣無人送，不免自家送征衣。」方回詞調注明「古擣練子」，當源於此。不惟調同，題材亦相類，且六首中凡三首（夜擣衣、杵聲齊、望書歸）用韻與此合，必非偶然。

〔二〕無腸可斷　白居易山游示小妓詩：「莫唱楊柳枝，無腸與君斷。」

夜擣衣〔一〕

〔古〕擣練子

收錦字，下鴛機〔二〕，净拂牀砧夜擣衣。馬上少年今健否〔三〕？過瓜時見雁南歸〔四〕。

【箋注】

〔一〕夜擣衣　庾信夜聽擣衣詩：「秋夜擣衣聲。」王勃秋夜長詩：「爲君秋夜擣衣裳。」唐李中旅次聞砧詩：「砧杵誰家夜擣衣？」馮延巳（一作歐陽修）更漏子（風帶寒枝正好）詞：「月東出，雁南飛，誰家夜擣衣？」楊慎升庵詩話卷一二擣衣條：「字林曰：『直舂曰擣。』古人擣衣，兩女子對立，執一杵，如舂米然。今易作臥杵，對坐擣之，取其便也。嘗見六朝人畫擣衣圖，其制如此。」

〔二〕「收錦字」二句　李商隱即日詩：「幾家緣錦字，含淚坐鴛機。」錦字，晉書列女傳：「竇滔妻蘇氏，始平人也，名蕙，字若蘭，善屬文。滔，苻堅時爲秦州刺史，被徙流沙。蘇氏思之，織錦爲迴文旋圖詩以贈滔，宛轉循環以讀之，詞甚悽惋，凡八百四十字。」

〔三〕今健否　宋曾慥類説卷四引西京雜記：「阿母今健否？」按：今本西京雜記無此語。

〔四〕「過瓜時」句　瓜時，左傳莊公八年：「齊侯使連稱、管至父戍葵丘，瓜時而往，曰：『及瓜而代。』期戍，公問不至。請代，弗許。」史記齊太公世家裴駰集解引漢服虔曰：「瓜時，七月。」　雁南歸，漢武帝秋風辭：「秋風起兮白雲飛，草木黄落兮雁南歸。」温庭筠定西番（漢使昔年離別）詞：「雁來人不來。」前蜀牛嶠玉樓春（春入橫塘搖淺浪）詞：「雁歸不見報郎歸，織成錦字封過與。」

杵聲齊　〔古〕擣練子

砧面瑩，杵聲齊，擣就征衣淚墨題〔一〕。寄到玉關應萬里〔二〕，戍人猶在玉關西！

【箋注】

〔一〕「擣就」句　唐權德輿貞元七年蒙恩除太常博士……因代書却寄詩：「淚墨書此篇。」韋莊賭軍回戈詩：「禁城寒月擣征衣。」孟郊歸信吟詩：「淚墨灑爲書。」

〔二〕玉關　即玉門關。漢書西域傳上：「西域……東則接漢，阸以玉門、陽關。」地在今甘肅敦煌附近，北宋時屬西夏，此用借指西北邊戍。

【彙評】

宋楊萬里頤菴詩藁序：　至於茶也，人病其苦也，然苦未既而不勝其甘。詩亦如是而已矣。……三百篇之後，此味絶矣，惟晚唐諸子差近之。寄邊衣曰：「寄到玉關應萬里，戍人猶在玉關西！」……三百篇之遺味，黯然猶存也。（按：　檢全唐詩未見此二句，若非其詩今佚，即是誠齋誤記。）

宋詞選釋評末二句：　此與「却望并州是故鄉」詩句、「行人更在青山外」詞句，皆有「更行更遠」之意。

夜如年　〔古〕擣練子

斜月下，北風前。萬杵千砧擣欲穿。不爲擣衣勤不睡，破除今夜夜如年。

【箋注】

〔一〕夜如年　唐鮑溶秋懷詩五首其三：「九月夜如年。」又宿吴興道中苕村詩：「秋深夜如年。」

【彙評】

宋詞選釋評本篇暨以下二篇末二句：　皆有唐人塞下曲風致。

翦征袍　〔古〕擣練子

拋練杵，傍窗紗。巧翦征袍鬭出花〔一〕。想見隴頭長戍客〔二〕，授衣時節也思家〔三〕。

【箋注】

〔一〕鬭　張相詩詞曲語辭匯釋卷二鬭(二)條：「鬭，猶凑也；拚也；合也。……賀鑄翦征袍詞：『拋練杵，傍窗紗，巧翦征袍鬭出花。』此拚合義。」

〔二〕隴頭　辛氏三秦記：「隴坂，其坂九迴，不知高幾許，欲上者七日乃越。……有清水四注。」「俗歌曰：『隴頭流水，其聲嗚咽。遥望秦川，肝腸斷絶。』……關中人上隴者，還望故鄉，悲思而歌，則有絶死者。」是山亦名隴山、隴坻、隴首，在今陝、甘交界處，北宋時屬秦鳳路，此特用爲西北邊戍之泛稱。

〔三〕授衣時節　詩豳風七月：「七月流火，九月授衣。」毛傳：「九月霜始降，婦功成，可以授冬衣矣。」歐陽修漁家傲(九月霜秋秋已盡)詞：「授衣時節輕寒嫩。」

望書歸　〔古〕擣練子

邊堠遠，置郵稀〔一〕。附與〔二〕征衣襯鐵衣。連夜不妨頻夢見，過年惟望得書歸〔三〕！

【校】

〔邊堠〕原校：「原本『堠』作『候』，從毛本。」按「候」、「堠」爲古今字，宋本不誤，宜存其舊。

【注釋】

〔一〕置郵　孟子公孫丑上：「孔子曰：『德之流行，速於置郵而傳命。』」清焦循正義：「案『置』、『郵』、『傳』三字同爲傳遞之稱。以其車馬傳遞，謂之『置郵』，謂之『驛』，其傳遞行書之舍，亦即謂之『置郵』，謂之『驛』。」

〔二〕附與　因他人轉交。敦煌李陵變文：「其王進朝行至黄河南岸，作書附與李陵。」

〔三〕「連夜」二句　南朝梁庾成師遠期篇詩：「得書言未反，夢見道應歸。」頻夢見，唐王諲閨情詩：「昨來頻夢見，夫婿莫應知。」薛昭藴謁金門（春滿院）詞：「早是相思腸欲斷，忍教頻夢見。」過年，猶踰年。漢桓寬鹽鐵論繇役：「古者無過年之繇，無踰時之役。今近者數千里，遠者過萬里，歷二期長子不還，父母愁憂，妻子詠歎。憤懣之恨，發動於心；慕思之積，痛於骨髓。」南朝梁劉孝先春宵詩：「燉煌定若遠，一信動經年。」賈島寄遠詩：「家住錦水上，身征遼海邊。十書九不到，一到忽經年。」

【彙評】

夏敬觀批語：觀以上凡七言二句，皆唐人絶句作法。

醉厭厭〔一〕　南歌子

紫陌青絲鞚，紅塵白紵衫〔二〕。誰憐繡户閉香奩〔三〕，分付一春心事、兩眉尖〔四〕？怯冷重熏被〔五〕，羞明半捲簾〔六〕。歡歸斜□□□，□□□□□、醉厭厭。

【校】

〔怯冷〕原校：「原本二字缺，從毛本。」〔重熏被〕景宋本作「濃熏被」，文從字順，當以爲正。「重」字不足據。〔歡歸〕藝風堂本作「歎歸」，不足據。

【箋注】

〔一〕醉厭厭　詩小雅湛露：「厭厭醉飲，不醉無歸。」白居易不如來飲酒詩七首其一：「相對醉厭厭。」

〔二〕「紫陌」二句　謂薄情郎或尋花問柳，追歡於紫陌之上；或謀取功名，奔競於紅塵之中，曾不憐惜閨中人之孤寂也。元稹元和五年予官不了罰俸西歸……因投五十韻詩：「行逢二月半，始足游春騎。……名倡繡轂車，公子青絲轡。」又五代王定保唐摭言卷三慈恩寺題名游賞賦詠雜紀載新進士盧彖託故不赴同年曲江亭宴，而「以雕幰載妓，微服鞸鞚，縱觀於側」，崔沆判罰，有「紫陌尋春，便隔同年之面」句。賀詞「紫陌青絲鞚」，亦「紫陌尋春」之意。白紵衫，此指舉子所服。王禹偁寄碭山主簿朱齡詩憶及初中進士釋褐，有「利市襴衫抛白紵」句。

〔三〕閉香匳　晉宋齊清商曲辭子夜歌四十二首其四：「自從別歡來，匳器了不開。」

〔四〕「分付」句　詩詞曲語辭匯釋：「分付，有交付義。」晏幾道好女兒（酌酒殷勤）詞：「待花前細把、一春心事，問箇人人。」

〔五〕熏被　以香爐暖被。西京雜記卷一：「長安巧工丁緩者……作卧褥香鑪，一名被中香鑪。……爲機環轉運四周而鑪體常平，可置之被褥。」

〔六〕羞明　詩詞曲語辭匯釋卷五羞條：「羞，猶怕也；亦猶云怕見也。……陳師道湖上晚歸寄詩友詩：『紅緑羞明眼，欹斜久病身。』羞明，怕光也。」

〔七〕「歡歸」句　慶湖遺老詩集卷八追和亡友杜仲觀古黄生曲三首其二：「歡歸夜何其？月照臨門別。後夜待歡來，開門但明月。」斜□，缺字疑當作「月」。

【彙評】

宋詞選釋：「分付一春心事、兩眉尖」句，寫閨情極融渾。

□□□　南歌子

疏雨池塘見，微風襟袖知〔一〕。陰陰夏木囀黃鸝〔二〕。何處飛來白鷺、立移時〔三〕？　易醉扶頭酒，難逢敵手棋〔四〕。日長偏與睡相宜〔五〕。睡起芭蕉葉上、自題詩〔六〕。

【箋注】

〔一〕「疏雨」二句　杜牧秋思詩：「微雨池塘見，好風襟袖知。」

〔二〕「陰陰」句　王維積雨輞川莊作詩：「漠漠水田飛白鷺，陰陰夏木囀黃鸝。」

〔三〕「何處」句　宋鄭獬獨游詩：「飛來白鷺即佳客。」蘇軾江城子湖上與張先同賦詞：「何處飛來雙白鷺？如有意、慕娉婷。」魏書房景先傳：「側立移時。」

〔四〕「易醉」二句　姚合答友人招遊詩：「賭棋招敵手，沽酒自扶頭。」宋徐鉉和寄光山徐員外詩：「官閑從飲扶頭酒，地僻誰同敵手棋？」扶頭酒，白居易早飲湖州酒寄崔使君詩：「一榼扶頭酒，泓澄瀉玉壺。」王禹偁回襄陽周奉禮同年因題紙尾詩：「扶頭酒好莫辭醉。」敵手棋，唐鄭谷詠懷詩：「清歡敵手棋。」

〔五〕「日長」句　歐陽修暮春書事呈四舍人詩：「飽食杜門何所事，日長偏與睡相宜。」

〔六〕「睡起」句　韋應物閑居寄諸弟詩：「盡日高齋無一事，芭蕉葉上獨題詩。」

【彙評】

宋詞選釋：此首「白鷺」句寫景，「芭蕉」句寫情，皆有閑適之致，淡而彌永。

窗下繡　一落索

初見碧紗窗下繡〔一〕，寸波頻溜〔二〕。錯將黃暈壓檀花〔三〕，翠袖掩、纖纖手〔四〕。　金縷一雙紅豆〔五〕，情通色授〔六〕。不應學舞愛垂楊，甚長爲、春風瘦〔七〕？

【校】

〔調〕知不足齋本、丹鉛精舍本、彊邨叢書本等三種賀方回詞作「洛陽春」，即一落索之異名。　〔初見〕三種賀方回詞作「恰見」。　〔寸波〕三種賀方回詞作「豔波」。　〔學舞愛垂楊〕亦園本作「舞學愛垂楊」，歷代詩餘卷一七作「舞愛學垂楊」，皆不足據。　〔甚〕四印齋本校：「元作『堪』。」不足據。

〔下闋〕知不足齋及丹鉛精舍本賀方回詞、藝風堂本作：「祇待畫堂人散後，將妝匀就。粉牆西畔玉梯斜，似前夜、來時候。」彊邨叢書本賀方回詞同此，惟「將」字缺作「□」。

【箋注】

〔一〕「初見」句　白居易鄰女詩：「碧紗窗下繡床前。」

〔二〕寸波　美人眼波。唐杜光庭詠西施詩：「臉横一寸波，浸破吴王國。」韋莊秦婦吟詩：「西鄰有女真仙子，一寸横波剪秋水。」

〔三〕「錯將」句　杜牧偶作詩：「才子風流詠曉〔按：疑當作「晚」〕霞，倚樓吟住日初斜。驚殺東鄰繡牀女，錯將黄暈壓檀花。」

〔四〕纖纖手　古詩十九首其二青青河畔草：「娥娥紅粉妝，纖纖出素手。」

〔五〕「金縷」句　金縷帶上繫一雙紅豆。温庭筠酒泉子詞：「羅帶惹香，猶繫别時紅豆。淚痕新，金縷舊。」紅豆又名相思子。王維相思詩：「紅豆生南國，春來發幾枝？願君多採擷，此物最相思。」

〔六〕情通色授　元稹續會真詩三十韻：「柔情已暗通。」史記司馬相如列傳上林賦：「若夫青琴、虙妃之徒……長眉連娟，微睇綿藐，色授魂予，心愉於側。」唐司馬貞索隱引三國魏張揖曰：「彼色來授我。」

〔七〕「不應」三句　詩詞曲語辭匯釋卷三不應（三）條：「不應，猶云不曾或未嘗也；質言之，猶云未也；不也。……賀鑄窗下繡詞：『不應學舞愛垂楊，甚長爲，東風瘦。』言舞腰未學垂楊，何以春來長瘦也。暗用瘦腰事。」按此殆謂伊人不應是學舞而愛慕垂楊之苗條纖弱，而何故春來腰肢長瘦乎？言外之義，蓋謂其爲情而消瘦也。匯釋所解似未確。

【彙評】

宋詞選釋：妍情麗藻，頗似南唐。結句有含毫不盡意。

豔聲歌　太平時

蜀錦塵香生韈羅〔一〕，小婆娑。箇儂無賴動人多，是橫波〔二〕。　樓角雲開風捲幕，月侵河。纖纖持酒豔聲歌〔三〕，奈情何！

【校】

〔調〕詞譜卷三作「添聲楊柳枝」，詳見附録。　〔樓角〕詞律卷三作「按角」，八千卷樓本作「樓閣」，均不足據。

【箋注】

〔一〕「蜀錦」句　曹植洛神賦：「凌波微步，羅韈生塵。」宋阮閱詩話總龜前集卷三五紀夢門上：「明皇……又作妃子所遺羅襪銘曰：『羅襪羅襪，香塵生不絶。』」蜀錦，宋呂大防錦官樓記：「蜀居中國之西南，……織文錦繡，窮工極巧。其寫物也，如欲生；其渥采也，若可掇。連甍比室，運鍼弄杼，燃膏繼晝，幼艾竭作，以供四方之服玩。……上自帝后之服、禁省之用，而下至疆臣戰士之予賜，莫不在焉。」韈有錦製者。唐張泌粧樓記錦韈條：「馬嵬嫗得錦韈一隻。」有羅製者，後唐馬縞中華古今注卷中韈：「至魏文帝吴妃……以羅爲之。」　塵香，唐馮贄南部煙花記煙香條：「陳宮人卧履，皆以薄玉花爲飾，内散以龍腦諸香屑，謂之『塵香』。」

〔二〕「箇儂」二句　唐顔師古隋遺録卷上隋煬帝嘲宮婢羅羅詩：「箇人無賴是横波。」箇儂，詩詞曲語辭匯釋卷三箇（二）條：「箇，指點辭，猶這也；那也。……箇儂，亦猶云那人也。」横波，文選漢傅毅舞賦：「目流睇而横波。」唐李善注：「横波，言目邪視如水之横流也。」

〔三〕「纖纖」二句　古詩十九首其二青青河畔草：「纖纖出素手。」唐許渾江樓夜别詩：「離别奈情何，江樓凝豔歌。」

【附録】

詞譜卷三添聲楊柳枝又一體以本篇爲例，曰：「此詞後段第二句仍押平韻，每句添聲俱用仄平平，宋詞皆照此填，與唐詞小異。按此體見梅苑及樂府雅詞，皆作楊柳枝。又按賀詞八首名太平時，多用前人絶句，添入和聲，蓋即添聲楊柳枝也。詞律以太平時另列一體者誤。」

詞律卷三太平時以本篇爲例。清杜文瀾校曰：「按詞譜，此調列名添聲楊柳枝，乃以黄鐘商楊柳枝曲每句下各添三字一句，如竹枝、漁父有和聲也。又按宋史樂志：太平時，小石調。」

喚春愁　太平時

天與多情不自由〔一〕，占風流〔二〕。雲閑草遠絮悠悠，喚春愁。　試作小妝窺晚鏡，淡蛾羞〔三〕。夕陽獨倚水邊樓，認歸舟〔四〕。

【校】

〔晚鏡〕亦園本、四印齋本、藝風堂本作「曉鏡」，誤。

【箋注】

〔一〕「天與」句　韓偓多情詩：「天遣多情不自持。」又青春詩：「情緒牽人不自由。」李商隱即日詩：「多情豈自由？」晏幾道點絳唇（花信來時）詞：「天與多情，不與長相守。」

〔二〕占風流　唐黄滔南海幕和段先輩送韋侍御赴闕詩：「燕臺獨且占風流。」

〔三〕「試作」二句　温庭筠過華清宫二十二韻：「窺鏡淡蛾羞。」

〔四〕「夕陽」二句　温庭筠望江南詞：「梳洗罷，獨倚望江樓。過盡千帆皆不是，斜暉脈脈水悠悠。腸斷白蘋洲。」謝朓之宣城郡出新林浦向板橋詩：「天際識歸舟。」

花幕暗　太平時

緑綺新聲隔坐聞，認殷勤〔一〕。尊前爲舞鬱金裙〔二〕，酒微醺〔三〕。　月轉參橫花幕暗〔四〕，夜初分〔五〕。陽臺拚作不歸雲〔六〕，任郎瞋〔七〕。

【校】

〔拚作不歸雲〕八千卷樓本作「判不作歸雲」，不足據。

【箋注】

〔一〕「緑綺」二句　緑綺，晉傅玄琴賦序：「齊桓公有鳴琴曰『號鐘』，楚莊有鳴琴曰『繞梁』，中世司馬相如有『緑綺』，蔡邕有『焦尾』，皆名器也。」此用史記司馬相如列傳：相如與臨邛令赴卓王孫宴，「酒酣，臨邛令前奏琴曰：『竊聞長卿好之，願以自娱。』相如辭謝，爲鼓一再行。是時卓王孫有女文君新寡，好音，故相如……以琴心挑之。……文君竊從户窺之，心悦而好之，恐不得當也。既罷，相如乃使人重賜文君侍者，通殷勤。文君夜亡奔相如」。

〔二〕「尊前」句　杜牧送容州唐中丞赴鎮詩：「看舞鬱金裙。」李商隱牡丹詩：「折腰争舞鬱金裙。」粧樓記鬱金條：「鬱金，芳草也，染婦人衣最鮮明。……染成則微有鬱金之氣。」

〔三〕酒微醺　唐皮日休江南道中酬茅山廣文南陽博士詩三首其三：「石飴初熟酒微醺。」

〔四〕月轉参横　古樂府善哉行：「月没参横，北斗闌干。」

〔五〕夜初分　唐劉長卿酬李員外從崔録事載華宿三河戍先見寄詩：「歸客夜初分。」分，半也。

〔六〕「陽臺」句　唐趙嘏座上獻元相公詩：「陽臺去作不歸雲。」典出高唐賦。

〔七〕任郎瞋　唐施肩吾夜宴曲詩：「被郎嗔罰瑠璃盞。」瞋，同「嗔」。

晚雲高　太平時

秋盡江南葉未凋〔一〕，晚雲高。青山隱隱水迢迢，接亭皐〔二〕。　二十四橋明月夜〔三〕，弭蘭橈。玉人何處教吹簫？可憐宵〔四〕。

【校】

〔調〕花草粹編卷一曰：「一名賀聖朝影。」蓋即太平時之異名。〔明月夜〕景宋本作「明月下」，亦園本、歷代詩餘卷三、知不足齋本、四印齋本並同。按花草粹編作「夜」，當即彊邨所本。

【箋注】

〔一〕杜牧寄揚州韓綽判官詩：「青山隱隱水迢迢，秋盡江南草木凋。二十四橋明月夜，玉人何處教吹簫？」楊慎詞品卷一秋盡江南葉未凋條：「賀方回作太平時一詞，衍杜牧之詩也。其詞云：『秋盡江南葉未凋……』按此，則牧之本作『葉未凋』。今妄改作『草木凋』，與上下意不相接矣。幸有此可正其誤。」唐宋之問靈隱寺詩：「冰輕葉未凋。」

〔二〕亭皐　漢書司馬相如傳上林賦：「亭皐千里，靡不被築。」清王先謙補注：「『亭』當訓『平』。……『亭皐千里』，猶言『平皐千里』。『皐』水旁地，故以『平』言。」

〔三〕二十四橋　沈括補（夢溪）筆談卷一：「揚州在唐時最爲富盛。……可紀者有二十四橋：最西濁河茶園橋；次東大明橋（今大明寺前）；入西水門有九曲橋（今建隆寺前）；次東正當帥牙南門有下馬橋；又東作坊橋；橋東河轉向南，有洗馬橋；次南橋（見在今州城北門外）；又南阿師橋、周家橋（今此處爲城北門）、小市橋（今存）、廣濟橋（今存）、新橋、開明橋（今存）、顧家橋、通明（一作「泗」）橋（今存）、太平橋、利國橋；出南水門，有萬歲橋（今存）、青園橋；自驛橋北河流東出，有參佐橋（今開元寺前）；次東水門（今有新橋，非古蹟也）東出，有山光橋（見在今山光寺前）。又自牙門下馬橋直南，有北三橋、中三橋、南三橋，號『九橋』，不通船，不在二十四橋之數。」輿地紀勝卷三七淮南東路揚州風俗形勝：「二十四橋，隋置，並以城門坊市爲名。後韓令坤省築州城，分布阡陌，別立橋梁，所謂『二十四橋』者或存或廢，不可得而考。」

〔四〕可憐宵　太平廣記卷三二六鬼一一沈警條引（唐李玫）異聞録託名北周沈警詩：「徘徊花上月，空度可憐宵。」

【彙評】

清王士禛花草蒙拾：蘇東坡之「與客攜壺上翠微」（定風波）、賀東山之「秋盡江南葉未凋」（太平時），皆文人偶然游戲，非向樊川集中作賊。

清沈雄古今詞話詞品上衍詞：賀方回衍「秋盡江南葉未凋」，陳子高衍「李夫人病已經秋」，全用舊詩而爲添聲也。

釣船歸〔一〕　太平時

緑净春深好染衣〔二〕，際柴扉〔三〕。溶溶漾漾白鷗飛，兩忘機〔四〕。南去北來徒自老〔五〕，故人稀〔六〕。夕陽長送釣船歸，鱖魚肥〔七〕。

【箋注】

〔一〕本篇當作於徽宗大觀三年己丑（一一〇九）之後。按杜牧漢江詩：「溶溶漾漾白鷗飛，緑净春深好染衣。南去北來人自老，夕陽長送釣船歸。」此雖整用之而爲添聲，然不類寬泛之作，或晚年退隱吴下時所製。

〔二〕緑净　韓愈東都遇春詩：「水容與天色，此處皆緑净。」

〔三〕際柴扉　李白之廣陵宿常二南郭幽居詩：「緑水接柴門。」際，猶「接」，爾雅釋詁以「際」、「接」同訓可證。王安石金陵即事詩三首其一：「水際柴門一半開。」楊萬里誠齋詩話引作「水際柴扉」。

〔四〕「溶溶」二句　列子黄帝：「海上之人有好漚鳥者，每旦之海上，從漚鳥游，漚鳥之至者百數而不止。」漚，即「鷗」。李商隱贈田叟詩：「鷗鳥忘機翻浹洽。」又太倉箴：「海翁忘（一作「無」）機，鷗故不飛。」羅隱覽晉史詩：「與君千載兩忘機。」

〔五〕徒自老　宋文同登山城書事詩：「歲華徒自老。」

〔六〕故人稀　王勃九日懷封元寂詩：「千里故人稀。」

〔七〕鱖魚肥　張志和漁歌子：「西塞山前白鷺飛，桃花流水鱖魚肥。」

愛孤雲〔一〕　太平時

閑愛孤雲静愛僧，得良朋。清時有味是無能，矯聾丞〔二〕。　況復早年豪縱過，病嬰仍。如今癡鈍似寒蠅，醉懵騰〔三〕。

【校】

〔有味〕四印齋本作「有事」，不足據。

【箋注】

〔一〕本篇疑作於徽宗崇寧四年乙酉（一一〇五）至大觀二年戊子（一一〇八）三月前。按詞中自稱「聾丞」，知在州郡；又「如今」與「早年」對舉，是垂老時語氣，姑繫於詞人末任差遣亦即通判太平州時，年五十四至五十七。稍後方回即以老病致仕，詩集補遺有鑄年五十八因病廢得旨休致一絶，亦與本篇自述「病嬰仍」、「癡鈍似寒蠅」云云略相表裏。

〔二〕「閑愛」四句　杜牧將赴吴興登樂游原詩：「清時有味是無能，閑愛孤雲静愛僧。欲把一麾江海去。樂游原上望昭陵。」得良朋，李商隱漫成五章詩其一：「王楊落筆得良朋。」矯聾丞，春秋公羊傳僖公三十二年：「弦高……矯以鄭伯之命而犒師焉。」漢何休注：「詐稱曰『矯』。」漢書黄霸傳：霸爲潁川太守，「許丞老，病聾，督郵白欲逐之。霸曰：『許丞廉吏，雖老，尚能拜起送迎，正頗重聽，何傷？且善助之，毋失賢者意。』」

〔三〕「況復」四句　歐陽修病告中懷子華原父詩：「自是少年豪横過，而今癡鈍若寒蠅。」後句又本韓愈送侯參謀赴河中幕詩：「默坐念語笑，癡如遇寒蠅。」醉懵騰，韓偓格卑詩：「自抛懷抱醉懵騰。」

替人愁〔一〕　太平時

風緊雲輕欲變秋，雨初收〔二〕。江城水路漫悠悠，帶汀洲〔三〕。　正是客心孤迥處，轉歸舟。誰家紅袖倚津樓，替人愁？

【校】

〔倚津樓〕亦園本、八千卷樓本作「倚津頭」；四印齋本作「憑江樓」；藝風堂本原鈔「倚津頭」，繆校改「倚江樓」：皆不足據。

【箋注】

〔一〕本篇疑作於哲宗元符元年戊寅（一〇九八）夏末。按杜牧南陵道中詩：「南陵水面漫悠悠，風緊雲輕欲變秋。正是客心孤迴處，誰家紅袖憑江樓？」此雖整用之，然改「南陵水面」爲「江城水路」，當是紀實。方回元符元年六月後丁母憂，去官江夏東行，疑即夏秋之交時事，姑繫詞於此。替人愁，王安石隴東西詩二首其一：「只有月明西海上，伴人征戍替人愁。」

〔二〕雨初收　唐戎昱題宋玉亭詩：「陽臺路上雨初收。」柳永滿江紅詞：「暮雨初收。」

〔三〕帶汀洲　謂江岸汀洲綿延如帶。帶，動詞，用若戰國策魏策「殷紂之國……前帶河，後被山」之例。

夢江南〔一〕　太平時

九曲池頭三月三〔二〕，柳毿毿〔三〕。香塵撲馬歕金銜〔四〕，浣春衫。　苦筍鰣魚鄉味美〔五〕，夢江南〔六〕。閶門煙水晚風恬〔七〕，落歸帆。

【校】

〔九曲池〕八千卷樓本、藝風堂本作「九西池」，誤。　〔歕金銜〕八千卷樓本、藝風堂本作「散金鞍」，不足據。　〔晚風〕亦園本、歷代詩餘卷三、八千卷樓本、四印齋本、藝風堂本作「曉風」，不足據。

【箋注】

〔一〕本篇當作於徽宗崇寧元年壬午（一一〇二）至四年乙酉（一一〇五）間。按方回元符元年（一〇九八）六月後流寓蘇州，建中靖國元年（一一〇一）秋赴京，次年出通判泗州。詞或作於泗州任。蓋元符前詞人未嘗客蘇，實無可夢；崇寧四年至大觀二年（一一〇八）通判太平，地在江南，亦不待夢；大觀三年（一一〇九）後定居吴下，又無須夢也。

〔二〕「九曲池頭」句　荆楚歲時記：「三月三日，士民並出江渚池沼間，爲流杯曲水之飲。」

〔三〕柳毿毿　孟浩然高陽池送朱二詩：「緑岸毿毿楊柳垂。」唐施肩吾春日錢塘雜興詩二首其一：「錢塘郭外柳毿毿。」

〔四〕「香塵」句　唐吴融上巳日華下閒步詩：「十里香塵撲馬飛。」穆天子傳卷五黄澤謡：「黄之池，其馬歕沙。」説文欠部：「歕，吹氣也。」金銜，唐鄭處誨明皇雜録：「於是競購名馬，以黄金爲銜韉。」

〔五〕「苦筍」句　韓偓江樓詩二首其二：「鰣魚苦筍香味新。」

〔六〕夢江南　隋遺録卷上載隋煬帝贈守宫女詩：「我夢江南好。」唐崔令欽教坊記曲名中有夢江南。張祜有夢江南詩。

〔七〕閶門　見前二五頁半死桐篇注〔二〕。

【彙評】

宋詞選釋：昔人謂南方筍鯽之美不讓蒓鱸，誦此詞下闋，知吴閶風味之佳，宋人已稱羨之。惲南田詩「江南鮮筍趁鰣魚」，與此同意。

夏敬觀批語：多以唐人成句入詞，有天衣無縫之妙。（按：此太平時八首之總批。）

愁風月　生查子

風清月正圓〔一〕，信是佳時節。不會長年來〔二〕，處處愁風月！　心將熏麝焦，吟伴寒蟲切〔三〕。欲遽就牀眠，解帶翻成結〔四〕。

【校】

〔心將〕景宋本作「心隨」，文從字順，不應輕改。

【箋注】

〔一〕月正圓　唐崔顥送單于崔都護詩：「城秋月正圓。」

〔二〕不會　不料，不解。

〔三〕「吟伴」句　宋文同宿山寺詩：「吟伴寒蛩響。」寒蟲，謂蟋蟀。古今注卷中鳥獸：「蟋蟀，一名吟蛩……秋初生，得寒則鳴。」

〔四〕「欲遽」二句　韋應物對殘燈詩：「獨照碧窗久，欲隨寒燼滅。幽人將遽眠，解帶翻成結。」翻，反。

緑羅裙〔一〕　生查子

東風柳陌長〔二〕，閉月花房小。應念畫眉人〔三〕，拂鏡啼新曉。　傷心南浦波〔四〕，回首青門道〔五〕。記得緑羅裙，處處憐芳草。

【箋注】

〔一〕前蜀牛希濟生查子詞：「春山煙欲收，天澹稀星小。殘月臉邊明，別淚臨清曉。　語已多，情未了，迴首猶重道：記得緑羅裙，處處憐芳草！」本篇從此化出。

〔二〕「東風」句　南朝梁范雲送別詩：「東風柳線長。」

〔三〕畫眉人　漢書張敞傳：「敞爲京兆……爲婦畫眉，長安中傳『張京兆眉憮』。」隋薛道衡豫章行詩：「空憶常時角枕處，無復前日畫眉人。」王昌齡朝來曲：「盤龍玉臺鏡，唯待畫眉人。」

〔四〕「傷心」句　江淹別賦：「春草碧色，春水淥波。送君南浦，傷如之何！」唐獨孤及送陳王府張長史還京詩：「傷心南浦花。」

〔五〕「回首」句　唐權德輿送韋十二丈赴襄城令三韻：「去去望行塵，青門重迴首。」唐吳融東歸次瀛上詩：「迴首青門不知處。」三輔黃圖都城十二門：「長安城東出，南頭第一門曰霸城門，民見門色青，名曰青城門，或曰青門。」

陌上郎〔一〕　生查子

西津海鶻舟〔二〕，徑度滄江雨。雙艣本無情，鴉軋如人語。　揮金陌上郎〔三〕，化石山頭婦。何物繫君心？三歲扶牀女〔四〕！

【箋注】

〔一〕本篇當作於徽宗崇寧四年乙酉（一一〇五）至大觀二年戊子（一一〇八）三月前，時在太平州任。按方回平生宦游之地瀕江且有望夫石者僅兩處。一爲武昌，初學記卷五地理上石引（南朝宋劉義慶）幽明録：「武昌北山上有望夫石，狀若人立。古傳云，昔有貞婦，其夫從役遠赴國難，攜弱子餞送此山，立望夫而化爲立石，因以爲名焉。」一爲當塗，太平寰宇記卷一〇五江南西道三太平州當塗縣：「望夫山，在縣西四十七里。昔人往楚，累歲不還，其妻登此山望夫，乃化爲石。周迴五十里，高一百丈，臨江。」惟武昌江面係正西正東走向，渡口不得稱「西津」；而當塗江面由西南而東北，縣城恰處江東，望夫山又踞縣西，濟江處曰「西津」不亦宜乎？故本篇繫地於太平，似較近是。

〔二〕海鶻舟　宋葉廷珪海録碎事卷五衣冠服用部舟門：「海鶻舟，輕捷之稱。」

〔三〕「揮金」句　劉向列女傳卷五節義傳魯秋潔婦：「潔婦者，魯秋胡子妻也。既納之五日，去而官於陳。五年乃歸。未至家，見路傍婦人採桑。胡子悅之，下車謂曰：『若曝採桑，吾行道遠，願託桑蔭下飡。』

下齋休焉。婦人採桑不輟。秋胡子謂曰：『力田不如逢豐年，力桑不如見國卿。吾有金，願以與夫人。』婦人曰：『嘻！夫採桑力作，紡績織紝以供衣食，奉二親，養夫子。吾不願金，所願卿無有外意。妾亦無淫佚之志。收子之齎與笥金！』秋胡子遂去。至家，奉金遺母，使人喚婦至，乃嚮採桑者也。」

〔四〕扶牀女　古詩爲焦仲卿妻作：「小姑始扶牀。」元稹答友封詩：「扶牀小女君先識。」

【附録】

詩集卷四望夫石（在當塗北山上，與歷陽當利門相直。己巳八月賦）：亭亭思婦石，下閲幾人代？蕩子長不歸，山椒久相待。微雲蔭髮彩，初日輝蛾黛。秋雨疊苔衣，春風舞蘿帶。宛然姑射子，矯首塵冥外。陳迹遂忘窮，嘉期從莫再。脱如魯秋氏，妄結桑中愛，玉質委淵沙，悠悠復安在！

捲春空　定風波

牆上夭桃簌簌紅〔一〕，巧隨輕絮入簾櫳。自是芳心貪結子，翻使、惜花人恨五更風〔二〕。

露萼鮮濃妝臉靚，相映，隔年情事此門中。粉面不知何處在〔三〕？無奈，武陵流水捲春空〔四〕。

【箋注】

〔一〕「牆上」句　元稹連昌宮詞：「更有牆頭千葉桃，風動落花紅蔌蔌。」

〔二〕「自是」二句　王建宮詞一百首其九十（樹頭樹底覓殘紅）：「自是桃花貪結子，錯教人恨五更風。」五更風，夜闌時風。顔氏家訓書證：「或問：『一夜何故五更？更何所訓？』答曰：『漢魏以來謂爲甲夜、乙夜、丙夜、丁夜、戊夜，又云一鼓、二鼓、三鼓、四鼓、五鼓，亦云一更、二更、三更、四更、五更——皆以五爲節。……所以爾者，假令正月建寅，斗柄夕則指寅，曉則指午矣，自寅至午凡歷五辰。冬夏之月雖復長短參差，然辰間遼闊盈不至六，縮不至四，進退常在五者之間。更，歷也，經也。故曰五更耳。』」

〔三〕「露萼」四句　孟棨本事詩情感：「博陵崔護……清明日獨遊於都城南，得居人莊。有女子自門隙窺之。酒渴求飲，女子以杯水至，開門設牀命坐，獨倚小桃斜柯佇立，而意屬殊厚，妖姿媚態，綽有餘妍。崔辭去，送至門，如不勝情而入。及來歲清明日，逕往尋之，門牆如故，而已鎖扃之，因題詩於左扉曰：『去年今日此門中，人面桃花相映紅。人面祇今何處去？桃花依舊笑春風！』」

〔四〕「武陵」句　陶淵明桃花源記：「晉太元中，武陵人捕魚爲業。緣溪行，忘路之遠近。忽逢桃花林，夾岸數百步，中無雜樹，芳草鮮美，落英繽紛。」

【彙評】

清許昂霄詞綜偶評：全用唐詩檃括入律。

宋詞選釋：桃貪結子，使人恨花易凋殘。陳雲伯題眉樓圖云：「東風不結相思子，種得桃花當寫愁。」因顧橫波無子，於眉樓外種桃花，則又愛其能結子也。桃本無情，重至湖州之小杜見其滿枝結子，祇自傷耳。

桃源行〔一〕

鳳棲梧

流水長煙何縹緲，詰□□□〔二〕，□逗漁舟小〔三〕。夾岸桃花爛□□〔四〕，□□□□□□。　蕭閑邨落田疇好〔五〕，避地移家〔六〕，□□□□□。□□殷勤送歸棹，閑邊勿爲他人道〔七〕！

【校】

〔詰□〕八千卷樓本、四印齋本、藝風堂本作「語□」，不足據。　〔□逗〕八千卷樓本作「□追」，誤。〔爛□〕知不足齋本作「爛熳」，八千卷樓本作「爛漫」，誤。　〔殷勤〕四印齋本作「慇慇」，不足據。　〔閑邊〕景宋本作「間邊」，誤。

【箋注】

〔一〕桃源行　唐新樂府題，王維、劉禹錫等有作，例詠陶潛桃花源記故事。本篇亦然。

〔二〕詰□　疑當作「詰曲」。蘇軾戲作切語竹詩：「窺看詰曲溪。」按韓愈桃源圖詩：「流水盤迴山百轉。」「詰曲」義同「盤迴」。

〔三〕「□逗」句　王維桃源行：「漁舟逐水愛山春。」

〔四〕「夾岸」句　桃花源記：「忽逢桃花林，夾岸數百步。」爛□□，疑當作「爛如燒」（燒，野火。讀去聲叶韻），語本王維輞川別業詩：「水上桃花紅欲然（同「燃」）。」

〔五〕「蕭閑」句　桃花源記：「土地平曠，屋舍儼然，有良田、美池、桑竹之屬。」

〔六〕避地移家　桃花源記：「自云先世避秦時亂，率妻子邑人，來此絶境。」王維桃源行：「初因避地去人間。」

〔七〕「閑邊」句　桃花源記：「此中人語云：『不足爲外人道也。』」清習寯等乾隆蘇州府志卷二風俗：「吴謂……『此處』曰『閑邊』。」

西笑吟〔一〕　鳳棲梧

桃葉園林風日好〔二〕，曲徑珍叢，處處聞啼鳥〔三〕。翠珥金丸委芳草〔四〕，韈羅塵動香裙掃〔五〕。　片帆乘興東流早〔六〕，每話長安，引領猶西笑〔七〕。離索年多故人少〔八〕，江南有雁無書到〔九〕。

【校】

〔東流早〕亦園本作「來流早」，誤。歷代詩餘卷三九、四印齋本作「來須早」，不足據。

【箋注】

〔一〕本篇疑作於哲宗元祐六年辛未（一〇九一）二月。按方回元祐二年（一〇八七），十一月離京赴和州任，次年三月至官所；元祐五年（一〇九〇）任滿，十二月初放舟往金陵；次年二月之潤、揚前，皆客金陵，詞或此時作。金陵在和州東，故曰「東流」；其時詞人已罷官，故曰「乘興」；去國已五年，故曰「離索年多」也。

〔二〕桃葉園林　太平寰宇記卷九〇江南東道二昇州上元縣：「芳林苑，一名桃花苑，本齊高帝舊宅，在廢東府城東邊、秦淮大路北。」此易作「桃葉」，當爲調平仄之故。昇州，即金陵。

〔三〕「處處」句　孟浩然春曉詩：「春眠不覺曉，處處聞啼鳥。」

〔四〕金丸　西京雜記卷四：「韓嫣好彈，常以金爲丸，所失者日有十餘。長安爲之語曰：『苦饑寒，逐金丸。』京師兒童每聞嫣出彈，輒隨之，望丸之所落，輒拾焉。」

〔五〕韈羅塵動　洛神賦：「淩波微步，羅韈生塵。」

〔六〕片帆乘興　藝文類聚卷二天部下雪引（晉裴啓）語林：「王子猷居山陰，大雪，夜眠覺，開室酌酒，四望皎然，因起彷徨。詠左思招隱詩，忽憶戴安道。時戴在剡，即便夜乘輕船就戴。經宿方至，既造門，不前便返。人問其故，王曰：『吾本乘興而行，興盡而返，何必見戴？』」

〔七〕「每話」二句　桓譚新論琴道：「人聞長安樂，則出門西向而笑。」

〔八〕離索年多　禮記檀弓上子夏曰：「吾離羣而索居，亦已久矣。」

〔九〕有雁無書　漢書蘇武傳載武使匈奴，被拘十九年。昭帝時和親，求武等，匈奴詭言武死。常惠教漢使言天子射得雁，足有書，謂武等在某澤中。匈奴不得已而歸之。按此雖誑語，而後人每用爲故實。

望長安〔一〕　鳳棲梧

排辦張燈春事早〔二〕，十二都門〔三〕，物色宜新曉。金犢車輕玉驄小〔四〕，拂頭楊柳穿馳道〔五〕。　蓴羹鱸鱠非吾好〔六〕，去國謳吟，半落江南調〔七〕。滿眼青山恨西照，長安不見令人老〔八〕。

【箋注】

〔一〕編年同上。按本篇與上篇調同、韻同，編次相接，又皆流寓江南、眷念京國之意，當是同時之作。末句用李白金陵詩，亦可爲編地之資。惟詞追憶京師上元，或正月作，略早於上篇。

〔二〕張燈　宋會要輯稿帝系十：「自唐以後，常於正月望後開坊市門燃燈。宋因之。上元前後各一日，城中張燈。」

〔三〕十二都門　應劭風俗通義卷八祀典殺狗磔邑四門條：「蓋天子之城，十有二門。」又東京夢華録卷一舊京城條：「舊京城……南壁其門有三：正南曰朱雀門，左曰保康門，右曰新門。東壁其門有三：從南，汴河南岸角門子，河北岸曰舊宋門，次曰舊曹門。西壁其門有三：從南，曰舊鄭門，次汴河北岸角門子，次曰梁門。北壁其門有三：從東，曰舊封丘門，次曰景龍門，次曰金水門。」

〔四〕金犢車　韋莊延興門外作詩：「美人金犢車。」明皇雜録：「貴妃姊妹競飾車服，爲一犢車，飾以金翠，間以珠玉，一車之費，不啻數十萬貫。」宋史輿服志二内外命婦之車條中有「金銅犢車」。此言金飾之犢車。又温庭筠晚春曲：「油壁車輕金犢肥。」則「金犢」連文，爲牛之美稱。

〔五〕「拂頭」句　杜牧自宣城赴官上京詩：「蘇小門前柳拂頭。」史記秦始皇本紀裴駰集解引應劭曰：「馳道，天子之道也。」東京夢華録卷一東都外城條：「城裏牙道，各植榆柳成蔭。」

〔六〕蓴羹鱸膾　世説新語識鑒：「張季鷹辟齊王東曹掾，在洛，見秋風起，因思吴中菰菜羹、鱸魚膾，曰：『人生貴得適意爾，何能羈宦數千里以要名爵！』遂命駕便歸。」明王鏊姑蘇志卷一四土産溪芼之屬：「蓴菜，出吴江。味甘滑。四月生。葉似鳧葵；莖如釵股，短長隨水淺深。」又鱗之屬：「鱸魚，即四腮鱸，出吴江長橋南者味美肉緊，縷而爲膾，經日不變；出橋北者三腮，味鹹肉慢。」

〔七〕江南調　南朝宋劉鑠擬古二首其一擬行行重行行：「悲發江南調。」

〔八〕「長安」句　李白登金陵鳳凰臺詩：「長安不見使人愁。」長安，借指東京。

呈纖手〔一〕　木蘭花

秦絃絡絡呈纖手〔二〕，寶雁斜飛三十九〔三〕。徵韶新譜日邊來〔四〕，傾耳吴娃驚未有〔五〕。

文園老令難堪酒〔六〕，蜜炬垂花知夜久〔七〕。更須嫵媚做腰肢〔八〕，細學永豐坊畔柳〔九〕？

【校】

〔秦絃〕亦園本、歷代詩餘卷三一、四印齋本、藝風堂本作「秦絲」，不足據。　〔吴娃〕八千卷樓本作「美佳」，誤。　〔老令〕亦園本、歷代詩餘、八千卷樓本、四印齋本、藝風堂本作「老大」，不足據。　〔蜜炬〕知不足齋本作「密炬」，誤。

【箋注】

〔一〕本篇當作於徽宗政和三年癸巳（一一一三）或後一二年間。年譜政和二年：「考宋史樂志，謂：『政和三年，詔令大晟府刊行新徵角二調之已經按試者。』姜夔白石道人歌曲五徵招序亦云：『徵招、角招者，政和間，大晟府嘗製數十曲。』呈纖手詞必作於政和三年之後。」兹從其説。惟蘇州爲繁華大郡，新樂傳及必不甚晚，一二年間足可至於風靡，故稍加限制。

〔二〕秦絃　李白古風五十九首其五五：「秦絃弄西音。」隋書音樂志下：「箏，十三絃，所謂秦聲。」

〔三〕「寶雁」句　李商隱昨日詩：「十三絃柱雁行斜。」宋傅幹注坡詞注蘇軾點絳脣己巳重九和蘇堅曰：「箏柱斜列，參差如雁，故貫休詩云『刻成箏柱雁相挨』。」三十九，當謂三箏齊奏。

〔四〕「徵韶」句　史料已詳注〔一〕。孟子梁惠王下：「（齊）景公……召大師曰：『爲我作君臣相説之樂！』蓋徵招、角招是也。」徵韶曲名本此。　日邊，謂京師、皇帝身邊。唐方干長安春日詩：「莫驚此地逢春早，只爲長安近日邊。」

〔五〕「傾耳」句　禮記孔子閒居：「傾耳而聽之，不可得而聞也。」　吴娃，揚雄方言卷二：「娃，……美也。吴楚衡湘之間曰『娃』。」

〔六〕「文園」句　史記司馬相如列傳：「相如……常有消渴疾。」「其進仕宦，未嘗肯與公卿國家之事，稱病閒居，不慕官爵。常從上至長楊獵，是時天子方好自擊熊彘，馳逐野獸，相如上疏諫之。……拜爲孝文園令。」司馬貞索隱引百官志：「陵園令，六百石，掌案行掃除也。」

〔七〕蜜炬　李賀河陽歌：「蜜炬千枝爛。」清王琦李長吉歌詩匯解：「蜜炬即蠟炬也。蜂採花蕊，醞釀成蜜，其房如脾，謂之『蜜脾』。蜜脾之底爲蠟，可以爲燭。然『蠟』與『蜜』古人亦渾稱之，如賈公彦周禮疏言燎燭之狀：以布纏之，以蜜塗其上；西京雜記：南越王獻高帝蜜燭三百枚。是皆以『蠟』爲『蜜』也。」

〔八〕更須　詩詞曲語辭匯釋卷一更（一）條：「更，猶『豈』也。……更須，豈須也。」

〔九〕永豐坊畔柳　本事詩事感：「白尚書（居易）姬人樊素善歌，妓人小蠻善舞，嘗爲詩曰：『櫻桃樊素口，楊柳小蠻腰。』年既高邁，而小蠻方豐豔，因爲楊柳之詞以託意，曰：『一樹春風萬萬枝，嫩於金色軟於絲。永豐坊裏東南角，盡日無人屬阿誰？』及宣宗朝，國樂唱是詞，上問：『誰詞？永豐在何處？』左右具以對之。遂因東使，命取永豐柳兩枝，植於禁中。」

【彙評】

夏敬觀批語：「垂」字新，「知」字乃得神。

歸風便〔一〕　木蘭花

津亭薄晚張離燕，紅粉□歌持酒勸〔二〕。歌聲煎淚欲沾襟，酒色□□□□□。□□會有歸風便，休道相忘秋後□〔三〕。□□□抵故人心，惆悵故人心不見〔四〕！

【校】

〔□□會有〕亦園本作「重□會有」，或有所據。知不足齋本、四印齋本並同。八千卷樓本、藝風堂本作「重會□有」，誤。　〔秋後□〕亦園本、四印齋本作「後□□」，誤。

【箋注】

〔一〕本篇疑作於徽宗建中靖國元年辛巳（一一〇一）秋。按詞曰「〔重〕□會有歸風便」，「歸風」，歸鄉之風。張衡舞賦：「臨歸風兮思故鄉。」方回雖生於衛州，而祖籍在越，每以越人自稱。吳地近越，故其一生之所寓居，惟視吳下如故鄉，曾有經營，擬終老其間，且晚年果遂此志。本篇或即元符、建中靖國間寓吳之末，赴京前夕傷離之作。「紅粉□歌持酒勸」云云，當指吳女。　歸風便，北齊荀仲舉銅雀臺詩：「況復歸風便，松聲入斷絃。」唐方干送人之日本國詩：「或有歸風便，當爲相見期。」

〔二〕紅粉□歌　疑當作「紅粉清歌」。與後二二五頁更漏子（芳草斜曛）：「數闋清歌，兩行紅粉，厭厭別酒初醺。」語意略同，可以參看。世説新語任誕：「桓子野每聞清歌，輒唤『奈何』。謝公聞之曰：『子野可謂一往有深情。』」

〔三〕秋後□　缺字是韻，疑當作「扇」。漢班婕妤怨歌行：「新裂齊紈素，皎潔如霜雪。裁爲合歡扇，團團似明月。出入君懷袖，動揺微風發。常恐秋節至，涼飆奪炎熱。棄捐篋笥中，恩情中道絶。」本篇題用荀詩恰有「心隨團扇捐」句，結處所用謝詩亦有「辭寵悲班扇」句，均可證。

〔四〕「□□□抵」二句　謝朓和王主簿季哲怨情詩：「故人心尚爾，故人心不見。」

【彙評】

夏敬觀批語：「煎」字新。

續漁歌〔一〕　木蘭花

中年多辦收身具〔二〕，投老歸來無著處〔三〕。四肢安穩一漁舟〔四〕，祇許樵青相伴去〔五〕。

滄洲大勝黄塵路〔六〕，萬頃月波難滓污〔七〕。阿儂原是箇中人〔八〕，非謂鱸魚留不住。

【校】

〔中年〕八千卷樓本作「半年」，不足據。

【箋注】

〔一〕編年同上。按本篇與上篇調同，又編次相接，語意似亦連屬。上闋乃言中年之時須多備辦三徑之資，否則老來歸隱即無處棲身；下闋「滄洲」謂水畔隱居之地，似指太湖，言己終將以此爲歸宿，勿以目前之暫去，遂謂吴下莼鱸留我不住。或亦離蘇赴京之前向吴女剖明心迹之作。特上篇旨在表白終不相棄；此則申述己之赴京續職，實爲生計所迫，不得不爾。　續漁歌，詩集卷一有漁歌（甲子十一月，張謀父、陳傳道、王子立會於彭城東禪佛祠，分漁、樵、農、牧四題以代酒令，余賦漁歌），蓋元豐七年（一〇八四）徐州寶豐監錢官任上作。歌曰：「嚴公桐江上，吕父清渭濱。出處兩能事，寥寥乎若人。擁簑芘笠吴儂子，身偶一竿生寄水。侯庖富饌羹鮹鱸，寸鬣分鱗辱刀机。吾將一釣懸十犍，笑倚扶桑不計年。鯤鯨懷餌脱相得，坐使東南飫食鮮。」詞在詩後，故曰「續」也。

〔二〕收身　謂退隱。白居易洛下閑居寄山南令狐相公詩：「已收身向園林下。」

〔三〕「投老」句　蘇軾豆粥詩：「我老此身無著處。」後漢書仇覽傳：「母守寡養孤，苦身投老。」

〔四〕「四肢」句　盧仝客淮南病詩：「四肢安穩一張牀。」

〔五〕樵青　見前三二頁思越人（留落吴門□□□）篇注〔四〕。

〔六〕黄塵路　喻仕途。陸機爲顧彦先贈婦二首詩其一：「京洛多風塵，素衣化爲緇。」

〔七〕「萬頃月波」句　世説新語言語：「司馬太傅齋中夜坐，於時天月明浄，都無纖翳。太傅歎以爲佳。謝景重在坐，答曰：『意謂乃不如微雲點綴。』太傅因戲謝曰：『卿居心不浄，乃復强欲滓穢太清邪？』」

〔八〕「阿儂」句　北魏楊衒之洛陽伽藍記景寧寺：「吴人……自呼『阿儂』。」蘇軾李頎秀才善畫山以兩軸見寄仍有詩次韻答之：「平生自是箇中人，欲向漁舟便寫真。」

【彙評】

夏敬觀批語：「滓」字新，有來歷，用世説新語王道子戲謝景重「滓穢太清」之意。

惜餘春〔一〕　踏莎行

急雨收春，斜風約水〔二〕，浮紅漲緑魚文起〔三〕。年年遊子惜餘春〔四〕，春歸不解招遊子。留恨城隅〔五〕，關情紙尾〔六〕，闌干長對西曛倚〔七〕。鴛鴦俱是白頭時〔八〕，江南渭北三千里〔九〕。

【校】

〔西曛〕歷代詩餘卷三六作「西風」，不足據。

【箋注】

〔一〕本篇疑作於哲宗紹聖四年丁丑（一〇九七）或元符元年戊寅（一〇九八）三月，時四十六七歲，在江夏寶泉監任。詞曰「鴛鴦俱是白頭時」，當指己與髮妻趙夫人。又曰「江南渭北三千里」，頗疑趙氏暫留京師，未從詞人之官。「渭北」蓋用杜甫詩，以長安借指東京。又其紹聖二年秋離京，次年八月到官，至此離家已兩三年，故曰「年年遊子惜餘春」也。惜餘春，李白惜餘春賦：「惜餘春之將闌，每爲恨兮不淺。」

〔二〕斜風約水　詩詞曲語辭匯釋卷五約條：「約，猶掠也；攔也；束也；籠也。……賀鑄踏莎行詞：『急雨收春，斜風約水，浮紅漲緑魚紋起。』言斜風掠水也。」

〔三〕漲緑　孫光憲風流子（茅舍槿籬溪曲）：「門外春波漲緑。」

〔四〕「年年」句　唐陳子良春晚看羣公朝還人爲八韻詩：「游子惜春暮。」

〔五〕城隅　謂分攜處。唐王宏從軍行：「羌歌燕筑送城隅。」王維崔九弟欲往南山馬上口號與別詩：「城隅一分手。」

〔六〕關情紙尾　謂別後書信，末多深情叮嚀語，如鶯鶯傳鶯鶯與張生書末云：「千萬珍重！春風多厲，强飯爲嘉。」

〔七〕西曛　楚辭九章思美人：「指嶓冢之西隈兮，與曛黄以爲期。」

〔八〕「鴛鴦」句　李商隱石城詩：「鴛鴦兩白頭。」又代贈詩：「鴛鴦可羨頭俱白。」

〔九〕「江南」句　杜甫春日懷李白詩：「渭北春天樹，江東日暮雲。」

【彙評】

雲韶集卷三：起八字鍊。又評「年年」二句：低迴盡致。賀公詞只就衆人所有之語運用入妙。

又評「鴛鴦」二句：結得淒豔。

詞則大雅集卷二：低徊曲折。方回詞只就衆人所有之語運用入妙，其長處正不可及。

夏敬觀批語：「收」、「約」均鍊熟。

題醉袖　踏莎行

淺黛宜顰〔一〕，明波欲溜，逢迎宛似平生舊。低鬟促坐認絃聲〔二〕，霞觴灩灩持爲壽〔三〕。

濃染吟毫，偷題醉袖，寸心百意分攜後。不勝風月兩厭厭，年來一樣傷春瘦。

【校】

〔平生〕歷代詩餘卷三六作「生平」，不足據。　〔濃染〕知不足齋本作「濃墨」，不足據。

【箋注】

〔一〕「淺黛」句　莊子外篇天運：「故西施病心而矉其里，其里之醜人見而美之。」唐成玄英疏：「西施，越之美女也，貌極妍麗，既病心痛，嚬眉苦之。而端正之人體多宜便，因其嚬蹙，更益其美。」「顰」、「矉」、「嚬」同。

〔二〕認絃聲　參見前五二頁花幕暗篇注〔一〕。

〔三〕爲壽　漢書高帝紀：「莊入爲壽。」顏師古注：「凡言『爲壽』，謂進爵於尊者而獻無疆之壽。」

陽羨歌〔一〕　踏莎行

山秀芙蓉〔二〕，溪明罨畫〔三〕，真游洞穴滄波下〔四〕。臨風慨想斬蛟靈〔五〕，長橋□□□□〔六〕。　解組投簪〔七〕，求田問舍〔八〕，黄雞白酒漁樵□〔九〕。元龍非復少時豪〔一〇〕，耳根清浄功名話〔一一〕！

【校】

〔作者〕咸淳毗陵志卷二三詞翰四詞本篇不題撰人，前爲蘇軾菩薩蠻（買田陽羨吾將老）一首。明沈敕荆溪外紀卷一二亦作軾詞。按毗陵志卷一八人物三寓賢國朝又曰：「賀鑄……尤長於樂府，寓居毗陵，著荆溪集、陽羨歌。」是該志本即自相牴牾。又蘇詞各本均無此篇，而宋本東山詞有之。故其爲賀作，毋庸置疑。至明人著録晚出，尤難憑信。　〔調〕毗陵志作鳳棲梧，誤。　〔「長橋」句〕毗陵志作「長橋千載猶横跨」，全宋詞已據此補足。　〔解組〕毗陵志作「解佩」。　〔漁樵□〕毗陵志作「漁樵社」，全宋詞已據此補足。　〔少時〕藝風堂本作「少年」，不足據。　〔清浄〕毗陵志作「洗盡」。

【箋注】

〔一〕本篇當作於徽宗大觀三年己丑（一一〇九）以後。按詞作於常州宜興，言「解組投簪，求田問舍」，言「非復少時豪」，是晚年休官後語氣。方回大觀三年以承議郎致仕，卜居蘇、常。詩集補遺鑄年五十八因病廢得旨休致一絶云：「求田問舍向吴津，欲著衰殘老病身。」詩詞語合，繫年上限因據以定。　陽羨，宋歐陽忞輿地廣記卷二三兩浙路下：「望，常州，……今縣五。……望，宜興縣，本陽羨縣。」

〔二〕山秀芙蓉　李白望九華山贈青陽韋仲堪詩：「秀出九芙蓉。」

〔三〕溪明罨畫　太平寰宇記卷九二江南東道四常州宜興縣：「圻溪，今俗呼爲『罨畫溪』，在縣南三十六里。源出懸脚嶺，東流入太湖。夾岸花竹，照映水中。」罨畫，雜色之彩畫。參見後一一五頁畫樓空篇注〔六〕引宋高似孫緯略。

〔四〕「真游」句　真游，唐李嶠奉和九月九日登慈恩寺浮圖應制詩：「真游下大千。」真，仙人。史記秦始皇本紀盧生説始皇曰：「真人者，入水不濡，入火不爇，陵雲氣，與天地久長。」按此句謂張公洞，太平寰宇記常州宜興縣：「張公山在縣南三十五里。山巔空穴到底。郭璞注云：陽羨有張公山，洞中南北二堂。古老傳云張道陵居此求仙，因有張公之名。四面水入圻溪。」輿地紀勝卷六兩浙西路常州：「張公洞，在宜興縣南三十五里，自山巔空徹，有水散流。其門三面皆飛崖峭壁，非足力所能到，惟北户可入。嵌空邃深，石乳融結。石上有唐人留題，墨蹟如新。子隱(周處)風土記云：漢天師張道陵駐蹟修行之地。」二書皆不載洞入水下，然藝文類聚卷九水部下湖引風土記：「陽羨縣東有太湖，中有包山，山下有洞穴潛行地中，云無所不通。」又方干遊張公洞寄陶校書詩：「步步勢穿江底去。」可知俗當有傳張公洞與太湖包山潛通者，賀詞蓋出此。

〔五〕斬蛟靈　初學記卷七引晉祖台之志怪：「義興郡溪渚長橋下有蒼蛟，吞噉人。周處執劍橋側伺，久之，遇出，於是懸自橋上投下蛟背而刺蛟，數創，流血滿溪，自郡渚至太湖句浦乃死。」

〔六〕長橋　太平寰宇記常州宜興縣：「長橋在縣城前二十步。……晉周處少時斬長橋下食人蛟，即此處也。」

〔七〕解組投簪　謂去官。梁蕭綸隱居貞白先生陶君碑：「明年遂拜表解職，抽簪東都之外，解組北山之陽。」文選孔稚珪北山移文：「昔聞投簪逸海岸。」李善注：「摯虞徵士胡昭贊曰：投簪卷帶，韜聲匿迹。」

〔八〕求田問舍　三國志魏書陳登傳：「許汜與劉備並在荆州牧劉表坐，表與備共論天下人，汜曰：『陳元龍湖海之士，豪氣不除。』……備問汜：『君言豪，寧有事耶？』汜曰：『昔遭亂，過下邳見元龍。元龍無客主之意，久不相與語，自上大牀卧，使客卧下牀。』備曰：『君有國士之名，今天下大亂，帝主失所，望君憂國忘家，有救世之意；而君求田問舍，言無可採，是元龍所諱也，何緣當與君語！……』」

〔九〕黄雞白酒　農家飲饌。李白南陵別兒童入京詩：「白酒新熟山中歸，黄雞啄黍秋正肥。」

〔一〇〕元龍　三國志魏書陳登傳：「陳登者，字元龍。……（劉）備因言曰：『若元龍文武膽志，當求之於古耳，造次難得比也。』」裴松之注引先賢行狀曰：「登……少有扶世濟民之志。博覽載籍，雅有文藝，舊典文章，莫不貫綜。」

〔一一〕耳根清淨　佛家謂眼、耳、鼻、舌、身、意爲「六根」。法華經法師功德品：「莊嚴六根，皆令清淨。」

【附録】

詩集拾遺書三國志陳登事後（丙子九月江夏賦）：　求田問舍良可嘉，元龍偶未思之邪？黄鼠長爲太倉耗，白雲猶有青山家。人生歘爾待鑽石，世故紛然勞算沙。銷磨髀肉亦何事？竟作子陽同井鼃！

【彙評】

夏敬觀批語：東坡求田陽羨，人皆知之。方回與同調，見於此詞。

芳心苦〔一〕 踏莎行

楊柳迴塘〔二〕，鴛鴦别浦〔三〕，緑萍漲斷蓮舟路。斷無蜂蝶慕幽香〔四〕，紅衣脱盡芳心苦〔五〕。

返照迎潮，行雲帶雨，依依似與騷人語〔六〕。當年不肯嫁春風〔七〕，無端却被秋風誤！

【校】

〔蓮舟〕四印齋本校曰「『蓮』别作『蘭』」，未詳何據。〔春風〕全芳備祖前集卷一一花部荷花、歷代詩餘卷三六作「東風」。〔秋風〕歷代詩餘作「西風」，四印齋本作「春風」，均不足據。

【箋注】

〔一〕本篇疑作於哲宗元祐元年丙寅（一〇八六）至八年癸酉（一〇九三）間。按「當年」二句感慨萬端，當與新舊黨争有關。方回出仕於神宗熙寧間，適逢王安石變法，「不肯嫁春風」者，似謂己之未附新黨。「無端却被秋風誤」者，則似指元祐更化、舊黨執政後，己亦不見重用也。

〔二〕迴塘　文選張衡南都賦：「分背迴塘。」李善注：「廣雅曰：塘，堤也。」

〔三〕別浦　藝文類聚卷九水部下浦引風土記：「大水小口別通爲浦。」

〔四〕「斷無」句　唐崔塗殘花詩：「蜂蝶無情極，殘香更不尋。」

〔五〕「紅衣」句　庾信入彭城館詩：「蓮浦落紅衣。」唐羊士諤玩荷花詩：「紅衣落盡暗香殘。」趙嘏長安晚秋詩：「紅衣落盡渚蓮愁。」

〔六〕「依依」句　李白渌水曲：「荷花嬌欲語。」杜牧朱坡詩：「小蓮娃欲語。」騷人，蕭統文選序：「楚人屈原，含忠履潔。君匪從流，臣進逆耳。深思遠慮，遂放湘南。耿介之意既傷，壹鬱之懷靡愬。臨淵有懷沙之志，吟澤有憔悴之容。騷人之文，自兹而作。」按離騷有「製芰荷以爲衣兮，集芙蓉以爲裳」語，故託想蓮荷引騷人爲同調。

〔七〕「當年」句　韓偓寄恨詩：「蓮花不肯嫁春風。」

【附録】

宋晏幾道蝶戀花詞：　笑豔秋蓮生渌浦，紅臉青腰，舊識凌波女。照影弄妝嬌欲語，西風豈是繁華主！可恨良辰天不與，纔過斜陽，又是黄昏雨。朝落暮開空自許，竟無人解知心苦。

按：二詞皆詠蓮花，調異而韻同，語亦差近。小晏時代略前，當爲方回所借鑒。

【彙評】

詞綜偶評評「斷無」二句：身分。　評「當年」二句：有「美人遲暮」之慨。

清陳廷焯雲韶集卷三：此詞必有所指，特借荷寓言耳。通首如怨如慕，如泣如訴，有多少惋惜，有多少慨歎！淋漓頓挫，一唱三歎，真能壓倒今古。

詞則大雅集卷二：此詞應有所指。騷情雅意，哀怨無端，讀者亦不自知何以心醉也。

白雨齋詞話卷一：方回踏莎行（荷花）云「斷無蜂蝶慕幽香，紅衣脱盡芳心苦」，下云「當年不肯嫁東風，無端却被秋風誤」，此詞騷情雅意，哀怨無端，讀者亦不自知何以心醉、何以淚墮。

宋詞選釋：屏除簪紱，長揖歸田，已如蓮花之褪盡紅衣；乃洗凈鉛華而仍含蓮子中心之苦，將怨誰耶？故下闋言當初不嫁春風，本冀秋江自老，豈料秋風不恤，仍横被摧殘：蓋申足上闋之意也。

平陽興　踏莎行

涼葉辭風〔一〕，流雲捲雨，寥寥夜色沉鐘鼓。誰調清管度新聲？有人高卧平陽塢〔二〕。草暖滄洲，潮平別浦，雙凫乘雁方容與〔三〕。深藏華屋鎖雕籠〔四〕，此生乍可輸鸚鵡！

【校】

〔辭風〕歷代詩餘卷三六作「翻風」，八千卷樓本作「辭雲」，均不足據。〔流雲捲雨〕八千卷樓本作「風流寒雨」，不足據。〔寥寥〕八千卷樓本、藝風堂本作「霯霯」，誤。〔乘雁〕四印齋本作「哀雁」，誤。

【箋注】

〔一〕涼葉辭風　鮑照玩月城西門廨中作詩：「別葉早辭風。」元稹小胡笳引：「秋霜滿樹葉辭風。」

〔二〕「誰調」二句　文選漢馬融長笛賦序：「融既博覽典雅，精核數術，又性好音，能鼓琴吹笛。而爲督郵，無留事，獨卧郿平陽鄔中。有雒客舍逆旅，吹笛，爲氣出精列相和。融去京師踰年，暫聞，甚悲而樂之。」李善注：「漢書：右扶風有郿縣。平陽鄔，聚邑之名也。……説文曰：『鄔，小障也。一曰庳城。在阜部。服虔通俗文曰：營居曰『鄔』。」

〔三〕雙鳧乘雁　漢書揚雄傳下揚雄解嘲：「當塗者入青雲，失路者委溝渠。旦握權則爲卿相，夕失勢則爲匹夫。譬若江湖之雀，勃解之鳥。乘雁集不爲之多，雙鳧飛不爲之少。」顏師古注：「應劭曰：乘雁，四雁也。」漢焦贛易林師萃：「鳧雁啞啞，以水爲家，雌雄相和，心志娛樂，得其歡欲。」

〔四〕鎖雕籠　漢禰衡鸚鵡賦：「閉以雕籠，翦其翅羽。」

暈眉山　踏莎行

鏡暈眉山〔一〕，囊熏水麝〔二〕，凝然風度長閑暇。歸來定解鷫鷞裘〔三〕，換時應倍驊騮價〔四〕。

滯酒傷春，添香惜夜，依稀待月西廂下〔五〕。梨花庭院雪玲瓏〔六〕，微吟獨倚鞦韆架。

【校】

〔眉山〕歷代詩餘卷三六作「山眉」，不足據。〔水麝〕歷代詩餘、八千卷樓本、藝風堂本作「冰麝」，誤。〔庭院〕四印齋本作「庭下」，誤。

【箋注】

〔一〕暈眉山　舊題宇文士及妝臺記：「五代宮中畫眉，一曰『開元御愛眉』；二曰『小山眉』；三曰『五岳眉』；四曰『三峰眉』；五曰『垂珠眉』；六曰『月稜眉』，又曰『却月眉』；七曰『分稍眉』；八曰『涵煙眉』；九曰『拂雲眉』，一名『横煙眉』；十曰『倒暈眉』。」

〔二〕囊熏水麝　唐李石續博物志卷一〇水麝條：「天寶初，虞人獲水麝。詔養之。臍中唯水，瀝滴於斗水中，用灑衣，至敗香不歇。每取，以鍼刺之，捉以真雄黄，香氣倍於肉麝。」囊，此非佩飾之香囊，實亦香鑪一類，故以「熏麝」爲言。白居易江南喜逢蕭九徹因話長安舊游戲贈五十韻：「暖手小香囊。」王建秋夜曲：「香囊火死香氣少。」

〔三〕「歸來」句　西京雜記卷二：「司馬相如初與卓文君還成都，居貧愁懣，以所着鷫鸘裘就市人陽昌貰酒，與文君爲歡。」舊題張華禽經注：「鷫鸘，鳥名，其羽可爲裘以辟寒。」

〔四〕「换時」句　唐李亢獨異志卷中：「後魏曹彰性倜儻，偶逢駿馬，愛之，其主所惜也。彰曰：『予有美妾，可换，惟君所選。』馬主因指一妓，彰遂换之。」按樂府詩集卷七三雜曲歌辭一三收愛妾换馬一題，並引樂府解題曰：「舊説淮南王所作，疑淮南王即劉安也。」則此風由來已久。穆天子傳卷一：「天子之駿……華騮。」郭璞注：「色如華而赤。」

〔五〕「依稀」句　鶯鶯傳鶯鶯與張生詩：「待月西廂下，迎風户半開。」

〔六〕「梨花」句　南朝梁蕭子顯燕歌行：「洛陽梨花落如雪。」韋莊浣溪沙（欲上鞦韆四體慵）詞：「隔牆梨雪又玲瓏。」

思牛女〔一〕　踏莎行

樓角參横，庭心月午〔二〕，侵階夜色涼經雨。輕羅小扇撲流螢〔三〕，微雲度漢思牛女〔四〕。擁髻柔情〔五〕，扶肩暱語〔六〕，可憐分破□□□〔七〕。□□□□有佳期〔八〕，人間底事長如許？

【校】

〔涼經雨〕知不足齋本、八千卷樓本、藝風堂本作「涼如雨」，不足據。〔撲流螢〕藝風堂本作「拍流螢」，不足據。〔□□□□有佳期〕亦園本作「□□年□有佳期」，當有所據。知不足齋本同。八千卷樓本、藝風堂本作「年□□□」，四印齋本作「□牛□□」，均不足據。〔人間〕八千卷樓本、藝風堂本作「人問」，誤。

【箋注】

〔一〕牛女　文選曹植洛神賦：「詠牽牛之獨處。」李善注：「曹植九詠注曰：　牽牛爲夫，織女爲婦。織女牽牛之星，各處河鼓之旁，七月七日乃得一會。」

〔二〕庭心月午　蘇軾減字木蘭花二月十五日夜與趙德麟小酌聚星堂詞：「春庭月午。」李賀感諷詩五首其三：「月午樹立影。」王琦匯解：「月午，謂月至中天當午位上。」隋書律曆志下：「既月兆日光，當午更耀。」

〔三〕「侵階」二句　杜牧秋夕詩：「紅燭秋光冷畫屏，輕羅小扇撲流螢。天階夜色涼如水，卧看牽牛織女星。」

〔四〕「微雲」句　度漢，詩小雅大東：「維天有漢。」毛傳：「漢，天河也。」南朝梁吴均續齊諧記七夕牛女條：「桂陽成武丁有仙道，常在人間，忽謂其弟曰：『七月七日，織女當渡河……』弟問曰：『織女何事渡河？……』答曰：『織女暫詣牽牛。……』」

〔五〕擁髻柔情　舊題漢伶玄趙飛燕外傳附伶玄自敍：「伶玄，字子于……買妾樊通德……頗能言趙飛燕姊弟故事。子于閑居，命言，厭厭不倦。子于語通德曰：『斯人俱灰滅矣。當時疲精力馳鶩嗜欲蠱惑之事，寧知終歸荒田野草乎！』通德占袖，顧眎燭影，以手擁髻，淒然淚下，不勝其悲。」

〔六〕扶肩暱語　唐陳鴻長恨歌傳載楊妃既死，明皇思念不已。有道士奉命於東海仙山中訪得之，請當時一事不爲他人聞者，以驗於明皇。楊妃徐而言曰：「昔天寶十載，侍輦避暑於驪山宮。秋七月，牽牛織女相見之夕……時夜殆半，休侍衛於東西廂，獨侍上。上凴肩而立，因仰天感牛女事，密相誓心，願世世爲夫婦。言畢，執手各嗚咽。此獨君王知之耳。」

〔七〕「可憐」句　疑當作「可憐分破鴛鴦侶」。

〔八〕「□□□□有佳期」句　疑當作「天上年年有佳期」。

負心期〔一〕　浣溪沙

節物侵尋迫暮遲〔二〕，可勝摇落長年悲〔三〕？回首五湖乘興地〔四〕，負心期〔五〕。驚雁失行風翦翦〔六〕，冷雲成陣雪垂垂。不拚尊前泥樣醉〔七〕，箇能癡〔八〕！

【校】

〔迫暮遲〕亦園本、歷代詩餘卷一八、八千卷樓本、四印齋本、藝風堂本作「迴暮遲」，誤。

【箋注】

〔一〕本篇當作於徽宗建中靖國元年辛巳（一一〇一）秋離蘇後，崇寧末、大觀初（約一一〇六——一一〇八）吴女夭亡前。詞曰「回首五湖乘興地，負心期」，是羈宦中憶吴下、懷伊人之口吻。

〔二〕迫暮遲　漢書諸葛豐傳：豐上書曰：「又迫年歲衰暮。」

〔三〕「可勝」句　宋玉九辯：「悲哉秋之爲氣也，草木摇落兮而變衰。」淮南子説山：「故桑葉落而長年悲也。」唐張説岳州九日宴道觀西閣詩：「搖落長年歎。」可勝，豈勝。詩詞曲語辭匯釋卷一可（八）條：「可，猶豈也；那也。」長年，老人。劉向説苑貴德：「（景公）睹長年負薪而有饑色。」

〔四〕五湖　史記河渠書：「於吴，則通渠三江、五湖。」集解：「（三國吴）韋昭曰：五湖，湖名耳。實一湖，今太湖是也，在吴西南。」乘興地，參見前六七頁西笑吟篇注〔六〕。

〔五〕心期　心所期許之人。梁任昉贈郭桐廬出溪口見候余既未至郭仍進村維舟久之郭生方至詩：「中道遇心期。」

〔六〕風翦翦　韓偓寒食夜詩：「側側輕寒翦翦風。」

〔七〕泥樣醉　藝文類聚卷四九職官部五太常引應劭漢官：「一日不齋醉如泥。」本句「醉」字與上「回首」句「地」字係用同部仄韻添叶。詞譜卷七未備此體，宜增補。

〔八〕箇能癡　詩詞曲語辭匯釋卷三能（一）條：「能，摹擬辭，猶云這樣也。……亦有作箇能者。賀鑄浣溪沙詞：『不拚尊前泥樣醉，箇能癡。』按此箇字猶這也。」

醉中真〔一〕　減字浣溪沙

不信芳春厭老人，老人幾度送餘春，惜春行樂莫辭頻〔二〕。　巧笑豔歌皆我意〔三〕，惱花顛酒拚君瞋〔四〕。物情惟有醉中真〔五〕。

【箋注】

〔一〕本篇與下篇調同，韻部同，情味亦差近，又編次相鄰，或爲同期之作。　醉中真，李白擬古十二首詩其三：「仙人殊恍惚，未若醉中真。」

〔二〕「惜春」句　漢楊惲報孫會宗書：「人生行樂耳。」前蜀李珣浣溪沙詞：「遇花傾酒莫辭頻。」

〔三〕巧笑　詩衛風碩人：「巧笑倩兮。」

〔四〕「惱花」句　杜甫江畔獨步尋花七絶句其一：「江上被花惱不徹，無處告訴只顛狂。」顛酒，開元天寶遺事卷上天寶上顛飲條：「長安進士鄭愚、劉參、郭保衡、王沖、張道隱等十數輩，不拘禮節，旁若無人，每春時，選妖妓三五人，乘小犢車，指（詣？）名園曲沼，藉草裸形，去其巾帽，叫笑喧呼，自謂之『顛飲』。」

〔五〕「物情」句　蘇軾和陶飲酒二十首詩其十二：「惟有醉時真。」

【彙評】

夏敬觀批語：意新。詞律以多三字者〔爲〕攤破浣溪沙；此則多三字者爲浣溪沙，少三字者謂之「減字」。

頻載酒〔一〕　減字浣溪沙

金斗城南載酒頻〔二〕，東西飛觀跨通津〔三〕。漾舟聊送雨餘春。　桃李趣行無算酌〔四〕，桑榆收得自由身〔五〕。酣歌一曲太平人〔六〕。

【校】

〔漾舟〕八千卷樓本作「深舟」，誤。

【箋注】

〔一〕本篇當作於徽宗大觀三年己丑（一一〇九）以後。按詞作於常州，曰「桑榆收得自由身」，是晚年退隱時口吻。

〔二〕金斗城　咸淳毘陵志卷三地理三城郭州：「子城周回七里三十步，高二丈八尺，厚二丈。甓之上有御敵樓、白露屋。僞吴順義中刺史（張伯）悰增築，號『金斗城』（余幹詩云『毗陵城如金斗方』，其義取此）。」

〔三〕「東西」句　陸機吴趨行：「飛閣跨通波。」

〔四〕桃李　曹植雜詩六首其四：「南國有佳人，容華若桃李。」後每以「桃李」指代美人，又多用指倡女，如駱賓王帝京篇：「倡家桃李自芳菲。」盧照鄰長安古意詩：「共宿倡家桃李蹊。」此亦以喻侑觴之妓。　無算酌，張衡西京賦：「羽觴行而無算。」儀禮鄉飲酒禮：「無算爵。」漢鄭玄注：「算，數也。賓主燕飲，爵行無數，醉而止也。」

〔五〕桑榆　文選曹植贈白馬王彪詩：「年在桑榆間。」李善注：「日在桑榆，以喻人之將老。」　自由身，白居易晚歸早出詩：「幾時辭府印，却作自由身？」

〔六〕「酣歌」句　宋之問寒食還陸渾别業詩：「野老不知堯舜力，酣歌一曲太平人。」太平人，太平盛世之人。柳宗元與蕭翰林俛書：「雖不得位，亦不虚爲太平之人矣。」演繁露續集卷六談助惟師曾是太平人條：「唐天寶間有真上人者，至杜牧之時，其人年已近百歲，故題其寺曰：『清羸已近百年身，古寺風煙又一春。寰海自成戎馬地，惟師曾是太平人。』此意最遠。不言其道行，獨以其年多，嘗見天寶時事也。」

【彙評】

夏敬觀批語：「趣行」字新。

掩蕭齋〔一〕　減字浣溪沙

落日逢迎朱雀街〔二〕，共乘青舫度秦淮〔三〕，笑拈飛絮罥金釵〔四〕。　洞户華燈歸別館，碧梧紅藥掩蕭齋〔五〕。願隨明月入君懷〔六〕。

【箋注】

〔一〕本篇當作於哲宗元祐三年戊辰（一〇八八）或紹聖三年丙子（一〇九六）三月。按年譜：元祐三年戊辰，「三月，過金陵……詞集掩蕭齋云：『落日逢迎朱雀街，共乘青舫渡秦淮，笑拈飛絮罥金釵。』……方回明年三月，又游金陵……詞……記暮春時令，必此一二年間作」。又元祐四年己巳（一〇八九），「三月游金陵。詩集四始□金陵，注：三月作」。檢南京圖書館藏丁丙八千卷樓鈔本慶湖遺老詩集凡三種（皆善本），卷四均無始□金陵詩。揆之情理，此詩亦不應有，蓋方回元祐三年已游金陵，四年詩安得復稱「始□」？顧詩集卷四首篇三山序云：「在金陵西南百里，崛起大江之中。昔王龍驤順流鼓櫂，徑造三山；謝玄暉登三山望京邑：皆此地也。戊辰三月，始游金陵，置酒於鳳凰臺，引望此山，如落天外，雅符太白詩中語。既渡江至石磧戍，門適與山對。己巳六月賦是詩。」頗疑夏先生所見之詩集版本奪漏此詩題「三山」暨序中若干文字，僅存「始游金陵」字樣，遂以當題，致有此誤。要之，方回元祐四年無「又游金陵」事，詞亦不得作於是年，故予排除。惟其紹聖三年赴官江夏，途經金陵，亦三月事，可知此詞未必定作於元祐間也。

〔二〕朱雀街　宋周應合景定建康志卷一六疆域志二街巷朱雀街條：「按宫城記：自宫門南出，夾苑路至朱雀門，七八里府寺相屬。輿地志云：朱雀門北對宣陽門，相去六里，名爲御道，夾開御溝，植柳環濟。吴紀曰：天紀二年，衛尉岑昏表修百府，自宫門至朱雀橋，夾路作府舍。又開大道，使男女異行。夾道皆築高牆，瓦覆，或作竹藩。庾闡揚都賦云：横朱雀之飛梁，豁八達之遐衢。」

〔三〕秦淮　宋張敦頤六朝事蹟編類卷上江河門秦淮條：「秦始皇東巡會稽，經秣陵，因鑿鍾山，斷金陵長隴以疏淮。其淮本名龍藏浦，上有二源。一源發自華山，經句容西南流（華山在句容縣界，高九里，似蔣山）；一源發自東廬山，經溧水西北流入江寧界（東廬山在溧水縣東南十五里，高六十八丈，周回二十里，山西一源入秦淮）。二源合自方山埭，西注大江。其分派屈曲，不類人功，疑非秦皇所開。而後人因名秦淮者，以鑿方山言之。」

〔四〕「笑拈」句　司空圖楊柳枝壽杯詞十八首其十三：「絮惹輕枝雪未飄，小溪煙束帶危橋。鄰家女伴頻攀折，不覺回身罥翠翹。」

〔五〕蕭齋　國史補卷中：「梁武帝造寺，令蕭子雲飛白大書『蕭』字，至今一『蕭』字存焉。李約竭産自江南買歸東洛，匾於小亭以玩之，號爲『蕭齋』。」

〔六〕「願隨」句　鮑照代淮南王詩：「朱城九門門九閨，願逐明月入君懷。」

楊柳陌〔一〕　減字浣溪沙

興慶宮池整月開〔二〕，□□□□縷金鞋，後庭芳草緑緣階〔三〕。　祓禊歸□楊柳陌〔四〕，□□□落鳳凰釵〔五〕。細風拋絮入人懷。

【校】

〔後庭〕亦園本作「授庭」，誤。

【箋注】

〔一〕本篇當作於神宗熙寧元年戊申（一〇六八）至七年甲寅（一〇七四）間。按方回熙寧初離衛州宦游東京，八年乙卯出監臨城酒税。詩集卷六上巳有懷金明池游賞自序：「熙寧乙卯臨城賦。」本篇實紀上巳日游金明池，或作於詩前。

〔二〕「興慶宮池」句　舊唐書地理志一：「京師西有大明、興慶二宮。」宋宋敏求長安志卷九唐京城三興慶坊：「南内興慶宮，……有龍池。」按此借指東京金明池。東京夢華録卷七三月一日開金明池瓊林苑條：「三月一日，州西順天門外開金明池、瓊林苑，每日教習車駕上池儀範，雖禁從士庶許縱賞。……池在順天門外街北，周圍約九里三十步，池西直徑七里許。」同上駕回儀衛條：「自三月一日至四月八日閉池，雖風雨亦有遊人，略無虛日矣。」

〔三〕「後庭」句　北魏温子昇從駕幸金墉城詩：「細草緣玉階。」李白寄遠十二首其九：「長短春草緑，緣階如有情。……覩物知妾怨，希君種後庭。」

〔四〕「祓禊」句　後漢書禮儀志上：「明帝永平二年三月……是月上巳，官民皆絜於東流水上，曰洗濯祓除去宿垢疢爲大絜。」梁劉昭注補：「謂之禊也。……蔡邕曰：『論語：「暮春者，春服既成，冠者五六人，童子六七人，浴乎沂，風乎舞雩，詠而歸。」自上及下，古有此禮。今三月上巳祓禊於水濱，蓋出於此。』」宋書禮志二：「自魏以後，但用三日，不以巳也。」

〔五〕□□□落鳳凰釵　疑當作「綺羅遺落鳳凰釵」，唐殷堯藩上巳日贈都上人詩二首其二：「綺羅人走馬，遺落鳳凰釵。」拾遺記卷九晉時事：「石季倫愛婢名翔風……鑄金釵象鳳皇之冠。」又後唐馬縞中華古今注卷中釵子條：「（秦）始皇又金銀作鳳頭，以玳瑁爲脚，號曰『鳳釵』。」

【附録】

詩集卷六上巳有懷金明池游賞（熙寧乙卯臨城賦）：　西城小雨宿塵消，春水溶溶拍畫橋。拾翠芳洲白蘋發，披香宮殿紫雲高。彩舟日晚綺羅醉，油幕風晴絲管焦。俠少朋游應念我，一年佳賞負今朝！

【彙評】

夏敬觀批語：「抛」字新。

換追風〔一〕　減字浣溪沙

掌上香羅六寸弓〔二〕，雍容胡旋一盤中〔三〕，目成心許兩悤悤〔四〕。　別夜可憐長共月〔五〕，當時曾約換追風〔六〕。草生金埒畫堂空〔七〕！

【校】

〔一盤〕八千卷樓本、藝風堂本作「舞盤」，不足據。　〔長共月〕八千卷樓本作「長尖月」，誤。

【箋注】

〔一〕本篇疑作於徽宗崇寧五年丙戌（一一〇六）至大觀二年戊子（一一〇八）間，時在太平州任。按詞意似亦爲哀悼吴女之作，與前千葉蓮詞大抵同時，可以參看。所謂「當時曾約」云云，當指元符、靖國間客蘇邂逅吴女，許以贖娶。而後赴京續職，出通判兩州，未克成禮而伊人夭亡，故言「畫堂空」也。後之畫樓空篇「不堪回首，雙板橋東，罨畫樓空」亦此意。「草生金埒」，紀春景，與千葉蓮篇「春霜一夜掃穠華」節令正合，亦是一證。換追風，張祜愛妾換馬詩二首其二：「綺閣香銷華厩空，忍將行雨換追風。」古今注卷四鳥獸：「秦始皇有七名馬：追風、白兔、躡景、奔電、飛翮、銅爵、神鳧。」

〔二〕「掌上」句　太平御覽卷五七四樂部一二舞引漢書：「趙飛燕體輕，能掌上舞。」又南史羊侃傳：

「侃……儛人張浄琬腰圍一尺六寸，時人咸推『能掌上儛』。」明陶宗儀南村輟耕録卷一〇纏足條：「張邦基墨莊漫録云：婦人之纏足，起於近世。前世書傳，皆無所自。南史：齊東昏侯爲潘貴妃鑿金爲蓮花以帖地，令妃行其上，曰『此步步生蓮花』。然亦不言其弓小也。如古樂府、玉臺新詠，皆六朝詞人纖豔之言，類多體狀美人容色之姝麗及言妝飾之華、眉目脣口腰肢手指之類，無一言稱纏足者。如唐之杜牧之、李白、李商隱之輩，作詩多言閨幃之事，亦無及之者。韓偓香奩集有詠屧子詩云：『六寸膚圓光緻緻。』唐尺短，以今校之，亦自小也，而不言其弓。惟道山新聞云：李後主宮嬪窅娘，纖麗善舞。後主作金蓮，高六尺，飾以寶物細帶纓絡，蓮中作品色瑞蓮，令窅娘以帛繞脚，令纖小，屈上作新月狀，素襪舞雲中，回旋有凌雲之態。唐鎬詩曰『蓮中花更好，雲裏月長新』，因窅娘作也。由是人皆效之，以纖弓爲妙。以此知紮脚自五代方爲之。如熙寧、元豐以前，人猶爲者少；近年則人人相效，以不爲者爲恥也。」後蜀毛熙震浣溪沙（碧玉冠輕裊燕釵）詞：「緩移弓底繡羅鞋。」

〔三〕胡旋　唐段安節樂府雜録舞工條：「健舞曲有……胡旋。」又俳優條：「舞有骨鹿舞、胡旋舞，俱於一小圓毬子上舞，縱横騰踏，兩足終不離毬子上，其妙如此也。」南部新書己集：「天寶末，康居國獻胡旋女，蓋左旋右轉之舞也。」一盤中，楊太真外傳卷上：「上在百花院便殿，因覽漢成帝内傳，時妃子後至，以手整上衣領，曰：『看何文書？』上笑曰：『莫問，知則又殢人。』覓去，乃是『漢成帝獲飛風，身輕欲不勝風，恐其飄翥，帝爲造水晶盤，令宮人掌之而歌舞……』也。」按唐以前經籍志無漢成帝内傳其書，蓋出小説家僞託。

〔四〕目成心許　楚辭九歌少司命：「滿堂兮美人，忽獨與余兮目成。」王逸章句：「獨與我睨而相視，成爲親親也。」梁元帝採蓮賦：「於時妖童媛女，蕩舟心許。」按後人寫情事，每以「目成」、「心許」對舉。唐張柬之大堤曲：「魂處自目成，色授開心許。」皇甫冉見諸姬學玉臺體詩：「傳杯見目成，結帶明心許。」

〔五〕「別夜」句　「夜」當是「後」形譌。此用謝莊月賦：「美人邁兮音塵闕，隔千里兮共明月。」應是「別後」事。又此與下句對仗，若作「別夜」，則與「當時」合掌。詩集卷八和陳傳道秋日十詠其五秋月：「別後復嬋娟，故人千里外。」（南圖藏八千卷樓鈔二册本）別本亦誤「別夜」（南圖藏八千卷樓鈔六册本），正與此同，可以互證。

〔六〕「當時」句　參見前八五頁暈眉山篇注〔四〕。

〔七〕「草生」句　唐張子容長安早春詩：「草迎金埒馬。」世説新語汰侈：「王武子被責，移第北邙下。於時人多地貴，濟好馬射，買地作埒，編錢匝地竟埒，時人號曰『金埒』。」

最多宜　減字浣溪沙

半解香綃撲粉肌，避風長下絳紗帷，碧琉璃水浸瓊枝〔一〕。不學壽陽窺曉鏡〔二〕，何煩京兆畫新眉〔三〕？可人風調最多宜〔四〕。

【校】

〔香綃〕景宋本、知不足齋本作「香銷」，誤。　〔浸瓊枝〕四印齋本作「侵瓊枝」，誤。　〔窺曉鏡〕八千卷樓本作「窺鏡曉」，誤。

【箋注】

〔一〕碧琉璃　漢書西域傳上：「罽賓國……出……流離。」顔師古注：「孟康曰：流離，青色如玉。」後亦書作「琉璃」。白居易泛太湖書事寄微之詩：「碧琉璃水净無風。」　浸瓊枝，韓偓多情詩：「水香賸貯金盆裏，瓊樹長須浸一枝。」江淹雜體詩三十首其一擬古離別：「願一見顔色，不異瓊樹枝。」

〔二〕壽陽　太平御覽卷三〇時序部一五人日引雜五行書：「宋武帝女壽陽公主人日卧於含章殿簷下。梅花落公主額上，成五出花，拂之不去。皇后留之，看得幾時。經三日，洗之乃落。宫女奇其異，競效之。今梅花妝是也。」

〔三〕「何煩」句　京兆，漢書百官公卿表上：「内史，周官，秦因之，掌治京師。景帝二年分置左右内史。右内史，武帝太初元年更名京兆尹。」此用張敞事，見前六一頁緑羅裙篇注〔三〕。

〔四〕可人　詩詞曲語辭匯釋卷一可（五）條：「可，猶稱也；合也。……可人一語，有當解爲可人意之義者。」　多宜，莊子外篇天運成玄英疏：「而端正之人體多宜便。」

錦纏頭〔一〕　減字浣溪沙

舊説山陰禊事修，漫書繭紙敘清游〔二〕，吴門千載更風流〔三〕。　繞郭煙花連茂苑，滿船絲竹載涼州〔四〕。　一標争勝錦纏頭〔五〕。

【箋注】

〔一〕本篇當作於徽宗大觀三年己丑（一一〇九）以後。按此蘇州詞，意甚歡快，恐非元符、靖國間丁母艱時作，姑繫於晚年退居吴下之後。

〔二〕「舊説」二句　唐張彦遠法書要録卷三引唐何延之蘭亭記：「蘭亭者，晉右將軍會稽内史瑯琊王羲之字逸少所書之詩序也。右軍……穆帝永和九年暮春三月三日宦游山陰，與太原孫統……等四十有一人修祓禊之禮，揮毫製序，興樂而書，用蠶繭紙、鼠鬚筆，遒媚勁健，絶代更無。」宋陳槱負暄野録卷下論紙品條：「所謂繭紙，蓋實絹帛也。」

〔三〕吴門　見前三二頁思越人篇注〔二〕。

〔四〕「繞郭」二句　唐薛能清河泛舟詩：「遶郭煙波浮泗水，一船絲竹載涼州。」　茂苑，左思吴都賦：「佩長洲之茂苑。」詳見前一九頁辟寒金篇注〔一〕。　涼州，新唐書禮樂志：「天寶樂曲，皆以邊地名，若涼州、伊州、甘州之類。」又：「涼州曲，本西涼所獻也。其聲本宫調，有大遍、小遍。」宋史樂志一七教坊：「所奏凡十八調、四十大曲。」所載正宫調、道宫調、仙吕宫、黄鐘宫中皆有梁州（即涼州）。

〔五〕一標争勝　東京夢華録卷七駕幸臨水殿觀争標錫宴條述金明池三月上巳争標之狀云：「有小舟，一軍校執一竿，上掛以錦綵銀盌之類，謂之『標竿』，插在近殿水中。又見旗招之，則兩行舟鳴鼓並進。捷者得標。」此雖京師情形，以例外郡，亦有彷彿。　錦纏頭，杜甫即事詩：「舞罷錦纏頭。」演繁露卷七錦纏頭條：「唐書：代宗詔許大臣燕郭子儀於其第，魚朝恩出錦三十疋爲纏頭之費。舊俗，賞歌舞人，以錦綵置之頭上，謂之『纏頭』。」

將進酒〔一〕　小梅花

城下路，淒風露，今人犂田古人墓〔二〕。岸頭沙，帶蒹葭，漫漫昔時流水今人家〔三〕。黄埃赤日長安道，倦客無漿馬無草〔四〕。開函關，掩函關〔五〕，千古如何不見一人閑〔六〕？六國擾〔七〕，三秦掃〔八〕，初謂商山遺四老〔九〕。馳單車，致緘書〔一〇〕，裂荷焚芰接武曳長裾〔一一〕。高流端得酒中趣〔一二〕，深入醉鄉安穩處〔一三〕。生忘形〔一四〕，死忘名〔一五〕，誰論二豪初不數劉伶〔一六〕！

【校】

〔作者〕中州樂府作高憲，花草粹編卷一二作高仲常。按高憲金人，仲常其字。本篇既見宋本東山詞，斷非高作。〔全篇〕原校：「『裂荷』九字。『入醉鄉』十字，原本缺，並從毛本補。」〔古人墓〕陽春白雪外集、中州樂府、花草粹編作「昔人墓」。〔掩函關〕中州樂府、花草粹編、詞譜卷一二作「閉函關」。〔如何〕花草粹編作「如今」。〔下闋〕詞譜「六國擾」以下文字全無，而以「城下路」至「漫漫昔時流水今人家」爲上闋，「黄埃赤日長安道」至「千古如何不見一人閒」爲下闋。且謂此「雙調五十七字。前段七句，三仄韻，三平韻。後段六句，兩仄韻，兩平韻，一疊韻」。又曰「宋詞祇此一首」。其誤尤甚。〔高流〕中州樂府、花草粹編作「高陽」。四印齋本校曰「別作『（高）人』」，未詳何據。〔酒中趣〕花草粹編作「盃中趣」。〔深入醉鄉〕中州樂府、花草粹編作「身到醉鄉」。〔生忘形〕八千卷樓本、藝風堂本作「生忘名」，不足據。〔誰論句〕中州樂府、花草粹編作「二豪侍側、劉伶初未醒」。〔初不數〕陽春白雪外集作「却不數」。

【箋注】

〔一〕本篇與下行路難篇同調，風格及思想傾向亦相類，又編次相鄰，當作於同一時期。繫年參見下篇。將進酒，樂府詩集卷一六鼓吹曲辭一漢鐃歌解題：「古今樂録曰：漢鼓吹鐃歌十八曲，……九曰將進酒。」又將進酒解題：「古詞曰：『將進酒，乘大白。』大略以飲酒放歌爲言。」

〔二〕「城下」三句　古詩十九首其十四去者日以疎：「古墓犂爲田。」顧況短歌行：「城邊路，今人犂田古人墓。」

〔三〕「岸頭」三句　顧況短歌行：「岸上沙，昔時江水今人家。」世説新語術解：「郭景純（璞）過江，居於暨陽，墓去水不滿百步。時人以爲近水，景純曰：『將當爲陸。』今沙漲，去墓數十里皆爲桑田。」

〔四〕「黄埃」二句　顧況長安道詩：「長安道，人無衣，馬無草。」長安道，謂朝京之路。長安係漢唐故都，因以指代京城。唐五代間無名氏賀聖朝（白露點）詞：「長安道上行客，依舊利深名切。」賀詞「倦客」義同此，謂赴京求官者。無漿，有見侮於逆旅主人之意。藝文類聚卷九水部下谷引漢武故事：「上微時，行至柏谷，舍於逆旅。逆旅翁罵之。因從乞漿，翁曰：『正有溺，無漿也。』」

〔五〕「開函關」二句　程大昌函潼關要志：「秦函谷關在唐陝州靈寶縣（今河南靈寶縣）南十

里。……路在谷中，深險如函，故以爲名。其中通行路東西四十里，絶岸壁立，岩石上柏林蔭蔭，谷中常不見日。關去長安四百里，日入則閉，鷄鳴則開。自殽山西至潼津通名函谷，實爲天險。」按函關爲戰國秦之東方門户，時平則開，時亂則掩。岑參函谷關歌送劉評事使安西：「聖朝無事不須關。」李白古風五十九首其三：「秦皇掃六合，虎視何雄哉！……收兵鑄金人，函谷正東開。」

〔六〕「千古」句　戴叔倫淮南逢董校書詩：「如何百年内，不見一人閑！」

〔七〕六國擾　史記秦始皇本紀載賈誼語曰：「陳涉以戍卒散亂之衆數百，奮臂大呼……於是山東大擾，諸侯並起，豪俊相立。」六國，秦末復起之齊、楚、燕、韓、趙、魏。據陳涉世家，陳涉破陳後，陳三老、豪傑言其「誅暴秦，復立楚國之社稷，功宜爲王」，涉乃自立，號張楚。令武臣徇趙地，臣自立爲趙王。臣又令韓廣徇燕地，廣乃自立爲燕王。時田儋自立爲齊王。後涉又立魏後故寧陵君咎爲魏王。涉軍破，秦嘉等遂立楚後景駒爲楚王。項梁等又立楚後懷王孫心爲楚懷王。又據留侯世家，懷王既立，張良乃説項梁立韓諸公子横陽君成爲韓王。又據張耳陳餘列傳，武臣爲部屬所殺，張耳等復立趙後歇爲趙王。此六國蜂起擾秦，秦遂亡。

〔八〕三秦掃　史記高祖本紀：秦亡後，「項羽自立爲西楚霸王」，「立沛公爲漢王，王巴蜀、漢中，都南鄭。三分關中，立秦三將：章邯爲雍王，都廢丘；司馬欣爲塞王，都櫟陽；董翳爲翟王，都高奴」。又淮陰侯列傳：劉邦入漢中後，拜信爲將，「舉兵東出陳倉，定三秦」。按此以掃三秦一事概括劉邦滅項羽，建漢朝。

〔九〕「初謂」句　史記留侯世家載張良語曰：「顧上有不能致者，天下有四人。四人者年老矣，皆以爲上慢侮人，故逃匿山中，義不爲漢臣。」司馬貞索隱：「四人，四皓也。謂東園公、綺里季、夏黄公、角里先生。按陳留志云：『園公姓庾，字宣明，居園中，因以爲號。夏黄公姓崔名廣，字少通，齊人，隱居夏田修道，故號曰夏黄公。角里先生，河内軹人，太伯之後，姓周名術，字元道，京師號曰霸上先生，一曰角里先生。』又孔安國秘記作『禄里』。此皆王劭據崔氏、周氏系譜及陶元亮四八目而爲此説。」漢書張良傳顏師古注曰：「所謂商山四皓也。」商山，在今陝西商縣東。

〔一〇〕「馳單車」二句　史記留侯世家：「上欲廢太子，立戚夫人子趙王如意。……吕后恐……使建成侯吕澤劫留侯，……彊要曰：『爲我畫計！』留侯曰：『……上有不能致者，天下有四人。……上高此四人。今公誠能無愛金玉璧帛，令太子爲書，卑辭安車，因使辯士固請，宜來。……則一助也。』於是吕后令吕澤使人奉太子書，卑辭厚禮，迎此四人。四人至。」單車，謂使者。李陵答蘇武書：「且足下昔以單車之使適萬乘之虜。」

〔一一〕裂荷焚芰　離騷：「製芰荷以爲衣兮，集芙蓉以爲裳。」後遂以芰製荷衣爲高士清潔之象徵。舊説南齊周顒隱鍾山，後應詔出爲海鹽令，秩滿入京，復經此山，孔稚珪乃撰北山移文而責之，有「焚芰製而裂荷衣」句。

接武，猶接踵。禮記曲禮上：「堂上接武。」武，足迹。　曳長裾，漢鄒陽上吴王書：「飾固陋之心，則何王之門不可曳長裾乎？」

〔一二〕「高流」句　陶淵明晉故征西大將軍長史孟府君傳：「（孟嘉）好酣飲，逾多不亂；至於任懷得意，融然遠寄，旁若無人。（桓）温嘗問君：『酒有何好，而卿嗜之？』君笑而答之：『明公但不得酒中趣爾！』」端，詩詞曲語辭匯釋卷四端條：「端，猶……真也……又猶應也；須也。」

〔一三〕「深入」句　唐王績醉鄉記：「醉之鄉去中國不知其幾千里也。其土曠然無涯，無丘陵坂險；其氣和平一揆，無晦明寒暑；其俗大同，無邑居聚落；其人甚精，無愛憎喜怒，吸風飲露，不食五穀，其寢于于，其行徐徐，與鳥獸魚鱉雜處，不知有舟車器械之用。昔者黄帝氏嘗獲游其都……迄乎秦漢，中國喪亂，遂與醉鄉絶。而臣下之愛道者，亦往往竊至焉。阮嗣宗、陶淵明等十數人，並游於醉鄉，没身不返，死葬其壤，中國以爲酒仙云。」

〔一四〕生忘形　杜甫醉時歌：「忘形到爾汝，痛飲真吾師。」

〔一五〕死忘名　世説新語任誕：「張季鷹縱任不拘，時人號爲『江東步兵』。或謂之曰：『卿乃可縱適一時，獨不爲身後名邪？』答曰：『使我有身後名，不如即時一杯酒。』」

〔一六〕二豪　文選劉伶酒德頌：「二豪侍側焉，如蜾蠃之與螟蛉。」李善注：「二豪，公子、處士也。」不數，以某人某物爲不堪比數。梅堯臣范饒州坐中客語食河豚魚詩：「河豚當是時，貴不數魚蝦。」蘇軾監試呈諸試官詩：「芻蕘盡蘭蓀，香不數葵荏。」　劉伶，世説新語文學劉伶著酒德頌條劉孝標注引名士傳：「伶字伯倫，沛郡人也。肆意放蕩，以宇宙爲狹。常乘鹿車，攜一壺酒，使人荷鍤隨之，云：『死便掘地以埋。』土木形骸，遨游一世。」

【彙評】

宋趙聞禮陽春白雪外集：右三闋（指本篇、下篇及後「思前别」等三首小梅花）檃括唐人詩歌爲之，是亦集句之義。然其間語意聯屬，飄飄然有豪縱高舉之氣。酒酣耳熱，浩歌數過，亦一快也。

清范驤曰：前段四、五數句，用里諸公，一時減色。（清張宗橚詞林紀事卷二〇引）

白雨齋詞話卷六：金高仲常貧也樂云：「城下路……不見一人閒。」章法、句法不古不今，亦不類樂府，詞中別調也。　又卷七：（小梅花）賀方回三闋、陳其年二闋，專集古語以爲詞，可稱別調。

蔡嵩雲柯亭詞論：小梅花係東山創調，一名梅花引，體近古樂府，宜逕用古樂府作法，軟句弱韻，均所最忌。賀作筆力陡健，詞律收向子諲作，不逮賀作遠甚，而反謂勝之，真賞識於牝牡驪黃之外矣！

夏敬觀批語：是漢魏樂府。

行路難〔一〕　小梅花

縛虎手〔二〕，懸河口〔三〕，車如雞棲馬如狗〔四〕。白綸巾〔五〕，撲黃塵，不知我輩可是蓬蒿人〔六〕！衰蘭送客咸陽道，天若有情天亦老〔七〕。作雷顛，不論錢〔八〕，誰問旗亭美酒斗十千〔九〕？酌大斗，更爲壽〔一〇〕，青鬢常青古無有〔一一〕。笑嫣然〔一二〕，舞翩然，當壚秦女十五語如絃〔一三〕。遺音能記秋風曲，事去千年猶恨促〔一四〕。攬流光〔一五〕，繫扶桑〔一六〕，爭奈愁來一日却爲長〔一七〕！

【校】

〔題〕花草粹編卷一二作「述懷」。〔可是〕陽春白雪外集作「不是」。〔不論錢〕花草粹編作「不用錢」。〔大斗〕花草粹編作「天斗」，誤。〔更爲壽〕陽春白雪外集作「起爲壽」。〔翩然〕花草粹編、詞譜作「翩翩」。亦園本、歷代詩餘卷八八、八千卷樓本、四印齋本、藝風堂本作「翩翻」，不足據。〔當壚〕花草粹編作「當筵」。〔十五〕八千卷樓本作「十三」，不足據。〔却爲長〕陽春白雪外集作「即爲長」。

【箋注】

〔一〕本篇疑作於徽宗崇寧元年壬午（一一〇二）至大觀二年戊子（一一〇八）間，時在泗州、太平州通判任。按「車如雞棲馬如狗」句，用後漢朱震爲州從事時事，自嗟官卑。漢之州從事略相當於宋之州通判，故此句當有特指該品級官員車輿規格之可能。繫詞於方回通判二州時，或較近是。行路難，唐吴兢樂府古題要解卷下：「行路難，備言世路艱難及離別悲傷之意。」樂府詩集卷七〇雜曲歌辭一〇行路難解題：「按陳武別傳曰：武常牧羊，諸家牧豎有知歌謡者，武遂學行路難。則所起亦遠矣。」按陳武，後漢三國時人，三國志吴書有傳。

〔二〕縛虎手　後漢書呂布傳載呂布爲曹操所擒，顧謂劉備曰：「繩縛我急，獨不可一言邪？」操笑曰：「縛虎不得不急。」唐盧綸臘日觀咸寧王部曲娑勒擒虎歌：「始知縛虎如縛鼠。」賀詩集卷四留別龜山白禪老兼簡楊居士介自謂「剛腸憤激際，赤手搏豺虎」。

〔三〕懸河口　世説新語賞譽：「王太尉（衍）云：郭子玄（象）語議如懸河寫水，注而不竭。」韓愈石鼓歌：「願借辯口如懸河。」程俱秋夜寫懷呈常所往來諸公兼寄吴興江仲嘉詩八首其二屬賀方回鑄：「辯作懸河翻。」按辛棄疾一枝花醉中戲作：「千丈擎天手，萬卷懸河口。」即從賀詞化出。

〔四〕「車如」句　後漢書陳蕃傳：「（朱）震字伯厚，初爲州從事，奏濟陰太守單匡臧罪，並連匡兄中常侍車騎將軍超。桓帝收匡下廷尉，以譴超，超詣獄謝。三府諺曰：『車如雞棲馬如狗，疾惡如風朱伯厚。』」按州從事又稱別駕，唐杜佑通典職官州郡總論州佐載漢制州「有別駕從事史一人，從刺史行部，別乘傳車，故謂之別駕」。諺語正謂朱震區區一州從事，不得乘高車大馬，只可俯就低規格之驛車。方回爲州通判，略與漢之州從事相當，故拈此自嗟位下。又賀鑄傳：「賀方回……雖貴要權傾一時，小不中意，極口詆無遺詞。」且載其曾手笞監守自盜、竊取官物之貴人子。是其嫉惡如風，有類於朱震。故此或間有以朱震自比之義。

〔五〕白綸巾　常用以象徵處士、隱者之高潔，如白居易訪陳二詩：「曉垂朱綬帶，晚著白綸巾。出去爲朝客，歸來是野人。」又拜表回閑游詩：「玉珮金章紫花綬，紵衫藤帶白綸巾。晨興拜表稱朝士，晚出游山作野人。」

〔六〕「不知」句　李白南陵別兒童入京詩：「仰天大笑出門去，我輩豈是蓬蒿人！」可是，詩詞曲語辭匯釋卷一可（八）條：「可，猶豈也；那也。……蘇軾送歐陽季默赴闕詩：『郎君可是篼庫人！乃使騄驥隨蹇步。』可是，猶云豈是也。」蓬蒿人，漢趙岐三輔決録：「張仲蔚，平陵人也，與同郡魏景卿俱隱身不仕，所居蓬蒿没人。」晉皇甫謐高士傳：「老萊子者，楚人也。當時世亂，逃世耕於蒙山之陽，莞葭爲牆，蓬蒿爲室。」

〔七〕「衰蘭」二句　用李賀金銅仙人辭漢歌成句。

〔八〕「作雷顛」二句　後漢書雷義傳：「雷義字仲公，豫章鄱陽人也。……嘗濟人死罪。罪者後以金二斤謝之，義不受。金主伺義不在，默投金於承塵上。後葺理屋宇，乃得之。金主已死，無所復還，義乃以付縣曹。……義歸，舉茂才，讓於陳重。刺史不聽。義遂陽狂被髮走，不應命。」

〔九〕「誰問」句　文選張衡西京賦：「旗亭五重，俯察百隧。」李善注録薛綜注：「旗亭，市樓也。」唐薛用弱集異記卷二：「一日天寒微雪，三詩人共詣旗亭貰酒小飲，忽有梨園伶官十數人登樓會讌。」曹植名都篇：「歸來宴平樂，美酒斗十千。」

〔一〇〕「酌大斗」三句　詩大雅行葦：「酌以大斗，以祈黄耇。」朱熹集傳：「此頌禱之辭。欲其飲此酒而得老壽。」

〔一一〕「青鬢」句　唐韓琮春愁詩：「金烏長飛玉兔走，青鬢長青古無有。」

〔一二〕笑嫣然　宋玉登徒子好色賦：「嫣然一笑，惑陽城，迷下蔡。」

〔一三〕「當壚」句　史記司馬相如列傳：「相如與（卓文君）俱之臨邛，盡賣其車騎，買一酒舍酤酒，而令文君當鑪。」裴駰集解：「韋昭曰：鑪，酒肆也。以土爲墮，邊高似鑪。」又漢書司馬相如傳顔師古注：「賣酒之處，累土爲盧以居酒甕，四邊隆起，其一面高，形如鍛盧，故名『盧』焉。」漢辛延年羽林郎：「胡姬年十五，春日獨當壚。」韓琮春愁詩：「秦娥十六語如絃。」

〔一四〕「遺音」三句　樂府詩集卷八四雜歌謡辭二秋風辭解題：「漢武帝故事曰：帝行幸河東，祠后土。顧視帝京，忻然中流，與羣臣飲讌。帝歡甚，乃自作秋風辭。」辭曰：「秋風起兮白雲飛，草木黄落兮雁南歸。……歡樂極兮哀情多，少壯幾時兮奈老何！」按漢書武帝紀載其「行幸河東，祠后土」凡三次，分别爲元封六年（前一〇五）、太初二年（前一〇三）、天漢元年（前一〇〇），未詳秋風辭果作於何年，要之下距方回約千一百數十年，曰「事去千年」，蓋舉其成數。李益同崔邠登鸛雀樓詩：「事去千年猶恨速。」

〔一五〕攬流光　曹植七哀詩：「明月照高樓，流光正徘徊。」李白宣州謝脁樓餞别校書叔雲詩：「欲上青天攬明月。」

〔一六〕繫扶桑　楚辭離騷：「欲少留此靈瑣兮，日忽忽其將暮。吾令羲和弭節兮，望崦嵫而勿迫。……飲余馬於咸池兮，總余轡乎扶桑。」王逸章句：「總，結也。扶桑，日所拂木也。淮南子曰：日出湯谷，浴乎咸池，拂於扶桑，是謂晨明。登於扶桑，爰始將行，是謂朏明。言我乃……結我車轡於扶桑，以留日行，幸得不老，延年壽也。」杜甫遣興詩二首其一：「有時繫扶桑。」

〔一七〕「争奈」句　李益同崔邠登鸛雀樓詩：「愁來一日即爲長。」

【彙評】

花草蒙拾：「車如雞棲馬如狗」，用古諺語，絶似稼軒手筆。

詞則別調集卷一：　掇拾古語，運用入化。借他人之酒杯，澆自己之塊壘。趙聞禮所謂「酒酣耳熱，浩歌數過，亦一快也」。

宋詞選釋：　節短而韻長，調高而音淒，其雄恢才筆，可與放翁、稼軒争驅奪槊矣。

夏敬觀批語：　稼軒豪邁之處，從此脱胎。豪而不放，稼軒所不能學也。

東鄰妙〔一〕　木蘭花

張燈結綺籠馳道〔二〕，六六洞天連夜到〔三〕。昭華吹斷紫雲回〔四〕，怊悵人間新夢覺。

傾城猶記東鄰妙〔五〕，尊酒相逢留一笑〔六〕。盧郎任老也多才〔七〕，不數五陵狂俠少〔八〕。

【校】

〔怊悵〕歷代詩餘卷三一作「悵望」，不足據。　〔猶記〕原校：「原本『記』作『託』，從毛本。」　〔也多才〕亦園本、八千卷樓本、藝風堂本作「尚多才」，歷代詩餘、四印齋本作「儘多才」，均不足據。

【箋注】

〔一〕本篇當作於哲宗元祐二年丁卯（一〇八七）正月。按詞紀京師上元，「盧郎任老」云云，是中年以後語氣，蓋古人每多中年稱老，未可遽以爲晚年之作。方回元祐二年三十六歲，在京領將作屬；元祐七至八年（一〇九二至九三）四十一二歲，無官在京閑居；崇寧元年（一一〇二）五十一歲，年初在京等候改官。其三十五歲後京居而逢新正，可考者凡此四度。然崇寧時方戀吴女，（參見後羅敷歌「東山未辦終焉計」篇），似可不論；元祐末所作諸詩，又屢言病羸，且元祐八年春寄李趙二友生詩曰「聯馬尋芳狹邪道……遥輪此與二公子」（詩集卷七），而詞正紀「尋芳狹邪」事，故亦可排除；惟元祐二年春月諸詩情懷較健，繫詞於彼，或者近是。

〔二〕「張燈」句　宋會要輯稿帝系十：「上元前後各一日，城中張燈。大内正門結綵爲山樓影燈……其夕開舊城門達旦。」結綺，猶結綵。

〔三〕六六洞天　藝文類聚卷七山部上羅浮山引茅君内傳曰：「大天之内，有地中之洞天三十六所。」續博物志卷一：「中國有洞天三十六所……皆仙人所居也。」按古詩詞每以神仙況美人，洞府喻坊曲。唐孫橥北里志俞洛真條記其題妓女俞洛真門楣戲李瀚詩曰：「引君來訪洞中仙。」又王蘇蘇條載李標題妓女王蘇蘇窗詩曰：「洞中仙子多情態。」此亦其例。

〔四〕昭華　西京雜記卷三：「高祖初入咸陽宮，周行庫府，金玉珍寶不可稱言。尤驚異者，有……玉管長二尺三寸，二十六孔，吹之則見車馬山林隱轔相次，吹息亦不復見，銘曰『昭華之琯』。」紫雲回，唐鄭棨開天傳信記：「上嘗坐朝，以手指上下按其腹。退朝，高力士進曰：『陛下向來數以手指按其腹，豈非聖體小不安耶？』上曰：『非也。吾昨夜夢游月宮，諸仙娱予以上清之樂，寥亮清越，殆非人間所聞也。酣醉久之，合奏諸樂以送吾歸，其曲淒楚動人，杳杳在耳。吾回以玉笛尋之，盡得之矣。坐朝之際，慮忽遺忘，故懷玉笛，時以手指上下尋，非不安。』力士再拜，賀曰：『非常之事也。願陛下爲臣一奏之。』其聲寥寥然不可名言也。力士又再拜，且請其名。上笑言曰：『此曲名紫雲回。』遂載於樂章。今太常刻石在焉。」

〔五〕傾城　見前三六頁第一花篇注〔四〕。東鄰妙，見前一三頁羣玉軒篇注〔六〕。

〔六〕「尊酒」句　韓愈贈鄭兵曹詩：「尊酒相逢十載前。」蘇軾採桑子（多情多感仍多病）詞：「尊酒相逢，樂事回頭一笑空。」宋玉登徒子好色賦：「嫣然一笑。」

〔七〕盧郎　南部新書丁集：「盧家有子弟，年已暮而猶爲校書郎，晚娶崔氏子。崔有詞翰，結褵之後，微有慊色。盧因請詩以述懷爲戲。崔立成詩曰：『不怨盧郎年紀大，不怨盧郎官職卑。自恨妾身生較晚，不見盧郎年少時。』」

〔八〕五陵狂俠少　文選班固西都賦：「北眺五陵。」李善注：「漢書曰：高帝葬長陵。惠帝葬安陵。景帝葬陽陵。武帝葬茂陵。昭帝葬平陵。」漢立陵墓，每遷外戚及四方豪富近陵而居，最著者五陵，故後以

「五陵年少」稱豪貴子弟。李白少年行二首其二：「五陵年少金市東，銀鞍白馬度春風。」

問歌顰〔一〕　雨中花

清滑京江人物秀〔二〕，富美髮、豐肌素手〔三〕。賓子餘妍〔四〕，阿嬌餘韻〔五〕，獨步秋娘後〔六〕。

奈倦客襟懷先怯酒，問何意、歌顰易皺？弱柳飛綿，繁花結子，做弄傷春瘦。

【校】

〔傷春瘦〕亦園本、詞譜卷九、四印齋本作「場春瘦」，誤。

【箋注】

〔一〕本篇當作於哲宗元祐六年辛未（一〇九一）二月。按年譜載方回元祐五年秋解和州管界巡檢任，十二月放舟往金陵，次年二月舟次廣陵，游金山、揚州，並繫本篇於此時。兹從其説。

〔二〕「清滑」句　杜牧杜秋娘詩：「京江水清滑，生女白如脂。」京江，見前八頁鴛鴦語篇注〔二〕。

〔三〕「富美髮」句　班固漢武故事：「（衛）子夫因侍衣得幸，頭解，上見其美髮，悦之，歡樂。」漢劉珍等東觀漢記卷六明德馬皇后傳：「明德皇后……美髮，爲四起大髻，但以髮成，尚有餘，繞髻三匝。」豐肌，題司馬相如美人賦：「皓體陳露，弱骨豐肌。」素手，古詩十九首其二青青河畔草：「纖纖出素手。」

〔四〕寶子　未詳。疑指袁寶兒。唐顔師古隋遺録卷上：「長安貢御車女袁寶兒，年十五，腰肢纖墮，騃冶多態。(煬)帝寵愛之特厚。」按吴語虚詞「兒」亦可作「子」，如宋釋文瑩湘山野録卷中載錢鏐「高揭吴音唱山歌」，曰：「你輩見儂底歡喜，别是一般滋味子，永在我儂心子裏。」

〔五〕阿嬌　漢武故事：「帝……年四歲，立爲膠東王。數歲，長公主嫖抱置膝上，問曰：『兒欲得婦不？』膠東王曰：『欲得婦。』長主指左右長御百餘人，皆云『不用』。末指其女問曰：『阿嬌好不？』於是乃笑對曰：『好！若得阿嬌作婦，當作金屋貯之也。』」

〔六〕秋娘　杜牧杜秋娘詩序：「杜秋，金陵女也。年十五，爲李錡妾。後錡叛滅，籍之入宫，有寵於景陵。穆宗即位，命秋爲皇子傅姆。皇子壯，封漳王。鄭注用事，誣丞相欲去己者，指王爲根。王被罪廢削，秋因賜歸故鄉。」清馮集梧注引至大金陵志：「唐潤州亦曰金陵。」

【彙評】

宋詞選釋：上闋實賦其人，下闋「飛綿」、「結子」之感。誦「容易生兒似阿侯」句，東山却被「做弄」，倦客「傷春」，徒憐瘦損耳。

畫樓空〔一〕　訴衷情

吴門春水雪初融，觸處小橈通〔二〕。滿城弄黄楊柳，著意惱春風。絃管鬧，綺羅叢〔三〕，月明中。不堪回首〔四〕，雙板橋東〔五〕，罨畫樓空〔六〕！

【箋注】

〔一〕本篇當作於徽宗大觀二年戊子（一一〇八）或其後一二年間春初。按此或係吳女夭亡後，詞人再度寓蘇之初，春日悼亡之作，故曰「不堪回首……罨畫樓空」。「雙板橋東」則伊人舊居也。

〔二〕觸處　清劉淇助字辨略卷五觸條：「『觸處』，猶『是處』，今云『到處』也。」

〔三〕綺羅叢　猶言「美人堆」。柳永玉蝴蝶（是處小街斜巷）詞：「綺羅叢里，知名雖久，識面何遲！見了千花萬柳，比並不如伊。」按綺羅爲高级絲織品，質地輕柔，適宜女性穿著，久之遂多用以指代美人，若「粉黛」、「裙釵」然。唐盧汪懷古詩：「惆悵興亡繫綺羅，世人猶自選青娥。越王解破夫差國，一個西施也太多。」蘇軾聞丘汪君二家雨中飲酒詩：「肯對綺羅辭白酒？試將文字惱紅裙。」皆是其例。

〔四〕不堪回首　李煜虞美人（春花秋月何時了）詞：「故國不堪回首、月明中。」

〔五〕雙板橋　吳郡志卷一七橋梁：「在郡城者，今以正中樂橋爲準，分而爲四達，隨方敍之。」「樂橋之東北」有「雙板橋」。

〔六〕罨畫樓　元稹劉阮妻詩：「罨畫樓臺青黛山。」宋高似孫緯略卷七罨畫條：「墨客揮犀曰：罨畫，今之生色也。余嘗謂五采彰施於五服，此固生色之始也。秦韜玉詩：『花明驛路臙脂暖，山入江亭罨畫開。』李西臺詩：『晴山雲罨畫，孤嶼水含稜。』盧贊元詩：『花外小樓雲罨畫，杏波晴葉退微紅。』劉商隱愛義興罨畫溪者，亦以其如畫也。」

偶相逢　訴衷情

綵山涌起翠樓空，簫鼓沸春風〔一〕。桂娥喚回清晝〔二〕，夾路寶芙蓉〔三〕。　長步障〔四〕，小紗籠，偶相逢。豔妝宜笑，隱語傳情〔五〕，半醉醒中。

【校】

〔綵山〕知不足齋本作「緑山」，誤。

〔涌起〕原校：「原本『涌』作『踊』，從毛本。」按廣韻上聲二腫：「涌，涌泉。」又：「踊，跳也。」當從宋本作「踊」。知不足齋本即從宋槧。藝風堂本又作「擁」，不足據。

〔桂娥〕四印齋本作「桂蛾」，誤。

【箋注】

〔一〕「綵山」二句　宋蔡絛鐵圍山叢談卷一：「國朝上元節燒燈，盛於前代，爲綵山峻極而對峙於端門。」東京夢華録卷六元宵條：「正月十五日元宵。大内前自歲前冬至後，開封府絞縛山棚立木正對宣德樓。……兩廊下奇術異能，歌舞百戲，鱗鱗相切，樂聲嘈雜十餘里。……温大頭、小曹稽琴，黨千簫管……楊文秀鼓笛。……至正月七日……燈山上綵，金碧相射，錦繡交輝。面北悉以綵結山杳（沓？），上皆畫神仙故事。……綵山左右以綵結文殊、普賢，跨獅子、白象，各於手指出水五道，其手搖動。用轆轤絞水上燈山尖高處，用木櫃貯之，逐時放下，如瀑布狀。又於左右門上，各以草把縛成戲龍之狀，用青幕遮籠，草上密置燈燭數萬盞，望之蜿蜒如雙龍飛走。自燈山至宣德門樓橫大街，約百餘丈，用棘刺圍繞，謂之棘盆。……內設樂棚，差衙前樂人作樂。……宣德樓上皆垂黃緣簾，……簾內亦作樂。宮嬪嬉笑之聲，下聞於外。」翠樓，謂閨房。王昌齡閨怨詩：「閨中少婦不知愁，春日凝妝上翠樓。」其時女子例得於上元節外出觀燈，故以「翠樓空」爲言。

〔二〕桂娥　初學記卷一天部上天引（晉）虞喜安天論：「俗傳月中仙人桂樹。」文選南朝宋王僧達祭顔光禄文：「娥月寢耀。」李善注：「周易歸藏曰：昔常娥以西王母不死之藥服之，遂奔月爲月精。」

〔三〕寶芙蓉　即蓮花燈。爾雅釋草：「荷、芙蕖（郭璞注：「別名芙蓉。」）……其實蓮。」歲時廣記卷一〇上元上竹槊燈條引（宋呂原明）歲時雜記：「上元燈槊之制，以竹一本，其上破之爲二十條，或十六條，每二條以麻合繫其梢而彎曲其中，以紙糊之，則成蓮花一葉；每二葉相壓，則成蓮花盛開之狀。爇燈其中。」歐陽修元夕驀山溪詞：「纖手染香羅，剪紅蓮、滿城開遍。」

〔四〕長步障　世説新語汰侈：「（王）君夫作紫絲布步障，碧綾裏，四十里。石崇作錦步障五十里以敵之。」東京夢華録卷六十六日條記述徽宗朝東京元宵達官貴人攏家張幕於宣德樓附近觀燈情狀曰：「左樓相對鄆王以次綵棚幕次。右樓相對蔡太師以次執政戚里幕次。時復自樓上有金鳳飛下諸幕次，宣賜不輟。諸幕次中家妓，競奏新聲。」長步障或指此。

〔五〕隱語　私語。韓非子外儲説右上：「（樗里疾）鑿穴於王之所常隱語者。」又解作廋辭謎語亦通。漢書東方朔傳：「臣（郭舍人）願復問朔隱語。」

【彙評】

夏敬觀批語：「唤回」，新穎。

步花間　訴衷情

憑陵殘醉步花間〔一〕，風綽佩珊珊〔二〕。踼青解紅人散〔三〕，不耐日長閑。　纖手指，小金環〔四〕，擁雲鬟。一聲水調〔五〕，兩點春愁，先占眉山。

【校】

〔風綽〕亦園本、四印齋本作「風綽」，誤。　〔解紅〕八千卷樓本作「鮮紅」，誤。

【箋注】

〔一〕憑陵　左傳襄公二十五年：「以憑陵我敝邑。」文選南齊王儉褚淵碑文：「彊臣憑陵於荆楚。」五臣注張銑曰：「憑陵，勇暴貌也。」

〔二〕佩珊珊　杜甫鄭駙馬宅宴洞中詩：「時聞雜佩聲珊珊。」

〔三〕踼青　即踏青。歲時廣記卷一春游蜀江條引杜氏壺中贅録：「蜀中風俗，舊以二月二日爲『踏青節』。都人士女絡繹游賞，緹幕歌酒，散在四郊。」又卷一八上巳上禊曲江條引唐輦下歲時記：「三月上巳，有錫宴羣臣，即在曲江。傾都人物於江頭禊飲踏青。」宋楊齊寒食野外詩：「寒食人家事踏青。」所紀雖不盡同，要皆春日之事也。解紅，宋史樂志一七：「隊舞之制，其名各十。小兒隊凡七十二人：……九曰兒童解紅隊。衣紫緋繡襦，繫銀帶，冠花砌鳳冠，綬帶。」

〔四〕小金環　初學記卷一〇中宫部皇后：「俗説曰：晉哀帝王皇后有紫磨金指環，至小，正可第二指著。」

〔五〕水調　宋王灼碧雞漫志卷四水調歌：「理道要訣所載唐樂曲，南吕商時號『水調』。予數見唐人説水調，各有不同，予因疑水調非曲名，乃俗呼音調之異名，今決矣。」白居易聽歌六絶句其三水調：「五言一遍最殷勤，調少情多似有因。不會當時翻曲意，此聲腸斷爲何人？」按賀詞既言「一聲水調，兩點春愁」，似是後者，謂水調歌也。

【彙評】

夏敬觀批語：「綽」字鍊熟。

醉夢迷〔一〕　醜奴兒

深坊别館蘭閨小，障掩金泥〔二〕，燈映玻瓈〔三〕，一枕濃香醉夢迷。　醒來擬作清晨散，草草分攜〔四〕，柳巷鴉啼〔五〕，又是明朝日向西。

【箋注】

〔一〕本篇當作於哲宗元符元年戊寅（一〇九八）六月後至徽宗建中靖國元年辛巳（一一〇一）九月前首次寓蘇州時。按此化用唐薛能吴姬詩十首其七：「畫燭燒蘭暖復迷，殿幃深密下銀泥。開門欲作侵晨散，已是明朝日向西。」或與吴女有關。大抵與前小重山（隔水桃花□□□）、辟寒金二篇同時期，可以互參。

〔二〕障掩金泥　「掩金泥障」之倒裝。屑金爲粉，用飾屏風，謂「金泥障」。

〔三〕玻瓈　宋唐慎微重修政和證類本草卷三玉石部上品總七十三種玻瓈：「此西國之寶也，是水玉，或云千歲冰化之。應玉石之類，生土石中，未必是冰。」

〔四〕草草分攜　杜甫送長孫九侍御赴武威判官詩：「取别何草草。」梅堯臣令狐秘丞守彭州詩：「前時草草别。」

〔五〕柳巷鴉啼　唐耿湋題楊著别業詩：「柳巷向陂斜，回陽噪亂鴉。」

忍淚吟〔一〕　醜奴兒

十年一覺揚州夢〔二〕，雨散雲沈。隔水登臨，揚子灣西夕照深〔三〕。　當時玉管朱絃句〔四〕，忍淚重吟。辦取沾襟〔五〕，餖飣西風□□□〔六〕。

【箋注】

〔一〕本篇疑作於哲宗元符三年庚辰（一一〇〇）秋。按方回元符元年（一〇九八）丁母艱，客居蘇州，本年十月再道臨淮，此行必經潤州，疑即秋日事。詞或此時隔水望揚州之作也。上距其元祐六年（一〇九一）二月之初游揚州，恰符「十年」之數。

〔二〕「十年」句　杜牧遣懷詩：「十年一覺揚州夢，贏得青樓薄倖名。」

〔三〕揚子灣西　蘇舜欽揚子江觀風浪詩：「晚至瓜洲渡，繫舟泊西灣。」瓜洲渡與潤州西津渡對岸，已見前九頁鴛鴦語篇注〔五〕。

〔四〕「當時」句　白居易聽歌六絶句其四想夫憐：「玉管朱絃莫急催，容聽歌送十分杯。長愛夫憐第二句，倩君重唱『夕陽開』。」玉管，見前一一二頁東鄰妙篇注〔四〕。又風俗通義卷六聲音管條：「禮樂記：管，漆竹，長一尺，六孔。……尚書大傳：舜之時，西王母來獻其白玉琯。……知古以玉爲管，後乃易之以竹耳。」朱絃，禮記樂記樂本：「清廟之瑟，朱絃而疏越，一倡而三歎。」後但用以泛稱絃樂器。

〔五〕辦取　詩詞曲語辭匯釋卷五辦條：「辦……有準備義。」又卷三取條：「取，語助辭，猶着也；得也。」

〔六〕餖飣　詩詞曲語辭匯釋卷二鬬（二）條：「又有餖飣一語，爲零碎湊合之義。……王觀慶清朝慢詞：『陰則箇，晴則箇，餖飣得天氣有許多般。』」

【彙評】

夏敬觀批語：「深」字妙。

凌歊〔一〕　銅人捧露盤引

控滄江，排青嶂〔二〕，燕臺涼〔三〕。駐綵仗，樂未渠央〔四〕。巖花磴蔓，妒千門、珠翠倚新妝〔五〕。舞閑歌悄，恨風流、不管餘香。　繁華夢，驚俄頃；佳麗地〔六〕，指蒼茫。寄一笑、何與興亡！量船載酒〔七〕，賴使君、相對兩胡牀〔八〕。緩調清管，更爲儂、三弄斜陽〔九〕。

【校】

〔凌歊〕李之儀跋（詳見附録）作「凌歊引」。按賀詞無徑以地名爲題之例，凡涉此必加一後綴成三字題，若桃源行、陽羨歌、東吴樂、荆溪詠、江南曲、天門謠之類。當以李跋爲正。　〔銅人捧露盤引〕原校：「原本六字缺，據目補。」樂府雅詞卷中作「金人捧盤」，「露」字當係誤奪。　〔舞閑〕歷代詩餘卷五〇、四印齋本作「舞筵」，不足據。知不足齋本作「舞絃」，誤。　〔歌悄〕亦園本、八千卷樓本、四印齋本、藝風堂本作「歌俏」，不足據。　〔風流〕景宋本、花草粹編卷八、亦園本、詞譜卷一八、知不足齋本東山詞及賀方回詞、八千卷樓本、藝風堂本作「流風」。樂府雅詞作「風流」，似即彊邨所本。按當以「流風」爲正。就版本而論，宋本本集作此；就文義而論，此反用晉孫綽太平山銘「流風佇（通「貯」）芳」句意，語亦有本。　〔緩調〕知不足齋本、丹鉛精舍本二種賀方回詞作「輕調」，不足據。　〔胡牀〕歷代詩餘作「交牀」，不足據。

【箋注】

〔一〕本篇當作於徽宗崇寧四年乙酉（一一〇五）至大觀二年戊子（一一〇八）三月前。按詞詠當塗黄山凌歊臺，又李之儀嘗爲作跋，必作於通判太平，與之儀相過從時。凌歊，太平寰宇記卷一〇五江南西道三太平州當塗縣：「黄山在縣西北五里，上有宋凌歊臺，周回五里一百步，高四十丈，石碑見存。」

〔二〕排青嶂　廣韻上平聲六脂：「推，排也。」題諸葛亮梁甫吟：「力能排南山。」青嶂，太平寰宇記載當塗有名山十五，除黄山外，尚有牛渚山、慈母山、連磯山、琵琶山、銅山、翰辟山、蘇屯山、蒲山、九井山、望夫山、龍山、天門山、謝公山、白紵山。

〔三〕燕臺涼　即「燕涼臺」，因叶韻故倒文，謂宴於涼臺也。「涼臺」二字，暗切凌歊臺名。廣韻下平聲四宵：「歊，熱氣。」以「凌歊」名臺，正取避暑納涼之義。

〔四〕樂未渠央　曹植元會詩：「樂哉未央。」梁周捨上雲樂：「歡樂未渠央。」「渠」，通「遽」。

〔五〕千門　謂宮庭。史記孝武本紀：「於是作建章宮，度爲千門萬户。」　珠翠，文選漢傅毅舞賦：「珠翠的皪而炤燿兮。」李善注：「珠翠，珠及翡翠也。」本女子妝飾，後亦用代美人。　倚新妝，李白清平調詞三首其二：「借問漢宮誰得似？可憐飛燕倚新妝。」按以上詠劉宋故事。許渾凌歊臺詩：「宋祖凌歊樂未回，三千歌舞宿層臺。」自注：「臺在當塗縣北，宋高祖所築。」又輿地紀勝卷一八江南東路太平州景物下：「凌歊臺在城北黄山之顛，宋孝武大明七年南游，登臺建離宮。」按史載劉裕甚節儉，恐無「三千歌舞宿層臺」事。或謂事屬宋孝武帝劉駿，傳訛爲宋武帝，說較近是。蓋孝武帝廟號世祖，亦可稱宋祖。

〔六〕佳麗地　謝朓齊隨王鼓吹曲入朝曲：「江南佳麗地，金陵帝王州。」

〔七〕量船載酒　三國志吴書吴主傳裴松之注引吴書：「鄭泉，字文淵，陳郡人，博學有奇志，而性嗜酒，其閒居每曰：『願得美酒滿五百斛船，以四時甘脆置兩頭，反覆没飲之，憊即往而啖肴膳。酒有斗升減，隨即益之。不亦快乎！』」

〔八〕使君　漢時稱州刺史爲使君。陌上桑：「使君從南來，五馬立踟躕。」後因用以代稱州郡長官。胡牀，宋陶穀清異録卷三陳設門逍遥座條：「胡牀，施轉關以交足，穿便條以容坐，轉縮須臾，重不數斤。」

〔九〕三弄斜陽　唐李郢江上逢羽林王將軍詩：「唯有桓伊江上笛，卧吹三弄送殘陽。」世説新語任誕：「王子猷出都，尚在渚下。舊聞桓子野（伊）善吹笛，而不相識。遇桓於岸上過，王在船中，客有識之者云：『是桓子野。』王便令人與相聞云：『聞君善吹笛，試爲我一奏。』桓時已貴顯，素聞王名，即便回下車，踞胡牀爲作三調。弄畢便上車去，客主不交一言。」

【附録】

李之儀姑溪居士文集卷四〇跋凌歊引後：凌歊臺表見江左，異時詞人墨客，形容藻繪，多發於詩句，而樂府之傳則未聞焉。一日，會稽賀方回登而賦之，借金人捧露盤以寄其聲，於是昔之形容藻繪者，奄奄如九泉下人矣。至其必待到而後知者，皆因語以會其境，緣聲以同其感，亦非深造而自得者不足以擊節。方回又以一時所寓固已超然絶詣，獨無桓野王輩相與周旋，遂於卒章以申其不得而已者，則方回之人物兹可量已。

【彙評】

夏敬觀批語：「江」字叶。「寄一笑」句爲全詞之眼。

秋風歎〔一〕　燕瑶池

瓊鉤褰幔，秋風觀〔二〕。漫漫，白雲聯度河漢〔三〕。長宵半，參旗爛爛，何時旦〔四〕？命閨人，金徽重按〔五〕。商歌彈〔六〕，依稀廣陵清散〔七〕。低眉歎〔八〕，危絃未斷〔九〕，腸先斷。

【校】

〔瓊鉤〕四印齋本作「褰鉤」，誤。〔聯度〕八千卷樓本、藝風堂本作「映度」，誤。〔參旗〕知不足齋本、丹鉛精舍本、彊邨叢書本三種賀方回詞均作「華星」。〔商歌彈〕亦園本、四印齋本作「商歌舞」，誤。詞譜卷九越江吟後按曰「賀鑄詞，後段……第二句『商歌怨』」，知不足齋及彊邨叢書本賀方回詞、八千卷樓本作「商聲彈」，均不足據。〔低眉歎〕知不足齋本賀方回詞無「低眉」二字，誤。〔危絃〕亦園本作「危言」，誤。

【箋注】

〔一〕本篇疑作於哲宗元符元年戊寅（一〇九八）或二年己卯（一〇九九）秋。按「秋風觀」若果謂蘇州觀風樓，則作於首次客吳期間之可能性較大。蓋詞人別無妻妾可考，「閨人」或即趙氏。前半死桐篇已疑趙氏元符年間殁於蘇州，姑繫此詞於元符初。秋風歎，化用漢樂府題，參見前一〇九頁行路難篇注〔一四〕。

〔二〕秋風觀　未詳，疑即射指蘇州觀風樓。吴郡圖經續記卷上州宅上：「西樓者，蓋今之觀風樓也。」中吴紀聞卷三觀風樓條：「子城之西，舊建樓其上，名觀風。」按賀詞「觀」字讀去聲，即「樓」義，釋名釋宫室：「觀，觀也。於上觀望也。」觀風樓在西，西方屬秋，則所觀之風爲秋風也亦宜。

〔三〕白雲　漢武帝秋風辭：「秋風起兮白雲飛。」

〔四〕「長宵半」三句　史記魯仲連鄒陽列傳裴駰集解引應劭曰：「齊桓公夜出迎客，而甯戚疾擊其牛角，商歌曰：『南山矸，白石爛，生不逢堯與舜禪。短布單衣適至骭，從昏飯牛薄夜半，長夜曼曼何時旦？』」長宵半，謝惠連秋懷詩：「展轉長宵半。」　參旗，史記天官書：「參爲白虎。……其西有句曲九星，三處羅：一曰天旗，……」張守節正義：「參旗九星，在參西，天旗也……」　爛爛，詩鄭風女曰雞鳴：「明星有爛。」

〔五〕金徽　梁元帝秋夜詩：「金徽調玉軫，兹夜撫離鴻。」國史補卷下：「蜀中雷氏斲琴，常自品第。第一者以玉徽，次者以瑟瑟徽，又次者以金徽。」

〔六〕商歌彈　禮記月令：「孟秋之月……其音商。」歐陽修秋聲賦：「商聲主西方之音。……商，傷也。」彈，此讀去聲，徒案切。陸機擬古詩十二首其二：「閑夜命歡友，置酒迎風館。齊僮梁甫吟，秦娥張女彈。」即「彈」作去聲之例。

〔七〕廣陵清散　魏應璩與劉孔才書：「聽廣陵之清散。」夢溪筆談卷五樂律：「『散』自是曲名，如操、弄，摻、淡、序、引之類。」世説新語雅量：「嵇中散（康）臨刑東市，神氣不變，索琴彈之，奏廣陵散，曲終曰：『袁孝尼嘗請學此散，吾靳固不與，廣陵散於今絶矣。』」晉書嵇康傳：「初，康嘗游於洛西，暮宿華陽亭，引琴而彈。夜分，忽有客詣之，稱是古人，與康共談音律，辭致清辯，因索琴彈之，而爲廣陵散，聲調絶倫。遂以授康，仍誓不傳人，亦不言其姓字。」

〔八〕低眉　白居易琵琶行：「低眉信手續續彈，説盡心中無限事。」

〔九〕危絃　文選張協七命：「揮危絃則涕流。」李善注：「鄭玄論語注曰：『危，高也。』侯瑾箏賦曰『急絃促柱，變調改曲』，陸機前緩聲歌行曰『大客揮高絃』，意與此同也。」

【彙評】

宋詞選釋：結句極沈痛，如孟才人之歌何滿，寸寸迴腸矣。

夏敬觀批語：「彈」字作去聲用似欠，或與前「漫」字同爲挾叶平韻，未可以東坡詞例之。

斷湘絃〔一〕　萬年歡

淑質柔情，靚妝豔笑〔二〕，未容桃李爭妍。紅粉牆東，曾記窺宋三年〔三〕。不問雲朝雨暮〔四〕，向西樓、南館留連〔五〕。何嘗信，美景良辰、賞心樂事難全〔六〕？青門解袂〔七〕，畫橋回首；初沈漢佩〔八〕，永斷湘絃〔九〕。漫寫濃愁幽恨，封寄魚箋〔一〇〕。擬話當時舊好，問同誰、與醉尊前？除非是〔一一〕，明月清風〔一二〕，向人今夜依然。

【校】

〔不問〕亦園本、詞譜卷二六、四印齋本、藝風堂本作「不問」，不足據。歷代詩餘卷七八作「不分」，誤。

〔畫橋〕歷代詩餘作「畫樓」，不足據。〔回首〕八千卷樓本、藝風堂本作「流水」，不足據。〔向人〕知不足齋本作「何人」，誤。

【箋注】

〔一〕本篇「西樓南館」與「青門」兩組地名皆可實可虛，又互相抵牾，故編年難以遽斷。

〔二〕靚妝　史記司馬相如列傳上林賦：「靚莊刻飭。」集解：「郭璞曰：『靚莊，粉白黛黑也。』」

〔三〕「紅粉」二句　見前一三頁羣玉軒篇注〔六〕。

〔四〕雲朝雨暮　用高唐賦。

〔五〕西樓南館　西樓，見上篇注〔二〕。南館，見前二〇頁辟寒金篇注〔七〕。若以爲秦樓楚館，亦可通。

〔六〕「美景」二句　謝靈運擬魏太子鄴中集詩序：「天下良辰、美景、賞心、樂事，四者難並。」

〔七〕青門　見前六一頁緑羅裙篇注〔五〕及後一九二頁想車音篇注〔五〕。若實指，可代稱京師東門；若虛指，則又可泛稱離別地。

〔八〕初沈漢珮　文選郭璞江賦：「感交甫之喪珮。」李善注：「韓詩内傳曰：鄭交甫遵彼漢皋臺下，遇二女，與言曰：願請子之珮。二女與交甫。交甫受而懷之，超然而去。十步，循探之，即亡矣。迴顧二女，亦即亡矣。」

〔九〕永斷湘絃　從唐錢起省試湘靈鼓瑟詩「善鼓雲和瑟，常聞帝子靈。……流水傳湘浦，悲風過洞庭。曲終人不見，江上數峰青」出。

〔一〇〕魚箋　國史補卷下：「紙則有……蜀之……魚子、十色箋。」宋蘇易簡文房四譜卷四紙譜二之造：「蜀人……又以細布，先以麪漿膠，令勁挺，隱出其文者，謂之『魚子箋』。」

〔一一〕除非是　詩詞曲語辭匯釋卷四除非是條：「除非是，假設一例外以見其只有此也。賀鑄斷湘絃詞：『擬話當時舊好，問同誰與醉尊前。除非是明月清風，向人今夜依然。』」

〔一二〕明月清風　世說新語言語：「劉尹曰：『清風朗月，輒思玄度。』」

【彙評】

夏敬觀批語：迴環宛轉，清真作法如此。

子夜歌〔一〕　憶秦娥

三更月〔二〕，中庭恰照梨花雪〔三〕。梨花雪，不勝凄斷，杜鵑啼血〔四〕。王孫何許音塵絕〔五〕，柔桑陌上吞聲別〔六〕。吞聲別，隴頭流水，替人嗚咽〔七〕。

【校】

〔恰照〕原校：「原本『恰』作『悟』，從毛本。」〔下闋〕原校：「『王孫』十字、『替人』四字原本缺，並從毛本。」按景宋本「王孫」以下止缺九字，「陌」字不缺。

【箋注】

〔一〕子夜歌　宋書樂志一：「子夜哥者，有女子名子夜，造此聲。晉孝武太元中，琅邪王軻之家有鬼哥子夜。殷允爲豫章時，豫章僑人庾僧虔家亦有鬼哥子夜。殷允爲豫章亦是太元中，則子夜是此時以前人也。」舊唐書音樂志二：「子夜，晉曲也。……聲過哀苦。」樂府詩集列入清商曲吴聲歌曲類。此襲用其題。

〔二〕三更月　唐雍陶聞子規詩：「百鳥有啼時，子規聲不歇。春寒四鄰静，獨叫三更月。」

〔三〕梨花雪　見前八六頁暈眉山篇注〔六〕。

〔四〕杜鵑啼血　白居易琵琶行：「杜鵑啼血猿哀鳴。」爾雅翼卷一四釋鳥二子嶲條：「子嶲出蜀中，今所在有之。其大如鳩，以春分先鳴，至夏尤甚。日夜號深林中，口爲流血。……亦曰杜鵑。……此物以芳時最先鳴，然一發其聲，次日視之，則梨菊之穎皆截然萎折數寸，莫知其故。……今人亦惡先聞，以爲當有離别。」

〔五〕「王孫」句　楚辭招隱士：「王孫游兮不歸。」音塵絶，謝莊月賦：「美人邁兮音塵闕。」陳江總折楊柳：「萬里音塵絶。」

〔六〕柔桑　詩豳風七月：「春日載陽。……爰求柔桑。」鄭玄箋：「柔桑，稚桑也。」　吞聲别，杜甫夢李白詩二首其一：「死别已吞聲。」

〔七〕「隴頭」二句　見前四二頁翦征袍篇注〔二〕。

獨倚樓〔一〕　更漏子

上東門〔二〕，門外柳，贈別每煩纖手〔三〕。一葉落，幾番秋〔四〕，江南獨倚樓。曲闌干，凝佇久〔五〕，薄暮更堪搔首〔六〕？無際恨，見聞愁，侵尋天盡頭〔七〕。

【箋注】

〔一〕本篇疑作於哲宗紹聖三年丙子（一〇九六）或四年丁丑（一〇九七）秋，時在江夏寶泉監任。

〔二〕上東門　太平寰宇記卷三河南道西京河南府洛陽縣：「上東門，洛陽東面門也。……晉書：十二門，東面最北曰上東門。」按年譜，方回無洛陽寓居蹤蹟，此或指代東京，蓋洛陽周、後漢時曾稱東都，隋、唐時曾爲東都故爾。

〔三〕「門外柳」二句　三輔黃圖卷六橋：「霸橋在長安東，跨水作橋。漢人送客至此橋，折柳贈別。」

〔四〕「一葉」三句　淮南子説山：「見一落葉而知歲之將暮。」唐李子卿聽秋蟲賦：「時不與兮歲不留，一葉落兮天地秋。」

〔五〕凝佇　詩詞曲語辭匯釋卷五凝竚條：「凝竚，亦作凝佇。……竚爲有所企待之義，與凝字合成一辭，仍爲發怔或出神之義。……有爲凝望義者，凡憑高危闌有所企望者屬之。……賀鑄更漏子詞：『一葉落，幾番秋，江南獨倚樓。曲闌干，凝竚久，薄暮更堪搔首。』此爲倚樓上闌干久望義。」

〔六〕搔首　詩邶風靜女：「愛而不見，搔首踟躕。」

〔七〕「無際恨」三句　柳永鳳棲梧詞：「竚倚危樓風細細，望極春愁，黯黯生天際。」押韻，詞譜卷六更漏子又一體：「後段仄韻平韻即押前段原韻。」按本篇平仄通叶，不止後段押前段原韻而已。

翻翠袖　更漏子

繡羅垂，花蠟換〔一〕，問夜何其將半〔二〕。侵烏履，促杯盤，留歡不作難〔三〕。　令隨鬮〔四〕，歌應彈〔五〕，舞按霓裳前段〔六〕。翻翠袖，怯春寒，玉蘭風牡丹〔七〕。

【校】

〔不作難〕景宋本作「不作佐難」，小字「佐」蓋音注，詩集卷一調北鄰劉生：「彼於劉子何所作音佐。」可證。又苕溪漁隱叢話前集卷二一香山居士引宋蔡寬夫詩話：「詩人用事，有乘語意到處，輒從其方言爲之者，亦自一體。……吴人以『作』爲『佐』音……不通四方。」苕溪漁隱曰：「老杜詩有『主人送客無所作音佐，行酒賦詩殊未央』之句，則老杜固已先用此方言矣。」知不足齋本未明「佐」字音注之用，闕作「不作□難」，輒使人疑句有缺字，誤。四印齋本則徑作「不佐難」，亦不可取。　〔玉蘭〕知不足齋本、八千卷樓本、藝風堂本作「玉蘭」，誤。

【箋注】

〔一〕花蠟　歐陽修歸田録卷一：「鄧州花蠟燭名著天下，雖京師不能造，相傳云是寇萊公燭法。」

〔二〕「問夜」句　詩小雅庭燎：「夜如何其？夜未央。」孔穎達正義：「其，語辭，言夜今早晚如何乎？」

〔三〕「侵舃履」三句　史記滑稽列傳淳于髡語齊威王曰：「日暮酒闌，合尊促坐，男女同席，履舃交錯，杯盤狼藉，堂上燭滅，主人留髡而送客。羅襦襟解，微聞薌澤。當此之時，髡心最歡，能飲一石。」

〔四〕令隨鬮　宋劉攽中山詩話：「唐人飲酒，以令爲罰。韓吏部詩云：『令徵前事爲。』白傅詩云：『醉翻襴衫拋小令。』今人以絲管歌謳爲令者，即白傅所謂。……其舉故事物色，則韓詩所謂耳。」夏承燾令詞出於酒令考：「唐人名詞曰『令』……出於酒令。酒令盛於唐……多爲韻語。有三言兩韻者……有六言絶句者……有五七言絶句者……若吴越王與陶穀酬贈之『白玉石，碧波亭上迎仙客』，『口耳王，聖明天子要錢塘』，則宛然長短句之體。全唐詩記沈詢莫打南來雁本事，曰『咸通中，爲昭義節度使，嘗宴府中賓友，改令歌此』云云，知當時酒令有可歌者。其令辭多爲韻語以此。……范攄雲溪友議十記裴諴，曰『與舉子温歧爲友，好作歌曲，迄今飲席多其詞焉』。又曰：『二人又爲新添聲楊柳枝詞，飲筵競唱其詞而打令也。』此等倚聲曲子而兼可充飲筵打令，足知二者之關係。」

〔五〕歌應彈　彈，謂絃樂。此讀去聲，詳見前一二六頁秋風歎篇注〔六〕。

〔六〕「舞按」句　白居易新樂府法曲歌：「法曲法曲舞霓裳。」自注：「霓裳羽衣曲，起於開元，盛於天寶也。」又霓裳羽衣歌和微之詩自注：「開元中，西涼府節度楊敬述造。」詩曰：「我昔元和侍憲皇，曾陪内宴宴昭陽。千歌萬舞不可數，就中最愛霓裳舞。舞時寒食春風天，玉鉤欄下香桉前。桉前舞者顏如玉，不著人家俗衣服。虹裳霞帔步摇冠，鈿瓔纍纍珮珊珊。娉婷似不任羅綺，顧聽樂懸行復止。磬簫箏笛遞相攙，擊擫彈吹聲邐迤。（凡法曲之初，衆樂不齊，唯金石絲竹次第發聲。霓裳序初亦復如此。）散序六奏未動衣，陽臺宿雲慵不飛。（散序六遍無拍，故不舞也。）中序擘騞初入拍，秋竹竿裂春冰拆。（中序始有拍，亦名拍序。）飄然轉旋迴雪輕，嫣然縱送游龍驚。小垂手後柳無力，斜曳裾時雲欲生。（四句皆霓裳舞之初態。）煙蛾斂略不勝態，風袖低昂如有情。上元點鬟招萼緑，王母揮袂别飛瓊。（許飛瓊、萼緑華，皆女仙也。）繁音急節十二遍，跳珠撼玉何鏗錚。（霓裳曲十二遍而終。）翔鸞舞了却收翅，唳鶴曲終長引聲。（凡曲將畢，皆聲拍促速，唯霓裳之末，長引一聲也。）」其曲制度及舞者姿容，略見於此。又宋王灼碧雞漫志卷三：「李後主作昭惠后誄云：霓裳羽衣曲，緜（按：疑「緜」譌）兹喪亂，世罕聞者。獲其舊譜，殘缺頗甚。暇日與后詳定，去彼淫繁，定其缺墜——蓋唐末始不全。……宣和初，普府守山東人王平，詞學華贍，自言得夷則商霓裳羽衣譜，取陳鴻、白樂天長恨歌傳並樂天寄元微之霓裳羽衣曲歌，又雜取唐人小詩、長句及明皇、太真事，終以微之連昌宮詞，補綴成曲，刻板流傳。曲十一段……音律節奏與白氏歌注大異——則知唐曲今世決不復見，亦可恨也。」據此則本篇霓裳實宋曲耳。或詞人借爲辭藻，亦未可知。

〔七〕風牡丹　白居易和燕子樓詩：「醉嬌勝不得，風嫋牡丹花。」　押韻，本篇平仄通叶，與上篇同。

【彙評】

夏敬觀批語：　此「彈」字亦仄用。觀此北宋時霓裳曲亦祇存前段，至南宋白石譜中序第一，亦前段也。

付金釵　更漏子

付金釵，平斗酒〔一〕，未許解攜纖手〔二〕。吟警句，寫清愁，浮驂爲少留〔三〕。　舊游睽，新夢後，月映隔窗疏柳。閑硯席，賸衾裯，今秋似去秋〔四〕。

【校】

〔清愁〕亦園本、歷代詩餘卷一五、四印齋本作「詩愁」，不足據。〔浮驂〕亦園本、歷代詩餘、八千卷樓本、四印齋本、藝風堂本作「游驂」，不足據。〔衾裯〕歷代詩餘作「衾稠」，誤。

【箋注】

〔一〕「付金釵」二句　元稹遣悲懷詩三首其一：「泥他沽酒拔金釵。」杜牧代吴興妓春初寄薛軍事詩：「金釵有幾隻，抽當酒家錢。」

〔二〕解攜纖手　陸機赴洛詩二首其一：「撫膺解攜手。」

〔三〕浮驂　文選謝靈運九日從宋公戲馬臺集送孔令詩：「河流有急瀾，浮驂無緩轍。」李善注：「孔安國尚書傳曰：『浮，行也。』」宋葉廷珪海録碎事卷二二上鳥獸草木部馬驢門浮驂條：「言馬飛浮而去。」按李、葉皆以爲實指馬匹，然謝詩既與「河流」、「急瀾」承接，疑是比況之辭，謂舟船耳。荆楚歲時記「是日競渡」句注曰：「舸舟取其輕利……一自以爲水馬。」又太平御覽卷七七〇舟部三舸引江表傳曰：「孫權名舸爲馬，言飛馳如馬之走陸地也。」

〔四〕「今秋」句　庾信擬咏懷詩二十七首其十八：「殘月如初月，新秋似舊秋。」李賀莫種樹詩：「獨睡南窗月，今秋似去秋。」　押韻，平仄通叶，與上二篇同。

伴登臨〔一〕　中呂宮醜奴兒

中吴茂苑繁華地〔二〕，冠蓋如林〔三〕，桃李成陰〔四〕，若箇芳心、真箇會琴心〔五〕？　高秋霽色清於水〔六〕，月榭風襟〔七〕，且伴登臨，留與他年、尊酒話而今。

【校】

〔清於水〕八千卷樓本作「清如水」，不足據。　〔風襟〕八千卷樓本作「風清」，不足據。

【箋注】

〔一〕本篇當作於哲宗元符三年庚辰（一一〇〇）九月，時在蘇州。

〔二〕中吴　元豐九域志卷五兩浙路：「蘇州吴郡平江軍節度，治吴、長洲二縣。僞唐中吴軍節度。皇朝太平興國三年改平江軍。」　茂苑，見前一〇〇頁錦纏頭篇注〔四〕。

〔三〕「冠蓋」句　班固西都賦：「冠蓋如雲，七相五公。」

〔四〕桃李成陰　唐楊師道春朝閒步詩：「桃李自成陰。」桃李，見前九一頁頻載酒篇注〔四〕。

〔五〕若箇　詩詞曲語辭匯釋卷三若箇條：「若箇，疑問辭，……義同何人，猶云那箇也。」又箇（一）條：「箇，估量某種光景之辭，……凡真則曰真箇。」琴心，見前五二頁花幕暗篇注〔一〕。

〔六〕「高秋」句　歲時廣記卷三二入桃源條引劉斧青瑣高議託名靈源夫人詩：「高秋渾似水。」歲華紀麗卷三九月：「高秋，亦曰暮秋。」本句「水」字與前「中吴」句「地」字叶韻，所謂平仄錯叶格也。詞律卷四和凝醜奴兒上闋首句「蝤蠐領上訶梨子」，下闋首句「叢頭鞵子紅編細」；詞譜卷五李清照採桑子上闋首句「窗前誰種芭蕉樹」，下闋首句「傷心枕上三更雨」；又朱淑真詞上闋首句「王孫去後無芳草」，下闋首句「去時梅蕊全然少」：均叶，格式與賀詞同。此另是一體，而律、譜失注，故爲表出。

〔七〕月榭風襟　庾信哀江南賦：「月榭風臺。」宋玉風賦：「楚襄王游於蘭臺之宮……有風颯然而至，王乃披襟而當之。」

苗而秀〔一〕　中吕宮醜奴兒

吴都佳麗苗而秀〔二〕，燕樣腰身〔三〕，按舞華茵〔四〕，促遍涼州、羅韈未生塵〔五〕。

□□□□□透〔六〕，歌怨眉顰，張燕宜頻，□□□□、□□□□□。

【校】

〔吴都〕景宋本、亦園本、知不足齋本、八千卷樓本作「吴郡」，「郡」字仄聲出律必誤，改「都」是。

【箋注】

〔一〕本篇與上篇調同，編次相鄰，又皆蘇州詞，當是同期之作。

〔二〕吴都　元馬端臨文獻通考卷三一八輿地考四：「平江府，春秋吴國之都也。」　苗而秀，晉棗嵩贈杜方叔詩：「厥粲伊何？既苗而秀。」

〔三〕燕樣腰身　趙飛燕外傳：「宜主幼聰悟，家有彭祖分脈之書，善行氣術，長而纖便輕細，舉止翩然，人謂之『飛燕』。」

〔四〕華茵　謝靈運擬魏太子鄴中集詩八首其一魏太子：「連榻設華茵。」又開元天寶遺事卷上天寶上花裀條：「學士許慎遠，放曠不拘小節。多與親友結宴於花圃中，未嘗具帷幄，設坐具，使童僕輩聚落花，鋪於坐下。慎遠曰：『吾自有花裀，何消坐具？』」

〔五〕促遍涼州　夢溪筆談卷五樂律：「元稹連昌宫詞有『逡巡大遍涼州徹』。所謂大遍者，有序、引、歌、䶑、嗺、哨、催、攧、衮、破、行、中腔、踏歌之類，凡數十解。每解有數疊者。」碧雞漫志卷三：「凡大曲有散序、靸、排遍、攧、正攧、入破、虚催、實催、衮遍、歇指、殺衮，始成一曲，此謂大遍。而涼州排遍，予曾見一本，有二十四段。」按唐宋大曲體制，大率可分三段，首爲序奏，無歌，不舞，謂之散序。次謂中序，以歌爲主；末乃歌舞並作，以舞爲主，節拍急促，謂之破。涼州，見前一〇〇頁錦纏頭篇注〔四〕。　羅韈未生塵，曹植洛神賦：「凌波微步，羅韈生塵。」

〔六〕透　與上闋首句「秀」字叶。平仄錯叶，與上篇同。

東吴樂〔一〕　尉遲杯

勝游地，信東吴絶景饒佳麗〔二〕。平湖底，見層嵐；涼月下，聞清吹〔三〕。人如穠李〔四〕。泛襟袂、香潤蘋風起〔五〕。喜凌波、素韈逢迎〔六〕，領略當歌深意〔七〕。鄂君被〔八〕，雙鴛綺〔九〕。垂楊蔭、夷猶畫舲相艤〔一〇〕。寶瑟絃調，明珠佩委〔一一〕。回首碧雲千里〔一二〕。歸鴻後，芳音誰寄〔一三〕？念懷縣、青鬢今無幾〔一四〕。枉分將、鏡裏華年，付與樓前流水〔一五〕！

【校】

〔饒佳麗〕原校：「原本『饒』作『繞』，從毛本。」〔穠李〕四印齋本作「濃李」，誤。〔領略〕句八千卷樓本作「領略取、歌深意」，不足據。〔寶瑟〕四印齋本作「寶琴」，誤。〔誰寄〕歷代詩餘卷八三作「如寄」，誤。〔念懷縣〕亦園本、歷代詩餘、詞譜卷三三、八千卷樓本、四印齋本、藝風堂本作「念懷繫」，誤。

【箋注】

〔一〕本篇疑作於徽宗建中靖國元年辛巳（一一〇一）秋離蘇後不久。

〔二〕東吴　謂蘇州。宋王逢題垂虹橋亭詩：「長虹垂絶岸，形勢壓東吴。」（按吴郡圖經續記卷中橋梁：「吴江利往橋……有亭曰垂虹。」）是蘇州稱東吴之例。又吴地記後集載長洲縣十九都，其七曰東吴。

佳麗，謝朓齊隨王鼓吹曲入朝曲：「江南佳麗地。」白居易長洲曲新詞：「茂苑綺羅佳麗地。」

〔三〕清吹　謂管樂。陶淵明諸人共遊周家墓柏下詩：「今日天氣佳，清吹與鳴彈。」

〔四〕人如穠李　詩召南何彼穠矣：「何彼穠矣，華如桃李。」梁蕭子顯美人篇：「繁穠既爲李。」唐蘇味道正月十五日夜詩：「游妓皆穠李。」

〔五〕蘋風起　宋玉風賦：「風生於地，起於青蘋之末。」毛詩草木鳥獸蟲魚疏卷上：「蘋，今水上浮萍是也，其粗大者謂之蘋。」

〔六〕「喜凌波」句　見上篇苗而秀注〔五〕。

〔七〕當歌　曹操短歌行：「對酒當歌，人生幾何！」

〔八〕鄂君被　説苑卷一一善説：「鄂君子晳之泛舟於新波之中也，乘青翰之舟……榜枻越人擁楫而歌……曰：『今夕何夕兮，搴舟中流。今日何日兮，得與王子同舟。蒙羞被好兮，不訾詬恥。心幾頑而不絶兮，得知王子。山有木兮木有枝，心悦君兮君不知。』於是鄂君子晳乃揄修袂，行而擁之，舉繡被而覆之。」李商隱念遠詩：「牀空鄂君被。」

〔九〕雙鴛綺　古詩十九首其十八客從遠方來：「客從遠方來，遺我一端綺。……文綵雙鴛鴦，裁爲合歡被。」

〔一〇〕夷猶　楚辭九歌湘君：「君不行兮夷猶。」王逸章句：「夷猶，猶豫也。」

〔一一〕明珠佩委　見前一二八頁斷湘絃篇注〔八〕。又太平廣記卷五九江妃引列仙傳：「鄭交甫常游漢江，見二女，皆麗服華裝，佩兩明珠，大如雞卵。」

〔一二〕碧雲千里　許渾和友人送僧歸桂州靈巖寺詩：「碧雲千里暮愁合。」

〔一三〕「歸鴻」三句　唐沈如筠閨怨詩：「雁盡書難寄。」

〔一四〕「念懷縣」句　晉書潘岳傳：「岳才名冠世，爲衆所疾，遂棲遲十年。出爲河陽令，負其才而鬱鬱不得志。……轉懷令。」又地理志上載河内郡統縣九，其中有懷。潘岳秋興賦：「余春秋三十有二，始見二毛。」又：「悟時歲之遒盡兮，慨俛首而自省。斑鬢髟以承弁兮，素髮颯以垂領。」

〔一五〕用韻　地、麗、底、吹、李、袂、起、意、被、綺、艤、委、里、寄、幾、水，凡十六處。而詞譜卷三三仄韻尉遲杯諸體，柳永「寵嘉麗」十三韻，万俟詠「碎雲薄」十二韻，梅苑無名氏「歲云暮」十一韻，周邦彦「隋堤路」、陳允平「長亭路」九韻。賀詞較其多叶三、四、五、七韻不等。

臺城游〔一〕　水調歌頭

南國本瀟灑〔二〕，六代浸豪奢〔三〕。臺城游冶，襞箋能賦屬宮娃。雲觀登臨清夏，璧月留連長夜，吟醉送年華〔四〕。回首飛鴛瓦〔五〕，却羨井中蛙〔六〕。訪烏衣〔七〕，成白社〔八〕，不容車〔九〕。舊時王謝，堂前雙燕過誰家〔一〇〕？樓外河横斗挂〔一一〕，淮上潮平霜下〔一二〕，檣影落寒沙。商女篷窗罅，猶唱後庭花〔一三〕！

【校】

〔璧月〕亦園本、詞譜卷二三、藝風堂本作「碧月」；知不足齋本原鈔「璧月」，鮑校改「碧月」：均不足據。〔成白社〕原校：「毛晉鈔本『成』作『尋』。」四印齋本亦作「尋」。不足據。〔斗挂〕八千卷樓本、藝風堂本作「斗轉」，按本篇平仄通協，「轉」字不韻必誤。〔淮上〕四印齋本校曰：「『淮』別作『湖』。」不足據。〔篷窗罅〕知不足齋本作「蓬萊肆」，誤。

【箋注】

〔一〕本篇疑作於哲宗元符元年戊寅（一〇九八）秋。按方回元祐、紹聖時三過金陵皆春日，與此不合。而元符元年六月後丁母艱去官江夏，疑秋日曾過金陵，姑繫詞於是時。臺城，太平寰宇記卷九〇江南東道二昇州江寧縣：「臺城，在鍾山側，即晉建康宫城，一名苑城。」宋周應合景定建康志卷二〇城闕志一古城郭引舊志曰：「本吴後苑城。……在上元縣東北五里，周八里，濠闊五丈，深七尺。今胭脂井南至高陽樓基二里，即古臺城之地，盡爲軍營及居民蔬圃。」

〔二〕南國　見前三七頁花想容篇注〔二〕。

〔三〕「六代」句　劉禹錫金陵五題詩其三臺城：「臺城六代競豪華，結綺臨春事最奢。」六代，三國吴、東晉、南朝宋、齊、梁、陳，皆都金陵。

〔四〕「臺城游冶」六句　南史陳後主本紀：「後主愈驕，不虞外難，荒於酒色，不恤政事，左右嬖佞珥貂者五十人，婦女美貌麗服巧態以從者千餘人。常使張貴妃、孔貴人等八人夾坐，江總、孔範等十人預宴，號曰『狎客』。先令八婦人襞采箋，製五言詩，十客一時繼和，遲則罰酒。君臣酣飲，從夕達旦，以此爲常。」張貴妃傳：「以宮人有文學者爲女學士。後主每引賓客，對貴妃等游宴，則使諸貴人及女學士與狎客共賦新詩，互相贈答。採其尤豔麗者，以爲曲調，被以新聲。……其曲有玉樹後庭花、臨春樂等。其略云：『璧月夜夜滿，瓊樹朝朝新。』大抵所歸皆美張貴妃、孔貴嬪之容色。」襞箋，漢書揚雄傳：「不如襞而幽之離房。」顔師古注：「襞，疊衣也。」若據此釋「襞箋」爲摺疊箋紙，雖强可通，終覺未妥。疑「襞」當爲「擘」之通假，太平廣記卷三五〇引（唐裴鉶）傳奇顔濬篇擬張貴妃詩：「彩箋曾擘欺江總。」而宋曾慥類説引此作「襞」，即是其證。又清徐本立詞律拾遺卷三録本篇即徑作「擘箋」。雲觀，南史陳後主本紀：禎明二年，「起齊雲觀」。

〔五〕「回首」句　南史陳後主本紀：禎明三年，隋軍破陳，「（賀若）弼乘勝進軍宮城，燒北掖門。」杜牧臺城曲二首其二：「乾蘆一炬火，回首是平蕪。」賀詞意同此。飛鴛瓦，喻宮殿之燬，杜甫往在詩：「中宵焚九廟，雲漢爲之紅。解瓦飛十里，繐帷紛曾空。」鴛瓦，三國志魏書方技傳：魏文帝「夢殿屋兩瓦墮地，化爲雙鴛鴦」。

〔六〕「却羨」句　杜牧臺城曲二首其一：「誰憐容足地，却羨井中蛙！」南史陳後主本紀：隋軍破陳宮城，「城内文武百司皆遁出，唯尚書僕射袁憲、後閤舍人夏侯公韻侍側。憲勸端坐殿上，正色以待之。後主曰：『鋒刃之下，未可及當，吾自有計。』乃逃於井。二人苦諫不從，以身蔽井。後主與争久之方得人。……

既而軍人窺井而呼之，後主不應。欲下石，乃聞叫聲。以繩引之，驚其太重。及出，乃與張貴妃、孔貴人三人同乘而上。」井中蛙，莊子外篇秋水：「埳井之鼃謂東海之鱉曰：『吾樂與！出跳乎井幹之上，入休乎缺甃之崖；赴水則接腋持頤，蹶泥則没足滅跗；還虷蟹與科斗，莫吾能若也。且夫擅一壑之水，而跨跱埳井之樂，此亦至矣，夫子奚不時來入觀乎！』」

〔七〕烏衣　景定建康志卷一六疆域志二街巷引舊志：「烏衣巷，在秦淮南。晉南渡，王謝諸名族居此，時謂其子弟爲『烏衣諸郎』。今城南長干寺北有小巷曰烏衣，去朱雀橋不遠。」

〔八〕白社　晉書董京傳：「董京字威輦，不知何郡人也。初與隴西計吏俱至洛陽，被髮而行，逍遥吟咏。常宿白社中。時乞於市，得殘碎繒絮，結以自覆，金帛佳綿則不肯受。」按此但用喻貧者所居。

〔九〕不容車　古樂府相逢狹路間行：「相逢狹路間，路隘不容車。」

〔一〇〕「舊時」二句　劉禹錫金陵五題其二烏衣巷：「舊時王謝堂前燕，飛入尋常百姓家。」王謝，自晉以還，王謝二族簪纓相繼，亘及南朝而不替。南史侯景傳：「景請婚於王謝，帝曰：『王謝門高，非偶，可於朱張以下求之。』」

〔一一〕「樓外」句　秋季星空至夜深時，銀河自東南至西北横斜於天，北斗之柄指北，下垂若挂。唐韓鄂歲華紀麗卷三七夕：「銀河已横。」唐崔液踏歌詞：「樓前漢已横。」

〔一二〕淮　秦淮，見前九三頁掩蕭齋篇注〔三〕。

〔一三〕「商女」二句　杜牧夜泊秦淮詩：「商女不知亡國恨，隔江猶唱後庭花。」王安石金陵懷古詩四首其二：「後庭餘唱落船窗」。後庭花，隋書音樂志：「陳後主於清樂中造黃鸝留及玉樹後庭花、金釵兩鬢垂等曲，與幸臣等製其歌詞，綺豔相高，極於輕蕩，男女唱和，其音甚哀」。隋書五行志：「禎明初，後主作新歌，辭甚哀怨，令後宮美人習而歌之。其辭曰：『玉樹後庭花，花開不復久。』時人以歌讖，此其不久兆也。」

【附録】

詞譜卷二三水調歌頭又一體：此詞每句押韻，以平韻爲主；其仄韻即用本部「麻」、「馬」、「禡」三聲叶，間入平韻之内。宋人只此一體，並無別首可校。

清謝章鋌賭棋山莊集詞話十：詞有一闋兩叶者，如河傳、酒泉子、上行盃、紗窗恨等類是也。然大抵平仄各自爲韻，歸於同部者少，近讀賀方回詞，見其水調、六州兩歌頭獨備此體。考之詞律，則水調歌頭失載而六州歌頭又引韓元吉作，逐段自相爲叶，凡五换韻，而未知尚有此不换韻者。……吴子安嘗言，西江月、戚氏諸體三聲互叶，實曲學濫觴，非詞家標準。今以方回質之，乃知宋詞用韻自有此一例，不待元人小曲而後然矣。

清張德瀛詞徵卷三：詞之平仄通叶者，西江月、换巢鸞鳳、少年心、渡江雲、戚氏、大聖樂、哨遍、玉碾蕚、兩同心、江城梅花引、古陽關凡十一調。它詞如賀方回水調歌頭、杜壽域漁家傲、周公謹露華，亦有通叶，然皆借韻爲之，非若數詞有定格也。

況周頤蝶戀花甲午展重陽日遼父招同半塘登西爽閣子美因病不至跋曰：金元以還，名人製曲如西廂記、牡丹亭之類，皆平側互叶，幾於句句有韻，付之歌喉，極致流美。溯其初哉肇祖，出於宋人填詞。詞韻平仄互叶，北宋已有之，姑舉一以起例：賀方回水調歌頭云「南國本瀟灑，……猶唱後庭花」。

王易詞曲史構律韻協：平仄通叶之詞亦多。……至若東山之水調歌頭、六州歌頭，通體仄聲落句處皆與平韻相叶，幾於無句無韻，是又其特例矣。

夏敬觀批語：平仄通叶，句句押韻。

瀟湘雨〔一〕　滿庭芳

一闋離歌，滿尊紅淚〔二〕，解攜十里長亭〔三〕。木蘭歸棹〔四〕，猶倚採蘋汀〔五〕。鴉噪黃陵廟掩〔六〕，因想像、鼓瑟湘靈〔七〕。漁邨遠，煙昏雨淡，燈火兩三星。愁聽，檣影外，繁聲驟點，□□□□。□□□□□，濃睡香屏。入夢難留□□，□□□、□□□□。□窗曉，雲容四斂，江上數峰青〔八〕。

【校】

〔數峰青〕知不足齋本作「數風清」，誤。

【箋注】

〔一〕瀟湘　見前一一頁璧月堂篇注〔五〕。按方回似無湘中行迹，本篇疑非紀實。

〔二〕紅淚　拾遺記卷七魏：「文帝所愛美人，姓薛名靈芸，常山人也。……年至十五，容貌絶世。……谷習出守常山郡……以千金寶賂聘得之，既得，乃以獻文帝。靈芸聞別父母，歔欷累日，淚下霑衣。至升車就路之時，以玉唾壺承淚，壺則紅色。既發常山，及至京師，壺中淚凝如血。」

〔三〕十里長亭　庾信哀江南賦：「十里五里，長亭短亭。」白居易白氏六帖事類集卷三館驛門：「言十里一長亭，五里一短亭。」

〔四〕木蘭歸棹　南朝梁任昉述異記卷下：「木蘭洲在潯陽江中，多木蘭樹。昔吴王闔閭植木蘭於此，用構宫殿也。七里洲中有魯班刻木蘭爲舟，舟至今在洲中。詩家云『木蘭舟』，出於此。」

〔五〕採蘋汀　南朝梁柳惲江南曲：「汀洲採白蘋，日落江南春。洞庭有歸客，瀟湘逢故人。」

〔六〕黄陵廟　唐杜佑通典卷一八三州郡一三古荆州巴陵郡岳州湘陰縣：「有玉笥山、湘水，又有地名黄陵，即舜二妃所葬之地。」北魏酈道元水經注卷三八湘水：「湘水又北逕黄陵亭西，右合黄陵水口，其水上承大湖，湖水西流，逕二妃廟南，世謂之黄陵廟也。」

〔七〕鼓瑟湘靈　楚辭遠游：「使湘靈鼓瑟兮，令海若舞馮夷。」宋洪興祖補注：「此湘靈乃湘水之神，非湘夫人也。」然錢起省試湘靈鼓瑟詩：「善鼓雲和瑟，常聞帝子靈。」「帝子」語本楚辭九歌湘夫人：「帝子降兮北渚。」王逸章句：「帝子，謂堯女也。……言堯二女娥皇、女英隨舜不反，没於湘水之渚，因爲湘夫人。」是錢氏即以湘靈爲娥英也。本篇既曰「黄陵廟」，末句又整用錢詩，義當同此。

〔八〕「江上」句　錢起湘陵鼓瑟詩：「曲終人不見，江上數峰青。」

【彙評】

夏敬觀批語：何減秦郎！

念離羣〔一〕　沁園春

宮燭分煙〔二〕，禁池開鑰〔三〕，鳳城暮春〔四〕。向落花香裏〔五〕，澄波影外，笙歌遲日，羅綺芳塵。載酒追游，聯鑣歸晚〔六〕，燈火平康尋夢雲〔七〕。逢迎處，最多才自負〔八〕，巧笑相親〔九〕。　離羣〔一〇〕。客宦漳濱〔一一〕。但驚見、來鴻歸燕頻〔一二〕。念日邊消耗〔一三〕，天涯悵望；樓臺清曉，簾幕黄昏。無限悲涼，不勝憔悴，斷盡危腸銷盡魂！方年少，恨浮名誤我〔一四〕，樂事輸人。

【箋注】

〔一〕本篇當作於神宗元豐三年庚申（一〇八〇）三月。按詞曰「客宦漳濱」，方回元豐元年至四年二月官滏陽都作院，其一生仕宦，惟此地瀕臨漳水。又曰「鳳城暮春」，雖屬追憶，與寫作時之節令亦當對應，蓋三月也，故元豐四年即可排除。又曰「但驚見、來鴻歸燕頻」，是其至滏陽有年，故繫於元豐三年較爲近是。時詞人年二十九，與「方年少」云云亦不悖也。

念離羣，梁簡文帝登板橋詠洲中獨鶴詩：「誰知獨苦辛，江上念離羣。」

〔二〕宮燭分煙　宋敏求春明退朝録卷中：「周禮：『四時變國火。』謂春取榆柳之火，夏取棗杏之火，季夏取桑柘之火，秋取柞楢之火，冬取槐檀之火。而唐時惟清明取榆柳火以賜近臣、戚里。本朝因之，惟賜輔臣、戚里，帥臣、節察、三司使、知開封府、樞密直學士、中使皆得厚賜，非常賜例也。」韓翃（一作韓翊）寒食詩：「日暮漢宫傳蠟燭，青煙散入五侯家。」

〔三〕禁池開鑰　見前九四頁楊柳陌篇注〔二〕。

〔四〕鳳城　杜甫夜詩：「銀漢遥應接鳳城。」清仇兆鰲注：「趙次公曰：秦穆公女吹簫，鳳降其城，因號『丹鳳城』。其後言京城曰『鳳城』。」

〔五〕落花香　唐劉昚虚闕題詩：「時有落花至，遠隨流水香。」

〔六〕聯鑣　張協七命：「肴駟連鑣。」劉長卿少年行：「行樂愛聯鑣。」説文金部：「鑣，馬銜也。」

〔七〕平康　開元天寶遺事卷上天寶上風流藪澤條：「長安有平康坊，妓女所居之地。京都俠少，萃集於此。」又宋羅燁新編醉翁談録丁集卷一花衢記録序平康巷陌諸曲：「平康里者，乃東京諸妓所居之地也。自城北門而入，東回三曲。妓中最勝者，多在南曲。其曲中居處，皆堂宇寬静，各有三四廳事，前後多植花卉，或有怪石盆池、左經右史、小室垂簾、茵榻帷幌之類。……其中諸妓，多能文詞，善談吐，亦評品人物，應對有度。……〔中曲〕者，散樂雜班之所居也。夫善樂色技藝者，皆其世習，以故絲竹管絃、豔歌妙舞，咸精其能。……暇日羣聚金蓮棚中，各呈本事。求歡之者，皆五陵年少及豪貴子弟。就中有妓豔入眼者，俟散，訪其家而宴集焉。其循牆〔一曲〕，卑下凡雜之妓居焉。」按東京夢華録不載平康里名目，羅書小説家言，未可便信，然所記諸事並足參考。

〔八〕多才自負　韓偓自負詩：「人許風流自負才。」

〔九〕巧笑　詩衛風碩人：「巧笑倩兮。」

〔一〇〕離羣　禮記檀弓上子夏曰：「吾離羣而索居，亦已久矣。」

〔一一〕漳濱　太平寰宇記卷五六河北道五磁州滏陽縣：「漳水自林慮縣流入。」

〔一二〕來鴻、歸燕　禮記月令：「孟春之月……鴻雁來。」又：「仲秋之月……鴻雁來，玄鳥歸。」説文燕部：「燕，玄鳥也。」

〔一三〕日邊　見前七〇頁呈纖手篇注〔四〕。　消耗，消息、音耗。宋穆修贈適公上人詩：「喜得師消耗，從僧問不休。」

〔一四〕浮名　牢騷語，謂官職。謝靈運初去郡詩：「拙訥謝浮名。」

宛溪柳〔一〕　六幺令

夢雲蕭散，簾捲畫堂曉。殘薰盡燭隱映，綺席金壺倒〔二〕。塵送行鞭嫋嫋，醉指長安道〔三〕。波平天渺，蘭舟欲上，回首離愁滿芳草〔四〕。已恨歸期不早，枉負狂年少。無奈風月多情，此去應相笑。心記新聲縹緲，翻是相思調。明年春杪，宛溪楊柳，依舊青青爲誰好〔五〕？

【校】

〔夢雲蕭散〕花草粹編卷九、詞譜卷二三作「暮雲消散」，「暮」字誤。　〔盡燭〕花草粹編、詞譜作「燼蠟」。亦園本、歷代詩餘卷五七、八千卷樓本、四印齋本、藝風堂本作「畫蠟」，不足據。　〔隱映〕亦園本、八千卷樓本、四印齋本無「隱」字，不足據。　〔天渺〕花草粹編作「天杳」。八千卷樓本、藝風堂本作「天際渺」，不足據。　〔「已恨」句〕花草粹編、詞譜作「身外浮名擾擾」。　〔枉負〕花草粹編、詞譜作「已負」。　〔新聲〕花草粹編、詞譜作「歌聲」。　〔翻是〕歷代詩餘、藝風堂本作「翻足」，不足據。八千卷樓本無「翻」字，誤。　〔春杪〕花草粹編、亦園本、歷代詩餘、詞譜、八千卷樓本、四印齋本、藝風堂本作「春早」。

【箋注】

〔一〕本篇當作於神宗元豐元年戊午（一〇七八）三月。按年譜謂宛溪在當塗，指此爲大觀二年居蘇州前、離當塗時所作。然宛溪實在宣城；且大觀二年詞人已五十七歲，與詞中「狂年少」云云不合，似未可從。檢詩集卷八馬上重經舊游六言：「淺淺東流宛溪，當年罷酒分攜。認得橋邊楊柳，春風幾度鵶啼。」序云：「丙寅（元祐元年）三月京師賦。」是宛溪似即在東京郊畿。而詩詞語相關聯，詞當作於詩前，蓋當年罷酒分攜時之作也。方回元豐元年出官滏陽都作院，雖月份不詳，然觀其任滿於元豐四年二月，上推三年，則滏陽之任命固應在元年春月也。故繫詞於此。

〔二〕金壺倒　唐鄭谷席上贈歌者詩：「笙歌一曲倒金壺。」

〔三〕長安道　見前一〇二頁將進酒篇注〔四〕。

〔四〕離愁滿芳草　李煜清平樂（别來春半）詞：「離恨恰如春草，更行更遠還生。」

〔五〕「宛溪」三句　韋應物有所思：「借問堤上柳，青青爲誰春？」　叶韻，曉、倒、嫋、道、渺、草、早、少、笑、緲、調、杪、好，凡十三處。而詞譜卷二三柳永「澹煙殘照」一首、陳允平「授衣時節」一首皆十韻。賀詞多叶三韻，嫋、早、緲蓋添叶。

【彙評】

龍榆生唐宋名家詞選引朱孝臧批語：後徧筆如轆轤。

傷春曲〔一〕　滿江紅

火禁初開〔二〕，深深院、儘重簾箔〔三〕。人自起，翠衾寒夢，夜來風惡〔四〕。腸斷殘紅和淚落，半隨經雨飄池角。記採蘭、攜手曲江游〔五〕，年時約。　芳物大，都如昨。自怨别，疏行樂。被無情雙燕，短封難託〔六〕。誰念東陽銷瘦骨〔七〕，更堪白紵衣衫薄〔八〕？向小窗、題滿杏花箋〔九〕，傷春作。

【校】

〔儘重簾箔〕原校：「『簾箔』原本缺……從毛本。」知不足齋本、丹鉛精舍本、彊邨叢書本三種賀方回詞，八千卷樓本、四印齋本、藝風堂本均作「幾重簾箔」。亦園本「重簾箔」三字並缺。〔「腸斷」至「半隨」九字〕原校：「原本缺，並從毛本。」〔經雨〕知不足齋等三種賀方回詞、八千卷樓本、四印齋本、藝風堂本作「輕雨」。〔飄池角〕丹鉛精舍本、彊邨叢書本二種賀方回詞作「漂池角」。〔「曲江游」以下十字〕原校：「原本缺，並從毛本。」〔芳物大〕彊邨叢書本賀方回詞校記：「按『大』疑『美』訛。」〔怨別〕知不足齋等三種賀方回詞作「念遠」。〔被無情〕知不足齋等三種賀方回詞作「嗟無情」。〔短封〕景宋本作「短風」，誤。改「封」是。〔銷瘦骨〕亦園本、藝風堂本作「銷瘦甚」，八千卷樓本作「清瘦甚」，均不足據。

【箋注】

〔一〕本篇疑作於神宗熙寧八年乙卯（一〇七五）或後一二年三月。按方回熙寧八年在臨城作上巳有懷金明池游賞詩，見前九五頁楊柳陌篇附録。詞與詩或同時期之作。

〔二〕火禁　荆楚歲時記：「（寒食）禁火三日。」宋莊綽雞肋編卷上：「寒食火禁，盛於河東，而陝右亦不舉爨者三日。」

〔三〕「深深院」句　馮延巳蝶戀花詞：「庭院深深深幾許？楊柳堆煙，簾幕無重數。」

〔四〕夜來風惡　孟浩然春曉詩：「夜來風雨聲，花落知多少。」

〔五〕「記採蘭」句　謂上巳節。詩鄭風溱洧：「溱與洧，方渙渙兮。士與女，方秉蕳兮。」毛傳：「蕳，蘭也。」朱熹集傳：「三月上巳之辰，採蘭水上以祓除不祥。……於是士女相與戲謔。」曲江，唐康駢劇談録卷下曲江條：「曲江池，本秦世隑洲，開元中疏鑿，遂爲勝境。……花卉環周，煙水明媚。都人游玩，盛於中和、上巳之節。」按此以唐長安曲江池代指宋東京金明池。

〔六〕「被無情」二句　江淹雜體詩三十首其二擬李都尉陵從軍：「袖中有短書，願寄雙飛燕。」

〔七〕東陽銷瘦骨　梁書沈約傳：「沈約字休文，吴興武康人也。……（齊）隆昌元年，除吏部郎，出爲寧朔將軍、東陽太守。」又載約以書陳情於徐勉，有「開年以來，病增慮切。……百日數旬，革帶常應移孔；以手握臂，率計月小半分」云云。

〔八〕白紵衣衫　柳宗元同劉二十八院長述舊言懷……通贈二君子詩：「春衫裁白紵。」雍陶公子行：「新裁白紵做春衣。」

〔九〕杏花箋　明陳繼儒太平清話卷一：「宋顔方叔嘗創製諸色箋，有杏紅、露桃紅、天水碧，俱砑花竹鱗羽、山林人物，精妙如畫。」

【彙評】

宋詞選釋：詠風雨摧花，而詞心宛轉隨之，情與景皆臻妙境。下闋「骨瘦更堪衣薄」，乃加倍寫愁法。結句亦簡潔。

夏敬觀批語：「人自起」句挺接，妙極。此篇所用虚字，前後貫串。此類處所又清真所同。

横塘路〔一〕　青玉案

凌波不過横塘路〔二〕，但目送、芳塵去〔三〕。錦瑟華年誰與度〔四〕？月橋花院，瑣窗朱户，只有春知處。　飛雲冉冉蘅皋暮〔五〕，彩筆新題斷腸句〔六〕。若問閑情都幾許〔七〕？一川煙草〔八〕，滿城風絮，梅子黃時雨〔九〕。

【校】

〔芳塵〕詩人玉屑卷二一引宋釋惠洪冷齋夜話作「飛鴻」。　〔華年〕樂府雅詞卷中、草堂詩餘前集卷上、花庵詞選卷四、詞律卷一〇、詞綜卷七、歷代詩餘卷四四、詞譜卷一五作「年華」。四印齋本校曰「又作『華筵』」，未詳何據。　〔月橋〕冷齋夜話作「小橋」。樂府雅詞、花庵詞選、詞綜作「月臺」。草堂詩餘、花草粹編卷七、詞律、詞譜作「月樓」。　〔花院〕冷齋夜話作「幽徑」。樂府雅詞、花庵詞選、詞綜、歷代詩餘、四印齋本作「花榭」。中吳紀聞卷三、花草粹編作「仙館」。　〔瑣窗〕冷齋夜話、中吳紀聞、草堂詩餘、花草粹編、詞譜作「綺窗」。　〔只有〕樂府雅詞、中吳紀聞、草堂詩餘、花庵詞選、花草粹編、詞律、詞綜、詞譜作「惟有」。　〔飛雲〕冷齋夜話、樂府雅詞、中吳紀聞、草堂詩餘、花庵詞選、花草粹編、詞律、亦園本、詞綜、歷代詩餘、詞譜、知不足齋本賀方回詞、八千卷樓本、丹鉛精舍本、四印齋本、藝風堂本、彊邨叢書本賀方回詞作「碧雲」。　〔新題〕冷齋夜話、草堂詩餘、花草粹編、詞譜、丹鉛精舍本、彊邨叢書本賀方回詞作「空題」。

〔若問〕冷齋夜話、樂府雅詞、中吳紀聞、草堂詩餘、花庵詞選、花草粹編、亦園本、詞綜、歷代詩餘、詞譜、八千卷樓本、四印齋本、藝風堂本、彊邨叢書本賀方回詞作「試問」。詞律作「試將」，誤。　〔閑情〕冷齋夜話作「離愁」。樂府雅詞、中吳紀聞、草堂詩餘、花庵詞選、花草粹編、詞律、亦園本、詞綜、歷代詩餘、詞譜、彊邨叢書本賀方回詞作「閑愁」。　〔都幾許〕中吳紀聞、草堂詩餘、花草粹編、詞律、詞譜作「知幾許」。歷代詩餘作「添幾許」，不足據。四印齋本校曰「『都』又作『深』」，未詳何據。

【箋注】

〔一〕本篇疑作於徽宗建中靖國元年辛巳（一一〇一）初夏。按此蘇州詞，中吳紀聞卷三賀方回條：「賀鑄……徙姑蘇之醋坊橋。……有小築在盤門之南十餘里，地名横塘。方回往來其間，嘗作青玉案詞。」吳郡志卷五〇雜志記載略同。又按賀鑄傳：「建中靖國間，黄庭堅魯直自黔中還，得其江南梅子之句，以爲似謝玄暉。」方回是年秋赴京參加徽宗天寧節首慶並謀换新官，似即以此作見稱於士大夫，至有「賀梅子」之目，故爲魯直所賞。據内容可知此係情詞，當與吳女有關。　横塘，吳郡志卷一七橋梁載盤門外有横塘橋。咸淳毘陵志卷一五山水瀆宜興：「百瀆，在縣東南七十五里爲上瀆；在縣北六十里爲下瀆。舊以荆溪居數郡下流，與震澤口疏百派而分其勢，又開横塘廣袤四十里以貫之，導荆溪下震澤，入松江，注諸海，瀕湖畎澮皆道焉。」姑蘇志卷一〇水：「胥口之水自胥口橋東行九里，轉入東、西醋坊橋，曰木瀆，香水溪在焉。又東入跨塘橋與越來溪會，曰横塘。」又卷一八鄉都（市、鎮、村附）：「吳縣……鎮五。……横塘：去縣西南十三里有横塘橋，風景特勝，宋賀鑄有别墅在焉。」

〔二〕凌波　洛神賦：「凌波微步，羅韈生塵。」

〔三〕目送　左傳桓公元年：「宋華父督見孔父之妻於路，目逆而送之，曰：『美而豔。』」

〔四〕「錦瑟」句　李商隱錦瑟詩：「錦瑟無端五十絃，一絃一柱思華年。」杜甫有懷台州鄭十八司户詩：「歲月誰與度？」

〔五〕「飛雲」句　江淹雜體詩三十首其三十擬休上人怨别：「日暮碧雲合，佳人殊未來。」文選洛神賦：「日既西傾，車殆馬煩。爾乃税駕乎蘅皋，秣駟乎芝田，容與乎陽林，流眄乎洛川。於是精移神駭。忽焉思散。俯則未察，仰以殊觀，睹一麗人，於巖之畔。」李善注：「蘅，杜蘅也。皋，澤也。」

〔六〕彩筆　鍾嶸詩品卷中齊光禄江淹條：「淹罷宣城郡，遂宿冶亭，夢一美丈夫，自稱郭璞，謂淹曰：『我有筆在卿處多年矣，可以見還。』淹探懷中，得五色筆以授之。」

〔七〕都幾許　詩詞曲語辭匯釋卷三都來條：「都來，猶云統統也……算來也。……亦有祇用一都字者，義亦同。」又許（三）條：「許，估計數量之辭。……其習見者則爲幾許。……賀鑄石州慢詞：『欲知方寸，共有幾許新愁，芭蕉不展丁香結。』又望湘人詞：『被惜餘薰，帶驚賸眼，幾許傷春春晚。』又緑頭鴨詞：『回廊影，疏鐘淡月，幾許銷魂。』又青玉案詞：『試問閑愁都幾許，一川煙草，滿城風絮，梅子黄時雨。』凡云幾許，猶云多少也。」

〔八〕一川　詩詞曲語辭匯釋卷六一川條：「一川，估量情形之辭，猶云滿地或一片也。……賀鑄青玉案詞：『試問閒愁知幾許，一川煙草，滿城風絮，梅子黄時雨。』一川煙草，猶云滿地一片煙草。」

〔九〕梅子黄時雨　宋陸佃埤雅卷一三釋木梅：「今江湘二浙四五月之間，梅欲黄落則水潤土溽，礎壁皆汗，蒸鬱成雨，其霏如霧，謂之『梅雨』。……故自江以南，三月雨謂之『迎梅』，五月雨謂之『送梅』。」歲時廣記卷一春花信風條引東皋雜録：「後唐人詩云：『楝花開後風光好，梅子黄時雨意濃。』」

【附録】

宋阮閱詩話總龜前集卷九引宋王直方詩話：賀方回初作青玉案詞，遂知名。

宋周紫芝竹坡老人詩話卷一：賀方回嘗作青玉案詞，有「梅子黄時雨」之句，人皆服其工，士大夫謂之

「賀梅子」。郭功父有示耿天隲一詩，王荆公嘗爲之書其尾云：「廟前古木藏訓狐，豪氣英風亦何有？」方回晚倅姑孰，與功父游，甚歡。方回寡髮，功父指其髻謂曰：「此真『賀梅子』也！」方回乃捋其鬚曰：「君可謂『郭訓狐』矣！」功父髯而鬍，故有是語。

宋吴曾能改齋漫録卷一六樂府山谷愛賀方回青玉案詞條：　賀方回爲青玉案詞，山谷尤愛之，故作小詩以紀其事。及謫宜州，山谷兄元明和以送之云：「千峯百嶂宜州路，天黯淡，知人去。曉別吾家黄叔度，弟兄華髮，遠山修水，異日同歸處。　長亭飲散尊罍暮，別語纏綿不成句。已斷離腸能幾許？水村山郭，夜闌無寐，聽盡空階雨。」山谷和云：「煙中一線來時路，極目送、幽人去。第四陽關雲不度，山胡聲轉，子規言語，正是愁人處。　別恨朝朝連暮暮，憶我當年醉時句。渡水穿雲心已許，晚年光景，小軒南浦，簾捲西山雨。」洪覺範亦嘗和云：「緑槐煙柳長亭路，恨取次、分離去。日永如年愁難度，高城回首，暮雲遮盡，目斷人何處？　解鞍旅舍天將暮，暗憶丁寧千萬句。一寸危腸情幾許？薄衾孤枕，夢回人静，徹曉蕭蕭雨。」

蘇軾(?)青玉案和賀方回韻送伯固歸吴中故居：　三年枕上吴中路，遣黄耳、隨君去。若到松江呼小渡，莫驚鷗鷺，四橋盡是、老子經行處。　輞川圖上看春暮，常記高人右丞句。作箇歸期天已許，春衫猶是、小蠻針線，曾溼西湖雨。

按：樂府雅詞拾遺卷上作蔣璨詞。苕溪漁隱叢話前集卷五九長短句引桐江詩話謂姚進道詞。陽春白雪卷五作姚志道詞。

李之儀青玉案用賀方回韻有所禱而作：　小篷又泛曾行路，這身世、如何去？未了還來知幾度？多情山色，有情江水，笑我歸無處。　夕陽杳杳還催暮，練静空吟謝郎句。試禱波神應見許，帆開風轉，事諧心遂，直到明年雨。

蔡伸青玉案和賀方回韻：參差弱柳長堤路，柳外征帆去。皓齒明眸嬌態度，回頭一夢，斷腸千里，不到相逢地。　來時約略春將暮，幽恨空餘錦中句。小院重門深幾許？桃花依舊，出牆臨水，亂落如紅雨。

張元幹青玉案（賀方回所作，世間和韻者多矣。余經行松江，何啻百回，念欲下一轉語，了無好懷。此來偶有得，嘗與吾宗椿老子載酒浩歌西湖南山間，寫我滯思，二公不可不入社也）：平生百繞垂虹路，看萬頃、翻雲去。山澹夕暉帆影度，菱歌風斷，襪羅塵散，總是關情處。　少年陳迹今遲暮，走筆猶能醉時句。花底目成心暗許，舊家春事，覺來客恨，分付疏篷雨。

馮時行青玉案和賀方回青玉案寄果山諸公：年時江上垂楊路，信拄杖、穿雲去。碧澗步虛聲裏度，疏林小寺，遠山孤渚，獨倚闌干處。　別來無幾春還暮，空記當時錦囊句。南北東西知幾許？相思難寄，野航蓑笠，獨釣巴江雨。

揚無咎青玉案次賀方回韻：五雲樓閣蓬瀛路，空相望，無由去。弱水渺茫誰可渡？君家徐福，蕩舟尋訪，却是曾知處。　羣仙應問來何暮？說與榮歸錦封句。句裏丁寧天已許，要教强健，召還廊廟，永作商巖雨。

史浩青玉案用賀方回韻：湧金斜轉青雲路，邇衮衮、紅塵去。春色勾牽知幾度？月簾風幌，有人應在、唾線餘香處。　年來不夢巫山暮，但苦憶、江南斷腸句。一笑怱怱何爾許？客情無奈，夜闌歸去，簌簌花空雨。

程垓青玉案用賀方回韻：賨林巖畔凌雲路，記藉草、尋梅去。詠綠書紅知幾度？行雲歸後，碧雲遮斷，寂寞人何處？　一聲長笛江天暮，別後誰吟倚樓句？匀面照溪心已許，欲憑錦字，寫人愁去，生怕梨花雨。

吴潛青玉案和劉長翁右司韻：　人生南北如歧路，惆悵方回斷腸句。四野碧雲秋日暮，葦汀蘆岸，落霞殘照，時有鷗來去。　一杯渺渺懷今古，萬事悠悠付寒暑。青箬緑蓑便野處，有山堪采，有溪堪釣，歸計聊如許。

按：宋金人作青玉案步方回韻而未注明者尚有：宋黄大臨「行人欲上來時路」、劉一止「小山遮斷藍橋路」、周紫芝「青鞋忍踏江沙路」（凌歊臺懷姑溪老人李端叔）、王之道「逢人借問錢塘路」（送無爲守張文伯還朝）、又「半年不踏軒車路」（有懷軒車山舊隱）、王千秋「雪堂不遠臨皋路」（送人赴黄岡令）、張孝祥「紅塵冉冉長安路」（餞别劉恭父）、陳亮「武陵溪上桃花路」、韓淲「蘇公堤上西湖路」（西湖路）、吴潛「十年三過蘇臺路」、李彭老「楚峯十二陽臺路」、無名氏「釘鞋踏破祥符路」（詠舉子赴省）、「征鞍不見邯鄲路」（送别）、金完顔璹「凍雲封却駞岡路」、元好問「落紅吹滿沙頭路」、長筌子「瞥然悟得長生路」，凡十五人十六首。合前録十二人十二首而去其重，共二十五人二十八首。

【彙評】

宋黄庭堅豫章黄先生文集卷一一寄方回詩：　少游醉卧古藤下，誰與愁眉唱一杯？解道江南斷腸句，只今惟有賀方回。

潘惇潘子真詩話：　世推方回所作「梅子黄時雨」爲絶唱，蓋用寇萊公語也。寇詩云：「杜鵑啼處血成花，梅子黄時雨如霧。」（苕溪漁隱叢話前集卷三七賀方回引）

王灼碧雞漫志卷二江南某氏條：賀方回初在錢塘（按當作「横塘」），作青玉案，魯直喜之，賦絶句云：「解道江南斷腸句，只今惟有賀方回。」賀集中如青玉案者甚衆。大抵二公（按指賀鑄、周邦彥）卓然自立，不肯浪下筆，予故謂「語意精新，用心甚苦」。

羅大經鶴林玉露卷七：詩家有以山喻愁者，杜少陵云「憂端如山來，澒洞不可掇」，趙嘏云「夕陽樓上山重疊，未抵閑愁一倍多」是也；有以水喻愁者，李頎云「請量東海水，看取淺深愁」，李後主云「問君能有幾多愁？恰似一江春水向東流」，秦少游云「落紅萬點愁如海」是也。賀方回云「試問閑愁都幾許？一川煙草，滿城風絮，梅子黄時雨」，蓋以三者比愁之多也，尤爲新奇，兼興中有比，意味更長。

明楊慎曰：情景欲絶。（懺花庵叢書楊慎批點本草堂詩餘）

沈際飛草堂詩餘正集卷二評「惟有春知處」句曰：「知我者其天乎」一般口氣。又評末三句曰：疊寫三句閑愁，真絶唱！

清沈謙填詞雜説：賀方回青玉案：「試問閑愁知幾許？一川煙草，滿城風絮，梅子黄時雨。」不特善於喻愁，正以瑣碎爲妙。

程洪、先著詞潔：方回青玉案詞，工妙之至，無跡可尋，語句思路亦在目前，而千人萬人不能湊泊。

萬樹詞律卷一〇青玉案又一體：各調中惟此爲中正之則，人因此詞呼爲「賀梅子」。詞情詞律高壓千秋，無怪一時推服。涪翁有云：「解道江南斷腸句，世間惟有賀方回。」信非虛言。又：按此詞和者甚衆，然於「户」、「絮」二字俱不叶韻。涪翁嘗用「語」、「浦」二字爲叶，而不和其原字，想亦因「户」、「絮」二字掣肘也。雖曰不拘，亦是微疵。總之，似此絶作難爲和耳。

吴衡照蓮子居詞話卷一：詞有襲前人語而得名者，雖大家不免，如方回「梅子黄時雨」、耆卿「楊柳岸、曉風殘月」、少游「寒鴉數點，流水遶孤村」、幼安「是他春帶愁來，春歸何處？却不解、帶將愁去」等句，惟善於調度，正不以有藍本爲嫌。

黄蓼園蓼園詞評：按方回有小築在姑蘇盤門内（按當作「外」），地名横塘，時往來其間，有此作。方回以孝惠皇后族孫，元祐中通判泗州，又倅太平州，退居吴下，是此詞作於退休之後也，自有一番不得意、難以顯言處。言斯所居横塘斷無宓妃到，然波光清幽，亦常目送芳塵，第孤寂自守，無與爲歡，惟有春風相慰藉而已。次闋言幽居腸斷，不盡窮愁，惟見煙草風絮、梅雨如霧，共此旦晚耳。無非寫其景之鬱勃岑寂也。

劉熙載藝概卷四詞曲概：賀方回青玉案詞收四句云：「試問閑愁都幾許？一川煙草，滿城風絮，梅子黄時雨。」其末句好處，全在「試問」句呼起及與上「一川」二句並用耳。或以方回有「賀梅子」之稱，專賞此句，誤矣。且此句原本寇萊公「梅子黄時雨如霧」詩句，然則何不目萊公爲「寇梅子」耶？

雲韶集卷三評「凌波」二句：起筆飄逸，是賀公本色。　又評「惟有」句：較秦少游「春隨人意」更來得妙。　又評「一川」三句：筆態翩翻，遺詞精秀，宜爲當時所重。

白雨齋詞話卷五：一篇之工，膾炙人口，如「山抹微雲」、「梅子黄時雨」、暗香、疏影、「春水」等篇，名實相副，則亦當之無愧。　又卷六：宋人如「紅杏尚書」、「賀梅子」、「張三影」、「山抹微雲秦學士」、「露華倒影柳屯田」、「曉風殘月柳三變」、「滴粉搓酥左與言」之類，皆以一語之工，傾倒一世。宋與柳、左無論矣，獨惜張、秦、賀三家不乏傑作，而傳誦者轉以次乘，豈白雪、陽春竟無和者與？爲之三歎！　又：子野弔林君復詩：「煙雨詞亡草更青。」蔡君謨寄李良定詩：「多麗新詞到海邊。」此則一篇之工，見諸吟詠。然亦其人並非專家，故不惜以一篇之工，藝林傳播。至「賀梅子」、「張三影」、「秦學士」，詞品超絶，而亦以一語之工得名，致與諸不工詞者同列，則亦安用此知己也？

沈祥龍論詞隨筆：詞以自然爲尚。自然者，不雕琢，不假借，不著色相，不落言詮也。古人名句如「梅子黄時雨」、「雲破月來花弄影」，不外自然而已。

王闓運湘綺樓詞選評「一川」三句：一句一月，非一時也。不着一字，故妙。

宋詞選釋：「錦瑟」四句：花榭綺窗，只有春風吹到，其寂寥之況與離索之懷，皆寓其中。下闋「閑愁」以下四句，用三叠筆寫悉，如三叠陽關，令人悽絶。題標「横塘路」，當有伊人宛在，非泛寫閑愁也。

夏敬觀批語：稼軒穠麗之處，從此脱胎。細讀東山詞，知其爲稼軒所師也。世但言蘇、辛爲一派，不知方回，亦不知稼軒。

人南渡〔一〕　感皇恩

蘭芷滿芳洲〔二〕，游絲横路〔三〕。羅襪塵生步。迎顧。整鬟顰黛〔四〕，脈脈兩情難語〔五〕。細風吹柳絮，人南渡。　回首舊游〔六〕，山無重數。花底深朱户。何處？半黄梅子，向晚一簾疏雨〔七〕。斷魂分付與、春將去〔八〕。

【校】

〔人南渡〕花庵詞選卷四題作「記別」。〔滿芳洲〕原校：「毛鈔本『芳』作『汀』。」歷代詩餘卷四五、詞譜卷一五、四印齋本亦作「汀」。藝風堂本原鈔「滿洲芳」，繆校改「滿汀洲」。均不足據。〔塵生步〕知不足齋本東山詞、八千卷樓本、知不足齋及丹鉛精舍、彊邨叢書本等三種賀方回詞作「生塵步」。〔迎顧〕詞譜、知不足齋本、四印齋本、藝風堂本作「迴顧」，不足據。〔兩情〕原校：「毛鈔本……『兩』作『多』。」樂府雅詞卷中、花庵詞選、亦園本、詞綜卷七、歷代詩餘、詞譜、四印齋本亦作「多」。〔難語〕樂府雅詞、詞綜、詞譜作「難訴」。〔柳絮〕四印齋本校曰：「『柳』別作『落』。」未詳何據。〔向晚〕八千卷樓本、藝風堂本作「向曉」，誤。〔疏雨〕三種賀方回詞作「煙雨」。〔春將去〕樂府雅詞、亦園本、詞綜、詞譜、八千卷樓本、四印齋本、藝風堂本作「春歸去」。

【箋注】

〔一〕本篇疑作於哲宗紹聖四年丁丑（一〇九七）或元符元年戊寅（一〇九八）四月。按方回紹聖三年（一〇九六）赴官江夏，二三月間或曾過真州（參見後獻金杯、蝶戀花改徐冠卿詞二篇編年），旋過江之金陵。本篇上闋有「柳絮」、「南渡」字，當是追憶此段真州之離別。若然，則詞或到官江夏後作。曰「半黃梅子」，是初夏時也。

〔二〕芳洲　楚辭九歌湘君：「採芳洲兮杜若。」王逸章句：「芳洲，香草藂生水中之處。」

〔三〕游絲橫路　庾信春賦：「一叢香草足礙人，數尺游絲即橫路。」李白惜餘春賦：「見游絲之橫路，網春輝以留人。」

〔四〕整鬟　太平廣記卷二七四情感歐陽詹篇引閩川名士傳載孟簡哭歐陽詹詩：「危鬟如玉蟬，纖手自整理。」

〔五〕「脈脈」句　古詩十九首其十迢迢牽牛星：「盈盈一不間，脈脈不得語。」

〔六〕回首舊游　蘇軾臺頭寺步月得人字詩：「回首舊游真是夢。」

〔七〕「半黄梅子」三句　見前一五七頁横塘路篇注〔九〕。

〔八〕分付　清翟灝通俗編卷一七言笑：「後人祇當一『付』字用，雖祇一人而亦謂之『分付』。白居易題文集櫃詩：『祇應分付女，留與外孫傳。』韓偓詩：『分付春風與玉兒。』蓋已然矣。」　押韻，路、步、顧、語、絮、渡、數、户、處、雨、與、去，凡十二韻。　按詞譜卷一五載感皇恩七體，毛滂「緑水小河亭」、周邦彦「露柳好風標」、周紫芝「無事小神仙」、趙長卿「景物一番新」、汪莘「年少尋芳」等五體皆八韻，晁沖之「蝴蝶滿西園」一體十韻，賀詞較之多叶二至四韻，大抵「步」、「絮」、「户」、「與」四處係添叶。

【彙評】

雲韶集卷三評「細風」二句：　筆致宕往。　又評「半黄梅子」四句：　骨韻俱高，情深一往。

詞則别調集卷一評「半黄梅子」四句：　骨韻俱勝，用筆亦精警。

宋詞選釋：　此調與前首皆録别之作。　前首云「目送芳塵去」，乃指人而言；　此云「南渡」、「回首」，則就己而言。「細風」二句有遠韻。下闋在萬重山外寄思，由「花底」而「朱户」而梅雨簾櫳，離心層遞而遠。　心憑誰寄？祇可託付春風。惟名手能曲曲寫出。

薄倖

豔真多態，更的的、頻回眄睞〔一〕。便認得、琴心相許〔二〕，與寫宜男雙帶〔三〕。記畫堂、斜月朦朧，輕顰微笑嬌無奈。便翡翠屏開〔四〕，芙蓉帳掩，與把香羅偷解。　自過了收燈後〔五〕，都不見、踏青挑菜〔六〕。幾回憑雙燕、丁寧深意，往來翻恨重簾礙。約何時再？正春濃酒暖，人閑晝永無聊賴。厭厭睡起，猶有花梢日在。

【校】

〔題〕花庵詞選卷四、永樂大典卷三〇〇五人字韻、歷代詩餘卷八五有題曰「憶故人」。花草粹編卷一二曰「春情」。

〔豔真〕草堂詩餘前集卷上、永樂大典、花草粹編、詞綜卷七、歷代詩餘、詞譜卷三五、八千卷樓本、四印齋本、藝風堂本作「淡妝」。

〔的的〕樂府雅詞卷中、花庵詞選、永樂大典、詞綜、歷代詩餘、八千卷樓本、四印齋本、藝風堂本作「滴滴」。

〔頻回〕樂府雅詞作「頻流」。草堂詩餘作「頻曰」，誤。

〔眄睞〕永樂大典、詞綜、歷代詩餘、四印齋本作「盼睞」。

〔相許〕樂府雅詞、草堂詩餘、永樂大典、花草粹編、詞綜、歷代詩餘、詞譜、四印齋本作「先許」。

〔與寫〕草堂詩餘、花草粹編、詞譜作「與綰」。花庵詞選、永樂大典、亦園本、詞綜、歷代詩餘、八千卷樓本、四印齋本、藝風堂本作「欲綰」。

〔宜男〕樂府雅詞、草

堂詩餘、花庵詞選、永樂大典、花草粹編、亦園本、詞綜、歷代詩餘、詞譜、八千卷樓本、四印齋本、藝風堂本作「合歡」。〔雙帶〕四印齋本校曰：「別作『羅帶』。」未詳何據。〔晝堂〕四印齋本作「華堂」，不足據。〔斜月〕草堂詩餘、永樂大典、花草粹編、亦園本、詞綜、歷代詩餘、詞譜、四印齋本作「風月」。〔朦朧〕草堂詩餘、永樂大典、花草粹編、亦園本、詞綜、歷代詩餘、詞譜、四印齋本、藝風堂本作「逢迎」。〔微笑〕草堂詩餘、永樂大典、花草粹編、詞綜、歷代詩餘、詞譜作「淺笑」。〔嬌無奈〕永樂大典、亦園本、歷代詩餘作「都無奈」。〔便翡翠屏開〕花庵詞選、永樂大典、亦園本、詞綜、歷代詩餘、八千卷樓本、四印齋本、藝風堂本作「待翡翠屏開」。草堂詩餘、花草粹編、詞譜作「向睡鴨鑪邊」。〔芙蓉帳掩〕草堂詩餘、花草粹編、詞譜作「翔鴛屏裏」。〔與把〕花庵詞選、永樂大典、花草粹編、亦園本、詞綜、歷代詩餘、詞譜、八千卷樓本、四印齋本、藝風堂本作「羞把」。〔香羅〕樂府雅詞作「香囊」。〔偷解〕花庵詞選、永樂大典、詞綜、四印齋本作「暗解」。〔收燈後〕永樂大典、詞綜、歷代詩餘、八千卷樓本、四印齋本、藝風堂本「收」作「燒」。樂府雅詞、歷代詩餘、四印齋本「後」作「夜」。花庵詞選、永樂大典、詞綜無「後」字。〔翻恨〕永樂大典、詞綜作「却恨」。〔重簾〕知不足齋本無「重」字，誤。〔約何時再〕永樂大典、歷代詩餘、四印齋本作「知何時再」。〔酒暖〕花庵詞選、永樂大典、詞綜、四印齋本作「酒困」。

【箋注】

〔一〕的的　本字當作「旳」。說文日部：「旳，明也，從日，勺聲。」眄睞，文選古詩十九首其十七凜凜歲云暮：「眄睞以適意。」五臣注呂延濟曰：「眄睞，邪視也。」

〔二〕琴心　見前五二頁花幕暗篇注〔一〕。

〔三〕宜男雙帶　婦人衣裙帶。金史輿服志上載皇后「重翟車」用「宜男錦帶結」；「厭翟車」用「宜男錦絡帶」。又「翟車」有「宜男錦帷」。以此知「宜男帶」當是宜男錦所製帶也。又同書尚有「倒仙錦帷」、「倒仙錦絡帶」、「天下樂錦絡帶」等名目，意「宜男」即如「倒仙」、「天下樂」之例，皆錦上之紋飾也。風土記曰萱草又名宜男草，懷姙婦人佩之必生男。頗疑宜男錦即以圖案爲萱草而得名。

〔四〕翡翠屏　史記司馬相如列傳子虛賦：「錯翡翠之威蕤。」張守節正義：「張揖云：『翡翠大小一如雀，雄赤曰翡，雌青曰翠。』」此謂屏上之圖飾。

〔五〕收燈　宋金盈之醉翁談録卷三京城風俗記正月：「十八日，謂之『收燈』。……晏丞相（殊）正月十九日詩云：『樓臺寂寞收燈夜，里巷蕭條掃雪天。』又十八日收燈詩云：『星逐綺羅沈晚色，月隨歌舞下層臺。千蹄萬轂無尋處，祇是華胥一夢回。』」

〔六〕蹋青　見前一一八頁步花間篇注〔三〕。挑菜，宋張耒有二月二日挑菜節大雨不能出詩，賀詩二月二日席上賦亦曰「二日舊傳挑菜節」（詩集拾遺）。

【彙評】

明吴從先輯草堂詩餘雋引明李攀龍曰：凡閨情之詞，淡而不厭，哀而不傷，此作當之。

草堂詩餘正集卷二：「無奈」是「嬌」之神。　又：坡翁「只將春睡賞春情」是也。　又：一派閒情，閒裏着忙。

清周濟宋四家詞選：耆卿於寫景中見情，故淡遠；方回於言情中布景，故穠至。

丁紹儀聽秋聲館詞話卷一三：「翡翠」二語雖豔麗，未免近俚。

雲韶集卷三：風致嫣然，低回往復，妙絶古今。又：意味極纏綿，而筆勢極飛舞，宜其獨步千古也。又評末二句：去路有韻。

詞則閑情集卷一：方回善用虛字，其味甚永。

宋詞選釋：上闋追叙前歡。下闋言紫燕西來，已寄書多阻，姑借酒以消磨永晝；乃酒消睡醒，仍日未西沈，清晝悠悠，遣愁無計：極寫其無聊之思。原題曰「憶故人」，知其眷戀之深。調用薄倖，殆其自謂耶？

夏敬觀批語：兩「便」字、兩「與」字非複也，是文章變換處，出於有意。

伴雲來　天香

煙絡橫林，山沈遠照，邐迤黄昏鐘鼓。燭映簾櫳，蛩催機杼〔一〕，共苦清秋風露。不眠思婦，齊應和、幾聲砧杵。驚動天涯倦宦，駸駸歲華行暮〔二〕。當年酒狂自負〔三〕，謂東君、以春相付〔四〕。流浪征驂北道，客檣南浦。幽恨無人晤語〔五〕。賴明月、曾知舊游處，好伴雲來，還將夢去〔六〕。

【校】

〔山沈〕八千卷樓本作「山垂」，不足據。〔邐迤〕詞譜卷二四作「迤邐」，不足據。〔燭映〕四印齋本作「燭影」，不足據。〔共苦〕歷代詩餘卷六一、詞譜、四印齋本作「共惹」，不足據。〔應和〕景宋本、亦園本、知不足齋本作「映和」，誤。〔倦宦〕亦園本、歷代詩餘、詞譜、八千卷樓本、四印齋本作「倦客」，不足據。〔流浪〕八千卷樓本作「流蕩」，不足據。

【箋注】

〔一〕蛩催機杼　唐鄭愔秋閨詩：「機杼夜蛩催。」温庭筠秋日旅舍寄義山李侍御詩：「寒蛩乍響催機杼。」毛詩草木鳥獸蟲魚疏卷下：「蟋蟀，似蝗而小，正黑，有光澤如漆，有角翅。一名蛬（同『蛩』）……幽州人謂之『趣織』，督促之言也，里語曰『趨織鳴，懶婦驚』是也。」

〔二〕「駸駸」句　梁蕭子雲歲暮值廬賦：「歲華云暮。」陸機歎逝賦：「人冉冉而行暮。」詩小雅四牡：「載驟駸駸。」毛傳：「駸駸，驟貌。」按莊子外篇知北遊：「人生天地之間，若白駒之過隙，忽然而已。」故以馬驟貌喻時光流逝之速。梁簡文帝納涼詩：「斜日晚駸駸。」

〔三〕酒狂　漢書蓋寬饒傳蓋自語：「我乃酒狂。」

〔四〕「謂東君」句　南唐成彦雄柳枝詞之三：「東君愛惜與先春。」藝文類聚卷三歲時上春引尸子曰：「東方爲春。」古以五方配四季，故以「東君」謂司春之神。

〔五〕無人晤語　詩陳風東門之池：「彼美淑姬，可與晤語。」

〔六〕押韻　鼓、杼、露、婦、杵、暮、負、付、浦、語、處、去，凡十二韻。按詞譜卷二四載天香八體，劉儗「漠漠江皋」一首八韻，王觀「霜瓦鴛鴦」、景覃「市遠人稀」、「百歲中分」三首九韻，毛滂「進止詳華」、吴文英「碧藕藏絲」、「蟬葉黏霜」三首十韻，賀詞較之多叶二、三、四韻不等。又詞譜謂賀詞十一韻，蓋漏標上闋第五句

「杼」字，應補正。

【彙評】

龍榆生唐宋名家詞選引清朱孝臧批語：橫空盤硬語。

夏敬觀批語：稼軒所師。

念良游 滿江紅

山繚平湖，寒飆颺、六英紛泊〔一〕。清鏡曉〔二〕，倚巖琪樹，撓雲珠閣〔三〕。窈窕繒窗褰翠幕〔四〕，尊前皓齒歌梅落〔五〕。信醉鄉、絕境待名流，供行樂。時易失，今猶昨〔六〕。歡莫再，情何薄。扁舟幸不繫〔七〕，會尋佳約。想見徘徊華表下，箇身似是遼東鶴。訪舊游，人與物俱非，空城郭〔八〕！

【校】

〔六英〕歷代詩餘卷五五作「六霙」，不足據。〔紛泊〕知不足齋本作「分泊」，四印齋本作「粉泊」，均不足據。〔撓雲〕歷代詩餘、藝風堂本作「繞雲」，不足據。〔繒窗〕歷代詩餘作「紗窗」，不足據。〔時易失〕原校：「原本『失』作『久』，從毛本。」歷代詩餘、四印齋本亦作「久」，誤。〔扁舟幸不繫〕歷代詩餘作「幸扁舟不繫」，不足據。

【箋注】

〔一〕六英　猶「六花」，雪也，見前一九頁辟寒金篇注〔二〕。　紛泊，文選張衡西京賦：「霍繹紛泊。」李善注録薛綜注：「飛走之貌。」又左思蜀都賦：「羽族紛泊。」李善注録劉淵林注：「紛泊，飛薄也。」

〔二〕清鏡曉　李白送友人尋越中山水詩：「湖清霜鏡曉。」

〔三〕撓雲　皇甫湜答李生第一書：「明堂之棟，必撓雲霓。」

〔四〕窈窕　文選漢王延壽魯靈光殿賦：「旋室㛹娟以窈窕。」五臣注張銑曰：「窈窕，深也。」

〔五〕梅落　樂府詩集卷二四横吹曲辭四梅花落解題：「梅花落，本笛中曲也。按唐大角曲亦有大單于、小單于、大梅花、小梅花等曲，今其聲猶有存者。」

〔六〕「時易失」二句　王羲之蘭亭集序：「當其欣於所遇，暫得於己，快然自足，曾不知老之將至，及其所之既倦，情隨事遷，感慨係之矣。向之所欣，俛仰之間，已爲陳迹，……後之視今，亦猶今之視昔，悲夫！」

〔七〕扁舟幸不繫　莊子雜篇列禦寇：「汎若不繫之舟，虚而敖游者也。」

〔八〕「想見」五句　舊題陶潛搜神後記卷一：「丁令威本遼東人，學道於靈虚山。後化鶴歸遼，集城門華表柱。時有少年舉弓欲射之，鶴乃飛，徘徊空中而言曰：『有鳥有鳥丁令威，去家千年今始歸。城郭如故人民非，何不學仙？——塚纍纍！』遂高上衝天。」

寒松歎〔一〕　勝勝慢

鵲驚橋斷〔二〕，鳳怨簫閑〔三〕，彩雲薄晚蒼涼〔四〕。難致祖洲靈草〔五〕，方士神香〔六〕。寒松半欹澗底〔七〕，恨女蘿、先委冰霜〔八〕。寶琴塵網〔九〕。□□□□，□□□□。依□履綦行處〔一〇〕，酸心□、□□□□□□。□□簾垂窣地，簟竟空牀〔一一〕。傷春燕歸洞户，更悲秋、月皎迴廊。同誰消遣，一年年，夜夜長〔一二〕！

【校】

〔寶琴〕四印齋本作「寶瑟」，誤。　〔依□履綦〕原校：「原本三字缺，並從毛本。」　〔悲秋〕四印齋本作「愁秋」，誤。

【箋注】

〔一〕本篇當作於哲宗元符二年己卯（一〇九九）至徽宗建中靖國元年辛巳（一一〇一）三年間。按此悼亡詞，言「女蘿」，似指趙夫人。趙氏約於元符元年六月後至三年十月前歿於蘇州，已見前半死桐篇編年考證。此曰「傷春」、「更悲秋」，必作於期年以後，故不得早於元符二年；又曰「依□履綦行處」，應指蘇州，故繫年下限當在建中靖國元年秋離蘇之前。

〔二〕鵲驚橋斷　歲華紀麗卷三引風俗通：「織女七夕當渡河，使鵲爲橋。」爾雅翼卷一三釋鳥一鵲：「涉秋七日，首無故皆髡，相傳以爲是日河鼓與織女會於漢東，役烏鵲爲梁以渡，故毛皆脱去。」

〔三〕鳳怨簫閑　舊題劉向列仙傳卷上：「蕭史者，秦穆公時人也，善吹簫，能致孔雀白鶴於庭。穆公有女字弄玉，好之，公遂以女妻焉。日教弄玉作鳳鳴。居數年，吹似鳳聲，鳳凰來止其屋。公爲作鳳臺。夫婦止其上，不下數年，一旦皆隨鳳凰飛去。」

〔四〕「彩雲」句　南齊王融和王友德元古意二首其一（游禽暮知返）：「巫山彩雲没。」按以上三句反用牛郎織女、蕭史弄玉、高唐神女故事，隱喻喪偶。

〔五〕祖洲靈草　舊題漢東方朔海内十洲記祖洲：「祖洲近在東海之中，地方五百里，去西岸七萬里。上有不死之草。草形如菰苗，長三四尺。人已死三日者，以草覆之，皆當時活也。」

〔六〕方士神香　白居易新樂府五十首其三十六李夫人：「漢武帝，初喪李夫人……甘泉殿裏令寫真。……又令方士合靈藥，玉釜煎鍊金鑪焚。九華帳深夜悄悄，反魂香降夫人魂。」海内十洲記聚窟洲：「聚窟洲在西海中……洲上……多大樹，與楓木相類，而花葉香聞數百里，名爲『反魂樹』。……伐其木根心。於玉釜中煮取汁，更微火煎如黑餳狀，令可丸之，名曰『驚精香』，或名之爲『震靈丸』，或名之爲『反生香』，或名之爲『震檀香』，或名之爲『人鳥精』，或名之爲『却死香』，一種六名。斯靈物也，香氣聞數百里，死者在地，聞香氣乃却活，不復亡也。以香薰死人更加神驗。征和三年，武帝幸安定，西域月支國主遣使獻香四兩，大如雀卵，黑如桑椹。……後元元年，長安城内病者數百，亡者大半。帝試取月支神香燒之於城内，其死未三月者皆活，芳氣經三月不歇。」

〔七〕「寒松」句　左思詠史八首其二：「鬱鬱澗底松，離離山上苗。……世胄躡高位，英俊沈下僚。」白居易新樂府澗底松：「有松百尺大十圍，生在澗底寒且卑。」

〔八〕「恨女蘿」句　詩小雅頍弁：「蔦與女蘿，施於松上。」曹植閨情詩：「寄松爲女蘿。」委，通「萎」，謝朓暫使下者贈西府同僚詩：「時菊委嚴霜。」

〔九〕寶琴塵網　鮑照擬古詩八首其七：「明鏡塵匣中，瑶琴（一作「寶瑟」）生網羅。」岑參春遇南使貽趙知音詩：「網絲結寶琴，塵埃被空樽。」寶琴，西京雜記卷五：「趙后有寶琴，曰『鳳凰』，皆以金玉隱起爲龍鳳螭鸞、古賢列女之象。」

〔一〇〕依□　疑當作「依依」或「依然」。　履綦，漢書外戚傳班婕妤自悼賦：「俯視兮月墀，思君以履綦。」顔師古注：「綦，履下飾也。言視殿上之地，則想君履綦之迹也。」

〔一一〕「簾垂」二句　李商隱王十二兄與畏之員外相訪見招小飲時予以悼亡日近不去因寄詩：「更無人處簾垂地，欲拂塵時簟竟牀。」潘岳悼亡詩三首其二：「展轉眄枕席，長簟竟牀空。」　窣地，拂地，岑參衛節度赤驃馬歌：「尾長窣地如紅絲。」

〔一二〕「同誰」三句　李商隱王十二兄與畏之員外相訪見招小飲時予以悼亡日近不去因寄詩：「愁霖腹疾俱難遣，萬里西風夜正長。」賀詞從此奪胎，觀句尾「遺」、「長」二字可見。

【彙評】

夏敬觀批語：此另一體也，惜殘缺不完。　又：此悼亡詞也。

鳳求凰〔一〕　勝勝慢

園林羃翠，燕寢凝香〔二〕，華池繚繞飛廊〔三〕。坐按吴娃清麗〔四〕，楚調圓長〔五〕。歌闌横流美眄〔六〕，乍疑生、綺席輝光。文園屬意〔七〕，玉觴交勸，寶瑟高張〔八〕。　南薰難銷幽恨〔九〕，金徽上、殷勤彩鳳求凰〔一〇〕。便許捲收行雨〔一一〕，不戀高唐。東山勝游在眼〔一二〕，待紉蘭、擷菊相將〔一三〕。雙棲安穩，五雲溪、是故鄉〔一四〕。

【校】

〔羃翠〕景宋本作「幕翠」，「幕」，覆也。文從字順，不應輕改。亦園本、歷代詩餘卷六三、詞譜卷二七、知不足齋本、四印齋本、藝風堂本均從宋槧。　〔玉觴〕詞譜作「玉卮」，不足據。　〔便許〕亦園本、歷代詩餘、四印齋本作「便訴」，八千卷樓本、藝風堂本作「使訴」，皆誤。　〔捲收〕四印齋本作「倦收」，不足據。　〔故鄉〕四印齋本校曰：「『故』別作『吾』。」未詳何據。

【箋注】

〔一〕本篇疑作於徽宗建中靖國元年辛巳（一一〇一）九月前。按此蘇州詞，當與吴女有關，不類晚年歸隱時作。鳳求凰，爾雅釋鳥：「鳳，其雌皇。」後通寫作「凰」。

〔二〕燕寢凝香　韋應物郡齋與諸文士燕集詩：「燕寢凝清香。」吳郡圖經續記卷上州宅下：「古之諸侯……有三寢，曰路寢一，曰燕寢二。自罷侯置守，其名既殊，其制稍削，然猶存其概。」

〔三〕華池　吳郡圖經續記卷下往迹：「華池……在長洲界，闔廬之故迹也。」此或借指所游宴之蘇州園林。作泛指解亦通，楚辭東方朔七諫：「黿鼉游乎華池。」王逸章句：「華池，芳華之池也。」

〔四〕吳娃清麗　白居易九日宴集醉題郡樓兼呈周殷二判官詩：「吳娃美麗眉眼長。」

〔五〕楚調　楚聲歌曲，唐陶翰燕歌行：「請君留楚調，聽我吟燕歌。」

〔六〕横流美眄　陶淵明閒情賦：「瞬美目以流眄。」

〔七〕「文園」句　見前七一頁呈纖手篇注〔六〕。

〔八〕「寶瑟」句　揚雄解難：「今夫弦者，高張急徽，追趨逐耆，則坐者不期而附矣。」劉禹錫調瑟詞：「調瑟在張弦，弦平音自足。……美人愛高張，瑶軫再三促。」

〔九〕南薰　琴名，見南朝宋謝希逸（莊）雅琴名録、元陶宗儀南村輟耕録卷二九古琴名條。僞孔子家語辯樂解：「昔者舜彈五絃之琴，造南風之詩，其詩曰：『南風之薰兮，可以解吾民之愠兮。南風之時兮，可以阜吾民之財兮。』」以「南薰」名琴，蓋出此。

〔一〇〕彩鳳求凰　史記司馬相如列傳：「酒酣，臨邛令前奏琴曰：『竊聞長卿好之，願以自娱。』相如辭謝，爲鼓一再行。是時卓王孫有女新寡，好音，故相如……以琴心挑之。」司馬貞索隱：「張揖云：其詩曰『鳳兮鳳兮歸故鄉，遨游四海求其皇。有一豔女在此堂，室邇人遐毒我腸，何由交接爲鴛鴦』也。又曰『鳳兮鳳兮從皇棲，得託子尾永爲妃。交情通體必和諧，中夜相從別有誰？』」

〔一一〕便許　詩詞曲語辭匯釋卷一便(二)條：「便，猶豈也。」

〔一二〕東山　世説新語識鑒：「謝公(安)在東山畜妓。」年譜又疑指蘇州洞庭東山，兹從其説。

〔一三〕紉蘭　離騷：「紉秋蘭以爲佩。」　擷菊，陶淵明飲酒詩二十首其五：「採菊東籬下，悠然見南山。」晉檀道鸞續晉陽秋：「陶潛九月九日無酒，於宅邊菊叢中摘盈把，坐其側。」相將，詩詞曲語辭匯釋卷三相將(一)條：「相將，猶云相與或相共也。」

〔一四〕五雲溪　咸淳毗陵志卷一五山水溪宜興：「東瀉溪，在縣東南三十六里。陸希聲頤山録謂山前百餘步，衆流合而東，故名。……兩峰多藤花，春時照影水中，青紅可愛。亦名罨畫溪，又名五雲溪。」

國門東〔一〕　好女兒

車馬匆匆，會國門東。信人間、自古銷魂處〔二〕，指紅塵北道，碧波南浦〔三〕，黄葉西風。

堠館娟娟新月〔四〕，從今夜、與誰同〔五〕？想深閨、獨守空牀思〔六〕，但頻占鏡鵲〔七〕，悔分釵燕〔八〕，長望書鴻〔九〕。

【校】

〔北道〕歷代詩餘卷四一作「此道」，誤。　〔南浦〕景宋本「浦」字缺。　〔頻占〕歷代詩餘作「憑占」，不足據。

【箋注】

〔一〕國門　京城之門。周禮地官司徒司門：「掌授管鍵，以啓閉國門。」

〔二〕銷魂處　離別處。江淹別賦：「黯然銷魂者，唯别而已矣。」

〔三〕碧波南浦　江淹別賦：「春草碧色，春水渌波。送君南浦，傷如之何！」

〔四〕堠館　亦作「候館」，官辦旅舍。周禮地官司徒遺人：「野鄙之委積，以待羇旅。……凡國野之道……五十里有市，市有候館，候館有積。」娟娟新月，鮑照翫月城西門廨中詩：「始出西南樓，纖纖如玉鉤。末映東北墀，娟娟似蛾眉。」

〔五〕「從今夜」句　杜甫月夜詩：「今夜鄜州月，閨中祇獨看。」

〔六〕獨守空牀　古詩十九首其二青青河畔草：「蕩子行不歸，空牀難獨守。」

〔七〕占鏡鵲　鏡鵲，即鵲鏡，見前一四頁小重山篇注〔二〕。占鏡，元伊世珍瑯嬛記卷上引賈子説林：「鏡聽呪曰：『並光類儷，終逢協吉。』先覓一古鏡，錦囊盛之，獨向竈神，勿令人見，雙手捧鏡，誦呪七遍，出聽人言，以定吉凶；又閉目信足走七步，開眼照鏡，隨其所照，以合人言，無不驗也。昔有一女子卜一行人，聞人言曰：『樹邊兩人。』照見簪珥，數之得五，因悟曰：『「樹邊兩人」，非「來」字乎？五數，五日必來也。』至期果至。此法惟宜於婦女。」又王建鏡聽詞：「重重摩挲嫁時鏡，夫壻遠行憑鏡聽。回身不遣別人知，人意丁寧鏡神聖。懷中收拾雙錦帶，恐畏街頭見驚怪。嗟嗟嚓嚓下堂階，獨自竈前來跪拜：出門願不聞悲哀，身在任郎回不回。月明地上人過盡，好語多同皆道來。卷帷上牀喜不定，與郎裁衣失翻正。可中三日得相見，重繡鏡囊磨鏡面。」

〔八〕分釵燕　釵燕，即燕釵。舊題漢郭憲別國洞冥記卷二：「元鼎元年，起招仙閣於甘泉宫……神女留玉釵以贈（漢武）帝，帝以賜趙婕妤。至昭帝元鳳中，宫人猶見此釵。黄諃欲之，明日示之，既發匣，有白燕飛升天。後宫人學作此釵，因名『玉燕釵』，言吉祥也。」梁陸罩閨怨詩：「自憐斷帶日，偏恨分釵時。……欲以别離意，獨向蘼蕪悲。」

〔九〕書鴻　見前六七頁西笑吟篇注〔九〕。

【彙評】

雲韶集卷三評「指紅塵北道」三句：字字精秀。又評「但頻占鏡鵲」三句：芊綿婉麗，欵欵深深。

詞則别調集卷一：設色精工，措語亦别致。又評上下闋末三句鼎足對：上三句就眼前説，下三句從對面寫。上下三句俱有三層意義，不似後人疊牀架屋，其病百出也。

九回腸〔一〕　好女兒

削玉銷香〔二〕，不喜濃妝。倚高樓、望斷章臺路〔三〕，但垂楊永巷〔四〕，落花微雨〔五〕，芳草斜陽〔六〕。　賴有雕梁新燕，試尋訪、五陵狂〔七〕。小華箋、付與西飛去〔八〕，印一雙愁黛〔九〕，再三歸字，□九回腸。

【校】

〔倚高樓〕景宋本作「倦樓高」，知不足齋本、四印齋本並同。亦園本作「倚樓高」，蓋以宋本「倦」乃「倚」字形譌，故改之。彊邨本又以宋本「樓高」乃「高樓」誤倒，復加調整。然宋本果誤與否，似亦難以遽定。

〔□九回腸〕亦園本、八千卷樓本、四印齋本、藝風堂本作「千萬思量」，不足據。

【箋注】

〔一〕九回腸　司馬遷報任少卿書：「是以腸一日而九回。」南朝梁簡文帝應令詩：「悲遥夜兮九回腸。」

〔二〕削玉銷香　謂美人消瘦。馮延巳思越人詞：「玉肌如削。」無名氏後庭宴詞：「菱花知我銷香玉。」

〔三〕「倚高樓」句　馮延巳鵲踏枝（庭院深深深幾許）詞：「樓高不見章臺路。」漢書張敞傳：「然敞無威儀，時罷朝會，過走馬章臺街。」顔師古注：「孟康曰：在長安中。臣瓚曰：在章臺下街也。」南朝樂府西洲曲：「望郎上青樓。樓高望不見。」

〔四〕永巷　三輔黄圖卷六雜録：「永巷：永，長也。宫中之長巷，幽閉宫女之有罪者。」此但用喻女子所居之孤獨閑冷。

〔五〕落花微雨　唐翁宏春殘詩：「落花人獨立，微雨燕雙飛。」孫光憲浣溪沙（風遞殘香出繡簾）詞：「落花微雨恨相兼。」

〔六〕芳草斜陽　杜牧長安送人詩：「山密夕陽多，人稀芳草遠。」前蜀張泌河傳詞：「去路迢迢，夕陽芳草。」范仲淹蘇幕遮（碧雲天）詞：「芳草無情，更在斜陽外。」

〔七〕五陵狂　見前一一二頁東鄰妙篇注〔八〕。

〔八〕小華箋　唐李匡乂資暇集卷下薛濤箋條：「松花箋其來舊矣。元和初，薛濤尚斯色，而好製小詩，惜其幅大，不欲長（「臢長」之「長」），乃命匠人狹小之。蜀中才子既以爲便，後減諸箋亦如是。」西飛，顧況短歌行六首其二：「紫燕西飛欲寄書。」

〔九〕印一雙愁黛　韓偓余作探使以繚綾手帛子寄賀因而有詩：「黛眉印在微微緑。」

月先圓　好女兒

才色相憐〔一〕，難偶當年。屢逢迎，幾許纏綿意？記鞦遷架底，摴蒱局上〔二〕，祓禊池邊〔三〕。收貯一春幽恨，細書徧、砑綾箋〔四〕。算蓬山、未抵屏山遠〔五〕。奈碧雲易合〔六〕，彩霞深閉〔七〕，明月先圓〔八〕！

【校】

〔鞦韆〕藝風堂本作「千秋」，不足據。〔局上〕八千卷樓本作「席上」，不足據。〔先圓〕歷代詩餘卷四一、八千卷樓本、四印齋本作「光圓」，不足據。

【箋注】

〔一〕才色相憐　唐許堯佐柳氏傳：「（韓）翊仰柳氏之色，柳氏慕翊之才，兩情皆獲，喜可知也。」

〔二〕摴蒱　國史補卷下：「……古之樗蒲，其法：三分其子三百六十，限以二關，人執六馬。其骰五枚，分上爲黑，下爲白。黑者刻二爲犢，白者刻二爲雉。擲之全黑者爲『盧』，其采十六；二雉三黑爲『雉』，其采十四；二犢三白爲『犢』，其采十；全白爲『白』，其采八。四者貴采也。『開』爲十二，『塞』爲十一，『塔』爲五，『秃』爲四，『撅』爲三，『梟』爲二。六者雜采也。貴采得連擲，得打馬，得過關，餘采則否。新加『進九』、『退六』兩采。」又晉書胡貴嬪傳：「（武）帝嘗與之摴蒱。」知可男女共戲。又歲時廣記卷一六寒食下蒲博戲條引歲時雜記：「都城寒食，大縱蒲博。」知其盛於寒食。

〔三〕袚禊　見前九五頁楊柳陌篇注〔四〕。

〔四〕砑綾　砑光之綾，可書寫。周邦彦虞美人詞：「砑綾小字夜來封，斜倚曲闌凝睇數歸鴻。」

〔五〕「算蓬山」句　李商隱無題（來是空言去絶蹤）詩：「劉郎已恨蓬山遠。」史記封禪書：「……蓬萊、方丈、瀛洲。此三神山者，其傳在勃海中，去人不遠；患且至，則船風引而去。蓋嘗有至者，諸僊人及不死之藥皆在焉。……未至，望之如雲；及到，三神山反居水下。臨之，風輒引去，終莫能至云。」屏山，即山屏，謂屏風。温庭筠菩薩蠻（南園滿地堆輕絮）詞：「枕上屏山掩。」此句即詩鄭風東門之墠「其室則邇，其人甚遠」之意，謂一屏相隔便遠如天涯。

〔六〕碧雲易合　江淹雜體詩三十首其三十擬休上人怨别：「日暮碧雲合，佳人殊未來。」

〔七〕彩霞深閉　唐李沇瑶山夢詩：「膩霞遠閉巫山夢。」霞，猶「雲」，仍用高唐賦。唐韓琮霞詩：「應是行雲未擬歸。」

〔八〕明月先圓　古以月之盈虧比人之聚散，如蘇軾水調歌頭丙辰中秋：「人有悲歡離合，月有陰晴圓缺。」賀詞蓋言人未團圓耳。

綺筵張　好女兒

綺繡張筵，粉黛爭妍。記六朝、舊數閨房秀〔一〕，有長圓璧月，永新瓊樹〔二〕，隨步金蓮〔三〕。　不減麗華標韻〔四〕，更能唱、想夫憐〔五〕。認情通、色受纏綿處〔六〕，似靈犀一點〔七〕，吳蠶八繭〔八〕，漢柳三眠〔九〕。

【校】

〔標韻〕八千卷樓本、藝風堂本作「風韻」，不足據。　〔纏綿〕四印齋本作「綿綿」，誤。

【箋注】

〔一〕六朝　東吳、東晉、南朝宋、齊、梁、陳。　閨房秀，世説新語賢媛：「謝遏絶重其姊，張玄常稱其妹，欲以敵之。有濟尼者，並遊張、謝二家。人問其優劣，答曰：『王夫人神情散朗，故有林下風氣；顧家婦清心玉映，自是閨房之秀。』」

〔二〕「有長圓璧月」二句　見前一四三頁臺城游篇注〔四〕。

〔三〕隨步金蓮　南史齊東昏侯本紀：「（齊廢帝）又鑿金爲蓮華以帖地，令潘妃行其上，曰：『此步步生蓮華也。』」

〔四〕麗華標韻　南史張貴妃傳：「張貴妃名麗華，兵家女也。……（陳）後主爲太子，以選入宮。……後主見而悦之，因得幸。……後主即位，拜爲貴妃。……張貴妃髮長七尺，鬒黑如漆，其光可鑑。特聰慧，有神彩，進止閑華，容色端麗。每瞻視眄睞，光彩溢目，照映左右。嘗於閣上靚妝，臨於軒檻，宮中遥望，飄若神仙。」

〔五〕想夫憐　樂府詩集卷八〇近代曲辭二相府蓮解題：「古解題曰：『相府蓮者，王儉爲南齊相，一時所辟皆才名之士。時人以入儉府爲蓮花池，謂如紅蓮映緑水。今號「蓮幕」者，自儉始。其後語訛爲「想夫憐」，亦名之醜爾。又有簇拍相府蓮。』樂苑曰：『想夫憐，羽調曲也。』」教坊記曲名表中有想夫憐。又國史補卷下：「于司空（頔）以樂曲有想夫憐，其名不雅，將改之。客有笑者，曰：『南朝相府曾有瑞蓮，故歌相府蓮。自是後人語訛，相承不改耳。』」

〔六〕情通、色受　見前四八頁窗下繡篇注〔五〕。

〔七〕靈犀一點　李商隱無題（昨夜星辰昨夜風）詩：「身無彩鳳雙飛翼，心有靈犀一點通。」續博物志卷一〇：「通天犀，千歲者長且鋭，白星徹端，出氣通天，則能通神，可破水駭雞矣。」

〔八〕吴蠶八繭　左思吴都賦：「鄉貢八繭之綿。」吴郡圖經續記卷下雜録：「蘇州舊貢絲葛、絲綿、八繭絲……皆具唐志。」

〔九〕漢柳三眠　苕溪漁隱叢話前集卷二三引漫叟詩話：「玉溪生江之嫣賦云：『豈如河畔牛星，隔歲止聞一過；不比苑中人柳，終朝剩得三眠。』注云：『漢苑中有柳，狀如人形，號曰人柳，一日三起三倒。』」

舞迎春〔一〕　迎春樂

雲鮮日嫩東風軟，雪初融，水清淺〔二〕。粉□舞按迎春偏〔三〕，似飛動、釵頭燕〔四〕。　深折梅花曾寄遠〔五〕，問誰爲、倚樓凄怨？身伴未歸鴻，猶顧戀、江南暖。

【校】

〔雲鮮〕歷代詩餘卷二三作「雲纖」，不足據。　〔粉□〕原校：「原本作『粉黛』，『黛』疑誤。」亦園本、知不足齋本、四印齋本、藝風堂本亦作「粉黛」。按此處依律須平，「黛」字仄聲必誤。歷代詩餘作「粉容」，詞譜卷九作「低鬟」，均不足據。　〔深折〕詞譜作「漫折」，不足據。　〔寄遠〕知不足齋本作「記遠」，誤。

【箋注】

〔一〕本篇當作於徽宗崇寧元年壬午（一一〇二）至四年乙酉（一一〇五）間某年初春。按詞係北地懷念江南伊人之作，疑與吴女有關，故繫於方回首次客吴之後、通判太平之前。若作於崇寧元年初，則當在東京；若作於二至四年，則在泗州任也。

〔二〕水清淺　林逋山園小梅詩：「疏影横斜水清淺。」

〔三〕粉□　疑應作「粉娥」。後虞美人篇：「粉娥齊斂千金笑。」減字浣溪沙（青翰舟中祓禊筵）篇：「粉娥窺影兩神仙。」憶秦娥（著春衫）篇：「粉娥採葉供新蠶。」屢見「粉娥」字。　迎春，教坊記曲名表大曲内有迎春風。　偏，見前一三八頁苗而秀篇注〔五〕。

〔四〕釵頭燕　荆楚歲時記：「立春之日，悉翦綵爲燕以戴之。」注：「按綵燕即合歡羅勝。鄭毅夫云：『漢殿鬬簪雙綵燕，並知春色上釵頭。』」

〔五〕「深折」句　太平御覽卷九七〇果部七梅引（南朝宋盛弘之）荆州記：「陸凱與范曄相善，自江南寄梅花一枝詣長安與曄，並贈花詩曰：『折花逢驛使，寄與隴頭人。江南無所有，聊贈一枝春。』」

城裏鐘　菩薩蠻

厭厭別酒商歌送〔一〕，蕭蕭涼葉秋聲動〔二〕。小泊畫橋東，孤舟月滿篷。　高城遮短夢，衾藉餘香擁。多謝五更風，猶聞城裏鐘！

【箋注】

〔一〕商歌　見前一二六頁秋風歎篇注〔六〕。

〔二〕「蕭蕭」句　歐陽修秋聲賦：「歐陽子方夜讀書，聞有聲自西南來者……初淅瀝以瀟颯，忽奔騰而砰湃。……予謂童子：『此何聲也？汝出視之。』童子曰：『……聲在樹間。』予曰：『噫嘻悲哉！此秋聲也……』」

【彙評】

宋詞選釋：別後烏篷小泊，夜色清幽。正在擁衾不寐，着想無從，忽聞城內鐘聲。其來處當與伊人相近。一縷相思，逐鐘聲俱往，或隨風吹到君邊也。

望西飛　商清怨

十分持酒每□□〔一〕，□□□□□。□計留春〔二〕，春隨人去遠。東流□□□□，□□□、好憑雙燕〔三〕。望斷西風，高樓簾暮捲〔四〕。

【校】

〔商清怨〕景宋本作「清商怨」，是，應據以改正。　〔西風〕景宋本作「西飛」，是，應以爲正。亦園本、知不足齋本、藝風堂本均從宋槧。按本篇題作「望西飛」，係摘文句，可證「望斷西飛」不誤。且「西飛」語本顧況短歌行六首其二「紫燕西飛欲寄書」，此典方回詞中屢用之。

【箋注】

〔一〕十分　謂酒滿斟。白居易醉吟詩二首其二：「十分一盞醉如泥。」元稹放言詩五首其一：「十分飛盞未嫌多。」

〔二〕□計留春　疑缺字應作「無」。白居易晚春欲攜酒尋沈四著作先以六韻寄之詩：「無計留春得。」馮延巳蝶戀花（庭院深深深幾許）：「無計留春住。」又後一九七頁江如練篇：「無計留歸燕。」均可證。

〔三〕好憑雙燕　江淹擬李都尉陵從軍詩：「袖中有短書，願寄雙飛燕。」

〔四〕「高樓」句　王勃滕王閣詩：「珠簾暮捲西山雨。」按此句上三下二，然詞譜卷四載清商怨調凡三體，末皆上二下三句法：賀詞凡四首，除爾汝歌因缺文可不計外，餘三闋亦上二下三；因疑本句應作「高樓簾幕捲」。「幕」、「暮」相譌，賀詞尚有它例，詳後四六六頁攤破浣溪沙（錦薦朱絃瑟瑟徽）篇校記。

東陽歎〔一〕　商清怨

流連狂樂恨景短〔二〕，奈夕陽送晚。醉未成歡〔三〕，醒來愁滿眼。東陽銷瘦帶展，望日下、舊游天遠〔四〕。淚灑春風，春風誰復管〔五〕？

【校】

〔「流連」句〕知不足齋本無「恨」字，誤。　〔送晚〕八千卷樓本作「遠晚」，誤。

【箋注】

〔一〕東陽　見前一五四頁傷春曲篇注〔七〕。

〔二〕流連狂樂　孟子梁惠王下孟子引晏子對齊景公語曰：「流連荒亡，爲諸侯憂。從流下而忘反謂之流，從流上而忘反謂之連，……先王無流連之樂、荒亡之行。」此反用其語。

〔三〕醉未成歡　白居易琵琶行：「醉不成歡慘將別。」

〔四〕日下　謂京師。王勃滕王閣序：「望長安於日下。」

〔五〕誰復管　詩詞曲語辭匯釋卷一誰條：「誰，猶何也；那也……與指人者異義。」

要銷凝　商清怨

雕梁尋巢舊燕侶，似向人欲語。試問來時，逢郎郎健否〔一〕？　春風深閉繡户，儘便旋、一簾花絮〔二〕。要自銷凝〔三〕，吟郎長短句。

【箋注】

〔一〕「試問」二句　馮延巳蝶戀花（幾日行雲何處去）詞：「淚眼倚樓頻獨語，雙燕來時，陌上相逢否？」薛調無雙傳劉無雙見王仙客蒼頭塞鴻，問仙客近況曰：「郎健否？」

〔二〕便旋　廣雅釋訓：「徘徊，便旋也。」荀子禮論：「則必徘徊焉。」唐楊倞注：「徘徊，回旋飛翔之貌。」

〔三〕銷凝　詩詞曲語辭匯釋卷五：「銷凝……爲『銷魂凝魂』之約辭。『銷魂』與『凝魂』同爲出神之義……故『銷』、『凝』遂并爲一談。……要之，『銷』與『凝』均爲一往情深之義也。然此二字合成爲一辭，詞家使用極廣……約爲三類。……由『銷魂』義出，凡表示感懷傷神等之情感者爲一類。……賀鑄點絳脣詞：『掩妝無語，的是銷凝處。』此猶云銷魂情況。又羅敷歌詞：『玉人望月銷凝處，應在西廂。』此猶云銷魂境地。又要銷凝詞：『春風深閉繡户，儘便旋一庭花絮。要自銷凝，吟郎長短句。』此猶云自尋銷魂況味。」

想車音〔一〕　兀令

盤馬樓前風日好〔二〕，雪銷塵掃。樓上宫妝早。認簾箔微開，一面嫣妍笑。攜手别院重廊，窈窕花房小。任碧羅窗曉。　間闊時多書問少，鏡鸞空老〔三〕。身寄吴雲杳〔四〕。想轣轆車音，幾度青門道〔五〕？占得春色年年，隨處隨人到，恨不如芳草〔六〕。

【校】

〔宫妝〕八千卷樓本、藝風堂本作「宫樣」，誤。〔任碧羅窗曉〕景宋本、亦園本、歷代詩餘卷五二、知不足齋本、八千卷樓本、四印齋本此句屬下闋。清徐本立詞律拾遺卷三注：「舊刻『小』字韻分段，前段七句與後第二句至第八句同，惟换頭及後結各多五字句：乃是誤以前結爲後起也。兹以『任碧羅窗曉』屬前尾，則前後段相同矣。知音者當不以爲臆斷乎？」按詞譜卷二一即以此句屬上，又在徐之前。〔春色〕亦園本、八千卷樓本、藝風堂本作「春光」，不足據。

【箋注】

〔一〕本篇疑作於哲宗元祐六年辛未（一〇九一）正月。按方回元祐五年（一〇九〇）解和州任，十二月五日放舟往金陵，次年正月仍客金陵。詞曰「身寄吴雲」，又追憶春初往事，或此時作；而所戀則在京師，觀「青門」云云自見。　車音，司馬相如長門賦：「雷殷殷而響起兮，聲像君之車音。」

〔二〕盤馬樓前　世説新語雅量：「庾小征西嘗出未還，婦母阮是劉萬安妻，與女上安陵城樓上。俄頃翼歸，策良馬，盛輿衛。阮語女：『聞庾郎能騎，我何由得見？』婦告翼，翼便爲於道開鹵簿盤馬。始兩轉，墜馬墮地，意色自若。」

〔三〕鏡鸞　藝文類聚卷九〇鳥部上鸞引南朝宋范泰鸞鳥詩序：「昔罽賓王結罝峻郊之山，獲一鸞鳥。王甚愛之，欲其鳴而不能致也。乃飾以金樊，饗以珍羞。對之愈戚，三年不鳴。其夫人曰：『嘗聞鳥見其類而後鳴，何不懸鏡以映之？』王從其意。鸞覩形悲鳴，哀響中宵，一奮而絶。」

〔四〕吴雲　吴，此泛指今江蘇南部地區，蓋春秋時吴國之所在；亦特指金陵，三國時東吴嘗都於此。

〔五〕青門　見前六一頁緑羅裙篇注〔五〕。此用指汴京東門，詩集卷九丙寅（元祐元年）閏二月泊舟永城寄京都朋游：「正西千里是青門。」永城在汴京東，故云。

〔六〕「隨處」二句　王安石勿去草詩：「惟有芳草隨車輪。」

荆溪詠〔一〕　漁家傲

南岳去天纔尺五〔二〕，荆溪笠澤相吞吐〔三〕。十日一風仍再雨〔四〕，宜禾黍〔五〕，秋成處處宜禾黍〔六〕。　坊市萬家連島嶼，長楊□□□□□〔七〕。□□□□□□□。能歌舞，劉郎不□□□□〔八〕。

【校】

〔「能歌舞」上一字〕原校：「原本『能』上作『宴』，疑『女』誤。」亦園本、知不足齋本、四印齋本作「安」。按此處是韻，「宴」、「安」必誤。彊邨所疑甚是。

【箋注】

〔一〕本篇當作於徽宗大觀三年己丑（一一〇九）以後。按咸淳毗陵志卷一八謂「賀鑄……尤長於樂府，寓居毗陵，著荆溪集、陽羨歌」，「荆溪集」當是「荆溪詠」之譌。繫年蓋參陽羨歌篇而定。荆溪，咸淳毗陵志卷一五山水溪宜興：「荆溪在縣南二十步，廣二十二丈，深二十五丈。周孝侯斬蛟橋下，即此溪也。……溪貫邑市，受宣、歙、蕪湖之衆流，注震澤，達松江，入於海。……今波澄可鑑，峰巒如畫。以在荆南山之北，故名。」

〔二〕「南岳」句　輿地紀勝卷六兩浙西路常州景物下：「南岳山，毘陵志云在亭鄉，至宜興縣二十里。孫皓以國山之瑞行封禪禮，遂以其山爲南岳，立石頌德。」辛氏三秦記：「城南韋杜，去天尺五。」按原典「天」喻皇家，此則實指天空，謂南岳之高，與天相近。

〔三〕笠澤　輿地紀勝常州景物上：「笠澤，即太湖也。」吞吐，鮑照登大雷岸與妹書：「吞吐百川。」

〔四〕「十日」句　論衡是應：「儒者論太平瑞應，皆言……五日一風，十日一雨。」此言十日一風、五日一雨，文字小異，其謂風調雨順之義則同。

〔五〕宜禾黍　孝經緯援神契：「黄白土宜禾，黑墳宜黍、麥。」

〔六〕秋成　爾雅釋天：「秋爲收成。」

〔七〕長楊　三輔黄圖秦宫：「長楊宫在今盩厔縣東南三十里，本秦舊宫，至漢，修飾之以備行幸。宫中有垂楊數畝，因爲宫名。門曰射熊館。秦、漢游獵之所。」漢書揚雄傳下：「上將大誇胡人以多禽獸。秋，命右扶風發民入南山，西自褒斜，東至弘農，南敺漢中，張羅罔罝罘，捕熊羆、豪豬、虎豹、狖玃、狐兔、麋鹿，載以檻車，輸長楊射熊館。以罔爲周阹，從禽獸其中，令胡人手搏之，自取其獲，上親臨觀焉。是時，農民不得收斂。雄從至射熊館，還，上長楊賦……以風。」又「長楊」亦可實指楊柳。本篇殘缺，未詳何指。

〔八〕劉郎　李賀金銅仙人辭漢歌：「茂陵劉郎秋風客。」此漢武帝劉徹也。劉禹錫再游玄都觀詩：「前度劉郎今又來。」此字面謂漢時入天台山之劉晨，意則夢得自呼也。本篇殘缺，未詳何指。

吹柳絮 鷓鴣詞

月痕依約到西廂，曾羡花枝拂短牆〔一〕。初未識愁那得淚？每渾疑夢奈餘香〔二〕。歌逢婣處眉先嫵〔三〕，酒半酣時眼更狂〔四〕。閑倚繡簾吹柳絮〔五〕，問何人似冶游郎〔六〕？

【校】

〔那得淚〕詞譜卷一二作「那是淚」，不足據。〔酒半酣時〕詞譜作「酒半醒時」，不足據。〔繡簾〕八千卷樓本、藝風堂本作「繡牀」，不足據。〔問何人〕句〕景宋本作「問人何似冶游郎」，是，應據以爲正，蓋言問人「柳絮何似冶游郎」也。若「問何人似冶游郎」，則索然無味矣。亦園本、歷代詩餘卷三二、詞譜、八千卷樓本、四印齋本並從宋槧。

【箋注】

〔一〕「月痕」二句　李商隱杏花詩：「牆高月有痕。」鶯鶯傳鶯鶯贈張生月明三五夜詩：「待月西廂下，迎風户半開。拂牆花影動，疑是玉人來。」又元稹嘉陵驛詩二首其二：「牆外花枝壓短牆。」

〔二〕「初未識愁」二句　鶯鶯傳：「數夕，張生臨軒獨寢，忽……紅娘斂衾攜枕而至，撫張曰：『至矣至矣！睡何爲哉？』……張生拭目危坐久之，猶疑夢寐。……俄而紅娘捧崔氏而至。至則嬌羞融冶，力不能運支體，曩時端莊，不復同矣。……張生飄飄然，且疑神仙之徒，不謂從人間至矣。有頃，寺鐘鳴，天將曉。紅娘促去。崔氏嬌啼宛轉，紅娘又捧之而去，終夕無一言。張生辨色而興，自疑曰：『豈其夢邪？』及明，覩粧在臂，香在衣，淚光熒熒然猶瑩於茵席而已。」

〔三〕眉先嫵　漢書張敞傳：「又爲婦畫眉，長安中傳張京兆眉憮。」顏師古注：「蘇林曰：憮，音嫵。」嫵，嬌美也。

〔四〕眼更狂　韓偓五更詩：「自後相逢眼更狂。」

〔五〕「閑倚」句　李商隱訪人不遇留別館詩：「閑倚繡簾吹柳絮，日高深院斷無人。」

〔六〕冶游郎　南朝樂府孟珠八曲其三（陽春二三月）：「道逢游冶郎，恨不早相識。」李商隱蝶三首（壽陽公主嫁時妝）詩：「不知身屬冶游郎。」

【彙評】

草堂詩餘續集卷下：隱深。　評「月痕」二句：飛過東牆不肯歸。　評末二句：絮誠似郎。「女似堤邊絮」，還非的語。

雲韶集卷三：此詞殊有別致。　又評「初未識愁」二句曰：此種句法賀老從心化出，真正神技。

詞則閑情集卷一評末二句曰：亦有別致。

白雨齋詞話卷五：閑情之作雖屬詞中下乘，然亦不易工。蓋摹聲繪色，礙難著筆。第言姚冶，易近纖佻；兼寫幽貞，又病迂腐。然則何可而爲？曰：根柢於風騷，涵咏於温韋，以之作正聲也可，以之作豔體亦無不可。古人詞如……賀方回之「初未試愁那是淚？每渾疑夢奈餘香」……似此則婉轉纏綿，情深一往，麗而有則，耐人玩味。

宋詞選釋：下半「歌翻」、「酒酣」二句描寫歡場情景。但「冶游郎」方沈酣春色，而「倚簾」人嬌眼暗窺，方笑其輕浮如柳絮：頗寓警世之意。

夏敬觀批語：意新。

江如練〔一〕　蝶戀花

睡鴨鑪寒熏麝煎〔二〕，寂寂歌梁，無計留歸燕〔三〕。十二曲闌閑倚偏〔四〕，一杯長待何人勸〔五〕？　不識當年桃葉面〔六〕，吟咏佳詞，想像猶曾見。兩槳往來風與便〔七〕，潮平月上江如練。

【校】

〔長待〕八千卷樓本、藝風堂本作「長持」。誤。　〔往來〕亦園本、歷代詩餘卷三九、四印齋本作「往東」，不足據。

【箋注】

〔一〕江如練　謝朓晚登三山還望京邑詩：「澄江静如練。」

〔二〕睡鴨鑪　宋洪芻香譜卷下香之事香獸：「以塗金爲狻猊、麒麟、鳧鴨之狀，空中以然香，使煙自口出，以爲玩好。復有雕木埏土爲之者。」

〔三〕「寂寂」三句　前蜀魏承班玉樓春詞：「寂寂畫堂梁上燕。」歌梁，列子湯問：「昔韓娥東之齊，匱糧，過雍門，鬻歌假食。既去而餘音繞梁欐，三日不絶，左右以其人弗去。」文選謝朓和伏武昌登孫權故城詩：「歌梁想遺轉。」李善注：「歌有繞梁，故曰『歌梁』。」

〔四〕「十二曲闌」句　西洲曲古辭：「鴻飛滿西洲，望郎上青樓。樓高望不見，盡日闌干頭。闌干十二曲，垂手明如玉。……」李商隱碧城詩三首其一：「碧城十二曲闌干。」

〔五〕「一杯」句　王維渭城曲：「勸君更盡一杯酒。」

〔六〕桃葉　樂府詩集卷四五清商曲辭二桃葉歌三首解題引古今樂録：「桃葉歌者，晉王子敬之所作也。桃葉，子敬妾名。緣於篤愛，所以歌之。」玉臺新詠卷一〇王獻之情人桃葉歌二首其一：「桃葉復桃葉，渡江不用檝。但渡無所苦，我自迎接汝。」其二：「桃葉復桃葉，桃葉連桃根。相憐兩樂事，獨使我殷勤。」

〔七〕兩槳往來　南朝樂府莫愁樂二曲其一：「艇子打兩槳，催送莫愁來。」

宴齊雲〔一〕　南歌子

境跨三千里，樓近尺五天〔二〕，碧鴛鴦瓦晝生煙〔三〕，未信西山臺觀、壓當年〔四〕。　野色分禾黍，秋聲入管絃〔五〕。閑揮談麈襞吟箋〔六〕，三十萬家風月〔七〕、共流連。

【校】

〔閑揮〕景宋本作「間揮」，誤。

【箋注】

〔一〕本篇當作於徽宗政和三年癸巳（一一一三）至宣和元年己亥（一一一九）間。按詞詠蘇州，曰「三十萬家風月」，繫年蓋從蘇州户口發展情況分析推斷而定。詳見注〔七〕。齊雲，吳郡圖經續記卷上州宅上：「齊雲樓者，蓋今之飛雲閣也。」乾隆蘇州府志卷一三公署一：「齊雲樓在郡治後子城上，即古月華樓也。唐曹恭王建，白居易改名齊雲。宋治平中，裴煜改建飛雲閣；政和五年，莊徽重作齊雲樓。」宋周南重修齊雲樓記：「齊雲樓即飛雲樓也。在子城州治陵。今城樓三：南爲譙樓；西爲觀風，又名望市；齊雲值子城北，豈摘古人『西北高樓』之詩以名之歟？先是，韋應物詩稱『郡閣』，自樂天始改號齊雲。」

〔二〕尺五天　見前一九四頁荆溪詠篇注〔二〕。

〔三〕「碧鴛鴦瓦」句　鴛瓦，見前一四三頁臺城游篇注〔五〕。　晝生煙，李商隱錦瑟詩：「藍田日暖玉生煙。」

〔四〕西山臺觀　吳郡圖經續記卷中山：「姑蘇山在吳縣西三十五里。……傳言闔廬作姑蘇臺，一曰夫差也。據左氏傳云，闔廬食不二味，居不重席，器不雕鏤，宮室不觀，舟車不飾；而吳越春秋言闔廬晝游蘇臺：「蓋此臺始基於闔廬而新作於夫差也。以全吴之力，三年聚材，五年而後成。高可望三百里，雖楚章華未足比也。……夫差既亡，麋鹿是游。昔太史公嘗云『登姑蘇，望五湖』，而今人殆莫知其處。嘗欲披草萊以訪之，未能也。」又卷上城邑：「當吴之盛時，高自矜侈，籠西山以爲囿，度五湖以爲池。」

〔五〕「秋聲」句　宋馬雲條竹塢詩：「秋籟成管絃。」

〔六〕爾雅翼卷二〇釋獸三麈：「麈，大鹿也，其字從『主』，若鹿之主焉。麈之所在，衆從之。其尾可用爲拂，談者執之以揮，言其談論所指，衆不能易也。」趙翼廿二史劄記卷八清談用麈尾條：「六朝人清談，必用麈尾。……蓋初以談玄用之，相習成俗，遂爲名流雅器，雖不談亦常執持耳。」　襞吟箋，見前一四三頁臺城游篇注〔四〕。

〔七〕「三十萬家」句　元豐九域志卷五兩浙路：「蘇州……户：主一十五萬八千七百六十七，客一萬五千二百二。」吴郡圖經續記卷上户口：「元豐三年有户一十九萬九千八百九十二。」宋史地理志四兩浙路：「平江府……崇寧户一十五萬二千八百二十一。」是元豐至崇寧二三十年間蘇州户口並無明顯增減，又宋孫覿平江府楓橋普明禪院興造記：「平江府……自長慶訖宣和更七代三百年，吴人老死不見兵革，覆露生養至四十三萬家。」是崇寧至宣和一二十年間户口激增幾二倍，中必有故。按宋史地理志四：「平江府……本蘇州，政和三年升爲府。」龔明之中吴紀聞卷四中吴條：「平江……嘗爲徽宗潛藩，遂陞爲府。」原因其在此乎？據此推測，「三十萬家風月」當是政和三年後、宣和元年前光景。

醉瓊枝　定風波

檻外雨波新漲，門前煙柳渾青〔一〕。寂寞文園淹卧久〔二〕，推枕援琴涕自零〔三〕。無人著意聽！　緒緒風披芸幌〔四〕，鬖鬖月到萱庭〔五〕。長記合歡東館夜〔六〕，與解香羅掩繡屏，瓊枝半醉醒。

【校】

〔調及「瓊枝」句〕原校：「李冶敬齋古今黈：『東山樂府別集有定風波異名醉瓊枝者，尋其聲律，與破陣子正同。』『瓊枝』句，原本脱，從敬齋古今黈補。」按李冶金人，去北宋不遠，其書可信；又檢詞譜卷一四載定風波凡八體，誠無與本篇相合者；且本集前有定風波異名捲春空者，亦不類此：可證宋本必誤。惟四印齋本已引敬齋，加以訂補，又在彊邨之先。至亦園、知不足齋、八千卷樓諸本，則沿宋本之誤。

【箋注】

〔一〕渾青　詩詞曲語辭匯釋卷二渾（一）條：「渾，猶全也。」

〔二〕文園　見前七一頁呈纖手篇注〔六〕。　淹卧，李商隱崇讓宅東亭醉後沔然有作詩：「淹卧劇清漳。」

〔三〕「推枕」句　説苑卷一一善説：「臣一爲之徽膠援琴而長太息，則流涕沾衿矣。」陳子昂同旻上人傷壽安傅少府詩：「援琴一流涕。」

〔四〕緒緒風　楚辭屈原九章涉江：「欸秋冬之緒風。」王逸章句：「緒，餘也。」芸幌，書齋窗帷。夢溪筆談卷三辯證一：「古人藏書辟蠹用芸。芸，香草也，今人謂之『七里香』者是也。葉類豌豆，作小叢生。」

〔五〕駸駸　見前一七〇頁伴雲來篇注〔二〕。

〔六〕合歡　禮記樂記：「故酒食者，所以合歡也。」後多用指男女之結合。宋之問壽陽王花燭圖詩：「爲盡合歡杯。」

□□□　更漏子

酒三行，琴再弄，宛是和鳴雙鳳〔一〕。羅斗帳〔二〕，繡屏風，濃香夜夜同。　去年歡，今夕夢，怊悵曉鐘初動。休道夢，覺來空，當時亦夢中〔三〕！

【校】

〔更漏子〕原校：「原本三字缺，據目補。」　〔怊悵〕歷代詩餘卷一五作「惆悵」，不足據。

【箋注】

〔一〕「宛是」句　嵇康琴賦：「遠而聽之，若鸞鳳和鳴戲雲中。」潘岳笙賦：「雙鳳嘈以和鳴。」唐蘇頲侍宴安樂公主莊應制詩：「簫鼓宸游陪宴日，和鳴雙鳳喜來儀。」李白憶舊游寄譙郡元參軍詩：「餐霞樓上動仙樂，嘈然宛似鸞鳳鳴。」按其義皆本左傳莊公二十二年：「是謂鳳凰于飛，和鳴鏘鏘。」又若以「雙鳳」爲琴曲名，亦通。西京雜記卷二：「慶安世年十五，爲(漢)成帝侍郎，善鼓琴，能爲雙鳳、離鸞之曲。」

〔二〕斗帳　釋名卷三釋床帳：「小帳曰『斗』，形如覆斗也。」古詩爲焦仲卿妻作：「紅羅覆斗帳。」

〔三〕「休道」三句　太平廣記卷二八二夢七夢游下張生條引纂異記長鬚者歌曰：「何必言夢中，人生盡如夢。」押韻，平仄通叶。與前獨倚樓、翻翠袖、付金釵三篇同。

【彙評】

夏敬觀批語：意新。

弄珠英〔一〕　驀山溪

楚鄉新歲〔二〕，不放殘寒退。月曉桂娥閑，弄珠英、因風委墜〔三〕。清淮鋪練〔四〕，十二玉峯前〔五〕，上簾櫳，招佳麗，置酒成高會〔六〕。江南芳信，目斷何人寄〔七〕？應占鏡邊春，想晨妝、膏濃壓翠。此時乘興，半道忍回橈〔八〕？五雲溪〔九〕，門深閉，璧月長相對〔一〇〕。

【箋注】

〔一〕本篇當作於徽宗崇寧四年乙酉（一一〇五）正月。按此懷人之作，曰「江南芳信」，曰「五雲溪」，當指吳女；曰「楚鄉」，曰「清淮」，當指泗州。方回約於崇寧元年出通判泗州，四年初應滿任，詞或此時作，故設想「乘興」返吳，與伊人「長相對」也。

〔二〕楚鄉　太平寰宇記卷一六泗州載泗州後魏、北周時嘗名東楚州。輿地廣記卷二十淮南東路：「上泗州。……今縣三。緊盱眙縣……唐武德四年置西楚州。」又宋時淮南東路本身即習稱楚。

〔三〕珠英　謂霰雪。亦作「珠霙」，南齊謝朓、江革、王融、王僧孺、謝昊、劉繪、沈約阻雪連句遙贈和詩王融句：「珠霙條間響。」

〔四〕「清淮」句　太平寰宇記卷一六泗州：「南至淮水一里，與盱眙分界。」謝朓晚登三山還望京邑詩：「澄江靜如練。」此移用於淮。

〔五〕「十二」句　前蜀毛文錫巫山一段雲（雨霽巫山上）詞：「十二晚峰前。」

〔六〕「置酒」句　史記項羽本紀：「（漢王）日置酒高會。」

〔七〕「江南芳信」二句　見前一八七頁舞迎春注〔五〕。

〔八〕「此時」三句　見前六七頁西笑吟篇注〔六〕。

〔九〕五雲溪　見前一七八頁鳳求凰篇注〔一四〕。

〔一〇〕璧月　喻美人。南史張貴妃傳謂陳後主等製玉樹後庭花、臨春樂諸曲，有「璧月夜夜滿」之句美張貴妃、孔貴嬪容色。詳見前一四三頁臺城游篇注〔四〕。

夢相親 木蘭花

清琴再鼓求凰弄〔一〕，紫陌屢盤驕馬鞚〔二〕。遠山眉樣認心期〔三〕，流水車音牽目送〔四〕。歸來翠被和衣擁，醉解寒生鐘鼓動。此歡只許夢相親，每向夢中還説夢〔五〕。

【校】

〔此歡〕歷代詩餘卷三一作「此情」，不足據。

【箋注】

〔一〕「清琴」句　見前一七七頁鳳求凰篇注〔一〇〕。

〔二〕「紫陌」句　見前四四頁醉厭厭篇注〔一〕、一九二頁想車音篇注〔二〕。

〔三〕遠山眉　西京雜記卷二：「卓文君姣好，眉色如望遠山。」趙飛燕外傳：「合德……爲薄眉，號『遠山黛』。」

〔四〕流水車　東觀漢記卷六明德馬皇后傳：「車如流水，馬如游龍。」沈約相逢狹路間：「相逢洛陽道，繫聲流水車。」目送，見前一五六頁橫塘路篇注〔三〕。

〔五〕「每向」句　莊子內篇齊物論：「方其夢者，不知其夢也。夢之中又占其夢焉，覺而後知其夢也。」

大般若波羅蜜多經卷五九六：「如人夢中説夢所見種種自性。如是所説夢境自性都無所有。何以故？……夢尚非有，況有夢境自性可説？」白居易讀禪經詩：「夢中説夢兩重虚。」

【彙評】

夏敬觀批語：「牽」字新。意新。

卷二　賀方回詞一

羅敷歌〔一〕　採桑子

高樓簾捲秋風裏，目送斜陽。衾枕遺香〔二〕，今夜還如昨夜長。　玉人望月銷凝處，應在西廂〔三〕。半掩蘭堂，惟有紗燈伴繡牀。

【箋注】

〔一〕羅敷歌　馮延巳有羅敷媚歌，陳師道有羅敷媚，並採桑子之別名。又樂府詩集卷二八相和歌辭三陌上桑解題：「一曰豔歌羅敷行。……崔豹古今注曰：『陌上桑者，出秦氏女子。秦氏邯鄲人，有女名羅敷，爲邑人千乘王仁妻。王仁後爲趙王家令。羅敷出採桑於陌上，趙王登臺見而悦之，因置酒欲奪焉。羅敷巧彈箏，乃作陌上桑之歌以自明，趙王乃止。』樂府解題曰：『古辭言羅敷採桑，爲使君所邀，盛誇其夫爲侍中郎以拒之。』與前説不同。若陸機『扶桑升朝暉』，但歌美人好合，與古詞始同而末異。又有採桑，亦出於此。」

〔二〕衾枕遺香　李白寄遠十二首詩其十一：「牀中繡被卷不寢，至今三載聞餘香。」

〔三〕「玉人」三句　見前一九五頁吹柳絮篇注〔一〕。

二一〔一〕

河陽官罷文園病〔二〕，觸緒蕭然〔三〕。犀麈流連〔四〕，喜見清蟾似舊圓。　人生聚散浮雲似〔五〕，回首明年，何處尊前？悵望星河共一天〔六〕。

【校】

〔浮雲似〕知不足齋本作「浮雲是」，誤。

【箋注】

〔一〕本篇當作於神宗元豐四年辛酉（一〇八一）八月。按方回是年二月罷官滏陽，四至八月客冠氏病肺，八月啓程回京，詞或離冠氏時作。

〔二〕河陽　潘岳閑居賦序：「僕……逮事世祖武皇帝，爲河陽、懷令、尚書郎、廷尉平。」此以潘岳自況。同年四月賦冠氏縣齋書事寄滏陽朋游詩：「秋鬢先於懷縣令。」（詩集卷六）可以互參。文園病，史記司馬相如列傳：「相如拜爲孝文園令。」「常有消渴疾。」方回去年六月賦病暑詩：「病肺苦焦渴，吐舌生喉瘖。蔗漿與茗飲，未易蘇膏肓。」（詩集卷二）是年五月賦冠氏寺居書懷詩：「更堪愁肺經春病。」（卷六）症狀與相如略似，故以爲比。

〔三〕觸緒　唐令狐楚爲樓煩監楊大夫請朝覲表：「臣聞心孤者觸緒而悲。」

〔四〕犀麈　世説新語傷逝：「王長史（濛）病篤，寢卧鐙下，轉麈尾視之，歎曰：『如此人曾不得四十！』及亡，劉尹臨殯，以犀柄麈尾著柩中，因慟絶。」述異記卷上：「却塵犀，海獸也。然其角，辟塵。致之於座，塵埃不入。」

〔五〕「人生」句　張繼重經巴丘詩：「人生聚散浮雲似，往事冥微夢一般。」

〔六〕「悵望」句　唐李洞送雲卿上人游安南詩：「島嶼分諸國，星河共一天。」

三〔一〕

東南自古繁華地，歌吹揚州〔二〕。十二青樓〔三〕，最數秦娘第一流〔四〕。　季鷹久負鱸魚興〔五〕，不住今秋。已辦歸舟，伴我江湖作勝游。

【箋注】

〔一〕本篇疑作於哲宗元祐八年癸酉（一〇九三）秋。按詩集卷四在京作寄題栗亭縣名嘉亭序云「癸酉九月，將扶疾東下」，且有「江淮米價平，一舸去悠然」句。此詞亦是秋日買舟將東下淮揚時語氣，或與詩同時。

〔二〕「東南」二句　周禮夏官司馬職方氏：「東南曰揚州。」杜牧題揚州禪智寺詩：「斜陽竹西路，歌吹是揚州。」

〔三〕十二青樓　史記孝武本紀：「黃帝時爲五城十二樓，以候神人於執期。」裴駰集解：「應劭曰：『崑崙玄圃五城十二樓，此仙人之所常居也。』」此指倡家，仍以美人爲神仙之意。

〔四〕秦娘　未詳。疑應作「泰娘」。劉禹錫泰娘歌引：「泰娘，本韋尚書家主謳者。初，尚書爲吳郡，得之，命樂工誨之琵琶，使之歌且舞。無幾何，盡得其術。居一二歲，攜之以歸京師。京師多新聲善工，於是又捐去故伎，以新聲度曲，而泰娘名字往往見稱於貴游之間。」詩：「泰娘家本閶門西，門前綠水環金堤。……長鬟如雲衣似霧，錦茵羅薦承輕步。舞學驚鴻水榭春，歌撩上客蘭堂暮。從郎西入帝城中，貴游簪組香簾櫳。低鬟緩視抱明月，纖指破撥生胡風。」中吳紀聞卷三泰娘條：「泰娘，吳之美婦人也。」

〔五〕「季鷹」句　見前六九頁望長安篇注〔六〕。

四〔一〕

自憐楚客悲秋思〔二〕，難寫絲桐〔三〕。目斷書鴻，平淡江山落照中。　誰家水調聲聲怨〔四〕？黃葉西風。罨畫橋東，十二玉樓空更空〔五〕。

【校】

〔難寫〕八千卷樓本作「斷寫」，誤。四印齋本、藝風堂本作「手寫」，不足據。

【箋注】

〔一〕本篇疑作於哲宗元符三年庚辰（一一〇〇）秋。按詞中「誰家水調」云云用杜牧揚州詩，或亦揚州之作。而紀秋令，情調與前一二〇頁忍淚吟篇相近，疑同時而稍晚，蓋自潤州渡江後所賦也。

〔二〕「自憐」句　宋玉九辯：「惆悵兮而私自憐。」又：「皇天平分四時兮，竊獨悲此凛秋。」此自比宋玉。玉，楚人，故稱楚客。又唐鮑溶秋思詩：「楚客秋更悲。」

〔三〕絲桐　文選謝莊月賦：「於是絃桐練響。」李善注：「桓譚新論曰：神農始削桐爲琴，練絲爲絃。」

〔四〕「誰家」句　杜牧揚州詩三首其一：「誰家唱水調？明月滿揚州。」

〔五〕「十二玉樓」句　李商隱代應詩二首其一：「離鸞別鳳今何在？十二玉樓空更空。」十二樓，見前二〇八頁羅敷歌篇注〔三〕。

【彙評】

宋詞選釋：此首「平淡江山」句宛有畫意。「黃葉」三句空中傳恨，正如轉頭句所謂「水調聲聲怨」也。

夏敬觀批語：用「平淡」二字仍有味。

五〔一〕

東亭南館逢迎地〔二〕，幾醉紅裙〔三〕。悽怨臨分，四疊陽關忍淚聞〔四〕。　誰憐今夜篷窗雨，何處漁村？酒冷燈昏，不許愁人不斷魂〔五〕。

【箋注】

〔一〕本篇疑作於徽宗崇寧四年乙酉（一一〇五）。方回泗州任滿後，疑曾回蘇州小住，此或作於離蘇赴官太平之際。

〔二〕東亭　吴郡志卷六官宇：「東亭，唐有之，今更它名。」南館，見前二〇頁辟寒金篇注〔七〕。

〔三〕幾醉紅裙　韓愈醉贈張秘書詩：「不解文字飲，惟能醉紅裙。」

〔四〕四疊陽關　蘇軾仇池筆記卷上陽關三疊條：「舊傳陽關三疊，今歌者每句再疊而已，若通一首又是四疊……」樂府詩集卷八〇近代曲辭二渭城曲解題：「渭城，一曰陽關，王維之所作也。本送人使安西詩，後遂被於歌。……渭城、陽關之名，蓋因辭云。」王維送元二使安西詩：「渭城朝雨浥輕塵，客舍青青柳色新。勸君更盡一杯酒，西出陽關無故人。」

〔五〕「酒冷」二句　李清照念奴嬌（蕭條庭院）詞：「被冷香消新夢覺，不許愁人不起。」用方回句法。

小重山

玉指金徽一再彈，新聲傳訪戴、雪溪寒〔一〕。兩行墨妙破冰紈〔二〕，牽情處，幽恨寄毫端。　昵語强羞難，相逢真許似、鏡中鸞〔三〕。小梅疏影近杯盤〔四〕，東風裏，誰共倚闌干？

【校】

〔訪戴〕知不足齋本作「語戴」，誤。　〔寄毫端〕原校：「王迪輯東山寓聲樂府本『寄』作『寫』。」八千卷樓本、四印齋本、藝風堂本亦作「寫」。按諸本皆從知不足齋本出，應從原鈔作「寄」。　〔倚闌干〕知不足齋本作「憶闌干」，誤。

【箋注】

〔一〕「新聲」句　訪戴，見前六七頁西笑吟篇注〔六〕。　按宋釋文瑩續湘山野録：「太宗作九絃琴……嘗酷愛宫詞中十小調子……四曰越溪吟。」剡溪在越中，即王子猷雪夜訪戴泛舟之所，疑賀詞即謂此曲。

〔二〕冰紈　後漢書肅宗孝章帝紀：「詔齊相省冰紈。」唐李賢注：「紈，素也。冰，言色鮮潔如冰。」

〔三〕真許　詩詞曲語辭滙釋卷三許（四）條：「許，語助辭。……不爲義。」鏡中鸞，見前一九二頁想車音篇注〔三〕。

〔四〕小梅疏影　林逋山園小梅詩：「疏影横斜水清淺。」

【彙評】

宋詞選釋：「小梅」三句及次首之「歌斷舞闌」六句，寫景中之人，詞筆清麗。

二〔一〕

簾影新妝一破顔〔二〕，玳筵回雪舞〔三〕，小雲鬟。瓊枝擢秀望難攀，凝情處，千里望蓬山〔四〕。　歌斷酒闌珊，畫船簫鼓轉，緑楊灣。墜鈿殘燎水堂關〔五〕，斜陽裏，雙燕伴人閑。

【校】

〔瓊枝〕八千卷樓本、四印齋本作「瓊杯」，誤。

【箋注】

〔一〕本篇疑作於哲宗元祐六年辛未（一〇九一）二月。按「畫船簫鼓轉、緑楊灣」云云與後三〇〇頁思越人（京口瓜洲記梦間）篇「烏檣幾轉緑楊灣」語、境悉合，疑是同時之作，繫年蓋參該篇而定。

〔二〕一破顔　元稹百牢關詩：「何事臨江一破顔。」

〔三〕玳筵　漢劉楨瓜賦：「薰玳瑁之筵。」漢楊孚異物志：「瑇（玳）瑁如龜，生南海，大者如籧篨。背上有鱗，鱗大如扇，有文章。將作器，則煮其鱗，如柔皮。」回雪舞，張衡舞賦：「裾似飛燕，袖如回雪。」李商隱歌舞詩：「回雪舞腰輕。」

〔四〕「千里」句　見前一八三頁月先圓篇注〔五〕。

〔五〕水堂　輿地紀勝卷三七淮南東路揚州景物上：「水館，劉禹錫曾會於水館，對酒聯句。」疑即謂此。

【彙評】

宋詞選釋：「斜陽」二句頗高渾，有五代遺意。

三〔一〕

枕上閶門五報更〔二〕，蠟燈香灺冷，恨天明。青蘋風轉綵帆輕〔三〕，檣頭燕，多謝伴人行。

臨鏡想傾城：兩尖愁黛淺〔四〕，淚波橫。黯歌重記遺離情，纏綿處，翻是斷腸聲〔五〕。

【校】

〔綵帆輕〕八千卷樓本作「移帆蚟」，不辭。四印齋本作「移帆旌」，藝風堂本作「彩帆旌」，並誤。〔檣頭燕〕原校：「原本『檣』作『橋』，從鮑以文校別本。」八千卷樓本、丹鉛精舍本、四印齋本、藝風堂本並從知不足齋本作「橋」。　〔遺離情〕八千卷樓本、四印齋本作「遺離羣」，不足據。

【箋注】

〔一〕本篇疑作於徽宗崇寧四年乙酉（一一〇五）春夏。按此蘇州傷離之詞，方回泗州任滿後，疑曾回蘇州小住，此或離蘇赴官太平時作。

〔二〕閶門　見前二五頁半死桐篇注〔二〕。

〔三〕青蘋風　宋玉風賦：「風生於地，起於青蘋之末。」

〔四〕「兩尖」句　温庭筠菩薩蠻（竹風輕動庭除冷）詞：「兩蛾愁黛淺，故國吳宮遥。」

〔五〕斷腸聲　李商隱贈歌妓詩二首其一：「斷腸聲裏唱陽關。」

【彙評】

夏敬觀批語：穠麗。

四〔一〕

月月相逢只舊圓，迢迢三十夜，夜如年。傷心不照綺羅筵〔二〕，孤舟裏，單枕若爲眠〔三〕？

茂苑想依然〔四〕，花樓連苑起〔五〕，壓漪漣。玉人千里共嬋娟〔六〕，清琴怨，腸斷亦如絃。

【校】

〔三十夜〕八千卷樓本作「三千夜」，不足據。〔若爲眠〕藝風堂本作「各爲眠」，誤。〔想依然〕知不足齋本作「相依然」，似欠通，此改「想」是。〔亦如絃〕知不足齋本作「易如絃」。諸本改「亦」，或以賀詞用李商隱怨歌行「腸斷絃亦絶」句故爾。然原本固通，不應輕改。

【箋注】

〔一〕編年同上。本篇與上篇調同，且編次相接，又見「茂苑」字，疑亦離蘇赴官太平時作。惟上篇爲首途，此則航行經月矣。蘇州、太平間水程約六百里，疑方回途中或阻風水，或有淹留，遂至延擱。

〔二〕「傷心」句　聶夷中詠田家詩：「不照綺羅筵。」

〔三〕若爲眠　詩詞曲語辭匯釋卷一若（一）條：「若，猶怎也，那也。……其有若爲二字聯爲一辭者。……賀鑄小重山詞：『孤舟裏，單枕若爲眠？』言怎能眠也。」

〔四〕茂苑　即長洲苑，在蘇州，見前一九頁辟寒金篇注〔二〕。

〔五〕「花樓」句　張籍節婦吟寄東平李司空師道詩：「妾家高樓連苑起。」

〔六〕「玉人」句　謝莊月賦：「美人邁兮音塵闕，隔千里兮共明月。」孟郊嬋娟篇：「月嬋娟，真可憐。」許渾懷江南同志詩：「唯應洞庭月，萬里共嬋娟。」蘇軾水調歌頭丙辰中秋詞：「但願人長久，千里共嬋娟。」

【附録】

李之儀姑溪居士文集卷四〇跋小重山詞：右六詩，託長短句，寄小重山。是譜不傳久矣。張先子野始從梨園樂工花日新度之，然卒無其詞。異時秦觀少游謂其聲有琴中韻，將爲予寫其欲言者，竟亦不逮。崇寧四年冬，予遇故人賀鑄方回，遂傳兩闋，宛轉紬繹，能到人所不到處。從而和者，凡五六篇，獨得游酢定甫一篇，並予所繼者次第之。會沈端卿彦國六人於瑞竹方丈，彦國出此紙，因以識之。諸上善人隨喜作觀，定似天津橋上看弄猢猻。不知忠國師見之，如何下語？　又再跋小重山後：予與方回相別五六年，邂逅江上。未及見，首折簡問勞，甚勤懇。其末云：「比多長短句，安得與君抑揚於尊俎間，以尋平日美況？」未幾，遽以相及。每爲之呻吟紬繹，未必中律，要將披寫倦滯如與之周旋時。有彷彿其妙處，輒次第之，庶幾知所驚策也。

按：李跋所謂「兩闋」，疑即本篇與上篇，蓋崇寧四年赴官太平時之新作也。

【彙評】

夏敬觀批語：意新。

河傳〔一〕

華堂張燕〔二〕，向尊前妙選，舞裙歌扇。彼美箇人〔三〕，的的風流心眼。恨尋芳來晚〔四〕。

曲街燈火香塵散〔五〕，猶約晨妝，一覘春風面〔六〕。惆悵善和坊裏〔七〕，平橋南畔，小青樓，簾不捲。

【校】

〔恨尋芳來晚〕知不足齋本作「恨尋芳來自晚」。諸本改五字，當因下篇此處作「恨隨紅蠟短」，遂疑本句「自」爲衍文。按秦觀河傳二首，「亂花飛絮」闋上片末句作「暗掩將春色去」，「恨眉醉眼」闋作「鬢雲松羅襪剗」，皆六字折腰句，可證知不足齋本不誤，未應輕改。宋人精通音律者倚聲填詞，並不斤斤於字數，同一作家用同一調作詞數闋，句度字數每有參差出入，故未有確鑿之版本根據，不得擅以某體爲是（無論其字數是多是寡），强令他體增删字數而求整齊劃一。〔一覘〕原校：「原本『覘』作『覷』，從鮑校本。」四印齋本、藝風堂本亦作「覷」，不足據。

【箋注】

〔一〕本篇疑作於哲宗紹聖元年甲戌（一〇九四）八九月間。按善和坊在揚州。參見下篇編年。「尋芳」、「春風面」皆比況之辭，未必爲春令。

〔二〕華堂張燕　杜牧兵部尚書席上作詩：「華堂今日綺筵開。」

〔三〕彼美　詩陳風東門之池：「彼美淑姬。」　一箇，詩詞曲語辭匯釋卷三箇（二）條：「箇，指點辭，猶這也，那也。」「箇人，那人也。」

〔四〕「恨尋芳」句　題唐于鄴揚州夢記：「太和末，（杜）牧……出佐沈傳師江西宣州幕。……聞湖州名郡，風物妍好，且多奇色，因甘心游之。……有里姥引鴉頭女，年十餘歲，牧熟視曰：『此真國色！……』因使語其母，將接致舟中，母女皆懼。牧曰：『且不即納，當爲後期。』姥曰：『他年失信，復當何如？』牧曰：『吾不十年必守此郡，十年不來，乃從爾所適可也。』母許諾，因以重幣結之，爲盟而别。故牧歸朝，頗以湖州爲念。……大中三年始授湖州刺史。比至郡，則已十四年矣。所約者已從人三載而生三子。牧……因賦詩以自傷曰：『自是尋春去較遲，不須惆悵怨芳時。狂風落盡深紅色，緑葉成陰子滿枝。』」按宋魏慶之詩人玉屑卷一六杜牧之吴興張水戲條引麗情集載此詩首句爲「自恨尋芳到已遲」。

〔五〕曲街　猶坊曲，謂妓女所居。見前一四九頁念離羣篇注〔七〕。

〔六〕春風面　杜甫詠懷古迹五首其三：「畫圖省識春風面。」

〔七〕善和坊　唐范攄雲谿友議卷中辭雍氏條載崔涯贈倡女李端端詩：「覓得黄騮被繡鞍，善和坊裏取端端，揚州今日渾成差，一朵能行白牡丹。」

二二〔一〕

華堂重廈，向尊前更聽，碧雲新怨〔二〕。玉指鈿徽，總是挑人心眼。恨隨紅蠟短。綵旗影動船頭轉，雙槳凌波〔三〕，惟念人留戀。江上暮潮，隱隱山横南岸，奈離愁、分不斷〔四〕！

【校】

〔重廈〕知不足齋本原鈔「重夏」，鮑校改「廈」。八千卷樓本、藝風堂本作「重處」。四印齋本作「重燕」。按首句起韻，「夏」、「廈」、「處」必誤，不但欠通而已。原鈔「夏」當是「宴」形譌。四印齋本改「燕」，即通「宴」。就文義言，此與上篇首句皆祖嵇康琴賦：「華堂曲宴。」上曰「張宴」，此曰「重宴」，次序分明，脈絡可見。〔鈿徽〕知不足齋本作「細徽」，誤。〔恨隨句〕知不足齋本鮑校曰：「較上闋少一字。」〔紅蠟〕八千卷樓本作「紓蠟」，四印齋本、藝風堂本作「緑蠟」，皆誤。〔雙槳〕知不足齋本缺「槳」字，後人或據文義補。

【箋注】

〔一〕本篇疑作於哲宗紹聖元年甲戌（一〇九四）八九月間。按此與上篇調同韻同，編次相接，語意亦相關聯，當是同地而爲同一人作，時間相隔當不甚遠。方回紹聖元年秋曾自海陵之潤州，途中必過揚，詞或作於此時。曰「重宴」，蓋相對於前之「張宴」而言也。曰「江上暮潮，隱隱山横南岸」，尤見是在自揚赴潤之航程中。

〔二〕碧雲新怨　續湘山野録：「太宗作九絃琴……嘗酷愛宮詞中十小調子……命近臣十人各探一調撰一辭。蘇翰林易簡探得越江吟曰：『神仙，神仙，瑶池宴。片片、碧桃零落，春風晚。翠雲開處，隱隱金輿挽。玉麟背冷清風遠。』」詞曰「更聽」，或即此琴曲。又若以爲概括江淹擬休上人怨別詩「日暮碧雲合，佳人殊未來」句意，亦可通。

〔三〕雙槳　樂府詩集卷四八莫愁樂：「艇子打兩槳，催送莫愁來。」

〔四〕「奈離愁」句　李煜烏夜啼（無言獨上西樓）詞：「剪不斷，理還亂，是離愁。」

侍香金童〔一〕

楚夢方回，翠被寒如水〔二〕。尚想見、揚州桃李。姿秀韻閑何物比？玉管秋風，漫聲流美〔三〕。　燕堂開，雙按秦絃呈素指〔四〕。寶雁參差飛不起〔五〕。三五彩蟾明夜是〔六〕，屈曲闌干，斷腸千里。

【校】

〔方回〕八千卷樓本、四印齋本、藝風堂本作「才回」，不足據。　〔彩蟾〕八千卷樓本、四印齋本作「移塘」，誤。

【箋注】

〔一〕本篇當作於哲宗紹聖二年乙亥（一〇九五）八月十四。按方回紹聖元年（一〇九四）中秋曾過揚州，詳見後三一六頁南鄉子（秋半雨涼天）篇編年。次年中秋在京。詞曰「想見揚州桃李」，曰「三五彩蟾明夜是，屈曲闌干，斷腸千里」，似即中秋前夕追憶去年舊游、懷人之作。「楚夢」二句用張祜京城感懷詩，似亦非偶然。

〔二〕「楚夢」二句　張祜長安感懷詩：「楚夢覺來愁翠被。」楚夢，用高唐賦。

〔三〕「姿秀」三句　唐李濬松窗雜録載李白進清平調詞三篇美楊貴妃，玄宗「因調玉笛以倚曲，每曲遍將换，則遲其聲以媚之」。此化用其意。

〔四〕秦絃　見前七〇頁呈纖手篇注〔二〕。

〔五〕寶雁　見前七〇頁呈纖手篇注〔三〕。

〔六〕三五彩蟾　古詩十九首其十七孟冬寒氣至：「三五明月滿。」李商隱水天閒話舊事詩：「月姊曾逢下彩蟾。」

鳳棲梧〔一〕

獨立江東人婉孌〔二〕，粉本花真〔三〕，千里依稀見。閑弄彩毫濡玉硯，纏綿春思□歌扇。愛我竹窗新句錬〔四〕，小砑綾牋，偷寄西飛燕〔五〕。乍可問名賒識面，十年多病風情淺〔六〕。

【校】

〔玉硯〕知不足齋本作「土硯」，誤。　〔□歌扇〕知不足齋本作「是歌扇」，後人以其不通，又「是」字仄聲不合律，故闕之。按「是」當作「題」，意知不足齋所鈔原本蠹損，「題」字右傍「頁」奪去，鈔手依樣葫蘆，遂致此誤。即上句「土」字，亦當是「玉」之殘筆也。〔新句鍊〕知不足齋本作「新句練」，誤。

【箋注】

〔一〕本篇疑作於哲宗元祐元年丙寅（一〇八六）或前後二三年間。按詞曰「十年多病風情淺」。徵之詩集，方回稱疾始見於熙寧九年丙辰（一〇七六）五月在臨城賦雨餘晚望詩：「塵埃病骨輕。」（卷五）其後元豐元年戊午（一〇七八）寄王岐：「今日踈慵病更多。」（卷六）二年己未（一〇七九）過晁掾端智：「貧病略相同。」（卷二）三年庚申（一〇八〇）病暑：「病肺苦焦渴，吐舌生喉瘡。」（卷二）四年辛酉（一〇八一）冠氏寺居書懷：「更堪愁肺經春病。」（卷六）五年壬戌（一〇八二）有病告中答王錡見招詩（卷九）。八年乙丑（一〇八五）送陳傳道攝官雙溝詩序：「余方抱疾。」（卷五）自熙寧九年至元祐元年已滿十年，姑繫本篇於此。惟古人詩作言及年月，或舉成數，與實際往往錯上錯下，故亦未可拘泥。

〔二〕獨立　漢書外戚傳上李延年歌曰：「北方有佳人，絶世而獨立。」江東，文獻通考卷三一五輿地考一總敘：「宋……至道三年，分天下爲十五路，其後又增三路。……七曰江南東路，府一、州七、軍二。」婉孌，詩齊風甫田：「婉兮孌兮，總角丱兮。」毛傳：「婉孌，少好貌。」

〔三〕粉本花真　宋趙希鵠洞天畫録粉本條：「古人畫藁，謂之粉本。草草不經意處，迺其天機偶發，生意勃然，落筆輒成，自有神妙。」元稹崔徽歌序：「崔徽，河中倡也。裴敬中以興元幕使蒲州，與徽相從累月。敬中便（使？）還，崔以不得從爲恨，因而成疾。有丘夏善寫人形，徽託寫真，寄敬中曰：『崔徽一旦不及畫中人，且爲郎死。』」

〔四〕「愛我」句　唐蔣防霍小玉傳：李益年二十，以進士擢第。才思無雙。思得佳偶，博求名妓。因媒鮑十一娘而見霍小玉。母謂小玉曰：「汝嘗愛念『開簾風動竹，疑是故人來』，即此十郎詩也。爾終日吟想，何如一見？」玉乃低鬟微笑，細語曰：「見面不如聞名。才子豈能無貌？」按「開簾」二句見李益竹窗聞風寄苗發司空曙詩。

〔五〕「小砑綾牋」二句　顧況短歌行六首其二：「紫燕西飛欲寄書。」

〔六〕「乍可」二句　詩詞曲語辭匯釋卷一乍可（一）條：「乍可，猶只可也。賀鑄鳳棲梧詞：『愛我竹窗新句鍊，小砑綾牋，偷寄西飛燕。乍可聞名賒識面，十年多病風情淺。』賒者，稀少之義。……此謝彼美寄書之詞，意言只可慕我名，休來見我面，蓋因我已非復當年風情也。」問名「問」當是「聞」之訛。此用霍小玉傳字面，見注〔四〕。

【彙評】

夏敬觀批語：「賒」字新。

此下原有金人捧露盤（控滄江）一首，即東山詞上之凌歊〔引〕，複見不録。

更漏子〔一〕

芳草斜曛，映畫橋□□，翠閣臨津。數闋清歌，兩行紅粉〔二〕，厭厭別酒初醺。芳意贈我殷勤，羅巾雙黛痕〔三〕。便蘭舟獨上，洞府人間，素手輕分〔四〕。十里綺陌香塵，望紫雲車遠〔五〕，已掩青門〔六〕。池邏黃昏，景陽鐘動〔七〕，臨風隱隱猶聞。明朝水館漁邨，憑誰招斷魂〔八〕？恨不如今夜，明月多情，應待歸雲〔九〕。

【校】

〔畫橋□□〕原校：「鮑校別本『橋』作『樓』。」知不足齋本作「畫橋樓伽」，不可解。四印齋本、藝風堂本作「畫橋接□」，不足據。〔紅粉〕八千卷樓本作「紅淚」，不足據。〔人間〕四印齋本作「人閑」，誤。

〔青門〕八千卷樓本、四印齋本作「重門」，不足據。〔猶聞〕知不足齋本作「猶問」，誤。

【箋注】

〔一〕本篇當作於哲宗元祐三年戊辰（一〇八八）二月。按詞見「青門」、「芳草」字，是春日離京東行。方回元祐二年（一〇八七）十一月赴官和州，於東畿陳留阻雪，次年二月方行，詞或此時作。

〔二〕「數闋」二句　韋莊衢州江上別李秀才詩：「一曲離歌兩行淚。」清歌，見前七二頁歸風便篇注〔一〕。兩行紅粉，唐范攄雲溪友議卷下雜嘲戲條載張保胤詩：「紅粉腮邊淚兩行。」按唐孟棨本事詩高逸篇載杜牧詩：「忽發狂言驚滿座，兩行紅粉一時迴。」字面與賀詞爲近，而義實有别，故不取。

〔三〕「芳意」二句　倒裝句，謂伊人芳意殷勤，贈我羅巾，上有雙眉淚痕。麗情集灼灼條：「灼灼，錦城官中奴。御史裴質與之善。裴質召還，灼灼每遣人以軟紅絹聚紅淚爲寄。」

〔四〕「洞府」二句　杜牧宣州留贈詩：「洞府人間手欲分。」

〔五〕紫雲車　見前三六頁第一花篇注〔六〕。

〔六〕青門　代指汴京東門。見前六一頁緑羅裙篇注〔五〕、一九二頁想車音篇注〔五〕。

〔七〕景陽鐘動　宋錢惟演南朝詩：「景陽鐘動曙星稀。」南齊書武穆裴皇后傳：「上數游幸諸苑囿，載宫人從後車。宫内深隱，不聞端門鼓漏聲，置鐘於景陽樓上，宫人聞鐘聲，早起裝飾。至今此鐘惟應五鼓及三鼓也。」

〔八〕「憑誰」句　楚辭有招魂篇。駱賓王冬日野望詩：「客魂誰爲招？」

〔九〕押韻　嚑、津、醺、勤、痕、分、塵、門、昏、聞、郇、魂、雲凡十三處。而詞譜卷六更漏子長調僅録杜安世「遥遠途程」一體，十韻。賀詞較其多叶三韻，勤、昏、郇蓋添叶。

此下原有滿江紅（火禁初開）一首，即東山詞上之傷春曲，複見不録。

玉京秋〔一〕

隴首霜晴，泗濱雲晚〔二〕，乍摇落〔三〕。廢榭蒼苔，破臺荒草〔四〕，西楚霸圖冥漠〔五〕。記登臨事，九日勝游，千載如昨〔六〕。更想像、晉客□歸〔七〕，謝生能賦繼高作〔八〕。　飄泊。塵埃倦客，風月羈心，潘鬢曉來清鏡覺〔九〕。蠟屐綸巾〔一〇〕，羽觴象管〔一一〕，且追隨、隼旟行樂〔一二〕。東山□〔一三〕，應笑箇儂風味薄〔一四〕。念故園黄花，自有年年約。

【校】

〔廢樹〕原校：「原本『榭』作『樹』，從鮑校本。」知不足齋本作「廢林」，誤。八千卷樓本、四印齋本、藝風堂本亦作「廢樹」。〔霸圖〕八千卷樓本作「霸國」，誤。〔能賦繼高作〕知不足齋本原鈔「維高作」，鮑校以其不通，因疑「維」爲「繼」形譌，故改。後出各本因之。按詩集卷三游靈璧蘭皋園：「早推能賦才。」則詞實應作「能賦推高作」，蓋「維」爲「推」形譌也。〔倦客〕知不足齋本原鈔「捲官」，鮑校以爲「倦客」形譌，故改。後出各本因之。按當作「倦宦」，蓋「客」、「官」未若「宦」、「官」形近之甚也。〔曉來〕四印齋本、藝風堂本作「晚來」，不足據。〔象管〕八千卷樓本、四印齋本、藝風堂本作「象服」，不足據。

【箋注】

〔一〕本篇當作於神宗元豐五年壬戌（一〇八二）至八年乙丑（一〇八五），時在徐州寶豐監任。

〔二〕「隴首」二句　柳永曲玉管：「隴首雲飛，江邊日晚。」隴首，見前四二頁翦征袍篇注〔二〕。惟隴在陝甘，與徐州不甚相關，疑此通「壟」，泛指山地。泗濱，太平寰宇記卷一五河南道一五徐州彭城縣：「泗水在縣東十步。」

〔三〕乍摇落　九辯：「悲哉秋之爲氣也，蕭瑟兮草木摇落而變衰。」

〔四〕「廢榭」二句　太平寰宇記徐州彭城縣：「戲馬臺，在縣南三里，項羽築戲馬臺於此。宋武北征至彭城，遣長史王虞等立第舍於項羽戲馬臺，起齊（齋？）作閣橋渡池。」

〔五〕「西楚」句　史記秦始皇本紀：「滅秦之後，……項羽爲西楚霸王。」項羽本紀：「項王自立爲西楚霸王，王九郡，都彭城。」裴駰集解：「孟康曰：舊名江陵爲南楚，吴爲東楚，彭城爲西楚。」

〔六〕「記登臨」三句　太平寰宇記徐州彭城縣：「戲馬臺……宋武北征至彭城……重九日公引賓佐登此臺，會將佐百僚，賦詩以觀志。作者百餘人，獨謝靈運詩最工。」

〔七〕晉客□歸　宋書孔季恭傳：「孔靖字季恭，會稽山陰人也。……宋臺初建，令書以爲尚書令，加散騎常侍，又讓不受，乃拜侍中、特進、左光禄大夫。辭事東歸，高祖餞之戲馬臺，百僚咸賦詩以述其美。及受命，加開府儀同三司，辭讓累年，終以不受。」按孔靖於劉裕代晉前辭歸，又不受宋爵，故稱「晉客」。據文義，缺字疑爲「辭」或「東」。

〔八〕謝生　謝靈運，見注〔六〕。又謝瞻，文選謝瞻九日從宋公戲馬臺集送孔令詩李善注：「宋書七志曰：……高祖游戲馬臺，命僚佐賦詩，瞻之所作冠於時。」二謝戲馬臺送孔令詩，今並載文選。

〔九〕潘鬢　見前一四一頁東吴樂篇注〔一四〕。

〔一〇〕蠟屐　世説新語雅量：「祖士少（約）好財，阮遥集（孚）好屐，並恒自經營。同是一累，而未判其得失。人有詣祖，見料視財物，客至，屏當未盡，餘兩小簏著背後，傾身障之，意未能平。或有詣阮，見自吹火蠟屐，因歎曰：『未知一生當著幾量屐！』神色閑暢。於是勝負始分。」綸巾，晉書謝萬傳：「簡文帝作相，聞其名，召爲撫軍從事中郎。萬著白綸巾、鶴氅裘，履版而前，既見，與帝共談移日。」

〔一一〕羽觴　楚辭招魂：「瓊漿蜜勺，實羽觴些。」洪興祖補注：「杯上綴羽，以速飲也。一云作生爵形。」象管，題王羲之筆經：「昔人或以瑠璃、象牙爲筆管。」又周密齊東野語卷一〇混成集條：「翁一日自品象管作數聲，真有駐雲落木之意，要非人間曲也。」則作樂器解亦通。

〔一二〕「且追隨」句　隼旟，周禮春官宗伯司常：「司常掌九旗之物名，各有屬以待國事。……鳥隼爲『旟』。」『及國之大閱……州里建旟。』後遂用爲州郡長官之標識，白居易和微之春日投簡陽明洞天五十韻：「刺史旟翻隼。」劉禹錫泰娘歌：「風流太守韋尚書，道旁一見停隼旟。」按詩集卷二飛鴻亭序曰：「彭城南禪佛祠據戲馬臺之麓，有巖山出其上，方廣倍尋，可立柱石。癸亥（元豐六年，一〇八三）秋九月，太守河南王公説命僧起亭冠焉。亭成，置酒以落之，而未得嘉名以稱也。時天晴木落，旅雁南下，復有聲琴於坐者，公偶誦嵇叔夜『目送飛鴻，手拊五絃』之句，因以『飛鴻』榜之。」知州姓名略見於此，「追隨隼旟行樂」當與之有關。

〔一三〕東山□　疑當作「東山老」。葉夢得水調歌頭九月望日與客習射西園余病不能射詞二首其二：「誰似東山老，談笑淨胡沙？」韓元吉水調歌頭雨花臺詞：「却笑東山老，擁鼻與誰同？」謝安嘗隱東山，故以「東山老」稱之。

〔一四〕箇儂　詩詞曲語辭匯釋卷三箇（二）條：「箇儂，亦猶云那人也。」此處擬謝安口吻，稱「那人」，實則謂己。

【附録】

詩集卷一彭城三詠其一戲馬臺歌：秦虵已中斷，劉項方龍戰。叱咤沮風雲，睢盱走霆電。鴻溝一畫天地開，楚王洗劍東歸來。新都形勝控淮泗，巃山絡谷營高臺。重瞳登覽何爲者？不知招賢知戲馬。上如激矢下投丸，蘭筋霜腕便平回盤。半夜悲歌騅不逝，明日陰陵行路難。駃牝三千歸漢閑，粟豆尤聞蠹縣官。君不見華山之陽古坰牧，春風吹草年年緑！　按：此詩自序作於元豐甲子（七年，一〇八四）。

又卷六九日登戲馬臺（壬戌彭城賦）：當時節物此山川，倦客登臨獨惘然。戲馬臺荒年自久，射蛇公去事空傳。黄花半老清霜後，白鳥孤飛落照前。不與興亡城下水，穩浮漁艇入淮天。按：蓋元豐五年（一〇八二）作。

【彙評】

夏敬觀批語：「隴首」二句及下「更想」二句，均句中對。

此下原有水調歌頭（南國本瀟灑）一首，即東山詞上之臺城游，複見不録。

蕙清風〔一〕

何許最悲秋〔二〕？淒風殘照〔三〕。臨水復登山〔四〕，莞然西笑〔五〕。車馬幾番塵？自古長安道〔六〕。問誰是、後來年少〔七〕？　飛集兩悠悠，江濱海島。乘雁與雙鳧，强分多少〔八〕。傳語酒家胡〔九〕，歲晚從吾好〔一〇〕。待做箇、醉鄉遺老。

【校】

〔車馬幾番塵〕知不足齋本、八千卷樓本作「車幾番塵」。後人添「馬」作五字句，或以本篇雙調，上下闋全同，下「傳語」句五字，本句不應僅四字也。似可從。惜此調祇賀氏一首，無宋人他作可校。〔歲晚〕八千卷樓本作「感曉」，四印齋本、藝風堂本作「應曉」，皆誤。〔做箇〕四印齋本作「倣箇」，誤。

【箋注】

〔一〕本篇當作於徽宗建中靖國元年辛巳（一一〇一）秋。按詞曰「悲秋」、「淒風殘照」，是秋令；曰「臨水登山」、「西笑」、「長安道」，是赴京途中；曰「歲晚」、「遺老」，是暮年口氣。方回晚年赴京而時值秋令，可考者僅建中靖國元年，姑繫於此時。

〔二〕何許　詩詞曲語辭匯釋卷三許（一）條：「許，猶處也。……何許，猶云何處也……賀鑄蕙清風詞：『何許最悲秋？淒風殘照。』」

〔三〕淒風殘照　李白憶秦娥詞：「西風殘照，漢家陵闕。」

〔四〕「臨水」句　宋玉九辯：「登山臨水兮送將歸。」

〔五〕西笑　見前六七頁西笑吟篇注〔七〕。

〔六〕「車馬」二句　晏幾道秋蘂香詞：「紅塵自古長安道。」

〔七〕後來年少　世説新語方正：「後來年少多有道深公者。深公謂曰：『黄吻年少勿爲評論宿士！昔嘗與元、明二帝，王、庾二公周旋。』」

〔八〕「飛集」四句　揚雄解嘲：「當塗者入青雲，失路者委溝渠。旦握權則爲卿相，夕失勢則爲匹夫。譬若江湖之崖、渤澥之島，乘雁集不爲之多，雙鳧飛不爲之少。」

〔九〕酒家胡　漢辛延年羽林郎：「調笑酒家胡。」又：「胡姬年十五，春日獨當壚。」

〔一〇〕從吾好　論語述而：「子曰：富而可求也，雖執鞭之士，吾亦爲之。如不可求，從吾所好。」

虞美人〔一〕

粉娥齊斂千金笑〔二〕，愁結眉峰小。渭城纔唱浥輕塵〔三〕，無奈兩行紅淚、溼香巾。

傷心風月南城道，幾縱朱轓到〔四〕。明年載酒洛陽春〔五〕，還念淮山樓上、倚闌人〔六〕？

【箋注】

〔一〕本篇當作於徽宗崇寧元年壬午（一一〇二）至三年甲申（一一〇四）間。按方回通判泗州時，嘗爲假守，詳見後三一八頁臨江仙（暫假臨淮東道主）篇編年。是必知州任滿回京，故方回以通判權知州事。本篇或爲知州餞行時作，「朱轓」云云可證。「明年」、「還念」云云，亦詢問行者之口吻也。

〔二〕千金笑　漢崔駰七依：「迴顧百萬，一笑千金。」南朝梁王僧孺詠寵姬詩：「一笑千金買。」南朝陳陰鏗和樊晉陵傷妾詩：「忽以千金笑，長作九泉悲。」

〔三〕「渭城」句　渭城，見前二一二頁羅敷歌（五）篇注〔四〕。浥輕塵，渭城曲首句：「渭城朝雨浥輕塵。」

〔四〕朱轓　漢書景帝紀：「令長吏二千石車朱兩轓。」顏師古注：「據許慎、李登説，轓，車之蔽也。左氏傳云『以藩載欒盈』，即是有鄣蔽之車也。」漢書百官公卿表上：「郡守，秦官，掌治其郡，秩二千石。」

〔五〕洛陽春　韓愈送無本師歸范陽詩：「始見洛陽春，桃枝綴紅糝。」洛陽嘗爲周、漢、隋、唐東都，此或代指東京。

〔六〕淮山樓　輿地紀勝卷四四淮南東路盱眙軍景物下：「淮山樓在郡治，其治即舊都梁臺也。」南宋盱眙軍略相當於北宋之泗州，治所均在盱眙。　押韻，下闋仄韻平韻俱叶上闋原韻。詞譜卷一二雖備此體，然録張炎「修眉刷翠春恨聚」一首爲據，不知方回早有先例。

下水船〔一〕

芳草青門路〔二〕，還拂京塵東去〔三〕。回想當年離緒。送君南浦〔四〕，愁幾許？尊酒流連薄暮，簾捲津樓風雨〔五〕。憑闌語，草草蘅皋賦〔六〕。分首驚鴻不駐〔七〕。燈火虹橋〔八〕，難尋弄波微步〔九〕。漫凝竚。莫怨無情流水，明月扁舟何處〔一〇〕？

【校】

〔還拂〕八千卷樓本作「遠拂」，誤。　〔回想二句〕詞譜卷一七作「回想當年，離聲送君南浦」。〔離緒〕樂府雅詞卷中、花草粹編卷八、歷代詩餘卷四八、四印齋本作「離聲」。　〔風雨〕花草粹編、亦園本、歷代詩餘、詞譜、八千卷樓本、四印齋本、藝風堂本作「煙雨」。　〔明月〕樂府雅詞、花草粹編、亦園本、歷代詩餘、詞譜、知不足齋本、丹鉛精舍本、八千卷樓本、四印齋本、藝風堂本均作「明日」，文從字順，不應輕改作「月」。

【箋注】

〔一〕本篇當作於哲宗元祐三年戊辰（一〇八八）二月。按方回元祐元年（一〇八六）正月解寶豐監任離徐州，回京途中於二月泊永城，閏二月作將發永城留題李氏齋壁詩：「東道琴樽能惜夜，西園花絮欲傷春。分攜後日匆匆去，燈火虹橋夢更頻。」（詩集卷六）同月至京。二年（一〇八七）十一月出京赴官和州，阻雪陳留。三年春二月發陳留，過靈璧。永城在陳留、靈璧間汴河水路上，詞或途次永城時感舊懷人之作。

〔二〕青門　代指汴京東門，屢見前注。

〔三〕京塵　陸機爲顧彦先贈婦詩二首其一：「京洛多風塵，素衣化爲緇。」

〔四〕送君南浦　江淹別賦：「送君南浦，傷如之何？」

〔五〕「簾捲」句　王勃滕王閣詩：「珠簾暮捲西山雨。」

〔六〕蘅皋賦　見前一五六頁横塘路篇注〔五〕。

〔七〕驚鴻　洛神賦：「其形也，翩若驚鴻。」

〔八〕燈火虹橋　見注〔一〕所引賀詩。

〔九〕弄波微步　洛神賦：「凌波微步，羅襪生塵。」

〔一〇〕押韻　路、去、緒、浦、許、暮、雨、語、賦、駐、步、竚、處，凡十三韻。詞譜卷一七載下水船四體，黄庭堅「總領神仙侶」一首十一韻，晁補之「百紫千紅翠」一首八韻，又「上客驪駒繫」一首十二韻，賀作較之多叶一、二、五韻不等。

【彙評】

雲韶集卷三：「簾捲」六字警快。　又評末二句：去路悠然神遠。

點絳脣

見面無多，坐來百媚生餘態〔一〕。後庭春在〔二〕，折取殘紅戴。　小小蘭舟，盪槳東風快。和愁載，纏綿難解，不似羅裙帶。

【箋注】

〔一〕「見面」二句　隋遺録卷上託名隋煬帝贈張麗華詩：「見面無多事，聞名亦許時。坐來生百媚，實箇好相知。」詩詞曲語辭匯釋卷四坐來（一）條：「坐來，猶云本來或自然也。」並以煬帝詩爲例曰：「此亦當猶云自然生百媚，或天然生百媚。」

〔二〕「後庭」句　隋書五行志：「（陳）後主作新歌，辭甚哀怨，令後宮美人習而歌之。其辭曰：『玉樹後庭花，花開不復久。』」

漁家傲〔一〕

莫厭香醪斟繡履〔二〕，吐茵也是風流事〔三〕。今夜夜寒愁不睡，披衣起，挑燈開卷花生紙。　倩問尊前桃與李，重來若箇猶相記？前度劉郎應老矣，行樂地，兔葵燕麥春風裏〔四〕。臨淮席上〔五〕，有客自請履飲之。已輒嘔。有所歡，促召之。既見，如昧平生者。是夜以病目，命幕僚主席，因賦此以調二客。

【校】

〔夜寒〕八千卷樓本、四印齋本、藝風堂本作「一寒」，不足據。〔已輒嘔〕八千卷樓本、四印齋本作「已飄嘔吐」，誤。〔促召之〕知不足齋本、丹鉛精舍本作「顒召之」。後人以其不通，故改。然「顒」、「促」音形相去皆遠，安得便譌？疑是「願」字形訛。藝風堂本作「觸召之」，亦不可通。〔以調二客〕知不足齋本、丹鉛精舍本、八千卷樓本、藝風堂本作「以訴二客」。或以爲不通，故改「調」。然蔣禮鴻先生義府續貂訴條考證「訴」即「辭謝」，是原文可通，蓋謂因病不能主席，賦詞以謝客云云，不必改「調」字。

【箋注】

〔一〕本篇當作於徽宗崇寧元年壬午（一一〇二）至三年甲申（一一〇四）間。按詞後自叙，是官泗州時口氣，故繫於此任内。

〔二〕繡履　宋鄭獬觥記注：「雙鳧杯，一名金蓮杯，即鞋也。王深輔道有雙鳧杯詩，則知昔日狂客亦以鞋杯爲戲也。」

〔三〕「吐茵」句　漢書丙吉傳：「吉馭吏耆酒，數逋蕩。嘗從吉出，醉歐丞相車上。西曹主吏白，欲斥之。吉曰：『……西曹地忍之。此不過污丞相車茵耳。』」唐竇牟奉誠園聞笛詩：「曾絶朱纓吐錦茵。」白居易題周皓大夫新亭子二十二韻詩：「醉客吐文茵。」

〔四〕「前度劉郎」三句　劉禹錫再游玄都觀絶句：「余貞元二十一年爲屯田員外郎，時此觀未有花。是歲出牧連州，尋貶朗州司馬。居十年，召至京師，人人皆言有道士手植仙桃，滿觀如紅霞。遂有前篇以志一時之事。旋又出牧，今十有四年，復爲主客郎中。重游玄都，蕩然無復一樹，唯兔葵燕麥動摇於春風耳。因再題二十八字，以俟後游。時大和二年三月。『百畝園中半是苔，桃花浄盡菜花開。種桃道士歸何處？前度劉郎今又來。』」

〔五〕臨淮　輿地廣記卷二〇淮南東路：「上泗州……漢屬臨淮郡……晉屬臨淮郡。……今縣三：……上臨淮縣。」

感皇恩

歌笑見餘妍，情生眄睞。擁髻揚蛾黛〔一〕，多態。小花深院，漏促離襟將解。惱人紅蠟淚〔二〕，啼相對。　芳草喚愁，愁來難奈。蘭葉猶堪向誰採〔三〕？小樓妝晚，應念斑騅何在〔四〕。碧雲長有待〔五〕，斜陽外〔六〕。

【校】

〔歌笑〕藝風堂本作「歡笑」，不足據。　〔漏促〕八千卷樓本、四印齋本、藝風堂本作「滿□」，誤。

〔小樓〕八千卷樓本作「小橋」，四印齋本、藝風堂本作「小喬」，不足據。

【箋注】

〔一〕擁髻　見前八七頁思牛女篇注〔五〕。

〔二〕紅蠟淚　庾信對燭賦：「銅荷承蠟淚。」溫庭筠更漏子詞：「玉鑪香，紅蠟淚，偏照畫堂秋思。」

〔三〕「蘭葉」句　見前一五三頁傷春曲篇注〔五〕。

〔四〕斑騅　樂府詩集卷四七清商曲辭四神弦歌十八首明下童曲二曲其二：「陳孔驕赭白，陸郎乘班騅。徘徊射堂頭，望門不欲歸。」爾雅釋畜：「馬……蒼白雜毛：騅。」

〔五〕「碧雲」句　江淹雜體詩擬休上人怨別：「日暮碧雲合，佳人殊未來。」

〔六〕斜陽外　范仲淹蘇幕遮（碧雲天）詞：「芳草無情，更在斜陽外。」押韻，睞、黛、態、解、淚、對、奈、採、在、待、外凡十一處，較前人南渡篇少一韻，然較之詞譜卷一五毛滂、晁沖之、周邦彥、周紫芝、趙長卿、汪莘諸體，猶自多叶一至三韻不等。

菩薩蠻

綵舟載得離愁動，無端更借樵風送〔一〕。波渺夕陽遲〔二〕，銷魂不自持。　良宵誰與共〔三〕？賴有窗間夢。可奈夢回時，一番新別離〔四〕！

【箋注】

〔一〕樵風　後漢書鄭弘傳李賢注引南朝宋孔靈符會稽記：「射的山南有白鶴山，此鶴爲仙人取箭。漢太尉鄭弘嘗採薪，得一遺箭。頃有人覓，弘還之。問何所欲，弘識其神人也，曰：『常患若邪溪載薪爲難，願旦南風，暮北風。』後果然。故若邪溪風至今猶然，呼爲『鄭公風』也。」宋之問游禹穴迴出若邪詩：「歸舟何慮晚？日暮使樵風。」

〔二〕「波渺」句　唐嚴維酬劉員外見寄詩：「柳塘春水漫，花塢夕陽遲。」

〔三〕「良宵」句　白居易長恨歌：「翡翠衾寒誰與共？」

〔四〕押韻　動、送、遲、持、共、夢、時、離。下闋仄韻平韻俱押上闋原韻。詞譜卷五雖備此體，然録朱敦儒「秋風乍起梧桐落」一首爲據，不知方回早有先例。

【彙評】

夏敬觀批語：未經人道過。

二〔一〕

章臺游冶金龜壻〔二〕，歸來猶帶醺醺醉。花漏怯春宵〔三〕，雲屏無限嬌。　絳紗燈影背，玉枕釵聲碎〔四〕。不待宿酲銷〔五〕，馬嘶催早朝〔六〕。

【校】

〔題〕花庵詞選卷四、亦園本題作「閨思」。

【箋注】

〔一〕本篇用李商隱爲有詩：「爲有雲屏無限嬌，鳳城寒盡怕春宵。無端嫁得金龜壻，辜負香衾事早朝。」

〔二〕章臺　見前一八一頁九回腸篇注〔三〕。又後世每以章臺爲坊曲。　金龜，舊唐書輿服志：「天授元年九月，改内外所佩魚並作龜。久視元年十月，職事三品已上，龜袋宜用金飾；四品用銀飾；五品用銅飾。」

〔三〕花漏　晉無名氏東林蓮社十八高賢傳慧遠法師：「釋惠安患山中無刻漏，乃於水上立十二葉芙蓉，因波隨轉，分定晝夜，以爲行道之節，謂之蓮花漏。」

〔四〕「絳紗」二句　韓偓聞雨詩：「羅帳四垂紅燭背，玉釵敲著枕函聲。」後蜀毛熙震菩薩蠻（梨花滿院飄香雪）詞：「小窗燈影背。」

〔五〕宿酲　漢史游急就篇卷三：「侍酒行觴宿昔酲。」顔師古注：「病酒曰酲。謂經宿飲酒故致酲也。」

〔六〕押韻　格式與上篇同。後之三、四、五、六諸篇皆同。

【彙評】

清賀裳皺水軒詞筌：賀方回用義山「無端嫁得金龜壻，辜負香衾事早朝」爲「不待宿酲消，馬嘶催早朝」，亦稍有翻換。

三

曲門南與鳴珂接〔一〕，小園綠徑飛胡蝶〔二〕。下馬訪嬋娟，笑迎妝閣前。　鷓鴣聲幾疊〔三〕，瀲灩金蕉葉〔四〕。未許被香韉，月生樓外天。

【校】

〔被香韉〕原校：「原本『被』作『破』，從鮑校本。」知不足齋本亦作「破」，誤。

【箋注】

〔一〕曲　參見前一四九頁念離羣篇注〔七〕。鳴珂，唐白行簡李娃傳：「李娃，長安之倡女也。……天寶中，有常州刺史滎陽公者……有一子，始弱冠矣。……應鄉賦秀才舉……抵長安，居於布政里。嘗游東市還，自平康東門入。……至鳴珂曲，見一宅，門庭不甚廣，而室宇嚴邃。闔一扉，有娃方憑一雙鬟青衣立，妖姿要妙，絶代未有。生……乃密徵其友游長安之熟者，以訊之。友曰：『此狹邪女李氏宅也。』曰：『娃可求乎？』對曰：『李氏頗贍。前與通之者多貴戚豪族，所得甚廣，非累百萬不能動其志也。』」

〔二〕「小園」句　張協雜詩十首其八：「胡蝶飛南園。」

〔三〕「鷓鴣」句　宋葛立方韻語陽秋卷一五：「許渾韶州夜讌詩：『……鷓鴣先聽美人歌。』聽歌鷓鴣詞云：『南國多情多豔詞，鷓鴣清怨繞梁飛。』又有聽吹鷓鴣一絶，知其爲當時新聲，而未知其所以。及觀李白詩云：『客有桂陽至，能吟山鷓鴣。清風動窗竹，越鳥起相呼。』鄭谷亦有『佳人才唱翠眉低』之句，而繼之以『相呼相應湘江闊』，則知鷓鴣曲效鷓鴣之聲，故能使鳥相呼矣。」按宋曲有瑞鷓鴣、鷓鴣天。

〔四〕金蕉葉　觥記注：「李適之七品曰『蓬萊盞』、『海山螺』、『舞仙螺』、『匏子卮』、『幔捲荷』、『金蕉葉』、『玉蟾兒』，皆因像爲名。」

【彙評】

夏敬觀批語：意新。

四

緑窗殘夢聞鶗鴂〔一〕，曲屏映枕春山叠。梳□髮如蟬〔二〕，鏡生波上蓮〔三〕。　絳裙金縷摺，學舞腰肢怯。簾下小凭肩，與人雙翠鈿。

【校】

〔聞鶗鴂〕知不足齋本原鈔「聞」作「問」，誤。八千卷樓本、四印齋本「鶗」作「啼」，不足據。

【箋注】

〔一〕「緑窗」句　李益奉和武相公春曉聞鶯詩：「緑窗殘夢曉聞鶯。」温庭筠菩薩蠻（玉樓明月長相憶）詞：「花落子規啼，緑窗殘夢迷。」鶗鴂，廣韻入聲十六屑鴂：「鶗鴂，鳥名。……春分鳴則衆芳生，秋分鳴則衆芳歇。」

〔二〕髮如蟬　古今注卷下雜注：「魏文帝宫人絶所愛者有莫瓊樹……乃製蟬鬢，縹緲如蟬。」

〔三〕「鏡生」句　前蜀李珣臨江仙（鶯報簾前暖日紅）詞：「彊整嬌姿臨寶鏡，小池一朵芙蓉。」

【彙評】

夏敬觀批語：語新。

五

緑楊眠後拕煙穗〔一〕，日長掃盡青苔地〔二〕，香斷入簾風〔三〕，鑪心檀燼紅。　蘭溪修祓禊，上巳明朝是〔四〕。不許放春慵，景陽臨曉鐘〔五〕。

【校】

〔臨曉鐘〕八千卷樓本、藝風堂本作「照曉鐘」，誤。

【箋注】

〔一〕緑楊眠　參見前一八六頁綺筵張篇注〔九〕。　煙穗，李煜柳枝詞：「强垂煙穗拂人頭。」

〔二〕「日長」句　梁簡文帝江南曲：「長楊掃地桃花飛。」

〔三〕入簾風　南朝梁紀少瑜春日詩：「澹蕩入簾風。」

〔四〕「蘭溪」二句　王羲之蘭亭集序：「永和九年，歲在癸丑。暮春之初，會於會稽山陰之蘭亭，修禊事也。」水經注卷四〇漸江水：「浙江……又逕會稽山陰縣。……又東與蘭溪合。……有亭號曰蘭亭……太守王羲之、謝安兄弟數往造焉。」祓禊、上巳，見前九五頁楊柳陌篇注〔四〕。

〔五〕「景陽」句　見前二二七頁更漏子（芳草斜曛）篇注〔七〕。

六

粉香映葉花羞日〔一〕，窗間宛轉蜂尋蜜。歡罷捲簾時，玉纖匀面脂〔二〕。　舞裙金斗熨〔三〕，絳襭鴛鴦密〔四〕。翠帶一雙垂〔五〕，索人題豔詩〔六〕。

【校】

〔絳襭〕知不足齋本、丹鉛精舍本作「絳纈」，是。中華古今注卷中襯裙條：「隋大業中，煬帝制五色夾纈花羅裙以賜宮人。」唐釋玄應一切經音義卷一〇：「以絲縛繒染之，解絲成文，曰『纈』。」此言舞裙以絳色纈染，鴛鴦花紋重重密密，隱然可見。後人偶未省，以「纈」爲「襭」形譌，故改。然詩周南芣苢：「薄言襭之。」毛傳：「扱衽曰襭。」孔穎達正義：「李巡曰：扱衣上衽於帶。衽者，裳之下也。」是「絳襭」不辭矣。八千卷樓本、四印齋本、藝風堂本又作「絳結」，亦臆改。〔鴛鴦密〕八千卷樓本、藝風堂本作「鴛鴦蜜」，誤。

【箋注】

〔一〕羞日　詩詞曲語辭匯釋卷五羞條：「羞，猶怕也；亦猶云怕見也。……劉禹錫贈眼醫婆羅門詩：『看朱漸成碧，羞日不禁風。』羞日，怕日也。賀鑄菩薩蠻詞：『粉香映葉花羞日，窗間宛轉蜂釀蜜。』義同上。」

〔二〕「玉纖」句　妝臺記：「美人妝面，既傅粉，復以胭脂調勻掌中施之。」

〔三〕「舞裙」句　白居易繚綾詩：「廣裁衫袖長製裙，金斗熨波刀剪紋。」

〔四〕「絳褃〔縝〕」句　題唐朱揆釵小志梅妝閣條：「郭元振落梅妝閣，有婢數十人，客至則拖鴛鴦褃（按亦應作『縝』）裙衫。」

〔五〕「翠帶」句　後晉和凝采桑子（蝤蠐領上訶梨子）詞：「繡帶雙垂。」

〔六〕豔詩　元稹叙詩寄白樂天書：「又有以干教化者，近世婦人暈澹眉目，綰約頭鬢，衣服修廣之度及匹配色澤，尤劇怪豔，因爲豔詩百餘首。」大唐新語卷三公直：「梁簡文帝爲太子，好作豔詩。」

【彙評】

夏敬觀批語：「宛轉」字佳。

七

子規啼夢羅窗曉〔一〕，開匳拂鏡嚴妝早。彩碧畫丁香，背垂裙帶長。　鈿箏尋舊曲〔二〕，愁結眉心緑〔三〕。猶恨夜來時，酒狂歸太遲〔四〕。

【校】

〔一〕「開匳」原校：「原本『匳』作『簾』，從鮑校本。」　〔二〕「彩碧」句　原校：「毛鈔本『彩』作『粉』，『畫』作

『蓋』。」樂府雅詞卷中作「粉碧畫丁香」。花草粹編卷三作「粉碧盡丁香」，亦園本、八千卷樓本、四印齋本、藝風堂本作「粉碧蓋丁香」，誤。　〔鈿箏〕花草粹編作「鈎箏」，誤。　〔舊曲〕八千卷樓本、藝風堂本作「舊約」，不足據。

【箋注】

〔一〕「子規」句　温庭筠菩薩蠻（玉樓明月長相憶）詞：「花落子規啼，緑窗殘夢迷。」

〔二〕尋舊曲　韋莊謁金門（春漏促）詞：「閑抱琵琶尋舊曲。」尋，左傳哀公十二年：「若可尋也。」孔穎達疏：「鄭玄云：『尋，温也。』」

〔三〕眉心緑　庾信舞媚娘詩：「眉心濃黛直點。」

〔四〕酒狂　見前一七〇頁伴雲來篇注〔三〕。

八

虛堂向壁青燈滅，覺來驚見横窗月。起看月平西，城頭烏夜啼〔一〕。　蘭衾羞更人〔二〕，攲枕偷聲泣。腸斷數殘更，望明天未明。

【箋注】

〔一〕烏夜啼　禽經：「哀烏鳴夜。」張華注：「烏之失雌雄則夜啼。」高適塞下曲：「獨宿自然堪下淚，況復時聞烏夜啼！」

〔二〕「蘭衾」句　唐崔公遠獨夜詞：「錦帳羅幃羞更入。」

九

芭蕉襯雨秋聲動，羅窗惱破鴛鴦夢。愁倚□簾櫳〔一〕，燈花落地紅〔二〕。　枕橫衾浪擁，好夜無人共。莫道粉牆東〔三〕，蓬山千萬重〔四〕！

【校】

〔「愁倚」句〕原校：「原本『簾』上作『透』，疑『繡』誤。」按知不足齋本即作「透」。　〔好夜〕四印齋本、藝風堂本作「好夢」，不足據。

【箋注】

〔一〕「愁倚」句　唐皇甫枚三水小牘步飛煙篇託名步飛煙贈趙象詩：「無力嚴妝倚繡櫳。」

〔二〕「燈花」句　韓愈燈花詩：「更煩將喜事，來報主人公。」晏幾道減字木蘭花（長亭送晚）詞：「小字還家，恰應紅燈昨夜花。」按時俗謂燈花兆喜，此言「落地」紅，似有好事成空義。

〔三〕粉牆東　見前一三頁羣玉軒篇注〔六〕。

〔四〕「蓬山」句　見前一八三頁月先圓篇注〔五〕。　押韻，平仄通協。詞譜卷五未備此體，宜增。

一〇

朱甍碧樹鶯聲曉，殘醺殘夢猶相惱。薄雨隔輕簾，寒侵白紵衫。　錦屏人起早，惟見餘妝好。眉樣學新蟾，春愁入翠尖〔一〕。

【箋注】

〔一〕翠尖　眉尖。　押韻，下闋仄韻平韻俱叶上闋原韻。

一一

鑪煙微度流蘇帳〔一〕，孤衾冷叠芙蓉浪。蟋蟀不離牀〔二〕，伴人愁夜長。　玉人飛閣上，見月還相望？相望莫相忘〔三〕，應無未斷腸〔四〕。

【箋注】

〔一〕流蘇帳　晉陸翽鄴中記：「石虎冬月施熟錦流蘇斗帳，四角安純金龍頭，衡（銜？）五色流蘇。」宋高似孫緯略卷一〇流蘇條引宋張師正倦游録：「流蘇是四角所繫盤綫繪繡之毬，五色同心而下垂者。流蘇帳者，古人繫帳之四隅以爲飾耳。」

〔二〕「蟋蟀」句　詩豳風七月：「十月蟋蟀，入我牀下。」

〔三〕「相望」句　玉臺新詠卷一〇桃葉答王（獻之）團扇歌三首其一：「相憶莫相忘。」

〔四〕押韻　平仄通叶。

【彙評】

夏敬觀批語：較「斷腸」意更深一層。

于飛樂

日薄雲融。滿城羅綺芳叢〔一〕，一枝粉淡香濃。幾銷魂，偏健羨、紫蝶黃蜂〔二〕。繁華夢斷酒醒來，掃地春空。武陵原〔三〕、回頭何處？情隨流水無窮。寄兩行清淚，想幾許殘紅。惜花人老，年年奈、依舊東風〔四〕！

【校】

〔夢斷〕八千卷樓本作「夢魂」，誤。四印齋本、藝風堂本作「夢繞」，不足據。〔年年奈〕八千卷樓本作「奈年年」，不足據。

【箋注】

〔一〕羅綺芳叢　見前一一五頁畫樓空篇注〔三〕。

〔二〕健羨　猶深羨。元稹遣病詩其三：「憶作孩稚初，健羨成人列。」　紫蝶黄蜂　李商隱閨情詩：「黄蜂紫蝶兩參差。」

〔三〕武陵原　即桃花源。原，通「源」。見前六四頁捲春空篇注〔四〕。按太平御覽卷九六七果部四桃引幽冥録、太平廣記卷六一女仙六天台二女條引神仙記載劉晨、阮肇入天台山邂逅女仙故事，中有桃樹子爲媒介；陶淵明桃花源記載武陵漁人入桃源，亦有桃花林相指引：故詞中每牽合用之，以述豔情。後唐莊宗憶仙姿詞：「曾宴桃源深洞，一曲清歌舞鳳。長記欲别時，和淚出門相送。」已開此風。至東京夢華録卷三上清宫條：「景德寺……前有桃花洞，皆妓館。」則世俗竟用爲平康坊曲之標榜矣。賀詞「武陵原」，義與此同。

〔四〕押韻　融、叢、濃、蜂、空、窮、紅、風，凡八處。按詞譜卷一六晏幾道「曉日當簾」一首與此大體相同，而僅七韻。蓋方回首句「融」字係添叶。

浣溪沙

雙鶴横橋阿那邊〔一〕？静坊深院閉嬋娟。五度花開三處見〔二〕，兩依然。　水眄難禁頻領□，歌雲猶許小流連〔三〕。破得尊前何限恨〔四〕，不論錢。

【校】

〔横橋〕四印齋本、藝風堂本作「橋横」，不足據。〔阿那邊〕八千卷樓本作「那河邊」，不足據。

〔頻領□〕原校：「原本作『領棹』，疑誤。」知不足齋本即誤作「領棹」。八千卷樓本作「煩領□」，不足據。四印齋本、藝風堂本作「頻領略」，於義近是。

【箋注】

〔一〕雙鶴　見後二六一頁風流子（何處最難忘）篇注〔一三〕。横橋，東京夢華録卷一河道：「穿城河道有四。南壁曰蔡河……河上有……横橋子。……中曰汴河……河上有……横橋。……東北曰五丈河……河上有……小横橋。……西北曰金水河……河上有……横橋。」未知孰是。阿那，明胡震亨唐音癸籤卷二四詁箋九阿那條：「李白：『萬户垂楊裏，君家阿那邊？』李郢：『知入笙歌阿那朋？』阿那，猶言若箇也。」

〔二〕「五度」句　唐李頻春日旅舍詩：「五度花開五處看。」

〔三〕歌雲　列子湯問：「薛譚學謳於秦青，未窮青之技，自謂盡之，遂辭歸。秦青弗止，餞於郊衢，撫節悲歌，聲振林木，響遏行雲。」

〔四〕「破得」句　李賀馮小憐詩：「破得東風恨，今朝值幾錢？」李白清平調詞三首其三：「解釋春風無限恨。」

【彙評】

夏敬觀批語：「流連」字佳。

品令〔一〕

懷彼美〔二〕。愁與淚，分占眉叢眼尾〔三〕。求好夢，閑擁鴛鴦綺〔四〕。恨啼烏、喚人起。目斷清淮樓上〔五〕，心寄長洲坊裏〔六〕。迢迢地，七百三十里。幾重山？幾重水〔七〕？

【校】

〔眉叢眼尾〕原校：「原本作『眉聚服尾』，從鮑校本。」知不足齋本即誤作「眉聚服尾」。八千卷樓本作「眉聚□□」，四印齋本作「眉□□聚」，並誤。〔啼烏〕八千卷樓本、四印齋本、藝風堂本作「啼鳥」，不足據。

【箋注】

〔一〕本篇當作於徽宗崇寧元年壬午（一一〇二）至四年乙酉（一一〇五）。按詞曰「目斷清淮樓上，心寄長洲坊裏」，是通判泗州時有懷吳女之作。

〔二〕彼美　詩陳風東門之池：「彼美淑姬。」

〔三〕眼尾　眼角。李賀謝秀才有妾縞練改從於人秀才引留之不得後生感憶座人製詩嘲誚賀復繼四首其二：「眼尾淚侵寒。」

〔四〕鴛鴦綺　見前一四〇頁東吴樂篇注〔九〕。

〔五〕清淮樓　輿地紀勝卷四四淮南東路盱眙軍景物下：「清淮樓，在市街之東。」

〔六〕長洲　輿地廣記卷二二兩浙路上：「望平江府……今縣五：……望長洲縣。吴有長洲苑，在東。漢枚乘諫吴王『不如長洲之苑』即此。唐萬歲通天元年，析吴置長洲縣，在州郭，與吴分治。」

〔七〕「幾重山」三句　張先碧牡丹晏同叔出妓詞：「望極藍橋，但暮雲千里。幾重山？幾重水？」押韻，美、淚、尾、綺、起、裏、地、里、水凡九處。按詞譜卷九品令曹組「乍寂寞」一首與此字數句度相同者，僅五韻，方回較之多押四韻，淚、綺、地、里蓋添叶。

此下原有感皇恩（蘭芷滿芳洲）一首，即東山詞上之人南渡，複見不録。

海月謡〔一〕

樓平疊巘，瞰瀛海、波三面〔二〕。碧雲掃盡，桂輪澒玉〔三〕，鯨波張練〔四〕。化出無邊寶界〔五〕，是名壯觀〔六〕。　追游汗漫〔七〕，願少借、長風便〔八〕。麻姑相顧，□然笑指，寒潮清淺〔九〕。頓覺蓬萊方丈，去人不遠。

【校】

〔滉玉〕原校：「原本『滉』作『洸』，從鮑校本。」知不足齋本即作「洸」，誠不可通。八千卷樓本、藝風堂本作「洸玉」，蓋以「洸」爲「洸」形譌，故改。按作「洸」是。以版本論，「滉」不若「洸」與原鈔「洸」字形近。以文義論，説文水部：「洸，水涌光也。」「桂輪洸玉」正謂圓月倒映於水，皎潔如玉，光燦燦然，不惟文從字順，且意境極優美。而據廣韻上聲三十七蕩：「滉，滉瀁，水貌。」則有水無月亦可用之，於義爲失。〔□然〕原校：「原本作『奈』字，從王輯本。」知不足齋本即作「奈然」，誠不可通。四印齋本、藝風堂本改「嫣然」。按「嫣」、「奈」音形相去皆遠，安得便譌？且昧文義，此處亦無稱道麻姑笑顔美麗之旨。意「奈」當是「莞」形譌。蓬萊水淺，東海將復爲桑田，在凡人認爲可驚可駭之事，在麻姑則司空見慣，祇付之微微一笑，故曰「莞然笑指」也。〔頓覺〕藝風堂本作「損却」，不足據。

【箋注】

〔一〕本篇疑作於哲宗紹聖元年甲戌（一〇九四）九月。按本篇絕類登京口北固山望大江之作。世説新語言語：「荀中郎（羨）在京口，登北固望海，云：『雖未覩三山，便自使人有淩雲意。若秦漢之君，必當褰裳濡足。』」劉孝標注：「南徐州記曰：城西北有別嶺入江，三面臨水，高數十丈，號曰北固。」「史記封禪書曰：蓬萊、方丈、瀛洲，此三山世傳在海中，去人不遠。嘗有至者，言諸仙人、不死藥在焉。黄金白銀爲宫闕，草物禽獸盡白，望之如雲。及至，反居水下。欲到即風引船而去，終莫能至。秦始皇登會稽並海上，冀遇三神山之奇藥。漢武帝既封泰山，無風雨變至，方士更言蓬萊諸藥可得，於是上欣然東至海，冀獲蓬萊者。」

詞曰「樓平疊巘，瞰瀛海、波三面」，曰「頓覺蓬萊方丈，去人不遠」，正與此合。太平寰宇記卷一二三淮南道一揚州江都縣：「大江……南對丹徒之京口，舊闊四十餘里，謂之京江，今闊十八里。」因其江面寬闊，又實通海，故人多以海目之，范仲淹北固樓詩：「北固樓高海氣寒。」又南史梁宗室傳上蕭正義傳：「京城之西有別嶺入江……號曰北固。蔡謨起樓其上，以置軍實。是後崩壞，頂猶有小亭，登降甚狹。……正義乃廣其路，傍施欄楯。……上（梁武帝）悦，登望久之，敕曰：『此嶺不足須固守，然京口實乃壯觀。』」詞曰「是名壯觀」本此。檢詩集卷五有題甘露寺浄名齋兼寄米元章一首，序曰：「甲戌九月晦，京口賦。」甘露寺在北固山上，方回登北固可考者僅此，姑繫詞於是時。惟此前後詞人仍有鎮江行迹，未必定無登臨北固之可能，故亦不可坐實云。

〔二〕瀛海　史記孟子荀卿列傳：「騶衍……以爲儒者所謂中國者，於天下乃八十一分居其一分耳。中國名曰赤縣神州。……中國外如赤縣神州者九，乃所謂『九州』也。於是有裨海環之，人民禽獸莫能相通者，如一區中者，乃爲一州。如此者九，乃有大瀛海環其外，天地之際焉。」

〔三〕桂輪　方干月詩：「桂輪秋半出東方。」

〔四〕鯨波　古今注卷中魚蟲：「鯨魚者，海魚也。大者長千里，小者數十丈。……鼓浪成雷，噴沫成雨，水族驚畏，皆逃匿，莫敢當者。」

〔五〕寶界　佛説阿彌陀經：「佛告長老舍利弗：從是西方過十億佛土，有世界名曰『極樂』。極樂國土七重欄楯，七重羅網，七重行樹，皆是四寶周匝圍繞。」陳子昂夏日暉上人房別李參軍崇嗣詩：「寶界絶將迎。」

〔六〕壯觀　司馬相如封禪文：「天下之壯觀。」

〔七〕追游汗漫　淮南子俶真：「而徙倚於汗漫之宇。」高誘注：「汗漫，無生形，形生元，氣之本神也。」又道應：「吾與汗漫期於九垓之外。」

〔八〕「願少借」二句　宋書宗慤傳：「宗慤字元幹，南陽人也。叔父炳高尚不仕。慤年少時，炳問其志，慤曰：『願乘長風破萬里浪！』」

〔九〕「麻姑」三句　晉葛洪神仙傳卷七麻姑：「麻姑……是好女子，年可十八九許，於頂上作髻，餘髮垂至腰。衣有文章而非錦綺，光彩耀目，不可名狀。……自説云：『接待以來，已見東海三爲桑田。向到蓬萊，水又淺於往者會時略半也，豈將復還爲陵陸乎？』」

風流子〔一〕

何處最難忘？方豪健、放樂五雲鄉〔二〕。彩筆賦詩，禁池芳草〔三〕；香韉調馬，輦路垂楊〔四〕。綺筵上，扇偎歌黛淺，汗浥舞羅香。蘭燭伴歸，繡輪同載，閉花別館，隔水深坊。

零落少年場〔五〕。琴心漫流怨〔六〕，帶眼偷長〔七〕。無奈占牀燕月〔八〕，侵鬢吴霜〔九〕。念北里音塵〔一〇〕，魚封永斷〔一一〕；便橋煙雨〔一二〕，鶴表相望〔一三〕。好在後庭桃李〔一四〕？應記劉郎〔一五〕。

【校】

〔彩筆賦詩〕樂府雅詞卷中作「□彩筆賦詩」。歷代詩餘卷八六作「記彩筆賦詩」，不足據。〔香韉〕樂府雅詞、陽春白雪卷三、知不足齋本作「杏韉」，是。按錢惟演公子詩：「馬過章臺杏葉韉。」蔡確崇政殿放榜詩：「禁門已簇杏花韉。」晏道浣溪沙（白紵春衫楊柳鞭）詞：「碧蹄驕馬杏花韉。」是「杏韉」自有所本，不應改「香」。〔舞羅〕詞譜卷二作「舞衣」，不足據。〔閉花〕原校：「原本『閉』作『閑』……從鮑校本。」陽春白雪即作「閑」。〔深坊〕原校：「原本……『坊』作『廊』……從鮑校本。」〔侵鬢〕原校：「毛鈔本『侵』作『欺』。」樂府雅詞、陽春白雪、亦園本、歷代詩餘、詞譜、八千卷樓本、四印齋本、藝風堂本亦作「欺鬢」。〔念〕詞譜無此字，誤。〔北里〕樂府雅詞作「北地」。亦園本缺「里」字，歷代詩餘、詞譜作「塞北」，四印齋本作「□北」，均不足據。〔音塵〕丹鉛精舍本作「塵音」，誤。

【箋注】

〔一〕本篇當作於神宗元豐三年庚申（一〇八〇）。按方回熙寧初十七八歲時宦游汴京，至八年二十四歲時出監臨城酒稅，本篇上闋所追憶者，似即此段在京結客冶游之少年生活。下闋云「侵鬢吳霜」，而詩集卷九有初見白髮示內，序：「庚申三月滏陽賦。」詞或作於同年。次年二月方回即罷滏陽任，十月已回京矣。

〔二〕五雲鄉　猶帝鄉，謂京都。李白侍從宜春苑奉詔賦……聽新鶯百囀歌：「是時君王在鎬京，五雲垂暉耀紫清。」王建贈郭將軍詩：「承恩新拜上將軍，當直巡更近五雲。」皆以「五雲」象徵帝王。詩集卷七留別王景通二首其一：「早年放樂五雲鄉，遠笑垣東俠少場。」

〔三〕「彩筆」二句　見前一〇頁璧月堂篇注〔一〕。又唐張固幽閑鼓吹：「白尚書應試初至京，以詩謁著作顧況。顧覩姓名，熟視白公曰：『米價方貴，居亦弗易！』乃披卷，首篇曰『離離原上草，一歲一枯榮。野火燒不盡，春風吹又生』，即嗟賞曰：『道得箇語，居即易矣！』因爲之延譽，聲名大振。」禁池，見前九四頁楊柳陌篇注〔二〕。

〔四〕輦路垂楊　唐楊師道和夏日晚景應詔詩：「輦路夾垂楊。」班固西都賦：「輦路經營。」通典卷六六禮典二六嘉一一輦輿：「夏氏末代製輦……秦以爲人君之乘，漢因之。以雕玉爲之，方徑六尺。或使人挽之，或駕果下馬。」

〔五〕少年場　曹植結客篇：「結客少年場，報怨洛北邙。」樂府詩集卷六六雜曲歌辭六結客少年場行解題：「言少年時結任俠之客，爲游樂之場。」

〔六〕琴心　見前五二頁花幕暗篇注〔一〕。

〔七〕帶眼偷長　見前一五四頁傷春曲篇注〔七〕。

〔八〕占牀燕月　曹丕燕歌行：「明月皎皎照我牀。」

〔九〕侵鬢吴霜　白居易約心詩：「黑鬢霜雪侵。」李賀還自會稽歌：「吴霜點歸鬢。」

〔一〇〕北里　唐孫棨北里志序：「京中……諸妓皆居平康里。……比常聞蜀妓薛濤之才辯，必謂人過言，及覩北里二三子之徒，則薛濤遠有慚德矣。」按平康里在長安城北，故稱北里。此用指代東京妓居。

〔一一〕魚封　古樂府飲馬長城窟行：「客從遠方來，遺我雙鯉魚。呼兒烹鯉魚，中有尺素書。」

〔一二〕便橋　東京夢華録卷一河道：「穿城河道有四。……中曰汴河。……河上有橋十三。……入水門裏曰便橋。」

〔一三〕鶴表　白居易和微之春日投簡陽明洞天五十韻：「華表雙棲鶴。」表，古今注卷下問答釋義：「今之華表木也。以横木交柱頭，狀若花也。形似桔槔。大路交衢悉施焉。或謂之表木，以表王者納諫也。亦以表識衢路也。」鶴，當是華表上之造型或圖案。前二五二頁浣溪沙（雙鶴横橋阿那邊）篇所謂「雙鶴」，疑即此也。搜神後記載丁令威化鶴歸遼，集城門華表柱上（詳前一七二頁念良游篇注〔八〕），爲鶴圖形以飾華表，似本此。

〔一四〕好在　唐柳理常侍言旨：「又宣太上皇語曰：『將士各得好在否？』」詩詞曲語辭匯釋卷六好在條：「好在，存問之辭。玩其口氣，彷彿『好麽』，用之既熟，則轉而義如『無恙』。……賀鑄風流子詞：『念北里音塵，魚封永斷，便橋煙雨，鶴表相望。好在後庭桃李，應記劉郎。』此視桃李如故人，猶云故人無恙也。」按賀詞「桃李」謂美人，屢見不重引。

〔一五〕劉郎　見前二三八頁漁家傲篇注〔四〕。又太平廣記卷六一女仙六天台二女條引神仙記：劉晨、阮肇入天台採藥，經十三日，饑。遥望山上有桃，遂援葛至其下，噉數枚，饑止。出一大溪，遇二女，忻然如舊相識，因邀還家。俄有羣女持桃子來賀。酒酣作樂，夜，各就一帳宿，婉態殊絶。十日求還，苦留半年。更懷鄉，女遂指示還路。鄉邑零落，已十世矣。按此串用劉晨、劉禹錫二事，以劉郎自喻，蓋取其與桃有關。詞譜卷二風流子長調共八體，惟賀作及吴激「書劍憶游梁」押韻，忘、鄉、楊、香、坊、場、長、霜、望、郎凡十處。二首十韻，而周邦彦「楓林凋晚葉」、張耒「亭皋木葉下」、王之道「扁舟南浦岸」、王千秋「夜久燭花暗」四首僅八韻，周邦彦「新緑小池塘」、吴文英「金谷已空塵」二首則九韻，方回較其多叶一至二韻不等。

【附録】

宋康與之風流子（昔賀方回作此道都城舊游。僕謫居嶺海，醉中忽有歌之者。用其聲律，再賦一闋。恨方回久下世，不見此作）詞：結客少年場，繁華夢，當日賞風光。紅燈九街，買移花市；畫樓十里，特地梅妝。醉魂蕩，龍跳擣萬字，鯨飲吸三江。嬌隨鈿車，玉驄南陌；喜摇雙槳，紅袖横塘。天涯歸期阻，衡陽雁不到，路隔三湘。難見謝娘詩好，蘇小歌長。漫自惜鸞膠，朱弦何在？暗藏羅結，紅綬消香。歌罷淚沾宫錦，襟袖淋浪。

【彙評】

夏敬觀批語：「琴心」對「帶眼」。

鷓鴣天

轟醉王孫瑇瑁筵〔一〕，渴虹垂地吸長川〔二〕。側商調裏清歌送〔三〕，破盡窮愁直幾錢〔四〕？　孤棹艬、小江邊，愛而不見酒中仙〔五〕。傷心兩岸官楊柳〔六〕，已帶斜陽又帶蟬〔七〕。

【箋注】

〔一〕瑇瑁筵　見前二一五頁小重山（二）篇注〔三〕。

〔二〕「渴虹」句　異苑卷一：「晉義熙初，晉陵薛願，有虹飲其釜澳，須臾噏響便竭。願輦酒灌之，隨投隨涸。」後蜀何光遠鑑戒録卷三餌長虹條：「孟蜀侯侍中（宏實）本蒲坂人也。幼而家貧，長爲軍外子弟。年方十三歲，困寐於屋簷下。是月炎蒸，天將大雨，有長虹自河（黄河）飲水，俄貫於童兒之口。惟其母見，不敢驚之，欲窺其變異。……良久，虹自天没於童兒之口，不復出矣。母俟其睡覺，問其子曰：『夢中有所覩否？』對曰：『適夢入河飲水，飽足而歸。』」杜甫飲中八仙歌：「飲如長鯨吸百川。」

〔三〕側商調　夢溪筆談卷五樂律：「古樂有三調聲，謂清調、平調、側調也。王建詩云『側商調裏唱伊州』是也。」

〔四〕「破盡」句　李賀馮小憐詩：「破得東風恨，今朝值幾錢？」

〔五〕愛而不見　詩邶風静女：「愛而不見，搔首踟蹰。」酒中仙，杜甫飲中八仙歌：「李白一斗詩百篇，長安市上酒家眠。天子呼來不上船，自稱臣是酒中仙。」

〔六〕官楊柳　晉書陶侃傳：「都尉夏施盜官柳植之於己門。」題韓偓開河記：「隋煬帝開運河欲幸廣陵，「時恐盛暑，翰林學士虞世基獻計，請用垂柳栽於汴渠兩堤上。……上大喜，詔民間有柳一株賞一縑，百姓競獻之。又令親種。帝自種一株，羣臣次第種。……栽畢，帝御筆寫賜垂楊柳姓『楊』，曰『楊柳』也。」

〔七〕「已帶」句　李商隱柳詩：「如何肯到清秋日？已帶斜陽又帶蟬。」

【彙評】

夏敬觀批語：俊爽之至。末句尤妙。

憶仙姿〔一〕

白紵春衫新製〔二〕，準擬採蘭修禊〔三〕。遮日走京塵〔四〕，何啻分陰如歲〔五〕！留滯，留滯，不似行雲難繫。

【校】

〔走京塵〕八千卷樓本、四印齋本、藝風堂本作「是京塵」，不足據。

【箋注】

〔一〕本篇當作於哲宗元祐二年丁卯（一〇八七）二月。按詩集卷五京居感興（丁卯正月賦）：「長持一馬箠，浪走六街塵。」卷三送陳傳道之官下邳（丁卯九月京居病中賦）：「衣食牽迫人，汗走長街塵。」詞曰「遮日走京塵」，與詩相合，或同期之作。曰「準擬採蘭修禊」，是上巳前不久也。

〔二〕「白紵」句　柳宗元同劉二十八院長述舊言懷感時書事詩：「春衫裁白紵。」賈島再投李益常侍詩：「新衣裁白苧，思從曲江行。」

〔三〕採蘭修禊　參見前九五頁楊柳陌篇注〔四〕、一五三頁傷春曲篇注〔五〕。

〔四〕「遮日」句　杜牧途中一絶：「惆悵江湖釣竿手，却遮西日向長安。」蘇軾留别雩泉詩：「還將弄泉手，遮日向西秦。」賈島紀湯泉詩：「十年走京塵。」

〔五〕分陰如歲　初學記卷一引王隱晉書：「（陶侃）常語人曰：『大禹聖人，乃惜寸陰。至於衆人，當惜分陰。』」北史韓雄傳載隋文帝詔曰：「相思之甚，寸陰若歲。」

【彙評】

夏敬觀批語：意新。

二〔一〕

日日春風樓上〔二〕，不見石城雙槳〔三〕。鴛枕夢回時，燭淚屏山相向。流蕩，流蕩，門外白蘋溪漲。

【箋注】

〔一〕本篇疑作於哲宗元祐三年戊辰（一〇八八）三月後，五年庚午（一〇九〇）三月前，時在和州。按方回元祐三年三月曾寓泊金陵，旋過江至歷陽官所。若「石城」果指金陵，則此或歷陽懷人之作。

〔二〕「日日」句　宋石延年平陽代意一篇寄師魯詩：「高樓日日春風裏。」

〔三〕石城雙槳　舊唐書音樂志二：「莫愁樂者，出於石城樂。石城有女子名莫愁，善歌謠，石城樂和中復有『莫愁』聲，故歌云：『莫愁在何許？莫愁石城西。艇子打兩槳，催送莫愁來。』」又：「石城，宋臧質所作也。石城在竟陵。質嘗爲竟陵郡，於城上眺矚，見羣少年歌謠通暢，因作此曲。」按宋人亦有傳莫愁石城爲金陵者。太平寰宇記卷九〇江南東道二昇州江寧縣：「莫愁湖在三山門外，昔有妓盧莫愁家此，故名。」又上元縣：「石頭城，楚威王滅越置金陵邑，即此也。後漢建安十七年吳大帝乃加修理，改名石頭城，用貯軍糧器械。諸葛武侯使建業，謂吳大帝曰『鍾山龍盤，石城虎踞』，即此也。」故周邦彥西河金陵懷古：「斷崖樹，猶倒倚，莫愁艇子曾繫。」蓋由「竟陵」傳訛爲「金陵」，郢州石城附會爲金陵石城，遂成故實。賀詞似亦謂金陵，詩集卷六答孫休兼簡清涼和上人二首（孫，岐山人，字安之。戊辰三月邂逅於金陵清涼寺。……）其一：「風送石城樓上鐘。」可以參看。惟此典詩詞中用之甚泛，故難以坐實云。

三

相見時難別易〔一〕，何限玉琴心意〔二〕？眉黛只供愁，羞見雙鴛鴦字〔三〕。憔悴，憔悴，蠟燭銷成紅淚〔四〕。

【校】

〔雙鴛鴦字〕八千卷樓本、四印齋本、藝風堂本作「鴛鴦雙字」，不足據。

【箋注】

〔一〕「相見」句　曹植當來日大難詩：「別易會難。」李煜浪淘沙（簾外雨潺潺）詞：「別時容易見時難。」

〔二〕玉琴心意　見前五二頁花幕暗篇注〔一〕。

〔三〕「羞見」句　唐權德輿玉臺體詩十二首其六：「羅衣不忍著，羞見繡鴛鴦。」此稍有翻換。

〔四〕〔蠟燭〕句　皇甫松竹枝詞六首其四：「筵中蠟燭，淚珠紅。」温庭筠菩薩蠻（玉樓明月長相憶）詞：「香燭銷成淚。」

四

羅綺叢中初見，理鬢橫波流轉〔一〕。半醉不勝情，簾影猶招歌扇。留戀，留戀，秋夜辭巢雙燕。

【校】

〔半醉〕知不足齋本作「□醉」。「半」字當是後人意補。

【箋注】

〔一〕理鬢　沈約麗人賦：「理鬢清渠。」太平廣記卷二七四情感歐陽詹條引閩川名士傳孟簡哭歐陽詹詩：「危鬟如玉蟬，纖手自整理。」

五

雨後一分春減，浣院落紅如糝〔一〕。柳外出秋千〔二〕，度日綵旗風颭〔三〕。銷黯〔四〕，銷黯，門共寶匳長掩〔五〕。

【校】

〔度日〕四印齋本、藝風堂本作「□日」，蓋未省「度日」之義，故闕疑。不足據。〔綵旗〕八千卷樓本、四印齋本、藝風堂本作「移旗」，誤。

【箋注】

〔一〕糝　說文米部：「古文糂。」「糂，以米和羹也。……一曰粒也。」段玉裁注：「今南人俗語曰『米糝飯』。……蓋『糝』有零星之義。」韓愈送無本師歸范陽詩：「桃枝綴紅糝。」

〔二〕「柳外」句　王維寒食城東即事詩：「秋千競出垂楊裏。」馮延巳上行盃（落梅著雨銷殘粉）詞：「柳外秋千出畫牆。」歐陽修浣溪沙（堤上游人逐畫船）詞：「緑楊樓外出鞦韆。」

〔三〕度日　猶終日、盡日。崔顥王家少婦詩：「閑來鬬百草，度日不成妝。」郎士元赴無錫別靈一丈人詩：「度日白雲深。」別本一作「終日」。　綵旗，即相風旌。開元天寶遺事卷下天寶下相風旌條：「五王宮中，各於庭中豎長竿，挂五色旌於竿頭。旌之四垂綴以小金鈴，有聲即使侍從者視旌之所同，可以知四方之風候也。」

〔四〕銷黯　江淹別賦：「黯然銷魂者，惟別而已矣。」

〔五〕押韻　平仄通叶。

六〔一〕

柳下玉驄雙鞚，蟬鬢寶鈿浮動〔二〕。半醉倚迷樓〔三〕，聊送斜陽三弄〔四〕。豪縱，豪縱，一覺揚州春夢〔五〕。

【校】

〔聊送〕原校：「原本『聊』作『柳』，從鮑校本。」四印齋本作「楊柳」，誤。

【箋注】

〔一〕本篇似紀哲宗元祐六年辛未（一〇九一）二月游揚州時事，寫實抑追記尚難遽斷。

〔二〕「蟬鬢」句　前蜀李珣西溪子詞：「金縷翠鈿浮動。」

〔三〕迷樓　題韓偓迷樓記：「煬帝晚年，尤沈迷於女色。……近侍高昌奏曰：『臣有友項昇也，自言能構宫室。』翌日召而問之。昇曰：『臣乞先進圖本。』後數日進圖。帝覽大悦，即日詔有司供具材木。凡役夫數萬，經歲而成。樓閣高下，軒窗掩映。幽房曲室，玉欄朱楯，互相連屬，回環四合，曲屋自通。千門萬牖，上下金碧。金虬伏於棟下，玉獸蹲於户傍。壁砌生光，瑣窗射日。工巧之極，自古無有也。費用金玉，帑庫爲之一虚。人誤入者，雖終日不能出。帝幸之大喜，顧左右曰：『使真仙游其中，亦當自迷也。可目之曰「迷樓」。』」明盛儀嘉靖惟揚志卷七公署志遺迹：「迷樓，在揚州西北七里故隋宫城。」

〔四〕「聊送」句　見前一二四頁淩歊〔引〕篇注〔九〕。

〔五〕「一覺」句　杜牧遣懷詩：「十年一覺揚州夢，贏得青樓薄倖名。」

七

何處偷諧心賞？促坐綺羅筵上。不記下樓時〔一〕，醉□月侵書幌。懷想，懷想：清麗歌聲妝樣。

【校】

〔醉□〕知不足齋本、丹鉛精舍本作「醉解」，是。前夢相親篇：「醉解寒生鐘鼓動。」可以互證。此不當闕疑。

〔月侵〕八千卷樓本作「目侵」，誤。　〔妝樣〕八千卷樓本作「只樣」，四印齋本作「□樣」，誤。

【箋注】

〔一〕「不記」句　李白魯中都東樓醉起作詩：「昨日東樓醉，還應倒接䍦。阿誰扶上馬？不省下樓時。」

八

江上潮迴風細，紅袖倚樓凝睇〔一〕。天際認歸舟〔二〕，但見平林如薺〔三〕。迢遞，迢遞，人更遠於天際。

【箋注】

〔一〕「紅袖」句　杜牧南陵道中詩：「誰家紅袖倚江樓？」

〔二〕「天際」句　謝朓之宣城郡出新林浦向板橋詩：「天際識歸舟，雲中辨江樹。」

〔三〕平林如薺　詩小雅青蠅：「依彼平林。」毛傳：「平林，林木之在平地者也。」顔氏家訓勉學篇：「羅浮山記云：『望平地樹如薺。』故戴暠詩云：『長安樹如薺。』」按戴暠梁朝人，詩題度關山。又孟浩然秋登萬山詩：「天邊樹若薺。」

【彙評】

夏敬觀批語：意新。

九〔一〕

夢想山陰游冶〔二〕，深徑碧桃花謝。曲水穩流觴〔三〕，暖絮芳蘭堪藉。蕭灑，蕭灑，月棹煙蓑東下。

【箋注】

〔一〕本篇當作於哲宗元祐八年癸酉（一〇九三）。按詩集卷五秋夜聞雨晨興偶書序：「癸酉八月京師賦，時欲扶疾東下。」卷四寄題栗亭縣名嘉亭序：「癸酉九月，將扶疾東下。」卷七載病東歸山陰酬別京都交舊序：「癸酉十月賦。」卷四酬別盱眙杜輿序：「時聞揚子江潮不應，輟浙右之游，將訪親於海陵。……癸酉十一月也。」詞或作於是年。

〔二〕山陰游冶　見前二四五頁菩薩蠻（五）篇注〔四〕。

〔三〕「曲水」句　蘭亭集序：「又有清流激湍，映帶左右，引以爲流觴曲水。」

鳳棲梧

挑菜踏青都過却〔一〕，楊柳風輕〔二〕，擺動秋千索。啼鳥自驚花自落〔三〕，有人同在真珠箔。

淡浄衣裳妝□薄，閑憑銀箏〔四〕睡鬢慵梳掠。試問爲誰添瘦弱？嬌羞只把眉顰著。

【校】

〔妝□薄〕原校：「原本作『得薄』，疑誤。」然知不足齋本即作「妝得薄」，八千卷樓本、藝風堂本並同。按「得」字不誤，勿庸闕疑。唐李克恭吊賈島詩：「海底也應搜得浄。」歐陽修漁家傲（乞巧樓頭雲幔捲）詞：「花上蛛絲尋得遍。」綴辭格式並同。〔閑憑〕八千卷樓本作「閑兒」，誤。四印齋本、藝風堂本作「閑抱」。此處依律須仄，「憑」字平聲必誤，二本改「抱」或有鑒於此，録以備考。

【箋注】

〔一〕挑菜踏青　見前一六八頁薄倖篇注〔六〕。

〔二〕楊柳風輕　馮延巳鵲踏枝（六曲闌干偎碧樹）詞：「楊柳風輕，展盡黄金縷。」

〔三〕花自落　唐李華春行寄興詩：「芳樹無人花自落。」

〔四〕銀箏　宋書何承天傳：「承天又能彈箏，上又賜銀裝箏一面。」

此下原有洛陽春（恰見碧紗窗下繡）一首，即東山詞上之窗下繡，複見不録。

琴調相思引〔一〕　送范殿監赴黄岡

終日懷歸翻送客，春風祖席南城陌〔二〕。便莫惜、離觴頻捲白〔三〕。動管色，催行色〔四〕。

動管色，催行色。　何處投鞍風雨夕？臨水驛，空山驛。臨水驛，空山驛。縱明月、相思千里隔〔五〕，夢咫尺，勤書尺！夢咫尺，勤書尺！

【校】

〔范殿監〕八千卷樓本、藝風堂本作「花殿監」，四印齋本作「晁殿監」，均不足據。　〔「動管色」四句〕知不足齋本作「動管色，催行色」二句，不疊。然下「團扇單衣楊柳陌」一首上闋末四句作「借秀色，添春色」二句相疊。後人遂疑知不足齋鈔手於本篇漏鈔六字一疊，因予添補。似可從。　〔「何處」句〕知不足齋本斷入上闋作末句，誤。　〔明月〕四印齋本作「明日」，似因下「團扇單衣楊柳陌」一首此處作「促膝」叶韻，而本句「月」字出韻，遂疑爲「日」字之誤，故改。然上闋相應句，本篇作「莫惜」叶韻，下篇則作「白玉」不叶，是此等處原可叶可不叶，未能判定「月」字必誤。

【箋注】

〔一〕本篇當作於神宗熙寧八年乙卯（一〇七五）至元豐八年乙丑（一〇八五），或徽宗崇寧元年壬午（一一〇二）至四年乙酉（一一〇五）間。按此客中送客之作，曰「祖席南城陌」，是送别地在黄岡以北。以方回宦游蹤迹考之，其熙寧八年至十年（一〇七五至一〇七七）監臨城酒税，元豐元年至四年（一〇七八至一〇八一）官滏陽都作院，元豐五年至八年（一〇八二至一〇八五）官徐州寶豐監，崇寧元年至四年（一一〇二至一一〇五）通判泗州，皆在黄岡北，未詳詞果作於何年何地。至其官和州管界巡檢、通判太平州，雖亦在黄岡北，而由彼二地赴黄岡，分别須出城東、西入江，故予排除。　范殿監，未詳。文獻通考卷五七職官考一一殿中監：「宋制，殿中省判省事一人，以無職事朝官充。舊有六尚之局，名別而事存。今尚食歸御廚，尚藥歸醫官院，尚衣歸尚衣庫，尚舍歸儀鑾司，尚乘歸騏驥院內鞍轡庫，尚輦歸輦院，皆不領於本省。元豐正官制，置監、少監、丞各一人。監掌供奉天子五食、醫藥、御幄、帟、輿、輦、舍次之政令，少監爲之貳。」黃岡，元豐九域志卷五：「淮南路……西路：……下，黃州齊安郡，軍事，治黃岡縣。……縣三：望，黃岡。……」

〔二〕祖席　左傳昭公七年：「公將往，夢襄公祖。」晉杜預注：「祖，祭道神。」祖席，別筵也。姚合送韓湘赴江西從事詩：「行裝有兵器，祖席盡詩人。」

〔三〕捲白　唐李匡乂資暇集卷下捲白波條：「飲酒之『捲白波』，義當何起？按東漢既擒白波賊，戮之如捲席，故酒席倣之以快人情氣也。」宋黃朝英緗素雜記卷三白波條：「余恐其不然。蓋『白』者，罰爵之名。飲有不盡者則以此爵罰之。故班固敘傳云『諸侍中皆引滿舉白』；左太沖吳都賦云『飛觴舉白』，注云『行觴疾如飛也。大白，杯名』；又魏文侯與大夫飲酒，令曰『不釂者浮以大白』，於是公乘不仁舉白浮君。所謂『捲白波』者，蓋捲白上之酒波耳。言其飲酒之快也。」

〔四〕行色　資暇集卷上車馬有行色條：「今見將首途者，多云『車馬有行色』。按莊子稱柳下季逢夫子自盜跖所回云此也。意者以其車有塵而馬意殆。今有涉遠而來者用此宜矣。南華既非僻經，咸所觀習，奚不根其文意而正其譌歟？」

〔五〕「縱明月」句　謝莊月賦：「隔千里兮共明月。」

芳草渡

留征轡，送離杯。羞淚下，撚青梅。低聲問道幾時回？秦筝雁促〔一〕，此夜爲誰排！君去也，遠蓬萊〔二〕。千里地，信音乖。相思成病底情懷？和煩惱，尋箇便，送將來。

【校】

〔撚青梅〕四印齋本作「抵青梅」，不足據。

【箋注】

〔一〕「秦筝」句　見前七〇頁呈纖手篇注〔二〕、〔三〕。

〔二〕遠蓬萊　李商隱無題詩：「劉郎已恨蓬山遠，更隔蓬山一萬重。」

雨中花〔一〕

回首揚州，猖狂十載，依然一夢歸來〔二〕。但覺安仁愁鬢〔三〕，幾點塵埃。醉墨碧紗猶鎖〔四〕，春衫白紵新裁〔五〕。認鳴珂曲裏〔六〕，舊日朱扉，閑閉青苔。

人非物是〔七〕，半晌鸞腸易斷〔八〕，寶勒空回。徒悵望，碧雲銷散，明月徘徊〔九〕。忍過陽臺折柳〔一〇〕？難憑隴驛傳梅〔一一〕。一番桃李，迎風無語〔一二〕，誰是憐才！

【校】

〔鳴珂曲〕知不足齋本作「明珂曲」，誤。〔誰是〕知不足齋本作「訴是」，後人以其不通，故改。按「訴是」當是「許是」之譌。宋本東山詞前鳳求凰篇「便許捲收行雨」，亦園本、歷代詩餘、八千卷樓本、四印齋本、藝風堂本即作「便訴」，亦是「許」、「訴」相譌之例。若「誰」字則不如「許」與「訴」爲形近也。「許是」，猶或是，古樂府懊儂歌：「撢如陌上鼓，許是儂歡歸。」

【箋注】

〔一〕本篇當作於哲宗紹聖三年丙子（一〇九六）二月。按詞曰「回首揚州……依然一夢歸來」，是重游之作；曰「春衫白紵新裁」，是春令。方回揚州行迹始見於元祐六年（一〇九一）二月，據詞中「猖狂十載」云云下推十年，是元符三年（一一〇〇）或建中靖國元年（一一〇一）。方回此兩年中自蘇再道臨淮及赴京續職，固須過揚，然兩次一冬一秋，與詞不合。而紹聖三年赴官江夏，二月途次揚州，適逢春令，故繫詞於此時。惟上距元祐六年僅六載，又不合十年之數。意詞中用杜牧之詩，未必實指；或舉成數而已。若必以「十載」爲實，則方回元祐三年（一〇八八）自京赴和州任，二三月間須經廣陵，或嘗泊舟少留，未必遲至元祐六年始游之也。

〔二〕「回首」三句　杜牧遣懷詩：「十年一覺揚州夢，贏得青樓薄倖名。」

〔三〕安仁愁鬢　見前一四一頁東吴樂篇注〔一四〕。晉書潘岳傳：「潘岳，字安仁。」

〔四〕〔醉墨〕句　唐摭言卷七起自寒苦條：「王播少孤貧，嘗客揚州惠昭寺木蘭院，隨僧齋飡。諸僧厭怠，播至，已飯矣。後二紀，播自重位出鎮是邦，因訪舊游，向之題已皆碧紗幕其上。播繼以二絶句，曰：……『上堂已了各西東，慚愧闍黎飯後鐘。二十年來塵撲面，如今始得碧紗籠。』」

〔五〕「春衫」句　雍陶公子行：「公子風流嫌錦繡，新裁白紵做春衣。」

〔六〕嗚珂曲　見前二四三頁菩薩蠻（三）篇注〔一〕。

〔七〕人非物是　唐郭密之永嘉懷古詩：「物是人已非，瑶潭凄獨漱。」

〔八〕鸞腸易斷　參見前一九二頁想車音篇注〔三〕。

〔九〕明月徘徊　曹植七哀詩：「明月照高樓，流光正徘徊。」

〔一〇〕「忍過」句　陽臺，典出高唐賦，與柳無涉，疑是「章臺」之譌。唐許堯佐柳氏傳載韓翊寄柳氏詩曰：「章臺柳，章臺柳，昔日青青今在否？縱使長條似舊垂，亦應攀折他人手。」後世多以「章臺」謂坊曲，以「章臺柳」謂妓。

〔一一〕隴驛傳梅　見前一八七頁舞迎春篇注〔五〕。

〔一二〕「一番」二句　史記李將軍列傳引諺曰：「桃李不言。」

花心動〔一〕

西郭園林，遠塵煩，門臨緑楊堤路。畫□簟長，水館簾空，竟日素襟銷暑。小灣紅芰清香裏〔二〕，深隱映、風標鴛鷺〔三〕。指□中，相將故故，背人飛去〔四〕。翻念多情自苦。當置酒徵歌，夢雲難駐。醉眼漸迷，花拂牆低〔五〕，誤認宋鄰偷顧〔六〕。彩闌倚遍平橋晚〔七〕，空相望、凌波仙步〔八〕。斷魂處，黄昏翠荷□雨。

【校】

〔畫□〕原校：「原本『畫』下作『楊』，……疑誤。」知不足齋本即作「畫楊」。按此當是「畫榻」之譌，宋王令題滿氏申申亭詩：「夜徑行招海月伴，畫榻坐與天雲期。」夏日榻上鋪席，故曰「簟長」。〔竟日〕知不足齋本作「意日」，誤。〔指□中〕原校：「原本……『指』下作『留中』……疑誤。」知不足齋本即作「指留中」。按疑當作「指罶中」。説文网部：「罶，曲梁……魚所留也。」蓋捕魚之具。鴛鷺嗜魚，故向罶而飛也。〔自苦〕知不足齋本作「日苦」，似亦可通。今改「自苦」，未知孰是。〔彩闌〕四印齋本、藝風堂本作「繡欄」，不足據。〔相望〕四印齋本作「想望」，不足據。藝風堂本作「想忘」，誤。

【箋注】

〔一〕本篇疑作於徽宗建中靖國元年辛巳（一一〇一）夏日。按此蘇州詞，似與吳女有關，或稍後於橫塘路篇。

〔二〕銷暑、小灣　太平寰宇記卷九一江南東道三蘇州吳縣：「銷夏灣，在洞庭西山，吳王避暑處。」吳郡圖經續記卷下往迹：「洞庭亦多吳時舊迹。……湖岸極清處爲銷夏灣，乃吳王游觀之地。」輿地紀勝卷五兩浙西路平江府景物下作「銷暑灣」。

〔三〕風標鴛鷺　杜牧晚晴賦：「白鷺潛來兮，邈風標之公子。」

〔四〕故故　猶偏偏。唐張鷟游仙窟：「無情明月，故故臨窗。」又詩詞曲語辭匯釋卷四故（二）條：「故故，猶云常常或頻頻也。」

〔五〕花拂牆低　鶯鶯傳鶯鶯贈張生詩：「拂牆花影動，疑是玉人來。」

〔六〕宋鄰偷顧　見前一三頁羣玉軒篇注〔六〕。

〔七〕平橋　吳地記後集載長洲縣有「州前平橋」。吳郡志卷一七橋梁載樂橋之西北（閶門）有小平橋。

〔八〕凌波仙步　洛神賦：「凌波微步。」

浪淘沙〔一〕

把酒欲歌驪〔二〕，濃醉何辭？玉京煙柳欲黃時〔三〕。明日景陽門外路〔四〕，相背春歸。

斂淚復牽衣〔五〕，私語遲遲。可憐誰會兩心期！惟有畫簾斜月見，應共人知。

【校】

〔歌驪〕知不足齋本作「歌驢」，誤。〔濃醉〕知不足齋本作「驢醉」，誤。四印齋本、藝風堂本作「沈醉」，不足據。

【箋注】

〔一〕本篇當作於神宗熙寧八年乙卯（一〇七五）初春。按詞曰「歌驪」，是將别；曰「玉京」，是帝都作；曰「煙柳欲黄」，是初春景象；曰「景陽門外路」，是北行，春自江南回，人向河北去，故曰「相背春歸」。方回熙寧八年自東京赴河北臨城任，爲監酒税，三月已在臨城作上巳懷金明池游賞詩，故繫詞於是。

〔二〕歌驪　漢書儒林王式傳：「歌驪駒。」顔師古注：「服虔曰：逸詩篇名也，見大戴禮，客欲去歌之。文穎曰：其辭云『驪駒在門，僕夫具存；驪駒在路，僕夫整駕』也。」

〔三〕玉京　謂帝都。藝文類聚卷三七人部二一隱逸下碑引孔稚珪褚先生百玉碑：「關西升妙，洛右飛英。鳳吹金闕，簫歌玉京。」

〔四〕景陽門　宋會要輯稿方域一之一：「（東京）新城……北五門，中曰通天……次東曰景陽，周曰長景，太平興國四年九月賜名。」

〔五〕「斂淚」句　曹丕見挽船士兄弟辭别詩：「捨我故鄉客，將適萬里道。妻子牽衣袂，落淚霑懷抱。」

【彙評】

夏敬觀批語：「背」字新。

一二〔一〕

一十二都門〔二〕，夢想能頻〔三〕。無言桃李幾經春〔四〕。豔粉鮮香開自落，還爲何人？

白紵別時新，苒苒征塵。鏡中銷瘦老於真〔五〕。賴有天涯風月在，依舊相親。

【箋注】

〔一〕本篇當作於神宗熙寧八年乙卯（一〇七五）後數年。按此與上篇調同，又編次相鄰，編年或可銜接，殆出官臨城後之作也。

〔二〕一十二都門　見前六八頁望長安篇注〔三〕。

〔三〕「夢想」句　詩詞曲語辭匯釋卷三能（六）條：「能，猶得也。……賀鑄浪淘沙詞……『夢想能頻』，言夢想得不止一次也。即指下文『桃李幾經春』之事而言。」

〔四〕「無言」句　杜牧題桃花夫人廟詩：「細腰宮裏露桃新，脈脈無言幾度春。」

〔五〕「鏡中」句　李洞贈高僕射自安西赴闕詩：「形容銷瘦老於真。」

三〔一〕

潮漲湛芳橋，難度蘭橈。捲簾紅袖莫相招〔二〕。十二闌干今夜月，誰伴吹簫〔三〕？ 煙草接亭皋，歸思迢迢。蘭成老去轉無憀〔四〕。偏恨秋風添鬢雪，不共魂銷！

【校】

〔潮漲〕八千卷樓本、四印齋本、藝風堂本作「湖漲」，不足據。 〔紅袖〕八千卷樓本、四印齋本、藝風堂本作「紅雨」，誤。 〔蘭成〕知不足齋本作「蘭城」，誤。 〔無憀〕知不足齋本、丹鉛精舍本作「無寥」，誤。八千卷樓本、四印齋本、藝風堂本作「無聊」，可通。

【箋注】

〔一〕此與下篇調同且編次相接，又語意差近而節令合符，當是同時之作。「湛芳橋」未詳，然詩集卷五有金陵懷寄歷陽王掾：「促席歌塵斷，閑窗醉墨留。惜芳橋畔柳，誰繫木蘭舟？」頗疑「湛芳橋」即「惜芳橋」之譌；下篇「可惜芳年橋畔柳，不繫蘭舟」二句亦酷似詩句之拆文。果如此，則據詩橋在歷陽，二詞或皆作於哲宗元祐三年至五年（一〇八八至一〇九〇）和州任內也。惟本篇「十二闌干」二句、下篇「樓下誰家」二句又用杜牧揚州詩，則認此二首爲揚州詞，繫於詞人紹聖元年甲戌（一〇九四）七月後自海陵之潤州途經揚州時，亦自有理。難以遽斷，姑兩存之。

〔二〕「捲簾」句　韋莊菩薩蠻（如今却憶江南樂）詞：「騎馬倚斜橋，滿樓紅袖招。」

〔三〕「十二闌干」二句　杜牧寄揚州韓綽判官詩：「二十四橋明月夜，玉人何處教吹簫？」

〔四〕「蘭成」句　庾信哀江南賦：「王子濱洛之歲，蘭成射策之年。」序云：「信年始二毛，即逢喪亂；藐是流離，至於暮齒。燕歌遠别，悲不自勝；楚老相逢，泣將何及？……不無危苦之辭，惟以悲哀爲主。」陸龜蒙小名録：「蘭成，信小字也。」

四

雨過碧雲秋，煙草汀洲。遠山相對一眉愁〔一〕。可惜芳年橋畔柳，不繫蘭舟。　爲問木蘭舟，何處淹留？相思今夜忍登樓！樓下誰家歌水調？明月揚州〔二〕。

【箋注】

〔一〕「遠山」句　詩話總龜前集卷八引王直方詩話：「張文潛有寄予詩云：『須看遠山相對蹙……』自注云：『黄九謝人遺梅子詩，有「遠山對蹙」之句。』」按西京雜記載卓文君眉色如望遠山，故後世每以眉、山互喻。

〔二〕「樓下」二句　杜牧揚州三首其一：「誰家唱水調？明月滿揚州。」

夜游宫〔一〕

江面波紋皺縠，江南岸、草和煙緑。初過寒食一百六〔二〕，採蘋游〔三〕，□香裙，鳴佩玉〔四〕。　心事偷相屬，賦春恨、彩牋雙幅。今夜小樓吹鳳竹〔五〕，謝東風，寄情人，腸斷曲。

【校】

〔□香裙〕原校：「原本『香』上作『㪍』，疑誤。」知不足齋本即作「㪍」。按原本文意不通，且此處依律當仄，「㪍」字平聲必誤。意當是「湔」形譌。蓋古俗寒食、清明合爲一宗節日，其前即上巳，四民皆之水上沐浴，祓除不祥，此亦男女社交之一大機會。後之樓下柳篇：「勝游三月初三。舞裙濺（通「湔」）水，浴蘭佩、緑染纖纖。」憶秦娥（三）篇：「湔裙淇上，更待初三。」蝶戀花改徐冠卿詞篇：「白蘋花滿湔裙處。」皆見「湔裙」字，可以互證。

【箋注】

〔一〕本篇疑作於哲宗元祐三年戊辰（一〇八八）或紹聖三年丙子（一〇九六）三月。按後之樓下柳篇：「滿馬京□〔塵〕，裝懷春思，翩然笑度江南。白鷺芳洲，青蟾雕艦，勝游三月初三。」本篇所紀瀕江南岸上巳節情事，似即爲樓下柳篇所追憶者，蓋元祐三年或紹聖三年三月過金陵時事也。若崇寧、大觀間通判太平，雖亦在瀕江南岸，而方戀吴女，故予排除。

〔二〕「初過」句　元稹連昌宫詞：「初過寒食一百六，店舍無煙宫樹緑。」寒食，見前一六頁辨絃聲篇注〔四〕。又歲時廣記卷一五寒食上百六日條引歲時雜記：「斷火三日者，謂冬至後一百四日、一百五日、一百六日也。百六日乃小寒食也。」

〔三〕採蘋游　詩召南採蘋：「于以採蘋，南澗之濱。」梁柳惲江南曲：「汀洲採白蘋，日落江南春。」

〔四〕鳴佩玉　禮記玉藻：「古之君子必佩玉……故君子……行則鳴佩玉。」

〔五〕「今夜」句　南唐李璟攤破浣溪沙詞：「小樓吹徹玉笙寒。」鳳竹，風俗通義卷六聲音笙：「長四寸，十二簧，象鳳之身。」又若以爲簫，亦通。同上書簫：「其形參差，象鳳之翼。」

憶仙姿〔一〕

蓮葉初生南浦，兩岸緑楊飛絮。向晚鯉魚風〔二〕，斷送綵帆何處〔三〕？凝竚，凝竚，樓外一江煙雨。

【校】

〔鯉魚風〕原校：「原本作『理魚舟』，從鮑校本。」

【箋注】

〔一〕本篇疑作於哲宗紹聖三年丙子（一〇九六）四月。按詞曰「蓮葉初生」、「緑楊飛絮」、「鯉魚風」，是初夏風景；曰「斷送綵帆」、「一江煙雨」，是發櫂江行。方回紹聖三年之官江夏，三月過金陵少駐，四月繼續沿江西上，詞或作於此時。

〔二〕「向晚」句　詩集卷一江南曲：「向晚鯉魚風，客檣□□泊。」李賀江樓曲：「鯉魚風起芙蓉老。」清王琦李長吉歌詩匯解卷四：「提要録：鯉魚風，九月風也。……石溪漫志：鯉魚風，春夏之交。」此詞同後説。

〔三〕「斷送」句　詩詞曲語辭匯釋卷五斷送（四）條：「斷送，猶云推送之送或迎送之送也。……賀鑄憶仙姿詞：『向晚鯉魚風，斷送綵帆何處。』言風力推送綵帆也。」

【彙評】

詞則別調集卷一：景中帶情，一結自足。

宋詞選釋：表情處在叠用「凝竚」二字。傳神處在「煙雨」句。離心無際，遠在空濛江雨之中。小令固以融渾爲佳。

夏敬觀批語：「斷送」字佳。

二一〔一〕

綵舫解維官柳，樓上誰家紅袖〔二〕？團扇弄微風，如爲行人招手。回首，回首，雲斷武陵溪口〔三〕。

【校】

〔誰家〕八千卷樓本、藝風堂本作「人家」，不足據。

【箋注】

〔一〕本篇與上篇調同，編次相鄰，文意亦差近，疑是同時之作。

〔二〕「樓上」句　杜牧南陵道中詩：「正是客心孤迥處，誰家紅袖倚江樓？」

〔三〕武陵溪　見前六四頁捲春空篇注〔四〕。

菱花怨〔一〕

疊鼓嘲喧〔二〕，綵旗揮霍〔三〕，蘋汀薄晚，蘭舟催解。別浦潮平〔四〕，小山雲斷，十幅飽帆風快。回想牽衣愁，掩啼妝、一襟香在〔五〕。紈扇驚秋〔六〕，菱花怨晚〔七〕，誰共蛾黛？何處玉尊空對？松陵正美〔八〕，鱸魚菰菜〔九〕。露洗涼蟾，潦吞平野，三萬頃、非塵界〔一〇〕。覽勝情無奈，恨難招、越人同載〔一一〕。會憑紫燕西飛〔一二〕，更約黃鸝相待。

【校】

〔菱花怨〕知不足齋本作「菱花怨　過秦樓」，蓋上爲詞題，下爲調名。然詞律卷一九過秦樓録李甲「賣酒鑪邊」、周邦彦「水浴清蟾」二體（詞譜卷三五僅收李甲一體），格律與此迥異，則此斷非過秦樓。諸本删之固是，惟使人認「菱花怨」爲調名，至王易詞曲史衍流篇以爲方回自度曲，則又生誤會。鄙意，「菱花怨」蓋摘篇中「菱花怨晚」句爲題，東山詞慣例也，指爲調名似不確。審其聲律，調當是青門飲，兹將本篇與花草粹編卷一一宋時彦青門飲逐句比勘如次（仿詞譜例，○表平，●表仄）：

1	疊鼓嘲喧句	胡馬嘶風句
2	綵旗揮霍句	漢旗翻雪句
3	蘋汀薄晚句	彤雲又吐句
4	蘭舟催解韻	一竿殘照韻
5	別浦潮平句	古木連空句
6	小山雲斷句	亂山無數句
7	十幅飽帆風快韻	行盡暮沙衰草韻
8	回想牽衣愁句	星斗横幽館句
9	掩啼妝讀	夜無眠讀
10	一襟香在韻	燈花空老韻
11	紈扇驚秋句	霧濃香鴨句

12 菱花怨晚句　冰凝淚燭句
13 誰共蛾黛韻　霜天難曉韻
14 何處玉尊空對韻　長記小妝纔了韻
15 松陵正美韻　一杯未盡句
16 鱸魚菰菜韻　離懷多少韻
17 露洗涼蟾句　醉裏秋波句
18 潦吞平野句　夢中朝雨句
19 三萬頃非塵界韻　都是醒時煩惱韻
20 覽勝情無奈韻　料有牽情處句
21 恨難招讀　忍思量讀
22 越人同載韻　耳邊曾道韻
23 會憑紫燕西飛句　甚時躍馬歸來句
24 更約黃鸝相待韻　認得迎門輕笑韻

就字數、句式而論，二篇全同。就韻位而論，二篇大體一致，惟賀詞多叶二韻，當係添叶，東山家法如此，屢見不鮮。就平仄而論，二篇基本吻合，僅十字稍有出入。其中第一句首字賀入聲（疊），時平聲（胡）。第四句首字賀平（蘭）時入（一）；第七句首字賀入（十）時平（行）；第十句首字賀入（一）時平（燈）；第十一句末字賀平（秋）時入（鴨）；第十五句首字賀平（松）時入（一）：凡此六字，皆無妨礙，蓋詞家向有「入可代平」之說也。第八句賀作「回想牽衣愁」，末三平聲似拗，頗疑「愁」當作「態」，二字行草形近易譌，果如此，則與時作末字「館」平仄不悖。且「態」字是韻，又與下闋對應句「覽勝情無奈」爲添叶者相稱。至第十一句一二兩字，賀作平去（紈扇），時作去平（霧濃）；第十三句第二字，賀作去（共），時作平（天）：雖相扞格，究屬個別，不能以此些微差異而判爲兩調。　〔嘲喧〕原校：「原本『喧』作『軒』，從鮑校本。」　〔綵旗〕四印齋本作「移旗」，誤。　〔揮霍〕知不足齋本作「輝霍」，誤。　〔蘋汀〕知不足齋本作「頻汀」，誤。　〔啼妝〕八千卷樓本、四印齋本作「妝啼」，不足據。　〔「何處」三句〕或作「何處玉尊空，對松陵正美，鱸魚菰菜」，非是。「對」字是韻，豈可屬下？或以清戈載詞林正韻爲口實，謂「對」字屬第三部，餘韻屬第五部，爲不相叶。實則宋人每押方音，未可以清人詞韻繩之。前感皇恩篇，亦以第三部之「淚」、「對」叶第五部之「睞」、「黛」、「態」、「解」、「奈」、「採」、「在」、「待」、「外」，與本篇同，可以互證。　〔菰菜〕四印齋本作「瓜菜」，誤。　〔黃鸝〕知不足齋本作「黃□」，八千卷樓本、四印齋本並同。「鸝」字無據，蓋後人臆補。鄙意缺字當作「花」，前玉京秋篇：「念故園黃花，自有年年約。」後芳洲泊篇：「殷勤留語採香人，清尊不負黃花約。」念彩雲篇：「猶記黃花攜手約。」與此「更約黃花相待」語同，可以印證。

【箋注】

〔一〕本篇當作於哲宗元符元年戊寅（一〇九八）至徽宗建中靖國元年辛巳（一一〇一）間某年秋。按詞及松江、太湖，故繫於方回首次客吳期間。

〔二〕疊鼓　文選謝朓鼓吹曲：「疊鼓送華輈。」李善注：「小擊鼓謂之疊。」按古代行船，擊鼓爲號。

世說新語豪爽「王大將軍年少時」條劉孝標注：「敦嘗坐武昌釣臺，聞行船打鼓，嗟稱其能。」又杜甫十二月一日詩：「打鼓發船何處郎？」

〔三〕揮霍　張衡西京賦：「跳丸劍之揮霍。」文選陸機文賦：「紛紜揮霍。」李善注：「揮霍，疾貌。」

〔四〕別浦潮平　唐牟融送徐浩詩：「渡口潮平促去舟。」

〔五〕啼妝　後漢書五行志一：「桓帝元嘉中，京都婦女作愁眉、啼妝……啼妝者，薄拭目下若啼處。」後但用指女子淚臉。梁王僧孺何生姬人有怨詩：「啼妝拭復垂。」韋莊閨怨詩：「啼妝曉不乾。」

〔六〕紈扇驚秋　用班婕妤怨歌行，詳見前七三頁歸風便篇注〔三〕。

〔七〕菱花　鏡也。趙飛燕外傳趙婕妤上飛燕二十六物，中有「七出菱花鏡一奩」。

〔八〕松陵　見前二九頁避少年篇注〔二〕。

〔九〕鱸魚　見前六九頁望長安篇注〔六〕。　苽菜，爾雅翼卷一苽：「苽者，蔣草也。生水中，葉如蔗荻。江南人呼爲交草。……其苗有莖梗者謂之菰蔣。至秋則爲此米（菰米）。」吴郡志卷二九土物菰葉羹條：「晉張翰所思者。按菰即茭也。菰首，吴謂之茭白，甘美可羹。而葉殊不可噉，疑『葉』衍或誤。」

〔一〇〕三萬頃　太平寰宇記卷九一江南東道三蘇州吴縣：「太湖周圍三萬六千頃。」范仲淹蘇州十詠其六太湖：「秋宵誰與期？月華三萬頃。」　塵界，龍舒心經：「色、聲、香、味、觸、法爲六塵界。」此佛家語，賀詞但作塵境解可也。

〔一一〕越人　見前一四〇頁東吴樂篇注〔八〕。

〔一二〕紫燕西飛　顧况短歌行：「紫燕西飛欲寄書。」

望揚州〔一〕

鐵甕城高〔二〕，蒜山渡闊〔三〕，干雲十二層樓。開尊待月，捲箔披風〔四〕，依然燈火揚州〔五〕。綉陌南頭，記歌名宛轉〔六〕，鄉號温柔〔七〕。曲檻俯清流，想花陰、誰繫蘭舟？

念凄絶秦絃〔八〕，感深荆賦〔九〕，相望幾許凝愁。殷勤裁尺素，奈雙魚、難渡瓜洲〔一〇〕。曉鏡堪羞：潘鬢點、吴霜漸稠〔一一〕。幸于飛、鴛鴦未老〔一二〕，不應同是悲秋。

【校】

〔望揚州〕知不足齋本題下有「春愁」字，然詞曰「悲秋」，似不合。〔作者〕原校：「原本注云：此詞又見秦淮海詞，作長相思。按楊補之有次賀方回韻，此詞爲賀作無疑。秦詞誤收入。」知不足齋本眉批即如此。四印齋本案曰：「此又見淮海集。據四庫提要引楊無咎此調注云用方回韻，似宜仍屬東山。」以上諸家斷此爲賀詞。而詞律卷二長相思又一體楊無咎詞後注曰：「逃禪自注此詞乃用賀方回韻，而淮海『鐵甕城高』一首與此韻脚相同，想揚州懷古，秦、賀同作也。」按本篇改題新名，又添叶多韻，雅符東山家法，應係賀詞。〔蒜山〕詞律：「詞匯乃作『金山』。『金』字平聲，一字之訛，相去河漢矣。」〔捲箔〕淮海居士長短句卷上、詞譜卷三一長相思慢秦觀詞作「掩箔」，似欠通。〔荆賦〕清王敬之刻本淮海詞作「荆璞」，不足據。〔殷勤〕淮海居士長短句、詞譜作「勤勤」，不足據。〔曉鏡〕淮海居士長短句、詞譜作「曉鑑」。〔潘鬢點〕詞譜作「潘鬢短」，不足據。〔幸于飛〕知不足齋本曰一作「問于飛」。〔「不應」句〕詞律記詞匯、王敬之刻本淮海詞無此句，連上句收作「幸于飛鴛鴦未老綢繆」，不足據。〔同是〕知不足齋本曰一作「同見」。

【箋注】

〔一〕本篇疑作於哲宗紹聖元年甲戌（一〇九四）九月。按詩集卷五題甘露寺浄名齋兼寄米元章小序：「甲戌九月晦，京口賦。」詞或此時作。時四十三歲，曰「潘鬢點、吴霜漸稠」，恰相符合。

〔二〕鐵甕城高　見前八頁鴛鴦語篇注〔三〕。

〔三〕蒜山渡　太平寰宇記卷八九江南東道一潤州丹徒縣：「蒜山，在縣西北三里。……山生澤蒜，因以爲名。」至順鎮江志卷七山水山丹徒縣：「蒜山，今西津渡口水中孤峰是也。」據此則蒜山渡即西津渡，參見前九頁鴛鴦語篇注〔五〕。

〔四〕披風　宋玉風賦：「有風颯然而至，王乃披襟而當之。」

〔五〕燈火揚州　宋楊蟠陪潤州裴如晦學士游金山回作詩：「天遠樓臺横北固，夜深燈火見揚州。」

〔六〕歌名宛轉　樂府詩集卷六〇琴曲歌辭四宛轉歌二首解題：「續齊諧記曰：晉有王敬伯者，會稽餘姚人。少好學，善鼓琴。年十八，仕於東宮，爲衛佐。休假還鄉，過吴，維舟中渚。登亭望月，悵然有懷，乃倚琴歌湛露之詩。俄聞户外有嗟賞聲，見一女子，雅有容色，謂敬伯曰：『女郎悦君之琴，願共撫之。』敬伯許焉。既而女郎至，姿質婉麗，綽有餘態，從以二少女，一則向先至者。女郎乃撫琴揮弦，調韻哀雅。……乃命大婢酌酒，小婢彈箜篌，作宛轉歌。女郎脱頭上金釵，扣琴弦而和之。……將去，留錦卧具，繡香囊并佩一雙，以遺敬伯。敬伯報以牙火籠、玉琴軫。女郎悵然不忍别，且曰：『深閨獨處，十有六年矣。邂逅旅館，盡平生之志，蓋冥契，非人事也。』言竟便去。敬伯船至虎牢戍，吴令劉惠明者，有愛女早世，舟中亡卧具，於敬伯船獲焉。敬伯具以告，果於帳中得火籠、琴軫。女郎名妙容，字雅華。」歌曰：「月既明，西軒琴復清。寸心斗酒争芳夜，千秋萬歲同一情。歌宛轉，宛轉淒以哀。願爲星與漢，光影共徘徊。」又：「悲且傷，參差淚成行。低紅掩翠方無色，金徽玉軫爲誰鏘。歌宛轉，宛轉情復悲。願爲煙與霧，氛氲對容姿。」

〔七〕鄉號温柔　趙飛燕外傳：「是夜進合德，帝大悦，以輔屬體，無所不靡，謂爲『温柔鄉』，謂（樊）嫕曰：『吾老是鄉矣，不能效武皇帝求白雲鄉也。』」

〔八〕淒絶秦絃　岑參秦筝歌送外甥蕭正歸京：「汝不聞秦筝聲最苦，五色纏絃十三柱。」

〔九〕荆賦　猶楚辭。

〔一〇〕尺素、雙魚　見前二六〇頁風流子篇注〔一一〕。又唐李冶結素魚貽友人詩：「尺素如殘雪，結爲雙鯉魚。欲知心裏事，看取腹中書。」瓜洲，輿地紀勝卷三七淮南東路揚州景物上：「瓜洲，在江都縣南四十里江濱，相傳即祖逖擊楫之所也。昔爲瓜洲村，蓋揚子江中之砂磧也，沙漸漲出，其狀如瓜，接連揚子渡口，民居其上，唐立爲鎮。」

〔一一〕「潘鬢」句　見前一四一頁東吴樂篇注〔一四〕。唐王棨詠白詩：「潘岳鬢如霜。」吴霜，見前二六〇頁風流子篇注〔九〕。

〔一二〕于飛鴛鴦　詩小雅鴛鴦：「鴛鴦于飛，畢之羅之。」

【附録】

宋揚無咎長相思（己卯歲留淦上，同諸友泛舟，至盧家洲登小閣，追用賀方回韻，以資坐客歌笑）：急雨回風，淡雲障日，乘閒攜客登樓。金桃帶葉，玉李含朱，一尊同醉青州。福善橋頭，記檀槽淒絶，春筍纖柔。窗外月西流。似潯陽、商婦鄰舟。　況得意情懷，倦妝模樣，尋思可奈離愁？何妨乘逸興、甚征帆、只抵蘆洲？月却花羞，重見想、歡情更稠。佳期卜夜，如今雙鬢驚秋。

定情曲〔一〕　春愁

沈水濃熏〔二〕，梅粉淡妝，露華鮮映春曉〔三〕。淺顰輕笑，真物外、一種閑花風調。可待合歡翠被〔四〕？不見忘憂芳草〔五〕。擁膝渾忘羞，回身就郎抱〔六〕。兩點靈犀心顛倒〔七〕。　念樂事稀逢，歸期須早。五雲聞道〔八〕，星橋畔，油壁車，迎蘇小〔九〕。引領西陵自遠〔一〇〕，攜手東山偕老〔一一〕。殷勤製、雙鳳新聲〔一二〕，定情永爲好。

【校】

〔梅粉淡妝〕原校：「王輯本『粉』作『妝』，『妝』作『粉』。」四印齋本、藝風堂本亦作「梅妝淡粉」。均不足據。〔一種〕八千卷樓本、四印齋本、藝風堂本作「一枝」，不足據。〔芳草〕原校：「王輯本……『芳』作『萱』。」四印齋本、藝風堂本亦作「萱草」。不足據。〔擁膝〕知不足齋本作「擁梁」，誤。〔回身〕句原校：「原本『回』上有『難』字，從鮑校本刪。」按知不足齋本實有「難」字，未必定是衍文。鄙意當屬上句作「擁膝渾忘羞難」，「羞難」，見晉孫綽情人碧玉歌；又見前小重山（玉指金徽一再彈）篇：「昵語强羞難。」〔心顛倒〕知不足齋本作「顛心倒」，誤。〔稀逢〕八千卷樓本、四印齋本、藝風堂本作「依稀」，不足據。

【箋注】

〔一〕定情曲　漢繁欽有定情詩，唐喬知之有定情篇，施肩吾有定情樂，樂府詩集收入雜曲歌辭。此仿其題。調不見其他宋人詞籍，詞律、詞譜亦失載，當是方回自度。

〔二〕沈水　太平御覽卷九八二香部二沉香引（吴萬震）南州異物志曰：「沈水香出日南，欲取，當先斫壞樹，着地積久，外皮朽爛，其心至堅者，置水則沈，名沈香。」

〔三〕「露華」句　趙飛燕外傳：「（趙）婕妤……傳露華百英粉。」李白清平調詞三首其一（雲想衣裳花想容）：「春風拂檻露華濃。」

〔四〕可待　詩詞曲語辭匯釋卷一可（八）條：「可，猶豈也、那也。……可待，猶云豈待或那待也。」

合歡翠被，古詩十九首其十八：「客從遠方來，遺我一端綺。……文綵雙鴛鴦，裁爲合歡被。」

〔五〕忘憂芳草　詩衛風伯兮：「焉得諼草？」毛傳：「諼草令人忘憂。」按即萱草。

〔六〕「回身」句　玉臺新詠卷一〇（晉）孫綽情人碧玉歌二首其二：「感郎不羞郎，回身就郎抱。」

〔七〕「兩點」句　李商隱無題詩（昨夜星辰昨夜風）：「心有靈犀一點通。」靈犀，參見前一八五頁綺筵張篇注〔七〕。

〔八〕五雲　漢京房易飛候：「宣太后陵前後數有光，又有五采雲在松下，如車蓋。」

〔九〕「油壁車」二句　玉臺新詠卷一〇錢塘蘇小歌：「妾乘油壁車，郎騎青驄馬。何處結同心？西陵松柏下。」李賀蘇小小墓詩：「草如茵，松如蓋。風爲裳，水爲珮。油壁車，夕相待。冷翠燭，勞光彩。西陵下，風吹雨。」樂府詩集卷八五雜歌謠辭三蘇小小歌解題引樂府廣題曰：「蘇小小，錢塘名倡也，蓋南齊時人。」輿地紀勝卷三兩浙西路嘉興府古迹蘇小小墓條：「晉歌姬也。」二説不同，未知孰是。

〔一〇〕西陵　樂府詩集蘇小小歌解題引樂府廣題：「西陵在錢塘江之西。」

〔一一〕「攜手」句　詩邶風北風：「攜手同行。」鄭風女曰雞鳴：「與子偕老。」潘岳懷舊賦：「歡攜手以偕老。」世説新語識鑒：「謝公在東山畜妓。」參見前一七八頁鳳求凰篇注〔一二〕。

〔一二〕雙鳳新聲　見前二〇三頁更漏子（酒三行）篇注〔一〕。

【彙評】

夏敬觀批語：此調與下擁鼻吟（別酒初銷）當是自製曲。

擁鼻吟〔一〕　吴音子

別酒初銷，憮然弭櫂蒹葭浦。回首不見高城，青樓更何許〔二〕！大艑軻峨〔三〕，越商巴賈。萬恨龍鍾，篷下對語。　指征路，山缺處，孤煙起，歷歷聞津鼓。江豚吹浪，晚來風轉夜深雨〔四〕。擁鼻微吟，斷腸新句。粉碧羅牋，封淚寄與〔五〕。

【校】

〔萬恨〕知不足齋本作「葛恨」，不可通。四印齋本缺作「□恨」。餘本以「葛」爲「萬」形譌，故改。按原本「葛」字不誤，所譌者「恨」也。唐李端荆門歌送兄歸夔州：「船門相對多商估，葛服龍鍾篷下語。」賀詞用此，故應作「葛服」。前品令篇：「愁與淚，分占眉叢眼尾。」知不足齋原鈔誤「眼」爲「服」，亦右傍「艮」、「㞋」互譌，正與此誤性質相同。　〔指征路〕原校：「『指征路』，原本屬上結，從鮑校本。王輯本『征』作『他』，『路』作『駱』。」知不足齋本、八千卷樓本此句亦作上結，誤。八千卷樓本作「指把駱」，四印齋本作「指他駱」，並誤。

【箋注】

〔一〕本篇當作於哲宗紹聖三年丙子（一〇九六）四月。按方回紹聖二年（一〇九五）九月後自京赴江夏錢官任；次年三月，途中再游金陵；四月，離金陵繼續溯江上行。詩集拾遺有丙子四月賦烈洲守風，太平寰宇記卷九〇江南東道二昇州江寧縣：「烈洲，在縣西南八十里，周迴六十里。輿地志：吳舊津所，內有小水堪泊船，商客多停以避烈風，故以名焉。」詞曰「江豚吹浪」，用許渾金陵詩；又曰「大艑軻峨，越商巴賈，葛服龍鍾，篷下對語」：當即甫離石城、避風烈洲時作。　擁鼻吟，唐彥謙春陰詩：「天涯已有銷魂別，樓上寧無擁鼻吟？」參見前六頁七娘子（□波飛□□□向）篇注〔四〕。

〔二〕「回首」二句　唐歐陽詹初發太原途中寄太原所思詩：「高城已不見，況復城中人！」

〔三〕大艑軻峨　南齊釋寶月估客樂二首其一：「大艑珂峨頭，何處發揚州？」服虔通俗文：「吴船曰艑。」

〔四〕「江豚」二句　許渾金陵懷古詩：「江豚吹浪夜還風。」至順鎮江志卷四土産魚：「江豚，生揚子江中。狀如豚，黑色。出没波濤間，鼻中作聲。其出必有大風，土人以此占候。」

〔五〕「粉碧」二句　翻用麗情集灼灼寄淚事，詳見前二二六頁更漏子（芳草斜曛）篇注〔三〕。宋趙希鵠洞天紙録宋紙：「有彩色粉牋，其色光滑。」杜甫因許八奉寄江寧旻上人詩：「封淚寄與淚潺湲。」

思越人〔一〕

京口瓜洲記夢間〔二〕，朱扉猶想映花關〔三〕。東風大是無情思，不許扁舟興盡還〔四〕。春水漫，夕陽閑〔五〕，烏檣幾轉緑楊灣〔六〕。紅塵十里揚州過〔七〕，更上迷樓一借山〔八〕。

【校】

〔記夢間〕四印齋本、藝風堂本作「記夢闌」，不足據。〔情思〕八千卷樓本作「情忍」，誤。〔春水漫〕知不足齋本、丹鉛精舍本作「春水慢」，誤。〔烏檣〕知不足齋本作「鳥檣」，誤。〔揚州過〕四印齋本作「揚州逌」，不足據。

【箋注】

〔一〕本篇當作於哲宗元祐六年辛未（一〇九一）二月。從年譜説。

〔二〕「京口」句　王安石泊船瓜洲詩：「京口瓜洲一水間。」京口，太平寰宇記卷八九江南東道一潤州：「建安十四年，吴孫權自吴徙都於京口。……爾雅云『絶高爲京』，其城因山爲壘，緣江爲境，因謂之京口。」瓜洲，見前二九五頁望揚州篇注〔一〇〕。

〔三〕「朱扉」句　韓翃題薦福寺衡陽岳師房詩：「深户映花關。」

〔四〕「不許」句　反用世説新語任誕王子猷「興盡而返」語。

〔五〕「春水」二句　唐嚴維酬劉員外見寄詩：「柳塘春水漫，花塢夕陽遲。」

〔六〕烏檣　陳陰鏗廣陵岸北送使詩：「檣轉向風烏。」劉禹錫淮陰行五首其一：「好日起檣竿，烏飛驚五兩。」蓋船桅上風向標也，作烏形。

〔七〕「紅塵」句　杜牧贈别詩二首其一：「春風十里揚州路。」

〔八〕迷樓　見前二七〇頁憶仙姿（六）篇注〔三〕。借山，宋劉敞登平山堂寄永叔内翰詩：「蕪城遠地隔人寰，盡借江南萬疊山。」范仲淹北固樓詩：「春山雨後青無數，借與淮南子細看。」

【彙評】

夏敬觀批語：揚州無山，所見皆隔江山色。

此下原有青玉案（淩波不過横塘路）一首，即東山詞上之横塘路，複見不録。

清平樂〔一〕

吳波不動〔二〕，四際晴山擁。載酒一尊誰與共？回首江湖舊夢〔三〕。　長艚珠箔青篷〔四〕，艣聲鴉軋征鴻〔五〕。淚□鏤檀香枕〔六〕，醉眠摇□春風〔七〕。

【校】

〔長艚〕原校：「原本『艚』作『艠』，從鮑校本。」　〔淚□〕原校：「原本『淚』下作『曉』……疑誤。」按知不足齋本即已作「曉」。疑當是「浼」形譌。賀詞諸本每多「曉」、「晚」互譌之例，可詳見前喚春愁、夢江南、玉京秋、蕙清風及後謁金門（楊花落）、減字木蘭花（冷香浮動）諸篇校記。意此「淚浼」輾轉傳鈔，譌作「淚晚」，又進而譌作「淚曉」也。　〔香枕〕四印齋本、藝風堂本作「暗枕」，不足據。　〔摇□〕原校：「原本……『摇』下作『況』……疑誤。」按知不足齋本即已作「況」。疑當是「蕩」字蠹損。四印齋本、藝風堂本作「摇曳」，蓋臆改。「況」、「曳」音形相去皆遠，安得互譌？

【箋注】

〔一〕本篇當作於哲宗元祐三年戊辰（一〇八八）後，確年無考。按詞曰「吳波」，方回吳地行迹始於元祐三年三月赴官和州途中過金陵，詞必作於此後。

〔二〕吴波不動　温庭筠湖陰詞：「吴波不動楚山晚。」

〔三〕「載酒」二句　杜牧遣懷詩：「落拓江湖載酒行，楚腰纖細掌中輕。十年一覺揚州夢，贏得青樓薄倖名。」蘇軾漁家傲（臨水縱横回晚鞚）詞：「美酒一杯誰與共？」

〔四〕長艚　梁顧野王玉篇卷中舟部：「艚……小船也。」

〔五〕艣聲鴉軋　劉禹錫隄上行：「槳聲鴉軋滿中流。」

〔六〕「淚□〔浼〕」句　本事詩情感篇載唐無名士子擬寄内詩：「啼多漬枕檀。」前蜀牛希濟謁金門（秋已暮）：「淚滴枕檀無數。」

〔七〕摇□〔蕩〕春風　白居易思婦眉詩：「春風摇蕩自東來。」温庭筠鄠郊別墅寄所知詩：「徒然委摇蕩，惆悵春風時。」　用韻，平仄通叶。詞譜卷五清平樂未備此體，宜增。

二

宋鄰東畔〔一〕，明月關深院。玉指金徽調舊怨，楚客歸心欲斷〔二〕。　城隅芳草初春，佳期重約臨分。麗句漫題雙帶〔三〕，也愁繫住行雲。

【校】

〔一〕〔宋鄰〕八千卷樓本、四印齋本作「宋都」，誤。

【箋注】

〔一〕宋鄭東畔　見前一三頁羣玉軒篇注〔六〕。

〔二〕「楚客」句　岑參秋夕聽羅山人彈三峽流泉詩：「楚客腸欲斷。」

〔三〕「麗句」句　宋釋文瑩湘山野録卷下載南唐嚴續請韓熙載撰其父神道碑，以一歌鬟爲濡毫之贈。文既成，無點墨道及續之事業。續封還，冀其改竄。熙載亟以歌妓還之，「止寫一闋於泥金雙帶曰：『風柳摇摇無定枝，陽臺雲雨夢中歸。他年蓬島音塵斷，留取尊前舊舞衣。』」

三

厭厭別酒，更執纖纖手。指似歸期庭下柳〔一〕，一葉西風前後〔二〕。　無端不繫孤舟〔三〕，載將多少離愁〔四〕。又是十分明月，照人兩處登樓！

【箋注】

〔一〕指似　詩詞曲語辭匯釋卷三似（一）條：「似，猶與也；向也；用於動辭之後，特於動作影響及他處時用之。……竇鞏贈阿史那都尉詩：『……年來馬上渾無力，望見飛鴻指似人。』此指示或指點之義。」

〔二〕一葉西風　見前一三一頁獨倚樓篇注〔四〕。

〔三〕不繫孤舟　見前一七二頁念良游篇注〔七〕。李白寄崔侍御詩：「去國長如不繫舟。」

〔四〕「載將」句　鄭文寶柳枝詞：「不管煙波與風雨，載將離恨過江南。」

〔宋〕賀鑄 著
鍾振振 校注

賀鑄詞集校注

下

上海古籍出版社

卷三　賀方回詞二

木蘭花

嫣然何啻千金價〔一〕，意遠態閑難入畫〔二〕。更無方便只尊前，説盡牽情多少話！　別來樂事經春罷，枉度佳春拋好夜〔三〕。如今觸緒易銷魂〔四〕，最是不堪風月下。

【箋注】

〔一〕嫣然　宋玉登徒子好色賦：「嫣然一笑，惑陽城，迷下蔡。」漢崔駰七依：「一笑千金。」梁王僧孺詠寵姬詩：「一笑千金買。」

〔二〕意遠態閑　杜甫麗人行：「態濃意遠淑且真。」

〔三〕拋好夜　唐薛能晚春詩：「卧晚不曾拋好夜。」

〔四〕觸緒　見前二〇九頁羅敷歌〔二〕篇注〔三〕。

【彙評】

夏敬觀批語：意新。

二

朝來著眼沙頭認〔一〕，五兩竿摇風色順〔二〕。佳期學取弄潮兒，人縱無情潮有信〔三〕。紛紛花雨紅成陣〔四〕，冷酒青梅寒食近。漫將江水比閑愁，水盡江頭愁不盡〔五〕。

【箋注】

〔一〕著眼　詩詞曲語辭匯釋卷三着（九）條：「着……亦猶云注重也。……着眼亦注重意，猶云注目。」

〔二〕五兩　文選郭璞江賦：「覘五兩之動静。」李善注：「兵書曰：凡候風法，以雞羽重八兩，建五丈旗，取羽繫其巔，立軍營中。許慎淮南子注曰：綄，候風也，楚人謂之五兩也。」

〔三〕「佳期」二句　李益江南曲：「嫁得瞿塘賈，朝朝誤妾期。早知潮有信，嫁與弄潮兒。」

〔四〕「紛紛」句　李賀將進酒：「桃花亂落如紅雨。」宋陳摶西峰詩：「巖花紅作陣。」

〔五〕「漫將」二句　李煜虞美人（春花秋月何時了）：「問君能有幾多愁？恰似一江春水向東流。」此翻用其意。

【彙評】

夏敬觀批語：意新。

減字木蘭花

春容秀潤，二十四番花有信〔一〕。鸞鏡佳人〔二〕，得得濃妝樣樣新〔三〕。　情無遠近，水闊山長分不盡〔四〕。一斷音塵，淚眼花前只見春〔五〕。

【箋注】

〔一〕「二十」句　王逵蠡海集氣候類：「二十四番花信風者……自小寒至穀雨，凡四月八氣二十四候，每候五日，以一花之風信應之，世所異（易？）言曰『始於梅花，終於楝花』也。詳而言之：小寒之一候梅花，二候山茶，三候水仙；大寒之一候瑞香，二候蘭花，三候山礬；立春之一候迎春，二候櫻桃，三候望春；雨水之一候菜花，二候杏花，三候李花；驚蟄之一候桃花，二候棠棣，三候薔薇；春分之一候海棠，二候梨花，三候木蘭；清明之一候桐花，二候麥花，三候柳花；穀雨之一候牡丹，二候酴醾，三候楝花，花竟則立夏矣。」

〔二〕鸞鏡　見前一九二頁想車音篇注〔三〕。

〔三〕得得　唐音癸籤卷二四詁籤九得得條：「猶特特也。王建：『親故應須得得來。』貫休：『萬水千山得得來。』」

〔四〕水闊山長　晏殊蝶戀花（檻菊愁煙蘭泣露）詞：「欲寄彩箋兼尺素，山長水闊知何處！」

〔五〕押韻　平仄通叶。詞譜卷五減字木蘭花未備此體，宜增。

二〔一〕

閑情減舊，無奈傷春能作瘦。桂楫蘭舟〔二〕，幾送人歸我滯留〔三〕。　西門官柳〔四〕，滿把青青臨別手。誰共登樓，分取煙波一段愁〔五〕？

【校】

〔閑情〕八千卷樓本、四印齋本、藝風堂本作「閑將」，誤。

【箋注】

〔一〕本篇當作於哲宗紹聖四年丁丑（一〇九七）或元符元年戊寅（一〇九八）春。按詞曰「西門官柳」，知作於武昌。又詞紀春日事，方回紹聖三年秋八月至江夏任，後兩年春均在武昌，詞或此時作。

〔二〕桂楫蘭舟　楚辭九歌湘君：「桂櫂兮蘭枻。」此船之美稱。

〔三〕「幾送」句　詩集卷一送武庠歸隱終南序曰：「武字明叔，近號今是翁，銜命巴峽，還，道由江夏過我，乞詩，爲賦。丙子十二月。」又送鄂州刑獄掾王懋元功罷官還海陵乘簡金陵和上人序曰：「丁丑六月賦。」又南樓歌送武昌慎太守還朝序曰：「慎名宗傑，吳人，其先錢氏貴戚。戊寅三月江夏賦。」卷四送咸寧陳令完夫移官吳郡序曰：「陳字保神，丁丑十月江夏賦。」卷五送蒲圻陳主簿彥昇歸越序曰：「陳字登之，丁丑十二月江夏賦。」又送金壇慎令瓛序曰：「戊寅三月江夏賦。慎字獻玉。」可考者凡六。

〔四〕西門官柳　世説新語政事陶公性檢厲條劉孝標注引晉陽秋：「（陶）侃……嘗課營種柳。都尉夏施盜拔武昌郡西門所種。侃後自出，駐車施門，問：『此是武昌西門柳，何以盜之？』施惶怖首伏。」晉書陶侃傳作「都尉夏施盜官柳植之於己門。」

〔五〕押韻　平仄通叶，與上篇同。

三〔一〕

南園清夜〔二〕，臨水朱闌垂柳下。從坐蓮花，瀲灧觥船泛露華〔三〕。　酒闌歌罷〔四〕，雙□前愁東去也〔五〕。回想人家，芳草平橋一徑斜〔六〕。

【校】

〔觥船〕八千卷樓本、四印齋本、藝風堂本作「芳船」，不足據。

【箋注】

〔一〕本篇疑作於徽宗建中靖國元年辛巳（一一〇一）夏日。按「南園」、「平橋」均在蘇州，又詞涉豔情，或與吳女有關。大抵與前二七九頁花心動（西郭園林）篇時間相近，未詳孰先孰後。

〔二〕南園清夜　曹植公宴詩：「清夜游西園。」南園，吳郡圖經續記卷上南園條：「南園之興，自廣陵王元璙帥中吳，好治林圃，於是釃流以爲沼，積土以爲上（丘？），島嶼峰巒，出於巧思。求致異木，名品甚多，比及積歲，皆爲合抱。亭宇臺榭，值景而造，所謂三閣八亭二臺，龜首、旋螺之類，名載圖經，蓋舊物也。錢氏去國，比（此？）園不毁。王黄州詩云：『他年我若功成後，乞取南園作醉鄉。』迺玩而愛之之至也。或傳祥符中作景靈宫，購求珍石，郡中嘗取於此，以貢京師。其間樓榭歲久摧圮。吳濟叔嘗作熙熙堂。厥後守將亦加修飾。今所存之亭有流杯、四照、百花、樂豐、惹雲、風月之目，每春縱士女游覽，以爲樂焉。」

〔三〕觥船　酒盞之大者，太平廣記卷二三三酒量裴弘泰條引（温庭筠）乾𦠆子：「弘泰次第揭座上小爵，以至觥船，凡飲皆竭。」又觥記注：「南海出……酒船，以金銀爲之，内藏風帆十幅，酒滿一分則一帆舉，飲乾一分則一帆落，真鬼工也。」　露華，謂酒，姚合寄衛拾遺乞酒詩：「味清花上露。」宋王楙野客叢書卷一七銀甕酒庫：「真州郡齋舊有酒名謂之『花露』。」又若以觥船爲蓮葉，露華爲葉上之露珠，意境亦佳。段成式酉陽雜俎前集卷七酒食：「歷城北有使君林，魏正始中，鄭公慤三伏之際每率賓僚避暑於此。取大蓮葉置硯格上，盛酒三升，以簪刺葉，令與柄通，屈莖上輪菌如象鼻，傳吸之，名爲碧筩杯。歷下斆之，言酒味雜蓮氣，香冷勝於水（冰？）。」

〔四〕酒闌歌罷　姚合惜別詩：「酒闌歌罷更遲留。」

〔五〕雙□前愁　疑缺字爲「黛」。

〔六〕平橋　見前二八〇頁花心動注〔七〕。押韻，平仄通叶，與上二篇同。

四

多情多病〔一〕，萬斛閑愁量有賸〔二〕。一顧傾城〔三〕，惟覺尊前笑不成〔四〕。　探香幽徑，好住東風誰主領〔五〕？多謝流鶯，欲別頻啼四五聲〔六〕。

【校】

〔多謝〕原校：「原本『多』作『來』，從鮑校本。」知不足齋本即作「來謝」，誤。

【箋注】

〔一〕多情多病　蘇軾採桑子潤州多景樓與孫巨源相遇詞：「多情多感仍多病。」

〔二〕萬斛閑愁　海録碎事卷九愁樂門引庾信愁賦殘句：「誰知一寸心，乃有萬斛愁。」蘇軾過濰州驛見蔡君謨題詩壁上……不知爲誰而作也和一首：「萬斛閑愁何日盡？」

〔三〕一顧傾城　見前三六頁第一花篇注〔四〕。

〔四〕「惟覺」句　杜牧贈別詩二首其二：「多情却似總無情，惟覺尊前笑不成。」

〔五〕好住　詩詞曲語辭匯釋卷六好住條：「好住，行者安慰居者之辭。……賀鑄小重山詞：『月華歌調轉清商，尊酒畔，好住伴劉郎。』又減蘭詞：『探香幽徑，好住東風誰主領。多謝流鶯，欲別頻啼四五聲。』」

皆其例也。」主領，猶主管，漢書禮樂志：「僕射二人主領諸樂人。」白居易和錢華州題少華清光絶句：「高情雅韻三峰守，主領清光管白雲。」

〔六〕「多謝」二句　本事詩情感篇：「韓晉公（滉）鎮浙西，戎昱爲部内刺史。郡有酒妓善歌，色亦媚妙，昱情屬甚厚。浙西樂將聞其能，白晉公，召置籍中。昱不敢留，餞於湖上，爲歌詞以贈之，且曰：『至彼令歌，必首唱是詞。』既至，韓爲開筵，自持盃，命歌送之。遂唱戎詞。曲既終，韓問曰：『戎使君於汝寄情邪？』悚然起立曰『然』，言隨淚下。韓令更衣待命，席上爲之憂危。韓召樂將責曰：『戎使君名士，留情郡妓，何故不知而召置之，成余之過！』乃笞之，命與妓百縑，即時歸之。其詞曰：『好去春風湖上亭，柳條藤蔓繫離情。黄鶯久住渾相識，欲别頻啼四五聲。』」　押韻，平仄通叶，與上三篇同。

【彙評】

夏敬觀批語：「臏」字妙。

攤破木蘭花〔一〕

南浦東風落暮潮，祓禊人歸，相並蘭橈。回身昵語不勝嬌，猶礙華燈，扇影頻搖。

重泛青翰頓寂寥〔二〕，魂斷高城手漫招〔三〕。佳期應待鵲成橋〔四〕，爲問行雲，誰伴朝朝？

【校】

〔猶礙〕八千卷樓本、四印齋本、藝風堂本作「枕礙」，誤。　〔「魂斷」句〕四印齋本、藝風堂本作「魂斷高城，手漫□招」，不足據。

【箋注】

〔一〕此調詞律、詞譜均不載，宋金元人別家亦無，蓋方回所獨有，可補律、譜之遺。

〔二〕青翰　青翰舟，見前一四〇頁東吴樂篇注〔八〕。

〔三〕「魂斷」句　參見前二二七頁更漏子（芳草斜曛）篇注〔八〕。

〔四〕「佳期」句　見前一七四頁寒松歎篇注〔二〕。

二

芳草裙腰一尺圍〔一〕，粉郎香潤〔二〕，輕灑薔薇〔三〕。爲嫌風日下樓稀〔四〕，楊柳青陰，深閉朱扉。　枉是尊前調玉徽〔五〕，彩鸞何事逐雞飛〔六〕？楚臺賦客莫相違〔七〕，留住行雲〔八〕，好待郎歸〔九〕。

【校】

〔輕灑〕八千卷樓本、藝風堂本作「軟灑」，誤。　〔風日〕原校：「原本『日』作『月』，從鮑校本。」八千卷樓本、四印齋本、藝風堂本亦作「風月」，誤。　〔「彩鸞」句〕八千卷樓本、四印齋本、藝風堂本作「綵鴛何事，□逐□飛」，不足據。

【箋注】

〔一〕芳草裙腰　蘇軾再和楊公濟梅花十絶其五：「裙腰芳草抱山斜。」此以裙喻草，賀詞則以草喻裙。「芳草裙」即緑羅裙。　一尺圍，庾信王昭君詩：「圍腰無一尺。」

〔二〕粉郎　晉裴啓語林：「何平叔（晏）美姿儀而絶白，魏文帝疑其著粉。」周密浩然齋雅談卷上：「若駙馬則以何晏事稱『粉郎』。」按唐宋璟梅花賦：「儼如傅粉，是謂何郎。」則以人喻花。疑所謂「粉郎香潤」即前定情曲篇之「梅粉」也。

〔三〕輕灑薔薇　妝樓記：「周顯德五年，昆明國獻薔薇水十五瓶，云得自西域，以灑衣，衣敝而香不滅。」鐵圍山叢談卷五：「舊説薔薇水乃外國採薔薇花上露水，殆不然。實用白金爲甑，採薔薇花蒸氣成水，則屢採屢蒸，積而爲香，此所以不敗。但異域薔薇花氣馨烈非常，故大食國薔薇水雖貯琉璃缶中，蠟密封其外，然香猶透徹，聞數十步，灑著人衣袂，經十數日不歇也。」

〔四〕「爲嫌」句　張籍倡女詞：「輕鬟叢梳闊掃眉，爲嫌風日下樓稀。」

〔五〕「枉是」句　反用司馬相如以琴心挑卓文君事，參見前一七七頁鳳求凰篇注〔一〇〕。

〔六〕「彩鸞」句　苕溪漁隱叢話前集卷六〇麗人雜記引今是堂手録：「杜大中自行伍爲將，與物無情，西人呼爲杜大蟲。……有愛妾，才色俱美。……一日，大中方寢，妾至，見几間有紙筆頗佳，因書一闋，寄臨江仙，有『彩鳳隨鴉』之語。」按二語差近，未知孰先。

〔七〕楚臺　即陽臺。　賦客，謂宋玉。見前九頁鴛鴦語篇注〔八〕。李商隱予爲桂州從事故府鄭公出家妓令賦高唐詩：「料得有心憐宋玉，衹應無奈楚襄王。」

〔八〕留住行雲　歐陽修減字木蘭花（歌檀斂袂）詞：「留住行雲，滿座迷魂酒半醺。」

〔九〕好待郎歸　韓愈鎮州初歸詩：「還有小園桃李在，留花不發待郎歸。」

南鄉子〔一〕

秋半雨涼天，望後清蟾未破圓。二十四橋游冶處〔二〕，留連，攜手嬌嬈步步蓮〔三〕。

眉宇有餘妍，初破瓜時正妙年〔四〕。玉局彈棋無限意〔五〕，纏綿，腸斷吳蠶兩處眠！

【校】

〔游冶處〕原校：「王輯本『處』作『地』。」八千卷樓本、四印齋本亦作「地」，不足據。　〔眉宇〕知不足齋本、四印齋本作「眉字」，誤。　〔餘妍〕知不足齋本作「餘研」，誤。

【箋注】

〔一〕本篇當作於哲宗紹聖元年甲戌（一〇九四）八月。按詞曰「秋半」、「望後」，是中秋過不數日；曰「二十四橋」，是揚州之作。方回紹聖元年在海陵，正月至七月皆有詩可證。九月晦，在京口作題甘露寺淨名齋兼寄米元章詩。惟八月行踪未詳。然自海陵之京口必經揚州，似即此月中事。

〔二〕二十四橋　見前五四頁晚雲高篇注〔三〕。

〔三〕嬌嬈　漢宋子侯有董嬌饒詩，見玉臺新詠卷一。後用爲美人之代稱，李賀惱公詩：「宋玉愁空斷，嬌嬈粉自紅。」李商隱碧瓦詩：「重疊贈嬌饒。」步步蓮，見前一八五頁綺筵張篇注〔三〕。

〔四〕破瓜　玉臺新詠卷一〇孫綽情人碧玉歌：「碧玉破瓜時，相爲情顛倒。」通俗編卷二二婦女：「宋謝幼槃詞：『破瓜年紀小腰身。』按：俗以女子破身爲『破瓜』，非也。『瓜』字破之爲二『八』字，言其二八十六歲耳。」

〔五〕玉局彈棋　李商隱無題詩（照梁初有情）：「莫近彈棋局，中心最不平。」又柳枝五首其二：「玉作彈棋局，中心亦不平。」夢溪筆談卷一八：「彈棋，今人罕爲之。有譜一卷，盡唐人所爲。其局方二尺，中心高如覆盂，其巔爲小壺，四角微隆起。今大名開元寺佛殿上有一石局，亦唐時物也。……白樂天詩：『彈棋局上事，最妙是長斜。』長斜，謂抹角斜彈，一發過半局，今譜中具有此法。柳子厚敍棋用二十四棋者，即此戲也。漢書注云兩人對局，白黑子各六枚，與子厚所記小異。」

二

柳岸艤蘭舟，更結東山謝氏游〔一〕。紅淚清歌催落景，回頭，□出尊前一段愁。東水漫西流，誰道行雲肯駐留？無限鮮飆吹芷若〔二〕，汀洲，生羡鴛鴦得自由〔三〕。

【校】

〔柳岸〕八千卷樓本、四印齋本作「柳外」，不足據。〔□出〕原校：「原本作『花出』，疑誤。」知不足齋本即作「花出」。意當是「惹出」之謁。〔「東水」句〕知不足齋本作「東水漫東流」，文意自通，不必改「西流」。

【箋注】

〔一〕東山謝氏游　見前一七八頁鳳求凰篇注〔一二〕。

〔二〕鮮飆　唐李德裕奉和韋侍御陪相公游開義五言六韻詩：「石渠清夏氣，高樹激鮮飆。」孫光憲玉蝴蝶（春欲盡）詞：「鮮飆暖，牽游伴。」

〔三〕生羡　詩詞曲語辭匯釋卷一生（一）條：「生，甚辭，猶偏也；最也；只也；硬也。」賀鑄南鄉子詞：『無限鮮飆吹芷若，汀洲，生羡鴛鴦得自由。』生羡猶云最羡。」

臨江仙〔一〕

暫假臨淮東道主〔二〕，每逃歌舞華筵〔三〕。經年未辦買山錢〔四〕。筋骸難强，久坐沐猴禪〔五〕。　行擁一舟稱浪士〔六〕，五湖春水如天〔七〕。越人相顧足嫣然〔八〕，何須繡被，來伴擁蓑眠？

【校】

〔難强〕八千卷樓本作「强難」，不足據。

【箋注】

〔一〕本篇當作於徽宗崇寧二年癸未（一一〇三）至四年乙酉（一一〇五）。按年譜紹聖三年丙子一〇九六：「四十五歲。二月，過泗州。即臨淮。詩集五寓泊臨淮有懷杜修撰注：『丙子三月賦。杜公名紘，去歲總漕於此，屢開讌賓訓堂。』詞集臨江仙，『暫假臨淮東道主……』或此時作。」此以「假」訓借、藉，以爲依附義，視杜紘爲「東道主」，恐不確。意「假」即「假守」之「假」。史記項羽本紀「會稽守通謂梁曰」句裴駰集解：「楚漢春秋曰：『會稽假守殷通。』」張守節正義：「言『假』者，兼攝之也。」暫假，即暫時代理。本篇應作於方回通判泗州時，知州出缺，暫攝其事，「東道主」蓋自謂也。東道主例須陪客，而己「筋骸難强久坐」，故「每逃歌舞華筵」。前漁家傲（莫厭香醪斟繡履）篇自註：「臨淮席上……是夜以病目，命幕僚主席。」尤可爲本篇解説。下闋「行擁一舟稱浪士」云云，謂己行將去官歸隱太湖，亦可證賦此詞時方見羈於一職。方回通判泗州約在崇寧元年至四年，而詞中已有「經年」字，故繫於崇寧二年以後。

〔二〕臨淮　見前二三八頁漁家傲篇注〔五〕。東道主，左傳僖公三十年載晉秦合兵圍鄭，鄭文公使燭之武説秦穆公解圍，曰：「若舍鄭以爲東道主，行李之往來，共有乏困，君亦無所害。」按鄭在秦東，可隨時供應秦使路途之困乏，因稱東道主。後每泛指居停主人。

〔三〕「每逃」句　本事詩事感篇載元稹黄明府詩序：「昔年曾於解縣飲酒。……有一人後至，頻犯語令，連飛十數觥，不勝其困，逃席而去。」

〔四〕買山錢　世説新語排調：「支道林因人就深公買印山，深公答曰：『未聞巢由買山而隱。』」范攄雲溪友議卷上襄陽傑：「又有匡廬符載山人遣三尺童子齎數幅之書，乞買山錢百萬。」顧況送李山人還玉溪詩：「幽人獨欠買山錢。」

〔五〕「筋骸」三句　依文意當作一句讀，言筋力不濟，難以勉强久坐沐猴禪也。太平廣記卷四四六畜獸一三獼猴引北夢瑣言：「獼猴見僧，即必圍繞，狀如供養，戎瀘彝獠，亦啗此物，但於野外石上跏趺而坐，以物蒙首，有如坐禪，則必相悦而來，馴擾之，逡巡衆去，唯留一箇，伴假僧偶坐。僧以斧擊，將歸充食。」陸璣毛詩草木鳥獸蟲魚疏卷下：「獼猴也，楚人謂之沐猴。」

〔六〕浪士　寄迹水邊之隱士。晉書郭璞傳客傲：「是以水無浪士，巖無幽人。」新唐書元結傳載結作自釋，言己曾「家瀼濱，乃自稱『浪士』」。

〔七〕「五湖」句　唐劉（一作「裴」）瑶闔閭城懷古詩：「五湖春水接遥天。」五湖，見前八九頁負心期篇注〔四〕。

〔八〕越人　見前一四〇頁東吴樂篇注〔八〕。嫣然，登徒子好色賦：「嫣然一笑。」

羅敷歌〔一〕　醜奴兒

東山未辦終焉計〔二〕，聊爾西來。花苑平臺〔三〕，倦客登臨第幾回〔四〕？　連延複道通馳道〔五〕，十二門開〔六〕。車馬塵埃〔七〕，悵望江南雪後梅。

【校】

〔花苑〕四印齋本、藝風堂本作「茂苑」，不足據。　〔倦客〕知不足齋本作「惓客」，誤。　〔登臨〕八千卷樓本作「登悲」，誤。

【箋注】

〔一〕本篇當作於徽宗崇寧元年壬午（一一〇二）初春。按方回建中靖國元年秋離蘇赴京，謀换新職。墓志：「元符靖國間，除太府光禄寺主簿，辭不赴，卒請補外。」詞曰「平臺」、「馳道」、「十二門」，是作於東京；曰「東山未辦終焉計，聊爾西來」，是自蘇赴京；曰「雪後梅」，是初春。意方回在京度歲，次年初賦此，在補外出通判泗州之前。

〔二〕東山　見前一七八頁鳳求凰篇注〔一二〕。

〔三〕平臺　漢書梁孝王劉武傳：「孝王築東苑，方三百餘里；廣睢陽城七十里，大治宮室，爲複道，自宮連屬於平臺三十餘里。」顔師古注：「如淳曰：平臺在大梁東北。」按東京戰國時稱大梁，魏都也。

〔四〕倦客登臨　蘇軾虔州八境圖八首詩其二：「倦客登臨無限思。」

〔五〕複道　史記留侯世家：「上在雒陽南宮，從複道望見諸將。」裴駰集解：「如淳曰：『上下有道，故謂之複道。』」　馳道，見前六九頁望長安篇注〔五〕。

〔六〕十二門　見前六八頁望長安篇注〔三〕。

〔七〕車馬塵矣　陳周弘正入武關詩：「車馬漾塵埃。」韋應物大梁亭會李四棲梧作詩：「車馬平明合，城郭滿塵埃。」

點絳脣

一幅霜綃〔一〕，麝煤熏膩紋絲縷〔二〕。掩妝無語，的是銷凝處〔三〕。薄暮蘭橈，漾下蘋花渚。風留住。緑楊歸路，燕子西飛去〔四〕。

【校】

〔的是〕八千卷樓本、藝風堂本作「約是」，四印齋本作「總是」，均不足據。〔銷凝〕原校：「原本『凝』作『魂』，從鮑校本。」八千卷樓本、四印齋本亦作「魂」，不足據。〔「薄暮」二句〕知不足齋本作「薄暮下蘭橈漾蘋花渚」，誤。〔西飛〕四印齋本、藝風堂本作「雙飛」，不足據。

【箋注】

〔一〕一幅霜綃　唐鮑溶蕭史圖歌：「霜綃數幅八月天。」按霜綃即素絹，鮑詩蓋謂用以畫圖，此則謂白手絹。

〔二〕麝煤　謂熏鑪中所燃燒之香料，與尋常作「墨」解者不同。蘇軾翻香令詞：「金鑪猶暖麝煤殘。」手絹爲淚水所濕，故須熏烤。言「熏膩」，則見淚之多也。

〔三〕的是　詩詞曲語辭匯釋卷四的（一）條：「的，猶準或確也；定也；究也。……賀鑄點絳脣詞：『掩妝無語，的是銷凝處。』的是，確是也。」處，王鍈詩詞曲語辭例釋處（一）條：「處，表示時間，作用與時間名詞略同，有『……時』、『……際』的意思，並不是指處所。」

〔四〕「燕子」句　顧況短歌行：「紫燕西飛欲寄書。」

南歌子〔一〕

繡幕深朱户，熏鑪小象牀。扶肩醉被冒明璫。繡履可憐分破、兩鴛鴦〔二〕。　夢枕初回雨〔三〕，啼鈿半□妝〔四〕。一鉤新月渡橫塘〔五〕，誰認淩波微步、襪塵香〔六〕？

【校】

〔半□妝〕原校：「原本作『絶妝』，『絶』疑『洸』誤。」知不足齋本即作「絶」，八千卷樓本、藝風堂本並同。按「絶」字不誤，謂淚水流破妝面，文意自通。而「洸」與「絶」音形相去皆遠，安得便譌？〔淩波〕八千卷樓本作「清波」，誤。

【箋注】

〔一〕本篇疑作於徽宗建中靖國元年辛巳（一一〇一）九月前。按詞曰「一鉤新月渡橫塘，誰認淩波微步、襪塵香」，與前橫塘路篇「淩波不過橫塘路，但目送、芳塵去」云云，情調相似，當係同時期之作，與吴女有關。

〔二〕「繡履」句　張鷟遊仙窟載己與十娘分袂，「取相思枕留與十娘，以爲紀念。……十娘報以雙履，報詩曰：『雙鳧乍失伴，兩燕還相屬。聊以當兒心，竟日承君足。』」是知古代情侶離別，有贈履之俗。惟此則贈一隻，故云「分破兩鴛鴦」也。想亦與擘釵分鏡同義。

〔三〕「夢枕」句　用高唐賦。夢枕，殷堯藩寒夜詩：「鷄催夢枕司晨早。」

〔四〕「啼鈿」句　啼鈿，猶啼鏡。李賀惱公詩：「鈿鏡飛孤鵲。」後減字浣溪沙（一二）篇：「留不住時分鈿鏡。」此處依律須平，故以「鈿」代「鏡」。元稹續會真詩三十韻：「啼粉流宵鏡。」意境相同，可參。憶秦娥（二）篇：「玉臺清鏡，淚淹妝薄。」亦此意。又若以爲「啼妝鈿半絶」之倒文，謂伊人淚濕妝面，所貼之翠鈿半爲脱落，亦可通。

〔五〕橫塘　見前一五六頁橫塘路篇注〔一〕。

〔六〕「誰認」句　洛神賦：「淩波微步，羅襪生塵。」

二

心蹙黄金縷，梢垂白玉團。孤芳不怕雪霜寒，先向百花頭上、探春□〔一〕。　傍水添清韻，橫牆露粉顔。夜來和月起憑闌，認得暗香微度、有無間〔二〕。

【校】

〔梢垂〕知不足齋本、藝風堂本作「稍垂」，誤。　〔不怕〕原校：「王輯本『怕』作『放』。」四印齋本、藝風堂本亦作「不放」。誤。　〔探春□〕八千卷樓本、四印齋本、藝風堂本「探」作「採」，誤。原校：「『春□』，原本作『春寒』，複上句韻。」知不足齋本即作「寒」，八千卷樓本、藝風堂本並同。四印齋本校曰：「複韻，疑『看』誤。」　〔橫牆〕八千卷樓本、四印齋本、藝風堂本作「橫塘」，不足據。　〔起憑闌〕原校：「王輯本『起憑闌』作『憑闌干』。」四印齋本、藝風堂本亦作「憑闌干」。誤。　〔認得〕原校：「王輯本『得』作『取』。」四印齋本亦作「取」。不足據。　〔暗香〕八千卷樓本作「晴香」，四印齋本作「清香」，皆誤。

【箋注】

〔一〕「先向」句　宋江少虞皇朝事實類苑卷三六詩歌賦詠王沂公條引魏王語録：「王沂公（曾）爲布衣

時，以所業贄呂文穆（蒙正），中有早梅詩，其警句云：『雪中未論和羹事，且向百花頭上開。』文穆云：『此生次第，已安排作狀元、宰相矣！』已而果然。」

〔二〕暗香　元稹春月詩：「露梅飄暗香。」

小重山

一葉西風生嫩涼〔一〕，綵舟旗影動，背斜陽。溪流幾曲似回腸〔二〕，高城遠〔三〕，今夜爲誰長？　正節號清狂〔四〕，苧蘿標韻美〔五〕，倚新妝〔六〕。月華歌調轉清商〔七〕，尊酒畔，好住伴劉郎〔八〕。

【校】

〔今夜〕八千卷樓本作「今坐」，誤。　〔正節〕原校：「按二字疑有誤。」按漢王符潛夫論潛歎：「列士所以建節者，義也。正節立，則醜類代。」二字未必誤也。　〔號清狂〕八千卷樓本作「浣清杜」，誤。四印齋本、藝風堂本作「説清狂」，不足據。

【箋注】

〔一〕「一葉」句　見前一三一頁獨倚樓篇注〔四〕。又唐張登秋夜館中醉後作詩：「一葉驚風風已涼。」

〔二〕「溪流」句　柳宗元登柳州城樓寄漳汀封連四州詩：「江流曲似九回腸。」

〔三〕高城遠　歐陽詹初發太原途中寄太原所思詩：「高城已不見，況復城中人！」

〔四〕清狂　高邁不羈。杜甫壯游詩：「放蕩齊趙間，裘馬頗清狂。」

〔五〕「苧蘿」句　吳越春秋卷九句踐陰謀外傳：「越王……得苧蘿山鬻薪之女曰西施、鄭旦，……獻於吳。」

〔六〕倚新妝　李白清平調詞：「可憐飛燕倚新妝。」

〔七〕「月華」句　段成式酉陽雜俎卷六：「魏高陽王雍美人徐月華，能彈臥箜篌，爲明妃出塞之聲。」又唐姚月華（女）有怨詩效徐淑體、怨詩寄楊達。清商，曲調甚悲。韓非子十過：「（晉）平公問師曠曰：……『清商固最悲乎？』師曠曰：『不如清徵。』」

〔八〕好住　見前三一一頁減字木蘭花（四）篇注〔五〕。劉郎，見前二六一頁風流子篇注〔一五〕。

清平樂〔一〕

林皋葉脱〔二〕，樓下清江闊。船裏琵琶金捍撥〔三〕，彈斷幺絃再抹〔四〕。　夜潮洲渚生寒，城頭星斗闌干。忍話舊游新夢？三千里外長安〔五〕！

【校】

〔忍話〕四印齋本作「忍認」，不足據。

【箋注】

〔一〕本篇當作於哲宗元祐三年戊辰（一〇八八）以後。按方回是年之官和州，其行蹤關係長江流域者始此。

〔二〕林皋葉脱　梁柳惲擣衣詩：「亭皋木葉下。」

〔三〕琵琶金捍撥　海録碎事卷一六音樂部琵琶門金捍撥條：「金捍撥，在琵琶面上當絃，或以金塗爲飾，以捍護其撥也。」

〔四〕「彈斷」句　「再抹彈斷幺絃」之倒裝　廣韻下平聲三蕭：「幺……小也。」琵琶第四絃最細，故稱幺絃。抹，琵琶彈奏指法之一。白居易琵琶行：「輕攏慢撚抹復挑。」

〔五〕「三千」句　劉禹錫採菱行：「長安北望三千里。」長安，借指東京。

二〔一〕

沈侯銷瘦，八詠新題就。惆悵酒醒兼夢後，帶眼如何復舊〔二〕？　幾時一葉蘭舟〔三〕，畫橈鴉軋東流？新市小橋西畔〔四〕，有人長倚妝樓〔五〕。

【校】

〔鴉軋〕知不足齋本、八千卷樓本、丹鉛精舍本、四印齋本、藝風堂本作「啞軋」。

【箋注】

〔一〕本篇疑作於徽宗崇寧四年乙酉（一一〇五）至大觀二年戊子（一一〇八）三月前。按詞曰「新市小橋西畔，有人長倚妝樓」，似謂吳女；曰「幾時一葉蘭舟，畫橈鴉軋東流」，似在太平州任。

〔二〕「沈侯」四句　見前一五四頁傷春曲篇注〔七〕。梁書沈約傳：「（梁）高祖受禪，爲尚書僕射，封建昌縣侯。」八詠，玉臺新詠卷九收沈約八詠詩，爲（登臺）望秋月、（會圃）臨春風、歲暮愍衰草、霜來悲落桐、夕行聞夜鶴、晨征聽曉鴻、解珮去朝市，被褐守山東。

〔三〕一葉蘭舟　唐虞世南北堂書鈔卷一三七舟部引湘州記：「繞川行舟，遥望若一樹葉。」

〔四〕新市小橋　疑是「小市新橋」之譌。吳郡志卷一七橋梁載樂橋之西北、閶門方向有小市橋：樂橋之西南、盤門方向有新橋。特不知應作「小市新橋」抑「小市、新橋」耳。

〔五〕押韻　平仄通叶。

木蘭花

羅襟粉汗和香浥，纖指留痕紅一捻〔一〕。離亭再卜合歡期，尋見石榴雙翠葉〔二〕。危樓欲上危腸怯，縱得鸞膠難寸接〔三〕。西風燕子會來時，好付小箋封淚帖〔四〕。

【校】

〔粉汗〕四印齋本作「汗粉」，不足據。　〔和香浥〕藝風堂本作「如香浥」，誤。　〔西風〕八千卷樓本、四印齋本作「西飛」，是。參見前一八八頁望西飛篇〔西風〕條校記。

【箋注】

〔一〕「纖指」句　青瑣高議前集卷六驪山記：「當時有獻牡丹者，謂之『楊家紅』，乃衛尉卿楊勉家花也。其花微紅，上甚愛之，命高力士將花上貴妃。貴妃方對妝，妃用手拈花，時勻面手脂在上，遂印於花上。帝見之，問其故，妃以狀對。詔其花栽於先春館。來歲花開，花上復有指紅迹。帝賞花驚歎，神異其事，開宴召貴妃，乃名其花爲『一捻紅』。」

〔二〕「尋見」句　時人以石榴雙葉爲合歡之吉兆。黄庭堅江城子（畫堂高會酒闌珊）詞：「尋得石榴雙葉子，憑寄語，插雲鬟。」陳師道西江月詠榴花詞：「憑將雙葉寄相思。」

〔三〕鸞膠　海内十洲記鳳麟洲：「洲上專多鳳麟……煮鳳喙及麟角合煎作膠，名之爲『集弦膠』……以能連弓弩斷弦也。」按鳳、鸞同類，故後亦稱「鸞膠」，且謂可接斷腸。唐劉兼秋夜書懷呈戎州郎中詩：「鸞膠處處難尋覓，斷盡相思寸寸腸。」

〔四〕西風燕子、小箋　見前一八二頁九回腸篇注〔八〕。封淚，見前二二六頁更漏子篇注〔三〕。

玉連環　一落索

別酒更添紅粉淚，促成愁醉。相逢淺笑合微吟，撩惹到、纏綿地。　花下解攜重附耳，佳期深記。青翰舟穩繡衾香〔一〕，誰禁斷、東流水〔二〕？

【箋注】

〔一〕「青翰」句　見前一四〇頁東吴樂篇注〔八〕。

〔二〕「誰禁」句　本事詩情感篇載顧況詩：「帝城不禁東流水。」

惜奴嬌〔一〕

玉立佳人〔二〕，韻不減、吴蘇小〔三〕。賦深情、華年韶妙。疊鼓新歌〔四〕，最能作、江南調。縹緲，似陽臺、嬌雲弄曉〔五〕。　有客臨風，夢後擬、池塘草〔六〕。竟裝懷、□愁多少？緑綺芳尊〔七〕，映花月、東山道〔八〕。正要，箇卿卿、嫣然一笑〔九〕。

【校】

〔□愁〕原校：「原本作『滑愁』，『滑』疑『清』誤。」知不足齋本即誤作「滑」。彊邨説是。

【箋注】

〔一〕本篇疑作於徽宗建中靖國元年辛巳（一一〇一）九月前。按詞曰「緑綺芳尊，映花月、東山道。正要，箇卿卿、嫣然一笑」，與前一七六頁鳳求凰篇「東山勝游在眼，待紉蘭、擷菊相將」云云語合，當爲同時之作，可參看。

〔二〕玉立佳人　顧況宜城放琴客歌：「佳人玉立生此方。」

〔三〕吴蘇小　見前二九八頁定情曲篇注〔九〕。

〔四〕叠鼓　見前二九一頁菱花怨篇注〔二〕。

〔五〕「似陽臺」句　用高唐賦。

〔六〕「夢後」句　見前一〇頁璧月堂篇注〔二〕。

〔七〕緑綺　見前五二頁花幕暗篇注〔一〕。

〔八〕東山　見前一七八頁鳳求凰篇注〔一二〕。

〔九〕箇卿卿　詩詞曲語辭匯釋卷三箇（二）條：「箇，指點辭，猶這也；那也。……賀鑄昔奴嬌詞：『箇卿卿嫣然一笑。』箇卿卿猶云箇儂。」世説新語惑溺：「王安豐婦常卿安豐。安豐曰：『婦人卿婿，於禮爲不敬，後勿復爾。』婦曰：『親卿愛卿，是以卿卿。我不卿卿，誰當卿卿？』遂恒聽之。」按原典「卿卿」爲動賓結構，讀去平；後衍爲情侣間昵稱，爲叠字名詞，讀平平。嫣然一笑，登徒子好色賦：「嫣然一笑，惑陽城，迷下蔡。」

驀山溪〔一〕

畫橋流水，宛是南州路。轉柁緑楊灣，恍然間，青樓舊處。回腸斷盡，猶賸爾多愁〔二〕；記新聲，懷昵語，依約對眉宇。　韈羅香在，衹欠蓮隨步〔三〕。無物比朝雲，恨難續、高唐後賦〔四〕。迢遥此夜，淚枕不成眠〔五〕，月侵窗，燈映户，應見可憐許〔六〕！

【校】

〔流水〕知不足齋本作「煙水」，八千卷樓本、丹鉛精舍本、四印齋本、藝風堂本並同，是。原本文從字順，不應擅改。〔恍然間〕八千卷樓本作「悦然開」，四印齋本作「恍然開」，均誤。〔舊處〕知不足齋本作「回處」，八千卷樓本、丹鉛精舍本並同。疑是「何處」之譌。若「舊」則音形去「回」皆遠，似不當互譌。

〔斷盡〕四印齋本、藝風堂本作「斷後」，不足據。〔爾多〕四印齋本作「幾多」，不足據。〔對眉宇〕知不足齋本、八千卷樓本、丹鉛精舍本、藝風堂本作「封眉宇」，誤。〔迢遥〕四印齋本作「道□」，誤。

〔淚枕〕八千卷樓本作「汨枕」，誤。〔可憐許〕八千卷樓本作「可憐計」，誤。

【箋注】

〔一〕本篇疑作於哲宗紹聖三年丙子（一〇九六）二月。按詞曰「轉柁緑楊灣」，與前思越人（京口瓜洲記夢間）篇「烏檣幾轉緑楊灣」語合，亦應是揚州詞。詩集拾遺九日寄維揚劉明仲：「揚舲瓜步背瓜洲……布帆無恙到南州。」詞曰「南州」，可援此詩之例，指爲揚州。東晉僑置兖州於廣陵，劉宋稱南兖州，意方回所謂「南州」即「南兖州」之省。又味此詞係春日重過之作，大抵與前雨中花（回首揚州）篇同時，且劉郎重到、物是人非之感亦極相似，可以互參。

〔二〕爾多　王引之經傳釋詞卷七爾條：「爾，猶如此也。」

〔三〕蓮隨步　見前一八五頁綺筵張篇注〔三〕。

〔四〕「無物」二句　參見前九頁鴛鴦語篇注〔八〕。

〔五〕「淚枕」句　馮延巳菩薩蠻（梅花吹入誰家笛）詞：「欹枕不成眠。」

〔六〕可憐許　詩詞曲語辭匯釋卷三許(四)條：「許，語助辭。……許字爲語助之熟語……有曰可憐許者。……賀鑄夜游宮詞：『不怨蘭情薄，可憐許彩雲漂泊。』又驀山溪詞：『迢迢此夜，淚枕不成眠，月侵窗，燈映户，應見可憐許。』皆其例也。亦作堪憐許。賀鑄漁家傲詞：『最是長楊攀折苦，堪憐許，清霜翦斷和煙縷。』……凡此許字，均不爲義也。」

此下原有琴調瑶池燕(瓊鈎搴幔)一首，即東山詞上之秋風歎，複見不録。

西江月〔一〕

攜手看花深徑，扶肩待月斜廊〔二〕。臨分少佇已倀倀，此段不堪回想〔三〕！　欲寄書如天遠，難銷夜似年長。小窗風雨碎人腸〔四〕，更在孤舟枕上。

【校】

〔深徑〕原校：「王輯本『徑』作『院』。」八千卷樓本、四印齋本、藝風堂本亦作「院」。不足據。

【箋注】

〔一〕本篇當作於徽宗崇寧四年乙酉(一一〇五)，赴太平任途中。按李之儀姑溪居士文集卷四六西江月：「醉透香濃斗帳，燈深月淺回廊。當時背面兩倀倀，何況臨風懷想？　舞柳經春祇瘦，遊絲到地能長。鴛鴦半調已無腸，忍把么絃再上！」於賀詞爲步韻之作。意方回崇寧四年罷泗州任後曾返蘇小住，旋赴太平，舟行途中作此懷吴女；至當塗後遇之儀，出示此稿，之儀愛賞之，遂有和篇。

〔二〕「扶肩」句　意境可參見前八七頁思牛女篇注〔六〕。

〔三〕此段　近來。宋書謝莊傳：「此段不堪見賓，已數十日。」

〔四〕小窗風雨　詩集拾遺渡泠水澗投宿萬歲嶺：「今夜行人短亭宿，小窗風雨夢漁舟。」

【彙評】

宋詞選釋：「小窗」二句，論句法固屬悽婉；析言之，曰「風雨」，曰「孤舟」，曰「枕上」，三折寫來，更見客愁之重疊也。

攤破木蘭花

桂葉眉叢恨自成〔一〕，錦瑟絃調，雙鳳和鳴〔二〕。釵梁玉勝挂蘭纓〔三〕，簾影沈沈，月墮參横〔四〕。　屏護文茵翠織成〔五〕，摘佩牽裾，燕様腰輕〔六〕。清溪百曲可憐生〔七〕，大抵新歡，此夜□情。

【校】

〔恨自成〕知不足齋本作「根自成」，誤。　〔月墮〕四印齋本作「月墜」，不足據。　〔翠織成〕丹鉛精舍本朱祖謀校曰：「『成』，韻複。」按賀詞複韻不止此例，前荆溪詠篇複兩「黍」字；前南歌子（心蹙黄金縷）篇複兩「寒」字；後點絳脣（十二層樓）篇複兩「裏」字。詞中間有不避複韻之體，且二「成」字義亦不同。

〔牽裾〕八千卷樓本作「牽車」，誤。　〔「大抵」二句〕知不足齋本作「大抵新歡此夜情」七字一句，八千卷樓本同。按後人改「大抵新歡，此夜□情」者，或爲前「南浦東風落暮潮」、「芳草裙腰一尺圍」二首攤破木蘭花末韻皆作四言二句之故。然則如此一改，句度、格律即成一翦梅矣，何以竟稱攤破木蘭花？又前二篇下闋第二韻皆作七言一句，此獨作四言二句，亦有不同，若必以本篇末韻與前二篇劃一，改原本七言一句爲四言二句，則下闋第二韻是否亦須削足適履，減一言作七字句？此調僅見賀集，別無宋金元人他作可校，竊以爲既無確鑿之版本根據，寧可存原本之舊，而不應輕改。

【箋注】

〔一〕桂葉眉　題唐江采蘋謝賜珍珠詩：「桂葉雙眉久不描。」李賀房中思詩：「新桂如蛾眉。」王琦注：「新生桂葉，其嫩緑之色，如閨人所畫蛾眉之色。」

〔二〕雙鳳和鳴　見前二〇三頁更漏子篇注〔一〕。

〔三〕「釵梁」句　題宋玉諷賦：「主人之女……以其翡翠之釵挂臣冠纓。」陳江總和衡陽殿下高樓看妓詩：「挂纓銀燭下，莫笑玉釵長。」李白白紵辭三首其三：「高堂月落燭已微，玉釵挂纓君莫違。」玉勝，山海經西山經：「西王母……蓬髮戴勝。」郭璞注：「勝，玉勝。」漢書司馬相如傳下顔師古注：「勝，婦人首飾也。」

〔四〕月墮參横　古樂府善哉行：「月没參横，北斗闌干。」

〔五〕文茵翠織成　文茵，詩秦風小戎：「文茵暢轂。」釋名釋車：「文鞇，車中所坐者也，用虎皮，有文采。」後用泛指華美之墊褥。張華太康六年三月三日後園會詩：「列坐文茵。」翠織成，杜甫太子張舍人遺織成褥段詩：「客從西北來，遺我翠織成。」按織成爲古名貴織品，翠謂其色。「文茵翠織成」即以翠色織成爲質料而製作之文茵。

〔六〕燕樣腰輕　見前一三八頁苗而秀篇注〔三〕。

〔七〕清溪百曲　太平寰宇記卷九〇江南東道二昇州上元縣：「清溪在縣北六里，闊五尺，深八尺，以洩玄武湖水南入秦淮。……俗説云：郗僧陀溪中泛舟，一曲輒作詩一篇，謝益壽云：『清溪中曲復何窮盡！』」可憐生，詩詞曲語辭匯釋卷二生（二）條：「生，語助辭，用於形容語辭之後，有時可作樣字或然字解。……可憐生，猶云可憐得或可憐着也。」

點絳脣〔一〕

十二層樓〔二〕，夢回縹緲非煙裏〔三〕。此情何寄？賴爾荆江水〔四〕。　莫謂東君〔五〕，觸處逢桃李〔六〕。留深意，温柔鄉裏〔七〕，自有終焉計。

【校】

〔觸處〕八千卷樓本作「觸此」，誤。

【箋注】

〔一〕本篇疑作於徽宗崇寧四年乙酉（一一〇五）至大觀二年戊子（一一〇八）三月前，時在太平州任。

〔二〕十二層樓　見前二一〇頁羅敷歌〔三〕篇注〔三〕。

〔三〕「夢回」句　非煙，藝文類聚卷九八祥瑞部上慶雲引孫氏瑞應圖曰：「非氣非煙，五色氛氲，謂之慶雲。」唐杜正倫玄武門侍宴詩：「雲閣聚非煙。」按此即射指「彩雲」，全句仍用高唐賦。

〔四〕「此情」二句　洛神賦：「無良媒以結懽兮，託微波而通辭。」賴爾，猶賴此。經傳釋詞卷七爾條：「爾，猶『此』也。」荆江，許渾思歸詩：「叠嶂平蕪外，依依識舊邦。……樹暗支公院，山寒謝守窗。殷勤樓下水，幾日到荆江？」按渾曾爲當塗令，所思之「舊邦」即指當塗。「謝守」謂南齊謝朓，曾爲宣城太守，時當塗屬宣城，朓有宅在焉。此「荆江」即李白當塗詩「天門中斷楚江開」之所謂「楚江」也，爲協律故以平聲「荆」代仄聲「楚」。又長江流經荆州之一段亦稱荆江，然許詩實不作於荆州，方回亦無荆州之經歷，故不取。

〔五〕東君　見前一七〇頁伴雲來篇注〔四〕。

〔六〕觸處　見前一一五頁畫樓空篇注〔二〕。　桃李，見前九一頁頻載酒篇注〔四〕。

〔七〕温柔鄉　見前二九五頁望揚州篇注〔七〕。

訴衷情〔一〕

不堪回首卧雲鄉〔二〕，羈宦負清狂〔三〕。年來鏡湖風月〔四〕，魚鳥兩相忘。秦塞險〔五〕，楚山蒼，更斜陽。畫橋流水，曾見扁舟，幾度劉郎〔六〕？

【校】

〔負清狂〕八千卷樓本、藝風堂本作「負濤往」，誤。〔秦塞〕知不足齋本作「秦樓」，八千卷樓本同。後出諸本改「樓」作「塞」，以仄易平，或爲詞譜卷五本調此字注仄聲之故。然下篇〈半銷檀粉睡痕新〉過處作「輕調笑」，第二字亦平，足證此處可平可仄，詞譜未爲定讞。鄙意原本可通，不應輕改。且就文義而論，方回未嘗涉足秦楚交界之地，「秦塞險，楚山蒼」云云何從説起？

【箋注】

〔一〕本篇當作於神宗元豐五年壬戌（一〇八二）八月以後，徽宗大觀二年戊子（一一〇八）三月以前。按詞曰「羈宦」，曰「楚山」，方回客宦楚地，始於元豐五年八月至元祐元年正月任徐州寶豐監錢官，終於崇寧四年至大觀二年三月前通判太平；其間元祐三年三月至五年秋任和州管界巡檢，紹聖三年八月至元符元年六月後任江夏寶泉監錢官，崇寧元年至四年通判泗州，皆楚地，莫詳詞果作於何時。

〔二〕卧雲鄉　謂隱居地。白居易昔與微之在朝日同蓄休退之心迨今十年淪落老大追尋前約且結後期詩：「不作卧雲計，攜手欲何之？」又酬元郎中同制加朝散大夫書懷見贈詩：「終身擬作卧雲伴。」皆以「卧雲」謂退隱。

〔三〕清狂　杜甫壯游詩：「放蕩齊趙間，裘馬頗清狂。」

〔四〕鏡湖　宋施宿嘉泰會稽志卷一〇湖會稽縣：「鏡湖在縣東二里。……王逸少有云：『山陰路上行，如在鏡中游。』湖之得名以此。輿地志：山陰南湖縈帶郊郭，白水翠巖互相映發，若鏡若圖。任昉述異記云，軒轅氏鑄鏡湖邊，因得名。或又云黄帝獲寶鏡於此也。……（湖兼屬山陰縣，其源實出會稽之五雲鄉也。）」按方回祖籍山陰，然實未嘗親至。言「年來鏡湖風月，魚鳥兩相忘」者，蓋其十五代族祖賀知章辭官東歸，唐玄宗曾詔賜鏡湖一曲，故方回用此事作自我反省。

〔五〕秦塞　知不足齋本作「秦樓」，可從。漢樂府陌上桑：「日出東南隅，照我秦氏樓。秦氏有好女，自名爲羅敷。」沈約修竹彈甘蕉文：「秦樓開照。」此秦姓也。李白憶秦娥：「簫聲咽，秦娥夢斷秦樓月。」此秦地也。要之爲美人所居則一。

〔六〕幾度劉郎　見前二三八頁漁家傲篇注〔四〕、二六一頁風流子篇注〔一五〕。

二

半銷檀粉睡痕新〔一〕，背鏡照櫻脣。臨風再歌團扇〔二〕，深意屬何人？　輕調笑，淺凝顰，認情親〔三〕。最難堪酒，似不勝情，依樣傷春。

【校】

〔背鏡〕知不足齋本作「負鏡」，後人以其不辭，遂疑「負」係「背」字形譌，故改。然「背鏡照櫻脣」亦難索解。意原本「負」當是「拂」音譌。前綠羅裙篇：「拂鏡啼新曉。」又菩薩蠻（七）篇：「開奩拂鏡嚴妝早。」亦見「拂鏡」字，可參看。

〔歌團扇〕八千卷樓本、丹鉛精舍本、藝風堂本作「欹團扇」，誤。

【箋注】

〔一〕檀粉　淺赭色脂粉。杜牧閨情詩：「暗砌匀檀粉。」楊慎詞品卷二檀色條：「畫家七十二色有檀色，淺赭所合。……婦女暈眉色似之。……唐宋婦女閨妝，面注檀痕。」睡痕新，杜牧隋苑詩：「定子當筵睡臉新。」方回同時人李邴調笑令：「睡起斜痕印枕檀。」

〔二〕歌團扇　樂府詩集卷四五清商曲辭二團扇郎六首引古今樂録：「團扇郎歌者，晉中書令王珉，捉白團扇，與嫂婢謝芳姿有愛，情好甚篤。嫂捶撻婢過苦，王東亭聞而止之。芳姿素善歌，嫂令歌一曲當赦之。應聲歌曰：『白團扇，辛苦五流連。是郎眼所見。』珉聞，更問之：『汝歌何遺？』芳姿即改云：『自團扇，憔悴非昔容，羞與郎相見。』後人因而歌之。」又漢班婕妤怨歌行亦稱團扇，見鍾嶸詩品。

〔三〕情親　情人、親人。鮑照學古詩：「惆悵憶情親。」李白愁陽春賦：「寄東流於情親。」

【彙評】

宋詞選釋：以上二首，其經意處皆在下闋。前首「秦塞」、「楚山」，舊游前夢，都付「斜陽」：即眼前之「流水」、「扁舟」，已换却「劉郎」「幾度」：人事悠悠，共尺波電謝矣。次首「最難堪酒」二句，寫愁羅恨綺之懷，若柔絲之漾於空際也。

怨三三〔一〕

玉津春水如藍〔二〕，宫柳毵毵。橋上東風側帽檐〔三〕，記佳節約是重三〔四〕。　飛樓十二珠簾〔五〕，恨不貯、當年彩蟾。對夢雨廉纖〔六〕，愁隨芳草，緑遍江南。

【校】

〔調〕原校：「原本作『怨春風』，從鮑校本。」藝風堂本亦作「怨春風」。誤。　〔宫柳〕八千卷樓本、四印齋本、藝風堂本作「官柳」，不足據。

【箋注】

〔一〕本篇當作於哲宗元祐三年戊辰（一〇八八）三月以後，徽宗大觀二年戊子（一一〇八）三月以前。按此在江南眷懷東京之作，方回江南行迹始於元祐三年三月過金陵，是爲上限。又李之儀姑溪居士文集卷四五怨三三自序：「登姑熟堂寄舊游，用賀方回韻。」堂在當塗，故本篇編年不得晚於方回罷太平任，是爲下限。其間紹聖三年三月又過金陵，同年八月至元符元年六月後在江夏寶泉監任，此後至建中靖國元年秋客寓蘇州，崇寧四年至大觀二年三月前通判太平，皆江南，未詳詞果作於何時。怨三三，本調僅此及之儀和作凡二人二首，宋人別無作者，或是方回自度曲。

〔二〕玉津　宋王應麟玉海卷一七一宫室苑囿園建隆玉津園條：「園在南薰門外，夾道爲兩園，中引閔河水別流貫之。周顯德中置，本朝因之。」楓窗小牘卷下：「汴中園囿亦以名勝當時……州南則玉津園。」

春水如藍，白居易憶江南（江南好）詞：「春來江水緑如藍。」

〔三〕側帽檐　北史周獨孤信傳：「信美風度……在秦州，嘗因獵日暮馳馬入城，其帽微側。詰旦而吏人有戴帽者，咸慕信而側帽焉。」

〔四〕「記佳節」句　參見前五九頁夢江南篇注〔二〕、九五頁楊柳陌篇注〔四〕。重三，宋王楙野客叢書卷五重三條：「今言五月五日曰『重五』，九月九日曰『重九』，則三月三日亦宜曰『重三』。觀張説文集三月三日詩：『暮春三月日重三。』此可據也。曲水侍宴詩：『三月重三日。』此可據也。」

〔五〕飛樓十二　見前二一〇頁羅敷歌（三）篇注〔三〕。

〔六〕夢雨廉纖　李商隱重過聖女祠詩：「一春夢雨常飄瓦。」金王若虛滹南詩話卷三：「雨之至細、若有若無者謂之『夢』，田夫野婦皆道之。」韓愈晚雨詩：「廉纖晚雨不能晴。」

【附録】

李之儀怨三三（登姑熟堂舊游，用賀方回韻）詞：清溪一派瀉挼藍，岸草毿毿。記得黄鸝語畫簷，喚狂裏，醉重三。　春風不動垂簾，似三五、初圓素蟾。鎮淚眼廉纖，何時歌舞，再和池南？

醉春風

樓外屏山秀，憑闌新夢後。歸雲何許誤心期〔一〕，候！候！候！到隴梅花〔二〕，渡江桃葉〔三〕，斷魂招手。　楚製汗衫舊，啼妝曾枕袖〔四〕。東陽吟罷不勝情〔五〕，瘦！瘦！瘦！隋岸傷離〔六〕，渭城懷遠〔七〕，一枝煙柳。

【校】

〔候候候〕知不足齋本作「候期候」，意原本作「候ニニ」，鈔手誤以「ニニ」爲疊上二字，徑行書出，致有此失。藝風堂本亦沿其誤。　〔斷魂〕知不足齋本、八千卷樓本、藝風堂本作「斷還」，誤。　〔楚製〕知不足齋本原鈔如此，鮑校改「楚楚」，八千卷樓本、四印齋本、藝風堂本與鮑校同。〔啼妝〕八千卷樓本、四印齋本作「啼痕」，不足據。〔瘦瘦瘦〕知不足齋本作「瘦情瘦」，藝風堂本同。致誤原因與上「候候候」句同。〔懷遠〕八千卷樓本、四印齋本、藝風堂本作「恨遠」，不足據。

【箋注】

〔一〕何許　詩詞曲詞辭匯釋卷三許(二)條：「許，猶云這樣或如此也。……又有何許一語，與作何處解者不同，蓋猶云如何或怎樣也。」

〔二〕到隴梅花　見前一八七頁舞迎春篇注〔五〕。

〔三〕渡江桃葉　見前一九八頁江如練篇注〔六〕。

〔四〕啼妝　見前二九二頁菱花怨篇注〔五〕。

〔五〕東陽　見前一五一頁傷春曲篇注〔七〕。

〔六〕隋岸傷離　題韓偓開河記：「(隋)煬帝……欲至廣陵……蕭懷静奏曰：『……乞陛下廣集兵夫，於大梁起首開掘，西自河陰引孟津水入，東至淮放孟津水出。……』帝聞奏大喜……詔以征北大總管麻叔謀爲開河都護……丁夫計三百六十萬人。……工既畢……虞世基獻計，請用垂柳栽於汴渠兩隄上。」古有折柳贈别之俗，已見前一三一頁獨倚樓篇注〔三〕。同時周邦彦蘭陵王柳：「隋堤上、曾見幾番，拂水飄綿送行色。……年去歲來，應折柔條過千尺。」意同，可參看。

〔七〕渭城懷遠　見前二一二頁羅敷歌(五)篇注〔四〕。

【彙評】

宋詞選釋：上首怨春風調「夢雨」三句，不落言詮。詞學至此，若參禪者已悟到空虛之境。次首醉春風調，梅花贈遠，桃葉迎春，本是情之所寄；而久候無蹤，賸有「斷魂招手」：情辭淒絶。下闋叠用三「瘦」字，而託諸灞岸、渭城之柳，詞境誠高，詞心良苦矣。

憶秦娥〔一〕

曉朦朧，前溪百鳥啼悤悤〔二〕。啼悤悤，凌波人去〔三〕，拜月樓空〔四〕。　去年今日東門東，鮮妝輝映桃花紅〔五〕。桃花紅，吹開吹落，一任東風！

【校】

〔題〕花庵詞選卷四、亦園本有題曰「春思」。　〔朦朧〕花草粹編卷四作「曚曚」。　〔去年〕花庵詞選、花草粹編、亦園本、詞綜卷七、歷代詩餘卷一五、四印齋本作「舊年」。

【箋注】

〔一〕本篇以下凡四首憶秦娥，疑是組詞。第四首「三更月」别見東山詞卷上，題子夜歌，因疑餘三篇亦用樂府詩題者，若本篇或應題前溪歌或前溪曲，下「風驚幕」篇或應題夜坐吟、思公子之類，「著春衫」篇或應題採桑、陌上桑之類，惜此本已失寓聲樂府原貌，無從證實矣。要之，此四篇中地名如「前溪」、「淇上」、「隴頭」等等，皆係泛詠，不可據爲編地編年之資也。

〔二〕「前溪」句　太平寰宇記卷九四江南東道六湖州武康縣：「前溪在縣前一百步。前溪者，古永安縣前之溪也。今德清縣有後溪也。邑人晉沈充家於此溪。樂府有前溪曲，則充之所製。其詞曰：『當曙與未曙，百鳥啼㤙㤙。』」

〔三〕凌波人　洛神賦：「凌波微步。」

〔四〕拜月樓　唐吉中孚妻張夫人拜新月詩：「拜月妝樓上。」拜月，見前一八頁攀鞍態篇注〔五〕。

〔五〕「去年」二句　見前六四頁捲春空篇注〔三〕。

【彙評】

草堂詩餘別集卷一：無深意，獨是像唐調，不像宋調。

雲韶集卷三：憶秦娥兩章（按另一章指後「著春衫」篇）另有別調，骨氣高古，他手未易到此。

詞則別調集卷一：憶秦娥二章別饒姿態。　又：何等怨怨，却以淺淡語出之。躁心人不許讀也。

宋詞選釋：上闋以遠韻勝。下闋有「崔護桃花已隔年」之感。開落聽諸東風，妙在不説盡，味在酸鹹外矣！

二

風驚幕，燈前細雨檐花落〔一〕。檐花落，玉臺清鏡〔二〕，淚淹妝薄。良時不再須行樂〔三〕，王孫莫負東城約〔四〕。東城約，一分春色，爲君留著。

【校】

〔不再〕知不足齋本、八千卷樓本作「不雨」，誤。　〔一分〕八千卷樓本、四印齋本、藝風堂本作「一勾」，誤。

【箋注】

〔一〕「燈前」句　杜甫醉時歌：「清夜沈沈動春酌，燈前細雨簷花落。」楊愼詞品卷二簷花條：「注謂簷下之花，恐非。蓋謂簷前雨映燈花如花也。」

〔二〕玉臺清鏡　世説新語假譎：「温公喪婦。從姑劉氏家值亂離散，唯有一女，甚有姿慧。姑以屬公覓婚。公密有自婚意，答云：『佳婿難得，但如嶠比云何？』姑云：『喪敗之餘，乞粗存活，便足慰吾餘年，何敢希汝比？』却後少日，公報姑云：『已覓得婚處，門地粗可，婿身名宦盡不減嶠。』因下玉鏡臺一枚。姑大喜。既婚交禮，女以手披紗扇，撫掌大笑曰：『我固疑是老奴，果如所卜！』玉鏡臺是公爲劉越石長史北征劉聰所得。」

〔三〕「良時」句　文選李陵與蘇武詩三首其一：「良時不再至，離別在須臾。」楊惲報孫會宗書：「人生行樂耳。」

〔四〕王孫　史記淮陰侯列傳：「吾哀王孫而進食。」司馬貞索隱：「劉德曰：『……言王孫、公子，尊之也。』」

三

著春衫，玉鞭鞭馬南城南〔一〕。南城南，柔條芳草，留駐金銜。粉娥採葉供新蠶，蠶饑略許攜纖纖〔二〕。攜纖纖，湔裙淇上，更待初三〔三〕。

【校】

〔題〕詞綜卷七、歷代詩餘卷一五題作「桑」，不足據。〔柔條芳草〕全芳備祖後集卷二二農桑部桑作「柔桑芳草」。詞綜、歷代詩餘、四印齋本作「柔桑細草」。〔留駐〕全芳備祖、詞綜、歷代詩餘、四印齋本作「留住」。〔供新蠶〕詞綜、四印齋本作「供親蠶」，歷代詩餘作「共親蠶」，皆誤。〔蠶饑〕知不足齋本、八千卷樓本、藝風堂本作「共飲」，誤。

【箋注】

〔一〕「著春衫」三句　張籍白紵歌：「衣裳著時寒食下，還把玉鞭鞭白馬。」崔顥渭城少年行：「揚鞭走馬城南陌。」玉鞭，鞭之美者，泛稱；然確有玉製者。唐蘇鶚杜陽雜編卷上：「上嘗幸興慶宮，於複壁間得寶匣，匣中獲玉鞭。鞭末有文曰『軟玉鞭』，即天寶中異國所獻。光可鑑物，節文端妍，雖藍田之美不能過也。屈之則頭尾相就，舒之則勁直如繩，雖以斧鑕鍛斫，終不傷缺。」

〔二〕蠶饑　梁劉邈採桑詩：「蠶饑日已暮。」陳徐伯陽日出東南隅行：「蠶饑日晚暫生愁。」唐高適秋胡行：「日暮蠶饑相命歸。」

〔三〕「湔裙」二句　古俗三月初三日上巳節，四民並往水上祓禊，見九五頁楊柳陌篇注〔四〕。淇上，詩鄘風桑中：「期我乎桑中，要我乎上宫，送我乎淇之上。」按淇水在今河南北部，源出林、輝兩縣交界處之淇山，南流至汲縣。本入黄河；東漢建安九年，曹操作堰遏使其東北流，入衛河，以通糧道。

【彙評】

雲韶集卷三：看他似信筆寫去，其實千迴百折，然後落筆，真絶技也。

詞則別調集卷一：看似信筆寫去，其中自有波折。幽索如屈宋，豈凡豔所能彷彿！

此下原有憶秦娥（三更月）一首，即東山詞上之子夜歌，複見不録。

河滿子〔一〕

每恨相逢薄處〔二〕，可憐欲去遲迴。猶記新聲團扇□〔三〕，殷勤再引餘杯。爲問依依楊柳，秋風好住章臺〔四〕？　疏雨忽隨雲斷，斜陽却送潮回。桃葉青山長在眼，幾時雙楫迎來〔五〕？如待碧闌紅藥，一年兩度花開。

【校】

〔猶記新聲團扇□〕知不足齋本作「猶記新聲團扇」六字句，八千卷樓本、丹鉛精舍本、藝風堂本並同。後人以此調爲兩叠上下闋全同，據下闋第三句作七言者以律上闋，遂疑本句有缺字，故補一空格。然詞譜卷三河滿子又一體録前蜀尹鶚「雲雨常陪勝會」一首，上闋第三句「錦里風光應占」正作六言，按語且曰：「此詞前段三十六字，後段三十七字，唐詞原有此兩體，或於前段第三句增一字者非。」是賀詞即同尹體，原本並無缺字也。〔潮回〕八千卷樓本、四印齋本、藝風堂本作「潮來」，誤。〔桃葉青山長在眼〕八千卷樓本、四印齋本、藝風堂本作「桃葉青山在眼」六字句，蓋據上闋第三句作六言者以繩此，遂疑「長」字爲衍文，故删。而上述尹詞後片第三句「每憶良宵公子伴」正作七言，是知方回此句不誤。削足以適履，腫頭而便冠，前之所補，後之所删，皆非是。〔雙楫〕四印齋本作「雙槳」，不足據。

【箋注】

〔一〕本篇疑作於哲宗元符元年戊寅（一〇九八）秋。按方回紹聖三年（一〇九六）赴官江夏，途次真州，當有所戀，説詳後獻金杯（風軟香遲）篇及蝶戀花改徐冠卿詞篇編年。其元符元年六月後丁母艱，去官江夏，買舟沿江東下，疑秋日曾過金陵並作此詞。

〔二〕薄處　「處」當是「遽」形譌。漢書嚴助傳：「王居遠，事薄遽，不與王同其計。」顔師古注：「薄，迫也。遽，速也。」此與下「遲迴」對仗，兩皆聯綿字，頗工穩。

〔三〕「猶記」句　見前三四〇頁訴衷情（一）篇注〔二〕。

〔四〕「爲問」二句　見前二七八頁雨中花篇注〔一〇〕。依依楊柳，詩小雅采薇：「昔我往矣，楊柳依依。」好住，詩詞曲語辭匯釋卷六好住條：「好住，行者安慰居者之辭。」按此則行者存問居者之辭，可據補匯釋義項之不足。

〔五〕「桃葉」二句　見前一九八頁江如練篇注〔六〕。輿地紀勝卷三八淮南東路真州景物下：「桃葉山，在六合縣南七十五里。隋開皇中置六合鎮，隋晉王屯軍於此，因而渡江。又王子敬爲其妾作桃葉歌曰：『桃葉復桃葉，渡江不用檝。』」

御街行〔一〕　別東山

松門石路秋風掃，似不許、飛塵到〔二〕。雙攜纖手別煙蘿〔三〕，紅粉清泉相照。幾聲歌管，正須陶寫〔四〕，翻作傷心調。　巖陰暝色歸雲悄，恨易失、千金笑。更逢何物可忘憂？爲謝江南芳草〔五〕。斷橋孤驛，冷雲黃葉，想見長安道〔六〕。

【校】

〔別東山〕知不足齋本、八千卷樓本、藝風堂本作「別山東」，誤。〔巖陰〕八千卷樓本作「巖險」，誤。

〔歸雲悄〕知不足齋本作「歸雲宵」，後人以其不辭，故改「悄」。意原本「宵」係「窅」譌，若「悄」則不若「窅」與「宵」爲形近也。「窅」，深遠貌。鶡冠子夜行：「窅乎冥乎。」〔斷橋〕四印齋本作「斷腸」，不足據。

【箋注】

〔一〕本篇當作於徽宗建中靖國元年辛巳（一一〇一）秋，蓋離蘇赴京，將發時作。說詳拙撰考索。

〔二〕「松門」二句　岑參暮秋山行詩：「石路無飛塵。」

〔三〕煙蘿　謂山林隱居之地。青瑣高議前集卷九韓湘子篇韓愈別韓湘詩：「好待功成身退後，却抽身去臥煙蘿。」

〔四〕「幾聲」二句　世説新語言語：「謝太傅語王右軍曰：『中年傷於哀樂，與親友別，輒作數日惡。』王曰：『年在桑榆，自然至此，正賴絲竹陶寫。恒恐兒輩覺，損欣樂之趣。』」

〔五〕「更逢」二句　陶淵明飲酒詩二十首其七：「秋菊有佳色，裛露掇其英。汎此忘憂物，遠我遺世情。」古今注卷下問答釋義：「欲忘人之憂則贈以丹棘。丹棘一名忘憂草，使人忘其憂也。」又萱草亦名忘憂草。

〔六〕長安道　見前一〇二頁將進酒篇注〔四〕。

連理枝〔一〕

繡幌閑眠曉，處處聞啼鳥。枕上無情，斜風橫雨，落花多少〔二〕？想灞橋春色老於人〔三〕，恁江南夢杳！　往事今何道，聊詠池塘草〔四〕。懷縣年來，蕭蕭壯髮，可堪頻照〔五〕？

賴醉鄉佳境許徜徉〔六〕，惜歸歟不早〔七〕。

【校】

〔懷縣〕四印齋本、藝風堂本作「鏡裏」，不足據。　〔徜徉〕原校：「王輯本作『徘徊』。」八千卷樓本、四印齋本、藝風堂本亦同。不足據。

【箋注】

〔一〕本篇當作於哲宗紹聖四年丁丑（一〇九七）或元符元年戊寅（一〇九八）春。按詞曰「江南夢杳」，曰「惜歸歟不早」，是客宦江南時語氣；曰「壯髮可堪頻照」，是人過中年。方回紹聖三年八月至元符元年六月在江夏任，時四十五至四十七歲，詞或此時作。

〔二〕「繡幌」五句　孟浩然春曉詩：「春眠不覺曉，處處聞啼鳥。夜來風雨聲，花落知多少？」

〔三〕「灞橋」句　宋鄭文寶長安送別詩：「灞陵春色老於人。」灞橋，見前一三一頁獨倚樓篇注〔三〕。此用指東京城郊折柳贈別之處。

〔四〕「聊詠」句　見前一〇頁璧月堂篇注〔二〕。

〔五〕「懷縣」二句　見前一四一頁東吳樂篇注〔一四〕。壯髮，漢書趙皇后傳：「我兒男也，頟上有壯髮。」

〔六〕醉鄉　見前一〇五頁將進酒篇注〔一三〕。

〔七〕歸歟　論語公冶長：「子在陳曰：『歸與！歸與！』」

金鳳鈎〔一〕

江南又歎流寓，指芳物、伴人遲暮。攪晴風絮，弄寒煙雨，春去更無尋處。石城樓觀青霞舉〔二〕，想艇子、寄誰容與〔三〕？斷雲荆渚〔四〕，限潮溢浦〔五〕，不見莫愁歸路〔六〕。

【校】

〔又歎〕原校：「原本『又』作『人』，從鮑校本。」知不足齋本作「人歡」，八千卷樓本、藝風堂本作「人□」，皆誤。

〔攪晴〕知不足齋本、丹鉛精舍本作「攪晴」，原文可通。後人改「攪」，雖無據而文字差勝。

【箋注】

〔一〕本篇當作於哲宗紹聖三年丙子（一〇九六）三月。按年譜元祐三年戊辰（一〇八八）：「三月，過金陵……金鳳鈎云：『江南又歎流寓。……』方回明年三月，又游金陵……詞……記暮春時令，必此一二年間作。」恐誤。方回元祐四年（一〇八九）無「又游金陵」事，前掩蕭齋篇編年已辨之。故應編於紹聖三年三月赴江夏途中寓泊金陵時。

〔二〕「石城」句　世説新語言語：「桓征西治江陵城甚麗，會賓僚出江津望之，云：『若能目此城者有賞。』顧長康時爲客在坐，目曰：『遥望層城，丹樓如霞。』」以霞喻城樓本此。又太平御覽卷六七四道部一六理所引上清經：「元始（天尊）居紫雲之闕，碧霞爲城。」此以「青霞樓觀」喻莫愁居處，亦以仙人況美人之例。

〔三〕艇子　莫愁樂：「艇子打兩槳，催送莫愁來。」

〔四〕荆渚　在郢州。宋王得臣麈史卷中辨誤：「竟陵荆渚間繚漢江築隄以障泛水。」

〔五〕湓浦　太平寰宇記卷一一一江南西道九江州德化縣：「湓浦水。按郡國志云：有人於此處洗銅盆，忽水暴漲，乃失盆，遂投水取之，即見一龍銜盆，奪之而出，故曰盆水。又云：源出青盆山，因以爲名。」太平御覽卷六五地部三〇江南諸水引郡國志作「湓浦水」。

〔六〕莫愁　見前二六五頁憶仙姿（二）篇注〔三〕。

芳洲泊〔一〕　踏莎行

露葉棲螢，風枝嫋鵲〔二〕。水堂離燕褰珠箔。一聲横玉吹流雲〔三〕，厭厭涼月西南落〔四〕。

江際吴邊，山侵楚角。蘭橈明夜芳洲泊。殷勤留語採香人，清尊不負黄花約〔五〕。

【校】

〔離燕〕四印齋本作「雛燕」，誤。　〔留語〕八千卷樓本作「留興」，四印齋本、藝風堂本作「留與」，皆誤。

【箋注】

〔一〕本篇當作於哲宗元符元年戊寅（一〇九八）以後。按方回是年六月後丁母艱去官江夏，買舟順江東流，其江行經歷時值初秋者，疑始於此，是爲上限。確年無考。

〔二〕風枝嫋鵲　戴叔倫客夜與故人偶集詩：「風枝驚暗鵲。」

〔三〕「一聲」句　唐崔魯華清宮詩：「橫玉叫雲天似水，滿空霜逐一聲飛。」橫玉，笛也。

〔四〕「厭厭」句　蘇軾菩薩蠻西湖席上代諸妓送陳述古詞：「娟娟缺月西南落。」

〔五〕「清尊」句　唐牟融樓城叙別詩：「清尊不負花前約。」

【彙評】

宋詞選釋：夜涼月落，橫笛吹雲：極寫幽悄之境。下闋言吳頭楚角、蘭楫採香，與其望湘人詞之湘天風月、青翰移舟寄懷相似，皆有湘靈楚艷之思。此調因下闋之第三句，亦名芳洲泊。

水調歌頭〔一〕

彼美吳姝唱〔二〕，繁會闔閭邦〔三〕。千坊萬井〔四〕，斜橋曲水小軒窗〔五〕。縹緲關山臺觀〔六〕，羅綺雲煙相半，金石壓振撞〔七〕。癡信東歸虜〔八〕，黑自死心降〔九〕。范夫子，高標韻〔一〇〕，秀眉龐。功成長往，有人同載世無雙〔一一〕。物外聊從吾好〔一二〕，賴爾工顰妍笑〔一三〕，伴醉玉連缸〔一四〕。儘任扁舟路，風雨捲秋江。

【校】

〔「千坊」三句〕四印齋本、藝風堂本作「斜陽曲水，□□□□小軒窗」，不足據。　〔相半〕知不足齋本作「相平」，誤。　〔振撞〕知不足齋本、丹鉛精舍本作「根撞」。　〔黑自死心降〕原校：「按『黑』字疑誤。」

【箋注】

〔一〕本篇當作於哲宗元符元年戊寅（一〇九八）六月後至徽宗建中靖國元年辛巳（一一〇一）九月前，或徽宗大觀二年戊子（一一〇八）三月以後，爲蘇州懷古詞。

〔二〕彼美　詩陳風東門之池：「彼美淑姬。」

〔三〕繁會　楚辭九歌東皇太一：「五音紛兮繁會。」何遜日夕望江山贈魚司馬詩：「城中多宴賞，絲竹常繁會。」闔閭邦，吴郡圖經續記卷上封邑：「吴自泰伯以來，所都謂之吴城，在梅里平墟，乃今無錫縣境。及闔閭立，乃徙都，今之州城是也。」又城邑：「昔闔閭問於子胥曰：『吾國在東南僻遠之地，險阻潤濕，有江海之害，内無守御，外無所依，倉庫不設，田疇不墾，爲之奈何？』於是子胥説以立城郭，設守備，實倉廩，治兵庫。闔閭乃委計於子胥，使之相土嘗水，象天法地，築大城周四十里、小城周十里，開八門以象八風。是時周恭王之六年也。」

〔四〕千坊萬井　唐六典卷三户部尚書：「兩京及州縣之郭内分爲坊。」韓詩外傳卷四：「古者八家而井田，方里而爲井。」

〔五〕斜橋曲水　吴郡志卷一七橋梁：「唐白居易詩云『紅欄三百九十橋』，本朝楊備詩亦云『畫橋四百』，則吴門橋梁之盛，自昔固然。今圖籍所載者三百五十九橋。」

〔六〕「縹緲」句　參見前一九九頁宴齊雲篇注〔一〕。

〔七〕振撞　未詳。疑同「棖棖」、「摐摐」，可用爲林木遇風、枝葉碰撞之象聲。唐王叡祠神歌送神：「棖棖山響答琵琶，酒濕青莎肉飼鴉。樹葉無聲神去後，紙錢飛出木綿花。」蘇軾滿庭芳（三十三年）詞：「摐摐，疏雨過，風林舞破，煙蓋雲幢。」

〔八〕「癡信」句　國語越語下：「越王句踐……興師而伐吴，戰於五湖，不勝，棲於會稽。……乃令大夫種行成於吴……曰：『請委管籥、屬國家，以身隨之，君王制之。』吴人許諾。……（句踐）與范蠡入宦於吴。三年，而吴人遣之歸。」越在吴東，故曰「東歸」。

〔九〕「黑自」句　黑自，不辭。疑本句截用杜牧寄唐州李玭尚書詩：「奚胡聞道死心降。」「黑」爲「聞」字傳寫之譌，「自」則「道」字中間之殘筆也。方回用小杜詩最多，觀各篇注文自見。黄石公三略下略：「賢人之政降人以體，聖人之政降人以心。體降可以圖始，心降可以保終。」

〔一〇〕「范夫子」二句　越絶書卷六越絶外傳紀策考：「范蠡，其始居楚也，生於宛橐或伍户之虚。其爲結僮之時，一癡一醒。時人盡以爲狂，然獨有聖賢之明。人莫可與語，以内視若盲，反聽若聾。大夫種入其縣，知有賢者……汎求之焉。得蠡而悦，乃從官屬問治之術。蠡修衣冠，有頃而出，進退揖讓，君子之容。終日而語，疾陳霸王之道。……二人……之越，句踐賢之。……臣主同心，遂霸越邦。」

〔一一〕「功成」二句　國語越語下：「遂滅吴。反至五湖，范蠡辭於王曰：『君王勉之，臣不復入越國矣。』……遂乘輕舟以浮於五湖，莫知其所終極。」唐陸廣微吴地記引越絶書曰：「西施亡吴國後，復歸范蠡，同泛五湖而去。」（今本越絶書無此）

〔一二〕聊從吾好　見前二三二頁蕙清風篇注〔一〇〕。

〔一三〕工顰　見前七七頁題醉袖篇注〔一〕。

〔一四〕玉連缸　杜甫進艇詩：「瓷罌無謝玉爲缸。」玉缸，玉製之大杯也。連，疑當作「蓮」。

攤破浣溪沙〔一〕

曲磴斜闌出翠微〔二〕，西州回首思依依〔三〕。風物宛然長在眼，只人非〔四〕。　緑樹隔巢黄鳥並〔五〕，滄洲帶雨白鷗飛。多謝子規啼勸我，不如歸〔六〕。

【校】

〔隔巢〕八千卷樓本、四印齋本、藝風堂本作「隔簾」，不足據。

【箋注】

〔一〕本篇當作於哲宗元祐三年戊辰（一〇八八）三月或紹聖三年丙子（一〇九六）三月。按詞曰「西州回首」、「子規啼勸」，是暮春金陵之作。方回前後兩次以三月過金陵，未知詞果作於何時。然味詞意以弔王安石者，元祐三年已有悼詩，故此詞作於紹聖三年之可能性較大。

〔二〕翠微　左思蜀都賦：「鬱葐蒕以翠微。」劉淵林注：「翠微，山氣之輕縹也。」

〔三〕「西州」句　西州，太平寰宇記卷九〇江南東道二昇州上元縣：「東府城，在縣東二里。輿地志云：晉安帝義熙十年築其城。西即簡文帝爲會稽王時第；其東則丞相、會稽文孝王道子府。謝安石薨，以道子代領揚州。第在州東，故時人號爲東府，而號府廨西州。又按丹陽記云：揚州廨乃王敦所創，門東南西三門，俗謂之西州。」晉書謝安傳：「羊曇者，太山人，知名士也，爲安所愛重。安薨後，輟樂彌年，行不由西州路。嘗因石頭大醉，扶路唱樂，不覺至州門。左右白曰：『此西州門。』曇悲感不已，以馬策扣扉，誦曹子建詩曰：『生存華屋處，零落歸山丘。』慟哭而去。」按方回嘗以詩見賞於王安石，安石之諱恰爲謝安之字，又薨於金陵，故用羊曇悼謝安事。其元祐三年弔王安石詩亦見「西州」字（詳見附録），可以互參。

〔四〕「風物」二句　蘇軾陌上花三首其一：「江山猶是昔人非。」

〔五〕「隔巢」句　杜甫絶句六首其四：「隔巢黄鳥並，翻藻白魚跳。」爾雅釋鳥：「皇，黄鳥。」郭璞注：「俗呼黄離留，亦名搏黍。」清郝懿行義疏：「按此即今之黄雀，其形如雀而黄，故名黄鳥。又名搏黍。非黄離留也。」

〔六〕「多謝」二句　子規啼聲若「不如歸去」，范仲淹子規詩：「春山無限好，猶道不如歸。」

【附録】

詩集卷六寓泊金陵尋王荆公陳迹（戊辰三月賦）：晚泊扁舟一問津，依然節物思羈人。江山月照六朝夢，桃李風吹三月春。宅枕謝公墩下路，詩尋蕭寺壁間塵。可須樽酒平生約？長望西州淚滿巾！

江南曲〔一〕　踏莎行

蟬韻清絃，溪横翠縠，翩翩彩鷁帆開幅。黄簾絳幕掩香風，當筵粲粲人如玉〔二〕。淺黛凝愁，明波轉矚，蘭情似怨臨行促。不辭寸斷九回腸〔三〕，殷勤更唱江南曲。

【校】

〔臨行〕知不足齋本作「林行」，誤。

【箋注】

〔一〕江南曲　樂府詩題。樂府詩集卷二六相和歌辭一江南解題：「樂府解題曰：『江南古辭，蓋美芳辰麗景，嬉游得時。若梁簡文「桂楫晚應旋」，唯歌游戲也。』按梁武帝作江南弄以代西曲，有採蓮、採菱，蓋出於此。」並録南朝梁柳惲至唐陸龜蒙江南曲凡十五人二十三首，其中頗多傷離恨別之作。又同書卷五〇清商曲辭七録梁簡文帝江南弄三首，其一亦題江南曲。

〔二〕粲粲　詩小雅大東：「粲粲衣服。」毛傳：「粲粲，鮮盛貌。」人如玉，詩召南野有死麕：「有女如玉。」詩小雅白駒：「其人如玉。」

〔三〕寸斷九回腸　南朝宋清商曲辭華山畿二十五首其十：「腹中如湯灌，肝腸寸寸斷。」九回腸，見前一八一頁九回腸篇注〔一〕。

二〔一〕　瀟瀟雨

鴉軋齊橈，□鼕疊鼓，浮驂晚下金牛渚〔二〕。莫愁應自有愁時〔三〕，篷窗今夜瀟瀟雨〔四〕。　杜若芳洲〔五〕，芙蓉別浦，依依豔笑逢迎處。隨潮風自石城來，潮回好寄人傳語〔六〕。

【校】

〔齊橈〕四印齋本、藝風堂本作「輕橈」，不足據。　〔□鼕〕原校：「原本作『彰鼕』，誤。」四印齋本、藝風堂本作「鼕鼕」，與上「鴉軋」不侔，亦誤。按知不足齋本即作「彰鼕」，「彰」當是「彭」形譌。説文壴部：「彭，鼓聲也。」宋鄭樵通志卷三一六書略象形象聲：「彭，蒲庚切，鼓聲也；從彡，象擊聲。」　〔浮驂〕四印齋本、藝風堂本作「浮槎」，不足據。　〔風自石城來〕四印齋本、藝風堂本作「風向石城來」，不足據。

〔好寄〕四印齋本作「如替」，不足據。

【箋注】

〔一〕本篇當作於哲宗紹聖三年丙子（一〇九六）四月。按方回是年之官江夏，三、四月過金陵寓泊，四月過當塗，詞或此時作，故曰「浮驂晚下金牛渚」、「隨潮風自石城來」。

〔二〕浮驂　見前一三五頁付金釵篇注〔三〕。此尤可爲作「船」解之證。金牛渚，太平寰宇記卷一〇五江南西道三太平州當塗縣：「金牛渚在縣西北十里。東方朔神異記云有銅與金相似。又云昔有金牛起於此山入牛渚，坎穴猶存。」

〔三〕「莫愁」句　李商隱莫愁詩：「若是石城無艇子，莫愁還自有愁時。」莫愁，見前二六五頁憶仙姿（一）篇注〔三〕。

〔四〕「篷窗」句　宋曾慥類説本王直方詩話引無名氏詩：「隔窗昨夜蕭蕭雨。」

〔五〕杜若芳洲　楚辭九歌湘君：「採芳洲兮杜若。」爾雅翼卷二杜若：「杜若，苗似山薑，花黄赤，子赤色，大如棘子，中似荳蔻。……亦一名杜衡。……杜若之爲物，令人不忘。搴採而贈之，以明其不相忘也。」

〔六〕「隨潮」二句　洛神賦：「託微波而通辭。」隋盧思道櫂歌行：「順風傳細語，因波寄遠情。」石城，見前二六五頁憶仙姿（一）篇注〔三〕。

【彙評】

宋詞選釋：此調共三首，次首紀倚棹聽歌，結有「蘭情似怨臨行促」、「殷勤更唱江南曲」句，故此首有「莫愁」、「石城」語，用江南曲本意也。笑語芳洲，依依宛在，而傳語者祇仗一迴潮，篷窗聽雨，能不黯然！誦「莫愁」句，正如王阮亭詩「年來愁與春潮滿，不信湖名尚莫愁」也。

三　度新聲〔一〕

小苑浴蘭〔二〕，微波寄葉〔三〕，石城回首山重沓。綺窗煙雨夢佳期〔四〕，飛霞艇子雕檀楫〔五〕。樓迥披襟〔六〕，廊長響屧〔七〕，供愁麝月眉心帖〔八〕。紫簫閑捻度新聲，有人偷倚闌干掐〔九〕。

【校】

〔小苑浴蘭〕知不足齋本作「小苑沼蘭」，誤。　〔掐〕原校：「原本『掐』作『拍』，從鮑校本。」知不足齋本、八千卷樓本、四印齋本、藝風堂本亦作「拍」，誤。

【箋注】

〔一〕本篇疑作於哲宗紹聖三年丙子（一〇九六）五月。按詞與上篇調同，又編次相繼，且亦見「石城」字，疑是同年之作。方回是年五月卧病漢陽，「浴蘭」是五月風俗，豈漢陽所賦歟？

〔二〕浴蘭　見前一一頁璧月堂篇注〔六〕。

〔三〕微波寄葉　洛神賦：「託微波而通辭。」寄葉，見前一五頁小重山（隔水桃花□□□）篇注〔四〕。

〔四〕佳期　佳人，心期之人。唐徐晶贈温駙馬汝陽王詩：「北堂留上客，南陌送佳期。」

〔五〕「飛霞」句　莫愁樂：「艇子打兩槳，催送莫愁來。」

〔六〕樓迥披襟　宋玉風賦：「楚襄王游於蘭臺之宫……有風颯然而至，王乃披襟而當之。」

〔七〕廊長響屧　蘇軾和鮮于子駿鄆州新堂月夜詩：「步屧響長廊。」

〔八〕麝月　徐陵玉臺新詠序：「麝月與常娥競爽。」段成式酉陽雜俎前集卷八黥：「近代妝尚靨，如射（按：通「麝」）月曰黄星靨。靨，鈿之名。」

〔九〕「紫簫」三句　元稹連昌宫詞自注：「明皇嘗於上陽宫夜後按新翻一曲，屬明夕正月十五日，潛游燈下，忽聞酒樓上有笛奏前夕新曲，大駭之。明日，密遣捕捉笛者。詰驗之，自云：其夕竊於天津橋玩月，聞宫中度曲，遂於橋柱上插（唐文粹作「以爪畫」，即「掐」義。）譜記之。臣則長安少年善笛者李謨也。」

樓下柳〔一〕　天香

滿馬京□，裝懷春思，翩然笑度江南。白鷺芳洲〔二〕，青蟾雕艦，勝游三月初三〔三〕。舞裙濺水，浴蘭佩、緑染纖纖。歸路要同步障，迎風會捲珠簾〔四〕。離觴未容半酣，恨烏檣、已張輕帆〔五〕。秋鬢重來淮上〔六〕，幾换新蟾。樓下會看細柳〔七〕，正摇落、清霜拂畫檐〔八〕。樹猶如此，人何以堪〔九〕？

【校】

〔滿馬京□〕原校：「原本作『京載』，誤。按『載』疑當作『塵』。」知不足齋本即已誤「載」。此處依律須平，「載」字仄聲必誤，不特語意欠通而已。彊邨疑「塵」譌，甚是。唐趙嘏華州座中獻盧給事詩：「滿面煙霜滿馬塵。」賀詞似本此。至金蔡松年人月圓丙辰晚春即事：「不堪禁酒，百重堆案，滿馬京塵。」或又從賀詞出者。〔裝懷〕知不足齋本、八千卷樓本、丹鉛精舍本、四印齋本、藝風堂本均作「裏懷」，誤。〔雕艦〕八千卷樓本、四印齋本、藝風堂本作「琱檻」，不足據。〔濺水〕八千卷樓本、四印齋本、藝風堂本作「湔水」。「濺」、「湔」通，但當以「湔」字爲正。〔浴蘭佩〕知不足齋本作「沼蘭佩」，誤。〔要同步障〕八千卷樓本「要」下有「平」字，蓋注聲調。四印齋本「要」下缺「同」字，誤。〔離觴〕知不足齋本、丹鉛精舍本作「離腸」，誤。〔輕帆〕四印齋本作「輕艤」，誤。

【箋注】

〔一〕本篇疑作於哲宗元符元年戊寅（一○九八）秋。按方回元祐、紹聖時三過金陵皆春日，與此不合。而元符元年六月後丁母艱去官江夏，疑秋日曾過金陵，姑繫詞於是時。上闋云「滿馬京塵」，云「三月初三」，蓋追記元祐三年（一○八八）三月或紹聖三年（一○九六）三月游金陵事，前次係之官和州，後次係之官江夏，皆自東京首塗也。

〔二〕白鷺芳洲　太平寰宇記卷九○江南東道二昇州江寧縣：「白鷺洲在縣西三里，隔江中心，南邊新林浦。白鷺洲在大江中，多聚白鷺，因名。」六朝事迹編類卷上江河門白鷺洲：「圖經云：在城西南八里，周回十五里，對江寧之新林浦。唐李白詩云：『三山半落青天外，二水中分白鷺洲。』」

〔三〕「勝游」句　見前五九頁夢江南篇注〔二〕。

〔四〕「迎風」句　會，疑「曾」譌。此合上句串解，謂當年祓禊歸塗，伊人曾迎風捲簾，邀我同入步障。

〔五〕烏檣　見前三〇一頁思越人（京口瓜洲記夢間）篇注〔六〕。

〔六〕淮上　淮，秦淮。見前九三頁掩蕭齋篇注〔三〕。

〔七〕會看　詩詞曲語辭匯釋卷一會條：「會，猶當也；應也。有時含有將然語氣。」

〔八〕「正摇落」句　楚辭九辯：「蕭瑟兮草木摇落而變衰。」曹丕燕歌行：「草木摇落露爲霜。」許渾示弟詩：「秋風正摇落。」

〔九〕「樹猶如此」二句　世説新語言語：「桓公北征經金城，見前爲琅邪時種柳皆已十圍，慨然曰：『木猶如此，人何以堪！』攀枝執條，泫然流淚。」庾信枯樹賦：「桓大司馬聞而歎曰：『昔年種柳，依依漢南。今看摇落，悽愴江潭。樹猶如此，人何以堪！』」

吴門柳〔一〕　漁家傲

窈窕盤門西轉路〔二〕，殘陽映帶青山暮。最是長楊攀折苦〔三〕，堪憐許〔四〕，清霜翦斷和煙縷。

春水歸期端不負〔五〕，依依照影臨南浦。留取木蘭舟少住，無風雨，黄昏月上潮平去。

【校】

〔月上〕八千卷樓本、四印齋本、藝風堂本作「月下」，不足據。

【箋注】

〔一〕本篇當作於哲宗元符元年戊寅（一〇九八）至三年庚辰（一一〇〇），或徽宗大觀二年戊子（一一〇八）後。按此蘇州詞，曰「盤門西轉路」，曰「春水歸期」，當是渡太湖向宜興，擬不久便還。

〔二〕盤門　吴郡圖經續記卷上門名：「吴王闔廬建城之始，立陸門八以象八風、水門八以象八卦。……其南曰盤門，以嘗刻蟠龍之狀，或曰爲水陸相半、沿洄屈曲，故謂之『盤』也。」

〔三〕長楊攀折苦　王之渙送別詩：「楊柳東門樹，青青夾岸河，近來攀折苦，應爲别離多。」白居易楊柳枝：「小樹不禁攀折苦，乞君留取兩三條。」

〔四〕堪憐許　見前三三三頁蓦山溪篇注〔六〕。

〔五〕端不負　詩詞曲語辭匯釋卷四端條：「端，猶準也；真也；究也。……端不負，準不負也。」

二一〔一〕　游仙詠

嘯度萬松千步嶺〔二〕，錢湖門外非塵境〔三〕。見底碧漪如眼净〔四〕，嵐光映，鏡屏百曲新磨瑩〔五〕。　好月爲人重破暝，雲頭豔豔開金餅〔六〕。傳語桂娥應耐静，堪乘興〔七〕，尊前

聽我游仙詠〔八〕。

【校】

〔金餅〕原校：「王輯本『餅』作『鏡』。」八千卷樓本、四印齋本、藝風堂本亦同。不足據。

【箋注】

〔一〕本篇當作於徽宗大觀三年己丑（一一〇九）至宣和二年庚子（一一二〇）間。按年譜徽宗建中靖國元年辛巳（一一〇一）：「五十歲。客杭州，始識程俱。程俱北山小集十五賀方回詩序：『季真去後四百二十載，建中辛巳，始識其孫於湖上，蓋鑑湖遺老也。』」並繫本篇於此年。然「湖」字甚泛，焉知定是杭州西湖？檢四部叢刊續編本北山小集，程序作「始識其孫五湖上」，又同書卷一二採石賦序：「建中靖國元年，以修奉景靈西宮，下吴興、吴郡採太湖石四千六百枚，而吴郡實採於包山。」是知賀、程相識於蘇州，方回此年實未客杭。考其生平居留地，以蘇州距杭最近，太平寰宇記卷九一江南東道三蘇州：「南至杭州三百七十里。」其杭作可考者又止此及詩集補遺錢塘海潮二篇而已，且均紀仲秋景物：意其或於客蘇期間偶之杭州游覽，未必在杭居留也。元符、靖國間方回寓蘇居喪，游杭之可能性不大，故繫詞於晚年退居吴下以後。又宣和二年方臘起義，雖次年即遭鎮壓，然兩浙局勢三數年内終未穩便，據此可確定本篇編年之下限。

〔二〕萬松千步嶺　輿地紀勝卷二兩浙西路臨安府景物下：「萬松嶺，去錢塘一十里，夾道栽松。白居易詩云：『萬株松木青山上，十里沙堤明月中。』」宋吴自牧夢粱録卷一一嶺：「萬松嶺，在和寧門外孝仁坊西。」

〔三〕錢湖門　夢粱録卷七杭州：「城西門者四：曰錢塘門。曰豐豫門，即湧金。曰清波，即俗呼『暗門』也。曰錢湖門。」

〔四〕「見底」句　太平寰宇記卷九三江南東道五杭州錢塘縣：「西湖在縣西，周回三十里，源出武林泉。郡人仰汲於此，爲錢塘之巨澤。山川秀麗，自唐以來爲勝賞之處。」

〔五〕「鏡屏」句　題韓偓迷樓記：「其年上官時自江外得替回，鑄烏銅屏數十面，其高五尺而闊三尺，磨以成鑑爲屏，可環於寢所。」杜牧懷鍾陵舊游詩四首其四：「秋來江静鏡新磨。」

〔六〕「雲頭」句　蘇舜欽中秋松江新橋對月和柳令之作詩：「雲頭灩灩開金餅，水面沈沈卧彩虹。」

〔七〕堪乘興　高適送田少府貶蒼梧詩：「江山到處堪乘興。」

〔八〕游仙詠　文選詩有游仙一類，録晉何邵一首，郭璞七首。李善注：「凡游仙之篇，皆所以滓穢塵網，錙銖纓紱，飡霞倒景，餌玉玄都。而璞之制，文多自叙。」

雁後歸〔一〕　臨江仙　人日席上作〔二〕

巧翦合歡羅勝子，釵頭春意翩翩〔三〕。豔歌淺拜笑嫣然：願郎宜此酒，行樂駐華年。未是文園多病客〔四〕，幽襟淒斷堪憐。舊游夢挂碧雲邊。人歸落雁後，思發在花前〔五〕。

【校】

〔題〕花草粹編卷七、歷代詩餘卷三八題作「立春」。〔淺拜笑嫣然〕苕溪漁隱叢話後集卷二五引復齋漫録作「淺笑拜嫣然」。草堂詩餘後集卷下、花庵詞選卷四、花草粹編、歷代詩餘、詞譜卷一〇、四印齋本作「淺笑拜嫣然。」〔未是〕原校：「原本『是』作『至』，從鮑校本。」詩話總龜卷三一引復齋漫録、花庵詞選作「未至」。花草粹編、詞譜、知不足齋本、四印齋本作「未至」。歷代詩餘作「未老」，不足據。〔夢挂〕知不足齋本作「桂夢」，八千卷樓本作「□夢」，丹鉛精舍本作「夢桂」，均不足據。〔碧雲邊〕詞譜作「碧雲天」，不足據。

【箋注】

〔一〕本篇疑作於徽宗崇寧五年丙戌（一一〇六）或大觀元年丁亥（一一〇七）正月。按苕溪漁隱叢話後集卷二五賀方回引復齋漫録：「方回詞有雁後歸……山谷守當塗，方回過焉，人日席上作也。腔本臨江仙，山谷以方回用薛道衡詩，故易以雁後歸云。」詩話總龜卷三一引復齋漫録略同。年譜據宋黄㽦山谷年譜，曰庭堅崇寧元年六月初九日領太平州事，僅九日而罷，八月即離太平往江州，詞當非見庭堅時作，復齋誤也。説甚是。方回此年在泗州任，亦無暇過山谷；其詞每題新名，尤不待山谷爲之改易。惟復齋漫録撰者吴曾係兩宋之交時人，去方回不遠，雖所記失實，然未必全無影響。方回既曾客宦當塗，復齋謂此當塗詞，或者可信。姑繫於通判太平州時。特崇寧四年正月方回尚未之當塗；大觀二年三月方回已回蘇州，與「人歸落雁後」之懸揣不合，故予排除。雁後歸，晏几道南鄉子（新月又如眉）詞：「漫道行人雁後歸。」

〔二〕人日　北齊書魏收傳：「魏帝宴百僚，問何故名人日，皆莫能知。收對曰：『晉議郎董勳答問禮俗云：「正月一日爲雞，二日爲狗，三日爲猪，四日爲羊，五日爲牛，六日爲馬，七日爲人。」』」

〔三〕「巧翦」二句　見前一八七頁舞迎春篇注〔四〕。

〔四〕文園多病客　見前七一頁呈纖手篇注〔六〕。

〔五〕「人歸」二句　唐劉餗隋唐嘉話卷上：「薛道衡聘陳，爲人日詩云：『入春纔七日，離家已二年。』南人嗤之曰：『是底言！誰謂此虜解作詩？』及云『人歸落雁後，思發在花前』，乃喜曰：『名下固無虚士！』」

【彙評】

草堂詩餘正集卷二：嬌媚逼來，讀者神醉。

清沈祥龍論詞隨筆：用成語貴渾成脱化如出諸己。賀方回「舊游夢挂碧雲邊。人歸落雁後，思發在花前」，用薛道衡句；歐陽永叔「平山欄檻倚晴空，山色有無中」，用王摩詰句：均妙。

蓼園詞選：首闋，言勸酒者辭意周至，見主人款待之厚。第二闋，言自己心緒之多牽。「未至」句，言未至如相如爲文園令以病免之時，而心繫京華，如薛道衡之思故國也。情至婉而篤。

二　想娉婷

鴉背夕陽山映斷〔一〕，緑楊風掃津亭。月生河影帶疏星。青松巢白鳥，深竹逗流螢〔二〕。

隔水綵舟然絳蠟，碧窗想見娉婷。浴蘭熏麝助芳馨〔三〕。湘絃彈未半〔四〕，淒怨不堪聽。

【校】

〔月生〕八千卷樓本作「月坐」，四印齋本、藝風堂本作「月矬」，皆誤。〔浴蘭〕知不足齋本作「沼蘭」，誤。〔助芳馨〕原校：「王輯本『助』作『度』。」八千卷樓本、四印齋本亦作「度」。不足據。

【箋注】

〔一〕鴉背夕陽　温庭筠春日野行詩：「鴉背夕陽多。」韓偓秋郊閑望有感詩：「鴉閃夕陽金背光。」

〔二〕「青松」二句　詩集卷三宿實泉山慧日寺：「流螢逗深竹，白鳥巢青松。」白鳥，大戴禮記夏小正：「白鳥也者，謂蚊蚋也。」

〔三〕浴蘭　見前一一一頁璧月堂篇注〔六〕。

〔四〕湘絃　參見前一四七頁瀟湘雨篇注〔七〕。

三　採蓮回

翡翠樓高簾幕薄，温家小玉妝臺〔一〕。畫眉難稱怯人催。羞從面色起，嬌逐語聲來〔二〕。

門外木蘭花艇子，垂楊風掃纖埃。平湖一鏡緑萍開。緩歌輕調笑，薄暮採蓮回。

【校】

〔簾幕〕知不足齋本作「簾□」，「幕」字蓋後人據文義補。〔一鏡〕知不足齋本作「一徑」。八千卷樓本作「一經」，「經」顯係「徑」形譌。後出諸本以「徑」爲「鏡」音譌，故改。按原本不誤，唐薛能戲舸詩：「遠舸冲開一路萍。」白居易地上二絶其二：「小娃撑小艇，偷採白蓮回。不解藏蹤迹，浮萍一道開。」元張翥摸魚兒王季境湖亭蓮花雙頭一枝邀予同賞而爲人折去季境悵然請賦：「吴娃小艇應偷採，一道緑萍猶碎。」賀詞「一徑」，猶薛詩「一路」、白詩張詞「一道」也。若作「鏡」則不可通，湖面既有「蓮」、「萍」等水生植物覆蓋，安得稱「鏡」哉。

【箋注】

〔一〕「温家」句　見前三四六頁憶秦娥〔二〕篇注〔一〕。

〔二〕「羞從」二句　王維扶南曲歌詞五首其一：「翠羽流蘇帳，春眠曙不開。羞從面色起，嬌逐語聲來。早向昭陽殿，君王中使催。」

鴛鴦夢〔一〕　臨江仙

午醉厭厭醒自晚，鴛鴦春夢初驚。閑花深院聽啼鶯。斜陽如有意，偏傍小窗明〔二〕。

莫倚雕闌懷往事，吴山楚水縱横。多情人奈物無情。閑愁朝復春，相應兩潮生〔三〕。

【校】

〔閑花〕四印齋本作「鬧花」，不足據。　〔莫倚〕八千卷樓本、四印齋本作「莫憶」，不足據。　〔閑愁〕八千卷樓本、四印齋本、藝風堂本作「閑悲」，不足據。

【箋注】

〔一〕本篇當作於哲宗元祐三年戊辰（一〇八八）以後。按方回楚地行蹤始於元豐八年八月到徐州錢官任；吴地行蹤則始於元祐三年三月赴和州任途中過金陵。詞必作於此後，詳年則不可考。

〔二〕上闋　唐方棫失題詩：「午醉醒來晚，無人夢自驚。夕陽如有意，長傍小窗明。」李益奉和武相公春曉聞鶯詩：「緑窗殘夢曉聞鶯。」

〔三〕兩潮　錦繡萬花谷前集卷五潮日激水而潮生條：「日入則晚潮激於左，日出則早潮激於右。」

念彩雲　夜游宫

流水蒼山帶郭，尋舊迹，宛然如昨。猶記黄花攜手約，誤重來，小庭花，空自落〔一〕。

不怨蘭情薄，可憐許、彩雲飄泊。紫燕西飛書漫託〔二〕，碧城中〔三〕，幾青樓，垂畫幕？

【校】

〔「紫燕」句〕八千卷樓本作「紫燕西書漫託」，四印齋本作「紫燕函書漫託」，皆誤。

【箋注】

〔一〕「小庭花」句　唐李華春行寄興詩：「芳樹無人花自落。」

〔二〕「紫燕」句　顧況短歌行：「紫燕西飛欲寄書。」

〔三〕碧城　李商隱碧城詩三首其一：「碧城十二曲闌干。」太平御覽卷六七四道部一六理所引上清經：「元始（天尊）居紫雲之闕，碧霞爲城。」

燭影摇紅〔一〕

波影翻簾〔二〕，淚痕凝蠟，青山館〔三〕。故人千里念佳期，襟佩如相款。　惆悵更長夢短，但衾枕、餘芬賸暖。半窗斜月〔四〕，照人腸斷〔五〕，啼鳥不管。

【校】

〔凝蠟〕樂府雅詞卷中、花草粹編卷四、亦園本、歷代詩餘卷一九、四印齋本作「凝燭」。〔故人〕亦園本、歷代詩餘、四印齋本作「離魂」。〔千里〕花草粹編、亦園本、歷代詩餘作「十里」，誤。〔餘芬〕樂府雅詞、花草粹編、亦園本、歷代詩餘作「餘芳」。知不足齋本作「餘分」，誤。〔啼鳥〕八千卷樓本作「啼烏」，誤。

【箋注】

〔一〕本篇當作於徽宗崇寧四年乙酉（一一〇五）至大觀二年戊子（一一〇八）三月前，時在太平州任。

〔二〕波影翻簾　此波影乃簾上之水紋也。西京雜記卷二：「漢諸陵寢，皆以竹爲簾，簾皆爲水紋及龍鳳之像。」

〔三〕青山館　許渾題青山館詩自注：「即謝公館。」宋郭祥正青山記：「當塗有山曰青山，又曰謝公山。齊謝玄暉守宣城時，建別宅於此山而往游焉。廢地遺址，隱隱尚存。左丹湖，右長江，窮隆盤礴延數十里，爲當塗諸山之表。山之東南，修松夾徑而上幾二百丈，依岸立屋，曰巢雲亭。亭之陰，甃甓爲磴道又十餘丈，三門翼然，臨於亭上，曰白雲之院。院之中亭（庭？）有石窟渟泉深三十尺，色若粉乳而味甘益茶，歲或大旱不竭。因窟壘石爲方池，跨池爲飛橋以登於殿。殿之北爲堂，環以廊廡；東爲齋羞之廚；西爲待賓之所。堂之北爲檻面圃，植金沙荼蘼，延蔓而爲洞；佳花美竹，交榦而成林。當濤明花敷之時，游人無日不來，雖太守亦有時而至也。」清萬樠等乾隆當塗縣志卷二七古迹館閣：「青山館，在青山市。」

〔四〕半窗斜月　元稹晚秋詩：「誰憐獨欹枕，斜月透窗明。」

〔五〕「照人」句　按律本句可不叶韻，「斷」字若非撞韻，即是添叶。

小重山〔一〕

花院深疑無路通〔二〕，碧紗窗影下，玉芙蓉〔三〕。當時偏恨五更鐘，分攜處，斜月小簾櫳。

楚夢冷沈蹤，一雙金縷枕，半牀空。畫橋臨水鳳城東〔四〕，樓前柳，憔悴幾秋風！

【校】

〔畫橋〕樂府雅詞卷中、花草粹編卷六、亦園本、歷代詩餘卷三五、知不足齋本、八千卷樓本、丹鉛精舍本、四印齋本均作「畫樓」，是。此改「橋」，或以「樓」字不當與下句複。實則且不論其缺乏版本根據，僅就修辭而言，亦複字爲佳，所謂連環體也。李清照鳳凰臺上憶吹簫：「念武陵人遠，煙鎖秦樓。惟有樓前流水，應念我、終日凝眸。」筆法正與此同。

【箋注】

〔一〕本篇當作於神宗熙寧八年乙卯（一〇七五）以後。按此懷人之作，對象似一京妓。方回熙寧初年宦游東京，八年出監臨城酒税，其離京外宦之行迹始此。詞必作於此後，詳年則不可考。

〔二〕「花院」句　唐劉威游東湖黄處士園林詩：「似隔芙蓉無路通。」

〔三〕玉芙蓉　喻美人。詩集卷六和彭城王生悼歌人盼盼：「鏡奩初失玉芙蓉。」

〔四〕鳳城　見前一四九頁念離羣篇注〔四〕。

【彙評】

宋詞選釋：此詞由「窗下」而「分攜」而「沈蹤」，層遞寫來，漸推漸遠。結處「秋柳」、「城東」，寄懷更遠，覺情韻彌長也。

綠頭鴨〔一〕

玉人家，畫樓珠箔臨津。託微風，彩簫流怨，斷腸馬上曾聞。燕堂開，豔妝叢裏，調琴思，認歌顰。麝蠟煙濃，玉蓮漏短〔二〕，更衣不待酒初醺〔三〕。繡屏掩，枕鴛相就，香氣漸暾暾。回廊影，疏鐘淡月，幾許銷魂。　翠釵分〔四〕，銀箋封淚〔五〕，舞鞋從此生塵〔六〕。住蘭舟，載將離恨〔七〕，轉南浦，背西曛。記取明年，薔薇謝後，佳期應未誤行雲〔八〕。鳳城遠，楚梅香嫩，先寄一枝春〔九〕。青門外〔一〇〕，祇憑芳草，尋訪郎君。

【校】

〔託微風〕八千卷樓本、四印齋本作「記微風」，不足據。　〔認歌顰〕八千卷樓本、四印齋本、藝風堂本作「認歌聲」，誤。　〔酒初醺〕原校：「原本『醺』作『醒』，從鮑校本。」知不足齋本、八千卷樓本、四印齋本、藝風堂本並作「醒」，誤。　〔回廊影〕四印齋本作「回廊角」，藝風堂本作「回廊下」，均不足據。〔銀牋〕知不足齋本作「吟殘」，「殘」顯係「牋」形譌。八千卷樓本、丹鉛精舍本、四印齋本、藝風堂本並作「吟牋」，是。此習用語辭，賀集中亦屢見，如前避少年篇：「揮醉筆，掃吟牋。」宴齊雲篇：「閑揮談麈襞吟牋。」詩集卷一黄樓歌：「舞劍吟牋賓從多。」卷五寓泊臨淮有懷杜修撰：「短韻吟牋出。」皆其例，不必改「銀牋」。　〔封淚〕八千卷樓本、藝風堂本作「對淚」，誤。　〔應未〕八千卷樓本作「應來」，誤。

【箋注】

〔一〕本篇當作於神宗元豐五年壬戌（一〇八二）以後。按此亦爲京妓作。方回元豐五年七月自京赴徐州錢官任，其楚地行迹始此。詞必作於此後，詳年則不可考。

〔二〕玉蓮漏　即滴漏，古計時器。或稱玉漏，唐宗楚客正月晦日侍宴滻水應制賦得長字詩：「玉漏與年長。」或稱蓮漏，見前二四一頁菩薩蠻（二）篇注〔三〕。此則合併言之。

〔三〕更衣　漢書外戚傳上孝武衛皇后傳：「孝武衛皇后字子夫……爲平陽主謳者。武帝……過平陽主……既飲，謳者進，帝獨悦子夫。帝起更衣，子夫侍尚衣軒中，得幸。」徐陵玉臺新詠序：「至如東鄰巧笑，來侍寢於更衣。」

〔四〕翠釵分　見前一八〇頁國門東篇注〔八〕。

〔五〕銀〔吟〕牋封淚　見前二二六頁更漏子篇注〔三〕。

〔六〕「舞鞋」句　見下注〔八〕。此反用小杜詩意。

〔七〕「住蘭舟」三句　宋鄭文寶柳枝詞：「亭亭畫舸繫春潭，直到行人酒半酣。不管煙波與風雨，載將離恨過江南。」

〔八〕「記取」三句　杜牧留贈詩：「舞韉應任閑人看，笑臉還須待我開。不用鏡前空有淚，薔薇花謝即歸來。」

〔九〕先寄一枝春　見前一八七頁舞迎春篇注〔五〕。

〔一〇〕青門　見前六一頁緑羅裙篇注〔五〕、一九二頁想車音篇注〔五〕。

減字浣溪沙〔一〕

秋水斜陽演漾金，遠山隱隱隔平林，幾家邨落幾聲砧？　記得西樓凝醉眼〔二〕，昔年風物似如今，只無人與共登臨！

【校】

〔演漾金〕樂府雅詞卷中、花草粹編卷二、亦園本作「遠漾金」。歷代詩餘卷六、四印齋本作「繞緑陰」，不足據。〔遠山〕樂府雅詞、花草粹編、亦園本、歷代詩餘、四印齋本作「平山」。〔平林〕樂府雅詞、花草粹編、亦園本、歷代詩餘、四印齋本作「横林」。〔如今〕四印齋本校曰「『如』別作『而』」，未詳何據。

【箋注】

〔一〕本篇當作於徽宗大觀二年戊子（一一〇八）以後。按「西樓」即蘇州觀風樓，此應是晚年吴下悼亡之作。

〔一二〕西樓　見前一二八頁斷湘絃篇注〔五〕。　凝醉眼，詩詞曲語辭匯釋卷五凝條：「凝，爲一往情深專注不已之義，猶今所云『發癡』『發怔』『出神』『失魂』也。……同一以凝字描寫態度，而關於企望者其辭獨多……賀鑄浣溪沙詞：『記得西樓凝醉眼，昔年風物似如今。』」

【彙評】

雲韶集卷三評「幾家」句曰：只七字，勝人數百句。　又評下闋：純用虚字琢句，奇絶横絶！總由筆力振得住。

白雨齋詞話卷一評下闋：只用數虚字盤旋唱歎，而情事畢現，神乎技矣！世第賞其「梅子黄時雨」一章，猶是耳食之見。

二

三扇屏山匝象牀〔一〕，背燈偷解素羅裳，粉肌和汗自生香〔二〕。　易失舊歡勞蝶夢〔三〕，難禁新恨費鸞腸，今宵風月兩相忘〔四〕。

【校】

〔風月〕樂府雅詞卷中、四印齋本作「風雨」。　〔相忘〕樂府雅詞、亦園本、四印齋本作「相望」。按：

作「望」是，詳見注〔四〕。

【箋注】

〔一〕「三扇」句　唐王琚美女篇：「屈曲屏風繞象牀。」

〔二〕自生香　趙飛燕外傳：「帝嘗私語樊嬺曰：『后雖有異香，不若婕妤體自香也。』」

〔三〕蝶夢　莊子内篇齊物論：「昔者莊周夢爲胡蝶，栩栩然胡蝶也，自喻適志與，不知周也。」

〔四〕「今宵」句　太平廣記卷三二六鬼一一沈警篇引異聞録載衡山府君夫人與沈警詩：「若存金石契，風月兩相望。」

三

鼓動城頭啼暮鴉，過雲時送雨些些，嫩涼如水透窗紗。　弄影西廂侵户月，分香東畔拂牆花〔一〕，此時相望抵天涯〔二〕。

【校】

〔暮鴉〕樂府雅詞卷中、花草粹編卷二、亦園本、歷代詩餘卷六、四印齋本作「暝鴉」。〔透窗紗〕樂府雅詞、花草粹編、亦園本、歷代詩餘、四印齋本作「逗窗紗」。

【箋注】

〔一〕「弄影」二句　化用鶯鶯傳鶯鶯贈張生詩：「待月西廂下，迎風户半開。拂牆花影動，疑是玉人來。」

〔二〕「此時」句　李商隱無題詩（聞道閶門萼緑華）：「昔年相望抵天涯。」

四〔一〕

煙柳春梢蘸暈黄，井闌風綽小桃香〔二〕，覺時簾幕又斜陽。　望處定無千里眼，斷來能有幾迴腸〔三〕？少年禁取恁淒涼〔四〕！

【校】

〔春梢〕花草粹編卷二、知不足齋本作「春稍」，誤。　〔千里眼〕四印齋本校曰「『眼』別作『目』」，未詳何據。

【箋注】

〔一〕本篇疑作於神宗熙寧八年乙卯（一〇七五）後不久。按此早年懷人之作。方回熙寧八年始自京出官臨城，詞或作於此後不久，時二十四五歲也。

〔二〕「井闌」句　漢樂府古辭雞鳴：「桃生露井上。」小桃，陸游老學庵筆記卷四：「所謂小桃者，上元前後即著花，狀如垂絲海棠。」

〔三〕「望處」二句　柳宗元登柳州城樓寄漳汀封連四州詩：「嶺樹重遮千里目，江流曲似九回腸。」

〔四〕「少年」句　宋劉隲代意詩：「新知自樂生離苦，年少情多豈易禁！」禁取，詩詞曲語辭匯釋卷二禁（二）條：「禁，猶當也；受也；耐也。……賀鑄浣溪沙詞：『望處定無千里眼，斷來能有幾迴腸？少年禁取恁淒涼！』禁取，猶禁得也。」

【彙評】

雲韶集卷三評下闋曰：對法活潑，一片神行。結句尤妙。

詞則別調集卷一評「望處」二句：對法亦超脱。

夏敬觀批評：「綽」字鍊。

五〔一〕

夢想西池輦路邊〔二〕，玉鞍驕馬小輜軿，春風十里鬭嬋娟〔三〕。臨水登山漂泊地〔四〕，落花中酒寂寥天〔五〕，箇般情味已三年〔六〕！

【校】

〔夢想〕原校：「原本作『記得』，從鮑校本。」　〔十里〕八千卷樓本、四印齋本、藝風堂本作「千里」，不足據。

【箋注】

〔一〕本篇當作於神宗熙寧十年丁巳（一〇七七）三月。按「西池」即東京金明池，方回熙寧八年在臨城作上巳有懷金明池游賞詩，見前楊柳陌篇附録。詞與詩大抵同時而稍晚，蓋出宦臨城第三年之作也。

〔二〕西池　宋敏求春明退朝録卷中：「太宗於西郊鑿金明池，中有臺榭，以閲水戲。」宋人習稱「西池」，蘇軾有和宋肇游西池次韻詩，黄庭堅有次韻宋楙宗三月十四日到西池都人盛觀翰林公出遨詩。參見前九四頁楊柳陌篇注〔二〕。

〔三〕春風十里　杜牧贈別詩：「春風十里揚州路。」闘嬋娟，李商隱霜月詩：「青女素娥俱耐冷，月中霜裏闘嬋娟。」按東京夢華録卷七駕回儀衛條記上巳節金明池游賞盛況曰：「莫非錦綉盈都，花光滿目；御香拂路，廣樂喧空；寶騎交馳，綵棚夾路；綺羅珠翠，户户神仙，畫閣紅樓，處處洞府；游人士庶，車馬萬數。妓女舊日多乘驢……披涼衫，將蓋頭背繫冠子上。少年狎客往往隨後，亦跨馬，輕衫小帽。……仍有貴家士女，小轎插花，不垂簾幕。」可與此上闋參看。

〔四〕臨水登山　楚辭九辯：「登山臨水兮送將歸。」

〔五〕落花中酒　杜牧睦州四韻詩：「中酒落花前。」

〔六〕箇般　詩詞曲語辭匯釋卷三箇(二)條：「箇，指點辭，猶這也；那也。……賀鑄……浣溪沙詞：『臨水登山漂泊地，落花中酒寂寥天，箇般情味已三年。』……箇般猶云這般。」

【彙評】

詞則別調集卷一評末句：一句結醒，峭甚。

白雨齋詞話卷八：賀老小詞工於結句，往往有通首渲染，至結處一筆叫醒，遂使全篇實處皆虛，最屬勝境。如浣溪沙云：「夢想西池輦路邊，玉鞍驕馬小輜軿，春風十里鬭嬋娟。臨水登山漂泊地，落花中酒寂寥天。箇般情味已三年！」又前調云：「閑把琵琶舊譜尋。四絃聲怨却沈吟。燕飛人靜畫堂深。欹枕有時成雨夢，隔簾無處説春心。一從燈夜到如今！」妙處全在結句，開後人無數章法。

六

蓮燭啼痕怨漏長，吟蛩隨月到回廊，一屏煙景畫瀟湘〔一〕。　連夜斷無行雨夢，隔年猶有著人香〔二〕，此情須信是難忘！

【校】

〔吟蛩〕樂府雅詞卷中作「泠蛩」，誤。　〔連夜〕藝風堂本原鈔「連衣」，繆校改「連袂」，皆誤。

【箋注】

〔一〕「一屏」句　屏風上畫有瀟湘風景。顧敻浣溪沙（荷芰風輕簾幕香）：「小屏閒掩舊瀟湘。」孫光憲酒泉子（曲檻小樓）：「展屏空對瀟湘水。」可見其爲屏風裝飾畫之傳統題材。瀟湘，見前一一頁璧月堂篇注〔五〕。

〔二〕著人香　詩詞曲語辭匯釋卷三着（八）條：「着，猶中也；襲也；惹或迷也。……賀鑄浣溪沙詞：『連夜斷無行雨夢，隔年猶有着人香。』此所云着人，猶云惹人或迷人也。」按拾遺記卷五前漢上：「漢武帝……卧夢李夫人授帝蘅蕪之香。帝驚起，而香氣猶著衣枕，歷月不歇。」據此則「著」爲「附著」義，張説偶誤。又唐任蕃夢游録：「彭城劉生夢入一倡樓……爾後但夢便及彼處。自疑非夢，所遇之姬芳香常襲衣。」

七

閑把琵琶舊譜尋〔一〕，四絃聲怨却沈吟，燕飛人静畫堂深。　欹枕有時成雨夢，隔簾無處説春心，一從燈夜到如今！

【校】

〔題〕花庵詞選卷四、亦園本、四印齋本有題作「春愁」。　〔閑把〕歷代詩餘卷六作「閑抱」，不足據。〔畫堂深〕亦園本、歷代詩餘、四印齋本作「畫堂陰」，不足據。〔雨夢〕八千卷樓本、藝風堂本作「舊夢」，不足據。〔燈夜〕藝風堂本作「燈下」，誤。

【箋注】

〔一〕「閑把」句　韋莊謁金門（春漏促）詞：「閑抱琵琶尋舊曲。」尋，温也。見前二四八頁菩薩蠻（七）篇注〔二〕。

八

鸂鶒無言理翠襟〔一〕，杏花零落晝陰陰〔二〕，畫橋流水半篙深。　芳徑與誰尋鬭草〔三〕？繡牀終日罷拈針〔四〕，小牋香管寫春心。

【校】

〔題〕花庵詞選卷四、亦園本、四印齋本有題作「春事」。〔晝陰陰〕八千卷樓本作「盡陰陰」，誤。〔半篙深〕花庵詞選、亦園本、四印齋本作「一篙深」。〔尋鬭草〕樂府雅詞卷中、陽春白雪卷二、花草粹編卷二作「期鬭草」。亦園本、四印齋本作「同鬭草」，不足據。

【箋注】

〔一〕「鸚鵡」句　漢禰衡鸚鵡賦：「緑衣翠襟。」

〔二〕晝陰陰　唐盧肇緑陰亭詩：「亭邊古木晝陰陰。」

〔三〕鬬草　荆楚歲時記：「五月五日，四民並踏百草，又有鬬百草之戲。」唐宋時春日亦鬬草，題李白清平樂（禁庭春晝）詞：「百草巧求花下鬬，祇賭珠璣滿斗。」社日爲盛，晏殊破陣子（燕子來時新社）詞：「疑怪昨宵春夢好，元是今朝鬬草贏。」以採集品種之多與奇爲勝，花蕊夫人宫詞：「水中芹葉土中花，拾得還將避衆家。總待别人般數盡，袖中拈出鬱金芽。」

〔四〕罷拈針　演繁露卷一二社日停針綫條：「張籍吴楚歌詞云：『庭前春鳥啄林聲，紅夾羅襦縫未成。今朝社日停針綫，起向朱櫻樹下行。』則知社日婦人不用針綫，自唐已然矣。」

【彙評】

雲韶集卷三評「晝橋」句：晝境。　又評下闋：方回詞一語抵人千百，初望之亦平常，細按之情味愈嚼愈出。

九

鸚鵡驚人促下簾〔一〕，碧紗如霧隔香奩，雪兒窺鏡晚蛾纖〔二〕。　烏鵲橋邊河絡角〔三〕，鴛鴦樓外月西南，門前嘶馬弄金銜〔四〕。

【校】

〔香奩〕四印齋本校曰「『香』別作『青』」，未詳何據。　〔晚蛾纖〕原校：「王輯本『晚』作『照』。」八千卷樓本、藝風堂本同。不足據。　〔雪兒〕四印齋本作「雪簾」，誤。

【箋注】

〔一〕「鸚鵡」句　霍小玉傳：「庭間有四櫻桃樹，西北懸一鸚鵡籠，見生入來，即語曰：『有人入來，急下簾者！』」

〔二〕雪兒　太平廣記卷二〇〇文章三韓定辭引孫光憲北夢瑣言：「或從容問韓以『雪兒』、『銀筆』之事，韓曰：『……雪兒者，李密之愛姬，能歌舞。每見賓僚文章有奇麗入意者，即付雪兒叶音律以歌之。』」

〔三〕烏鵲橋　宋之問明河篇：「烏鵲橋邊一雁飛。」參見前一七四頁寒松歎篇注〔二〕。　絡角，羅隱七夕詩：「絡角星河菡萏天。」明沈際飛草堂詩餘續集卷上引古諺曰：「河絡角，堪夜作。」疑同「犖确」，石多貌，謂初秋夜空銀河光爛，繁星如山石之衆也。

〔四〕門前嘶馬　韋莊清平樂（鶯啼殘月）詞：「門外馬嘶郎欲別。」

【彙評】

草堂詩餘續集卷上：俗化雅，更簡遠。

一〇

宮錦袍熏水麝香，越紗裙染鬱金黃，薄羅依約見明妝。　繡陌不逢攜手伴，緑窗誰是畫眉郎〔一〕？春風十里斷人腸〔二〕。

【箋注】

〔一〕畫眉郎　見前六一頁緑羅裙篇注〔三〕。

〔二〕春風十里　杜牧贈別詩：「春風十里揚州路。」

一一

青翰舟中祓禊筵〔一〕，粉娥窺影兩神仙〔二〕，酒闌飛去作非煙〔三〕。　重訪舊游人不見，雨荷風蓼夕陽天〔四〕，折花臨水思茫然〔五〕。

【校】

〔非煙〕原校：「原本『非』作『飛』，從鮑校本。」樂府雅詞卷中、亦園本、知不足齋本、八千卷樓本、四印齋本、藝風堂本亦作「飛」。　〔重訪〕亦園本、四印齋本作「重話」，不足據。

【箋注】

〔一〕青翰舟　見前一四〇頁東吴樂篇注〔八〕。

〔二〕「粉娥」句　拾遺記卷二周：「昭王即位……二十四年……東甌獻二女，一名延娟，二名延娱。……此二人辯口麗辭，巧善歌笑，步塵上無跡，行日中無影。及昭王淪於漢水，二女與王乘舟，夾擁王身，同溺於水。故江漢之人，到今思之，立祀於江湄。數十年間，人於江漢之上，猶見王與二女乘舟戲於水際。至暮春上巳之日，禊集祠間。」

〔三〕非煙　見前三三七頁點絳脣篇注〔三〕。

〔四〕「雨荷」句　薛能折楊柳十首其二：「水蒲風絮夕陽天。」風蓼，歲時廣記卷三秋蓼花風條：「月令章句：仲秋白露節，盲風至。鄭玄云：疾風也。秦人謂之『蓼花風』。」

〔五〕押韻　平仄通叶。

【彙評】

宋詞選釋：下闋「雨荷」二句寫景絶妙，且風韻悠然。

一二

浮動花釵影鬢煙〔一〕，淺妝濃笑有餘妍〔二〕，酒醺檀點語憑肩〔三〕。　留不住時分鈿鏡〔四〕，舊曾行處失金蓮〔五〕，碧雲芳草恨年年〔六〕。

【校】

〔影鬢煙〕亦園本、四印齋本作「影鬢蟬」，不足據。

【箋注】

〔一〕「浮動」句　南朝宋清商曲辭讀曲歌八十九首其一：「花釵芙蓉髻，雙鬢如浮雲。」唐裴虔餘游江詩：「翠翹浮動玉釵垂。」

〔二〕有餘妍　霍小玉傳：「態有餘妍。」

〔三〕檀點　美人之脣。唐伊夢昌黃蜀葵詩：「檀點佳人噴異香。」古代女子以檀色點脣，故用以指代。語憑肩，文苑英華卷七九四唐陳鴻長恨歌傳：「（妃）獨侍於帝，憑肩而立。相與盟心誓曰：『世世爲夫婦。』」

〔四〕分鈿鏡　太平御覽卷七一七服用部一九鏡引神異經：「昔有夫婦將别，破鏡人執其半以爲信。」

本事詩情感：「陳太子舍人徐德言之妻，後主叔寶之妹，封樂昌公主，才色冠絶。時陳政方亂，德言知不相保……乃破一鏡，人執其半，約曰：『他日必以正月望日賣於都市，我當在，即以是日訪之。』」

〔五〕「舊曾」句　劉禹錫懷妓四首其三：「舊曾行處偏尋看，雖是生離死一般。」元稹西歸絶句十二首其六：「舊曾行處便傷心。」金蓮，見前一八五頁綺筵張篇注〔三〕。

〔六〕碧雲芳草　韋莊殘花詩：「碧雲芳草兩依依。」碧雲，江淹擬休上人怨別詩：「日暮碧雲合，佳人殊未來。」芳草，楚辭招隱士：「王孫游兮不歸，春草生兮萋萋。」皆謂離別相思。

一三

兩點春山一寸波，當筵嬌甚不成歌，動人情態可須多〔一〕？　金井露寒風下葉〔二〕，畫橋雲斷月侵河。厭厭此夜奈愁何〔三〕！

【校】

〔情態〕知不足齋本、八千卷樓本作「情怨」，誤。　〔可須多〕花草粹編卷二、知不足齋本作「可須歌」，誤。亦園本作「不須多」，不足據。　〔畫橋〕花草粹編作「畫樓」。　〔月侵河〕知不足齋本作「月浸河」。

【箋注】

〔一〕「動人」句　宋趙令畤侯鯖録卷三引王安石石榴花詩：「濃緑萬枝紅一點，動人春色不須多。」王直方詩話、葉夢得石林詩話卷中並同。周紫芝竹坡老人詩話則引沈彦述語，謂此王平甫（安國）詩。范正敏遯齋閑覽、陳善捫虱新話卷三又謂此唐人詩。未知孰是。可須，詩詞曲語辭匯釋卷一可（八）條：「可，猶豈也，那也。……『動人情態可須多！』可須，猶云豈須或那須也。」

〔二〕「金井」句　張籍楚妃怨詩：「梧桐葉下黄金井。」

〔三〕奈愁何　李白出妓金陵子呈盧六詩四首其二：「花月奈愁何！」

一四

清淺陂塘藕葉乾，細風疏雨鷺鷥寒，半垂簾幕倚闌干。　惆悵竊香人不見〔一〕，幾回憔悴後庭闌，行雲可是渡江難〔二〕！

【校】

〔陂塘〕四印齋本校曰「『陂』原作『波』」，誤。〔鷺鷥〕八千卷樓本作「鷺鶯」，誤。〔半垂〕四印齋本校曰：「『半』别作『平』。」未詳何據。疑誤。〔竊香人〕亦園本、四印齋本作「採香人」，不足據。

【箋注】

〔一〕竊香人　世説新語惑溺：「韓壽美姿容，賈充辟以爲掾。充每聚會，賈女於青瑣中看見壽，説之，恒懷存想，發於吟咏。後婢往壽家，具述如此，并言女光麗。壽聞之心動，遂請婢潛修音問，及期往宿。壽蹻捷絶人，踰牆而入，家中莫知。自是充覺女盛自拂拭，説暢有異於常。後會諸吏，聞壽有奇香之氣，是外國所貢，一著人則歷月不歇。充計武帝唯賜己及陳騫，餘家無此香，疑壽與女通；而垣牆重密，門閤急峻，何由得爾？乃託言有盜，令人修牆。使反曰：『其餘無異，唯東北角如有人跡。而牆高，非人所踰。』充乃取女左右婢考問，即以狀對。充秘之，以女妻壽。」劉孝標注：「郭子謂與韓壽通者乃是陳騫女，即以妻壽，未婚而女亡，壽因娶賈氏，故世因傳是充女。」

〔二〕「行雲」句　唐李涉京口送朱晝之淮南詩：「君到揚州見桃葉，爲傳風水渡江難。」可是，詩詞曲語辭匯釋卷一可(一)條：「可猶却也。於語氣轉折時，或語氣加緊時用之。……可是與却是同。」押韻，平仄通叶。

【彙評】

詞則別調集卷一：結七字幽艷。

白雨齋詞話卷一：浣溪沙結句貴情餘言外，含蓄不盡。如吴夢窗之「東風臨夜冷於秋」、賀方回之「行雲可是渡江難」，皆耐人玩味。

一五

樓角初銷一縷霞，淡黃楊柳暗棲鴉〔一〕，玉人和月摘梅花。　笑撚粉香歸洞户，更垂簾幕護窗紗。東風寒似夜來些〔二〕。

【校】

〔題〕花庵詞選卷四有題作「閨思」。　〔作者〕全宋詞案：「楊慎評點本草堂詩餘卷一此首誤作周邦彦詞。」　〔初銷〕花庵詞選、亦園本、歷代詩餘卷六、四印齋本作「紅銷」。　〔一縷〕歷代詩餘作「一鏤」，誤。　〔楊柳〕花庵詞選作「禄柳」，誤。　〔暗棲鴉〕花草粹編卷二、四印齋本作「帶棲鴉」。　〔摘梅花〕四印齋本作「折梅花」。　〔洞户〕亦園本、四印齋本作「繡户」，不足據。　〔更垂〕亦園本、四印齋本作「半垂」，不足據。　〔簾幕〕花草粹編作「羅幕」。四印齋本作「羅障」，不足據。

【箋注】

〔一〕「淡黃」句　玉臺新詠卷一〇近代西曲歌五首其五陽叛兒：「楊柳可藏烏。」梁簡文帝金樂歌：「槐香欲覆井，楊柳正藏鴉。」

〔二〕「東風」句　詩詞曲語辭匯釋卷三似（二）：「似，猶於也，意則猶過也。」又卷六夜來：「夜來，猶云昨日也。……『東風寒似夜來些。』言東風較昨日寒也。」

【彙評】

宋胡仔苕溪漁隱叢話前集卷五九長短句：詞句欲全篇皆好，極爲難得。如賀方回「淡黃楊柳帶棲鴉」、秦處度「藕葉清香勝花氣」二句，寫景詠物可謂造微入妙，若其全篇，皆不逮此矣。

明楊慎詞品卷四：賀方回浣溪沙云：「鴛外紅銷一縷霞（下略）。」此詞句句綺麗，字字清新，當時賞之，以爲花間、蘭畹不及，信然！近見玉林詞選，首句二字作「樓角」，非也。「樓角」與「鴛外」，相去何啻天壤！

皺水軒詞筌：賀方回「鴛外紅綃一縷霞」，俊句也，實從子安脱胎，固是慧賊！

琴調相思引

團扇單衣楊柳陌，花似春風□無迹。賴白玉香奩供粉澤〔一〕，借秀色、添春色，借秀色、添春色。雲幕華燈張綺席〔二〕，半醉客、留醒客〔三〕，半醉客、留醒客。漸促膝傾鬟琴差拍，問此夕、知何夕〔四〕？問此夕、知何夕？

【校】

〔「花似」句〕知不足齋本作「花似春風無迹」六字句。後人以同調別首送范殿監赴黄岡篇此句作「春風祖席南城陌」七字，遂疑本句有奪漏，故於「風」下補一空格。鄙意所疑雖不無道理，然此調除方回外，别無宋人他作可校；且宋人通音律者倚聲填詞，因嘌唱關係，同調詞作字數容有出入，不盡劃一：則方回本句是否奪一字，猶未可遽斷。即令果奪一字，亦未必定是第五字也。試與前篇比勘，「春風祖席南城陌」爲「平平仄仄平平仄」；本句若作「花似春風□無迹」，則爲「平仄平平□平仄」：顯然不合，未可認爲定讞。〔粉澤〕八千卷樓本、四印齋本、藝風堂本作「彩澤」，不足據。

【箋注】

〔一〕粉澤　脂粉香澤。桓寬鹽鐵論殊路：「毛嬙，天下之姣人也，待香澤脂粉而後容。」釋名卷四釋首飾：「香澤者，人髮恒枯悴，以此濡澤之也。」

〔二〕雲幕　西京雜記卷一：「（漢）成帝設雲帳、雲幄、雲幕於甘泉紫殿。」

〔三〕「半醉」二句　李商隱杜工部蜀中離席詩：「座中醉客延醒客。」

〔四〕「問此夕」二句　詩唐風綢繆：「今夕何夕？見此良人！」

卷四　補遺

天門謠〔一〕

牛渚天門險〔二〕，限南北、七雄豪占〔三〕。清霧斂，與閑人登覽。待月上潮平波灎灎〔四〕，塞管輕吹新阿濫〔五〕。風滿檻，歷歷數、西州更點〔六〕。見李之儀姑溪詞附録

【校】

〔天門謠〕據宋王灼碧雞漫志卷四，此詞調朝天子。按詞律卷四朝天子録楊無咎「小閣寬如掌」一首，詞譜卷六朝天子録晁補之「酒醒情懷惡」一首，與賀詞相較，僅上闋第三韻楊作「千奇萬狀」，晁作「寒食過却」，賀作「清霧斂」，相差一字而已，其餘句度格律悉同，顯係一調異體，可證王灼不誣。「天門謠」則方回另題新名，東山詞體例耳。而詞律卷四、詞譜卷五另立天門謠一目，殆未深考也。又歷代詩餘卷一一、四印齋本別有題作「登采石蛾眉亭」，四印齋本注曰：「元無題，據姑溪詞補。」〔灎灎〕四印齋本作「豔豔」，不足據。〔塞管〕亦園本作「寒管」，誤。〔輕吹〕碧雞漫志卷四引斷句作「孤吹」。

【箋注】

〔一〕本篇當作於哲宗紹聖三年丙子（一〇九六）四月，或徽宗崇寧四年乙酉（一一〇五）至大觀二年戊子（一一〇八）三月前。按詩集拾遺晚泊東采石磯序曰：「丙子四月賦。」可知方回紹聖三年赴官江夏途中，四月嘗小泊當塗。又其蛾眉亭記云：「紹聖太守呂公希哲捐俸修之，工竣，觴客以落。」據康熙太平府志卷二六名宦太平府宋：「呂希哲，字原明，壽州人，申國正獻公長子，紹聖二年以朝奉大夫知太平州事。」似蛾眉亭即重修於希哲到任之始，落成於紹聖三年四月，而方回適逢其會，登臨爲記焉。詞或同時作。惟李之儀嘗次其韻，則本篇或作於太平任内與之儀相過從時，亦未可知也。

〔二〕牛渚天門　太平寰宇記卷一〇五江南西道三太平州當塗縣：「牛渚山在縣北三十五里，突出江中，謂爲牛渚圻，古津渡處也。……輿地志云：牛渚山首有人潛行，云此處連洞庭，旁通無底，見有金牛，狀異，乃驚怪而出。」又：「天門山在縣西南三十里，有二山夾大江，東曰博望，西曰天門。按郡國志云：天門山亦云娥眉山，楚獲吴艅艎於此。按其山相對，時人呼爲東梁、西梁山，據縣圖爲天門山。輿地志云：博望、梁山，東西隔江，相對如門，相去數里，謂之天門。」

〔三〕七雄豪占　同上書：「金陵記云：姑孰之南，淮曲之陽，置南豫州。六代英雄叠居於此，以斯地爲上游，廣屯兵甲，代築牆壘，基址猶存。」此謂「七雄」，或兼南唐而言。

〔四〕「待月」句　何遜望新月示同羈詩：「灩灩逐波輕。」

〔五〕塞管　笛也。歐陽修清商怨（關河愁思望處滿）詞：「梅花聞塞管。」阿濫，笛曲。碧雞漫志卷四阿濫堆條：「中朝故事云：驪山多飛禽，名阿濫堆，明皇御玉笛採其聲，翻爲曲子名，左右皆傳唱之，播於遠近，人競以笛效吹。故張祜詩云：『紅樹蕭蕭閣半開，玉皇曾幸此宮來。至今風俗驪山下，村笛猶吹阿濫堆。』賀方回朝天子曲云：『待月上潮平波灩灩，塞管孤吹新阿濫。』即謂阿濫堆。江湖間尚有此聲，予未之聞也。」漢史游急就篇：「鳩鴿鶉鴳中網死。」顏師古注：「鴳，謂鴳雀也，一名雇公，俗呼阿濫堆。」按「阿濫」似即「鴳」之緩讀。

〔六〕西州，見前三五九頁攤破浣溪沙（曲磴科闌出翠微）篇注〔三〕。更點，演繁露卷四更點條：「一夜分五更者，以五夜更易爲名也。……點者，則以下漏滴水爲名，每一更又分爲五點也。……五夜相次，擊鼓爲節。……五夜又分爲二十五點，每點又擊點以記。……以故文人作文苟及更點，皆以鐘鼓爲言也。」

【附録】

賀鑄蛾眉亭記：采石鎮瀕江有牛渚磯，磯之上絶壁嵌空，與天門相直，嵐浮翠拂，狀若蛾眉。熙寧郡守張公瓌即其處築亭以便觀覽，歲久弗葺，漸次傾圮。紹聖太守呂公希哲捐俸修之，工竣，觴客以落。酒半，客曰：「承流宣化，郡守職也。姑孰地數百里，事有當爲者多矣，公獨拳拳於一亭，何哉？」公曰：「不然。士大夫出而任牧民之寄，農桑、學校、獄訟、錢穀，當務綦繁；然境内一事一物漫漶不治，亦吾職有未盡。歐公醉翁、蘇公喜雨，何爲也哉？矧采石江山之勝甲於東南，未亭之先，晉温嶠、謝尚、袁宏、唐李白、崔宗之諸賢，嘯傲觴詠於斯；既亭而後，名公鉅卿、騷人墨客舟過其下，必維舟繫纜，盤桓終日而後去。千古勝概，爲風月北道者，詎容置之不問乎？此亭之所以不容廢也。」公下車廉而勤，明而恕，事有切於政教，知無不爲。是亭不煩民力，不糜官帑，意諭色授之頃，子來恐後。棟楹瓴甓，悉徹而新之；更繚以長垣，蒼松古柏，映帶左右，望之如畫圖然。登斯亭也，兩蛾横前，孤峰擁後；指圜沙以爲鈿，面澄江以爲鏡；淺深濃淡，變態靡常，低回嫵媚，景象千萬：此蛾眉之大概也。至如波融日麗，潮怒風號；笛三弄於明月之中，舟獨釣於寒江之外；青楓古渡，魚鳥泳飛，太平偉迹，煥然與山水俱新，公實有以發之矣。世之儋高爵厚禄者，於職分内事往往不屑爲；公既爲所當爲，又能爲人之所不暇爲，其材智豈易量哉！予因是役，益知公之可與有爲矣。遂書以記。（録自南京圖書館藏鈔本清萬櫄等乾隆當塗縣志卷二九藝文志）

獻金杯〔一〕

李之儀姑溪居士文集卷四七天門謡次韻賀方回登采石蛾眉亭：「天塹休論險，盡遠目、與天俱占。山水斂，稱霜晴披覽。正風静雲閒平瀲灩，想見高吟名不濫。頻扣檻，杳杳落、沙鷗數點。」

風軟香遲，花深漏短。可憐宵、畫堂春半〔二〕。碧紗窗影，捲帳蠟燈紅，鴛枕畔，密寫烏絲一段〔三〕。　採蘋溪晚〔四〕，拾翠沙空〔五〕，儘愁倚、夢雲飛觀。木蘭艇子，幾日渡江來？心目斷，桃葉青山隔岸〔六〕。

【校】

〔獻金杯〕花草粹編卷七、亦園本、詞譜卷一四、四印齋本作「厭金杯」。詞譜並謂：「調見東山樂府，一名獻金杯。」按「獻」、「厭」二字音形皆近，義則風馬牛不相及，二者必有一譌。惟宋詞中今僅見此一首，樂府雅詞、花草粹編又皆選本，未詳各何所據，無從是正矣。〔蠟燈〕花草粹編作「蠟煒」，誤。〔「拾翠」

二句〕詞譜作「拾翠沙空，採蘋溪晚」，並注曰：「此調無他首可校。按花草粹編後段『採蘋溪晚』句誤刻『拾翠沙空』句上，今從詞緯本訂正。」按：樂府雅詞即「採蘋」句在上，若誤亦不自花草粹編始。詞譜蓋以此調上下疊格律相同，上闋「風軟香遲，花深漏短」，韻在次句，遂疑下闋叶韻句「採蘋溪晚」不應在首。所疑不無道理，兹録其説以備考。惜詞緯撰人不詳，且不傳，竟莫知其所據也。

【箋注】

〔一〕本篇當作於哲宗紹聖三年丙子（一〇九六）三、四月間。按方回紹聖二年九月後離京赴官江夏，次年二月過揚州，三、四月間嘗少駐金陵。意其二月離揚州後曾次真州，上闋所記即真州情事也。詞則稍後在金陵作。

〔二〕可憐宵　見前五四頁晚雲高篇注〔四〕。

〔三〕「捲帳」三句　霍小玉傳：「中宵之夜，玉忽流涕觀生曰：『妾本倡家，自知非匹。今以色愛托其仁賢，但慮一旦色衰，恩移情替，使女蘿無托，秋扇見捐。極歡之際，不覺悲至。』生聞之不勝感歎，乃引臂替枕，徐謂玉曰：『平生志願，今日獲從，粉骨碎身，誓不相捨，夫人何發此言！請以素縑，著之盟約。』玉因收淚，命侍兒櫻桃褰幄執燭，授生筆研。玉管絃之暇，雅好詩書，筐箱筆研，皆王家之舊物。遂取繡囊，出越姬烏絲欄素縑三尺以授生。生素多才思，援筆成章，引諭山河，指誠日月，句句懇切，聞之動人。染畢，命藏於寶篋之內。自爾婉孌相得，若翡翠之在雲路也。」捲帳，古俗，新郎就婚女家，三日後夫婦攜妝奩歸男家，謂之「捲帳」。然用於此似不合，疑當是「捲帳」之譌。賀詞本有「捲」、「掩」相譌之例，詳後四四二頁浪淘沙（一葉忽驚秋）篇校記。東京夢華録卷五娶婦條載合歡之夕，新人飲交盃酒訖，「衆喜賀，然後掩帳」。又前薄倖篇：「便翡翠屏開，芙蓉帳掩，與把香羅偷解。」烏絲，唐國史補卷下：「宋、亳間有織成界道絹素，謂之『烏絲欄』、『朱絲欄』。」

〔四〕採蘋　梁柳惲江南曲：「汀洲採白蘋，日晚江南春。」

〔五〕拾翠　洛神賦：「爾迺衆靈雜遝，命儔嘯侶……或采明珠，或拾翠羽。」按拾翠、採蘋皆古代婦女春游所事。

〔六〕「木蘭艇子」四句　參見前一九八頁江如練篇注〔六〕、三五〇頁河滿子篇注〔五〕。桃葉山在真州六合縣，與金陵隔江。

【彙評】

夏敬觀批語：此調與驀山溪音節略相似，或由彼調減字而成。

清平樂

陰晴未定，薄日烘雲影。臨水朱門花一徑，盡日鳥啼人靜。　厭厭幾許春情，可憐老去蘭成〔一〕。看取鑷殘雙鬢〔二〕，不隨芳草重生〔三〕。

【校】

〔作者〕原本按：「京本通俗小説西山一窟鬼此首誤作柳永詞。」〔陰晴〕樂府雅詞卷中作「陰暗」，誤。〔盡日〕四印齋本作「渡口」，且校曰：「元誤『度日』。」彊邨叢書本校記曰：「樂府雅詞『盡』作『度』。」按「度日」義即「盡日」，見前二六八頁憶仙姿（五）篇注〔三〕。四印齋本臆改非也。

【箋注】

〔一〕老去蘭成　見前二八四頁浪淘沙（三）篇注〔四〕。

〔二〕鑷殘雙鬢　蘇軾次韻柳子玉二首其一地爐：「衰鬢鑷殘攲雪領。」通俗文：「拔減髮鬢謂之『鑷』。」

〔三〕押韻　平仄通叶。

【彙評】

雲韶集卷三：「薄日」五字妙，却是「陰晴未定」天氣。　又評「看取」三句曰：悲鬱彷彿少陵。

詞則別調集卷一：意餘於言，是方回獨至處。

宋詞選釋：「臨水」二句，寫景明麗而幽静，下闋，凡詠芳草者，或言送別，或言懷人，「原上」、「池塘」，儘多佳詠；此言衰鬢不如芳草，語新而意悲。

又〔一〕

小桃初謝，雙燕還來也。記得年時寒食下，紫陌青門游冶〔二〕。　楚城滿目春華，可堪游子思家〔三〕？惟有夜來歸夢，不知身在天涯〔四〕！

【箋注】

〔一〕本篇當作於哲宗紹聖四年丁丑（一〇九七）或元符元年戊寅（一〇九八）春。按此在楚地懷念京師之作。方回元豐五年至八年官徐州，元祐三年至五年官和州，紹聖元年至二年客海陵，皆楚城。然詩集卷三有乙丑（元豐八年）八月之夜行鄒縣道中遇雨作：「親闈寄西楚。」卷七有庚午（元祐五年）之遷家歷陽江行夜泊黄泥潭懷寄馮善淵，又葉傳載其「爲巡檢（和州）……歲裁一再過家」；詩集卷五有癸酉（元祐八年）十二月赴海陵途中之寳應夜泊：「十口亦飄然。」是此三次均攜家以行，與詞中「思家」云云不合。惟紹聖三年八月至元符元年六月官江夏，亦楚地而未見有家相隨之迹，姑繫詞於此時。詞紀春令，故紹聖三年仍可排除。至其丁母艱罷江夏任後，殆以吴下爲中心安排終焉之計，可置不論。

〔二〕紫陌青門　謂京師。

〔三〕可堪　詩詞曲語辭匯釋卷一可（八）條：「可，猶豈也；那也。……可堪，那堪也。賀鑄清平樂詞：『楚城滿目春華，可堪游子思家！』」

〔四〕押韻　平仄通叶。

【彙評】

雲韶集卷三評「小桃」二句：起筆清麗。　又評「惟有」二句：嗚咽極矣，而句却灑脱。

詞則大雅集卷二：宛約有味。

夏敬觀批語：意新。

攤破浣溪沙

湖上秋深藕葉黄，清霜銷瘦損垂楊〔一〕。洲嘴嫩沙斜照暖，睡鴛鴦〔二〕。紅粉蓮娃何處在？西風不爲管餘香〔三〕。今夜月明聞水調〔四〕，斷人腸！

【校】

〔藕葉〕四印齋本校曰「『藕』別作『萬』」，未詳何據。〔洲嘴〕亦園本、八千卷樓本作「湖嘴」，四印齋本作「淺嘴」，均不足據。〔嫩沙〕四印齋本作「漱沙」，不足據。

【箋注】

〔一〕損　詩詞曲語辭匯釋卷三損條：「損，猶壞也；煞也。」

〔二〕「洲嘴」二句　杜甫絶句二首其一：「沙暖睡鴛鴦。」白居易新樂府昆明春：「沙暖鴛鴦鋪翅眠。」

〔三〕「西風」句　孫綽太平山銘：「流風佇（通「貯」）芳。」此反其意而用之。

〔四〕「今夜」句　參見前二一一頁羅敷歌（四）篇注〔四〕。

【彙評】

宋詞選釋：上闋寫景妍秀。下闋，採蓮人遠，風散餘香，轉羡同夢鴛鴦，斜陽借暖，況水調淒清入聽耶！上下闋結句，情韻尤勝。

又

雙鳳簫聲隔彩霞〔一〕，朱門深閉七香車〔二〕。何處探春尋舊約〔三〕？謝娘家〔四〕。　旖旎細風飄水麝，玲瓏殘雪浸山茶〔五〕。飲罷西廂簾影外，玉蟾斜〔六〕。

【校】

〔殘雪浸山茶〕彊邨叢書本校記：「毛鈔本作『淺雪漾（山茶）』。」歷代詩餘卷一八與毛鈔同。按毛鈔當有所據，且文字較勝，似可從。

【箋注】

〔一〕「雙鳳」句　郎士元聽鄰家吹笙詩：「鳳吹聲如隔彩霞。」荀子解蔽引逸詩句：「鳳凰秋秋……其聲若簫。」參見前二〇三頁更漏子篇注〔一〕。

〔二〕七香車　初學記卷二五器物部車事對七香車條：「魏武帝與楊彪書曰：今贈足下畫輪四望通幰

七香車二乘。」隋書禮儀志五：「宋魏武書贈楊彪七香車二乘，用牛駕之，蓋犢車也。」

〔三〕探春　開元天寶遺事卷下天寶下探春條：「都人士女每至正月半後，各乘車跨馬，供帳於園圃或郊野中，爲探春之宴。」

〔四〕謝娘家　韋莊浣溪沙（惆悵夢餘山月斜）詞：「小樓高閣謝娘家。」即指妓家，李賀惱公詩：「鶯囀謝娘慵。」王琦注：「謝娘指謝安所攜之妓。」東京夢華録卷六收燈都人出城探春條：「收燈畢，都人争先出城探春。……州西新鄭門大路直過金明池西道者院，院前皆妓館。」

〔五〕「玲瓏」句　唐陸羽茶經卷下煮：「沫、餑，湯之華也。……餑者，以滓煮之，及沸則重華累沫皤皤然若積雪耳。」

〔六〕「飲罷」二句　鶯鶯傳鶯鶯詩：「待月西廂下。」

惜雙雙

皎鏡平湖三十里，碧玉山圍四際。蓮蕩香風裏，彩鴛鴦覺雙飛起。　明月多情隨柁尾，偏照空牀翠被〔一〕。回首笙歌地，醉更衣處長相記〔二〕。

【箋注】

〔一〕「明月」二句　古詩十九首其十九：「明月何皎皎，照我羅牀幃。」梁朱超道舟中望月詩：「大江闊千里，孤舟無四鄰。唯餘故樓月，遠近必隨人。」

〔二〕醉更衣處　見前三七九頁緑頭鴨（玉人家）篇注〔三〕。

【彙評】

雲韶集卷三評「彩鴛鴦」句：句法總别致。又評「醉更衣」句：語極風致，却是横空硬盤出來。

詞則别調集卷一評「回首」二句：言情處亦是「横空盤硬語」。

白雨齋詞話卷六：宋人朱行中漁家傲云：「拚一醉，而今樂事他年淚。」賀方回惜雙雙云：「回首笙歌地，醉更衣處長相記。」同一感慨，而朱病激烈，賀較深婉。

思越人〔一〕

紫府東風放夜時〔二〕，步蓮穠李伴人歸〔三〕。五更鐘動笙歌散，十里月明燈火稀。香苒苒，夢依依，天涯寒盡減春衣。鳳凰城闕知何處〔四〕？寥落星河一雁飛〔五〕。

【箋注】

〔一〕本篇當作於神宗熙寧八年乙卯（一〇七五）以後。按此出京後追懷京師元夕風光之作，詳年無考。

〔二〕紫府　本謂仙居，然唐人已有用指京都者。張祜題泗州劉中丞郡中新樓詩：「紫府須黃霸。」（漢書循吏傳：「霸以外寬内明得吏民心……徵守京兆尹。」）賀詞同此例。　放夜，太平御覽卷三〇時序部一一正月十五日引唐韋述西京新記曰：「西都京城街衢，有執金吾曉暝傳呼以禁夜行，惟正月十五日夜，勑許弛禁前後各一日以看燈。」明彭大翼、張幼學山堂肆考宫集卷八金吾弛禁條引作「西都雜記」，「以看燈」三字作「謂之『放夜』」。

〔三〕步蓮　見前一八五頁綺筵張篇注〔三〕。　穠李，見前一四〇頁東吴樂篇注〔四〕。

〔四〕鳳凰城闕　參見前一四九頁念離羣篇注〔四〕。

〔五〕「寥落」句　宋之問明河篇：「烏鵲橋邊一雁飛。」李商隱春雨詩：「玉璫緘札何由達？萬里雲羅一雁飛。」

【彙評】

宋詞選釋：前半言昔日之榮華。「月明」句殊清峭。後半言此時之「寥落」。結句有戀闕懷人之意。吴梅村詩「月斜宫闕雁還飛」，所感略同。

又

怊悵離亭斷綵襟，碧雲明月兩關心〔一〕。幾行書尾情何限〔二〕？一尺裙腰瘦不禁〔三〕。

遥夜半，曲房深，有時昵語話如今。侵窗冷雨燈生暈〔四〕，淚溼羅箋楚調吟〔五〕。

【校】

〔綵襟〕四印齋本作「綵裙」，誤。

【箋注】

〔一〕碧雲　江淹擬休上人怨别詩：「日暮碧雲合，佳人殊未來。」明月，謝莊月賦：「美人邁兮音塵闕，隔千里兮共明月。」字面皆關乎離别相思。

〔二〕「幾行」句　參見前七六頁惜餘春篇注〔六〕。

〔三〕一尺裙腰　見前三一四頁攤破木蘭花（二）篇注〔一〕。瘦不禁，詩詞曲語辭匯釋卷二禁（一）條：「禁，猶主也，持也。……不禁，猶云情不自禁，即不自主、不自持之意。……賀鑄思越人詞：『幾行書尾情何恨〔限〕，一尺裙腰瘦不禁。』」按張説恐非是，此「禁」應爲「經受」義，言經受不住銷瘦也。

〔四〕燈生暈　韓愈宿龍宫灘詩：「夢覺燈生暈。」

〔五〕楚調　猶楚聲。楚辭多悲苦之音。又樂府詩集卷四一相和歌辭一六楚調曲上解題引古今樂録曰：「王僧虔技録：楚調曲有白頭吟行、泰山吟行、梁甫吟行、東武琵琶吟行、怨詩行。」詩題亦多哀辭。唐陳羽送殷華之洪州詩：「離堂悲楚調。」

鶴沖天〔一〕

鼕鼕鼓動〔二〕，花外沈殘漏。華月萬枝燈〔三〕，還清晝。廣陌衣香度，飛蓋影、相先後〔四〕。箇處頻回首〔五〕，錦坊西去，期約武陵溪口〔六〕。　當時早恨歡難偶，可堪流浪遠、分攜久！小畹蘭英在〔七〕，輕付與、何人手？不似長亭柳，舞風眠雨，伴我一春銷瘦。

【校】

〔題〕永樂大典卷八八四四游字韻有題作「夜游曲」。〔箇處〕藝風堂本校曰「『箇』一作『過』」，不足據。〔西去〕永樂大典作「西轉」。〔期約〕永樂大典作「隱約」。〔「小畹」句〕永樂大典作「小畹蘭英在否」六字句，「否」字蓋衍文。

【箋注】

〔一〕本篇當作於神宗熙寧八年乙卯（一〇七五）出京以後，詳年無考。

〔二〕鼕鼕鼓動　韋應物曉坐西齋詩：「鼕鼕城鼓動。」唐劉肅大唐新語釐革：「舊制，京城内金吾曉暝傳呼，以戒行者。馬周獻封章，始置街鼓，俗號『鼕鼕』，公私便焉。」春明退朝録卷上：「京師街衢，置鼓於小樓之上，以警昏曉。……按唐馬周始建議置『鼕鼕鼓』，惟兩京有之。後北都亦有『鼕鼕鼓』。是則京都之制也。」

〔三〕「華月」句　傅玄朝會賦：「華燈若乎火樹，熾百枝之煌煌。」

〔四〕「飛蓋」句　曹植公宴詩：「清夜游西園，飛蓋相追隨。」

〔五〕箇處　詩詞曲語辭匯釋卷三箇(二)條：「箇，指點辭，猶這也，那也。……賀鑄鶴沖天詞：『箇處頻回首。』箇處猶云此處。」

〔六〕「錦坊」三句　參見前四〇七頁攤破浣溪沙(又)篇注〔四〕。武陵溪，見前六四頁捲春空篇注〔四〕、二五二頁于飛樂篇注〔三〕。

〔七〕小畹蘭英　楚辭離騷：「余既滋蘭之九畹兮。」王逸章句：「十二畝曰畹。或曰田之長爲畹也。」洪興祖補注：「説文：田三十畝曰畹。」此喻所戀京妓。

【彙評】

宋詞選釋：此紀元夕燈火之盛。「華月」、「清晝」句有「不知有月空中行」之意。「衣香」、「飛蓋」句有「暗塵隨馬」之意。下闋言「蘭英」歌舞，今屬誰邊？轉不如垂柳舞腰，尚肯伴沈郎瘦損：知「燈火闌珊處」有愁人在也。

小重山〔一〕

飄徑梅英雪未融，芳菲消息到，杏梢紅。隔年歡事水西東，凝思久〔二〕，不語坐書空〔三〕。回想夾城中〔四〕，綵山簫鼓沸〔五〕，綺羅叢。鈿輪珠綱玉花驄〔六〕，香陌上，誰與鬭春風〔七〕！

【校】

〔「芳菲」三句〕八千卷樓本作「芳菲消息杏花紅」一句，誤。〔鈿輪〕彊邨叢書本校記：「毛鈔本『輪』作『轎』。四印齋本亦作『轎』，校曰：「巨嬌切。別改『橋』、『輪』、『車』，並誤。」按「橋」、「車」無據可置不論，「輪」則樂府雅詞即作此，不得謂誤改。王鵬運説未確。亦園本、八千卷樓本、藝風堂本又作「鈿轎」，未詳何據。

【箋注】

〔一〕本篇疑作於神宗熙寧九年丙辰（一〇七六）春初。按此離京後追懷京師上元舊游之作。方回熙寧初至七年在京有結客游冶之生活經歷，八年出監臨城酒税，詞曰「隔年歡事」，則寫作日期當在出京後之第一度元宵。惟其此後尚有燈節京居之行迹，故繫年無從坐實。

〔二〕凝思久　詩詞曲語辭匯釋卷五凝條：「凝，爲一往情深專注不已之義，猶今所云『發癡』『發怔』『出神』『失魂』也。……凝想，想之不已，猶云癡想也。……賀鑄小重山詞：『隔年歡事水西東，凝思久，不語坐書空。』凝思與凝想同義。」

〔三〕「不語」句　世説新語黜免：「殷中軍（浩）被廢，在信安，終日恒書空作字。揚州吏民尋義逐之，竊視唯作『咄咄怪事』四字而已。」詩詞曲語辭匯釋卷四坐（七）條：「坐，猶徒也；空也；枉也。……賀鑄小重山詞：『隔年歡事水西東，凝思久，不語坐書空。』坐書空猶云枉書空。」按杜甫對雪詩：「愁坐正書空。」則賀詞仍以作「立」、「坐」之「坐」解爲宜，張相説偶誤也。

〔四〕夾城　新唐書地理志一：「開元……二十年，築夾城入芙蓉園。」程大昌雍録卷二閣道甬道複道夾城條：「若夫麗山（驪山）之甬道，即唐之夾城也，兩牆對起，所謂築垣牆如街巷者也。」檢東京夢華録，東京似無夾城，此或指内外重城而言。李商隱晚晴詩：「深居俯夾城。」清馮浩玉谿生詩集箋註：「『夾城』猶云『重闉』。」按東京有宫城、舊城、外城凡三重。

〔五〕「綵山」句　見前一一六頁偶相逢篇注〔一〕。

〔六〕珠網　文選齊王巾頭陀寺碑文：「夕露爲珠網。」五臣注吕延濟曰：「珠網，以珠爲網。」此則編珠成網以飾車。檢隋唐宋史書禮儀、輿服諸志，車飾但有「朱網」、「朱絡網」、「朱絲絡網」，賀詞「珠網」當是藻飾之辭。宋錢惟演燈夕寄内翰號略公詩：「匝地行車珠網細。」玉花驄，唐張彦遠歷代名畫記卷九唐朝上：「韓幹……尤工鞍馬。……時主好藝，……遂命悉圖其駿，則有玉花驄、照夜白等。」

〔七〕「香陌」二句　東京夢華録卷六十六日條：「阡陌縱横，城闉不禁。……寶騎駸駸，香輪轆轆。五陵年少，滿路行歌。萬户千門，笙簧未徹。」鬭春風，詩詞曲語辭匯釋卷二鬭（五）條：「鬭，猶趁也。……鬭風，趁風也，猶云乘風或追風。賀鑄小重山詞：『鈿輪珠網玉花驄，香陌上，誰與鬭春風。』」

六州歌頭〔一〕

少年俠氣，交結五都雄〔二〕。肝膽洞，毛髮聳〔三〕。立談中〔四〕，死生同。一諾千金重〔五〕。

推翹勇，矜豪縱。輕蓋擁，聯飛鞚〔六〕，斗城東〔七〕。轟飲酒壚，春色浮寒甕〔八〕，吸海垂虹〔九〕。間呼鷹嗾犬〔一〇〕，白羽摘雕弓〔一一〕，狡穴俄空〔一二〕。樂忽忽〔一三〕。似黃粱夢〔一四〕。辭丹鳳〔一五〕，明月共，漾孤篷〔一六〕。官冗從〔一七〕，懷倥傯，落塵籠〔一八〕。簿書叢〔一九〕。鶡弁如雲衆〔二〇〕，供麤用〔二一〕，忽奇功。笳鼓動，漁陽弄〔二二〕，思悲翁〔二三〕。不請長纓〔二四〕，繫取天驕種〔二五〕，劍吼西風〔二六〕。恨登山臨水〔二七〕，手寄七絃桐，目送歸鴻〔二八〕！

【校】

〔少年〕亦園本、四印齋本作「小年」，不足據。〔死生同〕四印齋本作「生死同」，不足據。〔矜豪縱〕四印齋本作「務豪縱」，不足據。〔輕蓋〕彊邨叢書本校記：「毛鈔本『輕』作『車』。」四印齋本亦作「車」。不足據。〔供麤用〕亦園本、八千卷樓本作「供鹿用」，誤。〔恨登山臨水〕四印齋本「恨」作「悵」，不足據。

【箋注】

〔一〕本篇當作於哲宗元祐三年戊辰（一〇八八）秋，時在和州管界巡檢任。説詳附録拙撰賀鑄六州歌頭繫年考辨。

〔二〕「少年」三句　李白贈從兄襄陽少府皓詩：「結髮未識事，所交盡豪雄。」李益從軍有苦樂行：「俠氣五都少。」五都，漢以洛陽、邯鄲、臨淄、宛、成都爲五都，見漢書食貨志下；三國魏以長安、譙、許昌、鄴、洛陽爲五都，見三國志魏書文帝紀裴松之注引魏略；唐以長安、洛陽、鳳翔、江陵、太原爲五都，見新唐書肅宗紀。此泛指北宋各大都市。

〔三〕毛髮聳　謂有血性，富正義感。戰國策燕策載荆軻將入刺秦王，太子丹及賓客白衣冠送至易水上，軻歌曰：「風蕭蕭兮易水寒，壯士一去兮不復還。」士皆瞋目，「髮盡上指冠」。史記廉頗藺相如列傳載相如奉璧使秦，視其無意償趙城，乃收璧却立倚柱，「怒髮上沖冠」，義折秦王，終以完璧歸趙。又項羽本紀載鴻門宴上范增使項莊舞劍，欲刺劉邦，樊噲帶劍擁盾闖入，怒視項羽，「頭髮上指」，目眦盡裂。

〔四〕立談　喻須臾、俄頃。揚雄解嘲：「或七十説而不遇，或立談間而封侯。」

〔五〕「一諾」句　史記季布欒布列傳：「季布者，楚人也。爲氣任俠，有名於楚。……楚人諺曰：『得黄金百斤，不如季布一諾。』」唐虞世南結客少年場行：「結友一言重。」李白叙舊贈江陽宰陸調詩：「一諾許他人，千金雙錯刀。」

〔六〕聯飛鞚　謂聯鑣馳馬。鮑照擬古詩八首其三：「幽并重騎射，少年好馳逐。……獸肥春草短，飛鞚越平陸。」庾信俠客行：「俠客重連鑣。」

〔七〕斗城東　李白結客少年場行：「平明相馳逐，結客洛門東。」斗城，三輔黄圖卷一漢長安故城：「（漢）惠帝元年正月初城長安城……至五年……九月城成。……城南爲南斗形，北爲北斗形，至今人呼漢舊京爲『斗城』是也。」此借指北宋東京。又太平寰宇記卷一河南道一東京上開封府陳留縣：「斗城，在縣南三十五里。按左傳襄公三十年：子產葬伯有於斗城。杜預注云：斗城，鄭地名。」

〔八〕「春色」句　詩豳風七月：「爲此春酒。」毛傳：「春酒，凍醪也。」清馬瑞辰通釋：「周制蓋以冬釀，經春始成，因名春酒。」「春色」即指此春酒凍醪，故下云「寒甕」也。又若解爲酒之泛稱，亦通。唐呂巖七言詩（萬卷仙經三尺琴）：「杖頭春色一壺酒。」蘇軾志林：「國史補云酒有郢之『富春』、烏程之『若下春』、滎陽之『土窟春』、富平之『石凍春』、劍南之『燒春』；杜子美亦云『聞道雲安「麴米春」，才傾一盞便醺人』；裴鉶作傳奇記裴航（按：應作「鄭德璘」，東坡誤記）事，亦有酒名『松醪春』：乃知唐人名酒多以『春』。」

〔九〕吸海垂虹　見前二六三頁鷓鴣天篇注〔二〕。

〔一〇〕間呼鷹嗾犬　後漢書袁術傳：「少以俠氣聞，數與諸公子飛鷹走狗。」

〔一一〕「白羽」句　唐賈至詠馮昭儀當熊詩：「白羽插雕弓。」

〔一二〕狡穴俄空　戰國策齊策四載馮諼語：「狡兔有三窟。」

〔一三〕上闋　方回熙寧初始離鄉宦游東京，時十七八歲。八年出官臨城，時二十四歲。上闋所述，蓋指此段京師生活。程俱賀方回詩集序：「方回少時，俠氣蓋一座，馳馬走狗，飲酒如長鯨。」詩集卷六寄王岐序曰：「王，鉅野人，黄州（王禹偁）曾孫，熙寧初京師朋游也，字夷仲。」詩中有「紫陌塵埃日馳逐」、「當時豪縱方年少」句。又卷二訪周沆郭忱序曰：「周字文清，郭字天輔，皆吾僚壻也。」詩中有「歡呼講舊好」及「念昔初冠年，朋從事顛蹶」句。又卷七留别王景通二首其一：「早年放樂五雲鄉，遠笑垣東俠少場。」並可參看。意王岐、周沆、郭忱、王景通諸人皆方回少時在京交結之俠氣雄豪也。

〔一四〕黄粱夢　唐沈既濟枕中記：唐開元時，有盧生困居邯鄲道旅舍，道士呂翁授之以枕，枕而入夢，歷盡榮華富貴，至壽終正寢。寐時旅舍主人方蒸黄粱爲饌，及其醒也，猶自未熟。

〔一五〕辭丹鳳　唐東方虬昭君怨三首其二：「掩淚辭丹鳳。」丹鳳，見前一四九頁念離羣篇注〔四〕。按方回熙寧八年出官臨城，後改官滏陽，官罷，元豐四年十月回京；旋於次年七月出官徐州，元祐元年解任，二月返京；又於次年十一月赴官和州。「辭丹鳳」即謂此數次離京。

〔一六〕漾孤篷　猶泛孤舟。方回元豐五年七月赴徐道中有檥舟廣津門外、晚泊會亭諸詩（詩集卷九）；元祐二年十一月至三年三月之官和州，途中留侯廟下作詩序曰「沿洛東下」，又游靈璧蘭皐園詩序紀「舟次靈璧」，又游金陵雨花臺詩序稱「舟次金陵」（均見詩集卷三）：皆取水路。熙寧八年赴臨城取道水陸雖未詳，然以地理考之，亦應由汴入河，復經漳、泜，最爲便捷。

〔一七〕官冗從　漢書枚乘傳：「（枚臯）爲王使，與冗從争。」顔師古注：「冗從，散職之從王者也。」按宋制有官、職、差遣之别，官以寓禄秩、叙位著，職以待文學之選，而别爲差遣以治内外之事。方回自熙寧元年至元祐六年二十三年間，官階由右班殿直而磨勘遷陞至西頭供奉，皆屬禁廷侍衛武官，性質與漢之冗從差近。彼即以此類階官出任臨城、滏陽、徐州、和州等地差遣。其元豐七年九月在徐州作此日足可惜詩：「名繫冗從籍。」（詩集卷二）元祐二年冬之官和州途中留侯廟下作詩：「低回冗從臣。」元祐六年正月離和州任回京途中在江寧作留别僧訥詩：「冗從西班誰比數。」（卷一）皆可參看。

〔一八〕落塵籠　陶淵明歸園田居四首其一：「誤落塵網中。」塵籠，猶塵網。唐武三思秋日於天中寺尋復禮上人詩：「長冀釋塵籠。」泛指塵世，特指污濁之仕途。方回元豐六年六月徐州快哉亭詩：「可畏此塵籠，歸哉養荒浪。」（詩集卷二）紹聖二年八月京居感興詩五首其四：「擾擾塵籠下，容身亦是賢。」（卷八）又其元豐元年滏陽自訟詩：「朝隨鳴鐘出，暮隨衙鼓歸。朝朝復暮暮，是是與非非。跡寄升沈路，言投禍福機。」（卷五）四年十二月京師除夜歎詩：「安知禄籍間，去就如樊籠。」（卷二）元祐三年四月和州宿法慧寺詩：「一官早見縻。」（卷三）皆可與本句互相印證。

〔二一九〕簿書叢　蘇軾夜飲次韻畢推官詩：「簿書叢裏過春風。」簿書，官署之簿籍文書。

〔二二〇〕「鶡弁」句　文選李陵答蘇武書：「猛將如雲。」鶡弁，即武冠。後漢書輿服志：「武冠……加雙鶡尾，竪左右，爲鶡冠云。」「鶡者，勇雉也，其鬬對一死乃止。」

〔二二一〕供麤用　北夢瑣言卷四：「唐薛尚書能，以文章自負，累出戎鎮，常鬱鬱歎息。因有詩謝淮南寄天柱茶，其落句云：『麤官乞與真抛却，賴有詩名合得嘗。』意以節將爲麤官也。」又題宋王十朋王狀元集百家注分類東坡先生詩注蘇軾和文與可洋川園池三十首其五竹塢：「先生談録云：唐之盛時，内重外輕，任方面者，目爲麤才。張燕公云：愧無通材，供國麤使。」

〔二二二〕漁陽弄　後漢書禰衡傳：「衡方爲漁陽參撾，蹀躡而前，容態有異，聲節悲壯，聽者莫不慷慨。」李賢注：「文士傳：衡擊鼓作漁陽參撾，蹈地來前，躡駁足脚，容態不常，鼓聲甚悲。易衣畢，復擊鼓參撾而去。至今有漁陽參撾，自衡始也。」又李頎聽安萬善吹觱篥歌：「忽然更作漁陽摻。」據通典，觱篥一名笳管。李詩究指笳曲亦有漁陽，抑用借喻手法，聽笳曲爲鼓曲，今不得知。然賀詞以漁陽承上「笳鼓動」，實有所本。弄曲名後綴，主用於絲竹之音，此爲叶韻故，借用於鼓曲。

〔二二三〕思悲翁　晉書樂志：「漢時有短簫鐃歌之樂，其曲有朱鷺、思悲翁……列於鼓吹，多序戰陣之事。」「及魏受命……改思悲翁爲戰滎陽，言曹公也（按：此曲辭述曹操當諸鎮義軍討董卓之役，於滎陽血戰董部徐榮事）。」「是時吴亦……改思悲翁爲漢之季，言（孫）堅悼漢之微，痛董卓之亂，興兵奮擊，功蓋海内也。」『及武帝（司馬炎）受禪，乃……改思悲翁爲宣受命，言宣帝（司馬懿）禦諸葛亮，養威重，運神兵，亮震怖而死也。」隋書音樂志：北齊時，「漢思悲翁改名出山東，言神武帝（高歡）戰廣阿，創大業，破爾朱兆也。」北周「改漢思悲翁爲征隴西，言太祖（宇文泰）起兵，誅侯莫陳悦，掃清隴右也。」梁時，「漢曲思悲翁改爲賢首山，言武帝（蕭衍）破魏軍於司部，肇王迹也。」又若以此句爲語辭，與下三句連讀，解「悲翁」爲自呼，亦可通。詩集拾遺答致仕吴朝請潛登黄鶴樓見招：「城隅黄鶴莫登臨，端使悲翁動楚吟。」即自呼也。方回元祐三年戊辰詩屢自嗟老，游金陵雨花臺：「塵衫與汗馬，端爲老生設。」（詩集卷三）又黄埭魏氏見江亭：「老夫真負爾江山。」（卷九）皆是其例。目爲雙關語，於義爲得。

〔二四〕「不請」句　漢書終軍傳：「軍自請：『願受長纓，必羈南越王而致之闕下。』」

〔二五〕「繫取」句　漢書賈誼傳載誼陳政事疏曰：「陛下何不試以臣爲屬國之官以主匈奴？行臣之計，請必繫單于之頸而制其命。」唐鄭錫出塞曲：「會當繫取天驕入。」漢書匈奴傳：「南有大漢，北有强胡。胡者，天之驕子也。」

〔二六〕劍吼　拾遺記卷一顓頊：「帝顓頊……有曳影之劍……未用之時，常於匣裏如龍虎之吟。」「南朝梁殷芸小説卷二周六國前漢人：「王子喬墓在京茂陵，戰國時，有人盜發之，睹之無所見，唯有一劍，懸在空中。欲取之，劍便作龍鳴虎吼。」

〔二七〕登山臨水　九辯：「登山臨水兮送將歸。」

〔二八〕「手寄」二句　嵇康贈兄秀才入軍詩十八首其十四：「目送征鴻，手揮五絃。」

【彙評】

宋詞選釋：此與小梅花調皆雄健激昂，爲集中希有之作。上闋「酒壚」以下七句，下闋「長纓」以下六句，尤爲警拔。

夏敬觀批語：與小梅花三曲同樣功力，雄姿壯采，不可一世。

【附録】

賀鑄六州歌頭繫年考辨

唐五代迄北宋，文人詞多靡靡之音，極少直接反映國家大事。北宋自開國伊始即不斷遭到北方少數民族政權的侵略和軍事威脅，邊患那樣嚴重，可是在文人筆下，涉及反侵略内容的詞作，今僅見九人十二首（龐籍漁家傲、范仲淹漁家傲、蔡挺喜遷鶯、蘇軾江城子密州出獵和陽關曲軍中、黄庭堅水調歌頭「落日塞垣路」和鼓笛慢黔守曹伯達供備生日、晁端禮望海潮「高陽方面」、吴則禮紅樓慢贈太守楊太尉、王安中菩薩蠻「六軍閲罷」和木蘭花送耿太尉，及賀鑄此篇）不足現存北宋詞總數的千分之二、三。就在這十二首中，我們看到了賀鑄這篇曲調悲涼、聲情激越的六州歌頭。

對於這首詞，介紹過它的文學史著、注釋過它的文學選本頗有一些，但爲之繫年並指出它寫作背景的，目前祇見到兩家。

一是人民文學出版社版中國歷代詩歌選。其下編第一分册中説：「據程俱作的賀鑄墓志，賀卒於宋徽宗宣和七年（一一二五）。詞可能即此年作。」「金統治階級在滅遼後，積極準備攻宋，而宋王朝却以爲天下自此太平，拒絶臣民對邊防建議，甚且嚴刑禁論邊事。詩人感到國家的危機將至，從而發出迫切的抗敵的呼聲。」『笳鼓』三句：東北方民族勢將南侵，自己年雖老，却爲此悲憤。因當時統治集團禁言邊事，所以這幾句措辭較隱蔽。『笳鼓動』，戰事將爆發。」『思悲翁』……這裏取意於『翁』。『思悲』，老人爲邊事悲傷。時作者年已過七十。」

二是近人論詞絶句。其中詠賀鑄一首有云：「燕山胡角樊樓酒，臨逝同誰拍六州！」注曰：「燕山胡角——謂遼兵入侵。」注中又説此詞——六州歌頭係賀鑄「晚年感憤時事之作。他卒於宣和七年，其時宋、遼邊釁方熾，宋朝廷乃深諱之，他的詞爲此而發」。

兩説都把此詞繫在徽宗宣和七年（一一二五），亦即詞人七十四歲，臨死的那一年。不過一説爲抗金而作，一説爲抗遼而作，又有着重要的歧異。

筆者不同意這兩種意見，特將自己的看法發表出來，請專家和讀者指教。

（一）本篇非爲抗金而作

爲了説清這個問題，首先必須對「笳鼓動，漁陽弄，思悲翁」三句作出精確的解釋。

「笳」和「鼓」都是軍樂器。隋薛道衡奉和月夜聽軍樂應詔詩：「笳聲喧隴水，鼓曲噪漁陽。」

「漁陽」是軍樂曲，上例已可證明，兹再舉一條資料。胡震亨唐音癸籤卷一二「鼓吹曲」條：「鼓吹，軍樂也。」他在「鼓吹曲」類裏列舉了「小鼓九曲」，第一曲即漁陽。

「思悲翁」也是軍樂曲，見晉書樂志。

三句串講，是説軍樂曲吹奏起來了，表示戰爭已經爆發。白居易長恨歌：「漁陽鼙鼓動地來，驚破霓裳羽衣曲。」用軍樂曲驚破歌舞曲來代表戰爭打斷了昇平，同時「漁陽」又含有安祿山據漁陽等郡發動叛亂的意義，一語雙關。賀詞「漁陽弄」云云，也應這樣理解，它當是暗用白居易「漁陽鼙鼓動地來」句，隱喻北方少數民族軍隊的入侵。由此更可看出，賀鑄寫此詞時，邊塞的烽火正在蔓延。

衆所周知，金人伐宋的戰爭是宣和七年冬十月開始的。賀詞果真爲抗金而作，那衹能作於這個日期以後。可是，程俱的宋故朝奉郎賀公墓志銘明明白白記載着賀鑄「以宣和七年二月甲寅卒於常州之僧舍」，也就是説，早在金人南侵之前八個月，詞人就已去世了，這首六州歌頭怎麼可能是爲抗金而作呢？順便提一句，程俱是詞人晚年的知心好友，墓志銘是應詞人生前的多次囑託以及詞人死後家屬的請求而寫的，銘中所記的賀鑄去世日期——宣和七年二月，決不會錯。

中國歷代詩歌選的注者是見過這篇墓志銘的，爲了避免作者先死和金人侵略戰爭後爆發這一對矛盾，注者把「笳鼓動」解釋爲「戰事將爆發」，説賀鑄預見到金人「勢將南侵」，「感到國家的危機將至」，用了三次表示未來的時間狀語——「將」。然而，「笳鼓動」明明是説「笳鼓」已「動」和正在「動」，釋作「戰事將爆發」，有違原詞語意，似不足爲訓。

（二）本篇非爲抗遼而作

關於本篇爲抗遼而作一説，與史實嚴重乖忤。茲據宋史有關紀、傳，作一個簡略的年表，以分析北宋末年宋遼戰爭的起因以及宋朝廷對這場戰爭的態度。

政和元年（一一一一）：九月，鄭允中、童貫使遼，以李良嗣來（徽宗紀）。良嗣本燕人馬植，世爲遼國大族，仕至光祿卿。童貫出使，植自言有滅燕之策，因得竭。童貫與語，大奇之，載與歸，易姓名曰李良嗣，薦諸朝。良嗣即獻策曰：女真恨遼人切骨，本朝若遣使涉海，結好女真，與之相約攻遼，其國可圖。帝嘉納之，賜姓趙氏，以爲秘書丞。圖燕之議自此始（趙良嗣傳）。

重和元年（一一一八）：二月，遣武義大夫馬政由海道使女真，約夾攻遼（徽宗紀）。

宣和二年（一一二〇）：二月，遣趙良嗣使金（徽宗紀），議取燕雲。使還，進徽猷閣待制（趙良嗣傳）。

宣和四年（一一二二）：三月，金人來約夾攻。命童貫爲河北河東路宣撫使，屯兵於邊以應之（徽宗紀）。以中書舍人宇文虛中爲參議官。虛中上書言伐遼之非。執政王黼大怒，降其爲集英殿修撰，督戰益急（宇文虛中傳）。五月，以蔡攸爲河北河東宣撫副使（徽宗紀）。攸謂功業可唾手致。入辭之日，二美嬪侍上側，攸指而請曰：臣成功歸，乞以是賞。帝笑而不責（蔡攸傳）。童貫至雄州，令都統制种師道等分道進兵。敗績。帝聞兵敗，懼甚，遂詔班師。秋七月，王黼以遼主耶律淳死，復命童貫、蔡攸治兵（徽宗紀）。遼使來請和，師道諫宜許之。童貫不聽，密劾其助賊。王黼怒，責种師道爲右衛將軍致仕（种師道傳）。九月，遼將郭藥師來歸，詔以爲恩州觀察使（郭藥師傳）。朝散郎宋昭上書諫北伐，王黼大惡之，詔除名，勒停，廣南編管。十月，郭藥師等襲燕。遼帥蕭幹以兵入援，戰於城中。藥師等屢敗，皆棄馬縋城而出，死傷過半（徽宗紀）。藥師失馬，幾爲遼所擒，遂以敗還。然猶進安遠軍承宣使（郭藥師傳）。十二月，金人入燕（徽宗紀）。

宣和五年（一一二三）：五月，以收復燕雲，王黼率百僚稱賀。帝解玉帶以賜。進黼太傅，封楚國公，許服、紫花袍，騶從儀物幾與親王等（王黼傳）。進宰執官二等，王黼總治三省事。童貫進封徐豫國公（徽宗紀）。蔡攸進少師，封英國公（蔡攸傳）。趙良嗣加延康殿學士，提舉上清宮（趙良嗣傳）。

總而言之，宣和年間的宋遼戰爭，根本不是什麼「遼兵入侵」，也不是一般小敲小打的「邊釁」，而是北宋王朝經過十餘年的謀劃，有準備、有目的而發動的滅遼戰爭。主動權在北宋一邊，遼國則是被動應戰。在這場戰爭中，凡主戰者，或晉官，或加爵，或賜御姓，備受恩寵；凡反戰者，或降職，或除名，或勒令退休，或流放荒遠，多遭黜貶——北宋朝廷的態度如此鮮明，又何嘗「深諱之」！在這種情況下，武士們大有用武之地，賀鑄怎麼會發出「鶡弁如雲衆，供麤用，忽奇功。……不請長纓，繫取天驕種，劍吼西風」一類浩歎？六州歌頭不應作於此時，不是爲抗遼而發，對照一下這個年表，結論明白如畫。

需要補充説明的是，宣和四年燕京失守以後，遼皇族耶律大石率部西去，在今新疆一帶重建遼國，史稱西遼。西遼又延續了九十多年，但它與宋已不接壤，因此再不可能和宋發生邊界戰爭。這樣，説賀鑄「卒於宣和七年，其時宋、遼邊釁方熾」，就更不能成立了。

（三）本篇未必是詞人晚年之作

「抗遼」和「抗金」二説立論的根據，在於説者首先認定賀鑄此詞作於晚年，然後再到那個時期的歷史資料裏去挖掘詞中的本事。其所以認定此詞是賀鑄晚年之作，關鍵即在於對「思悲翁」三字的理解。中國歷代詩歌選的注者説出了這一點。

筆者認爲，「思悲翁」從字面上看首先應作軍樂曲名理解，但也不排斥它和「漁陽弄」一樣，可以作爲雙關語處置，與下文連貫成「思悲翁、不請長纓，繫取天驕種」，意謂「想我這個悲憤的老頭子」竟報國無門。不過，由於詞人自稱「悲翁」，即斷定他寫此詞時「年已過七十」，却很難令人信服，因爲古人往往有中年稱老之例。茲舉宋時三位名人、三篇名作爲證：

歐陽修，真宗景德四年（一〇〇七）生，仁宗慶曆六年（一〇四六）在滁州作醉翁亭記，自號「醉翁」，時四十歲。

蘇軾，仁宗景祐三年十二月十九日（一〇三七年一月八日）生，神宗熙寧八年（一〇七五）在密州作江城子詞云：「老夫聊發少年狂。」時三十九歲。

辛棄疾，金熙宗天眷三年（一一四〇）生，宋孝宗淳熙五年（一一七八）作水調歌頭舟次揚州和楊濟翁周顯先韻：「今老矣，搔白首，過揚州。」時三十九歲。

（四）本篇寫作年代的上限在熙寧八年（一〇七五）

本篇上闋全文是追憶少年時代在首都東京開封的豪俠生活，這從「斗城」二字中見出。按三輔黃圖曰「人呼漢舊京爲斗城」。古代文學作品中每以前朝地理專名指代本朝相應專名，這裏顯然是用漢、唐故都長安來指代北宋首都東京。

下闋開始即云：「似黄粱夢。辭丹鳳。」即辭別首都。因此，賀詞必作於離開東京之後。據夏承燾先生賀方回年譜，詞人於神宗熙寧初離開家鄉衛州，宦游京師，授右班殿直，時十七八歲；至熙寧八年（一〇七五）二十四歲時，纔開始出京擔任外地的差遣。所以，本篇寫作年代的上限不得早於熙寧八年（一〇七五）。

（五）本篇寫作年代的下限在元祐六年（一〇九一）

下闋「辭丹鳳。明月共。漾孤篷。官冗從。懷倥傯。落塵籠。簿書叢。鶡弁如雲衆。供麤用。忽奇功」一段文字，珠貫而來，全是自述行狀的口氣，可知寫此詞時，賀鑄自己也必然包括在那「供麤用」而不得建「奇功」的「如雲」「鶡弁」之中。因此可以斷定，詞人當時正作着武官。

據賀方回年譜，賀鑄自十七歲至四十歲，二十三年中一直是在侍衛武官的系統裏磨勘遷陞。哲宗元祐六年（一〇九一）纔因李清臣、蘇軾、范百禄的推薦，改入文階。所以，本篇的寫作年代至遲不得在元祐六年（一〇九一）以後，是爲下限。

（六）本篇應爲抗夏之作

詞中有「繫取天驕種」句，按「天驕」語出漢書匈奴傳，後來文學作品中遂以指代中國北部地區强悍的游牧民族。北宋時，北部地區少數民族政權中對漢族政權構成威脅的，祇有兩家：正北方的遼契丹族政權，西北方的西夏党項族政權。而宋遼之間自從真宗景德元年（一〇〇四）「澶淵之盟」以後，一直到徽宗宣和四年（一一二二）宋金聯合擊遼爲止，一百多年間没有發生什麽戰争。檢宋史中神宗、哲宗二紀，熙寧八年至元祐六年（一〇七五—一〇九一）十六年間，與北宋戰事頻仍的惟有西夏，因此本篇中的「天驕」當指夏人。

基於上述幾點，我們還可以進一步推論。

（一）在熙寧八年（一〇七五）至元祐六年（一〇九一），亦即詞人二十四歲至四十歲這兩限之間，本篇的繫年應盡可能偏後，因爲詞中以「悲翁」自況，無論如何，作者當時已不應是青年。援上引歐陽修、蘇軾、辛棄疾等人中年稱「翁」稱「老」之例，本篇的寫作年代當在詞人三十五歲以後，也就是哲宗元祐元年（一〇八六）至六年（一〇九一）之間。

（二）賀鑄在元祐六年（一〇九一）改入文階以前，一直是武官。根據墓志銘的明文記載，他在武階内當過右班殿直、西頭供奉官兩種。年譜據以録入的也祇這兩種。但檢宋史職官志「武臣三班借職至節度使叙遷之制」的三十七階，右班殿直是倒數第三階，西頭供奉官是倒數第七階，兩階之間還隔着左班殿直、右侍禁、左侍禁三階。因此，在磨勘陞遷的仕宦過程中，詞人一定還作過這三種官。據宋沈括夢溪筆談、葉夢得石林燕語，這些都是侍衛武官。賀鑄即是以這類侍衛武官而出任了外地的種種差遣。檢年譜，他自熙寧八年（一〇七五）至元祐六年（一〇九一）十六年間歷任的外地差遣計有：

一、熙寧八年（一〇七五）至十年（一〇七七），監臨城酒稅。性質略相當於近代的財政稅收稽察。

二、元豐元年（一〇七八）至四年（一〇八一），監磁州都作院。據宋樂史太平寰宇記，磁州出磁石，即鐵礦石。磁州都作院是管理軍器製造的機構。墓志銘中説賀鑄「治戎器，堅利爲諸路第一」，即指此。這差遣性質略相當於近代的兵工廠長。

三、元豐五年（一〇八二）至八年（一〇八五），監徐州寶豐監。寶豐監管理鑄錢，屬於金融系統中的製幣工業。

四、元祐二年（一〇八七）十一月赴任和州管界巡檢。三年（一〇八八）三月到任，五年（一〇九〇）秋任滿。宋史職官志云：「或數州數縣管界，或一州一縣巡檢，掌訓治甲兵、巡邏州邑，擒捕盜賊事。」這差遣略相當於近代的地方保安軍隊司令官。

寬一點説，既然詞人十六年中官階一直是侍衛武官，自不妨隨時稱作「鶡弁」。但嚴格説來，衹有元祐二年（一〇八七）十一月至五年（一〇九〇）秋，這近三年的時間内，他以侍衛武官之階出任和州管界巡檢這一軍事職務，才是名符其實的「鶡弁」。因此本篇繫於這段期間，似更爲可靠。

上兩條是從賀鑄的年齡與身份這兩個不同的角度，聯係其詞本身透露的消息來推論的，推論結果頗爲一致。讓我們繼續追蹤下去。

檢宋史哲宗紀，這三五年内北宋與西夏的和戰情況如下：

元祐二年（一〇八七）：五月，夏人圍南川砦。秋七月，夏人寇鎮戎軍。八月，夏人寇三川諸砦。

元祐三年（一〇八八）：三月，夏人寇德靖砦。六月，夏人寇塞門砦。

元祐四年（一〇八九）：正月，以夏人通好，詔邊將毋生事。

此後兩年内即不見夏人寇邊的記載了。

這樣，本篇的寫作下限又可以定到元祐四年（一〇八九）正月。

又據詞中「劍吼西風」、「目送歸鴻」等語所反映出的節令，可以看出它寫在秋季。而元祐二年（一〇八七）秋季，賀鑄還在東京，尚没有和州差遣的任命。所以，本篇祇能繫在元祐三年（一〇八八）秋，詞人在和州管界巡檢任上，時三十七歲。

最後，有必要交代一下本篇寫作的時代背景。

西夏本是中國的一部分，党項族也是中國的少數民族之一。北宋建國初，党項族首領李彛興接受宋太祖給予的太尉頭銜，並繼續保留唐以來的定難軍節度使、後周以來的西平王等職稱和爵號。宋仁宗景祐五年（一〇三八）十月，李元昊建國稱帝，此後即不斷入寇北宋，擄掠漢族的人口財物。缺乏戰鬭力的宋軍却常吃敗仗，朝廷祇好向夏人歲納大批銀、絹，換取苟安局面。熙寧、元豐年間，宋神宗在位，王安石等新黨人物執政，變法革新，整軍抗戰，且能從戰略角度考慮根絶西北邊患問題，主動鉗制西夏党項族奴隸制政權侵略勢力，並曾一度取得旨在斷西夏右臂的河湟之役的重大勝利，使宋夏邊界形勢初步改觀。儘管後來在靈州戰役（元豐四年，一〇八一）、永樂戰役（元豐五年，一〇八二）中迭爲夏人所敗，但終神宗之世，北宋對西夏的抗戰態度是堅決的。惟神宗死後，哲宗以幼齡即位，由高太后聽政，舊黨上台，元祐更化，盡反王安石變法之所爲，對西夏的侵略採取妥協姿態。元祐元年（一〇八六）春，司馬光上論西夏劄子，公然提出要把米脂、浮圖、葭蘆、安疆等西北邊防要塞拱手讓與夏人：「國家方制千里，今此尋丈之地惜而不與，萬一西人……投間伺隙，長驅深入，覆軍殺將，兵連禍結……天下騷動，當是之時，雖有米脂等千寨，能有益乎？不唯待其圍攻自取，固可深恥；借使虜有一言不遜而還之，傷威毁重，固已多矣：故不若今日與之爲美也。」此議一出，劉摯、蘇轍、范純仁諸人隨聲附和。蘇轍竟認爲應乘西夏尚未主動提出索取這些要塞之前，抓緊時間，趕快相讓，「一失此機，必爲後悔。彼若點集兵馬，屯聚境上，許之則畏兵而予，不復爲恩；不予則邊釁一開，禍難無已。……況今日之事，主上妙年，母后聽斷，將帥吏士，恩情未接，兵交之日，誰使效命？若其羽書沓至，勝負紛然，臨機決斷，誰任其責？」（宋史蘇轍傳）文彦博更主張連同熙河路全部地區以及蘭州一齊奉送。一時間妥協空氣甚囂塵上。雖然經過變法派人物安燾等人的力争，熙河路及蘭州地區幸而得存，然米脂等四寨却終於被妥協派們奉送給西夏了。忍辱退讓並没有能給國家和人民帶來和平。宋夏休戰不到兩年半，夏人的鐵騎又開始南侵，我們在史書上重新看到了這樣的記載：元祐六年（一〇九一）：夏四月，夏人寇熙河蘭岷、鄜延路。八月乙卯，夏人寇懷遠砦。元祐七年（一〇九二）：冬十月丁卯，夏人寇環州（宋史哲宗紀）。

玩賀詞中「鶡弁如雲衆，供麤用，忽奇功。笳鼓動：漁陽弄，思悲翁。不請長纓，繫取天驕種，劍吼西風」一段文義，不是包含着痛惜自己以及一切愛國將士有志殺敵，却因妥協派當塗而無路請纓，這樣一股抑塞悲憤之氣麽？這和當時的政治背景恰恰吻合無間。

如果筆者的考辨站得住脚，那麽對於賀鑄的這首六州歌頭，實應給予極高的評價。因爲在北宋詞壇，抨擊了朝廷中妥協派的詞作，這是僅見的一篇。靖康之前，憂時憤事而能與後來岳飛、張元幹、張孝祥、陸游、辛棄疾等媲美的愛國詞作，除此而外，更有誰何？

原載中華文史論叢一九八二年第四輯，録入本書時，稍有改動。

浣溪沙

翠縠參差拂水風，暖雲如絮撲低空〔一〕，麗人波臉覺春融。　繆挂寶釵初促席〔二〕，檀膏微注玉杯紅，芳醪何似此情濃！

【箋注】

〔一〕「暖雲」句　杜牧長安雜題長句六首其二：「晴雲似絮惹低空。」

〔二〕繆挂寶釵　見前三三五頁攤破木蘭花篇注〔三〕。　促席，文選左思蜀都賦：「合樽促席。」五臣注張銑曰：「促近其席。」

又

雲母窗前歇繡針〔一〕，低鬟凝思坐調琴，玉纖纖按十三金〔二〕。　歸臥文園猶帶酒〔三〕，柳花飛度畫堂陰。只憑雙燕話春心。

【校】

〔凝思〕八千卷樓本作「吟思」，不足據。〔帶酒〕樂府雅詞別本作「殢酒」。八千卷樓本、藝風堂本作「帶病」，不足據。

【箋注】

〔一〕歇繡針　參見前三八九頁減字浣溪沙（八）篇注〔四〕。

〔二〕玉纖纖　五代王定保唐摭言卷一三敏捷門載杜牧詠美人擲骰：「骰子逡巡裹手拈，無因得見玉纖纖。」十三金，太平御覽卷五七九樂部一七琴下引琴書：「十三徽，配十二律，一象閏也。」「金」謂金徽，見前一二六頁秋風歎篇注〔五〕。

〔三〕文園　見前七一頁呈纖手篇注〔六〕。

【彙評】

清況夔笙蕙風詞話卷二：「『柳花』句融景入情，丰神獨絕。近來纖佻一派誤認輕靈，此等處何曾夢見！」

又

疊鼓新歌百樣嬌〔一〕，銅丸玉腕促雲謠〔二〕，揭簾飛瓦雹聲焦〔三〕。　九曲池邊楊柳陌〔四〕，香輪軋軋馬蕭蕭〔五〕。細風妝面酒痕銷。

【箋注】

〔一〕疊鼓　見前二九一頁菱花怨篇注〔二〕。

〔二〕銅丸　漢書史丹傳：「元帝……留好音樂。或置鼙鼓殿下，天子自臨軒檻上，隤銅丸以擿鼓，聲中嚴鼓之節。後宮及左右習知音者莫能爲。」雲謠，穆天子傳卷三：「乙丑，天子觴西王母於瑶池之上，西王母爲天子謡曰：『白雲在天，山陵自出。道里悠遠，山川間之。將子無死，尚能復來？』」

〔三〕「揭簾」句　韓非子十過：晉平公使師曠以琴鼓清角之曲，「一奏之，有玄雲從西北方起。再奏之，大風至，大雨隨之，裂帷幕，破俎豆，隳廊瓦。」焦，急也。唐貫休夜對雪寄杜使君詩：「風焦片益粗。」柳永木蘭花（佳娘捧板花鈿簇）詞：「管裂絃焦争可逐？」

〔四〕「九曲池」句　見前五九頁夢江南篇注〔二〕。

〔五〕軋軋　象車聲。唐許渾旅懷詩：「征車何軋軋。」馬蕭蕭，詩小雅車攻：「蕭蕭馬鳴。」

江城子

麝熏微度繡芙蓉〔一〕，翠衾重，畫堂空。前夜偷期，相見却忽忽。心事兩知何處問？依約是，夢中逢。坐疑行聽竹窗風，出簾櫳，杳無蹤〔二〕。已過黄昏，纔動寺樓鐘。暮雨不來春又去〔三〕，花滿地，月朦朧〔四〕。

【校】

〔依約〕歷代詩餘卷四六作「依舊」，不足據。　〔簾櫳〕花草粹編卷七、歷代詩餘、四印齋本作「簷櫳」，誤。　〔無蹤〕花草粹編作「無縱」，誤。

【箋注】

〔一〕「麝熏」句　用李商隱無題二首詩其一（來是空言去絶蹤）成句。繡芙蓉，帳也。

〔二〕「坐疑」三句　李益竹窗聞風寄苗發司空曙詩：「開門復動竹，疑是故人來。」蘇軾賀新郎（乳燕飛華屋）詞：「簾外誰來推繡户？……又却是、風敲竹。」

〔三〕「暮雨」句　韋莊清平樂（瑣窗春暮）詞：「君不歸來情又去。」暮雨，用高唐賦。

〔四〕「花滿地」二句　李珣酒泉子（寂寞青樓）詞：「月朦朧，花暗淡。」宋范唐公贈華山陳希夷詩：「濃睡過春花滿地。」寇準春恨詩：「侵階草色連朝雨，滿地梨花昨夜風。蜀魄不來春寂寞，楚魂吟夜月朦朧。」

浪淘沙

一葉忽驚秋〔一〕，分付東流〔二〕。殷勤爲過白蘋洲。洲上小樓簾半捲，應認歸舟〔三〕。

回首戀朋游，迹去心留。歌塵蕭散夢雲收〔四〕。惟有尊前曾見月，相伴人愁。

【校】

〔浪淘沙〕花草粹編卷五作「曲入冥」，今遂據以爲浪淘沙之别名，莫詳其義。彊邨叢書本校記：「毛鈔本旁注『亦名曲入冥』，王輯本注作『西入宴』。」亦園本、四印齋本從花草粹編。藝風堂本校曰「亦名西入宴」，蓋從王迪輯本。按「西入宴」顯係「曲入冥」校改所致，然亦不甚通，未若存粹編之舊爲矜慎也。〔簾半捲〕花草粹編作「簾半掩」。彊邨叢書本校記：「毛鈔本『捲』作『掩』。」似即出粹編。亦園本、四印齋本並同。八千卷樓本作「簾捲半」，不足據。〔夢雲收〕彊邨叢書本校記：「毛鈔本……『雲』作『長』。」四印齋本亦作「長」；又曰「夢雲」别作「楚雲」，未詳何據。〔曾見月〕八千卷樓本作「仍見月」，不足據。

【箋注】

〔一〕「一葉」句　見前一三一頁獨倚樓篇注〔四〕。又唐許堯佐柳氏傳柳氏答韓翃詩：「一葉隨風忽報秋。」

〔二〕分付東流　參看前三六三頁度新聲篇「微波寄葉」句及注〔三〕。

〔三〕「殷勤」三句　翻用温庭筠望江南詞：「梳洗罷，獨倚望江樓。過盡千帆皆不是，斜暉脈脈水悠悠。腸斷白蘋洲。」應認歸舟，謝朓之宣城郡出新林浦向板橋詩：「天際識歸舟。」

〔四〕歌塵　藝文類聚卷四三樂部三歌引劉向别録：「漢興以來，善雅歌者魯人虞公，發聲清哀，蓋動梁塵。」隋劉端和初春宴東堂應令詩：「歌塵落妓行。」

木蘭花

佩環聲認腰肢軟〔一〕，風裏麝熏知近遠〔二〕。此身常羨玉妝臺，得見曉來梳畫面。迴廊幾步通深院，一桁繡衣簾不捲〔三〕。酒闌歌罷欲黄昏〔四〕，腸斷歸巢雙燕燕〔五〕。

【校】

〔此身〕彊邨叢書本校記：「毛鈔本『身』作『生』。」四印齋本同。〔一桁〕亦園本、歷代詩餘卷三一、八千卷樓本作「一行」，不足據。〔歌罷〕八千卷樓本、藝風堂本作「歌散」，不足據。

【箋注】

〔一〕「佩環」句　李商隱水天閑話舊事詩：「已聞珮聲知腰細。」

〔二〕「風裏」句　梁元帝登顏園故閣詩：「衣香知步近，釧動覺行遲。」

〔三〕「一桁」句　梁書夏侯亶傳：「亶……有妓妾十數人，並無被服姿容。每有客，常隔簾奏之。時謂簾爲『夏侯妓衣』也。」此「一桁繡衣」實即「不捲」之「簾」。李煜浪淘沙（往事只堪哀）詞：「一桁珠簾閒不捲，終日誰來？」

〔四〕酒闌歌罷　姚合惜別詩：「酒闌歌罷更遲留。」

〔五〕雙燕燕　詩邶風燕燕：「燕燕于飛。」子夜四時歌七十五首秋歌十八首其十四（秋愛兩兩雁）：「春感雙雙燕。」

又

銀簧雁柱香檀撥〔一〕，鏤板三聲催細抹〔二〕。舞腰輕怯絳裙長，羞按築毬花十八〔三〕。東城柳岸怱怱發，畫舫一篙煙水闊。可憐單枕欲眠時，還見尊前前夜月。

【校】

〔銀簧〕亦園本、八千卷樓本作「銀箏」。彊邨叢書本校記：「侯刊本『簧』作『笙』。」按「侯刊本」即亦園本，疑彊邨校記「笙」字爲「箏」誤。

【箋注】

〔一〕銀簧　謂笙。説文竹部：「簧，笙中簧也。」清沈雄古今詞話詞品：「製笙以銀作字，飾其音節。」雁柱，謂箏，見前七〇頁呈纖手篇注〔三〕。　香檀撥，謂琵琶。唐鄭嵎津陽門詩：「玉奴琵琶龍香撥。」自注：「（楊）貴妃妙彈琵琶，其樂器聞於人間者，有邏逤檀爲槽、龍香柏爲撥者。」此則檀香木爲撥耳。

〔二〕鏤板　雕花拍板，用以節奏衆樂者。段安節樂府雜録拍板：「拍板本無譜，明皇遣黄幡綽造譜，乃於紙上畫兩耳以進。上問其故，對：『但有耳道，則無失節奏也。』」抹，琵琶演奏指法之一。

〔三〕築毬花十八　王灼碧雞漫志卷三：「歐陽永叔云：『貪看六幺花十八。』此曲内一叠名『花十八』，前後十八拍，又四花拍，共二十二拍。樂家者流所謂『花拍』，蓋非其正也。曲節抑揚可喜，舞亦隨之。而舞築毬六幺，至花十八益奇。」傅幹注坡詞注蘇軾南歌子楚守周豫出舞鬟「叠鼓忽催花拍」句曰：「今樂府，大鼓則有叠奏之聲，曲拍則有花十八、花九之數，蓋舞曲至於叠鼓花拍之際，其妙在此。」築毬，本雜伎，蹋球爲戲也。六幺舞中似亦有毬並吸收其伎法。蘇軾南鄉子贈田叔通家舞鬟：「花偏六幺毬。」

蝶戀花

小院朱扉開一扇，内樣新妝〔一〕，鏡裏分明見。眉暈半深脣注淺，朵雲冠子偏宜面〔二〕。　被掩芙蓉熏麝煎，簾影沈沈，衹有雙飛燕。心事向人猶勔覗〔三〕，强來窗下尋針線。　以上見樂府雅詞卷中

【校】

〔内樣〕永樂大典卷六五二三妝字韻作「内樸」，誤。〔熏麝煎〕永樂大典作「重麝薦」，不足據。

〔勔覗〕永樂大典作「勔勔」，誤。彊邨叢書本校記：「毛鈔本『勔覗』作『覗覶』。」按「勔覗」、「覗覶」，叠韻聯綿

字，字稍異而音義並同。〔針線〕彊邨叢書本校記：「毛鈔本……『針』作『紅』。」八千卷樓本、歷代詩餘卷三九並同。不足據。

【箋注】

〔一〕内樣新妝　宮廷新妝樣式。宋史輿服志五：「宮中尚白角冠梳，人争倣之，至謂之『内樣』。」

〔二〕冠子　馬縞中華古今注卷中冠子朵子扇子條：「冠子者，秦始皇之制也，令三妃九嬪當暑戴芙蓉冠子，以碧羅爲之。……令宮人當暑戴黄羅髻蟬冠子。……至隋帝於江都宮水精殿令宮人戴通天百葉冠子。……其後改更實繁，不可具紀。」宋史輿服志五：「女子在室者冠子。」朵雲，未詳，似是冠子之飾。宜面，劉禹錫和樂天春詞：「新妝宜面下朱樓。」

〔三〕勔靦　洪邁容齋四筆卷一：「世謂中心有愧見諸顔面者，謂之『緬靦』。」即今「腼腆」，害羞義。

【彙評】

夏敬觀批語：此十九首（按：謂獻金杯至本篇，自樂府雅詞録出者）多係佳詞，誦之迴腸蕩氣，奈何爲前三卷所遺？足見非譜録所云「三卷」之舊。

石州引〔一〕

薄雨初寒，斜照弄晴，春意空闊。長亭柳色纔黄，遠客一枝先折〔二〕。煙横水際，映帶幾點歸鴉，東風銷盡龍沙雪〔三〕。還記出關來〔四〕，恰而今時節。將發，畫樓芳酒，紅淚清歌，頓成輕別。已是經年，杳杳音塵多絶。欲知方寸，共有幾許清愁？芭蕉不展丁香結〔五〕。枉望斷天涯，兩厭厭風月！能改齋漫録卷一六

【校】

〔調〕陽春白雪卷二作「石州影」。花草粹編卷一〇、詞綜卷七作「柳色黃」，當是方回另題新名。今即以爲石州引之别名。〔薄雨〕八千卷樓本作「薄意」，不足據。〔初寒〕陽春白雪作「收寒」；花草粹編、詞律卷一七、詞綜、詞譜卷三〇作「催寒」。〔柳色〕陽春白雪作「柳蓓」。〔「遠客」句〕陽春白雪作「倚馬何人先折」。〔煙横水際〕陽春白雪作「煙横水漫」。花草粹編作「煙横水」三字句，誤。〔歸鴉〕陽春白雪、花草粹編、歷代詩餘卷七四作「歸鴻」。〔「東風」句〕陽春白雪作「平沙銷盡龍荒雪」。〔還記〕陽春白雪作「猶記」。〔出關來〕詞律、詞綜、詞譜作「出門時」。〔而今〕陽春白雪作「如今」。〔頓成〕陽春白雪、花草粹編、詞綜作「便成」。〔已是〕陽春白雪作「回首」。〔多絶〕陽春白雪、花草粹編、詞律、亦園本、詞綜、歷代詩餘、八千卷樓本、藝風堂本作「都絶」。〔清愁〕陽春白雪作「新愁」。〔枉望斷〕陽春白雪作「憔悴一」。花草粹編、亦園本、歷代詩餘、八千卷樓本、藝風堂本作「望斷一」。

【箋注】

〔一〕本篇疑作於神宗熙寧九年丙辰（一〇七六）初春，時在臨城。按詞曰「東風銷盡龍沙雪」，是北國氣

象。方回宦游蹤迹，實以河北西路趙州臨城縣爲最北，編地於此，似較近是。其出官臨城約在熙寧八年春，詞曰「已是經年」，故繫於到任之次年。

〔二〕「遠客」句　唐獨孤及官渡柳歌送李員外承恩往揚州覲省：「遠客折楊柳，依依兩含情。」

〔三〕龍沙　後漢書班超傳贊：「咫尺龍沙。」李賢注：「白龍堆沙漠也。」此用泛指北境寒荒。河北與遼接壤，北宋時爲邊陲。

〔四〕出關　自東京之臨城，中途須過白馬關（今河南浚縣東），疑「出關」謂此。

〔五〕「芭蕉」句　李商隱代贈詩：「芭蕉不展丁香結，同向春風各自愁。」

【附録】

能改齋漫録卷一六樂府賀方回石州引詞條：方回眷一姝，別久，姝寄詩云：「獨倚危闌淚滿襟，小園春色懶追尋。深恩縱似丁香結，難展芭蕉一寸心。」賀得詩，初叙分別之景色，後用所寄詩，成石州引。

碧雞漫志卷二：賀方回石州慢，予舊見其藁：「風色收寒，雲影弄晴。」改作「薄雨收寒，斜照弄晴。」又「冰垂玉筯，向午滴瀝簷楹，泥融消盡牆陰雪」改作「煙橫水際，映帶幾點歸鴻，東風消盡龍沙雪」。

【彙評】

雲韶集卷三評「薄雨」五句：句句明秀。　又評「煙横」三句：有情，有景，亦有筆。　又：「還記」二語妙，可知別已久矣。　又評「欲知」五句：淋漓頓挫，情生文，文生情。

詞則閑情集卷一評上闋曰：寫景亦佈置得宜。　又評「還記」二句：十字往復不盡。

白雨齋詞話卷六：贈妓之作，原不嫌豔冶，然擇言以雅爲貴，亦須慎之。……余所愛者，則……賀方回之「芭蕉不展丁香結。枉望斷天涯，兩厭厭風月」；……極其雅麗，極其淒秀。

宋詞選釋：「長亭」以下七句頓挫有致。觀其「龍沙」、「出關」等句，當是北地胭脂，吴漢槎詩所謂「紅粉空嬌塞上春」也。

失調名

羅帷映月，玉研生冰〔一〕。觀林詩話

【箋注】

〔一〕玉研生冰　宋吴聿觀林詩話：「西京雜記云：『以酒爲書滴，取其不冰。以玉爲研，亦取其不冰。』賀方回詞云：『羅帷映月，玉研生冰。』似失契勘。」按「以酒爲書滴」四句見西京雜記卷一。玉研本不冰，今竟「生冰」，即見寒甚。詞人誇張，何施不可？吴氏以此責方回，殊難服衆。且西京雜記小説家言，未即事事符實，玉研果不冰否，亦可疑也。詩集卷五宿黄葉嶺田家：「寒凝酒亦冰。」亦反西京雜記之言而狀酷寒，手法正與此殘句相同。

原本此下有輯自滹南詩話之「風頭夢、吹無迹」斷句一條，覆按之，乃金蔡松年句，故删。

減字木蘭花

簪花照鏡，客鬢蕭蕭都不整。擬倩東□，化作尊前入夢雲。風香月影，信是瑶臺清夜永〔一〕。深閉重門，牽絆劉郎别後魂〔二〕。全芳備祖前集卷一梅花門

【校】

〔東□〕八千卷樓本、藝風堂本作「東風」。彊邨叢書本校記：「全芳備祖作『東風』，疑誤。」按本句叶韻，「風」字出韻必誤。四印齋本作「東君」，是，北京圖書館藏徐氏積學齋鈔本全芳備祖即作此。

【箋注】

〔一〕「風香」二句　李白清平調詞三首其二：「會向瑶臺月下逢。」瑶臺，楚辭離騷：「望瑶臺之偃蹇兮，見有娀之佚女。」拾遺記卷一〇崑崙山：「崑崙山……第九層山形漸小狹，下有芝田蕙圃，皆數百頃，羣仙種耨焉。傍有瑶臺十二，各廣千步，皆五色玉爲臺基。」

〔二〕劉郎　見前二六一頁風流子篇注〔一五〕。押韻，下闋仄韻、平韻即叶上闋原韻。

鳳棲梧〔一〕

爲問宛溪橋畔柳〔二〕，拂水倡條，幾贈行人手〔三〕？一樣葉眉偏解皺，白綿飛盡因誰瘦？

今日離亭還對酒，唱斷青青〔四〕，好去休回首。美蔭向人疏似舊，何須更待秋風後！

全芳備祖後集卷一七楊柳門

【箋注】

〔一〕本篇當作於神宗元豐元年戊午（一〇七八）三月離京赴官滏陽之際。詳見前宛溪柳篇編年。

〔二〕宛溪　見前一五一頁宛溪柳篇注〔一〕。

〔三〕「拂水」二句　孟棨本事詩情感載韓翃寄柳氏詩，有「縱使長條似舊垂，亦應攀折他人手」句。

〔四〕唱斷青青　王維送元二使安西詩：「客舍青青柳色新。」此詩被入聲樂，名陽關曲、渭城曲，爲流行之離歌，故以「唱斷」言。

南柯子　別恨

斗酒纔供淚〔一〕，扁舟只載愁〔二〕。畫橋青柳小朱樓。猶記出城車馬，爲遲留。有恨花空委，無情水自流〔三〕。河陽新鬢儘禁秋〔四〕。蕭散楚雲巫雨〔五〕，此生休〔六〕！

【箋注】

〔一〕「斗酒」句　范仲淹蘇幕遮（碧雲天）詞：「酒入愁腸，化作相思淚。」

〔二〕「扁舟」句　蘇軾虞美人（波聲拍枕長淮曉）詞：「無情汴水自東流，只載一船離恨、向西州。」

〔三〕「無情」句　參見注〔二〕。

〔四〕「河陽」句　見前一四一頁東吴樂篇注〔一四〕。禁秋，詩詞曲語辭匯釋卷二禁（二）條：「禁，猶……受也；耐也。」

〔五〕楚雲巫雨　用高唐賦。

〔六〕此生休　李商隱馬嵬詩二首其二：「他生未卜此生休。」

【彙評】

草堂詩餘續集卷上評「扁舟」句：翻李詞「雙溪舴艋載不動許多愁」，驚人。又評「畫橋」句：襯箇舊景，通。

按：李清照武陵春：「祇恐雙溪舴艋舟，載不動、許多愁。」此紹興年間金華之作，時代較賀詞爲晚。謂方回翻用易安，謬矣。

詞則放歌集卷一：起十字淒警。

望湘人〔一〕 春思

厭鶯聲到枕，花氣動簾，醉魂愁夢相半。被惜餘薰〔二〕，帶驚賸眼〔三〕，幾許傷春春晚。淚竹痕鮮〔四〕，佩蘭香老〔五〕，湘天濃暖〔六〕。記小江、風月佳時〔七〕，屢約非煙游伴〔八〕。須信鸞絃易斷，奈雲和再鼓，曲終人遠〔九〕。認羅韈無蹤，舊處弄波清淺〔一〇〕。青翰棹艤〔一一〕，白蘋洲畔〔一二〕。儘目臨皋飛觀。不解寄、一字相思，幸有歸來雙燕〔一三〕。以上二首見唐宋諸賢絶妙詞選卷四

【校】

〔鸞絃〕藝風堂本作「鸞腸」，不足據。〔青翰棹艤〕八千卷樓本作「青翰棹倚」，不足據。〔白蘋洲〕草堂詩餘前集卷上作「曰蘋洲」，誤。〔儘目〕亦園本作「儘日」，不足據。〔臨皋〕詞律卷一九作「臨高」，不足據。

【箋注】

〔一〕望湘人 詞譜卷三四：「此調祇有此詞，無他作可校。」當係方回自度腔。

〔二〕被惜餘薰 何遜嘲劉諮議孝綽詩：「猶憐翠被香。」

〔三〕帶驚賸眼　見前一五四頁傷春曲篇注〔七〕。

〔四〕淚竹　張華博物志卷八史補：「堯之二女、舜之二妃曰湘夫人。舜崩，二妃啼，以涕揮竹，竹盡斑。」

〔五〕佩蘭　離騷：「紉秋蘭以爲佩。」

〔六〕湘天　湘，謂湘江流域，大部份地區北宋時屬荆湖南路。

〔七〕風月佳時　青瑣高議前集卷一〇柳師尹王幼玉記孫富遺幼玉書：「風月佳時，文酒勝處。」

〔八〕非煙　見前三三七頁點絳脣篇注〔三〕。蓼園謂即步飛煙。按唐皇甫枚三水小牘步飛煙，略謂臨淮武公業咸通中任河南府功曹參軍，愛妾步飛煙美而好文，比鄰趙象見而悦之，題詩通意，遞相唱和，遂至私通，後爲公業所察，笞楚而斃。茲非美事，方回或不肯用，且「飛」、「非」字亦有別也。

〔九〕「須信」三句　詩詞曲語辭匯釋卷一須（六）條：「須，猶雖也。……賀鑄望湘人詞：『須知鸞絃易斷，奈雲和再鼓，曲終人遠。』言雖知琴絃易斷，奈並鼓曲之人而亦杳然乎。」鸞絃，琴絃。陶淵明擬古詩九首其四：「知我故來意，取琴爲我彈。上絃驚別鶴，下絃操孤鸞。」雲和，周禮春官宗伯大司樂：「雲和之琴瑟。」鄭玄注：「雲和……山名。」後遂以爲琴瑟之代名詞。曲終人遠，錢起省試湘靈鼓瑟詩：「曲終人不見。」

〔一〇〕「認羅韈」三句　洛神賦：「淩波微步，羅韈生塵。」

〔一一〕青翰棹　見前一四〇頁東吴樂篇注〔八〕。

〔一二〕白蘋洲　唐趙微明思歸詩：「惟見分手處，白蘋滿芳洲。」

〔一三〕「不解」二句　詩詞曲語辭匯釋卷二幸條：「幸，猶本也；正也。……賀鑄望湘人詞：『不解寄一字相思，幸有歸來雙燕。』此倒裝文法。不解，不會也；幸有，正有也。意言正有雙燕歸來，乃絕好寄書之機會，無如不將書文給他也。」按張説末句似可商榷，不若改作「無如此雙燕『不解寄一字相思』何」，於義較得。

【彙評】

清宋澤元懺花菴叢書本草堂詩餘卷五引明楊慎批語：婉孌可喜。

明吳從先輯草堂詩餘雋引李攀龍曰：詞雖婉麗，意實展轉不盡，誦之隱隱如奏清廟朱絃，一唱三歎。

草堂詩餘正集卷二：鶯自聲而到枕，花何氣而動簾？可稱葩藻。「厭」字嶙峋。　又：曲意不斷，折中有折。　又：厭鶯而幸燕，文人無賴。

詞潔：方回長調便有美成意，殊勝晏、張。

蓼園詞評：意致濃腴，得騷、辨之遺韻。方回以孝惠皇后族孫通判泗州，又倅太平州，退居吳下，自號慶湖居士。張文潛稱其樂府「妙絕一世」、「幽索如屈宋，悲壯如蘇李」，斷推此種。　又釋「非煙」曰：咸通中，臨淮武公業愛妾步飛煙，善秦聲，好文章。

宋詞選釋：此詞但標題「春思」，而「鸞絃易斷」自來多詠悼亡，觀其思越人詞「頭白鴛鴦失伴飛」等句，此詞當有望廬思人之感，非泛寫「春色」也。題意重在起筆之「厭」字，「鶯聲」、「花氣」，正娱賞之時，而轉「厭」其攪人「愁夢」，乃極寫「傷春」之情緒。「淚竹」三句筆勢展布，且淒艷動人。上闋既云「蘭」、「竹」、「湘天」，後又云「羅襪」淩波，則所思者當在水一方，想像於湘雲楚雨間也。

謁金門〔一〕

李黄門夢得一曲〔二〕，前徧二十言，後徧二十二言，而無其聲。余採其前徧，潤一「横」字已，續二十五字寫之云。

楊花落，燕子横穿朱閣。常恨春醪如水薄，閑愁無處著。　緑野帶江山絡角〔三〕，桃葉參差前約〔四〕。歷歷短檣沙外泊，東風晚來惡〔五〕。陽春白雪卷一

【校】

〔作者〕原本按：「此首别又誤作李清臣詞，易詞品卷三。」按此誤不自楊升庵始，宋趙令畤侯鯖録已然，詳見附録。　〔寫之〕委宛别藏倣寫舊鈔本陽春白雪作「寓之」，八千卷樓本、藝風堂本同。　〔横穿〕宋曾季貍艇齋詩話作「飛」字。　〔朱閣〕宋王得臣麈史卷中神授條、艇齋詩話作「高閣」。花草粹編卷二作「朱高閣」，誤。　〔常恨〕侯鯖録作「苦恨」。　〔閑愁〕艇齋詩話作「春愁」。　〔絡角〕委宛别藏本陽春白雪作「路角」，誤。侯鯖録作「落角」。　〔前約〕侯鯖録作「殘萼」。　〔短檣〕侯鯖録作「危檣」。　〔晚來〕八千卷樓本、藝風堂本作「曉來」，不足據。

【箋注】

〔一〕本篇當作於徽宗建中靖國元年辛巳（一一〇一）九、十月。按麈史，李清臣夢中作「楊花落」詞，蓋

爲門下侍郎時事。檢宋史宰輔表三，元符三年（一一〇〇）四月甲辰，李清臣自左正議大夫、禮部尚書加門下侍郎；建中靖國元年十月乙未，李清臣自右光禄大夫、門下侍郎以資政殿學士出知大名府兼北京留守。方回建中靖國元年九、十月至京參加徽宗天寧節祝壽儀並謀换新職，其獲知此事且改作後徧，必在此時。

〔二〕李黄門　宋史李清臣傳：「李清臣字邦直，魏人也。……徽宗立，入爲門下侍郎。……尋爲曾布所陷，出知大名府而卒，年七十一。」黄門，即黄門侍郎之省稱。秦及西漢郎官給事於黄闥（宫門）之内者，稱黄門郎或黄門侍郎。東漢始設爲專官，其職爲侍從皇帝、傳達詔命。南朝以降，因掌管機密文件，備皇帝顧問，職位日趨重要。唐天寶元年改名門下侍郎。唐宋多以門下侍郎或中書侍郎同平章事爲宰相之稱。李清臣官門下侍郎，故稱李黄門。

〔三〕絡角　見前三九〇頁減字浣溪沙（九）篇注〔三〕。

〔四〕桃葉　見前一九八頁江如練篇注〔六〕。

〔五〕「東風」句　詩詞曲語辭匯釋卷二惡條：「惡，甚辭；又好之反言也。……賀鑄謁金門詞：『歷歷短檣沙外泊，東風晚來惡。』風惡，風猛也。」按此句「惡」字主觀色彩甚强烈，非僅客觀形容風猛而已。

【附録】

宋王得臣麈史卷中神授條：王樂道幼子銍，少而博學，善持論，嘗爲予説：李邦直作門下侍郎日，忽夢一石室，有石牀。李披髮坐於上，旁有人曰：「此王陵舍也。」夢中因爲一詞。既覺，書之，因示韓治循之。其詞曰：「楊花落。燕子横穿高閣。長恨春醪如水薄。閑愁無處著。去年今日王陵舍，鼓角秋風。千歲遼東。回首人間萬事空。」後李出北都，逾年而卒。王陵舍乃近北都地名也。

按：據賀詞小序，李詞上闋「燕子」句應作「燕子穿朱閣」五字，「横」字乃方回所潤也。又味其下闋音律，當係半首採桑子。花草粹編卷二據塵史録李詞，即以首句「楊花落」當調名。殊不知賀詞序已記「無其聲」，蓋非有此曲調者。

宋趙令畤侯鯖録卷七：李邦直黄門在政府時，夜夢作春詞云：「楊花落。燕子横穿朱閣。苦恨春醪如水薄。閑愁無處著。　緑野帶江山落角。桃葉參差殘萼。歷歷危檣沙外泊。東風晚來惡。」

又：秦少游、賀方回相繼以歌詞知名。少游有詞云：「醉卧古藤陰下，了不知南北。」其後遷謫，卒於藤州光華亭上。方回亦有詞云：「當年曾到王陵鋪，鼓角秋風。千歲遼東。回首人間萬事空。」後卒於北門，門外有王陵鋪云。

按：以上兩條誤記，年譜已辨之。又曾敏行獨醒雜志卷三「秦少游賀方回相繼以歌詞知名」條，與侯鯖録略同，惟「秋風」作「悲風」及末多「人皆以爲詞讖云」一句而已，蓋鈔侯鯖録並沿其誤者。年譜謂侯鯖録仍獨醒雜志之誤，實則趙令畤北宋人，曾敏行南宋人，侯鯖録成書固在獨醒雜志之先也。

【彙評】

宋詞選釋：此調上半爲李作，下半爲賀作。「春醪」二句與「短檣」二句，工力悉敵。花草粹編録李之後遍曰：「去年今日王陵舍，鼓角秋風。千載遼東。回首人間萬事空。」句調與賀詞異也。

蝶戀花〔一〕 改徐冠卿詞〔二〕

幾許傷春春復暮，楊柳清陰，偏礙游絲度。天際小山桃葉步〔三〕，白蘋花滿湔裙處〔四〕。竟日微吟長短句，簾影燈昏，心寄胡琴語〔五〕。數點雨聲風約住〔六〕，朦朧淡月雲來去。陽春白雪卷二

【箋注】

〔一〕本篇當作於哲宗紹聖三年丙子（一〇九六）三、四月間。按此暮春詞，又見「天際小山桃葉步」字樣，是金陵對岸真州六合縣桃葉山，渡江處也。大抵與前獻金杯（風軟香遲）篇爲同時之作，可以參看。

〔二〕改徐冠卿詞　徐冠卿，不詳，亦無詞傳世。惟宋黃昇唐宋諸賢絶妙詞選卷六有李冠蝶戀花春暮一首，曰：「遥夜亭皋閑信步，才過清明，漸覺傷春暮。數點雨聲風約住，朦朧淡月雲來去。桃杏依稀香暗度，誰在秋千，笑裏輕輕語？一寸相思千萬緒，人間没箇安排處！」賀詞與調同、韻部同、題材亦同，「數點」二句又相襲，疑即改此詞者。特不知陽春白雪賀詞題係「改李冠詞」之訛，抑花菴詞選李冠詞本徐冠卿詞而誤題撰人？趙聞禮、黃昇皆宋人，是非難以遽斷，姑存疑待考。

〔三〕桃葉步　見前三五〇頁河滿子篇注〔五〕。步，柳宗元永州鐵爐步志：「江之滸，凡舟可縻而上下者曰步。」

〔四〕湔裙　參見前九五頁楊柳陌篇注〔四〕。此以「湔裙」爲上巳祓禊事，與隋杜臺卿玉燭寶典謂「元日至月晦……士女悉湔裙酹酒於水湄以爲度厄」不同。

〔五〕胡琴　琵琶。段安節樂府雜録琵琶條：「文宗朝，有内人鄭中丞，善胡琴。」

〔六〕約　詩詞曲語辭匯釋卷五約條：「約，猶掠也；攔也；束也；籠也。……賀鑄蝶戀花詞：『數點雨聲風約住，朦朧淡月雲來去。』言攔住雨聲也。」

小梅花〔一〕

思前別，記時節，美人顔色如花發〔二〕。美人歸，天一涯〔三〕，娟娟姮娥〔四〕，三五滿還虧〔五〕。翠眉蟬鬢生離訣〔六〕，遥望青樓心欲絶。夢中尋，卧巫雲〔七〕，覺來珠淚，滴向湘水深〔八〕。　愁無已，奏緑綺，歷歷高山與流水。妙通神，絶知音〔九〕，不知暮雨朝雲何山岑〔一〇〕？相思無計堪相比，珠箔雕闌幾千里。漏將分，月窗明，一夜梅花忽開、疑是君。陽春白雪外集

【校】

〔記時節〕藝風堂本作「託時節」，誤。

〔幾千里〕八千卷樓本作「幾十里」，不足據。

【箋注】

〔一〕本篇櫽括盧仝有所思：「當時我醉美人家，美人顔色嬌如花。今日美人棄我去，青樓朱箔天之涯。娟娟姮娥月，三五二八圓又缺。翠眉蟬鬢生别離，一望不見心斷絶。心斷絶，幾千里。夢中醉卧巫山雲，覺來淚滴湘江水。湘江兩岸花木深，美人不見愁人心。含愁更奏緑綺琴，調高絃絶無知音。美人兮美人，不知爲暮雨兮爲朝雲？相思一夜梅花發，忽到窗前疑是君。」

〔二〕「美人」句　唐彦謙春日偶成詩：「美人顔色正如花。」

〔三〕天一涯　古詩十九首其一：「相去萬餘里，各在天一涯。」

〔四〕娟娟　鮑照翫月城西門廨中詩：「娟娟似蛾眉。」姮娥，淮南子覽冥：「羿請不死之藥於西王母，姮娥竊以奔月。」

〔五〕三五滿還虧　禮記禮運：「播五行於四時，和而後月生也。是以三五而盈，三五而闕。」謝靈運怨曉月賦：「昨三五兮既滿，今二八兮將虧。」

〔六〕翠眉　古今注卷下雜注：「魏宫人好畫長眉，今多作翠眉。」蟬鬢，見前二四四頁菩薩蠻（四）篇注〔二〕。

〔七〕巫雲　用高唐賦。

〔八〕「覺來」二句　唐陳羽湘妃怨：「二妃哭處湘水深。」

〔九〕「歷歷」三句　吕氏春秋孝行覽本味：「伯牙鼓琴，鍾子期聽之。方鼓琴而志在太山，鍾子期曰：『善哉乎鼓琴！巍巍乎若太山。』少選之間而志在流水，鍾子期又曰：『善哉乎鼓琴！湯湯乎若流水。』鍾子期死，伯牙破琴絶絃，終身不復鼓琴，以爲世無足復爲鼓琴者。」

〔一〇〕暮雨朝雲　用高唐賦。

烏啼月

牛女相望處〔一〕，星橋不礙東西。重牆未抵蓬山遠〔二〕，却恨畫樓低。細字頻傳幽怨，凝釭長照單棲〔三〕。城烏可是知人意，偏向月明啼〔四〕！永樂大典卷二千三百四十六烏字韻引賀方回詞。

【校】

〔烏啼月〕尋其聲律，蓋即烏夜啼。此係方回另題新名。

【箋注】

〔一〕牛女　見前八七頁思牛女篇注〔四〕。

〔二〕蓬山　見前一八三頁月先圓篇注〔五〕。

〔三〕凝釭　江淹别賦：「冬釭凝兮夜何長。」李商隱因書詩：「别夜對凝釭。」又夜思詩：「金釭凝夜光。」缸、釭通。廣韻上平聲四江：「釭，燈。」

〔四〕「城烏」二句　聶夷中烏夜啼：「還應知妾恨，故向緑窗啼。」此用其格。

簇水近〔一〕

一笛清風弄袖〔二〕，新月梳雲縷〔三〕。澄涼夜色，纔過幾點黄昏雨。俠少朋游，正喜九陌消塵土〔四〕。鞭穗裊、紫騮花步〔五〕。過朱户。認得宫妝，爲誰重掃新眉嫵？徘徊片嚮難問，桃李都無語〔六〕。十二青樓，下指燈火章臺路。不念人、腸斷歸去！永樂大典卷六千五百二十三裝字韻引賀方回東山詞

【校】

〔簇水近〕檢永樂大典調名前有「認宫裝」三字，蓋方回另題新名。〔過朱户〕檢永樂大典本句屬上闋。此以屬下，似據詞譜卷二一趙長卿簇水改正，可從。〔新眉嫵〕檢永樂大典原鈔作「新眉膴」，此改「嫵」是。

【箋注】

〔一〕本篇當作於神宗熙寧元年戊申（一〇六八）至七年甲寅（一〇七四）。按詞曰「俠少朋游」，又見「九陌」字，顯係早年京居時結客冶游之作。簇水近，宋金元詞中僅見此篇。惟趙長卿惜香樂府中有簇水（長憶

當初）一首，八十五字九韻，較本篇多二字，韻數相同，句度大體相近，當是同調異體。

〔二〕「一笛清風」　杜牧題宣州開元寺水閣閣下宛溪夾溪居人詩：「落日樓臺一笛風。」

〔三〕「新月」句　後蜀毛熙震浣溪沙（半醉凝情卧繡茵）詞：「象梳欹鬢月生雲。」蓋以月喻梳。此則以梳喻月，尤妙。

〔四〕「正喜」句　唐李正封洛陽清明日雨霽詩：「九陌無塵土。」九陌，初學記卷二四居處部道路引漢宫殿疏曰：「長安中有九陌。」後遂用指京師之通衢。

〔五〕紫騮　名馬。南史羊侃傳：「帝因賜侃河南國紫騮。」樂府古辭有紫騮馬，則其名舊矣。花步，東京夢華録卷七駕回儀衛條：「有三五文身惡少年控馬，謂之『花褪馬』。」

〔六〕「桃李」句　史記李將軍列傳：「桃李無言。」

畫眉郎　好女兒

雪絮彫章〔一〕，梅粉華妝〔二〕。小芒臺、榧机羅緗素〔三〕，古銅蟾硯滴〔四〕，金鵰琴薦，玉燕釵梁〔五〕。

五馬徘徊長路，漫非意、鳳求凰〔六〕。認蘭情、自有憐才處，似題橋貴客〔七〕，栽花潘令〔八〕，真畫眉郎〔九〕。

【箋注】

〔一〕雪絮　世説新語言語：「謝太傅（安）寒雪日内集，與兒女講論文義。俄而雪驟，公欣然曰：『白雪紛紛何所似？』兄子胡兒（謝朗）曰：『撒鹽空中差可擬。』兄女（謝道藴）曰：『未若柳絮因風起。』公大笑樂。」彫章，謂文辭華美。梁任昉王文憲集序：「公自幼及長，述作不倦，固以理窮言行，事該軍國，豈直彫章縟采而已哉！」

〔二〕梅粉華妝　見前九九頁最多宜篇注〔一〕。

〔三〕小芒臺　疑是「小芸臺」之譌。洪芻香譜卷上香之品芸香引晉魚豢典略：「芸香辟紙魚蠹，故藏書臺稱『芸臺』。」榧机，榧木几案。　緗素，淺黄色細絹，古寫本多用之，後遂代稱書稱。隋書經籍志：「盛以縹囊，書用緗素。」梁書昭明太子傳王筠哀册文：「遍該緗素，殫極丘墳。」

〔四〕古銅蟾硯滴　宋何薳春渚紀聞卷九記硯銅蟾自滴條：「古銅蟾蜍，章申公研滴也。每注水滿中，置蜍研仄，不假人力而蜍口出泡，泡殞則滴水入研，已而復吐，腹空而止。」

〔五〕玉燕釵梁　見前一八〇頁國門東篇注〔八〕。

〔六〕「五馬」二句　用漢樂府陌上桑：「秦氏有好女，自名爲羅敷。羅敷喜蠶桑，採桑城南隅。……使君從南來，五馬立踟躕。……使君謝羅敷：『寧可共載不？』」五馬，宋潘惇潘子真詩話：「禮：天子六馬，左右驂；三公、九卿駟馬，右騑。漢制：九卿則中二千石亦右騑。太守駟馬而已，其有功德加秩中二千石及使者，乃有右騑。故以『五馬』爲太守美稱。」鳳求凰，參見前一七七頁鳳求凰篇注〔一〇〕。

〔七〕題橋貴客　晉常璩華陽國志蜀志蜀郡州治：「（成都）城北十里有昇仙橋，有送客觀。司馬相如初入長安，題市門曰：『不乘赤車駟馬，不過汝下也！』」

〔八〕栽花潘令　白氏六帖事類集卷二一縣令河陽花條：「潘岳爲河陽令，樹桃李花，人號曰『河陽一縣花』。」

〔九〕畫眉郎　見前六一頁緑羅裙篇注〔三〕。

試周郎　訴衷情

喬家深閉鬱金堂〔一〕，朝鏡事梅妝〔二〕。雲鬟翠鈿浮動〔三〕，微步擁釵梁。　情尚秘，色猶莊，遞瞻相。弄絲調管，時誤新聲，翻試周郎〔四〕。以上二首見永樂大典卷七千三百二十九郎字韻引賀方回詞

【校】

〔訴衷情〕檢永樂大典原鈔誤作「折衷情」。

【箋注】

〔一〕喬家　三國志吴書周瑜傳：「時得橋公兩女，皆國色也。（孫）策自納大橋，瑜納小橋。」後通省作「喬」。沈佺期獨不見詩：「盧家少婦鬱金堂。」

〔二〕梅妝　見前九九頁最多宜篇注〔二〕。

〔三〕「雲鬟」句　李珣西溪子：「金縷翠鈿浮動。」

〔四〕「弄絲」三句　三國志吴書周瑜傳：「瑜時年二十四，吴中皆呼爲周郎。」又：「瑜少精意於音樂，雖三爵之後，其有闕誤，瑜必知之，知之必顧，故時人謡曰：『曲有誤，周郎顧。』」李瑞聽筝詩：「鳴筝金粟柱，素手玉房前。欲得周郎顧，時時誤拂絃。」

新念别〔一〕

湖上蘭舟暮發〔二〕，揚州夢斷燈明滅〔三〕。想見瓊花開似雪〔四〕，帽檐香，玉纖纖，曾爲折。漁管吹還咽，問何意、煎人愁絶？江北江南新念别，掩芳尊，與誰同，今夜月！

曹璿瓊花集卷三

【校】

〔調〕歷代詩餘卷三四、詞譜卷一二、八千卷樓本、四印齋本按語作「夜游宫」，是。「新念别」蓋詞人改題新名。〔題〕亦園本、四印齋本有題曰「詠梅花」，八千卷樓本曰「梅花」，均誤。〔暮發〕别下齋叢書本瓊花集卷三作「暮登」，失韻必誤。〔漁管〕歷代詩餘作「溪管」，誤。〔煎人〕詞譜作「並人」，誤。〔出處〕據明曹璿瓊花集序稱，從宋寶祐維揚志輯出。該志今佚。

【箋注】

〔一〕本篇當作於哲宗紹聖元年甲戌（一〇九四）秋。按詞曰「揚州夢斷」，曰「江北江南新念別」，是自揚之潤。方回紹聖元年秋自海陵赴京口，必過揚州，詞或此時作。「想見瓊花」云云，則追憶元祐六年（一〇九一）春二月游揚州時情事也。

〔二〕湖上　疑是「潮上」之譌。自揚之潤，過江不過湖也。　蘭舟暮發　柳永雨霖鈴詞：「蘭舟催發。」

〔三〕揚州夢　杜牧遣懷詩：「十年一覺揚州夢，贏得青樓薄倖名。」

〔四〕瓊花開似雪　王禹偁后土廟瓊花詩序：「揚州后土廟有花一株，潔白可愛，其樹大而花繁，不知實何木也。俗謂之瓊花。」詩云：「老松擎雪白婆娑。」

謁金門

溪聲急，無數落花漂出。燕子分泥蜂釀蜜，遲遲豔風日〔一〕。　須信芳菲隨失〔二〕，況復佳期難必。擬把此情書萬一〔三〕，愁多翻閣筆。　楊金本草堂詩餘前集卷上

【校】

〔作者〕原本案：「花草粹編卷三注云：『天作叔原。』」「天」蓋謂天機餘錦。　〔題〕亦園本、四印齋本有題作「惜春」。　〔溪聲〕花草粹編作「溪水」。　〔漂出〕亦園本、八千卷樓本、四印齋本、藝風堂本

作「流出」。

【箋注】

〔一〕「遲遲」句　詩豳風七月：「春日遲遲。」

〔二〕須信　詩詞曲語辭匯釋卷五信條：「信，猶知也，料也。……須信即須知也。……賀鑄謁金門詞：『須信芳菲隨失。』」

〔三〕萬一　萬分之一。後漢書劉瑜傳載其上書：「誠冀臣愚直，有補萬一。」

減字木蘭花

冷香浮動〔一〕，望處欲生胡蝶夢〔二〕。曉日曈曨〔三〕，愁見凝酥暖漸融〔四〕。　鼓催歌送，芳酒一尊誰與共〔五〕？寂寞牆東〔六〕，門掩黄昏滿院風〔七〕。花草粹編卷二

【校】

〔曉日〕彊邨叢書本校記：「毛鈔本『曉』作『晚』。」亦園本、四印齋本並同。不足據。

【箋注】

〔一〕冷香浮動　林逋山園小梅詩：「暗香浮動月黄昏。」

〔二〕胡蝶夢　見前三八二頁減字浣溪沙（二）篇注〔三〕。

〔三〕曉日曈曨　唐紇干俞登天壇山望海日初出賦其一：「見曈曨之初出。」謂日光由微弱而漸明。宋楊億禁直詩：「初日曈曨豔屋梁。」

〔四〕「愁見」句　謂伊人日見消瘦也。元稹離思詩：「須臾日射胭脂頰，一朵紅酥旋欲融。」詩衛風碩人：「膚如凝脂。」凝酥，猶凝脂也。青瑣高議前集卷六驪山記載安禄山謂楊貴妃肌膚「潤滑渾如塞上酥」。

〔五〕「芳酒」句　蘇軾漁家傲（臨水縱横回晚鞚）詞：「美酒一杯誰與共？」

〔六〕牆東　上官儀和太尉戲贈高陽公詩：「東家復是憶王昌。」李商隱水天閑話舊事詩：「王昌且在牆東住。」韓偓晝寢詩：「何必苦勞雲雨夢，王昌只在此牆東。」按王昌爲唐詩中習見人名，用若情郎，本事無考。此殆方回自謂。

〔七〕「門掩」句　馮延巳蝶戀花（庭院深深深幾許）詞：「門掩黄昏，無計留春住。」叶韻，平仄通協。

攤破浣溪沙

錦韉朱絃瑟瑟徽〔一〕，玉纖新擬鳳雙飛〔二〕。縹緲燭煙花暮暗，就更衣〔三〕。　約略整鬟釵影動，遲回顧步佩聲微〔四〕。宛是春風胡蝶舞，帶香歸。　花草粹編卷四

【校】

〔錦韉〕彊邨叢書本校記：「花草粹編作『錦韉』，疑『薦』誤。」歷代詩餘卷一八即徑改「薦」。按廣韻下平聲一先：「韉，鞍韉。」此處依律須仄，是知必誤，不特文義欠通而已。而去聲三十二霰：「薦，薦席。」音義兩得，作「薦」是。　〔朱絃〕歷代詩餘作「朱絲」，不足據。　〔瑟瑟徽〕四印齋本作「琴瑟」，又注「別作『絲瑟』」，均誤。　〔花暮暗〕歷代詩餘作「花羃暗」，不足據。四印齋本作「花幕暗」。按宋本東山詞有別首題花幕暗者，則花草粹編「暮」字當係形譌。

【箋注】

〔一〕「錦韉」句　白居易聽彈湘妃怨詩：「玉軫朱絃瑟瑟徽。」瑟瑟徽，見前一二六頁秋風歎篇注〔五〕。瑟瑟，亦作「璱璱」。廣韻入聲七櫛：「璱，玉鮮絜貌。今爲之璱璱者，其色碧也。」蓋即碧玉之屬。

〔二〕鳳雙飛　見前二〇三頁更漏子篇注〔一〕。

〔三〕更衣　見前三七九頁緑頭鴨篇注〔三〕。

〔四〕顧步　文選陸機日出東南隅行：「顧步咸可懽。」李善注：「蒼頡篇曰：顧，視也。」王逸楚辭注曰：步，徐行。」

【彙評】

皺水軒詞筌：詞家須使讀者如身履其地，親見其人，方爲蓬山頂上。如和魯公「幾度試香纖手暖，一回嚐酒絳脣光」，賀方回「約略整鬟釵影動，遲回顧步佩聲微」，歐陽公「弄筆偎人久，描花試手初」，無名氏「照人無奈月華明，潛身却恨花陰淺」，孫光憲「翠袂半將遮粉臆，寶釵長欲墜香房」，晏幾道「濺酒滴殘羅扇字，弄花熏得舞衣香」，真覺儼然如在目前，疑於化工之筆。

以下斷句殘篇爲筆者新補。

失調名

風頭夢雨吹成雪。金王若虚滹南遺老集卷四〇

按：滹南遺老集卷四〇詩話下：「蕭閑云：『風頭夢，吹無迹。』蓋雨之至細、若有若無者謂之『夢』，田夫野婦皆道之。而雷溪注以爲『夢中雲雨』，又曰『雲夢澤之雨』，謬矣！賀方回有『風頭夢雨吹成雪』之句，又云『長廊碧瓦，夢雨時飄灑』，豈亦如雷溪之説乎？」按蕭閑即金蔡松年，自號蕭閑老人，有詞曰明秀集。雷溪即金魏道明，别號雷溪子，嘗爲明秀集作注。此七言句，而慶湖遺老詩集未見，因滹南詩話上下文所引皆詞句，姑亦認作詞句收録。

失調名

長廊碧瓦，夢雨時飄灑〔一〕。同上

【箋注】

〔一〕出處詳見上條。尋其聲律，當是清平樂首二句。李商隱重過聖女祠詩：「一春夢雨常飄瓦，盡日靈風不滿旗。」

六幺令 金陵懷古

□□□□，□□□□闊。□□□□，□□□□□發。□□□□□，□□□□月。□□滅。□□□□，□□□□□缺。□□□□□，□□□□髮。□□□□□，□□□□節。□□□□□，□□□□奪。□□□設。□□□□，□□□□□雪。

按：宋李綱丞相李忠定公長短句中有六幺令次韻和賀方回金陵懷古鄱陽席上作：「長江千里，煙澹水雲闊。歌沈玉樹，古寺空有疏鐘發。六代興亡如夢，苒苒驚時月。兵戈凌滅。豪華銷盡，幾見銀蟾自圓缺。潮落潮生波渺，江樹森如髮。誰念遷客歸來，老大傷名節。縱使歲寒途遠，此志應難奪。高樓誰設？倚闌凝望，獨立漁翁滿江雪。」從知方回有此篇，惜僅可考知調名、詞題及韻脚，文、義並不得見也。

滿庭芳　詠茶

按：元白朴天籟集卷下有滿庭芳詠茶詞一首，序云：「屢欲作茶詞，未暇也。近選宋名公樂府，黄、賀、陳三集中凡載滿庭芳四首，大概相類，互有得失。復雜用元、寒、删、先韻，而語意若不倫。僕不揆，□斐合三家奇句，試爲一首，必有能辨之者。」

詞曰：「雅燕飛觴，清談揮塵，主人終夜留歡。密雲雙鳳，碾破縷金團。□品香泉味好，須臾看、蟹眼湯翻。銀瓶注，花浮兔椀，雪點鷓鴣斑。　雙鬟。微步穩，春纖擎露，翠袖生寒。覺清風扶我，醉玉頽山。照眼紅紗畫燭，吟鞭送、月滿銀鞍。歸來晚，芸窗未寢，相伴小妝殘。」

檢黄庭堅山谷琴趣外篇卷一，得滿庭芳茶一首云：「北苑春風，方圭圓璧，萬里名動京關。碎身粉骨，功合上凌煙。尊俎風流戰勝，降春睡、開拓愁邊。纖纖捧，研膏濺乳，金縷鷓鴣斑。　相如雖病渴，一觴一詠，賓有羣賢。爲扶起燈前，醉玉頽山。搜攪胸中萬卷，還傾動、三峽詞源。歸來晚，文君未寢，相對小窗前。」

又豫章黄先生詞滿庭芳茶詞一首云：「北苑龍團，江南鷹爪，萬里名動京關。碾深羅細，瓊蕊暖生煙。一種風流氣味，如甘露、不染塵凡。纖纖捧，冰甆瑩玉，金縷鷓鴣斑。　相如，方病酒，銀瓶蟹眼，波怒濤翻。爲扶起尊前，醉玉頽山。飲罷風生兩腋，醒魂到、明月輪邊。歸來晚，文君未寢，相對小窗前。」

又陳師道後山集卷三〇滿庭芳詠茶云：「閩嶺先春，琅函聯璧，帝所分落人間。綺窗纖手，一縷破雙團。雲裏游龍舞鳳，香霧起、飛月輪邊。華堂静，松風竹雪，金鼎沸湲潺。　　門闌。車馬動，扶黄藉白，小袖高鬟。漸胸裏輪囷，肺腑生寒。唤起謫仙醉倒，翻湖海、傾瀉濤瀾。笙歌散，風簾月幕，禪榻鬢絲斑。」

是白氏所記四首，黄、陳三首具在，獨賀作一首不存，惟知調名、題材及所用韻部而已。按三公同時，四首當係唱和之作。朴序言己詞斐合三家奇句，則所作當有化用賀詞處，惜未注明，今莫之辨矣。

〔附録一〕 東山詞殘目存目

東山詞卷下殘目(附考證)

望湘人

天

簇

憶秦娥三首

西平樂

蝶戀花

減字木蘭花六首

訴衷情三首

烏夜啼三首

吴音

千秋歲三首

感皇恩

蝶戀花七首

一斛珠

南鄉子五首

虞美人影

浪淘沙六首

朝中措

商清怨二首
瑞鷓鴣
鷓鴣天
□□樂四首
蝶戀花二首
滴滴金
惜雙雙

醜奴兒
定風波
驀山溪
瑞鷓鴣
定情曲
鶴沖天二首
下水船

考證

望湘人

增修箋注妙選草堂詩餘前集卷上、唐宋諸賢絶妙詞選卷四並録賀鑄望湘人（厭鶯聲到枕）一首。按宋人填此調者僅此而已，疑方回自度曲。殘目所録，或即此也。

天

疑是「天香」。賀方回詞卷二有天香（滿馬京塵）一首，改題樓下柳，不知即此否。

簇

疑是「簇水近」。永樂大典卷六五二三裝字韻録賀方回東山詞簇水近（一笛清風弄袖）一首，改題認宮裝，或即此也。

憶秦娥三首

賀方回詞卷二有憶秦娥（曉朦朧）等四首，其四「三更月」一首已見東山詞卷上，改題子夜歌，餘三首不知即此否。

西平樂

今存賀詞無用此調者，散佚無考。

蝶戀花

見下「蝶戀花二首」條。

減字木蘭花六首

賀方回詞卷二有減蘭（春容秀潤）等四首，又全芳備祖前集卷一梅花門録賀鑄減蘭（簪花照鏡）一首、花草粹編卷二録賀鑄減蘭（冷香浮動）一首，合計六首，不知即此否。

訴衷情三首

賀方回詞卷二有訴衷情（不堪回首卧雲鄉）等二首，又永樂大典卷七三二九郎字韻録賀方回詞訴衷情（喬家深閉鬱金堂）一首，改題試周郎。合計三首，不知即此否。

吴音

當是「吴音子」。賀方回詞卷一有吴音子（别酒初銷）一首，改題擁鼻吟，或即此也。

千秋歲三首

今存賀詞無用此調者，散佚無考。

感皇恩

賀方回詞卷一有感皇恩（歌笑見餘妍）一首，或即此也。

蝶戀花七首

見下「蝶戀花二首」條。

一斛珠

今存賀詞無用此調者，散佚無考。

南鄉子五首

賀方回詞卷二有南鄉子（秋半雨涼天）等二首，不知即在此五首之列否。

虞美人影

今存賀詞無用此調者，散佚無考。

浪淘沙六首

賀方回詞卷一有浪淘沙（把酒欲歌驪）等四首，又樂府雅詞卷中録賀鑄浪淘沙（一葉忽驚秋）一首，合計五首，不知即在此六首之列否。

朝中措

今存賀詞無用此調者，散佚無考。

商清怨二首

應作「清商怨」。今存賀詞除東山詞卷上外無用此調者，散佚無考。

瑞鷓鴣

即鷓鴣詞。今存賀詞除東山詞卷上外無用此調者，散佚無考。

鷓鴣天

賀方回詞卷一有鷓鴣天（轟醉王孫玳瑁筵）一首，不知即此否。又賀方回詞卷一有思越人（京口瓜洲記夢間）一首，樂府雅詞卷中録賀鑄思越人（紫府東風放夜時）等二首，合計三首。思越人亦鷓鴣天之别名。

□□樂四首

疑是「清平樂」。賀方回詞卷一有清平樂（吴波不動）等三首，卷二有清平樂（林皋葉脱）等二首，又樂府雅詞卷中録賀鑄清平樂（陰晴未定）等二首，滹南遺老集卷四〇詩話下引賀鑄詞斷句「長廊碧瓦，夢雨时飄灑」亦酷似清平樂首二句，合計八首，不知其中有與此四首同者否。

蝶戀花二首

此調合前二處著録共十首。樂府雅詞卷中録賀鑄蝶戀花（小院朱扉開一扇）一首，陽春白雪卷二録賀鑄蝶戀花改徐冠卿詞一首。又賀方回詞卷一有鳳棲梧（獨立江東人婉孌）等二首，全芳備祖後集卷一七楊柳門録賀鑄鳳棲梧（爲問宛溪橋畔柳）一首，鳳棲梧亦即蝶戀花。合四者共計五首，不知即在此十首之列否。

滴滴金

今存賀詞無用此調者，散佚無考。

惜雙雙

樂府雅詞卷中録賀鑄惜雙雙（皎鏡平湖三十里）一首，或即此也。

醜奴兒

賀方回詞卷二有羅敷歌（東山未辦歸焉計）一首，下注異名醜奴兒，不知即此否。又卷一有羅敷歌（高樓簾捲秋風裏）等五首，下注異名採桑子，採桑子亦醜奴兒之別名也。

定風波

今存賀詞除東山詞卷上外無用此調者，散佚無考。

驀山溪

賀方回詞卷二有驀山溪（畫橋流水）一首，或即此也。

瑞鷓鴣

已見前。

定情曲

賀方回詞卷一有定情曲（沈水濃熏）一首，宋人填此調者僅此而已，疑方回自度曲。殘目所録，或即此也。

鶴沖天二首

樂府雅詞卷中録賀鑄鶴沖天（鼕鼕鼓動）一首，不知即在此二首之列否。

下水船

賀方回詞卷一有下水船(芳草青門路)一首,或即此也。

存目詞(全宋詞附)

調名	首句	出處	附注
八六子	倚危亭	侯文燦東山詞引詞話源流後帙	秦觀作,見淮海居士長短句卷上。
斷句	當年曾到王陵鋪	獨醒雜志卷三	李清臣詞,見塵史卷中。
眼兒媚	蕭蕭江上荻花秋	陽春白雪卷三	張孝祥詞,見于湖居士長短句卷一。
點絳脣	紅杏飄香	類編草堂詩餘卷一	蘇軾作,見東坡詞拾遺。
柳梢青	子規啼血	又	蔡伸作,見友古居士詞。
謁金門	花滿院	續選草堂詩餘卷上	陳克詞,見樂府雅詞卷中。

續表

調名	首句	出處	附注
憶秦娥	暮雲碧	詞的卷二	無名氏詞，見楊金本草堂詩餘前集卷下。
千秋歲	世間好事	詞的卷三	黄庭堅作，見豫章黄先生詞。
南鄉子	風雨過芳辰	汲古閣本平齋詞注	洪咨夔作，見平齋詞。
梅香慢	高閣寒輕	歷代詩餘卷七十三	無名氏詞，見梅苑卷三。
馬家春慢	珠箔風輕	又	無名氏詞，見梅苑卷四。
風流子	新緑小池塘	歷代詩餘卷八十六	周邦彦詞，見片玉集卷一。
錦纏道	雨過園林	古今圖書集成草木典卷二百四十七桑部	馬子嚴詞，見古今合璧事類備要别集卷五十一。
浣溪沙	一色煙雲澹不銷	吳昌綬補東山詞	高觀國作，見竹屋癡語。

〔附録二〕賀鑄詞集版本考

一、賀方回樂府

宋張耒張右史集卷五一有賀方回樂府序（柯山集卷四〇作賀方回樂府跋），曰：「余友賀方回……攜一編示余。」

此顯係作者稿本。所謂「賀方回樂府」，當係語辭而非集名，猶賀詩名慶湖遺老詩集，而程俱爲序收入其北山小集者，題賀方回詩集序之例也。

今傳殘宋刊本東山詞，卷首正有耒序。年譜曰耒卒於政和二年，並考東山詞中呈纖手篇必作於政和三年之後，耒作序時東山詞尚未結集。説甚是。東山詞中尚有七娘子（□波飛□□□向）一首，余考定爲政和五年作，可知其結集猶在此後也。

二、東山樂府

宋葉夢得賀鑄傳：「方回既自裒其平生所爲歌詞名東山樂府，致道爲之序。」

此亦當是稿本。

實則程俱致道爲之序者，乃慶湖遺老詩集，夢得誤記。

三、東山樂府别集

金李治敬齋古今黈卷八：「賀方回東山樂府别集有定風波異名醉瓊枝者……尋其聲律，乃與破陣子正同。」

此本今不傳。惟醉瓊枝見於殘宋刊本東山詞卷上，不知所謂别集者與東山詞是否同出一源。

四、東山寓聲樂府三卷

宋陳振孫直齋書録解題卷二一歌詞類著録，云係長沙書坊所刻百家詞之一。據吴熊和先生唐宋詞通論第六章詞籍第一節叢刻考證，所謂「長沙書坊」蓋即嘉定間長沙劉氏書坊。

此本今不傳。惟解題曰：「以舊譜填新詞，而别爲名以易之，故曰『寓聲』。」其體例與殘宋刊本東山詞正同。

五、東山寓聲樂府二卷

宋黄昇唐宋諸賢絶妙詞選卷四著録，注明「張右史序之」。

此本今不傳。

其與直齋著録名同，惟卷數稍有出入，不知爲一爲二。若係一本，則卷數不知孰誤？又此爲二卷，且有耒序，與殘宋刊本東山詞合，惟集名不同，亦未知爲一爲二也。

六、殘宋刊本東山詞卷上

此爲今存賀詞之最早版本。

原分上下二卷，今僅存卷上一〇九首，卷下祇目録殘存。正文亦頗見蠹缺。

每半頁十行，行十八字。版框高五寸，闊三寸八分。白口，左右雙欄。皮紙濕墨印。傅增湘藏園羣書經眼録卷一九集部八詩餘類謂「字迹似書棚本，但版微闊耳」。（書棚本蓋指南宋臨安陳宅書籍舖刊本）

是本各詞皆改題自撰新名，猶存「寓聲樂府」原貌。卷首有張耒序。

藏書印鑑自下至上凡六枚：

一、方形白文曰「華伯氏」。

二、方形朱文曰「毛褒之印」。

三、長方形白文曰「鐵琴銅劍樓」。

四、方形朱文曰「席氏玉照」。

五、方形朱白合套曰「席鑑（白文）之印（朱文）」。

六、圓形朱文曰「趙宋本」。

據此可知是書原藏汲古閣毛氏（毛褒，字華伯，毛晉之子），後歸常熟席氏（席鑑，字玉照），又歸常熟瞿氏（瞿鏞鐵琴銅劍樓藏宋元本書目亦曾著録）。

今藏北京圖書館。

又張金吾愛日精廬藏書志卷三六集部樂府類亦曾著録，曰「汲古閣藏書」，又曰「是書六十家詞未刊，蓋以得書稍遲，故未及梓入耳。毛褒有印記」。似席氏之前尚經昭文張氏收藏，但未加鈐藏書印鑑耳。

七、紫芝漫鈔本東山詞

藏園羣書經眼録集部詩餘類：「宋元詞鈔八十二家。二十四册。明寫本。棉紙，墨格，九行十五字。版心下方有『紫芝漫鈔』四字。清毛扆用朱筆校過，亦有陸貽典校筆。……鈐有『毛斧季』、『陳寶晉守吾』、『劉樹君藏書印』、『士禮居藏』各印。震在廷遺書，其子持來求售，有人曾以千元商之，不售。今不知何往矣。癸亥。」中有東山詞。

據藏書印記，知其歷經毛扆（字斧季，毛晉之子）、黄丕烈（書齋名士禮居）、陳寶晉（未詳）、劉溎年（號樹君）諸氏收藏。

又據傳增湘記載，知其後歸唐晏（初名震鈞，字在廷）。

今檢北京大學圖書館藏李氏書目集部詞類一合集，著録明鈔本宋元名家詞七十種，毛扆校，唐晏跋，中有東山詞一卷。是編入庋北大圖書館之前，爲李盛鐸木犀軒所藏，未知即藏園昔曾寓目者否。相合者，皆明鈔、毛校、唐晏舊藏；惟一作「八十二家」，一作「七十種」，稍異也。

八、星鳳閣鈔本東山詞二卷

藏園羣書經眼録集部詩餘類：「星鳳閣手鈔宋詞十種、唐詞一卷。墨格寫本，版心有『星鳳閣正本、趙某泉手鈔』十字。……各種多以朱筆校過，鈐有『趙輯寧印』、『古歡書屋』印。」中有東山詞上下卷。

又王重民中國善本書題要集部詞類别集亦見著録：東山詞二卷。與陽春集同訂一册。北圖。趙氏星鳳閣鈔本。十行二十一字。18.2厘米×12.9厘米。卷内有趙輯寧籤記。

按趙輯寧名箕，字素門，明末錢塘人。其藏書之所曰古歡書屋、星鳳閣。經函詢北京圖書館善本特藏部，北圖實無此本。王先生題要蓋撰於建國前，疑此本現藏臺灣省焉。

九、明皮紙鈔本東山詞卷上

見北圖藏知不足齋鈔本東山詞卷上後近人黄裳先生手跋。

是本即自殘宋刊本出，有毛扆朱校。後藏蕭山蔡陸士家，輾轉入於書賈之手，一九五三年癸巳爲黄先生所購藏。

一〇、汲古閣未刻本東山詞

清彭元瑞知聖道齋書目卷四集部著録汲古閣未刻宋詞四本凡二十一家，中有東山詞。又知聖道齋讀書跋卷二宋未刻詞條：「於謙牧堂藏書中得宋元人詞二十二帙，題曰『汲古閣未刻詞』，行款字數與已刻六十家詞同，每帙鈐毛子晉諸印，皆精好。」

按謙牧堂爲清宗室揆叙書齋名。是本自汲古閣入謙牧堂，自謙牧堂入知聖道齋，彭氏之後，歸屬不詳。惟清季尚在，王鵬運、朱祖謀諸公猶及見之，今則不知去向矣。

王氏四印齋刊本東山寓聲樂府補鈔跋稱「汲古閣未刻本」，東山寓聲樂府跋則稱「毛鈔」，以此互證，知其爲鈔本。王氏又謂其都「百六十九首」；朱氏跋彊邨叢書本賀詞三種，謂其即宋本東山詞上卷前增望湘人一首，後又雜輯數十首。以總數一六九首減東山詞上一〇九首，知毛氏所增輯者凡六〇首。

一一、述古堂藏賀鑄方回詞一卷

清錢曾述古堂藏書目卷二詞著録，今不詳所在。所謂「賀鑄方回詞」，亦不詳其爲語辭抑集名。曾，順治時人。

一二、也是園藏東山詞二卷

錢曾也是園藏書目卷七詞著録。

檢結一廬書目卷四集部詞曲類：「東山詞二卷。計一本……影寫宋刊本，述古堂藏書。」知其後爲仁和朱學勤所得。朱氏之後，去向不明。

又莫友芝郘亭知見傳本書目卷一六集部詞曲類：「東山詞一卷。……昭文張氏藏汲古舊藏宋刊本，云原上下二卷，今存卷上一卷。……郘亭丁卯中秋於杭肆見一册二卷，上卷蓋以此本，下卷又别據舊鈔及諸選本中輯出者，惜未購致。」

按丁卯即同治六年（一八六七）。郘亭所見東山詞一册二卷，與結一廬著録者合；又見於杭肆，而朱氏正杭州仁和人；且莫、朱同時：因疑郘亭著録者即遵王舊藏，自述古堂散出後輾轉入於杭州書賈，友芝經眼未購而終歸結一廬矣。

一三、東山寓聲樂府三卷

康熙時，朱彝尊選詞綜，利用南唐、宋、金、元人詞集凡百六十餘家，名目具載是書發凡，中有東山寓聲樂府三卷。發凡曰：「是編所録，半屬鈔本。白門則借之周上舍雪客、黄徵士俞邰，京師則借之宋員外牧仲、成進士容若，吴下則借之徐太史健庵，里門則借之曹侍郎秋岳，餘則汪子晉賢購諸吴興藏書家。」此蓋籠統言之，其所見賀集究爲鈔本抑刊本，果弆於周在浚、黄虞稷、宋犖、納蘭性德、徐乾學、曹溶抑爲汪森所購吴興藏書，不得其詳。

觀其名目、卷數，與直齋書録隼合，然按之詞綜所録賀詞九首，薄倖、青玉案（凌波不過横塘路）、踏莎行（急雨收春）、感皇恩（蘭芷滿汀洲）四首見於宋本東山詞卷上，柳色黄一首見於能改齋漫録卷十六，清平樂（小桃初謝）一首見於樂府雅詞卷中，望湘人一首見於草堂詩餘前集卷上，憶秦娥（曉朦朧）一首見於花庵詞選卷四，同調（著春衫）一首見於全芳備祖後集卷二三，竟無一首不經前人寓目，因疑是本仍不出宋本東山詞卷上加輯佚若干首之范圍，而纂集者好古多事，故釐爲三卷，改題舊名爾，實非直齋著録之賀詞足本也。

一四、亦園刊本東山詞一卷

亦園，錫山侯文燦之所居也，其書齋野草堂在焉。侯氏於康熙二十八年（一六八九）刻十名家詞集，收東山詞一卷。

是本出汲古閣未刻詞。首爲望湘人一首，以下爲銅人捧露盤引、天寧樂等見於宋本東山詞卷上者一〇九首，繼以石州引等輯自能改齋漫録諸書者六十二首，都一七一首。其間玉樓春（月痕依約到西厢）、浣溪沙（掌上香羅六寸弓）、獻金杯等三首重出，山花子一首有目無詞，實祇一六八首。又點絳脣（紅杏飄香）、柳梢青（子規啼血）、謁金門（花滿院）、眼兒媚（蕭蕭江上荻花秋）、梅香慢（高閣寒輕）、馬家春慢（珠箔風輕）、八六子（倚危亭）等七首，並非賀作，當係汲古原本誤輯。

是本今已不多見，北圖列爲善本收藏。

一五、知不足齋鈔本賀方回詞二卷、東山詞卷上

此乾隆、道光間鮑廷博知不足齋鈔本二種，鮑氏手校未終。旋爲王迪所獲，詳見下條。王氏之

後，歸屬不明。一九五二年壬辰，黄裳先生於北京書肆間購得。今歸北京圖書館，列爲善本收藏。

東山詞卷上一〇九首，即自宋本鈔出。

賀方回詞二卷一四四首，所出不詳。檢永樂大典殘卷，有標以「賀方回詞」者五首，然存細尋繹，卷三〇〇五人字韻録薄倖憶故人、卷七三二九郎字韻録陌上郎等二首實見於東山詞卷上，卷二三四六烏字韻録烏啼月、卷七三二九郎字韻録畫眉郎、試周郎等三首則不經見，要之略無一首載此鈔本，因疑大典所標「賀方回詞」，乃語辭而非書名。捨此之外，更無前人著録。其與東山詞卷上相較，重出者祇八首；併散見其它典籍者二十六首而不計，尚有一一〇首約占現存賀詞總數十之四者，僅賴此本以傳。故其雖非宋槧元刊，而實堪珍重。試觀前此清人編纂之重要詞籍，詞律、詞譜收調六至八百，而於僅見此本之蕙清風、定情曲、攤破木蘭花諸調，猶所未備；詞綜、歷代詩餘所録賀詞，亦無一爲此鈔所獨有者：可見即康熙詞臣有内府秘籍堪供採擷，朱竹垞、萬紅友輩有私家珍藏足資觀覽，亦未嘗得睹此海内孤本也。

就内容而言，其可寶貴者固如上述；然若就形式而論，則此本尚不能使人快意。魯魚亥豕，往往而是，想係屢經傳寫所致。又標題殊爲混亂，有標調名者，有略去調名而改標詞人自撰新名者（如菱花怨），有大字標調名而以小字注出詞人自撰新名者（如「御街行 別東山」），有大字標詞人自撰新名而以小字注出舊調名者（如「擁鼻吟 吴音子」），有大字標調名而以小字注出本調之異名者（如「羅敷歌 採桑子」），一若丐衣百衲，反不及東山詞之一律改題自撰新名爲整齊劃一也。

一六、鮑廷博手校本賀方回詞一卷

見吳興張鈞衡適園藏書志卷一六集部詞曲類著録。

按張志自序署「歲次柔兆執徐嘉平月」，是一九一六年丙辰臘月。是本此時猶藏適園，今則不知所在。

此與上述知不足齋鈔本賀方回詞，雖同爲鮑校，然卷數不合，且無東山詞卷上相配，或係别本。又朱祖謀彊邨叢書本賀詞三種跋語中云：「適又獲見鮑渌飲覆校本，略得據以斠訂。」而不載鮑校本名目。驗之朱氏校勘記，「從鮑校本」字樣屢見於賀方回詞二卷，不見於東山詞卷上，可證其所見鮑校本乃單行之賀方回詞。又校記所反映之該本文字，與上述知不足齋鈔本賀方回詞稍有出入，顯非一本。朱跋署明作於甲寅（一九一四），張氏又其鄉人，據此推測，祖謀所見之鮑校本，或即適園所藏者。

一七、惠迪吉齋滙輯本東山寓聲樂府三卷、補遺一卷

惠迪吉齋，錢塘王迪（號惠庵）之書齋也。道光二十八年（一八四八），迪獲知不足齋鮑氏抄校

本兩種，又比照亦園侯氏本、常熟張氏本（按即張金吾藏殘宋刊本），滙而輯之，録爲三卷。以賀方回詞卷一七十二首爲卷上；以賀方回詞卷二七十二首爲卷中；以東山詞卷上一〇九首剔除複見賀方回詞者八首，得一〇一首爲卷下。共得二四五首，改題東山寓聲樂府。又以輯自諸選本者四十首爲補遺一卷附於後。

是編原本所在，今已不詳。有傳鈔本數種，具見下文。

據八千卷樓藏眠雲精舍傳鈔本，王氏所輯補遺號稱四十而實只三十九首，且三十三首已見亦園刊本，新增者六首而已。其中減字浣溪沙（一色煙雲澹不銷）一首乃誤收高觀國詞，可置不論。餘五首則惠庵之功績。雖未注出處，然覆按之，減字木蘭花（簪花照鏡）、鳳棲梧（爲問宛溪橋畔柳）等二首見於全芳備祖，謁金門（楊花落）、鳳棲梧（幾許傷春春復暮）、小梅花（思前別）等三首見於陽春白雪，前此爲賀詞輯佚者，蓋未獲睹兹二編也。

亦園刊本誤收七首，六首仍爲此編所繼承。惟删去八六子（倚危亭）一首見於淮海詞者，尚不爲無識。

一八、丹鉛精舍鈔本賀方回詞二卷

是本係自知不足齋鈔本賀方回詞二卷鈔出，注明「咸豐壬子七月丹鉛精舍影鈔」。蓋咸豐二年

（一八五二）也。

按丹鉛精舍爲仁和勞格藏書之所。格字季言，其雁行權字巽卿，皆精於校勘。是本後爲吴昌綬雙照樓所得，朱祖謀以朱筆校過。朱氏刊彊邨叢書，謂賀方回詞二卷用勞巽卿傳寫知不足齋本，或即此也。今歸北圖，列爲善本收藏。

一九、勞權傳寫本東山詞卷上

是亦傳寫知不足齋本，彊邨叢書東山詞上初刊時曾用爲底本，今下落不明。

二〇、皕宋樓藏鈔本東山寓聲樂府三卷、補遺一卷

陸心源皕宋樓藏書志卷一一九集部詞曲類著録，註明「舊鈔本」，且録王迪識語於後，顯係惠迪吉齋滙輯本之傳鈔本。

光緒十八年壬辰（一八九二），王鵬運曾丐心源之子樹藩鈔得，並謂其「屢經傳寫，訛闕至不可句讀」。詳見四印齋刊本東山寓聲樂府補鈔王氏跋語。

光緒三十三年（一九〇七），皕宋樓藏書爲樹藩售與日人岩崎氏，舶載東去，貯之静嘉堂文庫。此本亦在其中。日人河田羆静嘉堂秘籍志卷五〇詞曲類尚見著録：「東山寓聲樂府，宋賀鑄撰，清王迪輯。……按是書四庫未收，阮元亦未進呈。」

二一、八千卷樓藏鈔本東山寓聲樂府三卷、補遺一卷

此亦惠迪吉齋匯輯本之傳鈔本。一册，版心有「眠雲精舍」字，不詳原鈔者爲何許人。扉頁有丁丙籤記。原藏錢塘丁氏八千卷樓。光緒末葉，歸安陸氏皕宋樓精本與守先閣所藏明刻本爲日人重金捆載以去，時端方督兩江，聞丁氏書將散，亟屬繆荃孫至杭訪之，盡輦於白下，開江南圖書館以惠學人，即今南京圖書館之前身也。是本今仍在南圖，列爲善本收藏。

按此雖忝善本之名，實則烏焉帝虎，乏善可陳。天頭迻録眉批數十條，皆校語，雜署「五湖詞隱」、「韻梅」、「滋伯」、「西湖詞客」、「至明」等。「韻梅」疑即張景祁之别號。景祁字孝威，浙江錢塘人，同治十三年進士，曾官福建連江知縣，有新蘅詞傳世。餘人則不可得而知。校語文字亦復百孔千瘡，傳寫之誤，觸目皆是，爲之三歎。

二三、四印齋刊本東山寓聲樂府一卷、補鈔一卷

光緒年間，臨桂王鵬運家塾刊四印齋所刻詞，收此二編，咸有跋語道其始末。

東山寓聲樂府一卷，刊於光緒十五年己丑（一八八九）。從汲古閣未刻本亦即毛鈔東山詞録出。末附況周頤補遺，然牽連刻之，未經注明，僅跋中一語帶過。是本凡一七一首，經與亦園刊本比照，知其前一六七首出毛鈔，原本誤收他作七首，六首具在，惟八六子（倚危亭）一首秦觀詞，業已删去；況氏所補者，末四首而已，即憶秦娥（著春衫）一首原出全芳備祖而入詞綜之選者，及小梅花（思前别）、謁金門（楊花落）、蝶戀花改徐冠卿詞等三首見於陽春白雪者也。

東山寓聲樂府補鈔一卷，刊於光緒十八年壬辰（一八九二）或稍後。是年王氏獲讀皕宋樓藏書志，知有王惠庵滙輯本，乃丐陸樹藩（純伯）鈔出，篩得一一三首爲前刻所無者，成此補鈔一卷刊行。王迪補遺誤收高觀國減字浣溪沙（一色煙雲澹不銷）一首，仍在其中。惟原本傳寫訛闕頗盛，經鵬運與樹藩、周頤校讎一再，稍稍可讀，董理之功，不容忽略。

合二編共計二八四首，篇目及篇數與惠迪吉齋完全相同。然編次混亂，要是一疵。

一三、粟香室刊本東山詞

是即亦園刊本之覆刻。光緒十五年(一八八九),江陰金武祥刊粟香室叢書,以侯氏十名家詞已不多見,遂翻版梓入。此爲巾箱本,刻不甚精。

一四、藝風堂鈔本東山寓聲樂府三卷、補遺一卷

是亦惠迪吉齋本之傳鈔本,在繆荃孫藝風堂鈔本宋金明人九家詞内,鈔録時間爲光緒三十四年(一九〇八),繆氏手校三過。今歸北京圖書館,列爲善本收藏。

按光緒三十三年(一九〇七),繆氏受兩江總督端方之託,洽購錢塘丁氏藏書,輦歸白下,創江南圖書館。丁氏珍弆中正有眠雲精舍傳鈔之王惠庵滙輯本,藝風光緒三十四年鈔本或即由此過録者。

一一五、河朔藝文石印社刊本東山寓聲樂府

是即四印齋刊本二種,宣統三年(一九一一)河朔藝文石印社鈔録刊行。小楷頗工緻,惜多鈔誤。後附正誤表,且有校者無名氏識語。

一一六、適園藏鈔本東山寓聲樂府三卷、補遺一卷

是亦惠迪吉齋滙輯本之傳鈔本,見吴興張鈞衡適園藏書志卷一六集部詞曲類著録。今所在不詳。

一一七、彊邨刊本東山詞卷上、賀方回詞二卷、東山詞補一卷

朱祖謀刊彊邨叢書,收此三種。據朱氏跋語,蓋編成於一九一四年甲寅。每種皆附有校勘記。

東山詞卷上一〇九首,原用勞權傳寫知不足齋本,後改用殘宋刊本而校以毛子晉鈔本。

賀方回詞二卷一四四首，用勞權傳録鮑廷博知不足齋鈔本，校以王迪輯東山寓聲樂府本（按校記所載如此，疑非王迪原本而係皕宋樓所藏之傳鈔本）、鮑廷博覆校本、毛鈔本。與東山詞卷上重出者八首未删。

東山詞補一卷三十八首，用吴昌綬（伯宛）輯本，校以毛鈔本。

是編不另立名目，不改變各本原有體例，態度較爲矜嚴。原本文字錯訛，亦多所是正。雖尚有若干處未能識别，間或誤校臆改，然視前此諸本，已勝之多多。

補三十八首，較王迪補遺少謁金門（花滿院）一首。按此陳克詞，見樂府雅詞卷中，亦園刊本已誤收，惠迪吉齋仍之。吴氏删略，誠爲有見。惟王迪誤輯之高觀國詞一首，及沿襲亦園刊本之其它僞作五篇，猶未及辨也。

二八、涉園景宋本東山詞卷上

此爲殘宋刊本之景印本，在武進陶氏涉園續刊景宋金元明本詞内。陶湘識曰：「杭州吴昌綬校閱，上虞羅振玉署耑，吴縣章鈺題籤，武進董康督印。丁巳（一九一七）春開雕，壬戌（一九二二）夏迄工。」

二九、商務印書館排印本東山樂府

是本版行於一九三八年，凡一卷二百八十四闋，乃閩侯林大椿氏據彊邨叢書本賀詞三種及世所傳其他刻本重爲編次者也。以調彙列，依篇幅之短長爲序，詞牌標目概從原調名，而別注賀氏所改題之新名於原調名下。所以命曰東山樂府者，蓋從葉夢得賀鑄傳之所紀云。

三〇、全宋詞本賀鑄詞

本師唐圭璋先生編纂之全宋詞，一九四〇年初版於長沙，一九五七至一九六二年增補修訂，一九六五年由中華書局重版於北京。

此本收賀鑄詞二八三首（含斷句），第一至一〇九首即彊邨叢書本東山詞卷上；第一一〇至二四五首，即彊邨叢書本賀方回詞二卷（複見東山詞卷上者八首未録）；第二四六至二八三首則爲輯佚。

輯佚三十八首與彊邨叢書本東山詞補三十八首相較，數量略無增減，而純度却大爲提高。吴伯宛承襲前人所誤收之六首僞作，已悉數删除；同時趙萬里校輯宋金元人詞宋金元名家詞補遺一編新從永樂大典殘卷中輯出之試周郎、畫眉郎、簇水近等三首，則及時採入；又於趙先生未見之大典殘卷中增輯得烏啼月一首，於觀林詩話、滹南詩話中爬梳出斷句二條。在輯佚諸家，此本最號完備精審。惜摘自滹南詩話之「風頭夢、吹無迹」一條乃金人蔡松年句，蓋訂補時爲助手誤收，唐先生病中未暇覆按，遂至闌入。然纖塵之玭，固不足掩大瑜也。

又宋本東山詞，辟寒金篇原闕二字，是本據歲時廣記卷四補足；陽羨歌篇原闕六字，是本據咸淳毘陵志卷二二補足：亦詞人之幸、詞林之幸，當爲引滿浮白。

〔附録三〕 賀鑄年譜簡編

賀鑄，字方回，號慶湖遺老。衛州共城（今河南輝縣）人，祖籍會稽山陰（今浙江紹興）。自言后稷之裔，太伯始居吴。至王僚遇公子光之禍，王子慶忌奔衛，妻子度浙水，隱會稽上，越人予湖澤之田，表其族曰慶氏。漢孝安帝時，避帝父清河王劉慶諱，改賀氏。

十五代祖賀知止，唐秘書外監賀知章之從祖弟。玄宗時拜上虞丞，試任城令，遷陽穀令，卒官，葬陽穀。伯子、仲子定居陽穀。

十四代祖爲知止季子，歸會稽。

七代祖時，董昌盜越，遂棄業北遷合族。

六代祖賀景思，五代間嘗爲軍校，與趙弘殷同居後晉護聖營。開運初，以長女許弘殷子匡胤。後周顯德三年，匡胤爲定國軍節度使，賀氏封會稽郡夫人。生一子（魏王德昭）、二女（秦國、晉國二公主）。顯德五年以疾終，年三十。匡胤建宋後，追册爲皇后，謚孝惠。景思入宋曾任右千牛衛率府率，封廣平郡王。

五代祖賀懷浦，孝惠皇后兄，仕軍中爲散指揮使。太平興國初，出爲岳州刺史。領兵屯三交。

雍熙三年，從楊業伐遼，死於陣。

高祖賀令圖，隸太宗左右。洎太宗即位，補供奉官。改綾錦副使，知莫州。遷崇儀使，知雄州。雍熙三年，領平州刺史，充幽州行營壕砦使，從曹彬伐遼。敗還，會父戰死，服喪未久，起爲六宅使，領本州團練使，護瀛州屯兵。同年十二月，誤中遼將耶律遜寧詐降計，被擒遇害，年三十九。

曾祖賀繼能，左侍禁。

祖賀惟慶，東頭供奉官，閤門祗候，贈左千牛衛將軍。仁宗天聖初總北道坰牧之正，遂卜乃祖令圖新阡於衛州共城東原，仍徙貫焉。

父賀安世，内殿崇班，閤門祗候，贈右監門衛大將軍。母秦氏，封永年縣太君，贈令人。

妻趙氏，宗室趙克彰女。克彰，太祖、太宗幼弟魏王廷美之重孫，官至州觀察使，卒贈鎮寧軍節度使、濟國公，謚良恪。

二子，賀房，承節郎，曾監保州酒税；　賀廪，字豫登，將仕郎，曾監平江府糧料院。後遷右文林郎。

二女，皆嫁士族。可考者名勝璋，適汶陽郗彦修，三年而死，時紹聖元年。

孫男女五人。可考者賀廪之子賀承祖一人，承直郎，曾添差兩浙路轉運司臨安府造船場仍釐務。

宋仁宗皇祐四年壬辰(一〇五二)

一歲。

嘉祐三年戊戌(一〇五八)

七歲,始從父學詩。

神宗熙寧元年戊申(一〇六八)或二年己酉(一〇六九)

十七、八歲。始離衛州,宦游東京。

此後至熙寧八年當在東京。授右班殿直。曾監軍器庫門。楊柳陌、簇水近(一笛清風弄袖)或作於此期間。

娶趙氏,當在熙寧五年前後。

熙寧八年乙卯(一〇七五)

二十四歲。出監趙州臨城縣酒税,當在初春。浪淘沙(把酒欲歌驪)或作於離京之際。傷春曲、浪淘沙(一十二都門)、減字浣溪沙(煙柳春梢蘸暈黄)諸篇或作於官臨城期間。

熙寧九年丙辰(一〇七六)

二十五歲。在臨城。小重山(飄徑梅英雪未融)、石州引(薄雨收寒)或作於初春。

熙寧十年丁巳(一〇七七)

二十六歲。在臨城。減字浣溪沙(夢想西池輦路邊)或作於春三月。

秋八月後，罷官。在臨城期間，曾攝縣令。

元豐元年戊午（一〇七八）

二十七歲。改官磁州滏陽都作院。

疑臨城任滿後回京，本年三月之官滏陽蓋自京首途。宛溪柳、鳳棲梧（爲問宛溪橋畔柳）或作於離京之際。

元豐二年己未（一〇七九）

二十八歲。在滏陽。

元豐三年庚申（一〇八〇）

二十九歲。在滏陽。念離羣、風流子（何處最難忘）或作於本年。

元豐四年辛酉（一〇八一）

三十歲。二月，罷官滏陽。

四至八月，客冠氏，病肺。八月啓程回京，羅敷歌（河陽官罷文園病）或離冠氏時作。

十月，抵東京。

元豐五年壬戌（一〇八二）

三十一歲。七月，自京赴徐州，領寶豐監錢官。八月到任。此後至元豐八年皆在徐州，玉京秋（隴首霜晴）或作於此期間。

哲宗元祐元年丙寅（一〇八六）

三十五歲。正月，解寶豐監錢官，離徐州回京。

二月，途中泊永城。

閏二月，到京。

元祐二年丁卯（一〇八七）

三十六歲。正月，在京領將作屬。

東鄰妙或作於本年正月。憶仙姿（白紵春衫新製）或作於本年二月。

十一月，赴和州爲管界巡檢。阻雪陳留。

元祐三年戊辰（一〇八八）

三十七歲。二月，發陳留，更漏子（芳草斜曛）或此時作。途中當過永城，下水船（芳草青門路）或此時作。

三月，過金陵，掩蕭齋、夜游宫（江面波紋皺縠）疑此時或紹聖三年三月作。

同月離金陵，到歷陽石磧戍官所，花想容或此時作。

此後至元祐五年在和州任。

六州歌頭（少年俠氣）或作於本年秋。

元祐五年庚午（一〇九〇）

三十九歲。秋，解歷陽任。

十二月五日，放舟往金陵，同月抵達。

元祐六年辛未（一〇九一）

四十歲。正月，客金陵，望長安、西笑吟、想車音諸篇或此時作。

二月，游潤州，問歌顰或此時作。又游揚州，小重山（簾影新妝一破顔）、思越人（京口瓜洲記夢間）諸篇或此時作。

四月，已回東京。此後至元祐八年皆在京。

八月前，以李清臣、范百禄、蘇軾薦，改西頭供奉官入文資，爲承直郎。

請監北岳廟。

元祐八年癸酉（一〇九三）

四十二歲。在京師。

九月，欲東下江淮，羅敷歌（東南自古繁華地）或此時作。

十月，離京東歸山陰，憶仙姿（夢想山陰游冶）或此時作。

十一月，過泗州。聞揚子江潮不應，輟山陰之行，改之海陵訪親。

十二月，抵海陵。

紹聖元年甲戌（一〇九四）

四十三歲。在海陵。

疑八月中過揚州，河傳（華堂張燕）、（華堂重宴）、南鄉子（秋半雨涼天）或此時作。

旋渡江之潤州，新念別或此時作。

九月，在潤州，鴛鴦語、海月謠、望揚州諸篇或此時作。

紹聖二年乙亥（一〇九五）

四十四歲。赴京。六月已在東京。

侍香金童（楚夢方回）或作於本年八月十四。

九月後，赴江夏寶泉監任。

十二月，過盱眙，舟居卧病。

紹聖三年丙子（一〇九六）

四十五歲。二月，寓泊臨淮。

同月，過揚州，清商怨（揚州商女□□□）、第一花、雨中花（回首揚州）、驀山溪（畫橋流水）諸篇或此時作。

二、三月間，疑過真州。

三至四月，過金陵少駐，金鳳鉤（江南又歎流寓）、攤破浣溪沙（曲磴斜闌出翠微）、獻金杯（風軟香遲)、蝶戀花改徐冠卿詞諸篇或此時作。

四月，離金陵，憶仙姿(蓮葉初生南浦)、又(綵舟解維官柳)、擁鼻吟諸篇或此時作。

同月，過當塗，瀟瀟雨或此時作。

五月，到漢陽卧病，度新聲或此時作。

八月，到江夏寶泉監任，獨倚樓、爾汝歌疑作於此年或次年。

紹聖四年丁丑(一〇九七)

四十六歲。在江夏。

惜餘春、減字木蘭花(閑情減舊)、清平樂(小桃初謝)諸篇疑此年或次年春作。人南渡疑此年或次年夏初作。

元符元年戊寅(一〇九八)

四十七歲。六月後，丁母艱去官，疑即買舟東下，替人愁或江行途中作。

秋日疑過金陵，臺城游、河滿子(每恨相逢薄處)、樓下柳諸篇或此時作。

疑旋至蘇州，秋風歎疑作於此年或次年秋。

此後至建中靖國元年秋，除元符三年曾北上外，似即寓居蘇州。趙夫人疑殁於北行前；邂逅吴女，亦當在此期間。小重山(隔水桃花□□□)、辟寒金、醉夢迷、伴登臨、苗而秀、横塘路、寒松歎、鳳求凰、花心動(西郭園林)、菱花怨、減字木蘭花(南園清夜)、南歌子(繡幕深朱户)、惜奴嬌(玉立佳人）、水調歌頭（彼美吴姝唱）諸篇或皆作於此次客吴時。

又疑此期間曾至宜興，思越人（留落吴門□□□）或入毘陵時作。

元符三年庚辰（一一〇〇）

四十九歲。十月，再道臨淮。疑此前中途於秋日曾過潤州、揚州，忍淚吟、羅敷歌（自憐楚客悲秋思）或此時作。母服除。

十一、二月，在江淮間。

徽宗建中靖國元年辛巳（一一〇一）

五十歲。客蘇州。半死桐或此年作。

秋，離蘇赴京，歸風便、續漁歌、御街行別東山諸篇或離蘇時作。蕙清風（何許最悲秋）或赴京途中作。

九月九日，過潤州登焦山。

十月，在京參加徽宗誕節首慶，天寧樂、謁金門（楊花落）或此時作。

除太府光禄寺主簿，辭不赴，當在此時。

東吴樂疑作於此年或其後不久。

崇寧元年壬午（一一〇二）

五十一歲。年初在京，羅敷歌（東山未辦終焉計）或此時作。

以宣義郎通判泗州，當在此年春。自此至崇寧四年初當在泗州任，夢江南、舞迎春、品令（懷彼美）諸篇或作於此期間。虞美人（粉娥齊斂千金笑）、漁家傲（莫厭香醪斟繡履）或作於本年至崇寧三年。臨江仙（暫假臨淮東道主）或作於崇寧二至四年。

在泗州曾攝知州事。

崇寧四年乙酉（一一〇五）

五十四歲。正月，疑尚在泗州任，弄珠英或此時作。罷任疑即年初事。

遷宣德郎，改判太平州。兩任之間，疑曾回蘇州小住。赴官太平，疑在春夏。羅敷歌（東亭南館逢迎地）、小重山（枕上閶門五報更）或離蘇時作。小重山（月月相逢只舊圓）、西江月（攜手看花深徑）或赴官途中作。

冬，遇李之儀，時已在太平。罷任當在大觀二年三月前。愛孤雲、陌上郎、凌歊〔引〕、點絳脣（十二層樓）、燭影搖紅（波影翻簾）諸篇或作於此三年間。

崇寧五年丙戌（一一〇六）

五十五歲。在太平任。臨江仙人日席上作疑作於此或後一二年正月。

吴女夭亡，當在此或後一二年春，千葉蓮、換追風或此時作。

大觀二年戊子（一一〇八）

五十七歲。三月已在蘇州。罷太平任在此前，管句亳州明道宫，遷奉議郎在罷太平任後。

畫樓空、減字浣溪沙（秋水斜陽演漾金）疑作於此年或稍後。

大觀三年己丑（一一〇九）

五十八歲。以承議郎致仕，卜居蘇、常。此後除短期外出，皆隱吴下。釣船歸及蘇州詞避少年、錦纏頭，毘陵詞陽羨歌、頻載酒、荆溪詠諸篇或作於此期間。

此後至宣和二年前疑曾游杭州，游仙詠即杭州詞。

政和元年辛卯（一一一一）

六十歲。從臣薦起之，以故官管句杭州洞霄宫。

政和三年癸巳（一一一三）

六十二歲。在蘇州。

實遷承議郎，賜五品服當在政和間，未詳果在何年。呈纖手疑作於此或後一二年。宴齊雲疑作於此至宣和元年間。

政和四年甲午（一一一四）

六十三歲。在蘇州。

政和五年乙未（一一一五）

六十四歲。在蘇州。

約夏秋間，知秀州毛滂寄月波樓記招游，不果赴，賦七娘子（□波飛□□□向）作答。

重和元年戊戌（一一一八）

六十七歲。以后族恩遷朝奉郎。

宣和元年乙亥（一一一九）

六十八歲。再致仕。

宣和二年庚子（一一二〇）

六十九歲。曾至楚州。途中過潤州，爲知州毛友客，交陳克。

宣和七年乙巳（一一二五）

七十四歲。二月甲寅，卒於常州之僧舍。

〔附録四〕賀鑄傳記資料

甲、自傳

慶湖遺老詩集自序

慶湖遺老者，越人賀鑄方回也。賀本慶氏，后稷之裔。太伯始居吴。至王僚遇公子光之禍，王子慶忌挺身奔衛，妻子迸渡淛水，隱會稽上。越人哀之，予湖澤之田，俾擅其利，表其族曰慶氏，名其田曰「慶湖」。今爲「鏡湖」，傳訛也。漢孝安帝時，避帝本生諱，改賀氏，水亦號「賀家湖」焉。家牒載謝承會稽先賢傳叙略如此。唐代既頒勳格，百家圖譜並爲煨炧。元和中，林寶集著姓纂，臆謂賀氏「慶封之後」，非是。按封劫專齊政，田氏患之，聚三族甲環其宫而夷其族，封僅身免，走魯遷吴，卒被屠戮，安有遺種哉！吾家特會稽一族，他州之賀，蓋賀蘭、賀若、賀跋、賀婁、賀魯、賀葛、賀賴、賀述、賀兒、賀略、孤吐賀諸姓省焉。鑄十五代祖，迺秘書外監之從祖弟，諱知止。少味老易，躬耕不仕。開元末，興崇玄學，本道三以道舉薦送，不赴。會有聞於朝者，起家拜上虞丞。秩滿，試任城令。時李翰林白寓游是邑，與公相從於詩酒間，譔其美政，書公堂之壁。後人鑱詩於石，今或存焉。久之，遷陽穀令，卒官。民懷其惠，遮留喪車，不得時發，因權窆縣之北原。三孤即壠爲廬。免喪，接安史之亂，縣又改隸東平，尋爲李正己巢據之，寖用非法，游民浮房禁不聽還。伯仲定居陽穀，俾季陰歸會稽以持先業，皆力田自給，不復爲仕宦計。季，實吾祖也。歲一北走，省展存殁，且自誓約：「生雖居越，死當祔骨先壠之次。」逮七世孫，遵約不墜。後屬董昌盜越，民罹其毒，因棄業北遷合族焉。國朝，緣外戚賜第開封隆和里，六代祖廣平王始別葬於浚儀固子陂之原。高門平州府君，受命北征，即誥其家嗣曰：「吾家本慶氏，昔王子嘗寓於衛，而子必以舊氏名之。吾死必封樹衛郊，示不忘本。」府君竟死事朔野。曾門以哀毁廢於家，但名其子而重誥之。天聖初，大門總北道坰牧之正，遂卜府君之新阡於衛屬邑共城東原，仍徙貫焉，行先志也。鑄少有狂疾，且慕外監之爲人，顧遷北已久，嘗以「北宗狂客」自況。今寖老且疾，念歸何時，而亟更舊稱者，亦首丘之義耳。鑄生於皇祐壬辰。始七齡，蒙先子專授五七言聲律，日以章句自課。迄元祐戊辰，中間蓋半甲子，凡著之藁者，何啻五六千篇！前此率三五年一閱故藁，爲妄作也，即投諸煬竈，灰滅後已者屢矣。年髮過壯，志氣日衰落，吟諷雖夙所嗜，亦頗厭調聲儷句之煩。計後日所賦益寡，而未必工於前，念前日之爨燼爲妄棄也，始裒拾其餘而繕寫之。後八年，僅得成集。以雜言轉韻不拘古、律者爲歌行第一卷，以聲義近古五字結句者爲古體詩第二、第三、第四卷，以聲從唐律五字結句者爲近體五言第五卷，以聲從唐律七字結句者爲近體長句第六、第七卷，以不拘古、律五字二韻者爲五言絶句第八卷，以聲從唐律七字二韻者爲七言絶句第九卷。隨篇叙其歲月與所賦之地者，異時開卷，回想陳迹，喟然而歎，莞爾而笑，猶足以起予狂也。儻夢境幻身未遽壞滅，嗣有所賦，斷自己卯歲，列爲後集云。丙子十月庚戌，江夏寶泉監阿堵齋序。

録自南京圖書館藏丁丙八千卷樓鈔本慶湖遺老詩集卷首

乙、墓志

宋故朝奉郎賀公墓志銘

信安程俱撰並書　信安毛友題額

公諱鑄，字方回。其先，吴公子慶忌。避公子光亂，奔衛。妻子散走越，越人予之湖澤之田，表其族曰「慶氏」。漢避安帝諱，改氏「賀」。至唐，有爲陽穀令名知止者，於方回爲十五代祖。其後北徙，終止開封。□孝惠皇后克配昌陵，家世仍以才武顯。曾祖繼能，左侍禁。祖惟慶，東頭供奉官、閤門祗候，贈左千牛衛將軍。父安世，内殿崇班、閤門祇候，贈右監門衛大將軍。母秦氏，贈令人。方回幼孤立不羣，濟良恪公克彰擇妻以女。授右班殿直，貧迫於養，非其好也。監軍器庫門、臨城縣酒税、磁州都作院、徐州寶豐監、和州管界巡檢。辭所當遷東頭供奉官，封其母永年縣太君。元祐七年，學士清臣、百禄、軾薦於朝，改承事郎。請監北嶽廟。監鄂州寶泉監。丁母憂。服除，以宣義郎通判泗州。遷宣德郎，通判太平州。管句亳州明道宮。再遷至奉議郎。遂請老，以承議郎致仕，時年五十八。居二年，從臣薦起之，以故官管句杭州洞霄宫。遷承議郎。賜五品服。以后族恩遷朝奉郎。明年，復致仕。又六年，年七十四，以宣和七年二月甲寅卒於常州之僧舍。夫人趙氏前葬宜興縣清泉鄉東篠嶺之原，至是以九月甲申葬公同穴。方回豪爽精悍，書無所不讀。哆口，竦眉目，面鐵色。與人語，不少降色詞。喜面刺人過。遇貴勢，不肯爲從諛。然爲吏極謹細。在筦庫，常手自會計，其於窒罅漏逆姦欺無遺察。治戎器，堅利爲諸路第一。爲巡檢，日夜行所部，歲裁一再過家，盜不得發。攝臨城令，三日決滯獄數百，邑人駭歎。監兩郡，狡吏不得措其私。蓋仕無大小不苟，要使人不能欺。而用不極其才以老。自右選易文階，時薦者皆有大名，且當路，顧願爲獄祠吏，退居海上三年乃復就筦庫。元符、靖國間，除太府光禄寺主簿，辭不赴，卒請補外。自去姑孰及告老，再仕，凡十五年不離宫祠吏。觀其抗髒任氣，若無所顧忌者；然臨仕進之會，常如臨不測淵，覰覰視不敢前，竟疾走不顧。其慮患乃如此！與蹈汙險徼幸，不爲明日計者殊科。有鑑湖遺老前後集二十卷，余爲序。尚可考樂府辭五百首，它文數十百篇。方回姓字聞天下。其詩詞雅麗，有古樂府之風。讎書至萬卷，無一字一畫訛闕；老且病，猶揩揩不置云。二子，曰房，承節郎、監保州酒税；曰廩，將仕郎。二女，皆嫁士族。孫男女五人。政和間，余居吴，方回病，要余曰：「死，以銘諉公矣！」今年春，病甚，見余毗陵，復理前約，且曰：「平生果於退，懼危辱耳，今知免矣。」將葬，其子又以治命來求銘，銘曰：

其進踖踧，若將越於谷。其退若逝，惟危辱是畏。依隱敖世，世亦莫吾厲。卒安其所，是以無悔。

録自南京圖書館藏丁丙八千卷樓鈔本慶湖遺老詩集卷末

丙、本傳

賀鑄傳

宋葉夢得

賀方回，名鑄，衛州人。自言唐諫議大夫知章後，故號鑑湖遺老。長七尺，眉目聳拔，面鐵色。喜劇談天下事，可否不略少假借；雖貴要權傾一時，小不中意，極口詆無遺詞：故人以爲近俠。然博學强記，工語言，深婉麗密，如比組繡。尤長於度曲，掇拾人所遺棄，少加檃括，皆爲新奇。嘗言：「吾筆端驅使李商隱、温庭筠，當奔命不暇。」諸公貴人多客致之，方回有從與不從，其所不欲見，終不貶也。初仕監太原工作，有貴人子適同事，驕倨不相下。方回微廉得其盜工作物若干，一日，屏侍吏，閉之密室，以杖數曰：來！若某時盜某物爲某用，某時盜某物入於家，然乎？貴人子惶駭，謝「有之」。方回曰：「能從吾治，免白發！」即起自袒其膚，杖數十下。貴人子叩頭祈哀，即大笑釋去。自是，諸挾氣力頡頏者，皆側目，不敢仰視。是時江、淮間有米芾元章，以魁岸奇譎知名，而方回以氣俠雄爽適先後。二人每相遇，瞋目抵掌，論辯蜂起，終日各不能屈，談者爭傳爲口實。方回所爲詞章既多，往往傳播在人口。建中靖國間，黄庭堅魯直自黔中還，得其江南梅子之句，以爲似謝玄暉。然以尚氣使酒，終不得美官。初娶宗女，隸籍右選。李中書清臣執政，奏換通直郎。爲泗州通判。悒悒不得志。食宫祠禄，退居吴下，浮沉俗間，稍務引遠世故，亦無復軒輊如平日。家藏書萬餘卷，手自校讎，無一字脱誤。以是杜門，將遂老。家貧甚，貸子錢自給。有負者，輒折券與之，秋毫不以丐人。其所與交終始厚者，惟信安程俱致道。方回既自裒其平生所爲歌詞名東山樂府，致道爲之序，略道其爲人大概矣。而予與方回往來亦亟，乃復爲之傳，使後世與致道序參見云。

録自石林居士建康集卷八

宋史賀鑄傳

元脱脱等

賀鑄字方回，衛州人，孝惠皇后之族孫。長七尺，面鐵色，眉目聳拔。喜談當世事，可否不少假借，雖貴要權傾一時，小不中意，極口詆之無遺辭，人以爲近俠。博學强記，工語言，深婉麗密，如次組繡。尤長於度曲，掇拾人所棄遺，少加檃括，皆爲新奇。嘗言：「吾筆端驅使李商隱、温庭筠，常奔命不暇。」諸公貴人多客致之，鑄或從或不從，其所不欲見，終不貶也。

初，娶宗女，隸籍右選，監太原工作，有貴人子同事，驕倨不相下。鑄廉得盜工作物，屏侍吏，閉之密室，以杖數曰：「來，若某時盜某物爲某用，某時盜某物入於家，然乎？」貴人子惶駭謝「有之」。鑄曰：「能從吾治，免白發。」即起自袒其膚，杖之數下；貴人子叩頭祈哀，即大笑釋去。自是諸挾氣力頡頏者，皆側目不敢仰視。是時，江、淮間有米芾以魁岸奇譎知名，鑄以氣俠雄爽適相先後，二人每相遇，瞋目抵掌，論辯鋒起，終日各不能屈，談者争傳爲口實。

元祐中，李清臣執政，奏换通直郎，通判泗州，又倅太平州。竟以尚氣使酒，不得美官，悒悒不得志，食宫祠禄，退居吴下，稍務引遠世故，亦無復軒輊如平日。家藏書萬餘卷，手自校讎，無一字誤，以是杜門，將遂其老。家貧，貸子錢自給，有負者，輒折券與之，秋毫不以丐人。

鑄所爲詞章，往往傳播在人口。建中靖國時，黄庭堅自黔中還，得其江南梅子之句，以爲似謝玄暉。其所與交，終始厚者，惟信安程俱。鑄自哀歌詞，名東山樂府，俱爲序之。嘗自言唐諫議大夫知章之後，且推本其初，出王子慶忌，以慶爲姓，居越之湖澤所謂鏡湖者，本慶湖也，避漢安帝父清河王諱，改爲賀氏，慶湖亦轉爲「鏡」。當時不知何所據。故賀自號慶湖遺老，有慶湖遺老集二十卷。

録自中華書局標點本卷四四三文苑傳五

丁、代言

代賀方回上李邦直書

宋李昭玘

伏念犬馬之齒既壯且老，望門下之日不爲不久。方未冠時，碌碌無所知識。閣下應直言詔，嶄然起北州，策天下利害於天子之庭，卓卓皆經濟大務，傳之四方，士大夫誦其言想見其人者，摩轂而至。某自量何如人，不敢奉灑掃以從衆人之後，竊以爲慚。後數年，迫於致養，遽從一官，監門管庫，義苟不辱，坐則如窘木索，動則與輿皂等勤，一忤上官，訶詆隨至，且虞誅責之不可脱，則無以事親畜妻子，故垂頭塞耳，氣息奄奄，崛然自奮之心，日已微矣。閣下位益顯，名德日重，一旦參領大政，門下之客皆一時豪傑。而某之貧賤猥陋不改如平日，縱能操尺紙之謁，膝行下風，門闌典謁之吏一覘其姓名，已偃蹇不問，左右青紫，睥睨耳語，不怪則笑，雖某之心亦不能自信也，故又逡巡中輟。某嘗思古之王公鉅人，出則爲名世，不幸不同其時，不可復見，時雖同而老死窮僻，終身不得而見之者，皆命也。可以往見矣，言不足以自媒，力不足以自舉，欲行而如有挽之者，而又魘焉，疑亦有命爾。然以謂或出於人事之不齊者，猶未志也。比江外代歸，閣下方出鎮咸陽，距京師二千里，堂上之老不可去須臾，升斗之祿，甘旨不足，蓋未能贏三月之糧，褰裳以往也。今則調官衡陽，將浮汴達淮，涉江、漢，絶沅、湘，萬一有逃於風波之患，而長沙之南，地苦卑濕，皆騷人逐客，悲吟歎息，不自聊生，非北州之士所能安也；而又母老妻病子弱，身復多疾，一月之間，飽食甘卧者不過數日；方且日夕促之，以鼓鑄爲事，金錫之氣，薰灼腸胃，叫呼咄咤，驅策吏卒，以赴其員程，此賤者之事，非敢辭也；自惟平生多艱，小有所須，動不諧適，百步十蹪，一食三噎，又安能必後日之志哉！所幸守官彭門，辱與公子有一日之雅，今輒以悃愊自託，繕寫所爲惡詩若干篇，上獻台座，俳歌諧語之比，試以閲之，幸甚！若夫渭水秋風，倚樓長笛，固未能挹司倉、渭南一勺之細，又安敢望李、杜之波瀾哉！區區之心，伏惟左右憐其憔悴之餘，無他好而已。

代賀方回請見書　同上

某聞古之士，方其奇窮瑣賤未遇之時，或束書裹糧，周行四方，跋山涉川，冒犯霜露，固非去墳墓之國而樂他邦，舍安佚而好遠游也；將欲覽天下之風俗，交天下之賢士大夫，收其聞見議論之益，去其卑污固陋之弊，以自成其所志者，不得不然耳。與夫抱殘編，屏窮巷，傴僂蹙縮，端坐則面牆，舉頭則礙屋，幽憂沈寂，志哀而氣促，區區掇拾古人之腐餘，與兒女子語，欲望遭時而立功名者，亦可鄙矣。孔子曰：「父母在，不遠游，游必有方。」此古之士未嘗不游也。昔司馬遷二十而南游江、淮，上會稽，探禹穴，窺九疑，浮湘、沅，北涉汶、泗，講業齊、魯之都，觀射鄒、嶧，過梁、楚以歸。若夫高山大川，名都沃壤，物産之蕃美，士人之豪秀，固已洽聞多識而昭澈乎胸中矣。然後辨論古今，馳騁千載之上下，著書以名後世。此有志者所爲也。某不肖，生質孱懦，未能强立，而竊有志焉。感慨先王之餘風，想聞士大夫之高義，惟恐身不及見，而見之且不多也。間者南游梁、宋，東走鄒、魯，還過於滕。滕，古侯國也。山林深茂，氣俗淳重，宜有賢者爲政於此。某一至境上，而閣下之休問溢於民言，喜躍不自勝，以幸其及見。輒有請於執事者，願一識風采而服其緒論，惟閣下受之而已。

以上録自四庫全書珍本初集樂静集卷一一

代賀方回謝舉換文

同上

誤塵恩命，特易班資，度德無堪，撫心增懼。雖去彼取此，均曰服勞；而捨短用長，粗知從欲。再循幸會，尤切競淩。昔者朝廷分建百僚，文武均爲一致。逮乎選舉不一，仕入寖分。儒生擅文雅之風，武夫誇疆埸之任。國家病人材之偏廢，開吏道之通規。或貿厥官，亦從所志。去東曹者素寡，脱右部者實難。初試其藝，則十或取三；今薦而用，則百不得一。如某者，性資凡闇，知識謭拘。姑求得禄以養親，安暇擇官而就列？一邑之事，誠有未知；六藝之文，乃所願學。間關末路，困折萬端。殆將等於臺輿，豈止供於呼召！竊論先王之糟粕，人以爲狂；進登君子之門牆，已猶知愧。栖栖俗狀，役役半生。謂秦無人，敢辭清議？與噲爲伍，頗屈素心。已甘孤宦之飄零，忽累大臣之論薦。遽超常格，曲預優恩。此蓋伏遇某官一德亮天，大鈞轉物；攬多士而並用，拾寸長而不遺。致此微蹤，俾更舊秩。敢不仰圖報稱，益勵踐修！躍冶之金，固已不羣於物；棄溝之斷，猶將有用其材。

録自樂静集卷二一

戊、别傳

宋龔明之中吴紀聞卷三：賀鑄字方回，本山陰人，徙姑蘇之醋坊橋。方回嘗游定力寺，訪僧不遇，因題一絶云：「破冰泉脈漱籬根，壞衲遥疑掛樹猿。蠟屐舊痕渾不見，東風先爲我開門。」王荆公極愛之，自此聲價愈重。有小築在盤門之南十餘里，地名横塘。方回往來其間，嘗作青玉案詞云：「凌波不過横塘路，但目送、芳塵去。錦瑟華年誰與度。月橋仙館，綺窗朱户。唯有春知處。碧雲冉冉蘅皋暮。綵筆新題斷腸句。試問閑愁知幾許。一川煙草，滿城風絮。梅子黄時雨。」後山谷有詩云：「解道江南斷腸句，只今唯有賀方回。」其爲前輩推重如此。初，方回爲武弁，李邦直爲執政，力薦之，其略謂：「竊見西頭供奉官賀某，老於文學，泛觀古今，詞章議論，迥出流輩。欲望改換，合入文資，以示聖時育材進善之意。」上可其奏，因易文階。積官至正郎，終於常倅。

宋王稱東都事略卷一一六文藝傳：賀鑄字方回，開封人也。孝惠皇后之族孫。授右班殿直。元祐中，用武易文。爲通判泗州，又倅太平州以卒。鑄好學，藏書萬卷，工文詞，尤長於樂府。有慶湖遺老集二十卷。

宋范成大吴郡志卷五〇雜志：賀鑄字方回，本越人，後徙居吴之醋坊橋，作吴趨曲，甚能道吴中景物。方回有小築在盤門外十里横塘，常扁舟往來，作青玉案詞。黄太史所謂「解道江南斷腸句，如今只有賀方回」，即此詞也。

宋施宿嘉泰會稽志卷三姓氏：賀氏，齊之公族慶封之後。漢有侍中慶純。避安帝諱改爲賀氏。吴賀齊、賀劭，唐賀知章皆會稽人，望出河南廣平。知章之後有鑄，以詩文得名於元祐中，自稱鑑湖遺老。

宋王象之輿地紀勝卷五兩浙西路平江府人物：賀鑄字方回，越州人，徙居吴。黄太史所謂

「解道江南斷腸句，只今惟有賀方回」。

宋陳振孫直齋書録解題卷二〇：慶湖遺老集九卷、拾遺二卷，朝奉郎共城賀鑄方回撰。自序言外監知章之後，且推本其初出王子慶忌，以慶爲姓，居越之湖澤，今所謂鏡湖者，本慶湖也，避漢安帝父清河王諱，改爲賀氏，慶湖亦轉爲「鏡」。未知其説何所據也。其東山樂府，張文潛序之。鑄後居吴下，葉少藴爲作傳，詳其出處，且言與米芾齊名。然鑄生皇祐壬辰，視米芾猶爲前輩也。

宋黄昇唐宋諸賢絶妙詞選卷四：賀方回名鑄，少爲武弁，以定力寺一絶見奇於舒王，山谷又賞其詞，遂知名當世。小詞二卷名東山寓聲樂府，張右史序之。

宋史能之咸淳毘陵志卷一八人物三寓賢國朝：賀鑄字方回，開封人，孝惠皇后之族孫。好學，藏書萬卷，工文詞，尤長於樂府。寓居毘陵，著荆溪集、陽羡歌。以右班换文，倅太平州而卒，葬於義興之篠嶺。坡詩有云：「解道江南斷腸句，只今惟有賀方回。」號鑑湖居士。

己、佚事

宋王直方詩話：賀鑄字方回，嘗作一絶題於定林寺云：「破冰泉脈漱籬根，壞衲遥疑掛樹猿。

蠟屐舊痕尋不見，東風先爲我開門。」荆公見之，大相稱賞，緣此知名。（詩人玉屑卷一八引）

宋程俱賀方回詩集序：鑑湖遺老詩凡四百七十二篇。其五字八句詩鍛鍊出入古今，爲集中第一，其餘大抵名家作也。余少讀唐實録與會稽石刻，見賀季真棄官本末。方開元、天寶之交，天下號無事，文學士見貴重。季真出入禁省，冠道山，友儲副，極當世華寵。然一旦不顧去，爲千秋觀道士，使人望之超然如雲漢，過秦望，行剡川，未嘗不悠然遐想也。季真去後四百二十載，建中辛巳歲，始識其孫方回五湖上，蓋鑑湖遺老也。方回落落有才具，觀其詩可以知其人。中間罷錢官及通守兩郡，輒謝病去，爲祠嶽吏。又一旦掛衣冠，客吴下。窮達雖不同，其勇退樂閑，故有鑑湖風味。然余謂方回之爲人蓋有不可解者。方回少時，俠氣蓋一座，馳馬走狗，飲酒如長鯨；然遇空無有時，俛首北窗下，作牛毛小楷，雌黄不去手，反如寒苦一書生。方回儀觀甚偉，如羽人劍客；然戲爲長短句，皆雍容妙麗，極幽閑思怨之情。方回忼慨多感激，其言理財治劇之方，亹亹有緒，似非無意於世者；然遇軒裳角逐之會，常如怯夫處女。余以謂不可解者，此也。余奇窮，骯髒可憎；方回多交游，乃獨以集副授余，曰：「子好直，美惡無溢言，爲我評而叙之！」此亦豈其不可解之一端耶？

宋蔡絛鐵圍山叢談卷四：元符末，魯公自翰苑謫香火祠，因東下。無所歸止，擬將卜儀真以居焉。徘徊久之，因艤舟於亭下。米元章、賀方回來見。俄一惡客亦至，且曰：「承旨書大字，世舉無兩。然某私意，若不過賴燈燭光影以成其大，不然，安得運筆如椽者哉？」公哂曰：「當對子作之也。」三君亦喜，俱曰願與觀。公因命具飯磨墨。時適有張兩幅素者。食竟，左右傳呼舟中取公大筆來。即睹一笥從簾下出。笥有筆六、七枝，多大如椽臂。三人已愕然相視。公乃徐徐調筆而操之，顧謂客：「子欲何字耶？」惡客即拱而答：「某願作『龜山』字爾。」公迺大笑，因一揮而成。莫不太息。墨甫乾，方將共取視，方回獨先以兩手作勢，如欲張圖狀，忽長揖，卷之而急趨出矣。於是元章大怒。坐此，二人相告絶者數歲而始講解。迺刻石於龜山寺中。米老自書其側，曰「山陰賀鑄刻石」也。

宋吴曾能改齋漫録卷一一記詩：毛友達可内翰守鎮江時，賀方回以過客留寓。一日，陳克繼至，同會於郡樓。即席，克賦詩，所謂「徘徊臨北顧，慷慨俯東流」是也。毛稱賞曰：「雖杜子美不是過矣。」翌日，賀求去。毛留之，且訝去亟。賀曰：「一郡豈容有兩箇杜子美？」二公相與大笑。

庚、雜載

宋范祖禹范太史集卷五五手記：賀鑄，班行有文。

宋王直方詩話：方回言，學詩於前輩，得八句法：「平淡不流於淺俗；奇古不鄰於怪僻；題詠不窘於物象；敍事不病於聲律；比興深者通物理；用事工者如己出；格見於成篇，渾然不可鑴；氣出於言外，浩然不可屈。盡心於詩，守此勿失。」（詩人玉屑卷五口訣引）

又：「亭亭思婦石，下閲幾人代？蕩子長不歸，山椒久相待。微雲蔭髮彩，初月輝蛾黛。秋雨疊苔衣，春風舞蘿帶。宛然姑射子，矯首塵冥外。陳迹遂亡窮，佳期從莫再。脱如魯秋氏，妄結桑下愛，玉質委泥沙，悠悠復安在？」此賀方回作望夫石詩也，交游間無不愛者。余謂田承君云：「此詩可以見方回得失。其所得者，琢磨之功；所失者，太黏着皮骨耳。」承君以爲然。（詩人玉屑卷五初學蹊徑引）

焦山刻石：青社綦立與權、□□賀鑄方回、南陽張德洵□美、廣陵□□□□，建中靖國元年九日游。（注：題名見在江蘇鎮江市焦山崖壁間，楷書。北京圖書館藏有拓片。）

盱眙第一山刻石：李夷行秉文、吴幵正仲、賀鑄方回、劉燾無言，壬□孟秋□來游。（注：題名在江蘇盱眙縣第一山，楷書。此據徐乃昌安徽通志稿金石古物考稿一二迻録。「壬□」，缺字當作「午」，蓋徽宗崇寧元年一一〇二也。時賀氏通判泗州。盱眙即州治所在。）

宋米芾寶晉英光集卷四別賀方回弟：客星熠熠滑稽雄，愛著青衫自作窮。澤國三年笑不死，又拖長袖揖王公。

宋曾敂國秀集跋：大觀戊子冬，賀方回傳於曾氏，名欠一士而詩增一篇。

宋鄒柄和賀鑄鑄年五十八因病廢得旨休致一絶寄呈姑蘇毘陵諸友詩：「清監風流賀季真，先生端是昔人身。如何未老催歸去？要卧煙霞兩郡春。」自跋：「鑑湖先生酷志嗜書，未老掛冠告歸，滿朝榮慕，真漢之二疏也。以詩卜居於姑蘇、毘陵兩郡，親舊和之者皆一時名公。」

宋程俱北山小集卷二秋夜寫懷呈常所往來諸公兼寄吴興江仲嘉八首其二賀方回鑄：外監嗟已遠，吾猶識其孫。森然見孤韻，辯作懸河翻。低頭向螢窗，有類鶴在樊。讎書五千卷，字字窮根源。頗攜未見書，過我樵無煙。

又卷五九日塊坐無聊越州使君季野舍人見過敝廬會方回承議亦至因游章公山林登覽甚適越州置酒暮夜乃歸作詩一首末云：會與鑑湖老，兹山聊復登。自注：方回自號鑑湖遺老。

又卷一六：賀方回畫笥有龔高畫二：其一戴勝，殆非筆墨所成；其一鼯鼠尤妙，形態曲盡，有貪而畏人之意。方回言：高，蜀人，與趙昌同時，妙於毛羽。其先世所藏數十幅，今唯此二畫，見邀各題數語其上。

宋楊時龜山集卷二六跋賀方回鑑湖集：元豐末年，予始筮仕，與方回俱在彭城，爲同僚友。自彭城一别，聲迹不相聞蓋三十年餘矣。政和甲午秋八月，予還自京師，過平江謁方回，披腹道舊，相視惘然如昨夢耳。方回之詩，予見之舊矣。復出鑑湖集示予，其托物引類，辭義清遠，不見雕繪之迹，渾然天成，殆非前日詩也。方回自少有奇才，若儀秦之辯、良平之畫，皆其胸中饜飫者，意謂其功名可必也。世變屢更，流落州郡，不少振，豈詩真能窮人耶？然方回詩益工，名日益高，足以傳不朽矣。與世之酣豢富貴、與草木同腐者，豈可同日議哉！以此易彼，亦可自釋也。是年冬十有一月癸未自餘杭徙居毘陵，道過吴江，舟中書。

宋葉夢得石林詞臨江仙熙春臺與王取道賀方回曾公袞會别：自笑天涯無定準，飄然到處遲留。興闌却上五湖舟。鱸蓴新有味，碧樹已驚秋。臺上微涼初過雨，一尊聊記同游。寄聲時爲到滄洲。遥知欹枕處，萬壑看交流。

又巖下放言卷中：正素處士張舉，字子厚，毘陵人。治平初試春官，司馬温公主文，賦公生明，以第四人登第，既得官歸，即不仕終身。……賀鑄最有口才，好雌黄人物，於子厚亦無間言，每折節事之，常稱曰通隱先生。

又避暑録話卷一：盧鴻草堂圖舊藏中貴人劉有方家。余往有慶曆中摹本，亦名手精妙。……此畫宣和庚子余在楚州，爲賀方回取去不歸，當時余方自許昌得請洞霄。

宋何薳春渚紀聞卷八雜書琴事（墨説附）寄寂堂墨如犀璧條：賀方回、張秉道、康爲章皆能精究和膠之法，其製皆如犀璧也。

宋張邦基墨莊漫録卷五：藏書之富，如宋宣獻、畢文簡、王原叔、錢穆父、王仲至家，及荆南田氏、歷陽沈氏，各有書目。譙郡祁氏多書，號「外府太清老氏之藏室」。後皆散亡。田、沈二家不肖子盡鬻之。京都盛時，貴人及賢宗室往往聚書，多者至萬卷。兵火之後，焚毁迨盡，間有一二流落人間，亦書史一時之厄也。吴中曾旼彦和、賀鑄方回二家書，其子獻之朝廷，各命以官，皆經彦和、方回手自校讎，非如田、沈家貪多務得、舛謬訛錯也。

宋趙彦衛雲麓漫鈔卷八：中興重興秘省，賀方回之子首以獻書得官，秦太師付以搜訪遺逸。

宋李心傳建炎以來朝野雜記甲集卷四中興館閣書目條：高宗始渡江，書籍散佚。紹興初，有言賀方回子孫鬻其故書於道者，上命有司悉市之。

又建炎以來繫年要録卷五一：紹興二年……二月……甲子，詔平江府守臣市賀鑄家所鬻書以實三館。

又卷五三：紹興二年夏四月……戊午……將仕郎賀廩獻書五千卷，詔吏部添差廩監平江府糧料院，仍官其家一人。廩，鑄子也。

宋會要輯稿第五五册崇儒四引中興會要：（紹興）二年二月二日詔：「御前圖籍以累經遷徙，散亡殆盡。訪聞平江府賀鑄家所藏見行貨之於道塗，可委守臣盡數收買，秘書省送納。」已而將仕郎賀廩以所藏書籍五千卷上之，詔與本家將仕郎恩澤一名，廩仍令吏部先次注合入近便差遣。

宋李公彦（？）漫叟詩話：方回茅塘馬上詩，末兩句殊有意味，寫出野興。（宋蔡正孫詩林廣記後集卷一〇引）

按：詩林廣記引漫叟詩話不題撰人。郭紹虞先生宋詩話考中卷之上疑李公彦撰，兹從其説。方回茅塘馬上詩曰：「壯圖忽忽負當年，回羡田家過我賢。水落陂塘秋日薄，仰眠牛背看青天。」

宋寇翼慶湖遺老詩集前集跋：公娶濟良恪公之女，公之子提幹君廩復娶良恪之孫，實外姑之親姊，故予獲識其子省幹君承祖者。嘗從訪公遺，曰：「先祖昔寓毘陵，中間擾攘，凡所著文編，悉爲虜酋攜去，獨巾箱有別録慶湖詩前集在。」

宋胡澄慶湖遺老詩集前集跋：賀公詩詞妙天下，幼年每竊聞諸老稱其名章俊語。今詞盛行於世，詩則罕見。

宋周煇清波雜志卷八：賀方回、柳耆卿爲文甚多，皆不傳於世，獨以樂章膾炙人口。

宋王明清玉照新志卷一：（王）子開，趙州人。忠穆覿之孫，虞部員外郎正路之子，仕至中散大夫。晚歸守濡須，祠堂在焉。賀方回爲子開挽詩，詞云：「我昔官房子，嘗聞忠穆賢。」又云：「和璧終歸趙，干將不葬吴。」今乃印在秦少游集中。……少游没於元符末，子開大觀中猶在，其誤明矣。

宋陸游老學庵筆記卷五：賀方回作王子開挽詞「和璧終歸趙，干將不葬吴」者，見於秦少游集中。子開大觀己丑卒於江陰，而返葬臨城，故方回此句爲工。時少游已没十年矣。

又卷八：賀方回狀貌奇醜，色青黑而有英氣，俗謂之「賀鬼頭」。喜校書，朱黄未嘗去手。詩文皆高，不獨工長短句也。潘邠老贈方回詩云：「詩束牛腰藏舊稿，書訛馬尾辨新讎。」有二子，曰房、曰廪。於文，「房」從「方」，「廪」從「回」，蓋寓父字於二子名也。

又放翁題跋卷六跋淮海後集：悼王子開五詩，賀鑄方回作也。子開名蘧，居江陰。既死，返葬趙州臨城，故有「和氏」、「干將」之句。方回詩今不多見於世，聊記之以示後人。

宋王楙野客叢書卷八嵇康集條：僕得毘陵賀方回家所藏繕寫嵇康集十卷。

宋劉克莊後邨先生大全集卷一一〇題跋徐總管（汝乙）詩卷：元祐間最爲本朝文章盛時，薦之於郊廟，刻之於金石，被之以歌絃者，何其衆也。惟賀方回、劉季孫不緣師友，頡頏其間，雖坡，谷亦深嘉屢歎，所謂豪傑奮興者耶？其後有劉翰武子、潘檉德久，尤爲項平庵、葉水心賞重。此四人警聯快句，余少傳誦，老猶記憶。

宋史能之咸淳毘陵志卷二六陵墓國朝：賀通判鑄墓，在篠嶺。字方回，號鑑湖居士。嘗造石塔，刻所作銘，今在墓傍。

宋周密齊東野語卷一二書籍之厄條：至若吾鄉故家如石林葉氏、賀氏，皆號藏書之多，至十萬卷。

元方回瀛奎律髓卷二七送别賀鑄送畢平仲西上詩後按語：賀鑄方回鏡湖遺老詩集，每一詩必自注所與之人、所作之地及歲月於題目下。其詩鏗鏘整暇。本武人，以蘇公軾、范公百禄薦，授從事郎，然即請嶽祠。兩爲通判。年五十八，便求致仕。再以薦起家，再致仕。宣和二年卒於常，年七十四。葬宜興。北山程公俱銘其墓，仍序其詩。此篇風致如其詞，以詞之尤高也，故世人不甚知其詩，余獨愛之。

元陸友研北雜志卷上：賀方回故居在吴中昇平橋，所居有企鴻軒。郡志誤作醋坊橋。方回有二子，曰房，曰廩。廩字豫登，紹興二年二月甲子進方回所校書五千餘卷，得官，特添差平江糧料院。方回葬義興之篠嶺，其子孫尚有存者。

元陶宗儀南村輟耕録卷二五院本名目題目院本内有賀方回。

又書史會要卷六宋載賀鑄「擅毫翰，其迹雜見羣玉堂法帖中」。（原書按：「帖凡十卷，元係安道所申發朝廷，以著庭東廊爲庫架設之，榜曰『羣玉石刻』，著作佐郎傅行簡書。嘉定元年三月，秘書少監汪逵改建室屋以藏，名曰羣玉堂。」）

明盧熊蘇州府志：企鴻軒在昇平橋，越人賀鑄所居（舊志誤云在醋坊橋），又有水軒，其親題書

籍云「昇平地」。（乾隆蘇州府志卷二七第宅園林引）

清賀裳載酒園詩話賀鑄條：人知方回工詞，不知其詩亦自勝絶。如題放鶴亭「萬頃白雲山缺處，一庭黄葉雨來時」，茱萸灣晚泊「荻蒲漁歸初下雁，楓橋市散只啼鴉」，不減許郢州風調也。漢上屬目曰：「白雲蒙山頭，清泉山下流。芳洲採香女，薄暮漾歸舟。並蒂雙荷葉，逢迎一障羞。持情不得語，大婦在高樓。」尤爲俊響。

清曹庭棟宋百家詩存例言：各家詩以時代先後爲次，此大概體例也。余少時最愛賀方回詩，手鈔一編，時時雒誦。兹彙刻宋集，因取慶湖集爲百家之冠，從所好也。又卷一慶湖集：其詩灝落軒豁，有風度，有氣骨，稱其爲人。

四庫全書總目提要卷一五五集部别集類八慶湖遺老集九卷：鑄以填詞名家，世傳其青玉案詞「梅子黄時雨」句，有「賀梅子」之稱。然其詩亦工緻修潔，時有逸氣，格雖不高，而無宋人悍獷之習。……王直方詩話載鑄論詩之言曰：「平淡不涉於流俗；奇古不鄰於怪僻；題詠不窘於物義；敍事不病於聲律；比興深者通物理；用事工者如己出；格見於成篇，渾然不可鐫；氣出於言外，浩然不可屈。」觀其所作，雖不盡如其所論，要亦不甚愧其言也。

清吴喬圍鑪詩話卷五：賀方回望夫石……此詩力量，雖不及子美玉華宮，亦不讓李端古離別矣。論者嫌其黏皮著骨，謂「微雲」以下六句也，高識之談。

清吴衡照蓮子居詞話卷一：古之武臣工詩文者有矣，其丹黄好典籍，惟方回耳。

清杜文瀾憩園詞話卷四朱紫鶴布衣詞條：吴縣朱紫鶴和羲……讀賀方回詞，因其下語雅麗，用韻精嚴，爲北宋一大家，遍購其集不得，就各選本搜得百二十闋，編分兩卷付梓，因填夢横塘詞云：「吹殘梅雨，路出横塘，組成雲錦盈疊。客到江南，寫不盡、春情遼濶。思繫温柔，氣吞江漢，一時英發。算宫商妙理，律細錙銖，裁紅韻，争毫髮。　高吟雁後歸來，儘閑愁幾許，盡感風月。仙骨珊珊，休浪道、鬼頭奇絶。漫呼起、吟魂細説。淚漬丁香寸心結。度出金針，藝林傳播，唱陽春白雪。」

清葉廷琯吹網録卷三虎邱賀方回題名條：白蓮池西臨水石壁，近人搜得賀方回題名，爲從前志乘所未收，金石家皆未著録。其文左行，前一行别列「賀方回」三字，後五行云：「賀鑄、王防、弟枋、蘇京、姪餘慶，大觀戊子三月辛酉。」凡二十二字，正書，大如盌。淺刻苔侵，故數百年竟無人見。按宋史載方回本隸右選，元祐中，執政奏改通直郎，通判泗州，又倅太平州，以尚氣使酒，不得美官，悒悒不得志，退居吴下。……石壁題名，自是寓吴時事。嘉定程君序伯庭鷺謂：「方回素豪邁，『尚氣使酒』則有之，豈以『不得美官』遽悒悒失志者？此史家誣語，不足信。其居吴，或是有託而逃耶？」己亥三月，爲余題拓本句云：「搜奇不讓古人癡，選勝氊椎每自隨。細雨閑齋題翠墨，風光漸近梅熟時。」「童蔡紛紜紊政權，逃名豈羨一官遷？只宜痛飲酬煙月，重話清游七百年。」此詩可與知人論世矣。

丁未七月，沈君匏廬招同楊芸士文蓀、韓履卿崇、汪月生獻玗登千人石游覽，題石勒名於生公臺下，並倩搨匠往拓賀方回題名。忽見「大觀戊子」兩行有杭人某鐫「白蓮池」三大隸字掩其上，舊刻字遂不可復辨。庸妄人所爲，殊堪恨恨。且「白蓮池」字壁上舊已刻，添此蛇足，甚屬無謂。其固世家子，其父向有文望，不知何以鹵莽不學如此！幸余有己亥所拓未損本，乃出以徵同人題詠。茲録數章於後，聊以存墨林一段公案，俾後之修志乘、蒐石刻者有所考證焉。韓履卿云：「梅子黄時雨，閑將古墨看。石林搜秘迹，蓮沼起清瀾。忽被愚公鑿，難同趙璧完。鴻軒留舊影，一紙重琅玕。」釋覺阿祖觀云：「方回題壁字，湮漫劍池邊。響搨磨蒼蘚，盲書補白蓮。文參無句句，物以不全全。一紙須珍重，風流七百年。」吴肖陶鳴岐云：「閑愁幾許爲題詩，初搨依然好護持。詞客尚傳青玉案，游人但識白蓮池。猿啼鶴怨貂誰續？石冷苔荒璧已虧。半壁竟遭庸手壞，江南腸斷此何時。」吴清如嘉淦云：「慶湖遺老擅詞名，蠟屐尋幽意興清。一片生公臺畔石，留將姓氏傲公卿。」「梅熟時節雨聲催，如向横塘載艇來。不遇知音王介甫，人間誰識賀方回？」「空山寂寞鳥啼春，七百年來迹已陳。難得石林老居士，氊椎到處愛披榛。」「誰將迷霧掩明霞？初本蘭亭體未差。鑒別倘逢天水客，定教石墨續鐫華。」趙次侯宗建云：「唱遍江南句斷腸，詞人老去住橫塘。冶春想趁好風日，芳草一川梅未黄。」「誰見荒池開白蓮？可憐半壁鎖寒煙。淮西碑尚遭磨滅，好事由來難十全。」「初搨黄庭未足誇，即今一紙抵瑶華。敢應完璧應歸我，年月依舊屬趙家。」「一傳千秋出石林，勝他出谷贈詩心。三生文字緣何巧？又見雲孫愛護深。」（原注：「石林居士建康集有賀鑄傳，宋史多採其事，調生丈爲石林裔，故云。」）戈順卿塡水調歌頭一闋云：「一片虎邱石，七百有餘年。東山詩酒豪興，題壁姓名鐫。當日橫塘小築，野艇凌波來往，攜客共流連。左轉六行字，剥蝕蘚苔斑。風雅士，搜勝迹，搨長箋。詞仙兼擅書聖，喜補墨林緣。何事盲兒傖父，磨滅前賢款識，狗尾續池邊？紙本須珍重，毫髮尚完全。」（原注：「用昌黎石鼓詩『公從何處得紙本，毫髮盡備無差訛』句意。」）潘順之遵祁亦譜是調，即次順卿韻云：「一曲鑑湖水，高節已千年。詩孫投老吴下，巖壑把名鐫。試訪生公臺畔，想像優曇花朵，風定碧漪漣。好事石林裔，詞采照斑斕。修禊過，攜俊侶，拓吟箋。光陰梅子熟也，記取看山緣。姓氏幾行無恙，還更摩挲年號，苔繡佛幢邊。初本蘭亭在，難得是文全。」諸君詩詞，無不扼腕於古刻不完，雖詈之申申，亦不足消妄人罪過也。

清葉昌熾藏書紀事詩卷一賀鑄方回：鑑湖不住住橫塘，梅子江南總斷腸。一自渡江歸秘府，小朝兼取蔡元長。

〔附録五〕 序跋評論

甲、序跋

景宋本東山詞序

宋張耒

文章之於人，有滿心而發，肆口而成，不待思慮而工，不待雕琢而麗者，皆天理之自然而情性之至道也。世之言雄暴虓武者，莫如劉季、項羽。此兩人者，豈有兒女子之情哉？至其過故鄉而感慨，別美人而涕泣，情發於言，流爲歌詞，含思淒婉，聞者動心焉。此兩人者，豈其費心而得之哉？直寄其意耳。余友賀方回博學業文，而樂府之辭高絶一世，攜一編示予，大抵倚聲而爲之辭，皆可歌也。或者譏方回好學能文，而惟是爲工何哉？予應之曰：是所謂滿心而發，肆口而成，雖欲已焉而不能者。若其粉澤之工，則其才之所至，亦不自知也。夫其盛麗如游金、張之堂，而妖冶如攬嬙、施之袪，幽潔如屈、宋，悲壯如蘇、李，覽者自知之，蓋有不可勝言者矣。譙郡張耒序。

按：原本缺「焉此兩人者豈其費」八字，據張右史集卷五一賀方回樂府序補。原本「高絶」作「婉絶」，亦據張右史集校改。

王迪彙輯本東山寓聲樂府跋

東山寓聲樂府，宋山陰賀鑄方回撰。原本三卷，久已失傳，所傳者亦園侯氏本而已。常熟張氏藏本與侯本同，皆缺中下兩卷，非足本也。近獲知不足齋鮑氏手鈔校本兩種，一本與侯氏、張氏同；一本分爲兩卷，與侯氏、張氏本相較，同者僅八首。此本雖非原書，亦屬罕見，足可寶貴，不知鮑氏何是得之。頃以三家藏本匯而編之，得二百四十五首，録成三卷，仍其舊名。又於諸家選本中輯得四十者，爲補遺一卷附於後。方回先生詞，可以十得六七矣。道光戊申長至後九日，錢塘惠庵王迪識於惠迪吉齋。

四印齋所刻詞東山寓聲樂府跋

右賀方回東山寓聲樂府一卷。按四庫全書總目載方回慶湖遺老集十卷，稱其詞勝於詩，此集則未經著録。文獻通考引陳氏曰：以舊調填新詞，而易其名以別之，故曰寓聲。即周益公近體樂府、元遺山新樂府之類，所以別於古也。此本由毛鈔録出，闕佚二十餘闋，據宋以來選本校之，僅補小梅花一調，知是書殘損久矣。至諸家譜録並云東山寓聲樂府三卷，此合百六十九首爲一，題曰東山詞。毛氏傳鈔，每變元書體例，不獨此集爲然。兹改從舊名。若分卷則無從臆斷，姑仍毛氏焉。末附補遺，爲況夔笙舍人編輯，斠讎掇拾，頗資其力，例得牽連書之。光緒己丑夏日，臨桂王鵬運跋。

是刻成後，得梁谿侯氏十家詞本，校補闕佚若干字。其與毛鈔字句互異處，並附注各闋之末。十一月庚申，半塘老人。

四印齋所刻詞東山寓聲樂府補鈔跋

右東山寓聲樂府補鈔一卷。按東山詞傳世者，惟前刻汲古閣未刻詞本，即所謂亦園侯氏本也。近讀歸安陸氏皕宋樓藏書志，知有王氏惠庵輯本，視前刻多百許闋，迺丐純伯舍人鈔得，爲補鈔一卷附後。惟屢經傳寫，譌闕至不可句讀，與純伯、夔笙校讎一再，略得十之五六，其仍不可通者，則空格，或注原作某字於下，以俟好學深思者是之。方回，北宋名家，其填詞與少游、子野相上下。顧淮海、安陸完書具在，獨東山一集銷沈剥蝕，僅而獲存，又復帝虎焉烏，使讀者不能快然意滿如此！世有惠庵祖本，願受而卒業焉。光緒壬辰新秋，臨桂王鵬運識。

彊邨叢書本東山詞上賀方回詞東山詞補跋

右東山詞上一卷、賀方回詞二卷，竝勞巽卿傳寫知不足齋本。東山詞補一卷，則老友吴伯宛就諸家補遺尋索所據，汰除訛複，别爲編次者也。考東山寓聲樂府三卷，見直齋書録解題；東山樂府別集，見敬齋古今黈：皆久佚。彭文勤知聖道齋藏汲古閣未刻本，即東山詞上卷前增望湘人一首，後又雜輯數十首。錫山侯氏亦園所刻，實由之出。而二卷本之方回詞，迄今未見於著録。道光間，錢塘王氏惠庵始取而匯之，録作三卷，仍題以寓聲樂府。惟前本原題卷上，何以反置之下卷，而以後本列於上、中？又同調之詞併歸一處，復往往以意竄補，盡失寓聲樂府真面。補遺四十首，亦即汲古所輯，略加排比而已。半塘翁用汲古本版行，而校以侯刻，兼有增附。最後得吾郡陸氏皕宋樓寫惠庵本，乃掇拾所遺，別補一卷。諸刻皆遜勞鈔之完善，其補遺又多不著所本，亦未逮吴輯之詳明。伯宛不欲徒襲故名，手寫三本，各自爲卷，寄屬授梓。適又獲見鮑渌飲覆校本，略得據以斠訂。半塘翁所謂「東山一集，銷沈剥蝕，僅而獲存，而復帝虎焉烏，使讀者不能快然滿意」者，仍未盡免。他日宋本復出，庶乎一晰疑塵。「寓聲」之名，蓋用舊調譜詞，即摘取本詞中語，易以新名，後來東澤綺語債略同茲例。半塘翁以平園近體、遺山新樂府擬之，似猶未倫也。甲寅閏端陽，歸安朱孝臧跋於無著庵。

按：彊邨叢書校補重印時，此跋有所改動，其較著者，首數句改爲「右東山詞上一卷，虞山瞿氏藏殘宋本；賀方回詞二卷，勞巽卿傳録鮑渌飲鈔本」。

商務印書館排印本東山樂府跋

右重編東山樂府一卷，二百八十四闋，宋賀鑄撰。方回詞集，在宋代所刻已有多本，故題號各異。近世所傳，亦有數種，殆皆採輯增附，均非原書。彊邨叢書最後出，其所刻賀詞三種，亦稱最備：曰東山詞卷上一卷，百九闋，乃虞山瞿氏（即鐵琴銅劍樓）藏殘宋本；曰賀方回詞二卷，百四十四闋，乃勞巽卿（權）傳録鮑渌飲（以文，即刻知不足齋叢書者）鈔本；曰東山詞補一卷，三十八闋，乃吴伯宛（昌綬）採輯。惟東山詞與賀方回詞互見者七首，並載未删。其東山詞卷上，多摘取本詞中語，易製新名，仍載本調原名於下，亦有不注原調者，殆即陳振孫直齋書録解題所稱東山寓聲樂府三卷之一歟？葉夢得之賀鑄傳稱方回「自裒其生平所爲歌詞名東山樂府」，既未詳卷數，亦無「寓聲」之名。予病世所傳刻賀詞諸本既非舊槧原書，而所寓别名或注本調或否，令人迷惘莫從，讀之不能快意，爰爲重編。以調彙列，字少者先之，移寫别名於本調之下，從石林之説，名曰東山樂府。其所從出，則分注於目録各調之後。又據元李治敬齋古今黈，於定風波異名醉瓊枝一調，改題破陣子。惟擅更次第，朋輩間或持非論，然繩以版本之説則吾罪滋深，若圖披讀之利便，則或庶幾以少貸吾過。從建康集録石林所爲賀傳冠首，猶葉氏志也。至於文潛之序，本題於東山詞，故仍其舊稱云。

中華民國十六年元日，閩侯林大椿識於北京。

全宋詞一九四〇年版本賀鑄詞跋

直齋書録解題載東山寓聲樂府三卷，敬齋古今黈載東山樂府别集，今並不傳。今傳殘本東山詞上卷，虞山瞿氏藏，陶氏涉園景印，共一百九首。知聖道齋藏汲古閣未刊本東山詞上卷，首增望湘人一首，以下如宋本次序，後又雜輯數十首。清初侯文燦名家詞刊本，即從之出。常熟張氏藏本同。勞巽卿傳鈔鮑渌飲鈔本賀方回詞二卷共一百四十四首，與宋本同者僅八首。道光間王惠庵匯輯東山寓聲樂府三卷、補遺一卷，上、中兩卷即鮑鈔原本，下卷即殘宋本，補遺三十九首，乃王氏於選本中輯得。王半塘四印齋刻東山寓聲樂府一卷，用汲古未刊殘本而以侯本校補，末附補鈔，乃況夔笙從王惠庵本補録。朱古微彊邨叢書刻東山詞上一卷、賀方回詞二卷、東山詞補一卷，詞上一卷用殘宋本，詞二卷用鮑鈔本，詞補一卷用吳伯宛輯本，言賀詞者，殆以此本爲最善矣。計東山詞上一百九首；方回詞一百四十四首，中間望揚州一首乃少游和詞，又八首已見東山詞，實得一百三十五首；詞補三十八首，中間柳梢青（子規啼血）一首乃蔡伸詞，眼兒媚（蕭蕭江上）一首乃于湖詞，點絳脣（紅杏飄香）一首乃東坡詞，浣溪沙（一色煙雲）一首、馬家春慢（珠箔風輕）一首、梅香慢（高閣寒輕）一首並無名氏詞，實得三十二首。三種合計得詞二百七十六首，再加趙補三首，共得二百七十九首。以殘宋本東山詞計之，則知其散佚猶多，必不止於此數。惟王惠庵輯本有謁金門（花滿院）一首，據樂府雅詞乃陳子高詞，因不補入。又殘宋本東山詞陽羨歌（山秀芙蓉）一首，「長橋」下缺五字，「漁樵」下缺一字，茲並據咸淳毗陵志補足，是亦大可快意之事也。

知不足齋鈔本賀方回詞東山詞上跋

壬辰六月，余來京師，於脩綆堂見此知不足齋鈔本賀東山詞二卷，又卷上一卷，後附淮海長短句二卷，以文手校未終，而賀詞第二本及淮海詞亦非完帙，疑未能明。昨去北京圖書館，見海虞瞿氏故物中有宋板棚本東山詞一册，殘存卷上，麻紙宋印，精美之至，真人間奇書也。每半葉十行，十八字，白口，左右雙闌。前有譙郡張耒序，有毛華伯、席玉照藏印。大題後一行亦題山陰賀鑄方回，而破損缺字處與此正同，因知以文此本係自宋板鈔出也，爲之大快。乾嘉老輩所見異書多矣，其所鈔大抵亦多出秘册，是名家鈔籍爲世所重，殆非無因。此册鮑校雖未終卷，而原書復出，續校當非難事。余之得遇此書，復見宋本，前後不過數日，故書因緣，真非偶然，旅寓静坐，爰記數語於此卷耑。壬辰六月二十日黄裳識，倩小燕試曹素功紫玉光墨書於王廣福斜街客舍。

今日得嘉慶庚辰活字本愛日精廬藏書誌，中有宋板東山詞一卷，即余前所見之本也。因知其書久爲殘帙，鮑氏鈔時當即以此殘卷爲底本者，故書源流，歷歷可辨如是。張誌爲劉燕庭故物，附誌於此。壬辰七夕後二日，小燕。

四印齋王氏刻東山寓聲樂府後，又續刻補鈔一卷，所據爲道光戊申錢塘惠庵王迪録本。王氏所藏即此鮑校二種也，幼遐實亦未見此本，但云其傳寫譌闕、不可句讀而已。東山詞傳世者，惟汲古未刻詞本，即亦園侯氏本，亦即張月霄藏宋刻一卷殘本。此二卷所存賀詞多出百許闋，當以此爲最舊之本，可證王氏所刻者不少，實堪珍重，遂更跋之。壬辰冬至後三日（小鷹章）。

今日又得明皮紙抄本東山詞上卷，有毛扆朱校，與此同出一源，而失字較此本爲少，蓋其時宋本破殘猶未如以文時之甚也。書舊藏蕭山蔡陸士家，余展轉自甬估得之。癸巳清明日（黄裳章）。

乙、評論

宋釋惠洪冷齋夜話：賀方回妙於小詞，吐語皆蟬蜕塵埃之表。晏叔原、王逐客俱當溟涬然第之。（宋魏慶之詩人玉屑卷二一詩餘引）

王銍默記卷下：賀方回遍讀唐人遺集，取其意以爲詩詞，然所得在善取唐人遺意也，不如晏叔原盡見昇平氣象，所得者人情物態。叔原妙在得於婦人，方回妙在得詞人遺意。

李清照曰：至晏元獻、歐陽永叔、蘇子瞻，學際天人，作爲小歌詞，直如酌蠡水於大海，然皆句讀不葺之詩爾，又往往不協音律者，何邪？蓋詩文分平側，而歌詞分五音，又分五聲，又分六律，又分清濁輕重。……王介甫、曾子固文章似西漢，若作一小歌詞，則人必絶倒，不可讀也。乃知别是一家，知之者少。後晏叔原、賀方回、秦少游、黄魯直出，始能知之。

又曰：賀苦少典重。（宋胡仔苕溪漁隱叢話後集卷三三引）

王灼碧雞漫志卷二：賀方回、周美成、晏叔原、僧仲殊各盡其才力，自成一家。賀、周語意精新，用心甚苦，毛澤民、黄載萬次之。

又曰：前輩云：「離騷寂寞千年後，戚氏淒涼一曲終。」戚氏，柳所作也。柳何敢知世間有離騷？惟賀方回、周美成時時得之。賀六州歌頭、望湘人、吴音子諸曲，周大酺、蘭陵王諸曲，最奇崛。或謂深勁乏韻，此遭柳氏野狐涎吐不出者也。

王以寧鷓鴣天壽劉方明：昔有書生薦壽杯，清詞妙絶賀方回。

周密浩然齋雅談卷下：周美成長短句純用唐人詩句，如「低鬟蟬影動，私語口脂香」，此乃元、白全句。賀方回嘗言「吾筆端驅使李商隱、温庭筠，常奔命不暇」，則亦可謂能事矣。

張炎詞源卷下字面：句法中有字面，蓋詞中一箇生硬字用不得，須是深加鍛煉，字字敲打得響，歌誦妥溜，方爲本色語。如賀方回、吴夢窗皆善於鍊字面，多於温庭筠、李長吉詩中來。

又令曲：詞之難於令曲，如詩之難於絶句，不過十數句，一句一字閑不得。末句最當留意，有有餘不盡之意始佳。當以唐花間集中韋莊、温飛卿爲則。又如馮延巳、賀方回、吴夢窗，亦有妙處。

清宋徵璧曰：吾於宋詞得七人焉。曰永叔，其詞秀逸；曰子瞻，其詞放誕；曰少游，其詞清華；曰子野，其詞娟潔；曰方回，其詞新鮮；曰小山，其詞聰俊；曰易安，其詞妍婉。他若黄魯直之蒼老而或傷於頽，王介甫之劖削而或傷於拗，晁无咎之規檢而或傷於樸，辛稼軒之豪爽而或傷於霸，陸務觀之蕭散而或傷於疏：此皆所謂我輩之詞也。（清徐釚詞苑叢談卷四品藻二引）

嚴沆古今詞選序：同叔、永叔、方回、叔原、子野，咸本花間，而漸近流暢。

劉體仁七頌堂詞繹：詞有警句則全首俱動，若賀方回非不楚楚，總拾人牙後慧，何足比數！

納蘭性德與梁藥亭書：僕意欲有選，如北宋之周清真、蘇子瞻、晏叔原、張子野、柳耆卿、賀方回、秦少游，南宋之姜堯章、辛稼軒、高賓玉、程鉅夫、陸務觀、吴君特、王聖與、張叔夏諸人，多取其詞，彙爲一集，餘則取其詞之妙者附之，不必人人有見也。

吴綺通志堂詞序：嗟呼！非慧男子不能善愁，唯古詩人乃云可怨。公言性吾獨言情，多讀書必先讀曲。江南腸斷之句，解唱者唯賀方回；堂東彈淚之詩，能言者必李商隱耳。

朱彝尊曰：詞至南宋始工，斯言出，未有不大怪者，惟實庵舍人意與予合。今就詠物諸詞觀之，心摹手追，乃在中仙、叔夏、公謹諸子，兼出入天游、仁近之間。北宋自方回、美成外，慢詞有此幽細綿麗否？（見珂雪詞卷首詠物詞評）

葉崇舒序朱彝尊步蟾宫（疎籬日影纔鋪地）詞駢體文後附絶句：鴛鴦湖口推朱十，代北汶西詞客哀。弄墨偶然工小令，人間腸斷賀方回。（清徐釚詞苑叢談卷九記事四引）

田同之西圃詞説：昔人云填詞小道，然魯直謂晏叔原樂府爲「高唐、洛神之流」，張文潛謂賀方回「幽潔如屈、宋，悲壯如蘇、李」。夫屈、宋，三百之苗裔，蘇、李，五言之鼻祖，而謂晏、賀之詞似之，世亦無疑二公之言爲過情者，然則填詞非小道可知也。

周濟宋四家詞選目録序論：耆卿鎔情入景，故淡遠；方回鎔景入情，故穠麗。

郭麐靈芬館詞話卷一：詞之爲體，大略有四：風流華美，渾然天成，如美人臨妝，却扇一顧，花間諸人是也，晏元獻、歐陽永叔諸人繼之；施朱傅粉，學步習容，如宫女題紅，含情幽豔，秦、周、賀、晁諸人是也，柳七則靡曼近俗矣；姜、張諸子一洗華靡，獨標清綺，如瘦石孤花，清笙幽磬，入其境者疑有仙靈，聞其聲者人人自遠，夢窗、竹窗或揚或沿，皆有新雋，詞之能事備矣；至東坡以橫絶一代之才、凌厲一世之氣，間作倚聲，意若不屑，雄詞高唱，別爲一宗，辛、劉則粗豪太甚矣。其餘幺絃孤韻，時有可喜，溯其派別，不出四者。

周之琦十六家詞録：詞之有令，唐五代尚已。宋惟晏叔原最擅勝場，賀方回差堪接武。其餘間有一二名作流傳，然非專門之學。自兹以降，專工慢詞，不復措意令曲。其作令曲，仍與慢詞聲響無異。大抵宋詞閑雅有餘，跌宕不足，長調則有清新綿邈之音，小令則少抑揚抗墜之致，蓋時代升降使然，雖片玉、石帚不能自開生面，況其下者乎！

又附題絶句：雕瓊鏤玉出新裁，屈宋嬙施衆妙該。他日四明工琢句，瓣香應自慶湖來。

又：容若長調多不協律，小令則格高韻遠，極纏綿婉約之致，能使殘唐墜緒絶而復續，第其品格，殆叔原、方回之亞乎？（清譚獻篋中詞卷一引）

劉熙載藝概卷四詞曲概：叔原貴異，方回贍逸，耆卿細貼，少游清遠。四家詞趣各別，而尚婉則同耳。

譚瑩論詞絶句：詞筆真能屈宋偕，鬼頭善盜各安排。也知本寇巴東語，梅子黄時雨特佳。

楊希閔詞軌序：書家學真書，必從篆隸入乃高勝。吾謂詞家亦當從漢魏六朝樂府入，而以温韋爲宗，二晏賀秦爲嫡裔。歐蘇黄則如光武崛起，别爲世廟。如此則有祖有禰，而後乃有子有孫。彼截從南宋夢窗、玉田入者，不啻生於空桑矣。

又詞軌總論：長短句爲詩之餘，然則詩源而詞委也，源不遠，委何能長？温韋、二晏、秦賀皆能詩，蘇黄尤卓卓，姜辛詩亦工，安身立命不在詞，故溢爲詞復絶也。屯田、清真、梅溪、夢窗、碧山、玉田諸子，藉詞著身，他文翰一無可見，有委無源，故繡繪字句，排比長調以自飾。

又：吾謂詞學當從漢魏六朝樂府入，而以温韋、二晏、秦賀爲正宗，屯田諸子爲附庸，則塗轍不謬矣。

繆荃孫藝風堂文集卷五宋元詞四十家序：陽春領袖於南唐，慶湖負聲於北宋。

王鵬運曰：北宋人詞，如潘逍遥之超逸，宋子京之華貴，歐陽文忠之騷雅，柳屯田之廣博，晏小山之疏俊，秦太虚之婉約，張子野之流麗，黄文節之儁上，賀方回之醇肆，皆可撫擬得其彷彿。唯蘇文忠之清雄，夐乎軼塵絶迹，令人無從步趨。（龍榆生唐宋名家詞選引半塘遺稿）

陳廷焯詞壇叢話：古今詞人衆矣，余以爲聖於詞者有五家：北宋之賀方回、周美成，南宋之姜白石，國朝之朱竹垞、陳其年也。

又曰：昔人謂東坡詞勝於情，耆卿情勝於詞，秦少游兼而有之。然較之方回、美成，恐亦瞠乎其後。

又曰：方回詞筆墨之妙，真乃一片化工，離騷耶？七發耶？樂府耶？杜詩耶？吾烏乎測其所至。

又曰：昔人謂方回詞妖冶如攬嬙、施之袪，富豔如入金、張之堂，幽索如屈、宋，悲壯如蘇、李。此猶論其貌耳，若論其神，則如雲煙縹渺，不可方物。

又曰：賀方回之韻致，周美成之法度，姜白石之清虛，朱竹垞之氣骨，陳其年之博大，皆詞壇中不可無一、不能有二者。（見南京圖書館藏稿本雲韶集卷首）

又雲韶集卷二：北宋晏、歐、王、范諸家，規模前輩，益以才思。東坡出而縱横排宕，掃盡纖浮。山谷掘（倔）强盤屈，另開生面。張、晁則摇曳生姿，才不大而情勝。秦、柳則風流秀曼，骨不高而詞勝。自方回出，獨辟機杼，盡掩古人。

又卷三：詞至方回，悲壯風流，抑揚頓挫，兼晏、歐、秦、柳之長，備蘇、黄、辛、陸之體，一時盡掩古人。兩宋詞人除清真、白石兩家外，莫敢與先生抗手。

又卷四：詞至美成，開闔動蕩，包掃一切。……兩宋作者，除白石、方回，莫與争鋒矣。

又卷五：兩宋詞人，前推方回、清真，後推白石、梅溪、草窗、夢窗、玉田諸家。蘇、辛横其中，正如雙峰雄峙，雖非正聲，自是詞曲内縛不住者。

又卷七：梅溪詞騷情逸致，高者與方回並驅中原，次亦竹屋、夢窗之匹。

又卷九：兩宋作者，前推方回、清真，後推白石、梅溪。

又卷十：易安詞騷情詩意，高者入方回之室，次亦不減叔原、耆卿。

又白雨齋詞話卷一：唐五代詞，不可及處正在沈鬱。宋詞不盡沈鬱，然如子野、少游、美成、白石、碧山、梅溪諸家，未有不沈鬱者；即東坡、方回、稼軒、夢窗、玉田等，似不必盡以沈鬱勝，然其佳處，亦未有不沈鬱者。

又曰：方回詞，胸中眼中另有一種傷心説不出處，全得力於楚騷而運以變化，允推神品。

又曰：方回詞極沈鬱而筆勢却又飛舞，變化無端，不可方物，吾烏乎測其所至。

又卷二：尹惟曉云：「求詞於吾宋者，前有清真，後有夢窗。此非煥之言，四海之公言也。」爲此論者，不知置東坡、少游、方回、白石等於何地？

又卷三：北宋、南宋，不可偏廢。南宋白石、梅溪、夢窗、碧山、玉田輩，固是高絶；北宋如東坡、少游、方回、美成諸公，亦豈易及耶！

又卷五：蓮子居詞話……以耆卿與蘇、張、周、秦並稱，而不數方回，亦爲無識。……大抵北宋之詞，周、秦兩家，皆極頓挫沈鬱之妙，而少游托興尤深，美成規模較大，此周、秦之異同也；子野詞於古雋中見深厚；東坡詞則超然物外，别有天地；而江南賀老寄興無端，變化莫測，亦豈出諸人下哉！……若耆卿詞，不過長於言情，語多淒秀，尚不及晏小山，更何能超越方回而與周、秦、蘇、張並峙千古也！

又卷八：唐、宋名家，流派不同，本原則一。論其派別，大約温飛卿爲一體，韋端己爲一體，馮正中爲一體，張子野爲一體，秦淮海爲一體，蘇東坡爲一體，賀方回爲一體，周美成爲一體，辛稼軒爲一體，姜白石爲一體，史梅溪爲一體，吴夢窗爲一體，王碧山爲一體，張玉田爲一體。其間惟飛卿、端己、正中、淮海、美成、梅溪、碧山七家殊塗同歸，餘則各樹一幟，而皆不失其正。

況周頤香海棠館詞話：碧山樂府如書中歐陽信本，準繩規矩極佳。二晏如右軍父子。賀方回如李北海。白石如虞伯施，而雋上過之。公謹如褚登善。夢窗如魯公。稼軒如誠懸。玉田如趙文敏。

又歷代詞人考略卷一四：按填詞以厚爲要恉。蘇、辛詞皆極厚，然不易學，或不能得其萬一而轉滋流弊，如麤率、叫囂、瀾浪之類。東山詞亦極厚，學之却無流弊。信能得其神似，進而闚蘇、辛堂奥何難矣。厚之一字，關係性情。「解道江南斷腸句」，方回之深於情也。企鴻軒蓄書萬餘卷，得力於醖釀者又可知。張叔夏作詞源，於方回但許其善鍊字面，詎深知方回者耶？

夏敬觀曰：老學庵筆記稱方回「喜校書，丹黄未嘗去手，詩文皆高，不獨工長短句」。張文潛序亦有「或者譏方回好學能文，而唯是爲工」之語。今人稱方回唯知其詞矣。四庫提要於慶湖遺老集評語亦言詞勝於詩。余以爲方回詞之工正得力於詩功之深也。王直方詩話謂方回言：「學詩於前輩，得八句云：『平淡不涉於流俗，奇古不鄰於怪僻。題詠不窘於物義，敍事不病於聲律。比興深者通物理，用事工者如己出。格見於成篇，渾然不可鐫；氣出於言外，浩然不可屈。』」此八語，余謂亦方回作詞之訣也。

又曰：小令喜用前人成句，其造句恒類晚唐人詩。慢詞命辭遣意多自唐賢詩篇得來，不施破碎藻采，可謂無假脂粉，自然穠麗。張叔夏謂與吳夢窗皆善於鍊字面者，多於李長吉、温庭筠詩中來，大謬不然。方回詞取材於長吉、飛卿者不多，所以整而不碎也。

王國維人間詞話：馮夢華宋六十一家詞選序例謂：「淮海、小山，古之傷心人也。其淡語皆有味，淺語皆有致。」余謂此唯淮海足以當之。小山矜貴有餘，但可方駕子野、方回，未足抗衡淮海也。

又人間詞話删稿：北宋名家以方回爲最次。其詞如歷下、新城之詩，非不華贍，惜少真味。

又曰：衍波詞之佳者頗似賀方回，雖不及容若，要在浙中諸子（原稿作「錫鬯、其年」）之上。

又清真先生遺事尚論：故以宋詞比唐詩，則東坡似太白，歐、秦似摩詰，耆卿似樂天，方回、叔原則大曆十子之流，南宋惟一稼軒可比昌黎，而詞中老杜則非先生不可。

蔣兆蘭詞説：歐陽、大、小晏、安陸、東山皆工小令，足爲師法。

吴梅詞學通論第七章概論二兩宋：大抵開國之初，沿五季之舊，才力所詣，組織較工，晏、歐爲一大宗；二主一馮，實資取法，顧未能脱其範圍也。汴京繁庶，競賭新聲，柳永失意無憀，專事綺語；張先流連歌酒，不乏豔詞。惟託體之高，柳不如張，蓋子野爲古今一大轉移也。前此爲晏、歐，爲温、韋，體段雖具，聲色未開；後此爲蘇、辛，爲姜、張，發揚蹈厲，壁壘一變；而界乎其間者獨有子野，非如耆卿專工鋪敍，以一二語見長也。迨蘇軾則得其大，賀鑄則取其精，秦觀則極其秀，邦彦則集其成。此北宋詞之大概也。

又同章（第一）北宋人詞略：余謂承十國之遺者，爲晏、歐；肇慢詞之祖者，爲柳永；具温、韋之情者，爲張先；洗綺羅之習者，爲蘇軾；得騷雅之意者，爲賀鑄；開婉約之風者，爲秦觀；集古今之成者，爲邦彦。此外或力非專詣，或才工片言，要非八家之敵也。

又同節（六）賀鑄：所著東山寓聲樂府……蓋用舊調譜詞，即摘取本詞中語，易以新名。後東澤綺語債略同此例。王半塘謂如平園近體、遺山新樂府類，殊不倫也（詞中清商怨名「爾汝歌」，思越人名「半死桐」，武陵春名「花想容」，南歌子名「醉厭厭」，一落索名「窗下繡」，皆就詞句改易，如如此江山、大江東去等是也）。方回詞最傳述人口者，爲薄倖、青玉案、望湘人、踏莎行諸闋，固爲傑出之作；他如踏莎行云「斷無蜂蝶慕幽香，紅衣脱盡芳心苦」，又云「當年不肯嫁東風，無端却被西風誤」，下水船云「燈火虹橋，難尋弄波微步」，訴衷情云「秦山險，楚山蒼，更斜陽。畫橋流水，曾見扁舟，幾度劉郎」，御街行云「更逢何物可忘憂？爲謝江南芳草。斷橋孤驛，冷雲黄葉，想見長安道」，諸作皆沈鬱而筆墨極飛舞，其氣韻又在淮海之上，識者自能辨之。至行路難一首，頗似玉川長短句詩，諸家選本概未之及，詞云：「縛虎手……争奈愁來、一日却爲長。」與江南春七古體相似，爲方回所獨有也。要之騷情雅意，哀怨無端，蓋得力於風雅而出之以變化，故能具綺羅之麗而復得山澤之清（别東山詞云：「雙攜纖手别煙蘿，紅粉清泉相照。」可云自道詞品。）此境不可一蹴即幾也。世人徒知「黄梅雨」佳，非真知方回者。

又（七）秦觀：北宋詞家以縝密之思得遒鍊之致者，惟方回與少游耳。

陳匪石宋詞舉卷下北宋六家：周邦彦集詞學之大成，前無古人，後無來者，凡兩宋之千門萬户，清真一集幾擅其全，世間早有定論矣。然北宋之詞，周造其極，而先路之導，不止一家。蘇軾寓意高遠，運筆空虚，非粗非豪，别有天地。秦觀爲「蘇門四子」之一，而其爲詞則不與晁、黄同賡蘇調，妍雅婉約，卓然正宗。賀鑄洗煉之功、運化之妙，實周、吴所自出，小令一道，又爲百餘年結響。柳永高渾處、清勁處、沈雄處、體會入微處，皆非他人屐齒所到，且慢詞於宋蔚爲大國，自有三變，格調始成。之四人者，皆爲周所取則，學者所應致力也。至於北宋小令，近承五季，慢詞蕃衍，其風始微，晏殊、歐陽修、張先固雅負盛名，而砥柱中流，斷非幾道莫屬。由是以上稽李煜、馮延巳而至於韋莊、温庭筠，薪盡火傳，淵源易溯。録此六家，實正軌所在，瓣香所承。

又舊時月色齋詞譚：小山、淮海、方回，則工秀絶倫。

王易詞曲史導言：北宋全盛，詞苑輝煌，晏、歐、柳、蘇、賀、秦、周、李，並挺英哲，以佐元音。南渡中衰，詞人抑塞，辛、姜、吴、史、王、蔣、張、周，或見江左風流，或感西周禾黍。

又衍流：張、柳略後之著名詞家，是爲蘇軾、秦觀、黄庭堅、賀鑄。……東山詞好用舊調題新名，其中創調最多，如薄倖、兀令、玉京秋、蕙清風、定情曲、擁鼻吟、石州引、望湘人、梅香慢、菱花怨、馬家春慢等，他家所無，殆皆自度；如六州歌頭、水調歌頭之用平仄通叶，如尉遲杯等之添叶多韻，則因舊調創新聲也；他如樓下柳之爲平韻天香，或爲所翻譜；望揚州之爲長相思慢，今誤入淮海詞；更漏子之慢詞，可正杜安世壽域詞之失。

又析派：同時又有李之儀、陳師道、程垓、毛滂、謝逸、賀鑄，皆負詞名。諸人所作，不必盡出於蘇，而有時足相呼應。……賀鑄字方回，衛州人；……其詞開後之四明一派。

又斠律：詞亦有調同名異者：如木蘭花與玉樓春之類，五代即有異名。宋人則多取詞中字句以名篇，如賀新涼名乳燕飛、水龍吟名小樓連苑等，龐雜朦混，難僂指數。宋人頗多此習：如賀鑄東山詞一卷及賀方回詞二卷，亦名寓聲樂府，多用新名；又張輯東澤綺語債一卷，全不用本調名稱；丘處機磻溪詞一卷，半屬舊調新名。大抵厭常喜新，無關宏旨。致後人爲譜者矜多炫博，誤别複收，徒亂詞體而貽笑柄；倚聲者巧立新名，故钃舊號，徒眩耳目而啟紛歧。

又振衰：宋四家詞選四卷，申張氏之旨，標舉宋人美成、稼軒、碧山、夢窗四家爲宗，而又以兩宋諸家體格相近者分隸四家，各爲一卷。其旨則新，而於源流本末未免顛倒。如晏、歐開國詞宗，繼聲五代，賀方回開四明詞派，爲夢窗、西麓之先河，乃皆以附於北宋末之美成……孫奴其祖，殊非著述之體。

張振鏞中國文學史分論第三編敘詞三兩宋詞人：其與蘇、秦同時而能詞者，有晁補之无咎之琴趣外篇詞，以高秀稱；有陳與義去非之無住詞，以清奇稱；有陳師道無己之後山詞，以簡淡稱；有毛滂澤民之東堂詞，以柔婉稱；有謝逸無逸之溪堂詞，以蘊藉稱；有李之儀端叔之姑溪詞，以峭蒨稱；有陳克子高之赤城詞，以峻麗稱；有程垓正伯之書舟詞，垓爲東坡中表，而詞凄婉綿麗，與蘇門不類，惟長調稍近豪縱云。至賀鑄之東山寓聲樂府三卷，乃高出於諸人矣。……張文潛敘賀集云：「其盛麗如游金、張之堂，而妖冶如攬嬙、施之袪，幽潔如屈、宋，悲壯如蘇、李。」蓋稱其造語穠麗而筆力遒勁也。或謂方回詞意境不高，讀者悦其輕靈，而學之者每誤輕靈爲纖佻，清代浙派詞人之但事綺藻韻致，方回實開其源云。

汪東唐宋詞選評語：方回詞采穠麗，時不免俗。情淺於少游，才薄於耆卿。蓋與子野爲儔，而非秦、柳之匹。然「凌波」一曲，遂成絶唱。子瞻繼聲，去之彌遠。故知才不相及，雖有定分，而天機偶至，又非人力所能加也。

瓶水齋詩集	[清]舒位著　曹光甫點校
龔自珍全集	[清]龔自珍著　王佩諍校點
龔自珍詩集編年校注	[清]龔自珍著　劉逸生、周錫韖校注
水雲樓詩詞箋注	[清]蔣春霖著　劉勇剛箋注
人境廬詩草箋注	[清]黄遵憲著　錢仲聯箋注
嶺雲海日樓詩鈔	[清]丘逢甲著　丘鑄昌標點

安雅堂全集	[清]宋琬著　馬祖熙標校
龔鼎孳詞校注	[清]龔鼎孳著　孫克强、鄧妙慈校注
吴嘉紀詩箋校	[清]吴嘉紀著　楊積慶箋校
陳維崧集	[清]陳維崧著　陳振鵬標點 李學穎校補
屈大均詩詞編年校箋	[清]屈大均著　陳永正等校箋
屈大均詞箋注	[清]屈大均著　陳永正箋注
秋笳集	[清]吴兆騫撰　麻守中校點
漁洋精華録集釋	[清]王士禛著 李毓芙、牟通、李茂肅整理
聊齋志異會校會注會評本	[清]蒲松齡著　張友鶴輯校
敬業堂詩集	[清]查慎行著　周劭標點
納蘭詞箋注	[清]納蘭性德著　張草紉箋注
方苞集	[清]方苞著　劉季高校點
樊榭山房集	[清]厲鶚著　[清]董兆熊注 陳九思標校
劉大櫆集	[清]劉大櫆著　吴孟復標點
儒林外史彙校彙評(增訂版)	[清]吴敬梓著　李漢秋輯校
小倉山房詩文集	[清]袁枚著　周本淳標校
忠雅堂集校箋	[清]蔣士銓著　邵海清校 李夢生箋
甌北集	[清]趙翼著　李學穎、曹光甫校點
惜抱軒詩文集	[清]姚鼐著　劉季高標校
兩當軒集	[清]黄景仁著　李國章校點
惲敬集	[清]惲敬著　萬陸、謝珊珊、林振岳標校　林振岳集評
茗柯文編	[清]張惠言著　黄立新校點

湯顯祖戲曲集　[明]湯顯祖著　錢南揚校點
白蘇齋類集　[明]袁宗道著　錢伯城校點
袁宏道集箋校　[明]袁宏道著　錢伯城箋校
珂雪齋集　[明]袁中道著　錢伯城點校
喻世明言會校本　[明]馮夢龍編著　李金泉點校
警世通言會校本　[明]馮夢龍編著　李金泉點校
醒世恒言會校本　[明]馮夢龍編著　李金泉點校
隱秀軒集　[明]鍾惺著　李先耕、崔重慶標校
譚元春集　[明]譚元春著　陳杏珍標校
張岱詩文集(增訂本)　[明]張岱著　夏咸淳輯校
陳子龍詩集　[明]陳子龍著　施蟄存、馬祖熙標校
夏完淳集箋校(修訂本)　[明]夏完淳著　白堅箋校
牧齋初學集　[清]錢謙益著　[清]錢曾箋注　錢仲聯標校
牧齋有學集　[清]錢謙益著　[清]錢曾箋注　錢仲聯標校
牧齋雜著　[清]錢謙益著　[清]錢曾箋注　錢仲聯標校
牧齋初學集詩注彙校　[清]錢謙益著　[清]錢曾箋注　卿朝暉輯校
李玉戲曲集　[清]李玉著　陳古虞、陳多、馬聖貴點校
吴梅村全集　[清]吴偉業著　李學穎集評標校
歸莊集　[清]歸莊著
顧亭林詩集彙注　[清]顧炎武著　王蘧常輯注　吴丕績標校

劍南詩稿校注	[宋]陸游著　錢仲聯校注
放翁詞編年箋注(增訂本)	[宋]陸游著　夏承燾、吴熊和箋注　陶然訂補
渭南文集箋校	[宋]陸游著　朱迎平箋校
范石湖集	[宋]范成大撰　富壽蓀標校
范成大集校箋	[宋]范成大撰　吴企明校箋
于湖居士文集	[宋]張孝祥著　徐鵬校點
稼軒詞編年箋注(定本)	[宋]辛棄疾撰　鄧廣銘箋注
辛棄疾詞校箋	[宋]辛棄疾著　吴企明校箋
姜白石詞編年箋校	[宋]姜夔著　夏承燾箋校
後村詞箋注	[宋]劉克莊著　錢仲聯箋注
劉辰翁詞校注	[宋]劉辰翁著　吴企明校注
瀛奎律髓彙評	[元]方回選評　李慶甲集評校點
雁門集	[元]薩都拉著　殷孟倫、朱廣祁校點
揭傒斯全集	[元]揭傒斯著　李夢生標校
高青丘集	[明]高啓著　[清]金檀注　徐澄宇、沈北宗校點
唐寅集	[明]唐寅著　周道振、張月尊輯校
文徵明集(增訂本)	[明]文徵明著　周道振輯校
震川先生集	[明]歸有光著　周本淳校點
海浮山堂詞稿	[明]馮惟敏著　凌景埏、謝伯陽標校
滄溟先生集	[明]李攀龍著　包敬第標校
梁辰魚集	[明]梁辰魚著　吴書蔭編集校點
沈璟集	[明]沈璟著　徐朔方輯校
湯顯祖詩文集	[明]湯顯祖著　徐朔方箋校

歐陽修詞校注	[宋]歐陽修著　胡可先、徐邁校注
蘇舜欽集	[宋]蘇舜欽著　沈文倬校點
嘉祐集箋注	[宋]蘇洵著　曾棗莊、金成禮箋注
王荆文公詩箋注(修訂版)	[宋]王安石著　[宋]李壁箋注　高克勤點校
王令集	[宋]王令著　沈文倬校點
蘇軾詩集合注	[宋]蘇軾著　[清]馮應榴注　黄任軻、朱懷春校點
東坡樂府箋	[宋]蘇軾著　[清]朱孝臧編年　龍榆生校箋
東坡詞傅幹注校證	[宋]蘇軾著　[宋]傅幹注　劉尚榮校證
欒城集	[宋]蘇轍著　曾棗莊、馬德富校點
山谷詩集注	[宋]黄庭堅著　[宋]任淵、史容、史季温注　黄寶華點校
山谷詩注續補	[宋]黄庭堅著　陳永正、何澤棠注
山谷詞校注	[宋]黄庭堅著　馬興榮、祝振玉校注
淮海集箋注(修訂本)	[宋]秦觀撰　徐培均箋注
淮海居士長短句箋注	[宋]秦觀著　徐培均箋注
賀鑄詞集校注	[宋]賀鑄著　鍾振振校注
清真集箋注	[宋]周邦彦著　羅忼烈箋注
石門文字禪校注	[宋]釋惠洪撰　周裕鍇校注
石林詞箋注	[宋]葉夢得著　蔣哲倫箋注
樵歌校注	[宋]朱敦儒著　鄧子勉校注
李清照集箋注(修訂本)	[宋]李清照著　徐培均箋注
吕本中詩集箋注	[宋]吕本中著　祝尚書箋注
陳與義集校箋	[宋]陳與義著　白敦仁校箋
蘆川詞箋注	[宋]張元幹著　曹濟平箋注

韓昌黎文集校注　[唐]韓愈著　馬其昶校注　馬茂元整理

劉禹錫集箋證　[唐]劉禹錫著　瞿蜕園箋證

白居易集箋校　[唐]白居易著　朱金城箋校

柳宗元詩箋釋　[唐]柳宗元著　王國安箋釋

柳河東集　[唐]柳宗元著　[宋]廖瑩中輯注

元稹集校注　[唐]元稹著　周相録校注

長江集新校　[唐]賈島著　李嘉言新校

張祜詩集校注　[唐]張祜著　尹占華校注

三家評注李長吉歌詩　[唐]李賀著　[清]王琦等評注　蔣凡校點

樊川文集　[唐]杜牧著　陳允吉校點

樊川詩集注　[唐]杜牧著　[清]馮集梧注

温飛卿詩集箋注　[唐]温庭筠著　[清]曾益等箋注

玉谿生詩集箋注　[唐]李商隱著　[清]馮浩箋注　蔣凡校點

樊南文集　[唐]李商隱著　[清]馮浩詳注　錢振倫、錢振常箋注

皮子文藪　[唐]皮日休著　蕭滌非、鄭慶篤整理

鄭谷詩集箋注　[唐]鄭谷著　嚴壽澂、黄明、趙昌平箋注

韋莊集箋注　[五代]韋莊著　聶安福箋注

李璟李煜詞校注　[南唐]李璟、李煜著　詹安泰校注

張先集編年校注　[宋]張先著　吴熊和、沈松勤校注

二晏詞箋注　[宋]晏殊、晏幾道著　張草紉箋注

樂章集校箋　[宋]柳永著　陶然、姚逸超校箋

梅堯臣集編年校注　[宋]梅堯臣著　朱東潤編年校注

歐陽修詩文集校箋　[宋]歐陽修著　洪本健校箋

蕭繹集校注	[南朝梁]蕭繹著　陳志平、熊清元校注
玉臺新咏彙校	吴冠文、談蓓芳、章培恒彙校
王績集會校	[唐]王績著　韓理洲校點
王梵志詩校注(增訂本)	[唐]王梵志著　項楚校注
盧照鄰集箋注	[唐]盧照鄰著　祝尚書箋注
駱臨海集箋注	[唐]駱賓王著　[清]陳熙晉箋注
王子安集注	[唐]王勃著　[清]蔣清翊注
陳子昂集(修訂本)	[唐]陳子昂撰　徐鵬校點
孟浩然詩集箋注(增訂本)	[唐]孟浩然著　佟培基箋注
王右丞集箋注	[唐]王維著　[清]趙殿成箋注
李白集校注	[唐]李白著　瞿蜕園、朱金城校注
高適集校注(修訂本)	[唐]高適著　孫欽善校注
杜詩趙次公先後解輯校	[唐]杜甫著　[宋]趙次公注　林繼中輯校
新刊校定集注杜詩	[唐]杜甫著　[宋]郭知達輯注　聶巧平點校
新定杜工部草堂詩箋斠證	[唐]杜甫著　[宋]魯訔編　[宋]蔡夢弼會箋　曾祥波新定斠證
杜詩鏡銓	[唐]杜甫著　[清]楊倫箋注
錢注杜詩	[唐]杜甫著　[清]錢謙益箋注
杜甫集校注	[唐]杜甫著　謝思煒校注
岑參集校注	[唐]岑參著　陳鐵民、侯忠義校注
戴叔倫詩集校注	[唐]戴叔倫著　蔣寅校注
韋應物集校注(增訂本)	[唐]韋應物著　陶敏、王友勝校注
權德輿詩文集	[唐]權德輿撰　郭廣偉校點
王建詩集校注	[唐]王建著　尹占華校注
韓昌黎詩繫年集釋	[唐]韓愈著　錢仲聯集釋

《中國古典文學叢書》已出書目

詩經今注	高亨注
楚辭集注	[宋]朱熹撰　黄靈庚點校
楚辭今注	湯炳正、李大明、李誠、熊良智注
司馬相如集校注	[漢]司馬相如著　金國永校注
揚雄集校注	[漢]揚雄著　張震澤校注
張衡詩文集校注	[漢]張衡著　張震澤校注
阮籍集	[魏]阮籍著　李志鈞等校點
陸機集校箋	[晉]陸機著　楊明校箋
陶淵明集校箋(修訂本)	[晉]陶潛著　龔斌校箋
世説新語箋疏(修訂本)	[南朝宋]劉義慶撰　余嘉錫箋疏　周祖謨等整理
世説新語校釋(增訂本)	[南朝宋]劉義慶撰　[南朝梁]劉孝標注　龔斌校釋
鮑參軍集注	[南朝宋]鮑照著　錢仲聯增補集説校
謝宣城集校注	[南朝齊]謝朓著　曹融南校注集説
江文通集校注	[南朝梁]江淹著　丁福林、楊勝朋校注
文心雕龍義證	[南朝梁]劉勰著　詹鍈義證
詩品集注(增訂本)	[梁]鍾嶸著　曹旭集注
文選	[梁]蕭統編　[唐]李善注